ИЗДАТЕЛЬСКАЯ СЕНСАЦИЯ МЕЖДУНАРОДНОГО МАСШТАБА

millennium

СТИГ ЛАРССОН

ДЕВУШКА, КОТОРАЯ ИГРАЛА С ОГНЕМ

ЭКСМО
Москва
Санкт-Петербург
ИД ДОМИНО
2010

УДК 82(1-87)
ББК 84(4Шве)
Л 25

Stieg Larsson

FLICKAN SOM LEKTE MED ELDEN

Составитель *Александр Жикаренцев*

Ларссон С.
Л 25   Девушка, которая играла с огнем : роман / Стиг Ларссон ; [пер. со шведск. И. Стребловой]. — М. : Эксмо ; СПб. : Домино, 2010. — 720 с.

ISBN 978-5-699-38923-0

Поздно вечером в своей квартире застрелены журналист и его подруга — люди, изучавшие каналы поставки в Швецию секс-рабынь из Восточной Европы. Среди клиентов малопочтенного бизнеса замечены представители властных структур. Кажется очевидным, каким кругам была выгодна смерть этих двоих.

Микаэль Блумквист начинает собственное расследование гибели своих коллег и друзей и вдруг узнает, что в убийстве подозревают его давнюю знакомую Лисбет Саландер, самую странную девушку на свете, склонную играть с огнем — к примеру, заливать его бензином. По всей Швеции идет охота на «убийцу-психопатку», но Лисбет не боится бросить вызов кому угодно — и мафии, и общественным структурам, и самой смерти.

УДК 82(1-87)
ББК 84(4Шве)

ISBN 978-5-699-38923-0

ПРОЛОГ

Она лежала на спине, крепко пристегнутая ремнями к узкой койке со стальной рамой. Один ремень протянулся поперек груди, запястья были пристегнуты к боковым рейкам на уровне бедер.

Все попытки освободиться она давно уже оставила. Она не спала, но открывать глаза не имело смысла: вокруг была темнота, и лишь над дверью едва мерцала тусклая полоска света. Во рту стоял противный привкус, и ужасно хотелось почистить зубы.

Подсознательно она все время прислушивалась, не раздадутся ли за дверью шаги, предвещающие его появление. Она не знала, наступил ли вечер, но догадывалась, что время, когда можно ожидать его прихода, уже прошло. Вдруг под ней завибрировала кровать; ощутив это, она открыла глаза. Похоже, в здании заработала какая-то машина. Через несколько секунд она уже сомневалась, не почудилось ли ей это.

Мысленно она отметила, что прошел еще один день.

Сорок третий день ее плена.

У нее зачесался нос, и она вывернула шею, чтобы потереться о подушку. В комнате было душно и жарко, она лежала вся потная, в ночной сорочке, сбившейся под поясницей в складки. Приподняв ногу, она кое-как ухватила указательным и средним пальцами кончик подола и понемногу, сантиметр за сантиметром, вытянула его из-под спины. Затем повторила ту же процедуру с другой стороны, однако комок под поясницей расправить не удалось. К тому же бугристый матрас был очень неудобным. В заточении мелочи, которых она при других обстоятельствах и не заметила бы, приковывали к себе все ее внимание. Не слишком туго затянутый ремень позволял поменять позу и повернуться на бок, но и это было неудобно, потому что в таком положении одна рука оставалась за спиной и постоянно немела.

Страха она не испытывала. Напротив, ее переполняла злость, которая, не получая выхода, становилась все сильнее.

Вдобавок ко всему ей не давали покоя неприятные мысли. Воображение снова и снова рисовало ей картины того, что должно случиться. Беспомощное положение, в которое она была поставлена, вызывало у нее ярость, и как она ни старалась убить время, сосредоточившись на чем-то другом, отчаяние все время напоминало о себе, не давая отвлечься от ситуации, в которую она попала. Тоска обволакивала ее со всех сторон, как облако ядовитого газа, проникающего сквозь поры под кожу и грозящего отравить все ее существование. Она обнаружила, что лучшее средство от тоски — это мысленно представлять себе что-то такое, что дает тебе ощущение собственной силы. Закрывая глаза, она старалась вызвать в памяти запах бензина.

Он сидел в автомобиле с опущенным боковым стеклом. Она подбежала к машине, плеснула в окно бензином и чиркнула спичкой. Это было делом одной секунды, пламя вспыхнуло мгновенно. Он корчился в огне, а она слушала, как он кричит от страха и боли, чуяла запах горелого мяса, тяжелый смрад горящего пластика и тлеющей обивки сиденья.

По-видимому, она задремала и не услышала приближающихся шагов, но мгновенно проснулась, когда отворилась дверь. Свет, хлынувший из дверного проема, ослепил ее.

Он все же пришел.

Он был долговяз. Она не знала, сколько ему лет, но это был взрослый мужчина с шапкой густых каштановых волос, в очках в черной оправе и с жидкой бородкой, пахнущий туалетной водой.

Она ненавидела его запах.

Он остановился у изножия койки и молча разглядывал ее.

Она ненавидела его молчание.

На фоне льющегося из дверного проема света его лицо казалось темным пятном, так что она видела только силуэт. Внезапно он заговорил — низким голосом, очень внятно, педантично подчеркивая каждое слово.

Она ненавидела его голос.

Невозмутимо, без признаков насмешки или неприязни он сообщил, что пришел поздравить ее, потому что сегодня у нее день рождения. Она догадывалась, что он лжет.

Она ненавидела его.

Он подошел ближе и остановился у изголовья, опустил ей на лоб влажную ладонь, провел пальцами по ее волосам, что должно было выражать дружелюбие. Вероятно, в качестве подарка к ее дню рождения.

Она ненавидела его прикосновения.

Он говорил ей что-то еще — она видела, как шевелятся его губы, но отключилась и не слушала. Она не желала слушать, не желала отвечать. Поняв, что она никак не реагирует на сказанное, он повысил голос, в котором послышалось раздражение. А ведь он вел речь об обоюдном доверии. Через несколько минут он замолк. Она словно не замечала его взгляда. В конце концов он пожал плечами и стал проверять ремни, которыми она была связана. Подтянув ремень у нее на груди, он наклонился, чтобы застегнуть пряжку на следующее отверстие.

Она резко перевернулась на левый бок, насколько позволяли путы, и, лежа к нему спиной, поджала колени, а затем изо всех сил пнула его в голову. Она метила в кадык и попала кончиками пальцев куда-то в шею, но он был настороже и вовремя отпрянул, так что она едва сумела его коснуться. Она попыталась снова достать его, но он уже отошел, и у нее ничего не вышло.

Она опустила ноги и вытянула их на кровати.

Простыня свесилась с койки на пол, ночная сорочка задралась еще выше, оголив бедра.

Он молча постоял над нею, затем обошел койку с другой стороны и начал прилаживать ножные ремни. Она попыталась поджать ноги, но он схватил ее за лодыжку, другой рукой прижал коленку и привязал ногу. Снова обойдя кровать, он так же привязал другую ногу.

Теперь она оказалась совершенно беспомощной.

Подняв с пола простыню, он накрыл ее и минуты две молча смотрел на пленницу. Во тьме она ощущала его возбуждение, хотя сам он его не замечал или старался не обращать внимания. Она была уверена, что у него эрекция, что ему так и хочется протянуть руку и дотронуться до нее.

Затем он повернулся, вышел и запер за собой дверь. Она слышала, как щелкнула задвижка, хотя не было никакой необходимости держать ее взаперти, ведь она все равно не могла освободиться.

Несколько минут она лежала, глядя на узкую полоску света над дверью. Затем пошевелилась, чтобы проверить, насколько крепко затянуты ремни. Стоило ей чуть-чуть согнуть ноги в коленях, как ремень сразу же натягивался как струна. Прекратив попытки, она замерла и лежала неподвижно, глядя в пустоту перед собой.

Она ждала. И рисовала в своем воображении, как плеснет бензином и как загорится спичка.

Она видела его, облитого бензином, и ощущала в руке коробок спичек. Вот она встряхнула коробок, он загремел. Она открыла его и достала спичку. Он что-то сказал, но она заткнула уши и не стала прислушиваться к словам. Поднося спичку к коробку, она наблюдала за выражением его лица. Она слышала шуршание черной головки, чиркнувшей о боковую сторону коробка. Это было похоже на протяжный раскат грома. Вспыхнуло пламя...

Она негромко засмеялась и решила не поддаваться.

В эту ночь ей исполнилось тринадцать лет.

ЧАСТЬ 1

НЕПРАВИЛЬНЫЕ УРАВНЕНИЯ

16-20 ДЕКАБРЯ

Уравнение обозначают по высшему показателю степени неизвестной величины. Если она равна единице, то это уравнение первой степени, если степень равна двум, то это уравнение второй степени, и так далее. Уравнение любой степени выше единицы имеет несколько значений неизвестных величин, которые ему удовлетворяют. Эти значения называются корнями уравнения. Уравнение первой степени (линейное уравнение): $3x - 9 = 0$ (корень: $x = 3$)

Глава
01

Четверг, 16 декабря — пятница, 17 декабря

Лисбет Саландер опустила солнечные очки на кончик носа и, прищурясь, внимательно посмотрела из-под полей шляпы. Она увидела, как из бокового входа гостиницы вышла обитательница тридцать второго номера и не спеша направилась к расставленным вокруг бассейна бело-зеленым шезлонгам.

Раньше Лисбет уже встречала ее и решила, что женщине должно быть около тридцати пяти лет, хотя по внешнему виду не удавалось определить ее возраст — ей можно было с одинаковым успехом дать как двадцать пять, так и пятьдесят. У нее были каштановые волосы до плеч, продолговатое лицо и фигура с округлыми формами, точно у моделей из каталога дамского белья. Женщина носила сандалии, черное бикини и солнечные очки с фиолетовыми стеклами, а свою желтую соломенную шляпу она бросила наземь рядом с шезлонгом, собираясь подозвать бармена из бара Эллы Кармайкл. Она была американкой и говорила с южным акцентом.

Положив книжку на колени, Лисбет отпила кофе из стоявшего под рукой стакана и потянулась за сигаретами. Не поворачивая головы, она перевела взгляд на горизонт. С террасы возле бассейна ей был виден кусочек Карибского моря за стеной гостиничной территории, проглядывавший в просвет между пальмами и рододендронами. В открытом море плыла парусная яхта, держа курс на север, в сторону Санта-Лючии или Доминики. Еще дальше видно было серое грузовое судно, идущее на юг, в Гайану или одну из соседних с ней стран. Слабый бриз пытался развеять утренний зной, но Лисбет почувствовала, как у нее по лбу медленно стекает на бровь капля пота. Она не любила жариться на солнце и старалась по возможности проводить время в тени, под тентом, но, несмотря на это, загорела до цвета ореха. Сейчас на ней были шорты цвета хаки и черная рубашка.

Из громкоговорителя, расположенного у барной стойки, раздавались странные звуки в стиле стилпан*. Она совершенно не интересовалась музыкой и не смогла бы отличить Свена Ингвара от Ника Кейва, но стилпан привлек ее внимание, и она невольно прислушалась. Трудно было представить себе, что кто-то сумеет настроить сковородку, и уж тем более казалось сомнительным, что какая-то кастрюля может издавать звуки музыки, которые не спутаешь ни с чем другим. Лисбет слушала как завороженная.

Внезапно что-то ее отвлекло, и она снова перевела взгляд на женщину, которой только что принесли бокал с напитком апельсинового цвета.

Конечно, Лисбет это не касалось. Просто она не могла понять, почему эта женщина остается в гостинице. Прошлой ночью в соседнем номере происходило нечто кошмарное. Оттуда доносился плач, сдавленные взволнованные голоса и временами что-то похожее на звук пощечины. Раздавал пощечины мужчина лет сорока с лишним, с темными, гладко зачесанными волосами с невиданным в нынешнее время пробором посередине,— как полагала Лисбет, муж постоялицы. Судя по всему, в Гренаду он приехал по делам. Что это были за дела, Лисбет не имела ни малейшего представления, но каждое утро постоялец приходил в бар пить кофе в пиджаке и при галстуке, после чего, взяв портфель, садился в ожидавшее у двери такси.

---

* Стальные сковородки *(англ.)*.

В гостиницу он возвращался под вечер, когда его жена купалась в бассейне, и усаживался с ней на террасе. Обычно они обедали вдвоем, проводя время в тихой и, казалось бы, задушевной беседе. Женщина часто выпивала лишнего, однако не переходила границ приличия и не доставляла неприятностей окружающим.

Скандалы в соседнем номере случались регулярно и начинались между десятью и одиннадцатью часами вечера, как раз когда Лисбет укладывалась в кровать с книгой о тайнах математики. О злостном рукоприкладстве речи не шло. Насколько Лисбет могла оценить, за стеной происходила привычная и занудная перебранка. Прошлой ночью Лисбет не сдержала любопытства и вышла на балкон, чтобы через приотворенную дверь послушать, о чем идет спор между супругами. Битый час муж ходил из угла в угол, называя себя жалким типом, который не заслуживает ее любви, и на все лады твердил, что она, конечно же, должна считать его обманщиком. И жена каждый раз говорила ему, что вовсе так не считает, и как могла старалась его успокоить, но он настаивал на своем, пока она не сдалась под его натиском и не подтвердила, как он требовал: «Да, ты обманщик». Достигнув цели, он тотчас же воспользовался ее вынужденным признанием, чтобы перейти в наступление, и обрушился на нее с упреками в безнравственности и дурном поведении, в том числе обозвал жену шлюхой. В отношении себя Лисбет такого бы не спустила, однако она тут была ни при чем и потому не могла решить, как ей отнестись к случившемуся и следует ли что-либо предпринимать.

Пока Лисбет удивлялась тому, как постоялец пилит свою жену, разговор вдруг оборвался и послышалось что-то похожее на звук пощечины. Она подумала, что нужно выйти в коридор и высадить дверь соседнего номера, но неожиданно там воцарилась тишина.

Нынешним утром, разглядывая женщину, сидящую возле бассейна, Лисбет увидела синяк у нее на плече и ссадину на бедре, но больше ничего особенно страшного не заметила.

За девять месяцев до этого Лисбет наткнулась в римском аэропорту да Винчи на брошенный кем-то номер «Попьюлар сайенс» и прочитала в нем одну статью, вызвавшую у нее смутный интерес к такой темной для нее области, как сферическая астрономия*. Поддавшись порыву, она там же, в Риме, зашла в университетскую книжную лавку и приобрела основные пособия по этой теме. Но для того чтобы понять сферическую астрономию, требовалось разобраться в некоторых математических сложностях. Путешествуя, она в последние месяцы не раз наведывалась в университетские книжные лавки, чтобы обзавестись еще какой-нибудь книгой на нужную ей тему.

Ее ученые занятия носили несистематический и случайный характер, и по большей части книги лежали в ее сумке нераспакованными. Так продолжалось, пока она не побывала в университетской книжной лавке Майами, откуда вышла с книгой Л. Парно «Измерения в математике» (Гарвардский университет, 1999). На эту книжку она напала, перед тем как отправиться на Флорида-Кейс, откуда начался ее тур по островам Карибского моря.

Она побывала на Гваделупе, где провела двое суток в немыслимой дыре, на Доминике, где очень хорошо и спокойно прожила пять суток, на Барбадосе, где в течение суток в американском отеле чувствовала себя лишней и нежеланной, и, наконец, на Санта-Лючии, где задержалась на целых девять дней. На Санта-Лючии она с удовольствием осталась бы и подольше, если бы не тупоголовый молодчик из уличной банды, который считал себя хозяином в баре ее отеля. В конце концов он вывел ее из терпения, она шарахнула его кирпичом по башке, выписалась из гостиницы и взяла билет на паром, перевозивший пассажиров в столицу Гренады Сент-Джорджес. До того как подняться на борт парома, она никогда даже не слыхала, что есть такая страна. На Гренаду

---

* Сферическая астрономия — раздел астрометрии, разрабатывающий математические методы определения видимых положений и движений небесных тел с помощью различных систем координат, а также теорию закономерных изменений координат светил со временем.

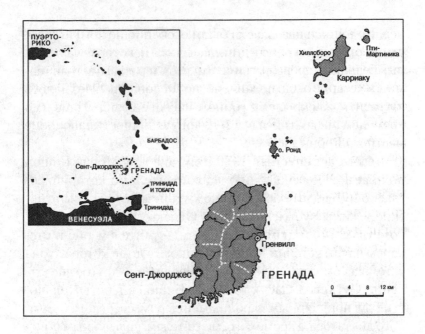

она высадилась в десять часов утра; на дворе был ноябрь, и шел тропический ливень. Из путеводителя «Карибиэн тревелер»* она узнала, что Гренаду называют Spice Island, «остров пряностей» и что она является одним из крупнейших в мире поставщиков муската. Население острова составляет 120 000 человек, а кроме того, приблизительно 200 000 гренадцев проживают в США, Канаде и Англии, что дает представление о неудовлетворительном состоянии местного рынка труда. Ландшафт острова образован взгорьями вокруг потухшего вулкана Гранд-Этан.

В историческом плане Гренада представляла собой одну из многочисленных мелких английских колоний. В 1795 году о Гренаде заговорили, после того как бывший раб Джулиан Федон, воодушевившись идеями французской революции, поднял на острове восстание, вынудив королевскую власть двинуть против него войска, которые перестреляли, порубили, перевешали и изувечили большое число повстан-

---

* «Карибский путешественник» *(англ.).*

цев. Колониальные власти были особенно потрясены тем, что к повстанцам присоединилась даже некоторая часть белых бедняков, пренебрегших этикетом и расовыми границами. Восстание было подавлено, но Федона так и не удалось захватить, он скрылся в горном массиве Гранд-Этана и со временем превратился в легендарную личность наподобие местного Робин Гуда.

Двести лет спустя, в 1979 году, адвокат Морис Бишоп поднял новую революцию, вдохновителями которой, согласно путеводителю, были коммунистические диктаторские режимы Кубы и Никарагуа. Однако у Лисбет после знакомства с Филиппом Кемпбеллом — учителем, библиотекарем и баптистским проповедником, в доме которого она снимала комнату,— сложилось совершенно другое впечатление. Суть сводилась к тому, что Бишоп в действительности был популярным народным лидером, свергшим безумного диктатора, а кроме того, мечтателем, увлеченным поисками НЛО, который тратил часть тощего национального бюджета на охоту за летающими тарелками. Бишоп отстаивал принципы экономической демократии, впервые ввел закон о равноправии полов и был убит в 1983 году.

После убийства Бишопа и сопутствующей резни, во время которой погибли сто двадцать человек, включая министра иностранных дел, министра по делам женщин и нескольких выдающихся профсоюзных деятелей, США ввели на остров войска и установили демократию. В Гренаде это вызвало рост безработицы с шести до пятидесяти процентов, а также привело к тому, что торговля кокаином снова приобрела первостепенное значение и стала главным источником дохода. Филипп Кемпбелл только покачал головой, заглянув в путеводитель, которым пользовалась Лисбет, и дал ей несколько полезных советов на тему, каких людей и кварталов следует избегать после наступления темноты.

Давать такие советы Лисбет Саландер было напрасным трудом. Знакомства с криминальным миром Гренады она избежала в основном благодаря тому, что с первого взгляда влюбилась в пляж Гранд Анс Бич, расположенный с юга от Сент-Джорджеса,— малолюдную песчаную полосу длиной в милю, где можно было часами бродить, ни с кем не разговаривая и не встречая на своем пути ни души. Она переехала в «Кейс» — один из немногих американских отелей на берегу — и прожила там семь недель, предаваясь безделью, гуляя по пляжу и объедаясь ужасно понравившимися ей местными плодами чинапами, по вкусу напоминавшими шведский крыжовник.

Пляжный сезон еще не начался, и гостиница «Кейс» была заполнена только на треть. И здесь-то ее покой и занятия математикой на досуге внезапно были нарушены негромкими скандалами в соседнем номере.

Микаэль Блумквист ткнул указательным пальцем в кнопку звонка у двери квартиры Лисбет Саландер на улице Лундагатан. Он не надеялся, что она выйдет на звонок, но у него вошло в привычку заглядывать к ней несколько раз в месяц, чтобы убедиться, что все остается без изменений. Проверив на ощупь почту, он обнаружил кучу скопившихся рекламных листков. Было десять часов вечера, и в потемках не удавалось разобрать, насколько выросла куча со времени его последнего посещения. Постояв некоторое время в нерешительности на лестничной площадке, он разочарованно повернулся к двери спиной и вышел из подъезда. Неторопливым шагом он прогулялся пешком до своего дома на Белльмансгатан, включил кофеварку и в ожидании программы вечерних новостей развернул газету. На душе было тоскливо, и он задавался вопросом, куда подевалась Лисбет Саландер. Его томило смутное беспокойство и в который раз приходил на ум вопрос, что же такое могло случиться.

Год назад Лисбет Саландер приезжала на Рождество к нему в загородный дом. Во время долгих прогулок они обсуждали последствия бурных событий, в которых принимали участие в прошлом году. Пережитое тогда Микаэль воспринимал как переломный момент в своей жизни. Он был признан виновным в клевете на известного промышленника Веннерстрёма и несколько месяцев провел в тюрьме, его журналистская карьера потерпела фиаско, и ему пришлось, поджав хвост, уйти с поста ответственного редактора журнала «Миллениум». Но потом все внезапно переменилось. Получив от промышленного магната Хенрика Вангера заказ на написание его биографии, он поначалу отнесся к этому как к дурацкой, но хорошо оплачиваемой синекуре, однако архивные исследования неожиданно привели к столкновению с неизвестным серийным убийцей, хитрым и изворотливым.

В процессе этой охоты он повстречал Лисбет Саландер. Микаэль рассеянно потрогал легкий шрам под левым ухом, оставленный удавкой. Лисбет не только помогла ему настичь убийцу, но в прямом смысле слова спасла ему жизнь.

Не раз она поражала его своими удивительными талантами: фотографической памятью и феноменальным знанием компьютера. Микаэль Блумквист всегда считал, что неплохо умеет обращаться с компьютером, но Лисбет Саландер управлялась с ним так, словно ей помогал сам дьявол. Постепенно до него дошло, что она хакер мирового уровня и что в виртуальном интернациональном клубе величайших мастеров по взламыванию компьютерных кодов она слыла легендарной личностью, хотя там ее знали только под псевдонимом Wasp*.

Только благодаря ее умению свободно путешествовать по чужим компьютерам он получил тот материал, который позволил ему превратить свое журналистское поражение в победу. Его расследование дела Веннерстрёма привело к сенсационной публикации, которая еще год спустя продолжала оставаться в центре внимания отдела Интерпола, занимающегося экономическими преступлениями, а Микаэлю давала повод регулярно появляться на телевизионном экране.

---

* Оса *(англ.)*.

Год назад он, глядя на эту публикацию, испытывал огромное удовлетворение — с ее помощью он отомстил за себя и восстановил свою репутацию как журналиста. Однако скоро радость прошла. Через несколько недель он почувствовал, что уже устал отвечать на одни и те же вопросы журналистов и финансовой полиции и твердить как заведенный: «Мне очень жаль, но я не могу говорить о моих источниках». Когда вдруг явился журналист от англоязычной газеты «Азербайджан таймс», специально приехавший для того, чтобы задать ему те же дурацкие вопросы, чаша терпения Микаэля переполнилась. Он свел количество интервью к минимуму и за последние несколько месяцев дал согласие только один раз — когда ему позвонила «Та, с канала ТВ-4» и уговорила его выступать, если расследование будет переходить в совершенно новую фазу.

Его сотрудничество с «Той, с канала ТВ-4» строилось на совершенно особых основаниях. Она была первой журналисткой, ухватившейся за опубликованные им разоблачения, и если бы не ее поддержка в тот знаменательный вечер, когда в «Миллениуме» появилась сенсационная публикация, эта история, возможно, не получила бы такого резонанса. Микаэль только потом узнал, что она дралась когтями и клыками, убеждая редакцию выделить место этому сюжету. Ее предложение встретило мощное сопротивление, так как многие были против того, чтобы поддерживать «этого дурачка из "Миллениума"», и до самой последней минуты перед выпуском передачи никто не знал, пройдет ли она через мощный заслон редакционных адвокатов. Старшие коллеги были против и предупреждали, что, в случае если она ошиблась, на ее карьере будет поставлен крест. Она настояла на своем, и эта история стала сенсацией года.

Всю первую неделю она выступала в качестве ведущей, ведь из всех репортеров только она была в курсе дела. Но ближе к Рождеству Микаэль заметил, что комментировать ход событий и сообщать о новых поворотах дела стали журналисты-мужчины. Перед Новым годом Микаэль окольны-

ми путями узнал, что ее выпихнули из программы, поскольку такую важную тему должны комментировать серьезные
репортеры, специалисты по экономическим проблемам, а
не какая-то там девчонка с Готланда, или Бергслагена*, или
откуда там она явилась! В следующий раз, когда Микаэлю
позвонили с канала ТВ-4 с просьбой дать свой коммента-
рий происходящего, он прямо заявил, что согласится, только если вопросы будет задавать она. Несколько дней продлилось недовольное молчание, прежде чем ребята с ТВ-4
капитулировали.

Некоторое падение интереса к делу Веннерстрёма совпа-
ло с исчезновением из жизни Микаэля Лисбет Саландер.
Он так и не понял, что произошло.

Они расстались на второй день Рождества и после этого
несколько дней не встречались. Накануне Нового года он ей
позвонил поздно вечером, но она не взяла трубку.

В новогодний вечер он дважды ходил к ее дому и звонил
в дверь. В первый раз в ее окнах виден был свет, но она ему
не открыла. Во второй раз в квартире было темно. В первый день нового года он снова попробовал позвонить, но
ответа не дождался. При дальнейших попытках получал сообщение, что абонент недоступен.

В следующие несколько дней он виделся с ней два раза.
Не отыскав ее по телефону, он в начале января пошел к ней
домой и встал под дверью ее квартиры. Он захватил с собой книгу и терпеливо прождал четыре часа, и наконец около одиннадцати вечера она вошла в подъезд с коричневой
картонной коробкой в руках. Увидев его, она застыла на
месте.

— Привет, Лисбет,— поздоровался он, закрыв книгу.

Она глядела на него без выражения, взгляд не потеплел,
в нем не отразилось радости. Она просто прошла мимо и
сунула ключ в замок.

— Не пригласишь меня на чашечку кофе? — спросил
Микаэль.

---

* Горнопромышленный район в центральной части Швеции.

Она обернулась к нему и тихо сказала:

— Уходи! Я не хочу тебя видеть.

Затем она захлопнула дверь перед носом безмерно удивленного Микаэля Блумквиста, и он услышал, как в замке повернулся ключ.

Второй раз он увидел ее три дня спустя. Он ехал в метро от Шлюза* к «Т-Сентрален»** и на станции «Гамла стан»***, выглянув в окно, увидел ее на платформе в каких-то двух метрах от себя. Двери как раз закрывались. Битых пять секунд она смотрела прямо на него, как на пустое место, а затем, когда поезд тронулся, повернулась и скрылась из вида.

Нетрудно было понять, что все это означает. Лисбет Саландер не хотела иметь никакого дела с Микаэлем Блумквистом. Она вычеркнула его из своей жизни так же эффективно, как если бы стерла файл из своего компьютера, не вдаваясь ни в какие объяснения. Она сменила номер своего мобильного телефона и не отвечала на письма по электронной почте.

Микаэль вздохнул, выключил телевизор и, отойдя к окну, стал смотреть на ратушу.

Он спрашивал себя, не совершает ли ошибку, регулярно заглядывая к ней в дом. У него было неизменное правило: если женщина ясно дает понять, что не хочет его знать, остается только уйти с ее дороги. Не принять к сведению такое пожелание означало в его глазах выказать неуважение.

Когда-то Микаэль и Лисбет спали вместе, но это случалось всегда по ее инициативе, и их отношения продлились полгода. Если она решила покончить с этой связью так же внезапно, как ее начала, то Микаэль был готов принять это без возражений. Право решать оставалось за ней. Коли на то пошло, Микаэль без особых переживаний мог примириться с ролью бывшего бойфренда, но то, что Лисбет вела

---

* Шлюз — Слуссен — район Стокгольма, близкий к старому центру, крупная транспортная развязка.

** «Т-Сентрален» — станция метро возле Центрального вокзала.

*** Гамла стан — Старый город, район Стокгольма (*шв.*).

себя так, словно вообще не желала его знать, стало для него неприятной неожиданностью.

Он не был в нее влюблен — они с ней были такими разными, какими только могут быть два человека,— но относился к ней с искренней симпатией и очень скучал по этой чертовски непростой девушке. Он-то думал, что их дружеские чувства обоюдны. Одним словом, он оказался в дурацком положении.

Микаэль долго простоял у окна и наконец принял окончательное решение.

Если он стал так неприятен Лисбет, что при случайной встрече в метро она даже не пожелала ему кивнуть, то, по-видимому, их дружбе пришел конец. Здесь уже ничего не поправишь, и в дальнейшем ему не стоит искать с ней свиданий.

Лисбет Саландер посмотрела на свои наручные часы и отметила про себя, что, даже сидя в тени, вспотела с ног до головы. Было половина одиннадцатого, время шло к полудню. Она мысленно повторила математическую формулу длиною в три строки и захлопнула книгу «Измерения в математике». Затем она забрала со стола ключ от своего номера и пачку сигарет.

Ее номер находился на втором этаже двухэтажной гостиницы. Вернувшись туда, она разделась и отправилась под душ.

Со стены под самым потолком на нее таращилась двадцатисантиметровая зеленая ящерица. Лисбет Саландер тоже поглядела на нее, но не прогнала. Ящерицы водились по всему острову и проникали в помещения через раскрытые окна, сквозь щели в жалюзи, под дверью или через вентиляцию в ванной. Лисбет хорошо уживалась с этой компанией, которая обыкновенно ничем ей не мешала. Вода была прохладной, но не ледяной, так что она простояла под душем пять минут, отдыхая от жары.

Вернувшись в комнату, она раздетая постояла перед зеркалом, с удивлением разглядывая свое тело. При росте в сто пятьдесят сантиметров она по-прежнему весила около сорока килограммов, и с этим, к сожалению, ничего нельзя было поделать. Так же как с тонкими кукольными конечностями и узкими бедрами, не заслуживающими особого внимания.

Зато теперь у нее появилась грудь!

Всю жизнь она была плоскогрудой, как девочка, не достигшая переходного возраста. Фигура была просто курам на смех, поэтому она всегда стеснялась появляться неодетой.

А тут вдруг, откуда ни возьмись, грудь появилась! Не такая, как у секс-бомбы,— такой она бы и не хотела иметь, потому что при ее тощеньком тельце это было бы просто смешно,— но все-таки это была пара крепких округлых грудей средней величины. Тщательно продуманная операция не нарушила пропорций фигуры, однако произвела разительные перемены как во внешности Лисбет, так и в ее внутреннем самоощущении.

Для того чтобы приобрести новую грудь, она выбрала клинику в окрестностях Генуи, где работали лучшие специалисты Европы, и провела там пять недель. Ее лечащий врач, обаятельная и твердая как сталь женщина по имени Алессандра Перрини, согласилась с тем, что грудь у пациентки недоразвита, так что медицинские показания не препятствовали операции по ее увеличению.

Хирургическое вмешательство оказалось небезболезненным, но новый бюст и по виду, и по ощущению был как настоящий, а шрам теперь уже почти сгладился. Лисбет осталась очень довольна и ни на секунду не пожалела о своем решении. Первые полгода после операции она не могла с оголенной грудью спокойно пройти мимо зеркала, чтобы не посмотреть на себя и не порадоваться тому, насколько лучше стала жизнь.

Находясь в генуэзской клинике, она удалила одну из своих девяти татуировок — двухсантиметровую осу, украшавшую ее шею с правой стороны. Лисбет любила все свои татуировки, в особенности большого дракона, занимавшего пространство от плеча до ягодицы, но от осы решила все-таки избавиться: та находилась на видном месте и могла стать отличной особой приметой. Татуировка была удалена с помощью лазера, и, проводя пальцем по шее, Лисбет ощущала маленький шрамик. Загар на этом месте был чуть светлее, однако если не вглядываться, то и не заметишь. Всего пребывание в генуэзской клинике обошлось ей в сто девяносто тысяч крон.

И она могла позволить себе такую трату.

Помечтав, она оторвалась от зеркала и надела трусики и бюстгальтер. Через три дня после выписки из генуэзской клиники она впервые за свою двадцатипятилетнюю жизнь пошла в магазин дамского белья и накупила себе тех вещей, которыми раньше ей никогда не доводилось пользоваться. Теперь она носила бюстгальтер, испытывая от этого чувство удовлетворения.

Она надела джинсы и черную майку с надписью «Consider this as a fair warning»*, затем обулась в сандалии, прихватила соломенную шляпку и повесила через плечо черную нейлоновую сумку.

Возле стойки администратора собралась кучка постояльцев, занятых разговором. Приближаясь к выходу из отеля, Лисбет прислушалась, потом замедлила шаг и навострила уши.

— *Just how dangerous is she?*** — спрашивала чернокожая женщина с громким голосом и европейским акцентом.

Лисбет узнала в ней пассажирку из группы, прилетевшей чартерным рейсом из Лондона десять дней назад.

Администратор с седыми висками по имени Фредди Мак-Бейн, всегда встречавший Лисбет приветливой улыбкой, сейчас выглядел озабоченным. Он объяснил, что всех постояльцев проинструктируют и им не о чем беспокоиться, главное — точно следовать полученным инструкциям. В ответ на него обрушился целый поток восклицаний.

---

* Считайте, что вас честно предупредили *(англ.)*.
** Так насколько же она опасна? *(англ.)*

Лисбет Саландер нахмурилась и направилась к стойке бара, за которой находилась Элла Кармайкл.

— О чем это они? — спросила Лисбет, показывая большим пальцем через плечо на сгрудившихся перед администратором постояльцев.

— Есть угроза, что нас навестит «Матильда».

— Кто такая Матильда?

— Это ураган, образовавшийся недели две назад у берегов Бразилии. Вчера утром он налетел на Парамарибо — столицу Суринама. Пока еще не ясно, в каком направлении он двинется дальше. Предположительно он пойдет на север в сторону США, но если он не сменит направление и продолжит свой путь на запад, то Тринидад и Гренада окажутся как раз на его пути. Так что будет, пожалуй, ветрено.

— Я думала, что сезон ураганов уже прошел.

— Сезон-то прошел. Обычно штормовые предупреждения у нас бывают в сентябре и октябре. Но теперь пошла такая путаница из-за изменения климата и парникового эффекта, что никогда не знаешь, что может случиться.

— О'кей. И когда же ожидается прибытие «Матильды»?

— Скоро.

— Я должна что-нибудь предпринять?

— С ураганом шутки плохи, Лисбет. В семидесятые годы у нас тут прошел ураган, который вызвал в Гренаде большие разрушения. Мне было тогда одиннадцать лет, и я жила в деревне в горах Гранд-Этана неподалеку от Гренвилла. Я никогда не забуду эту ночь.

— Вот как.

— Но ты можешь не волноваться. Просто в субботу не отходи далеко от гостиницы. Сложи в сумку ценные вещи, например этот компьютер, с которым ты все время возишься, и будь готова спрятаться в убежище в подвале, когда придет распоряжение. Вот и все.

— Хорошо.

— Налить тебе чего-нибудь?

— Нет, не надо.

Лисбет Саландер повернулась и ушла не прощаясь. Элла Кармайкл проводила ее усталой улыбкой. Ей потребовалось несколько недель, чтобы привыкнуть к странному поведению приезжей чудачки и понять, что Лисбет Саландер ведет себя так не от зазнайства, а просто потому, что она не такая, как все. Впрочем, она без пререканий платила за выпивку, сильно не напивалась, никогда не устраивала скандалов и лишь держалась особняком.

Транспортные средства на дорогах Гренады были в основном представлены изобретательно украшенными мини-автобусами, которые курсировали по своим маршрутам, не слишком стремясь соблюдать такие формальности, как, например, указанное на табличке расписание. Они сновали туда-сюда на протяжении всего светлого времени суток, а после наступления темноты те, у кого не было собственного автомобиля, оставались без каких-либо средств передвижения.

Лисбет остановилась у дороги, ведущей к центру Сент-Джорджеса, и уже через несколько минут перед ней затормозил один из автобусов. Шофер относился к растаманам, и из кабины гремели звуки включенного на всю мощь магнитофона, исполнявшего «No Woman No Cry». Постаравшись отключиться и этого не слышать, Лисбет заплатила положенный доллар и втиснулась между мощной седовласой женщиной и двумя мальчиками в школьной форме.

Сент-Джорджес располагался по берегам U-образной бухты, где находилась внутренняя гавань под названием Каренаж. Вокруг гавани по уступам крутых склонов были разбросаны жилые дома, старинные колониальные здания, и на самом краю обрывистого утеса высилась крепость.

Городок отличался очень плотной застройкой, дома жались друг к другу, между ними протянулись узкие улочки с множеством тесных переулков. Здания словно карабкались в гору, и во всем городе, пожалуй, нигде нельзя было найти участка с горизонтальной поверхностью. Единственное исключение составляла находившаяся на северной окраине площадка для крикета, совмещенная с беговыми дорожками.

Лисбет миновала гавань и пешком направилась к магазину «Мак-Интайрс электроникс», стоявшему поблизости на вершине небольшого крутого холма. Почти все товары, какие продавались в Гренаде, были импортными, привезенными из США или из Англии, и соответственно стоили вдвое дороже, чем где-либо еще. Зато, на радость посетителям, в магазине были установлены кондиционеры.

В Майами она купила себе портативный палмтоп со складной клавиатурой, чтобы возить его с собой в нейлоновой сумке и читать электронную почту, но это была убогая замена ее компьютеру Apple PowerBook G-4 titanium с семнадцатидюймовым монитором. Однако старые батарейки уже выдохлись, и после получаса работы их приходилось перезаряжать, а это очень мешало, когда ей хотелось посидеть на террасе у бассейна. Кроме того, электроснабжение на Гренаде оставляло желать лучшего, и за то время, что Лисбет здесь прожила, электричество отключали уже дважды, и на довольно продолжительное время. И вот заказанные Лисбет запасные батарейки наконец-то прибыли. Она расплатилась кредиткой, выписанной на фирму «Уосп энтерпрайзис»*, сложила батарейки в нейлоновую сумку и снова вышла на залитую зноем полуденную улицу. Заглянув по дороге в банк «Барклайз», она сняла триста долларов и пошла на рынок, где купила связку морковки, полдюжины плодов манго и полуторалитровую бутылку минеральной воды. Нейлоновая сумка заметно потяжелела, и, спустившись в гавань, Лисбет почувствовала, что сильно проголодалась и хочет пить. Сперва она намеревалась пойти в «Натмег», но там было не протолкнуться. Тогда она отправилась дальше в гавань в тихий «Черепаший панцирь», устроилась там на веранде и заказала порцию кальмаров с жареной картошкой и бутылку местного пива «Кариб». Подобрав остав-

---

* «Предприятие Осы» (англ.).

ленный кем-то номер местной газеты «Гренадиан войс», она просмотрела его за две минуты. Ничего интересного там не нашлось, кроме предостережения об угрожающем приближении «Матильды». Иллюстрировалось оно фотографией разрушенного дома и сопровождалось воспоминаниями о значительных ураганах прошлого.

Лисбет свернула газету, глотнула пива прямо из горлышка, откинулась на спинку стула и тут вдруг увидела знакомого ей постояльца тридцать второго номера, выходящего на веранду из бара. В одной руке он держал неизменный коричневый портфель, в другой — большой бокал с кока-колой. Скользнув по девушке равнодушным взглядом и не узнав, он сел в другом конце веранды лицом к морю и минут семь просидел неподвижно с отсутствующим видом. Потом он вдруг взял бокал, сделал три больших глотка, поставил его снова на стол и снова устремил взгляд в пространство. Через некоторое время Лисбет открыла сумку и достала из нее «Измерения в математике».

Сколько Лисбет себя помнила, она всегда любила ребусы и загадки. Когда ей было девять лет, мама подарила ей кубик Рубика. Это было испытанием для ее логических способностей, и ей потребовалось почти сорок минут, чтобы понять, как он устроен. Зато в дальнейшем ей уже ничего не стоило собрать его. Газетные тесты на уровень интеллекта не представляли для нее сложности; при виде пяти причудливых фигур она всегда легко догадывалась, какой должна быть шестая.

Еще в дошкольном возрасте она сама сообразила, что такое плюс и минус, а понятие об умножении, делении и геометрия пришли как естественное продолжение этого. Она могла проверить сумму счета в ресторане, составить накладную и рассчитать траекторию артиллерийского снаряда, выпущенного с заданной скоростью под тем или иным углом. Все это было для нее чем-то самоочевидным. До того как ей попалась статья в «Попьюлар сайенс», она не только никогда не увлекалась математикой, но даже не задумывалась над тем, что таблица умножения — это часть математики. Таблицу умножения она когда-то запомнила на уроке с одного раза и не понимала, почему учитель возится с ней целый год.

И вот однажды ее озарила догадка, что за доказательствами и формулами, которым учат в школе, стоит какая-то несокрушимая логика. Эта догадка привела ее к стеллажу с пособиями по математике в университетском книжном магазине. Но лишь когда она добралась до «Измерений в математике», перед ней открылся новый мир. Оказалось, что математика — это логическая головоломка с бесчисленными вариантами решений, множество загадок, которые можно разгадать. Арифметические примеры здесь далеко не главное. Пятью пять всегда будет двадцать пять. Вся соль в том, чтобы понять, как построены различные правила, позволяющие решить любую математическую задачу.

Книга «Измерения в математике» не была собственно учебником математики. Этот огромный, в тысячу двести страниц толщиной, кирпич повествовал об истории данной отрасли знания, начиная от древних греков и кончая современными попытками освоить сферическую астрономию. Данный труд был своего рода математической библией, по значению для серьезных математиков равным «Арифметике» Диофанта*. Впервые раскрыв на террасе гостиницы с видом на Гранд Анс Бич «Измерения в математике», Лисбет окунулась в волшебный мир чисел, описанный прекрасным педагогом, который умел заинтересовать читателя то занимательным анекдотом, то неожиданной проблемой. По этой книге Лисбет могла проследить развитие математи-

---

* Диофант Александрийский — древнегреческий математик, предположительно III век нашей эры. Основное произведение Диофанта — «Арифметика» в 13 книгах. Большая часть труда — это сборник задач с решениями, умело подобранных для иллюстрации общих методов. Главная проблематика «Арифметики» — нахождение положительных рациональных решений неопределенных уравнений. Исследования Диофанта оказали большое влияние на развитие математики арабского Востока и Европы.

ки от трудов Архимеда до достижений современной калифорнийской лаборатории ракетных двигателей «Джет пропалшн». Она поняла методы, какими они решали свои проблемы.

Теорема Пифагора ($x^2 + y^2 = z^2$), сформулированная примерно за пятьсот лет до начала нашей эры, стала для нее целым открытием. Лисбет вдруг поняла смысл того, что когда-то просто запомнила в старших классах на одном из немногих занятий, на которых присутствовала. В прямоугольном треугольнике квадрат гипотенузы равен сумме квадратов катетов. Ее восхитило открытое Евклидом примерно в трехсотом году до нашей эры правило, что совершенное число всегда является произведением двух чисел, из которых одно служит какой-либо степенью числа 2, а другое представляет собой разность между следующей степенью числа 2 и единицей. Это было уточнением формулы Пифагора, и она поняла, что тут возможно огромное количество комбинаций.

$$6 = 2^1 \times (2^2 - 1)$$
$$28 = 2^2 \times (2^3 - 1)$$
$$496 = 2^4 \times (2^5 - 1)$$
$$8128 = 2^6 \times (2^7 - 1)$$

Данный ряд Лисбет могла продолжать до бесконечности, не встретив ни одного числа, которое не соответствовало бы приведенному правилу. Эта логика отвечала ее принципам понимания мира. Она бодро проработала Архимеда, Ньютона, Мартина Гарднера и еще дюжину математических классиков.

Затем она добралась до главы о Пьере Ферма. Над его загадкой, теоремой Ферма, она ломала голову целую неделю, что, можно сказать, было не так уж и долго, принимая во внимание то, что теорема Ферма доводила математиков до помешательства на протяжении почти четырехсот лет, пока наконец в 1993 году англичанин Эндрю Уайлс не умудрился ее решить.

Теорема Ферма производила обманчивое впечатление простой задачки.

Пьер де Ферма родился в 1601 году в юго-западной части Франции в Бомон-де-Ломань. Удивительно, что он был даже не математиком, а государственным чиновником, математикой же занимался в свободное время, ради собственного удовольствия. Правда, он считается одним из самых талантливых математиков-самоучек всех времен. Точно так же, как Лисбет Саландер, он обожал решать ребусы и загадки. Особенно ему нравилось подшучивать над другими математиками, предлагая им задачки и намекая, будто бы в них уже скрыто решение. Философ Рене Декарт наделил его весьма уничижительным эпитетом, английский же коллега Джон Уоллис называл его «этот проклятый француз».

В 1630 году вышел перевод «Арифметики» Диофанта, где давался полный свод всех теорий чисел, сформулированных Пифагором, Евклидом и другими античными математиками. Изучая теорему Пифагора, Ферма придумал свою бессмертную, совершенно гениальную задачу. Он создал особый вариант теоремы Пифагора — в формуле $(x^2 + y^2 = z^2)$ он заменил квадрат кубом: $(x^3 + y^3 = z^3)$.

Суть в том, что это уравнение, очевидно, не имело решения в виде целых чисел. Таким образом, Ферма, внеся небольшое изменение академического характера, превратил формулу, имеющую бесконечное множество решений, в тупиковую задачу, не имеющую никакого решения. Тем самым Ферма утверждал, что в бесконечном мире чисел нельзя найти ни одного целого числа, куб которого был бы равен сумме двух кубов, и что это правило справедливо для чисел всех степеней, кроме второй, то есть для всех, за исключением теоремы Пифагора.

Очень скоро все математики согласились с тем, что дело обстоит именно так. Путем проб и ошибок они убедились в том, что невозможно найти ни одного числа, опровергающего утверждение Ферма. Проблему составляло то, что они не смогли бы проверить все существующие числа (ведь их количество бесконечно), продолжай они считать хоть до скончания века, а следовательно, нельзя со стопроцентной уверенностью утверждать, что уже следующее число не опровергнет теорему Ферма. Требовалось найти способ строго доказать это положение и выразить его общезначимой и математически корректной формулой. Математикам нужно было отыскать решение, с которым можно выйти на трибуну и сказать: «Дело обстоит так, потому что...»

По своему обыкновению, Ферма дал коллегам небольшую подсказку. На полях своего экземпляра «Арифметики» этот гений нацарапал условия задачи и приписал в конце несколько строчек, обретших в математике бессмертие: «Cuius rei demonstrationem mirabilem sane detexi hanc marginis exiquitas non caperet»*.

Если он хотел привести своих коллег в ярость, то не нашел бы ни одного способа сделать это успешнее. Начиная с 1637 года каждый уважающий себя математик посвящал какую-то, иногда весьма значительную, часть своего времени попытке отыскать доказательство теоремы Ферма. Несколько поколений мыслителей потерпели неудачу, пока наконец Эндрю Уайлс не добился успеха, представив в 1993 году доказательство. Он думал над этой загадкой двадцать пять лет, из которых последние десять посвящал ей почти все свое время.

Лисбет Саландер была в полном недоумении.

Ответ как таковой ее, в сущности, не интересовал. Главным для нее был поиск решения. Если ей задали головоломную загадку, она ее решит. У нее ушло много времени на то, чтобы понять логический принцип и разгадать тайну чисел, однако она всегда находила правильный ответ, не подсматривая его в конце учебника.

Поэтому, прочитав теорему Ферма, она взяла лист бумаги и принялась покрывать его рядами цифр. Однако найти доказательство ей не удавалось.

Она не желала видеть готовое решение и потому пролистнула ту часть книги, где приводилось доказательство

---

* «У меня есть воистину замечательное доказательство этого положения, но поля книги слишком узки для того, чтобы оно на них поместилось» (*лат.*).

Эндрю Уайлса. Вместо этого она дочитала «Измерения» до конца и убедилась, что никакие другие проблемы, описанные в этой книге, не представляют для нее непреодолимых трудностей. Тогда она день за днем, все более раздражаясь, посвящала теореме Ферма, размышляя над тем, какое «замечательное доказательство» хитрый француз имел в виду. И раз за разом заходила в тупик.

Постоялец из тридцать второго номера неожиданно встал и направился к выходу. Лисбет подняла взгляд, потом посмотрела на наручные часы и увидела, что просидела тут уже целых два часа и десять минут.

Элла Кармайкл поставила перед Лисбет Саландер рюмку. Она уже знала, что та не признает разных глупостей вроде подкрашенных розовых напитков или декоративных бумажных зонтиков в бокале. Лисбет Саландер заказывала всегда одно и то же — ром с колой, за исключением единственного вечера, когда пришла в каком-то странном настроении и до того напилась, что Элле пришлось звать на помощь кого-то из персонала, чтобы ее отнесли наверх в номер. Обычно она пила кофе с молоком, какой-нибудь простенький коктейль или местное пиво «Кариб». Как всегда, она пристроилась справа в конце стойки и раскрыла книгу с заумными математическими формулами, что, на взгляд Эллы Кармайкл, было очень странно для девушки ее возраста.

Она также заметила, что Лисбет Саландер не выказывает совершенно никакого интереса к заигрывающим с ней кавалерам. Немногочисленные одинокие мужчины, пытавшиеся к ней подъехать, наталкивались на учтивый, но решительный отпор, а с одним она обошлась и вовсе невежливо. С другой стороны, Крис Мак-Ален, которого она отшила, был местный лоботряс и давно напрашивался на хорошую взбучку. Целый вечер он приставал к Лисбет со всякими глупостями, поэтому Элла не особенно заволновалась, когда он вдруг странно зашатался и свалился в бассейн. К чести Мак-Алена, он оказался незлопамятным и на следующий вечер снова пришел в бар уже в трезвом состоянии, чтобы пригласить Лисбет Саландер выпить с ним по бутылке пива. Немного поколебавшись, девушка приняла приглашение, и с тех пор они, встречаясь в баре, обменивались вежливыми приветствиями.

— Все в порядке? — спросила Элла.

Лисбет Саландер кивнула и взяла рюмку.

— Как «Матильда»? Есть новости?

— Продолжает двигаться в нашем направлении. В выходные, может быть, задаст нам жару.

— Когда мы точно узнаем?

— Вообще-то только тогда, когда она оставит нас позади. Она может двигаться прямиком на Гренаду, а потом передумать и свернуть в самый последний момент.

— И часто у вас бывают ураганы?

— Время от времени. Чаще всего проходят мимо, иначе от острова давно бы уже ничего не осталось. Но тебе не о чем беспокоиться.

— Я и не беспокоюсь.

Внезапно поблизости раздался слишком громкий взрыв смеха. Обернувшись, они увидели, что это хохочет женщина из тридцать второго номера. По-видимому, муж рассказал ей что-то забавное.

— Кто они такие?

— Доктор Форбс с женой? Они американцы, из Остина, что в штате Техас.

Слово «американцы» Элла произнесла с некоторым неодобрением.

— Я знаю, что американцы. Что они тут делают? Он кто — врач?

— Нет, не врач. Он приехал сюда по делам фонда Девы Марии.

— Что это за фонд?

— Они оплачивают обучение способных детей. Он порядочный человек. Ведет переговоры с департаментом по народному образованию о постройке нового учебного заведения в Сент-Джорджесе.

— Порядочный человек, который лупит свою жену,— пробормотала Лисбет Саландер.

Элла Кармайкл ничего не ответила, а лишь бросила на Лисбет выразительный взгляд и ушла к другому концу стойки — подавать «Кариб» только что подошедшим клиентам из местных жителей.

После того Лисбет посидела в баре минут десять, уткнув нос в «Измерения». Еще в детстве она поняла, что обладает фотографической памятью и тем самым сильно отличается от одноклассников, но никогда никому не рассказывала об этой своей особенности, за исключением Микаэля Блумквиста, которому в минуту слабости позволила проникнуть в ее тайну. «Измерения» она знала уже наизусть и таскала с собой книгу как напоминание о мучившей ее загадке, словно это было чем-то вроде талисмана.

Но в этот вечер она никак не могла сосредоточиться на Ферма и его теореме. Ей мешал маячивший перед глазами образ доктора Форбса, который сидел неподвижно, устремив невидящий взгляд куда-то в сторону залива.

Она сама не могла объяснить, откуда у нее возникло это чувство, но тут было что-то не так.

В конце концов она захлопнула книгу, вернулась к себе в номер и включила свой ноутбук. О том, чтобы заняться поисками в Интернете, не могло быть и речи — в отеле не было широкополосного Интернета, но у Лисбет имелся встроенный модем, который подключался к мобильному телефону, и таким образом она могла отправлять и принимать корреспонденцию по электронной почте. Она быстро набрала сообщение на адрес <plague_xyz_666@hotmail.com>*:

Сижу без широкополосного Интернета. Требуется информация о некоем докторе Форбсе из фонда Девы Марии и его жене, проживающих в Остине, штат Техас. Заплачу 500 долларов тому, кто выполнит расследование. Wasp.

---

* Plague (*англ.*) — чума.

Лисбет добавила свой PGP-ключ*, зашифровала послание PGP-ключом Чумы и нажала на кнопку «отправить». Затем взглянула на часы — оказалось, что уже почти половина восьмого вечера.

Выключив компьютер, Лисбет заперла за собой дверь, вышла на берег и, пройдя четыреста метров, пересекла дорогу на Сент-Джорджесе и постучалась в дверь сарайчика на задах «Кокосового ореха». Там обитал шестнадцатилетний Джордж Бленд, студент. Он собирался стать врачом, или адвокатом, или, может быть, астронавтом, а пока отличался таким же, как сама Лисбет Саландер, щуплым сложением и невысоким ростом.

Лисбет повстречала Джорджа Бленда на пляже в первую неделю пребывания на Гренаде, на следующий день после своего переезда в район Гранд Анс. Прогулявшись по берегу, она села под пальмами. Перед ней у моря группа детей играли в футбол. Она раскрыла «Измерения» и погрузилась в чтение. В это время он пришел и расположился в нескольких метрах впереди — худенький чернокожий парнишка в сандалиях, черных брюках и белой майке. Казалось, он не обращал на нее внимания, а она молча наблюдала за ним.

Как и Лисбет, он открыл книгу и погрузился в чтение, и это тоже было пособие по математике — «Основной курс». Он читал очень сосредоточенно, потом начал что-то писать в задачнике. Понаблюдав за ним минут пять, Лисбет кашлянула. Тут мальчик ее заметил и, в панике вскочив, стал извиняться, что помешал, и собрался уже уходить, но она успела спросить его, очень ли трудные у него примеры.

Это оказалась алгебра, и через две минуты Лисбет нашла главную ошибку в его вычислениях. Через тридцать минут совместными усилиями домашнее задание было выполнено. Через час они уже разобрали всю следующую главу задачника, и Лисбет, как настоящий педагог, объяснила Джорджу, как нужно подходить к решению таких примеров. Он

---

* PGP (Pretty Good Privacy) *(англ.)* — название компьютерной программы, позволяющей производить шифрование.

посмотрел на нее с уважением, и через два часа она уже знала, что его мама живет в Канаде в Торонто, папа на другом конце острова в Гренвилле, а сам он обитает неподалеку отсюда в сарае. В семье он самый младший, и у него есть три сестры.

К своему удивлению, Лисбет Саландер почувствовала, что общество мальчика действует на нее успокоительно. Она почти никогда не вступала в разговоры с другими людьми просто ради того, чтобы поболтать, но не потому, что страдала застенчивостью. В понимании Лисбет, беседа всегда имела конкретную цель: выяснить, например, как пройти в аптеку или сколько стоит снять номер в гостинице. Разговоры также помогали решать служебные задачи: когда она проводила расследования для Драгана Арманского в «Милтон секьюрити», то ей не составляло труда вести долгие беседы ради получения информации.

Зато она терпеть не могла частные разговоры, которые всегда сводились к вопросам о том, что она считала личным делом каждого человека. Зато ответы она ухитрялась давать самые неопределенные, и попытки вовлечь Лисбет Саландер в подобные беседы сводились примерно к следующему:

— Сколько тебе лет?

— А как тебе кажется?

— Как тебе нравится Бритни Спирс?

— А кто это?

— Как ты относишься к картинам Карла Ларссона?

— Никогда над этим не задумывалась.

— Ты лесбиянка?

— Не твое дело.

Джордж Бленд был неловок и застенчив, но он держался вежливо и старался поддерживать беседу о серьезных вещах, не пытаясь соперничать с Лисбет и не вторгаясь в ее частную жизнь. Подобно ей самой, он производил впечатление одинокого человека, и она с удивлением поняла, что ее, Лисбет, парень воспринимает как некую богиню математики, спустившуюся с небес на Гранд Анс Бич, чтобы осчастливить его своим обществом. Они провели на пляже несколько часов, а потом, когда солнце стало клониться к горизонту, встали и направились восвояси. Вместе они дошли до ее отеля, Джордж показал ей лачугу, которая служила его студенческой кельей, и в смущении спросил, не согласится ли она зайти к нему на чашку чаю. Она согласилась, и он, кажется, удивился.

Жилище его представляло собой обычный сарайчик и отличалось крайней простотой: вся обстановка состояла из видавшего виды стола, двух стульев, кровати и шкафа для белья и одежды. Единственным светильником была маленькая настольная лампа, провод от которой тянулся в «Кокосовый орех», а для приготовления пищи служила походная керосинка. Джордж угостил Лисбет обедом из риса и зелени, поданным на пластиковых тарелках, даже дерзнул предложить ей местного запрещенного курева, и она согласилась это попробовать.

Лисбет без труда заметила, что произвела впечатление на нового знакомого, и он смущается, не зная, как ему себя с ней вести. Она тут же решила, что позволит ему себя соблазнить, но процесс развивался мучительно и трудно. Он, без сомнения, понял ее намеки, но не имел ни малейшего представления, как ему нужно действовать в этих обстоятельствах. Он ходил вокруг да около, никак не решаясь к ней подступиться, пока у нее не лопнуло терпение. Она усадила его на кровать, а сама принялась раздеваться.

Впервые после возвращения из генуэзской клиники Лисбет решилась показаться кому-то на глаза обнаженной. Сразу после выписки она чувствовала себя не вполне уверенно, и прошло довольно много времени, прежде чем она убедилась, что никто на нее не глазеет. Раньше Лисбет Саландер нисколько не волновало, как к ней относятся окружающие, поэтому она никак не могла понять, отчего же теперь стала беспокоиться.

В лице Джорджа Бленда она нашла прекрасный объект, на котором могла проверить воздействие своего нового «я». Справившись наконец — не без некоторой поддержки с ее стороны — с застежкой ее лифчика, он, прежде чем самому начать раздеваться, первым долгом погасил свет. Лисбет поняла, что он стесняется, снова включила лампу и внимательно следила за его реакцией, когда он неуклюже начал до нее дотрагиваться. И лишь спустя некоторое время она расслабилась, убедившись, что ее грудь вовсе не кажется ему ненатуральной. Впрочем, Джорджу, судя по всему, было особенно не с чем сравнивать.

Заранее Лисбет не предполагала обзавестись на Гренаде любовником-тинейджером. Она просто поддалась порыву и, уходя от Джорджа поздно вечером, вовсе не думала о возвращении сюда. Но уже на следующий день она снова встретила его на пляже и призналась себе, что ей приятно проводить время с этим неловким мальчиком. За семь недель, что она прожила на Гренаде, Джордж Бленд прочно занял место в ее жизни. Днем они не встречались, но вечерние часы перед заходом солнца он проводил на пляже, прежде чем уйти в свою хижину.

Лисбет знала, что, прогуливаясь вместе по пляжу, они выглядели как парочка подростков.

Вероятно, его жизнь стала гораздо интереснее. У него появилась женщина, которая обучала его математике и эротике.

Открыв дверь, Джордж радостно улыбнулся ей с порога.

— Тебе не помешает гостья? — спросила она.

Лисбет Саландер вышла от Джорджа Бленда в самом начале третьего часа ночи. Ощущая внутреннее тепло, она решила не возвращаться сразу в отель, а сначала пройтись вдоль моря. Идя в темноте по безлюдному пляжу, она знала, что Джордж Бленд провожает ее, держась позади метрах в ста.

Он поступал так каждый раз. Она никогда не оставалась у него до утра, а он горячо спорил с ней, доказывая, что женщина не должна возвращаться в отель совершенно одна поздней ночью, и настаивал на том, что просто обязан проводить ее. Лисбет Саландер обыкновенно давала ему высказать свои доводы, но затем прекращала дискуссию решительным «нет»:

— Я буду ходить, когда хочу и куда хочу. Все! Спор окончен! И не надо мне никаких провожатых.

В первый раз она ужасно рассердилась, когда увидела, что он ее провожает. Но потом ей даже понравилось то, что он стремится ее оберегать, и потому она делала вид, будто не замечает, как он идет за ней следом и возвращается к себе не раньше, чем она у него на глазах войдет в отель.

Она задавалась вопросом, что он сделает, если на нее кто-нибудь нападет.

Сама она на этот случай купила в магазине Мак-Интайра молоток и носила в сумке, висевшей у нее через плечо. Как считала Лисбет Саландер, в реальном мире не много найдется страшилищ, с которыми нельзя управиться при помощи увесистого молотка.

В этот вечер небо было усеяно сверкающими звездами, светила полная луна. Лисбет подняла взгляд и увидела, что Регул в созвездии Льва стоит низко над горизонтом. Она уже почти дошла до отеля, как вдруг замерла на месте — впереди на пляже, у самой воды, она заметила смутные очертания человеческой фигуры. Это был первый случай, раньше она не встречала здесь в темноте ни души. Между ними оставалось метров сто, но благодаря лунному свету Лисбет без труда узнала ночного гуляку.

Это был почтенный доктор Форбс из тридцать второго номера.

Она свернула в сторону, несколькими широкими шагами быстро пересекла пляж и затаилась в тени деревьев. Она оглянулась, но Джорджа Бленда нигде не увидела. Человек у кромки воды медленно прохаживался взад и вперед, покуривая сигарету, а через каждые несколько шагов останавливался и наклонялся, словно искал что-то у себя под ногами. Эта пантомима продолжалась двадцать минут, затем он внезапно развернулся, быстрым шагом направился к выходящему на пляж подъезду отеля и скрылся.

Немного выждав, Лисбет подошла к тому месту, где расхаживал доктор Форбс, и неспешно описала полукруг, внимательно глядя себе под ноги, но ничего, кроме песка, нескольких камешков и раковин, не увидела. Потратив на это две минуты, она бросила осматривать пляж и вернулась в гостиницу.

У себя в номере она вышла на балкон, перегнулась через перила и осторожно перелезла на соседний. Все было тихо и спокойно. Вечерние посетители бара давно отгуляли. Подождав немного, она сходила за сумкой, взяла лист бумаги и свернула себе косяк из запаса, которым снабдил ее Джордж Бленд. Устроившись на балконе в шезлонге и устремив взгляд на темные воды Карибского моря, Лисбет задумчиво закурила.

В ее голове заработал чуткий приборчик, готовый, будто радар, уловить малейший сигнал тревоги.

Глава

02

Пятница, 19 декабря

Нильс Эрик Бьюрман, адвокат пятидесяти пяти лет, отставил чашку и стал глядеть на людской поток, текущий за окном кафе «Хедон» на Стуреплан. Он видел всех, кто двигался мимо в этом нескончаемом потоке, но ни на ком не останавливал взгляда.

Он думал о Лисбет Саландер. О Лисбет Саландер он думал часто.

Эти мысли доводили его до белого каления.

Лисбет Саландер изничтожила его. Он никогда не забудет тех минут. Она захватила над ним власть и унизила его. Это унижение в буквальном смысле оставило неизгладимый след на его теле, а если точнее, на участке величиной в два квадратных дециметра внизу живота как раз над его половым членом. Она приковала его к его собственной кровати, учинила над ним физическую расправу и вытатуировала совершенно недвусмысленную надпись, которую нельзя было вывести никакими способами: Я САДИСТСКАЯ СВИНЬЯ, ПОДОНОК И НАСИЛЬНИК.

Когда-то стокгольмский суд признал Лисбет Саландер юридически недееспособной. Бьюрман был назначен ее опекуном и управляющим ее делами, что ставило ее в прямую зависимость от него. С первой же встречи Лисбет Саландер внушила ему эротические фантазии, каким-то образом она его спровоцировала, хотя он сам не понимал, как это произошло.

Если подумать, адвокат Нильс Бьюрман понимал, что сделал нечто недозволенное и что общественность никак не одобрила бы его действия. Он также отдавал себе отчет, что с юридической точки зрения его поступку не было оправданий.

Но для его чувств голос разума не играл никакой роли. Лисбет Саландер точно приворожила его с той минуты, как он в декабре позапрошлого года впервые ее встретил. Тут уж никакие законы и правила, никакая мораль и ответственность не имели значения.

Она была необычная девушка — вполне взрослая по сути, но совершенный подросток по виду. Ее жизнь оказалась в его руках, он мог распоряжаться ею по своему усмотрению. Против такого соблазна невозможно было устоять.

Официально Лисбет Саландер считалась недееспособной, а при ее биографии никто не стал бы ее слушать, вздумай она жаловаться. Это даже нельзя было назвать изнасилованием невинного ребенка: из ее дела явствовало, что она вела беспорядочную половую жизнь и имела немалый сексуальный опыт. В одном из отчетов социальных работников было даже сказано, что в возрасте семнадцати лет Лисбет Саландер, возможно, занималась какой-то формой проституции. Это донесение основывалось на том, что полицейский патруль однажды застал молодую девушку на скамейке в парке Тантолунд в обществе неизвестного пьяного старика. Полицейские припарковались и попытались установить личность парочки; девушка отказалась отвечать на вопросы, а мужчина был слишком пьян, чтобы сказать что-то вразумительное.

Адвокат Бьюрман делал из этого совершенно ясный вывод: Лисбет Саландер была шлюхой самого низкого пошиба и находилась в его руках, так что он ничем не рисковал. Даже если она заявится с протестами в управление опекунского совета, он благодаря своей незапятнанной репутации и заслугам сможет представить ее лгуньей.

Лисбет Саландер выглядела идеальной игрушкой — взрослая, неразборчивая в связях, юридически недееспособная и полностью отданная в его власть.

В его практике это был первый случай, когда он использовал одного из своих клиентов. До этого он даже в мыслях не пытался найти подходящую жертву среди тех, с кем имел дело как юрист. Чтобы удовлетворять свои потребности в нетрадиционных сексуальных играх, он обычно обращался к проституткам. Он делал это скрытно, соблюдал осторожность и хорошо платил, и только одно его не устраивало — с проститутками все было не всерьез, а понарошку. Это была купленная услуга, женщина стонала и охала, играла перед ним роль, но все это было такой же фальшивкой, как поддельная мазня по сравнению с настоящей живописью.

Пока длился его брак, он пробовал доминировать над женой, и она соглашалась подчиняться, но и тут была только игра.

Лисбет Саландер стала идеальным объектом. Она была беззащитна, не имела ни родных, ни друзей — настоящая жертва, совершенно безответная. Одним словом, ему подвернулся подходящий случай, и соблазн оказался слишком велик.

И вдруг нежданно-негаданно она захватила над ним власть.

Он никогда не думал, что она способна нанести такой мощный и решительный ответный удар. Она унизила его и причинила боль. Она едва его не погубила.

За два года, прошедших с тех пор, жизнь Нильса Бьюрмана решительно изменилась. После ночного вторжения Лисбет Саландер в его квартиру он некоторое время находился словно в параличе, не мог ни думать, ни действовать. Он заперся дома, не отвечал на телефонные звонки и даже не поддерживал контакт со своими постоянными клиентами. Лишь через две недели он взял больничный лист. Текущую переписку в конторе вела за него секретарша, отменяя назначенные встречи и пытаясь отвечать на вопросы раздраженных клиентов.

Каждый день он, словно его заставляли насильно, разглядывал свое отражение в зеркале в ванной. Кончилось тем, что зеркало он убрал.

Только к началу лета Нильс Бьюрман вернулся в контору. Рассортировав клиентов, он большинство передал коллегам, себе же оставил лишь те дела, которые можно было вести путем переписки, без личных встреч. Единственной оставшейся у него клиенткой была Лисбет Саландер. Каждый год он подавал за нее годовой баланс и каждый месяц посылал отчет в опекунский совет. Он делал все в точности так, как она приказала: из содержания его сплошь вымышленных отчетов следовало, что она совершенно не нуждается ни в какой опеке.

Каждый отчет, напоминая о ее существовании, был для него словно острый нож, однако у него не оставалось выбора.

Осень и начало зимы Бьюрман провел в бессильной тоске, обдумывая произошедшее. В декабре он наконец собрался с силами, взял отпуск и отправился во Францию. Он заранее заказал себе место в клинике косметической хирургии под Марселем, где проконсультировался о том, каким образом лучше удалить татуировку.

Доктор с удивлением осмотрел его изуродованный живот и в конце концов предложил план лечения. Самым действенным средством представлялась многократная обработка с помощью лазера, но размер татуировки был так велик, а игла так глубоко проникала под кожу, что он предложил вместо этого серию пересадок кожи — способ дорогой и требующий много времени.

За два года Бьюрман виделся с Лисбет Саландер только один раз.

В ту ночь, когда она захватила его врасплох и перевернула его жизнь, она, уходя, забрала с собой запасные ключи от его конторы и квартиры. При этом она пообещала следить за ним и навещать его, когда он меньше всего будет этого ждать. После десяти месяцев ожидания он уже стал думать, что это была пустая угроза, но все не решался поменять замки. Ведь она недвусмысленно предупредила: если она когда-нибудь застанет его в постели с женщиной, то сделает достоянием общественности девяностоминутную пленку, на которой было заснято, как он ее насиловал.

И вот однажды, по прошествии почти целого года, он внезапно проснулся в три часа ночи, не понимая, что его разбудило. Он зажег лампочку на ночном столике и чуть не закричал от ужаса, увидев у изножья своей кровати Лисбет Саландер. Она стояла там, как привидение, внезапно возникшее у него в спальне. Бледное лицо смотрело на него без всякого выражения, а в руке она держала этот чертов электрошокер.

— Доброе утро, адвокат Бьюрман,— произнесла она наконец.— Прости уж, что на этот раз я тебя разбудила.

«Господи боже! Неужели она и раньше уже приходила, пока я спал?» — в панике подумал Бьюрман.

Он так и не смог решить, блефует она или говорит правду. Нильс Бьюрман откашлялся и открыл рот для ответа, но она жестом остановила его.

— Я разбудила тебя, только чтобы сказать одну вещь. Скоро я уезжаю и довольно долго буду отсутствовать. Ты будешь по-прежнему писать каждый месяц отчеты о том, что у меня все идет хорошо, но вместо того, чтобы посылать один экземпляр на мой адрес, ты будешь отправлять его на адрес в хот-мейле.

Она достала из кармана куртки сложенный вдвое листок и кинула его на кровать.

— Если опекунский совет захочет связаться со мной или мое присутствие потребуется еще по какой-нибудь причине, ты пошлешь сообщение по этому адресу. Понятно?

Он кивнул:

— Понятно...

— Молчи. Я не желаю слышать твой голос.

Он стиснул зубы. Он ни разу не посмел связаться с нею, потому что она запрещала ему искать встреч и грозила в противном случае отправить фильм куда следует. Зато он уже несколько месяцев обдумывал, что скажет ей, когда она сама с ним свяжется. Он понимал, что ему, в общем-то, нечего сказать в свое оправдание, и мог лишь взывать к ее великодушию. Только бы она дала ему шанс — тогда он постарается убедить ее, что совершил свой поступок в состоянии временного помешательства, что он раскаивается в содеянном и хочет загладить свою вину. Он был готов ползать у нее в ногах, лишь бы тронуть ее сердце и тем самым отвести от себя опасность, исходящую от Лисбет Саландер.

— Мне нужно сказать тебе,— начал он жалобным голосом.— Я хочу попросить у тебя прощения.

Она настороженно выслушала его неожиданную мольбу, а когда он закончил, наклонилась над спинкой кровати и вперила в него ненавидящий взгляд:

— Слушай же меня! Ты — скотина. Я никогда не отстану от тебя. Но если ты будешь вести себя хорошо, я отпущу тебя в тот день, когда будет отменено решение о моей недееспособности.

Она дождалась, пока он опустит взгляд, осознавая, что она заставляет его ползать перед ней на коленях.

— Все, что я сказала год назад, остается в силе. Если ты не сумеешь выполнить условия, я обнародую этот фильм. Если ты попробуешь связаться со мной каким-либо иным способом, кроме выбранного мною, я обнародую фильм. Если я погибну от несчастного случая, случится то же самое. Если ты меня тронешь, я тебя убью.

Он поверил ей. Здесь не было места для сомнений или переговоров.

— И еще одно. Когда я решу тебя отпустить, можешь делать все, что хочешь. Но до этого дня чтобы ноги твоей не было в той марсельской клинике! Если поедешь туда и начнешь лечение, я сделаю тебе новую татуировку. Но в следующий раз она появится у тебя на лбу.

«Черт! — мелькнуло у него в мыслях.— И откуда она только узнала, что...»

В следующую секунду она исчезла. Он услышал лишь слабый щелчок, когда она повернула ключ в замке входной двери. Это было действительно словно встреча с привидением.

С этого момента он так яростно возненавидел Лисбет Саландер, что ощущал эту ненависть, будто раскаленную иглу, впивающуюся в его мозг. Все его существование свелось к страстному желанию уничтожить ее. Мысленно он рисовал себе картины ее смерти, мечтал, как заставит ее ползать на коленях и молить о пощаде, но он будет беспощаден. Он мечтал, как стиснет руками ее горло и будет душить, пока она не задохнется, как выдавит ей глаза из глазниц и вырвет сердце из груди, он сотрет ее с лица земли.

И странно — в тот же самый момент он почувствовал, что обрел способность действовать и что к нему вернулось превосходное душевное равновесие. Он по-прежнему был одержим этой Лисбет Саландер и все его помыслы непрестанно были сосредоточены на ней, однако он обнаружил, что вновь обрел способность мыслить здраво. Чтобы разделаться с ней, он должен взять себя в руки. В его жизни появилась новая цель.

И в этот день он перестал рисовать себе воображаемые картины ее смерти, а начал строить планы, как добиться этой цели.

Протискиваясь с двумя стаканами горячего, как кипяток, кофе с молоком к столику Эрики Бергер, Микаэль Блумквист прошел в каких-то двух метрах за спиной адвоката Нильса Бьюрмана. Ни он, ни Эрика никогда даже не слышали его имени и здесь, в кафе «Хедон», не обратили на него никакого внимания.

Наморщив нос, Эрика отодвинула от себя пепельницу, чтобы освободить место для стакана. Микаэль снял пиджак и повесил его на спинку стула, подтянул пепельницу к себе и закурил сигарету, вежливо выпустив дым в сторону.

— Я думала, что ты бросил,— заметила Эрика.

— Это я так, нечаянно.

— Я скоро откажусь от секса с мужчинами, пропахшими табаком,— улыбнулась она.

— No problem! — улыбнулся ей Микаэль.— Всегда найдутся женщины, которые не так привередливы.

Эрика Бергер возвела глаза к потолку.

— Так что ты хотел? Через двадцать минут я встречаюсь с Чарли. Мы с ней идем в театр.

Чарли — это была Шарлотта Росенберг, школьная подружка Эрики.

— Меня беспокоит наша практикантка, дочка одной из твоих подруг. Она работает у нас уже две недели и будет работать еще восемь. Я так долго не выдержу.

— Я уже заметила, что она на тебя поглядывает со значением. Я, конечно, уверена, что ты будешь вести себя по-джентльменски.

— Эрика, девчонке семнадцать лет, а ума у нее не больше, чем у десятилетней, да и то с натяжкой.

— Просто она польщена возможностью работать рядом с тобой и испытывает что-то вроде восторженного обожания.

— Вчера она позвонила мне в домофон в половине одиннадцатого вечера и хотела зайти ко мне с бутылкой вина.

— Ого! — воскликнула Эрика Бергер.

— Вот тебе и «ого»! Будь я на двадцать лет моложе, я, наверное, не раздумывал бы ни секунды. Но ты вспомни — ведь ей семнадцать, а мне скоро сорок пять.

— И напоминать незачем. Мы же с тобой ровесники.

Микаэль Блумквист откинулся на спинку стула и стряхнул пепел с сигареты.

Разумеется, Микаэль Блумквист понимал, что дело Веннерстрёма превратило его в звезду. Весь прошедший год он получал приглашения на всевозможные торжественные мероприятия с самых неожиданных сторон.

Ему было ясно, что его приглашали ради возможности потом хвастаться этим знакомством: люди, которые раньше редко обменивались с ним рукопожатием, теперь чуть ли не лезли с поцелуями и стремились выступать в роли его закадычных друзей. В основном это были даже не коллегижурналисты — с ними он и без того был знаком, и в этой среде у него давно установились либо хорошие, либо плохие отношения,— а главным образом так называемые деятели культуры: актеры, завсегдатаи различных ток-шоу и прочие полузнаменитости. Заручиться присутствием Микаэля на презентации или на частном обеде стало престижно, поэтому в прошлом году на него так и сыпались приглашения. У него уже вошло в привычку отвечать на эти предложения: «Я бы с величайшим удовольствием, но, к сожалению, уже обещал быть в это время в другом месте».

Оборотной стороной славы было и то, что теперь о нем с необыкновенной быстротой распространялись всяческие слухи. Однажды Микаэлю позвонил один из знакомых, встревоженный новостью, будто бы Микаэль лежит в клинике, где лечат от наркотической зависимости. В действительности все знакомство Микаэля с наркотиками сводилось к тому, что он подростком выкурил несколько сигарет с марихуаной и добрых пятнадцать лет тому назад как-то раз попробовал кокаин в обществе молодой голландской рок-певицы. Употреблением алкогольных напитков он грешил несколько больше, но сильно напивался редко, в основном на званых обедах и по прочим торжественным случаям. При посещении же бара или ресторана он обыкновенно ограничивался одной порцией чего-либо крепкого, а часто вообще пил простое пиво. В домашнем баре у него стояла водка и несколько сувенирных бутылок односолодового виски, но открывал их он до смешного редко.

В кругу знакомых Микаэля и за его пределами было хорошо известно, что он ведет холостяцкую жизнь, имея множество случайных связей, и это породило о нем слухи другого рода. Его многолетние отношения с Эрикой Бергер уже давно служили источником различных домыслов. В последний же год сложилось мнение, будто бы он отчаянный бабник, который без зазрения совести пользуется своей известностью для того, чтобы перетрахаться со всеми посетительницами стокгольмских ресторанов. Некий малоизвестный журналист как-то даже поднял вопрос, не пора ли Микаэлю обратиться за медицинской помощью по поводу своей половой распущенности. На эту мысль его навел пример одного популярного американского актера, который лечился в клинике от соответствующего недуга.

У Микаэля действительно было на счету много мимолетных связей, и порой случалось, что они совпадали по времени. Он и сам толком не знал, почему так получалось. Он считал, что у него недурная внешность, но никогда не воображал себя таким уж неотразимым. Однако ему часто приходилось слышать, что в нем есть нечто привлекательное для женщин. Эрика Бергер объяснила ему, что он производит впечатление уверенности и одновременно надежности и ему дан особый дар вызывать у женщин чувство спокойствия, заставляющего их забывать о самолюбии. Лечь с ним в постель было именно таким делом, не трудным, не опасным и не сложным, а напротив, легким и приятным в эротическом отношении, как, по мнению Микаэля, тому и следовало быть.

В противоположность тому, что думали о Микаэле большинство его знакомых, он никогда не был волокитой. В крайнем случае он давал понять, что он вовсе даже не прочь, но всегда предоставлял женщине право проявить инициативу. В результате дело зачастую само собой кончалось сексом. Женщины, которые побывали в его постели, редко относились к числу анонимных one night stands*. Такие, конечно, тоже попадались на его пути, но с ними дело кончалось механическими упражнениями, не приносившими никакого удовлетворения. Самые лучшие впечатления оставляли у Микаэля связи с хорошо знакомыми женщинами, которые ему по-человечески нравились. Поэтому неудивительно, что его отношения с Эрикой Бергер продолжались двадцать лет: их связывали дружба и одновременно взаимное влечение.

С тех пор как он прославился, женщины стали проявлять к нему повышенный интерес, который ему самому казался странным и необъяснимым. Особенно его удивляли моло-

---

* Подружек на одну ночь (англ.).

денькие девушки, которые совершенно неожиданно вдруг принялись делать ему авансы.

Обаяние Микаэля обыкновенно действовало совсем на других женщин, не похожих на этих восторженных, не достигших еще двадцатилетнего возраста стройных девиц в коротеньких юбчонках. Когда он был моложе, то часто общался с дамами старше его, а иной раз даже намного старше и опытнее. Но по мере того, как он сам взрослел, разница в возрасте постепенно сокращалась. Появление в его жизни двадцатипятилетней Лисбет Саландер знаменовало собой в этом смысле заметный перелом.

Вот по этой причине он так срочно назначил встречу с Эрикой.

По просьбе одной из подруг Эрики в «Миллениум» недавно взяли практиканткой девушку из гимназии, специализирующуюся в области средств массовой информации. Каждый год в редакции проходили практику несколько человек, так что в этом не было ничего необычного. При знакомстве с семнадцатилетней практиканткой Микаэль вежливо с ней поздоровался, потом как-то в разговоре отметил, что в ней как будто проглядывает живой интерес к журналистике, а не просто мечта выступать по телевизору. Впрочем, как подозревал Микаэль, работа в «Миллениуме» стала теперь престижной сама по себе.

Вскоре он заметил, что девушка не упускает случая пообщаться с ним более тесно. Он делал вид, будто не понимает ее довольно-таки недвусмысленных намеков, однако в результате она лишь удвоила свои старания, и он чувствовал себя довольно неловко.

Эрика Бергер неожиданно расхохоталась:

— Дорогой мой, похоже, ты стал жертвой сексуальных домогательств на работе.

— Рикки! Дело-то щекотливое! Я ни в коем случае не хочу обидеть ее или поставить в глупое положение. Но она ведет себя так же откровенно, как кобылка во время течки. Я нервничаю, потому что никто не знает, что еще она выкинет в следующую минуту.

— Она влюблена в тебя, Микаэль, и по молодости лет еще не умеет выразить свои чувства.

— Прости, но ты ошибаешься! Она чертовски хорошо умеет их выражать. Она все время что-то такое изображает и сердится, что я никак не клюю на приманку. А мне только того и не хватало, чтобы обо мне пустили слухи, будто бы я стареющий ловелас, этакий Мик Джаггер, гоняющийся за молоденькими.

— О'кей, твоя проблема понятна. Значит, вчера вечером она явилась к тебе под дверь.

— С бутылкой вина. Сказала, что была по соседству на вечеринке у знакомых, и представила дело так, будто бы завернула ко мне случайно.

— И что же ты ей сказал?

— Я ее не впустил. Соврал, что она пришла некстати, я, дескать, не один, у меня дама.

— И как она это приняла?

— Она страшно обозлилась и отвалила.

— И что, по-твоему, я должна предпринять?

— Get her off my back*. В понедельник я собираюсь с ней серьезно поговорить. Либо она от меня отвяжется, либо я выкину ее из редакции.

Эрика Бергер немного подумала.

— Нет,— сказала она наконец.— Не говори ничего. Я сама с ней побеседую.

— У меня нет выбора.

— Она ищет друга, а не любовника.

— Не знаю я, чего она ищет, но...

— Микаэль, я прошла через то же самое, через что проходит она. Я с ней побеседую.

Как и все, кто смотрит телевизор и читает вечерние газеты, Нильс Бьюрман за последний год заочно познакомился с Микаэлем Блумквистом. В лицо он его не знал, но даже если бы и знал, то не обратил бы внимания на его появление, поскольку ему не было известно о существовании ка-

---

* Сделай так, чтобы она от меня отвязалась *(англ.)*.

кой-либо связи между редакцией «Миллениума» и Лисбет Саландер.

Кроме того, он был слишком занят собственными мыслями, чтобы замечать происходящее вокруг.

После того как его отпустил интеллектуальный паралич, он понемногу начал анализировать свое положение и размышлять над тем, каким образом он может переиграть Лисбет.

Все упиралось в одно обстоятельство. В распоряжении Лисбет Саландер имелся девяностоминутный фильм, заснятый ею при помощи скрытой камеры, в котором было подробно показано, как он ее изнасиловал. Бьюрман видел этот фильм. Его невозможно было истолковать в каком-либо благоприятном смысле. Если пленка попадет в прокуратуру или (что еще хуже) в распоряжение средств массовой информации, его жизнь будет кончена: это будет конец его карьеры и свободы. Зная уголовный кодекс, он сам подсчитал, что за насилие в особо жестокой форме, использование лица, находящегося в зависимом положении, причинение телесных повреждений он в общей сложности должен получить лет шесть лишения свободы. Один из эпизодов фильма дотошный защитник может даже представить как попытку убийства.

В ту ночь он чуть не придушил ее от возбуждения, когда прижал к ее лицу подушку. Сейчас он жалел, что не задушил ее до конца.

Они же ни за что не поймут, что она все время играла срежиссированный спектакль и заранее все спланировала. Она его спровоцировала, стреляла в него детскими глазками и соблазняла своим телом двенадцатилетней девчонки. Она нарочно дала ему изнасиловать себя. Это случилось по ее вине...

Однако как бы он ни решил действовать, он должен сначала заполучить этот фильм и убедиться, что у нее не осталось копий. Тогда проблема будет решена.

Можно не сомневаться, что такая ведьма, как Лисбет Саландер, на протяжении лет нажила себе немало врагов.

Бьюрман обладал одним большим преимуществом. В отличие от всех остальных, кто по той или иной причине мог затаить зло на Саландер, у него имелся неограниченный доступ к ее медицинской карточке, отчетам в опекунский совет и психиатрическим заключениям. Он был одним из немногих людей в Швеции, кому известны ее самые сокровенные тайны.

Ее личное дело, переданное ему опекунским советом, когда он был назначен ее опекуном, являлось кратким и содержательным — всего пятнадцать страниц, рисующих картину всей ее взрослой жизни. Оно включало краткую выписку из заключения психиатрической экспертизы, где излагался ее диагноз, решение стокгольмского суда о признании ее недееспособной и финансовый отчет за прошлый год.

Он снова и снова вчитывался в ее личное дело. Затем начал систематический сбор сведений о прошлом Лисбет Саландер.

Как адвокату, ему было прекрасно известно, каким образом искать информацию в государственных учреждениях. Будучи ее официальным представителем, он без труда мог получить доступ к засекреченным папкам, где хранились медицинские данные. Нильс Бьюрман принадлежал к числу тех немногих людей, которые имели право на получение любой справки, касающейся Лисбет Саландер.

И все же ему потребовалось несколько месяцев на то, чтобы деталь за деталью, через отчеты социальных служб, полицейские расследования и судебное решение восстановить всю историю ее жизни, начиная с самых ранних записей школьных лет. Он лично встретился и обсудил состояние ее психического здоровья с доктором Йеснером Х. Лёдерманом, психиатром, который в связи с наступлением ее восемнадцатилетия рекомендовал для нее содержание в закрытом лечебном заведении. Он тщательно изучил все соображения, на которых основывалось принятое решение. Все оказывали ему в этом помощь. Одна женщина из социальной службы даже похвалила его за необыкновенное внимание, которое он проявил, не поленившись ознакомиться со всеми аспектами жизни своей подопечной Лисбет Саландер.

Но настоящим кладезем информации оказались две записные книжки в твердых переплетах, хранившиеся в картонке у одного из служащих социального ведомства. Книжки эти содержали записи, сделанные предшественником Бьюрмана, адвокатом Хольгером Пальмгреном, который, судя по всему, узнал Лисбет лучше, чем кто-либо другой. Пальмгрен добросовестно каждый год представлял в социальную службу положенный краткий отчет, но, кроме того, он тщательно записывал свои собственные соображения в форме дневника, и об этом, как полагал Бьюрман, Лисбет Саландер ничего не знала. Очевидно, это были личные рабочие записи Пальмгрена, которые, после того как его поразил инсульт, попали в социальное управление и остались там лежать, никем не прочитанные.

Это были оригиналы. Копий не существовало.

Прекрасно!

Из записей Пальмгрена вставал совсем другой образ Лисбет Саландер, совершенно не похожий на тот, какой рисовали отчеты социального ведомства. Он смог проследить нелегкий путь, который прошла Лисбет Саландер, превращаясь из неуправляемого подростка в молодую женщину, поступившую на работу в частное охранное агентство «Милтон секьюрити» — туда она устроилась благодаря личным связям Пальмгрена. Со все возрастающим удивлением Бьюрман убеждался в том, что Лисбет Саландер вовсе не была умственно отсталой помощницей в офисе, которая сторожила копировальный аппарат и заваривала кофе: напротив, она выполняла высококвалифицированную работу, состоявшую в проведении расследований для «Милтон секьюрити» по заданиям вице-директора Драгана Арманского. Бьюрман также убедился в том, что Арманский и Пальмгрен были знакомы и обменивались между собой информацией о своей общей подопечной.

Драган Арманский — это имя Нильс Бьюрман взял себе на заметку. Из всех людей, упоминавшихся в биографии

Лисбет Саландер, только эти два человека могли считаться ее друзьями, и оба, судя по всему, смотрели на нее как на свою подопечную. Пальмгрен исчез со сцены. Из тех, кто мог представлять собой потенциальную опасность, оставался только Арманский. Бьюрман решил держаться подальше от Арманского и не искать с ним встреч.

Записные книжки многое ему объяснили. Бьюрман теперь понял, почему Лисбет так много о нем знает. Он по-прежнему не мог взять в толк, каким образом ей удалось узнать о его пребывании в марсельской клинике пластической хирургии, которое он держал в секрете. Однако многие из ее тайн он уже разгадал. Ее работой было раскапывание подробностей чужой личной жизни, и он тотчас же удвоил осторожность, с которой вел собственное расследование. При том, с какой легкостью Лисбет Саландер проникала в его квартиру, здесь было самое неподходящее место для хранения документов, содержащих сведения о ее жизни, и он, собрав всю документацию, перевез ее в картонной коробке на дачу в районе Сталлархольма, где все чаще проводил время в одиноких размышлениях.

Чем больше он читал о Лисбет Саландер, тем больше приходил к убеждению, что она патологически ненормальная, психически больная, асоциальная личность. Его охватывала дрожь при одном воспоминании, как он лежал, целиком находясь в ее власти, прикованный наручниками к собственной кровати. Бьюрман не сомневался, что она исполнит свою угрозу и убьет его, если он даст ей для этого хоть малейший повод.

У нее не было никаких сдерживающих понятий о поведении в обществе, никаких тормозов. Она — дрянь, больная и опасная для окружающих сумасшедшая. Граната с сорванной чекой. Шлюха.

Дневник Хольгера Пальмгрена дал ему ключ и к последней загадке. Пальмгрен неоднократно делал в своем дневнике записи очень личного характера о своих беседах с Лисбет Саландер. Малахольный старикашка! В двух таких записях он приводил ее выражение: «Когда приключился Весь Этот Кошмар» — было очевидно, что так говорила сама Лисбет Саландер, однако Бьюрман так и не выяснил, что именно это означает.

Озадаченный Бьюрман отметил для себя выражение «Весь Этот Кошмар». Что это было? Год, проведенный в приемной семье? Какое-то одно непозволительное действие? Где-то среди огромного количества уже собранной им информации должно было содержаться объяснение.

Он раскрыл отчет о психиатрической экспертизе, проведенной, когда Лисбет Саландер исполнилось восемнадцать лет, и внимательно перечитал его в пятый или шестой раз. И тут он понял, что в уже имеющихся у него сведениях о Лисбет Саландер есть один пробел.

У него были выписки из школьной характеристики, где содержалась запись о том, что ее мать была не в состоянии ее воспитывать, имелись отчеты из нескольких приемных семей, относящиеся к годам перед ее совершеннолетием, и данные психиатрического освидетельствования, проведенного в связи с ее восемнадцатилетием.

Когда ей было двенадцать лет, произошло какое-то событие, давшее толчок к ее помешательству.

В биографии Лисбет Саландер обнаружились и другие пробелы.

Впервые он, к своему удивлению, узнал, что у Лисбет была сестра-близняшка, о которой ни словом не упоминалось в имевшихся у него материалах. Господи! Оказывается, их таких две! Однако он так и не смог найти никаких сведений о том, что случилось с этой сестрой.

Ее отец был неизвестен, отсутствовали также какие бы то ни было объяснения, почему мать была не в состоянии ее воспитывать. До сих пор Бьюрман предполагал, что Лисбет заболела и в связи с этим была направлена в детскую психиатрическую клинику и так далее. Теперь же у него возникло убеждение, что в возрасте двенадцати-тринадцати лет с Лисбет Саландер что-то случилось, она перенесла какое-то потрясение, иначе говоря, *Весь Этот Кошмар*. Но нигде не было указания на то, в чем именно этот кошмар заключался.

В отчете судебно-психиатрической экспертизы он наконец обнаружил ссылку на прилагаемый документ, которого в деле не оказалось: это был номер записи дежурного в полицейском журнале от 3 февраля 1991 года. Номер записи был проставлен от руки на полях копии, найденной им в хранилище Управления по социальному обеспечению. Но, сделав запрос на этот документ, он столкнулся с препятствием — по королевскому указу документ был засекречен. Ему ответили, что он может обратиться в правительство и обжаловать это постановление.

Нильс Бьюрман пришел в недоумение. В том, что материалы полицейского расследования по делу, в котором фигурировала двенадцатилетняя девочка, оказались засекречены, не было ничего странного — этого требовала забота о неприкосновенности личности. Но он как официальный опекун Лисбет Саландер имел право затребовать любой документ, относящийся к его подопечной. Почему отчету о расследовании был присвоен такой уровень секретности, что разрешение на доступ нужно было запрашивать в правительстве?

Он автоматически подал заявку. На ее рассмотрение ушло два месяца, и, к своему крайнему удивлению, Бьюрман получил отказ. Он никак не мог понять, что же такого драматического могло содержать в себе полицейское расследование пятнадцатилетней давности по делу двенадцатилетней девочки, чтобы его понадобилось охранять с такой же тщательностью, как ключи от Росенбада*.

Он снова вернулся к дневникам Пальмгрена и перечитал их, не пропуская ни строчки, пытаясь разгадать, что же скрывается за словами «Весь Этот Кошмар». Но текст не давал никакой подсказки. Очевидно, что Пальмгрен и Лисбет Саландер обсуждали между собой эту тему, но это никак не отражалось в записях. Кстати, упоминания обо «Всем

---

* Здание в центре Стокгольма, в котором размещается правительство.

Этом Кошмаре» появлялись в самом конце длинного дневника. Возможно, Пальмгрен просто не успел сделать соответствующую запись, прежде чем умереть от кровоизлияния в мозг.

Все это навело Бьюрмана на новые мысли. Хольгер Пальмгрен был наставником Лисбет Саландер начиная с тринадцатилетнего возраста и стал ее опекуном, когда ей исполнилось восемнадцать лет. Иначе говоря, Пальмгрен оказался с ней рядом вскоре после того, как приключился «Весь Этот Кошмар» и когда Саландер поступила в детскую психиатрическую больницу. Поэтому, по всей вероятности, он знал, что с ней случилось.

Бьюрман снова отправился в Главный архив социального ведомства. На этот раз он не стал запрашивать документы из дела Лисбет Саландер, а заказал только воспитательский отчет, который составлялся социальной службой, и получил на руки материал, на первый взгляд показавшийся сплошным разочарованием. Всего две странички краткой информации: мать Лисбет Саландер не в состоянии воспитывать своих дочерей, по причине особых обстоятельств девочек пришлось разделить, Камилла Саландер была направлена в приемную семью, Лисбет Саландер помещена в детскую психиатрическую клинику Святого Стефана. Возможность альтернативных решений не обсуждалась.

Почему? Ничего, кроме загадочной формулировки: «По причине событий, случившихся 3.12.91, Управление по социальному обеспечению приняло решение...» Далее опять упоминался номер дежурной записи засекреченного полицейского расследования. Однако на этот раз приводилась еще одна деталь — имя полицейского, составлявшего отчет.

Увидев это имя, адвокат Бьюрман долго не мог оправиться от неожиданности. Оно было ему знакомо. Хорошо знакомо.

Теперь все предстало перед ним в совершенно новом свете.

Еще два месяца ушло у него на то, чтобы уже другими путями заполучить в свои руки искомый документ. Это был краткий и четкий полицейский отчет, насчитывавший сорок семь страниц формата А4, плюс шестьдесят страниц приложений и дополнений, присоединенных к делу за последующие шесть лет.

Сперва он не понял, что к чему.

Затем взял снимки судебно-медицинского исследования и еще раз проверил имя.

Господи боже! Не может быть!

Тут он вдруг понял, почему дело было засекречено. Адвокату Нильсу Бьюрману выпал джекпот!

Еще раз внимательно перечитав документы строчка за строчкой, он осознал, что на свете есть еще один человек, у которого имеется причина ненавидеть Лисбет Саландер так же страстно, как он.

Бьюрман был не одинок.

У него нашелся союзник. Самый неожиданный союзник, какого только можно себе представить!

И он принялся без спешки составлять свой план.

На столик в кафе «Хедон» легла чья-то тень, и Нильс Бьюрман очнулся от задумчивости. Подняв голову, он увидел светловолосого... великана. На этом слове он в конце концов остановился. От неожиданности он даже отпрянул на долю секунды, прежде чем пришел в себя.

Человек, глядевший на него сверху, был ростом выше двух метров и очень могучего сложения. Определенно культурист. Бьюрман заметил, что в нем нет ни жиринки, ни малейшего признака слабости. Напротив, от него исходило ощущение страшной силы.

У пришельца была по-военному короткая стрижка и овальное лицо с неожиданно мягкими, почти детскими чертами, зато глаза ледяной голубизны смотрели жестко. На нем была короткая черная кожаная куртка, голубая рубашка, черный галстук и черные брюки. В последнюю очередь адвокат Бьюрман обратил внимание на его руки — несмотря на высокий рост, огромные ручищи этого человека даже для него казались слишком велики.

— Адвокат Бьюрман?

Он говорил с выраженным акцентом, но голос оказался неожиданно тонким, и адвокат Бьюрман едва удержался от невольной усмешки.

— Мы получили ваше письмо,— продолжал незнакомец.

— Кто вы такой? Я хотел увидеться с...

Человек с огромными ручищами не стал слушать, о чем его хочет спросить Бьюрман. Усевшись напротив, он оборвал собеседника на полуслове.

— Повидаетесь вместо него со мной. Говорите, чего надо!

Адвокат Нильс Эрик Бьюрман немного поколебался. Ему была ужасно неприятна мысль о том, чтобы выдать себя с головой совершенно незнакомому человеку. Однако этого требовала необходимость. Он еще раз напомнил себе, что он не единственный человек, кому ненавистна Лисбет Саландер. Ему нужны союзники. Понизив голос, он начал объяснять, по какому делу пришел.

Глава
03

Пятница, 17 декабря — суббота, 18 декабря

Лисбет Саландер проснулась в семь утра, приняла душ, спустилась в холл к Фредди Мак-Бейну и спросила, найдется ли для нее свободный багги*, она хочет взять его на весь день. Через десять минут залог был заплачен, сиденье и зеркало заднего вида подогнаны, сделана пробная поездка и проверено наличие бензина в баке. Она пошла в бар, взяла на завтрак кофе с молоком и бутерброд с сыром, а также бутылку минеральной воды про запас. Время за едой она посвятила тому, чтобы исписать цифрами бумажную салфетку и подумать над задачкой Пьера Ферма: ($x^3 + y^3 = z^3$).

Едва пробило восемь, как в баре появился доктор Форбс — свежевыбритый, одетый в темный костюм и белую рубашку с голубым галстуком. Он заказал яйцо, тост, апельсиновый сок и черный кофе. В половине девятого он встал и вышел к ожидавшему его такси.

Лисбет последовала за ним, держась на некотором расстоянии. Доктор Форбс вышел из такси напротив Морской панорамы в начале бухты Каренаж и прогулочным шагом двинулся по берегу. Она проехала мимо него, припарковалась в середине приморского бульвара и стала терпеливо ждать, когда он пройдет, чтобы тронуться следом.

---

* Багги (*англ.* buggy — кабриолет, легкая коляска). Изначально — спортивный экипаж, фаэтон в конном спорте. Сейчас употребляется для названия внедорожника для езды по песку.

К часу дня Лисбет уже вся вспотела и ноги у нее опухли. Битых четыре часа она провела, прохаживаясь по улицам Сент-Джорджеса. Темп прогулки был неспешным, но за все время они ни разу не остановились, и бесконечные крутые подъемы и спуски уже сказывались на ее мышцах. Допивая последний глоток минеральной воды, она только удивлялась энергии Форбса. Лисбет уже стала подумывать о том, не бросить ли эту затею, как вдруг дорога свернула в сторону «Черепашьего панциря». Выждав десять минут, она зашла в ресторан и устроилась на веранде. Они оказались в точности на тех же местах, что и в прошлый раз, и он точно так же пил кока-колу и смотрел вдаль на воду.

Форбс был одним из очень немногих людей на Гренаде, носивших пиджак и галстук. Лисбет отметила, что он словно бы и не замечает жары.

В три часа он расплатился и вышел из ресторана, и Лисбет пришлось прервать свои размышления. Доктор Форбс медленно брел вдоль бухты Каренаж, затем вскочил в один из мини-автобусов, идущих в сторону Гранд Анс. Лисбет подъехала к отелю «Кейс» за пять минут до того, как он вышел из автобуса. В своем номере она налила ванну и окунулась в холодную воду. Ноги ныли, а на лбу у нее пролегли глубокие морщины.

Но эту долгую прогулку Лисбет проделала ненапрасно и кое-что узнала. Каждое утро доктор Форбс выходил из отеля свежевыбритый, с портфелем под мышкой, будто на службу,— и вот он провел целый день, не делая ровно ничего, а только убивая время! Какие бы причины ни привели его на Гренаду, это явно были не переговоры о постройке новой школы, но почему-то он притворялся, будто приехал сюда с деловыми целями.

Для чего весь этот театр?

Единственным человеком, от которого он по каким-то соображениям хотел скрыть что-то связанное с этой поездкой, могла быть только его жена. Он хотел создать у нее впечатление, будто весь день занят важными делами. Но почему? Может быть, сделка провалилась, а он из гордости не хотел в этом признаться? Или он приехал на Гренаду с какой-то другой целью? Уж не дожидается ли он здесь кого-то или чего-то?

Проверяя электронную почту, Лисбет Саландер обнаружила четыре послания. Первое пришло от Чумы и было отправлено уже через час после того, как она ему написала. Зашифрованное сообщение содержало один вопрос из двух слов: «Ты жива?» Чума никогда не отличался склонностью к длинным и прочувствованным посланиям. Впрочем, как и сама Лисбет.

Два следующих были отправлены в два часа ночи. В одном тот же Чума написал, не поленившись его зашифровать, что один знакомый по Интернету, известный там под именем Бильбо и живущий в Техасе, клюнул на ее запрос. Чума приложил адрес Бильбо и PGP-ключ. Через несколько минут после письма Чумы прибыло послание от самого Бильбо. Краткое сообщение содержало только обещание в течение следующих суток прислать ей сведения о докторе Форбсе.

Четвертое послание, также от Бильбо, было отправлено уже вечером. В нем содержался зашифрованный адрес банковского счета и ftp-адрес с приложением в виде zip-файла* на 390 kB. В нем Лисбет обнаружила папку, включавшую четыре jpg-изображения низкого разрешения и пять текстовых документов.

Две фотографии представляли собой портреты доктора Форбса, на одной он был заснят с женой на премьере в театре, еще на одной — в одиночку на церковной кафедре.

Первый документ представлял собой отчет Бильбо на одиннадцати страницах, второй состоял из восьмидесяти четырех страниц, скачанных из Интернета. Два оставшихся документа содержали отсканированные и обработанные при помощи программы OCR** газетные вырезки из мест-

---

* Zip — популярный формат сжатия данных и архивации файлов.
** OCR (Optical Character Recognition) — компьютерная программа для конвертации символов и букв в текст, редактируемый на компьютере.

ной газеты «Остин америкэн стейтсмен», а последний являлся очерком, посвященным религиозной общине доктора Форбса под названием пресвитерианская церковь Остина.

Хотя Лисбет Саландер наизусть знала Третью Книгу Моисея (в прошлом году у нее были причины изучить библейский свод уголовных законов), по истории религии в целом она обладала весьма скромными познаниями. Она смутно представляла себе разницу между иудейской, пресвитерианской и католической церковью — она знала только то, что еврейская церковь называется синагогой. В первый момент она испугалась, что придется детально вникать в теологические вопросы, но тут же подумала, что ей совершенно без разницы, к какой там церкви принадлежит доктор Форбс.

Доктору Ричарду Форбсу, иногда именуемому преподобным Ричардом Форбсом, было сорок два года. На домашней страничке церкви Остин Саут сообщалось, что у нее имеется семь постоянных служителей. Первым в списке шел преподобный Дункан Клегг, являвшийся, надо думать, ведущим богословом этой церкви. На фотографии можно было видеть крепкого мужчину с седой шевелюрой и ухоженной седой бородой.

Ричард Форбс шел в списке третьим, он отвечал за вопросы образования. После его имени стояло в кавычках название «Фонд Холи Уотер».

Лисбет прочитала вступительную часть послания этой церкви. Оно гласило:

«Своими молитвами и благодарениями мы будем служить приходу Остин Саут, предлагая ему ту стабильность, богословие и идеологию надежды, которую проповедует пресвитерианская церковь Америки. Будучи служителями Христовыми, мы предлагаем приют страждущим и надежду на прощение через молитву и благодатное баптистское учение. Возрадуемся же любви Господней! Наш долг — устранять преграды между людьми и убирать препятствия, стоящие на пути понимания заповеданного Богом Евангелия любви».

Сразу же после вступительной части шел номер банковского церковного счета и призыв претворить свою любовь в деяние.

Бильбо прислал Лисбет превосходную краткую биографию Ричарда Форбса. Отсюда она узнала, что Форбс родился в Неваде, в городке Седарс-Блафф. Он занимался земледелием, коммерцией, работал корреспондентом в газете, выходящей в Нью-Мексико, и менеджером христианского рок-бенда и затем в возрасте тридцати одного года примкнул к церкви Остин Саут. Он получил специальность ревизора и, кроме того, изучал археологию. Однако Лисбет так и не нашла нигде упоминания о том, когда он получил официальное звание доктора.

На религиозных собраниях Форбс познакомился с Джеральдиной Найт, дочерью владельца ранчо Уильяма Е. Найта, как и он — одного из ведущих деятелей церкви Остин Саут. Ричард и Джеральдина поженились в 1997 году, после чего церковная карьера Ричарда Форбса быстро пошла в гору. Он стал главой фонда Девы Марии, задачей которого было «вкладывать божьи деньги в образовательные проекты для нуждающихся».

Форбса дважды арестовывали. В 1997 году, когда ему было двадцать пять лет, он был обвинен в причинении тяжких телесных повреждений в связи с автомобильной аварией. Суд его оправдал. Насколько Лисбет могла судить по газетным вырезкам, он тогда действительно был не виноват. В 1995 году он обвинялся в хищении денег христианского рок-бенда, в котором работал менеджером, но и в этот раз его оправдали.

В Остине он стал заметной фигурой и членом правительства штата в департаменте образования. Он был членом демократической партии, усердно участвовал в благотворительных мероприятиях и собирал средства для оплаты школьного обучения детей из малоимущих семей. Церковь Остин Саут в своей деятельности уделяла большое внимание испаноговорящим семьям.

В 2001 году на Форбса пали подозрения в экономических нарушениях, связанных с деятельностью фонда Девы

Марии. Так, в одной из газетных статей высказывалось мнение, что Форбс вложил в доходные предприятия большую часть поступлений, чем это позволял делать устав. Церковь выступила с опровержением этих обвинений, и в последовавших затем дебатах пастор Клегг открыто стал на сторону Форбса. Против него не было выдвинуто официального обвинения, и проведенная ревизия не выявила никаких нарушений.

С особым вниманием Лисбет изучила отчет о денежных делах Форбса. Он получал неплохое жалованье — шестьдесят тысяч долларов в год, каких-либо доходов сверх того не имел. Финансовое благополучие семье обеспечивала Джеральдина Форбс — в 2002 году скончался ее отец, и дочь стала единственной наследницей примерно сорокамиллионного состояния. Детей супружеская пара не имела.

Итак, Ричард Форбс целиком зависел от своей жены. Лисбет нахмурила брови. Обстоятельства мало способствовали тому, чтобы муж имел право избивать Джеральдину.

Войдя в Интернет, Лисбет отправила на адрес Бильбо краткое зашифрованное сообщение с благодарностью за присланные им материалы, а заодно перевела пятьсот долларов на указанный им банковский счет.

Потом она вышла на балкон и прислонилась к перилам. Солнце садилось. Усиливающийся ветер шумел в кронах пальм, окружавших каменную ограду, которая отделяла отель от пляжа. Лисбет вспомнила совет Эллы Кармайкл и, уложив компьютер, «Измерения в математике» и смену одежды в нейлоновую сумку, поставила ее на полу возле кровати. Затем она спустилась в бар и заказала себе на обед рыбу и бутылку «Кариба».

В баре Лисбет не заметила ничего интересного, кроме того, что у барной стойки Форбс, одетый на этот раз в теннисную рубашку, шорты и спортивные башмаки, увлеченно расспрашивал Эллу Кармайкл о «Матильде». Судя по выражению его лица, он ни о чем не тревожился. На шее у него висела золотая цепочка, и он выглядел веселым и привлекательным.

Целый день унылого хождения по Сент-Джорджесу вымотал Лисбет. После обеда она вышла немного прогуляться, но сильно дуло, и температура заметно понизилась, поэтому она ушла к себе в комнату и улеглась в постель уже в девять часов вечера. За окном шумел ветер. Она хотела немного почитать, но почти сразу же заснула.

Разбудил ее какой-то неожиданный грохот. Лисбет бросила взгляд на наручные часы — четверть одиннадцатого вечера. Пошатываясь, она поднялась на ноги и открыла балконную дверь — порыв ветра толкнул ее с такой силой, что она невольно отступила на шаг. Придерживаясь за дверной косяк, она осторожно высунула голову на балкон и огляделась.

Развешанные над бассейном лампы раскачивались на ветру, и по саду метались беспокойные тени. В проеме ворот столпилась кучка разбуженных постояльцев — все смотрели в сторону пляжа. Другие жались поближе к бару. На севере виднелись огни Сент-Джорджеса. Небо было затянуто тучами, но дождь не шел. В темноте Лисбет не могла разглядеть море, но волны шумели гораздо громче обычного. Еще сильнее похолодало, и впервые за все время пребывания на Карибах она почувствовала, что замерзла до дрожи.

Стоя на балконе, Лисбет услышала громкий стук в свою дверь; завернувшись в одеяло, она отворила и увидела встревоженного Фредди Мак-Бейна.

— Прости, что потревожил, но, похоже, надвигается шторм.

— «Матильда».

— «Матильда», — кивнул Мак-Бейн. — Вечером она налетела на Тобаго, и получены сообщения, что там были большие разрушения.

Лисбет порылась в памяти, припоминая свои познания по географии и метеорологии. Тринидад и Тобаго находились примерно в двухстах километрах к юго-востоку от Гренады. Тропический ураган мог запросто захватить площадь радиусом в сто километров, а его центр способен перемещаться со скоростью тридцать — сорок километров в час.

А это означало, что «Матильда» могла заявиться в гости в Гренаду и сию минуту уже быть на пороге. Все зависело от того, в какую сторону она направилась.

— Сейчас непосредственной опасности нет,— продолжал Мак-Бейн.— Но мы решили на всякий случай принять меры. Я хочу, чтобы ты собрала самые ценные вещи и спустилась в холл. Мы угощаем бутербродами и кофе за счет отеля.

Лисбет последовала его совету. Она ополоснула лицо, чтобы прогнать сон, надела джинсы, ботинки и фланелевую рубашку и повесила через плечо нейлоновую сумку. Перед тем как выйти из номера, она вернулась, открыла дверь ванной комнаты и зажгла свет. Зеленой ящерицы нигде не было видно: должно быть, спряталась в какой-нибудь щелке. Умница!

В баре она направилась к своему обычному месту и оттуда стала наблюдать, как Элла Кармайкл раздает указания своему персоналу. Сейчас все наполняли термосы горячим питьем. Вскоре Элла присоединилась к Лисбет в ее уголке.

— Привет. Ты, похоже, только что проснулась.

— Я спала. И что теперь?

— Пока посмотрим, что будет происходить дальше. На море сейчас шторм, и мы уже получили из Тринидада предупреждение о надвигающемся урагане. Если станет хуже и «Матильда» направится в нашу сторону, мы спустимся в подвал. Ты не могла бы помочь?

— Что нужно делать?

— У нас тут в вестибюле лежит сто шестьдесят одеял, их надо отнести в подвал. И кроме того, нужно убрать много всяких вещей.

Следующий час Лисбет помогала носить в подвал одеяла и собирать расставленные вокруг бассейна цветочные горшки, столики, шезлонги и прочие предметы. Когда Элла сказала, что хватит, и отпустила ее, она прошлась по дорожке, ведущей на пляж, и даже выглянула за ворота. Во тьме яростно гремел прибой, и гневные порывы ветра грозили свалить с ног, так что приходилось напрягать силы, чтобы устоять. Пальмы у ограды тревожно раскачивались.

Она вернулась в бар, заказала кофе с молоком и села у стойки. Уже перевалило за полночь. Постояльцев и служащих отеля наполняло тревожное ожидание. Сидящие за столиками разговаривали приглушенными голосами, время от времени посматривая на небо. Всего в зале собрались тридцать два постояльца и человек десять обслуживающего персонала. Лисбет неожиданно обратила внимание на Джеральдину Форбс — та сидела за самым дальним столиком в углу с бокалом в руке и напряженным выражением на лице. Ее мужа нигде не было видно.

Попивая кофе, Лисбет уже углубилась было в теорему Ферма, как вдруг Фредди Мак-Бейн вышел из-за конторки на середину зала.

— Прошу внимания! Я только что получил сообщение, что шторм ураганной силы достиг Пти-Мартиники. Попрошу всех присутствующих немедленно спуститься в подвал.

Пти-Мартиникой назывался маленький островок, относящийся к Гренаде и расположенный в нескольких морских милях к северу от главного острова. Не вступая ни в какие разговоры, пресекая все попытки задавать вопросы, Фредди Мак-Бейн решительно направил своих гостей к лестнице в подвал, расположенной за стойкой администратора. Лисбет покосилась на Эллу Кармайкл и навострила уши, увидев, что та подошла к Фредди.

— Как дела? Очень плохи? — спросила Элла.

— Не знаю. Телефонная связь прервалась,— ответил Фредди, понизив голос.

Лисбет спустилась в подвал и поставила свою сумку на постеленное в углу одеяло. Немного подумав, она опять встала и пошла наверх, навстречу спускающемуся по лестнице потоку. Поднявшись в вестибюль, она приблизилась к Элле Кармайкл и спросила, не надо ли еще чем-нибудь помочь. Элла посмотрела озабоченно и покачала головой:

— Посмотрим, что будет дальше. Эта «Матильда» — та еще стерва.

Лисбет увидела, как с улицы торопливо вошли пятеро взрослых с десятком ребятишек. Их встретил Фредди Мак-Бейн и направил в сторону подвала.

Внезапно Лисбет вздрогнула от тревожной мысли.

— Я правильно думаю, что сейчас все на Гренаде прячутся в какой-нибудь подвал? — спросила она приглушенным голосом.

Элла Кармайкл проводила взглядом спускающееся по лестнице семейство.

— К сожалению, у нас тут один из немногих подвалов, какие есть на Гранд Анс. Придут еще люди, чтобы спрятаться здесь.

Лисбет тревожно заглянула Элле в глаза:

— А как же остальные?

— Те, у кого нет подвала? — Элла горько усмехнулась.— Засядут у себя в домах или в каком-нибудь другом убежище. Большинство надеется только на Бога.

Джордж Бленд!

Лисбет стремительно повернула к выходу и бегом бросилась на улицу.

Она слышала, как Элла ее звала, но даже не обернулась.

Он живет в жалкой лачуге, которая развалится от первого же порыва урагана!

Выскочив на дорогу, ведущую в Сент-Джорджес, она тотчас же зашаталась от налетевшего ветра, но продолжала упрямо продвигаться вперед. Порывы встречного ветра чуть не сбивали ее с ног. Ей потребовалось почти десять минут, чтобы преодолеть четыреста метров до жилища Джорджа Бленда. На всем пути она не встретила ни души.

Свернув в сторону лачуги Джорджа Бленда, она увидела сквозь щель в окне свет его керосиновой лампочки. И в тот самый миг хлынул дождь, словно холодный душ из шланга. За несколько секунд она промокла до нитки, а видимость сократилась до нескольких метров. Лисбет забарабанила в дверь, и появившийся на пороге Джордж Бленд вытаращил на нее глаза.

— Что ты здесь делаешь? — закричал он, стараясь перекрыть шум ветра.

— Пошли! Надо идти в отель. Там есть подвал.

Джордж Бленд смотрел на нее с изумлением. Внезапно буря захлопнула дверь, и ему пришлось несколько секунд бороться с ветром, прежде чем снова удалось ее отворить. Лисбет отерла воду с лица, ухватила его за руку и бегом припустила обратно.

Они выбрали путь через пляж, так было метров на сто ближе, чем по дороге, которая делала в этом месте крутой поворот в сторону от воды. На полпути Лисбет поняла, что совершила ошибку — на пляже было негде укрыться от непогоды. Дождь и ветер так резко били им навстречу, что несколько раз пришлось остановиться. В воздухе носились песок и обломанные ветки, грохотал прибой. Казалось, целая вечность миновала, когда Лисбет наконец увидела проступившую во мраке каменную ограду и прибавила шагу. Когда они добежали до двери, она оглянулась в сторону пляжа. И застыла на пороге.

Сквозь завесу дождя она внезапно разглядела на пляже, метров за пятьдесят отсюда, две человеческие фигуры. Джордж Бленд тянул ее за руку, чтобы поскорее втащить в вестибюль, но она высвободила свою руку и, прижавшись к стене, стала вглядываться в даль. На несколько секунд пара исчезла из вида, затем все небо ярко озарилось молнией.

Она уже поняла, что это были Ричард и Джеральдина Форбс. Они находились приблизительно на том же месте, где она вчера вечером видела прохаживающегося взад и вперед Ричарда Форбса.

При следующей вспышке молнии ей показалось, что Ричард насильно тащит за собой упирающуюся жену.

И тут отдельные кусочки головоломки вдруг сложились в цельную картину. Финансовая зависимость. Обвинения в мошенничестве в Остине. Его беспокойное хождение по городу и неподвижное сидение в ресторане «Черепаший панцирь», когда он, казалось, был погружен в тяжкие раздумья.

Он задумал убийство, чтобы заполучить сорок миллионов. Ураган для него прикрытие. Сейчас он дождался своего шанса.

Лисбет Саландер впихнула Джорджа Бленда в вестибюль и огляделась по сторонам. На глаза ей попался забытый под дождем расшатанный стул ночного сторожа. Она схватила его, с размаху ударила о стену дома и вооружилась отломанной ножкой. Джордж Бленд, ничего не понимая, кричал ей вслед, чтобы она вернулась, но она уже во весь дух мчалась к пляжу.

Шквалистый ветер так и валил с ног, но Лисбет, стиснув зубы, пробивалась шаг за шагом все дальше. Она уже почти поравнялась с Форбсами, когда следующая молния осветила пляж и она увидела Джеральдину Форбс, стоящую на коленях у самой кромки воды. Склонясь над ней, Ричард Форбс уже замахнулся, чтобы нанести удар, в руках у него было что-то похожее на железную трубу. Лисбет увидела, как его рука, описав дугу, опустилась над головой жены. Женщина перестала биться.

Ричард Форбс не заметил Лисбет Саландер.

Лисбет ударила его по затылку, ножка стула разлетелась пополам, а он ничком рухнул на песок.

Нагнувшись, Лисбет взяла Джеральдину Форбс за плечи и под хлещущим дождем перевернула на спину. Руки ее внезапно окрасились кровью. На виске у Джеральдины Форбс темнела открытая рана. Тело женщины показалось тяжелым, словно налитое свинцом, и Лисбет в отчаянии стала оглядываться, гадая, как дотащить это бесчувственное тело до ограды отеля. Но в следующий момент на помощь подоспел Джордж Бленд. Он крикнул ей что-то, чего Лисбет не могла разобрать сквозь завывание ветра.

Лисбет кинула взгляд на Ричарда Форбса. Тот уже встал на четвереньки, но она видела только его спину. Обвив левую руку Джеральдины вокруг своей шеи, она сделала знак Джорджу Бленду, чтобы тот подхватил женщину с другой стороны, и они с трудом поволокли тело по пляжу.

Не пройдя и половины пути, остававшегося до ограды, Лисбет почувствовала, что совершенно выбилась из сил.

И тут она вдруг почувствовала на своем плече чью-то руку. Отпустив Джеральдину, она пнула Ричарда Форбса в пах, и он упал на колени. Разбежавшись, она ударила его ногой в лицо и тут поймала испуганный взгляд Джорджа Бленда. Но времени уделять ему внимание у нее не было, и Лисбет, вновь подхватив Джеральдину, потащила ее дальше.

Через несколько секунд она оглянулась через плечо. Ричард Форбс, спотыкаясь, тащился сзади, отстав на десять шагов, шатаясь под порывами ветра, как пьяный.

Еще одна молния расколола небо, и у Лисбет глаза полезли на лоб.

Впервые она окоченела от страха.

За спиной Ричарда Форбса, в открытом море, на расстоянии ста метров от берега, она увидела Божий перст.

Словно моментальный снимок, в свете молнии перед ней мелькнул гигантский угольно-черный столп и тут же исчез из ее поля зрения, растворившись в пространстве.

«Матильда»!

Этого не может быть!

Ураган — да.

Но не торнадо!

В Гренаде никогда не бывало торнадо.

Причуда урагана на острове, где не бывает торнадо.

Торнадо не образуются над водой.

Это против всех законов природы.

Это нечто небывалое.

«Он пришел по мою душу»,— мелькнуло в мыслях.

Джордж Бленд тоже увидел вихрь. В один голос они закричали друг другу: «Скорей, скорей!» — но оба не услышали, что кричит другой.

До ограды еще двадцать метров. Десять. Лисбет споткнулась, и у нее подломились колени. Пять. Уже в воротах она в последний раз посмотрела через плечо. На миг перед ней мелькнула фигура Ричарда Форбса, и в тот же момент он, словно схваченный невидимой рукой, исчез, увлеченный под воду. На пару с Джорджем Блендом они кое-как втащили свой груз в ворота. Пока они, шатаясь, брели через двор, Лисбет слышала звон бьющихся оконных стекол и жалобный скрип отдираемых ставней. Одна оторванная доска пролетела у нее перед самым носом. В следующий миг она ощутила болезненный удар — что-то стукнуло ее по спине. Возле дома напор ветра сделался слабее.

Лисбет остановила Джорджа Бленда и схватила его за ворот. Притянув к себе его голову, она крикнула ему в самое ухо:

— Мы нашли ее на пляже. Мужа мы не видели. Ты понял?

Он кивнул в ответ.

Они подтащили Джеральдину Форбс к лестнице, и Лисбет ногой забарабанила в дверь. На пороге показался Мак-Бейн. От неожиданности он вытаращил глаза, затем подхватил бесчувственную женщину, впустил их в подвал и закрыл за ними дверь.

В тот же миг невыносимый грохочущий шум урагана стих, превратившись в далекое ворчание и постукивание. Лисбет перевела дух.

Элла Кармайкл налила в кружку кофе и протянула Лисбет. От усталости та чувствовала себя такой обессиленной, что, казалось, не могла даже двинуть рукой. Она как села, прислонившись к стене, так и сидела на полу без движения. Кто-то укутал ее и Джорджа Бленда в одеяла. Она промокла до костей, и под коленкой у нее была рана, из которой обильно сочилась кровь. Одна штанина на джинсах была порвана, но она не могла вспомнить, откуда взялась эта десятисантиметровая дыра. Фредди Мак-Бейн и несколько постояльцев хлопотали над Джеральдиной Форбс, перевязывали ей голову, и Лисбет равнодушно наблюдала за этим. Какие-то обрывки фраз дошли до ее сознания, и она поняла, что среди собравшихся нашелся врач. В подвале народу было битком; кроме постояльцев отеля здесь спасались и посторонние люди.

Наконец к Лисбет подошел Фредди Мак-Бейн и присел перед ней на корточки.

— Она жива.

Лисбет ничего не ответила.

— Что там случилось?

— Мы нашли ее на пляже за оградой.

— Впуская в подвал гостей, я не досчитался троих. Не хватало тебя и супругов Форбс. Элла сказала, что ты выбежала на улицу как сумасшедшая как раз тогда, когда начинался шторм.

— Я побежала за моим другом Джорджем,— сказала Лисбет, кивая в сторону парня.— Он жил неподалеку в лачуге, которую, наверное, уже унесло ветром.

— Глупый, но очень смелый поступок,— сказал Фредди Мак-Бейн, взглянув на Джорджа Бленда.— Вы не видали там ее мужа, Ричарда Форбса?

— Нет,— равнодушно ответила Лисбет.

Джордж Бленд покосился на нее и тоже покачал головой.

Элла Кармайкл посмотрела на Лисбет с сомнением и пристально взглянула ей в глаза. Лисбет бесстрастно выдержала ее взгляд.

Джеральдина Форбс очнулась в три часа ночи. Лисбет в это время уже спала, прислонившись к плечу Джорджа Бленда.

Каким-то чудом Гренада пережила эту ночь. К рассвету ураган улегся и сменился самым отвратительным моросящим дождем, какой когда-либо видела Лисбет. Фредди Мак-Бейн выпустил постояльцев из подвала.

Гостинице «Кейс» требовался серьезный ремонт — как и все побережье, она претерпела страшные разрушения. От бара Эллы Кармайкл, стоявшего возле открытого бассейна, не осталось вообще ничего, одна веранда была полностью разрушена. Оконные проемы по всему фасаду зияли пустотой, и крыша над выступающей вперед частью здания была наполовину содрана. В вестибюле царили разгром и хаос.

Лисбет забрала Джорджа Бленда и поковыляла с ним в свою комнату. В качестве временной меры от дождя она занавесила открытый оконный проем одеялом. Джордж Бленд поймал ее взгляд.

Не дожидаясь его вопроса, она пояснила:

— Если мы скажем, что не видели ее мужа, то придется давать меньше объяснений.

Он кивнул. Она стянула с себя одежду, оставила ее кучей на полу и похлопала по кровати, приглашая его к себе. Он снова кивнул, разделся и тоже забрался под одеяло. Они уснули почти мгновенно.

Когда она проснулась, был уже день и в разрывы туч светило солнце. Все мышцы у нее болели, а колено так распухло, что еле сгибалось. Она вылезла из постели, встала под душ и на стене увидела вернувшуюся ящерку.

Элла Кармайкл все еще оставалась на ногах. Выглядела она уставшей, но бар уже заработал, переехав в вестибюль. Лисбет села за столик рядом со стойкой, заказала пиво и попросила к нему бутерброд. Незаметно взглянув в сторону разбитых окон возле входной двери, она увидела стоящий у подъезда полицейский автомобиль. Ей выдали заказанное, и в это время из служебного помещения, расположенного за стойкой администратора, вышел Фредди Мак-Бейн, а следом за ним полицейский. Заметив ее, Мак-Бейн что-то сказал полицейскому, и она оба направились к Лисбет.

— Это констебль Фергюсон. Он хочет задать несколько вопросов.

Лисбет вежливо кивнула. У констебля Фергюсона был усталый вид. Достав блокнот и ручку, он записал фамилию Лисбет.

— Мисс Саландер, мне сказали, что вы и ваш знакомый нашли миссис Форбс во время ночного урагана.

Лисбет кивнула.

— Где вы ее нашли?

— На пляже напротив ворот. Мы, можно сказать, наткнулись на нее по дороге.

Фергюсон записал ответ.

— Она что-нибудь сказала?

Лисбет отрицательно помотала головой.

— Она была без сознания?

Лисбет покивала в знак согласия.

— На голове у нее была свежая рана?

Лисбет снова кивнула.

— Вы не знаете, как она получила это ранение?

Лисбет потрясла головой. Фергюсон, казалось, был недоволен ее молчанием.

— В воздухе летало множество всяких обломков,— подсказала она любезно.— Я сама чуть было не получила по голове летящей доской.

Фергюсон понимающе кивнул.

— У вас ранена нога? — Он указал на ее повязку.— Как это случилось?

— Не помню. Я заметила рану, только когда спустилась в подвал.

— Вы были с молодым человеком?

— С Джорджем Блендом.

— Где он проживает?

— В лачуге позади «Кокосового ореха». Это недалеко, по дороге в сторону аэропорта. Если, конечно, лачугу не унесло ветром.

Лисбет не стала уточнять, что в настоящий момент Джордж Бленд спит на втором этаже в ее постели.

— Видели ли вы ее супруга, Ричарда Форбса?

Лисбет потрясла головой.

Очевидно, констебль Фергюсон больше не мог придумать, о чем еще спросить. Он захлопнул блокнот.

— Спасибо вам, мисс Саландер! Мне придется писать рапорт о смертельном случае.

— Разве она умерла?

— Миссис Форбс? Нет, миссис Форбс находится в больнице в Сент-Джорджесе. Вероятно, вам и вашему другу она обязана тем, что осталась жива. Погиб ее муж. Его нашли на автопарковке возле аэропорта два часа тому назад.

Примерно за шестьсот метров отсюда к югу от отеля.

— Судя по его виду, ему очень крепко досталось,— добавил Фергюсон.

— Очень печально,— сказала Лисбет без малейших признаков душевного волнения.

Когда Мак-Бейн и констебль Фергюсон удалились, Элла Кармайкл вышла из-за стойки и подсела к Лисбет. Она поставила на стол две рюмки с ромом, и Лисбет взглянула на нее вопросительно.

— После такой ночки необходимо чем-нибудь подкрепиться. Я угощаю. Весь завтрак — за мой счет.

Женщины переглянулись. Затем подняли рюмки и чокнулись.

В дальнейшем урагану под названием «Матильда» суждено было надолго стать предметом изучения и ученых дискуссий метеорологов стран Карибского моря и США. Таких мощных торнадо в этом регионе раньше никогда не отмечалось. Образование торнадо над водной поверхностью прежде считалось чем-то теоретически невозможным. В конце концов эксперты пришли к единому мнению, что к возникновению подобного «псевдоторнадо» привело особое сочетание погодных фронтов, то есть здесь наблюдался не настоящий торнадо, а лишь что-то внешне на него похожее. Инакомыслящие выступали с теориями, винящими в произошедшем парниковый эффект и нарушения природного баланса.

Лисбет Саландер не интересовалась теоретической дискуссией. Ей было достаточно того, что она видела, и она решила впредь по возможности не попадаться на пути братцев или сестричек «Матильды».

В ту ночь пострадали несколько человек. И можно было считать чудом, что погиб только один.

Никто не понимал, что заставило Ричарда Форбса отправиться куда-то в самый разгар урагана. Скорее всего, решили люди, это было проявлением бестолковости, свойственной всем американским туристам. Джеральдина Форбс тоже не могла сказать ничего в объяснение случившегося. Она перенесла тяжелое сотрясение мозга, и у нее сохранились только отдельные бессвязные воспоминания о событиях той ночи.

Зато она безутешно оплакивала гибель своего мужа.

ЧАСТЬ 2

FROM RUSSIA WITH LOVE
10 ЯНВАРЯ – 23 МАРТА

Обыкновенно уравнение содержит одно или несколько так называемых неизвестных, обозначаемых, как правило, буквами x, y, z и так далее. Про такие величины, при которых обе части уравнения действительно равны друг другу, говорят, что они удовлетворяют условиям уравнения или представляют собой решение уравнения.

Пример:

$$3x + 4 = 6x - 2 \ (x = 2)$$

Глава
04

Понедельник, 10 января — вторник, 11 января

Самолет Лисбет Саландер приземлился в аэропорту Арланда в половине седьмого утра. Путешествие заняло двадцать шесть часов, девять из которых она провела в барбадосском аэропорту Грантли Адамс. «Бритиш эруэйз» не разрешали вылета, пока не будет обезврежен предполагаемый террорист, и один пассажир с арабской внешностью был препровожден для допроса. По прибытии в Лондон она опоздала на вылетавший из Гэтвика последний рейс в Швецию и прождала несколько часов, прежде чем ей поменяли билет на завтрашний день.

Лисбет чувствовала себя как мешок бананов, слишком долго пролежавший на солнце. При ней не было ничего, кроме ручного багажа с ноутбуком, «Измерениями» и плотно утрамбованной сменой одежды. Через «зеленый коридор» она беспрепятственно прошла к эскалатору, а на площади, где останавливались автобусы, ее встретила нулевая температура и снежная каша под ногами.

Она немного поколебалась в нерешительности. Всю жизнь ей поневоле приходилось выбирать более дешевую альтернативу, и она с трудом привыкала к мысли, что теперь является обладательницей трех миллиардов крон, которые она собственноручно похитила путем хакерской интернет-комбинации, а попросту говоря, тем способом, который издавна называется мошенничеством. Через пару минут она махнула рукой на свои привычные правила и подозвала стоящее такси. Назвав таксисту адрес на Лундагатан, она почти тут же и заснула на заднем сиденье.

Только когда такси остановилось на Лундагатан и шофер ее растолкал, она поняла, что сказала ему не тот адрес. Она исправила свою ошибку и велела шоферу ехать дальше до Гётгатсбаккен. Выдав ему хорошие чаевые в американских долларах, она, чертыхнувшись, высадилась прямо в глубокую лужу у тротуара. Лисбет приехала одетая в джинсы, майку и тонкую ветровку, с сандалиями и тонкими гольфами на ногах. Доковыляв через дорогу к магазину, она купила шампунь, зубную пасту, мыло, кислого молока, сыру, яиц, хлеба, замороженные фрикадельки, кофе, чай в пакетиках, консервированные огурцы, яблоки, большую упаковку пиццы и пачку сигарет «Мальборо лайт», за каковые приобретения расплатилась карточкой «Виза».

Выйдя снова на улицу, она не сразу решила, куда свернуть. Можно было пойти по Свартенсгатан в одну сторону или по Хёкенсгата в другую, в направлении Шлюза. Выбери она Хёкенсгата, ей пришлось бы пройти мимо редакции «Миллениума», где был риск встретиться нос к носу с Микаэлем Блумквистом. В конце концов Лисбет решила не делать крюк только ради того, чтобы избежать с ним встречи. Поэтому она направилась в сторону Шлюза, хотя этот путь был немного длиннее, и затем свернула на площадь Мосебакке. Она прошла наискосок мимо статуи Сестер у «Сёдра театерн» и поднялась по ступенькам, ведущим к Фискаргатан. Наверху Лисбет остановилась и задумчиво посмотрела на дом. Здесь она не чувствовала себя «дома».

Она огляделась по сторонам. Переулок был расположен изолированно в центре Сёдермальма*, здесь не было транзитных магистралей, и это ей как раз нравилось. Тут удобно было наблюдать за тем, что делается на улице. Летом эта улица, возможно, и становилась популярным местом про-

---

* Сёдермальм (сокр. разг. Сёдер) — самый крупный из стокгольмских островов, расположенный в южной части города.

гулок, но зимой по ней ходили только те, у кого имелись дела по соседству. Нигде не видно было ни души и, самое главное, не было никого, кого бы она знала и кто, соответственно, мог бы узнать ее. Лисбет поставила покупки прямо на снежную кашу и стала искать ключ. Поднявшись на верхний этаж, она отперла дверь с табличкой, на которой было написано «В. Кюлла».

Став владелицей большой суммы денег и тем самым обеспечив себе финансовую независимость до конца своих дней (или до тех пор, пока не кончатся почти три миллиарда крон), Лисбет первым делом занялась поисками нового жилья. Заботы, связанные с приобретением квартиры, были для нее чем-то совершенно новым. Никогда в жизни ей еще не доводилось тратить деньги на что-то большее, чем простые потребительские товары, которые можно купить за наличные или в рассрочку под небольшие проценты. Самые крупные ее расходы были связаны с покупкой компьютеров и легкого мотоцикла «кавасаки». Последний она приобрела за семь тысяч крон — огромную сумму, по ее меркам. Приблизительно на такую же сумму она накупила к нему запчастей и затем несколько месяцев посвятила тому, чтобы собственноручно перебрать мотоцикл по деталям и привести его в порядок. Она мечтала об автомобиле, но не решилась его купить, не зная, как собрать такие деньги.

Покупка жилья была, как она догадывалась, делом значительно более сложным. Она начала с того, что стала читать объявления о продаже квартир в вечерних выпусках газеты «Дагенс нюхетер», и вскоре обнаружила, что это само по себе целая наука.

Ничего не поняв в таинственных аббревиатурах, которыми полны были объявления, она, почесав в затылке, на пробу позвонила по нескольким телефонам, не зная заранее, о чем нужно спрашивать. Скоро она почувствовала себя такой дурочкой, что прекратила эти попытки, а вместо этого решила пойти и посмотреть на то, как это выглядит, своими глазами. В первое же воскресенье Лисбет побывала по двум адресам, где продавались квартиры. Первая находилась на

Виндрагарвеген на острове Реймерсхольм — это оказалась светлая четырехкомнатная квартира в доме с видом на Лонгхольмен и Эссинген, и здесь ей бы понравилось жить. Другая, расположенная на Хеленеборгсгатан в районе Хорстюлла, представляла собой убогую дыру с видом на дом напротив.

Трудность заключалась в том, что Лисбет, в сущности, сама не знала, где она хочет жить, как должно выглядеть ее жилье и какие она обязана выставлять требования при покупке. До сих пор она еще никогда не задумывалась над тем, какова должна быть альтернатива тем сорока семи квадратным метрам, на которых она провела свое детство и которые стараниями Хольгера Пальмгрена перешли в ее собственность, когда ей исполнилось восемнадцать лет. Усевшись на продавленный диван в комнате, служившей одновременно гостиной и кабинетом, Лисбет стала думать. Квартира на Лундагатан выходила окнами в узкий двор и была тесной и неуютной. Окно спальни смотрело на брандмауэр щипцовой стены. Из кухни видна была стена дома, выходящего фасадом на улицу, и дверь, ведущая в подвал, где располагался какой-то склад. Из окна гостиной можно было видеть уличный фонарь и несколько веток березы.

Итак, первым требованием будет, чтобы из ее новой квартиры открывался хороший вид.

Она всегда мечтала о балконе и завидовала более удачливым соседям с верхнего этажа, которые могли в жаркие летние дни посидеть с бутылочкой пива под маркизой на своем балконе. Поэтому вторым требованием будет, чтобы в квартире имелся балкон.

Как должно выглядеть ее жилье? Она вспомнила квартиру Микаэля Блумквиста на улице Белльмансгатан. Это была мансарда, переоборудованная из чердачного помещения, вся квартира представляла собой единое пространство в шестьдесят пять квадратных метров без перегородок. Из окон открывался вид на ратушу и Шлюз. Лисбет там очень нравилось. Ей хотелось жить в уютной, не заставленной мебелью квартире, в которой не нужно подолгу возиться с уборкой. Это будет ее третьим требованием.

На протяжении многих лет она все время жила в тесноте. Площадь ее кухни составляла около десяти квадратных метров, в ней помещались небольшой кухонный столик и два стула. Гостиная была размером в двадцать метров, спальня — двенадцать. Четвертым требованием будет, чтобы квартира была просторной, с несколькими гардеробами. Ей хотелось иметь настоящий кабинет и большую спальню, чтобы было где повернуться.

Ее нынешняя ванная комната была тесной каморкой без окон, с четырехугольными цементными плитами на полу, с неудобной сидячей ванной и моющимися обоями на стенах, которые никакими усилиями не удавалось по-настоящему отчистить. Она хочет, чтобы сама ванна была большая, а в ванной комнате была плитка на стенах, чтобы там пахло свежестью и чтобы ее можно было проветривать. И стиральная машина должна быть прямо в квартире, а не где-то там в затхлом подвале.

Обдумав все хорошенько, Лисбет вышла в Интернет и ознакомилась со списком посреднических контор. На следующий день она встала пораньше и отправилась в агентство «Нобель», которое показалось ей самым лучшим в Стокгольме. Она пришла одетая в поношенные черные джинсы, свою старую черную кожаную куртку и в простых ботинках. Остановившись возле одного окошечка, она рассеянно посмотрела, как за ним блондинка лет тридцати пяти, открыв домашнюю страничку агентства «Нобель», начала размещать на ней снимки домов. Наконец к Лисбет подошел сорокалетний толстячок с поредевшими рыжими волосами. Она спросила его, какие здесь предлагаются квартиры. Сначала он воззрился на нее с изумлением, потом заговорил тоном доброго дядюшки:

— А скажите-ка, милая барышня, ваши родители знают, что вы собираетесь переезжать в отдельную квартиру?

Лисбет Саландер молча посмотрела на него пристальным взглядом и, подождав, пока он перестанет смеяться, выразилась более ясно:

— Мне нужна квартира.

Он кашлянул и переглянулся со своей сослуживицей.

— Понятно. И какую же квартиру вы ищете?

— Мне нужна квартира в районе Сёдера. Квартира должна быть с балконом и с видом на воду. В ней должно быть не менее четырех комнат и ванная с окном, такая, чтобы в ней было место для стиральной машины. Необходимо также запирающееся помещение, где можно держать мотоцикл.

Женщина, сидевшая за компьютером, оторвалась от работы и с любопытством уставилась на Лисбет.

— Мотоцикл? — повторил толстячок.

Лисбет Саландер кивнула.

— Простите... как вас зовут?

Лисбет Саландер представилась и в свою очередь спросила, как зовут его. Он назвался Йоакимом Перссоном.

— Тут ведь, понимаешь, такое дело: купить квартиру в Стокгольме стоит некоторую сумму денег...

Лисбет не стала отвечать на эту реплику. Она уже спросила, какие квартиры предлагаются *на продажу*, так что замечание о необходимости платить деньги было излишним.

— Кем ты работаешь?

Лисбет немного подумала. Формально она считалась индивидуальным предпринимателем, в действительности же работала только на Драгана Арманского и «Милтон секьюрити», однако весь последний год она выполняла задания только от случая к случаю, а вот уже три месяца вообще не брала никаких поручений.

— Сейчас я не выполняю никакой определенной работы,— ответила Лисбет чистую правду.

— Так-так... Я полагаю, ты учишься в школе.

— Нет, я не учусь в школе.

Йоаким Перссон вышел из-за перегородки, дружелюбно приобнял Лисбет за плечики и повел к выходу.

— Так вот что я скажу вам, юная особа. Через несколько лет мы с удовольствием поговорим с тобой, но для этого нужно, чтобы ты имела при себе *немножечко* больше денег, чем помещается в свинье-копилке. Понимаешь ли, в карманные деньги тут не уложишься.— Толстячок добродушно потрепал ее по щечке.— Так что добро пожаловать, барышня, через несколько лет, тогда мы и для вас как-нибудь подыщем небольшую квартирку.

Лисбет Саландер остановилась на улице перед агентством «Нобель», раздумывая над тем, как понравится Йоакиму Перссону, если запустить ему в витрину бутылку с коктейлем Молотова. Постояв немного, она вернулась домой и включила компьютер.

Ей хватило двадцати минут, чтобы войти во внутреннюю сеть агентства «Нобель» с помощью паролей, которые она нечаянно подглядела, рассеянно наблюдая за тем, как их набирала женщина за перегородкой. Еще через три минуты Лисбет поняла, что компьютер, на котором работала дама, одновременно служил сервером всего предприятия. Это же надо быть такими тупыми! А еще через три минуты она получила доступ ко всем четырнадцати компьютерам, входившим в локальную сеть. Часа за два Лисбет просмотрела бухгалтерию Йоакима Перссона и сделала вывод, что за последние два года он скрыл от налоговой службы около семисот пятидесяти тысяч крон черного нала.

Она скачала все нужные файлы и переслала их в налоговую службу через анонимный электронный адрес на сервере, находившемся в США. Сделав это, она выбросила из головы все мысли о Йоакиме Перссоне.

Остаток дня она посвятила тому, чтобы изучить перечень наиболее дорогостоящих объектов, предлагаемых к продаже агентством «Нобель». Самым дорогим оказался небольшой замок близ Мариефреда, но у нее не было желания там поселиться. Тогда она назло врагам выбрала из списка предложений второй по стоимости объект — это была квартира возле площади Мосебаккеторг.

Неторопливо рассмотрев фотографии и изучив планы, она наконец решила, что квартира в районе Мосебакке* более чем отвечает всем ее требованиям. Раньше эта кварти-

* Мосебакке — холм в Стокгольме.

ра принадлежала одному из директоров компании ABB*, который ушел в тень, успев обеспечить себе «золотой парашют»** на сумму в миллиард, что привлекло большое внимание прессы и вызвало резкую критику.

Вечером она сняла телефонную трубку и позвонила Джереми Мак-Миллану, совладельцу адвокатского бюро «Мак-Миллан & Маркс» в Гибралтаре. Ей уже приходилось вести дела с этой конторой. Некогда он за щедрое вознаграждение согласился открыть ряд фиктивных юридических адресов, на которые затем были зарегистрированы счета, обслуживавшие состояние, которое она украла у финансового воротилы Ханса Эрика Веннерстрёма.

И вот она снова обратилась к услугам Мак-Миллана. На этот раз она дала ему поручение вести от имени ее предприятия «Уосп энтерпрайзис» переговоры с агентством «Нобель» и купить у них понравившуюся ей квартиру на улице Фискаргатан близ площади Мосебакке. Переговоры заняли четыре дня, и когда договор был заключен, проставленная в нем сумма заставила ее поднять брови. Плюс пять процентов как вознаграждение Мак-Миллану. Не прошло и недели, как она, прихватив с собой две картонные коробки с одеждой, постельным бельем, матрасом и кухонными принадлежностями, уже въехала в новое жилище. Три недели она так и спала на матрасе, посвящая все время изучению клиник пластической хирургии, завершению работы над рядом рутинных дел (включая ночную беседу с неким адвокатом Нильсом Бьюрманом) и счетам за жилье, за электричество и все в этом роде, за что она заплатила авансом.

Покончив со всем этим, она заказала билет и отправилась в итальянскую клинику. После завершения лечения и выписки Лисбет, оставшись одна в номере римской гости-

---

* «ABB» — «Asea Brown Boveri» — энергетический концерн, образованный в 1988 г. в результате слияния шведского предприятия «ASEA» со швейцарским «Brown Boveri».

** Договор найма с руководителями компании, предусматривающий выплату им крупной компенсации в случае изменения контроля над компанией и/или увольнения.

ницы, задумалась о том, что же ей делать дальше. Следовало бы вернуться в Швецию и начать устраивать свою жизнь, но по ряду причин ей даже думать не хотелось о Стокгольме.

У нее не было настоящей профессии. Работа в «Милтон секьюрити» не сулила ей в будущем ничего интересного. Драган Арманский в этом не виноват: он-то хотел, чтобы она поступила к нему на постоянной основе и стала эффективным винтиком рабочего механизма, но она, дожив до двадцати пяти лет, не имела никакого образования, и ей не хотелось до пятидесяти лет раскапывать персональные сведения о разных жуликах. Это было для нее забавным хобби, но не годилось для того, чтобы стать главным делом ее жизни.

Второй причиной, почему ей претила мысль о возвращении в Стокгольм, был Микаэль Блумквист, иначе «этот чертов Калле Блумквист». В Стокгольме она наверняка рискует столкнуться с ним, а в данный момент ей этого совершенно не хотелось. Он обидел ее. Если по совести, то она признавала, что он сделал это без злого умысла. Он был человек что надо. Она сама виновата, что влюбилась в него. Само слово это казалось какой-то дикой нелепостью, когда речь шла о бестолковой курице Лисбет Саландер.

Микаэль Блумквист славился как дамский угодник. Она оказалась для него в лучшем случае временной забавой, однажды он снизошел до нее из жалости, когда она была ему нужна и когда под рукой не нашлось ничего лучшего, но быстро забыл о ней, как только вернулся в более интересное общество. Она проклинала себя за то, что ослабила защиту и впустила его в свою жизнь.

Когда наваждение прошло, она оборвала с ним всякие контакты. Это далось ей не очень легко, но она держалась твердо. В последний раз она видела его с платформы метро на станции «Гамла стан», когда он проехал мимо нее по направлению к центру. Она глядела на него целую минуту и решила для себя, что не хочет больше сохнуть по нему. Иди ты к черту! Он заметил ее, как раз когда закрывались двери, и смотрел пристальным взглядом, пока не тронулся поезд, а она повернулась к нему спиной и пошла прочь.

Лисбет не могла понять, почему он по-прежнему старается возобновить отношения с таким упорством, словно речь с его стороны шла о каком-то социальном проекте. Она сердилась на его недогадливость и каждый раз, как он писал ей по электронной почте, она, стиснув зубы, удаляла его послание, не читая.

Короче, в Стокгольм ее совершенно не тянуло. Кроме работы по заданиям «Милтон секьюрити», нескольких прежних сексуальных партнеров и девчонок из бывшей группы «Персты дьявола», ничто не связывало ее с родным городом.

Единственным человеком, к которому она питала известное уважение, был Драган Арманский, хотя она с трудом могла бы определить свои чувства к нему. Она сама немного удивлялась, осознавая, что испытывает некоторое влечение к своему начальнику. Не будь он женатым, семейным человеком и в придачу таким консерватором, она, пожалуй, могла бы сделать шаг ему навстречу.

В конце концов она достала свой календарь и открыла раздел, в котором находились географические карты. Она никогда еще не бывала в Австралии или в Африке. Она читала про пирамиды и Ангкор-Ват*, но никогда их не видела. Она никогда не каталась на пароме «Стар ферри», который ходит между Коулуном** и Викторией*** в Гонконге, никогда не занималась подводным плаванием на Карибах и не загорала на пляжах Таиланда. Если не считать нескольких коротких командировок по работе, во время которых ей довелось побывать в Прибалтике и соседних скандинавских странах, да еще, разумеется, в Цюрихе и Лондоне, она за всю свою жизнь почти никуда не выезжала за пределы Швеции. А если подумать, то почти нигде не бывала за пределами Стокгольма.

Раньше это было ей не по карману.

---

* Ангкор-Ват — знаменитый древний храм в Камбодже.
** Коулун — полуостровная часть Гонконга.
*** Виктория — морская бухта в Гонконге.

Лисбет подошла к окну своего гостиничного номера и стала глядеть на протянувшуюся внизу улицу виа Гарибальди. Рим походил на гору развалин. Приняв решение, она надела куртку, спустилась в вестибюль и спросила, есть ли поблизости какое-нибудь туристическое бюро. Она заказала один билет до Тель-Авива и провела несколько дней, гуляя в Иерусалиме по Старому городу, осматривая мечеть Аль-Акса* и Стену Плача. На вооруженных солдат по углам улиц она поглядывала с опаской. После этой поездки она полетела в Бангкок и затем весь остаток года продолжала путешествовать.

У нее было только одно неотложное дело, по которому она дважды съездила на Гибралтар. В первый раз для того, чтобы углубленно изучить человека, которому она собиралась поручить управление своими деньгами, а второй раз для острастки, чтобы прибавить ему усердия.

Странное чувство испытываешь, впервые за такое долгое время поворачивая ключ в замке собственной квартиры!

Войдя в прихожую, Лисбет поставила сумку и пакет с продуктами, а потом набрала четырехзначный код, отключавший электронную сигнализацию. Затем сняла с себя всю одежду и, бросив ее на пол в холле, раздетая пошла на кухню, включила холодильник, убрала в него все продукты и сразу же отправилась в ванную, чтобы следующие десять минут провести под душем. Подкрепившись яблочными дольками и разогретой в микроволновке пиццей, она открыла коробку с вещами, достала подушку, простыню и одеяло — после целого года хранения от них подозрительно попахивало. В комнате, смежной с кухней, она расстелила на полу матрас.

Через десять секунд, едва положив голову на подушку, она заснула и проспала почти двенадцать часов, почти до полуночи. Поднявшись, Лисбет включила кофеварку, за-

---

* Мечеть Аль-Акса — одна из главных мусульманских святынь, расположена на Храмовой горе в Иерусалиме.

вернулась в одеяло и, подложив подушку, удобно устроилась с сигаретой у окна, из которого открывался вид на Юргорден* и на море. Как зачарованная, она глядела вдаль, размышляя в темноте над своей жизнью.

Весь следующий день после возвращения в Стокгольм у Лисбет Саландер был расписан по минутам. В семь утра она уже закрыла за собой дверь квартиры. На площадке она немного задержалась и, отворив лестничное окно, прикрепила между стеной и водосточной трубой подвешенный на медной проволочке запасной ключ. Наученная опытом, она оценила пользу запасного ключа, хранящегося в легкодоступном месте.

На улице ее встретил пронизывающий холод. Лисбет была одета в старые, поношенные джинсы, продранные пониже ягодицы, сквозь дырку просвечивало голубое трико. Для тепла она натянула поверх майки джемпер-поло, воротник которого растянулся и не хотел прилегать к шее, и достала из запасов старую меховую куртку с заклепками на плечах. Надевая куртку, она подумала, что надо бы отнести ее в починку, чтобы заменить изодравшуюся в клочья подкладку внутри карманов. На ногах у нее были теплые чулки и ботинки — в общем, оделась она довольно-таки подходяще для Стокгольма.

По Санкт-Паульсгатан она дошла пешком до Цинкенсдамма, а оттуда до своего прежнего дома на Лундагатан. Там она начала с того, что зашла в подвал и проверила в чулане свой старенький «кавасаки». Похлопав его по седлу, она поднялась по лестнице и, переступив через громадную кучу рекламных листовок, вошла в старую квартиру.

Перед тем как уехать из Швеции, она, не придумав еще, как поступить со старой квартирой, оставила распоряжение по перечислению денег на коммунальные платежи. В квар-

---

* Юргорден — остров в Стокгольме, на котором в старину находился королевский охотничий заказник, сейчас — зона отдыха и развлечений, где находятся музей под открытым небом «Скансен» и парк аттракционов «Грёна лунд».

тире по-прежнему оставалась вся обстановка, старательно собранная по мусорным контейнерам: надбитые чашки, два старых компьютера и куча всякой бумаги — ничего ценного.

На кухне она нашла черный мусорный мешок и потратила пять минут на то, чтобы выбрать рекламные буклеты и побросать их в него. Почты как таковой оказалось не много: главным образом банковские выписки, бланки налоговых квитанций от «Милтон секьюрити» и разного рода замаскированная реклама. Одним из преимуществ официальной недееспособности было то, что Лисбет никогда не приходилось заниматься налоговыми расчетами: такого рода официальные бумаги блистали своим отсутствием. В остальном же за год лично ей пришло только три письма.

Первое письмо прислала адвокат Грета Моландер, которая была официальным куратором матери Лисбет. В кратком послании Грета Моландер информировала Лисбет о том, что была произведена опись оставшегося после ее матери имущества и обеим дочерям, Лисбет и Камилле Саландер, причитается получить в наследство по девять тысяч триста двенадцать крон каждой. Соответствующая сумма переведена госпоже Лисбет Саландер на ее банковский счет. Просьба подтвердить получение. Лисбет засунула это письмо во внутренний карман меховой куртки.

Второе письмо пришло от дамы по фамилии Микаэльссон, заведующей эппельвикенским приютом для престарелых, и содержало любезное напоминание о том, что в приюте для Лисбет лежит коробка с оставшимися после ее матушки вещами. «Просим вас по возможности связаться с эппельвикенским приютом и сообщить, как вы намерены поступить с наследством»,— говорилось там. В конце письма заведующая сообщала, что, если в течение года от Лисбет или ее сестры (адресом которой она не располагает) не поступит никаких известий, личные вещи покойной будут выброшены. Лисбет посмотрела на дату вверху письма, увидела, что оно было написано в июне, и взялась за мобильный телефон. Через две минуты она узнала, что коробка до сих пор цела и никуда не делась. Попросив извинения за то, что долго не давала о себе знать, Лисбет пообещала завтра же приехать за вещами.

Последнее письмо было от Микаэля Блумквиста. Подумав немного, она решила бросить его в мешок, не открывая.

Набрав целый ящик нужных и ненужных вещей, которые она хотела сохранить, Лисбет на такси вернулась на Мосебакке. Там она сделала макияж, надела очки и светлый парик с волосами до плеч и положила в сумочку норвежский паспорт на имя Ирене Нессер. Посмотрев на себя в зеркало, Лисбет отметила, что Ирене Нессер очень похожа на Лисбет Саландер, но в то же время это совершенно другой человек.

Наскоро закусив багетом с сыром бри и чашкой кофе с молоком в кафе «Эдем» на Гётгатан, она пошла на Рингвеген в агентство по аренде автомобилей. Там Ирене Нессер арендовала машину марки «ниссан микра». Она поехала в торговый комплекс «ИКЕА» возле гостиницы «Кунгенскурв» и провела там три часа, знакомясь с ассортиментом и помечая номера нужных товаров. Без долгих раздумий она навыбирала много всего.

Она купила два дивана с обивкой песочного цвета, пять мягких кресел, два круглых кофейных стола натуральной лакированной березы, диванный столик и несколько непарных столиков. В отделе книжных полок и шкафов она заказала два гарнитура разных шкафов и две книжные полки, тумбочку для телевизора и закрытые полки. В завершение она выбрала трехстворчатый гардероб и два маленьких комода.

Выбору кровати она уделила много времени и в конце концов остановилась на кровати «Хемнес» с матрасом и прочими принадлежностями. На всякий случай она купила еще одну кровать для гостевой комнаты. Лисбет не рассчитывала, что ей когда-нибудь придется принимать в доме гостей, но раз уж в квартире имелась гостевая комната, то отчего было не обставить и ее заодно.

Ее ванная была уже полностью оборудована, в ней имелся подвесной шкафчик, шкафчик для хранения полотенец и оставшаяся от прежнего владельца стиральная машина, поэтому для ванной она прикупила только корзину для белья.

Зато кухня еще требовала вложений. Немного поколебавшись, Лисбет выбрала кухонный стол из массивного бука со столешницей из особо прочного стекла и четыре стула веселенькой расцветки.

Ей нужна была мебель для кабинета, и она удивлялась, разглядывая разные «рабочие уголки» с хитроумными подставками для компьютеров и боковыми столиками. Наглядевшись, она покачала головой и заказала обыкновенный письменный стол, облицованный буком, с закругленными краями и входящим в комплект большим шкафом для бумаг. Стул к нему она выбирала долго и тщательно: ведь на этом стуле ей, скорее всего, придется просиживать часами, и выбрала одну из самых дорогих моделей.

В заключение она прошлась по разным отделам и набрала солидный запас простыней, наволочек, полотенец, покрывал, одеял, подушек, столовых приборов, кухонной посуды и кастрюлек, а еще разделочные доски, три больших ковра, несколько настольных ламп и большое количество канцелярских принадлежностей — папок, корзинок для бумаг, разных ящичков и тому подобного.

Закончив обход, она направилась со списком к кассе, где расплатилась карточкой, выданной компанией «Уосп энтерпрайзис», и предъявила паспорт на имя Ирене Нессер. Общая сумма чека — за сами покупки, доставку и сборку мебели — составила девяносто с лишним тысяч крон.

К себе в Сёдер Лисбет вернулась к пяти часам вечера и успела по пути заскочить в «Электронику» Аксельссона, где приобрела восемнадцатидюймовый телевизор и радиоприемник. Уже перед самым закрытием она попала в хозяйственный магазин на Хорнсгатан и раздобыла там пылесос. В «Мариахалле» она обзавелась половой тряпкой, мылом, ведром, моющими средствами, жидким мылом, зубными щетками и большим рулоном туалетной бумаги.

После этой шопинг-оргии она устала до изнеможения, но осталась очень довольной. Запихав все покупки в арендованный «ниссан микра», Лисбет без сил рухнула на стул в кафе «Ява» на Хорнсгатан. Из взятой с соседнего столика вечерней газеты она узнала, что социал-демократы по-прежнему остаются правящей партией и что за время ее отсутствия в стране вроде бы не произошло никаких крупных перемен.

Домой она пришла вечером, около восьми, под покровом тьмы выгрузила из машины все свои приобретения и перетаскала их в квартиру с табличкой «В. Кюлла». Свалив все в одну высокую кучу в прихожей, Лисбет полчаса потратила на поиски места для парковки в соседних переулках, а затем пустила воду в джакузи, в которой могли свободно поместиться по крайней мере три человека. Сперва она стала думать о Микаэле Блумквисте. До того как ей сегодня утром попалось на глаза его письмо, она не вспоминала о нем несколько месяцев. Она подумала, что сейчас он, наверное, дома, а с ним, может быть, Эрика Бергер.

Наконец она набрала побольше воздуха, перевернулась лицом вниз и погрузилась с головой в воду. Она положила руки себе на грудь, крепко защемила пальцами соски и задержала дыхание на три минуты, до тех пор, пока ей не показалось, что легкие сейчас разорвутся.

Редактор Эрика Бергер мельком взглянула на часы: Микаэль Блумквист опоздал на редакционный совет, посвященный планированию следующего номера, почти на пятнадцать минут. Редакционный совет неизменно собирался в десять часов утра во второй вторник каждого месяца. На нем принимался в общих чертах план следующего номера и предварительно намечалось, что попадет на страницы журнала «Миллениум» в ближайшие несколько месяцев.

Микаэль Блумквист извинился за свое опоздание, которое было неслыханным нарушением свято соблюдаемого распорядка, буркнул что-то невнятное в свое оправдание, но этих слов никто не расслышал и не обратил на них внимания. В заседании совета кроме Эрики принимали участие секретарь редакции Малин Эрикссон, совладелец и художественный редактор Кристер Мальм, репортер Моника Нильссон и работающие неполный день Лотта Карим и Хенри Кортес. Микаэль Блумквист сразу заметил, что семнадцатилетняя практикантка отсутствует, зато за столом для совещаний в кабинете Эрики появился совершенно незнакомый мужчина. Это было очень необычно; как правило, Эрика не пускала посторонних на заседания, где решались вопросы, касающиеся состава будущих номеров «Миллениума».

— Это Даг Свенссон,— представила незнакомца Эрика.— Независимый журналист. Мы собираемся купить один его текст.

Микаэль Блумквист кивнул и пожал протянутую руку. У Дага Свенссона были голубые глаза, коротко подстриженные белокурые волосы и трехдневная щетина на щеках. Выглядел он лет на тридцать, и его отличная физическая форма могла внушить зависть.

— Обычно мы выпускаем в год один или два тематических номера,— продолжала Эрика.— Этот материал я хочу поставить в майский номер. В типографии у нас забронировано время до двадцать седьмого апреля. Это дает нам три месяца на подготовку текстов.

— Какая там тема? — спросил Микаэль, наливая себе кофе из термоса на столе.

— Даг Свенссон принес мне на прошлой неделе свою тематическую заявку. Я пригласила его на наше заседание. Представишь сам свою тему?

— Трафик* секс-услуг,— сказал Даг Свенссон.— То есть торговля секс-рабынями. В данном случае главным образом девушками из Прибалтики и Восточной Европы. Если рассказать все по порядку, то я пишу книгу на эту тему и поэтому обратился к Эрике. Ведь вы открыли собственное небольшое издательство.

На всех лицах появилось довольное выражение. На счету издательства «Миллениум» имелась пока что только одна выпущенная книга, а именно — прошлогодний «кирпич» Микаэля Блумквиста о финансовой империи миллиардера

---

* Трафик — в криминологии так называется постоянный канал поставки нелегальных товаров.

Веннерстрёма. В Швеции тираж допечатывался пять раз, а кроме того, книга вышла на норвежском, немецком и английском языках, сейчас готовился французский перевод. Рост продаж казался необъяснимым, поскольку рассказанная в книге история была уже известна по бесчисленным газетным публикациям.

— В области книгоиздания наши достижения, пожалуй, не так уж и велики,— осторожно заметил Микаэль.

Даг Свенссон улыбнулся:

— Я знаю. Но у вас все же есть издательство.

— Есть другие издательства, побольше нашего,— продолжал Микаэль.

— Несомненно! — вступила Эрика Бергер.— Но мы уже целый год обсуждали вопрос о том, чтобы наряду с основной деятельностью начать издавать книги, заняв определенную нишу. Мы говорили об этом на двух заседаниях, и все эту мысль одобрили. Мы представляем это себе как очень ограниченную по объему деятельность — три-четыре книжки в год, в которых в основном будут представлены очерки на различные темы. Иными словами, типично журналистская продукция. А это станет отличным началом.

— Трафик секс-услуг,— задумчиво повторил Микаэль и кивнул, обращаясь к Дагу: — Рассказывай!

— Темой торговли секс-рабынями я занимался четыре года. Я натолкнулся на нее благодаря моей подруге Миа Бергман. Ее специальность — криминология и гендерные* исследования. Раньше она работала в Совете по профилактике преступности и занималась законом о запрете сексуальной эксплуатации.

— Я ее знаю,— обрадовалась Эрика.— Я брала у нее интервью два года назад по поводу ее доклада об отношении судебных инстанций к мужчинам и женщинам.

Даг Свенссон с улыбкой кивнул.

---

* Гендер, иначе — социальный пол, то есть социально детерминированные роли, идентичности и сферы деятельности мужчин и женщин, зависящие не от биологических половых различий, а от социальной организации общества.

— Это вызвало много возмущенных откликов,— сказал он.— Но вот уже пять или шесть лет она занимается темой трафика секс-услуг. Это и свело нас. Я писал очерк о торговле сексуальными услугами через Интернет, и мне кто-то подсказал, что она об этом кое-что знает. Она действительно знала! Короче говоря, мы начали работать совместно, я — как журналист, она — как исследователь, понемногу мы сблизились, а через год съехались и стали жить вместе. Она работает над докторской диссертацией, весной у нее защита.

— Так значит, она пишет докторскую, а ты?

— А я популярную версию плюс мои собственные расследования. А также краткий вариант в виде статьи, которую я передал Эрике.

— О'кей. Значит, вы работаете одной командой. И о чем же вы пишете?

— Наше правительство ввело суровый закон против торговли сексуальными услугами, у нас есть полиция, которая следит за тем, чтобы этот закон проводился в жизнь, и суды, которые должны судить преступников. Мы объявляем преступниками клиентов, покупающих секс-услуги, и у нас есть средства массовой информации, которые пишут на эту тему и всячески выражают возмущение по этому поводу и так далее. В то же время Швеция входит в число стран, в которые покупается самое большое число шлюх на душу населения из России и Прибалтики.

— И ты можешь доказать это фактами?

— Это отнюдь не секрет. Это даже не новость для газеты. Ново здесь то, что мы встретились и поговорили с десятком девушек типа «Лилия навсегда»*. Большинству из них от пятнадцати до двадцати лет, и происходят они из неблагополучных социальных слоев восточных стран. Их заманили в Швецию, пообещав им здесь ту или иную работу, но тут они попали в лапы ни перед чем не останавливающейся секс-мафии. По сравнению с некоторыми вещами, которые пришлось пережить этим девушкам, «Лилия навсе-

---

* «Лилия навсегда» — название фильма реж. Мудиссона.

гда» может показаться невинным фильмом для семейного просмотра. То есть я хочу сказать, что эти девушки пережили такое, что невозможно изобразить даже в кино.

— О’кей.

— Это является главной темой диссертации Миа. Но моя книга не об этом.

Все посмотрели на него с новым интересом.

— Миа брала интервью у девушек. Я же изучал поставщиков товара и клиентуру, которую они обслуживают.

На лице Микаэля появилась улыбка. Он никогда раньше не встречался с Дагом Свенсоном, но внезапно понял, что Даг такой журналист, какие ему нравятся: журналист, который смотрит в самый корень проблемы. Для Микаэля главное правило репортера гласило, что в любом деле есть тот, на ком лежит за это ответственность. *The bad guys**.

— И ты раскопал интересные факты?

— Я могу, например, документально подтвердить, что один чиновник департамента юстиции, имеющий отношение к разработке закона о секс-торговле, сам использовал по крайней мере двух девушек, попавших сюда через каналы секс-мафии. Одной из них было пятнадцать лет.

— Ого!

— Я работал над этой темой в общей сложности три года. В книге содержится ряд примеров конкретных судеб отдельных девушек. В ней фигурируют три полицейских, один из которых работает в службе безопасности, а другой в полиции нравов. Пять адвокатов, один прокурор и один судья. Есть также три журналиста, один из которых является автором нескольких публикаций о секс-торговле. В частной жизни он воплощает в реальность свои фантазии насильника с несовершеннолетней проституткой из Таллинна... И в этом случае речь идет отнюдь не о сексуальных играх по обоюдному согласию. Я намерен предать их имена гласности. Все полностью подтверждено документальными свидетельствами.

----

* Плохие парни *(англ.)*.

Микаэль Блумквист присвистнул.

— Поскольку я опять стал ответственным редактором, я еще раз просмотрю весь документальный материал под увеличительным стеклом,— сказал он.— Однажды я допустил небрежность, не проверил со всей тщательностью источник информации и заработал три месяца тюрьмы.

— Если вы возьметесь напечатать очерк, ты получишь всю документацию, какую только пожелаешь. Но у меня тоже есть свое условие, на котором я соглашусь продать материал «Миллениуму».

— Даг требует, чтобы мы напечатали и его книгу,— пояснила Эрика Бергер.

— Вот именно. Я хочу, чтобы ее публикация произвела впечатление разорвавшейся бомбы, а в данный момент «Миллениум» — это самый честный и смелый журнал в Швеции. Не думаю, чтобы у нас нашлось много издательств, которые решились бы сейчас выпустить книгу такого рода.

— Итак, не будет книги — не будет и статьи,— подвел итог Микаэль.

— По-моему, то, что мы слышали, звучит очень здорово,— сказала Малин Эрикссон.

Хенри Кортес поддержал ее одобрительным бурчанием.

— Статья и книга — это две разные вещи,— заметила Эрика Бергер.— В первом случае ответственность за публикацию ложится на Микаэля, во втором — на автора книги.

— Знаю.— Даг Свенссон кивнул.— Меня это не беспокоит. Как только выйдет книга, Миа тотчас же подаст в полицию заявление на всех лиц, которых я там называю.

— Это все равно что разворошить осиное гнездо,— сказал Хенри Кортес.

— Это еще не все,— подхватил Даг Свенссон.— Кроме того, я раскопал часть той сети, которая зарабатывает деньги на секс-торговле. Таким образом, речь идет об организованной преступности.

— И кого же ты там обнаружил?

— В этом-то и трагедия! Секс-мафия — это жалкое сборище шестерок. Сам не знаю, что я ожидал увидеть, начиная расследование, но в каком-то смысле мы все — или, по крайней мере, я — почему-то представляли себе, что мафия — это такая гламурная компания, обретающаяся в верхах общества и лихо раскатывающая в шикарных лимузинах. Наверное, такому представлению поспособствовали американские фильмы. Твоя история о Веннерстрёме,— Даг Свенссон бросил взгляд на Микаэля,— доказывает, что иногда это действительно так. Но Веннерстрём в известном смысле представлял собой исключение. Я же обнаружил шайку грубых негодяев с садистскими наклонностями, не умеющих толком читать и писать, полных идиотов в том, что касается организационных и стратегических вопросов. Отчасти они как-то связаны с байкерами и другими, более организованными кружками, но в общем и целом секс-торговлей занимается всякий грязный сброд.

— Это очень хорошо видно из твоей статьи,— согласилась Эрика Бергер.— У нас есть законодательные органы, полицейский корпус и органы правосудия, которые мы из года в год финансируем миллионными отчислениями из наших налогов ради того, чтобы они положили конец этой секс-торговле, а они не могут найти управы даже на кучку каких-то идиотов.

— Происходит вопиющее нарушение прав человека, но девчонки, которых это касается, занимают в обществе такое низкое положение, что находятся как бы вне правовой системы. Они не голосуют, они почти не говорят по-шведски, их словарного запаса только-только хватает на то, чтобы договариваться о цене. Девяносто девять целых и девяносто девять сотых процента всех преступлений, связанных с секс-торговлей, не становятся предметом разбирательства, так как о них не поступает заявлений в полицию, по ним не предъявляется обвинений. В криминальном мире Швеции это, по-видимому, самый огромный айсберг. Если бы речь шла об ограблении банка, то такого безразличного отношения к делу невозможно даже представить себе. К сожалению, я пришел к выводу, что такого положения дел никто не потерпел бы ни дня, если бы у наших правоохранительных органов действительно было желание с ним покончить. Преступления против несовершеннолетних девчонок из Таллинна или Риги никого не интересуют. Шлюха есть шлюха — это часть системы.

— И ни для кого это не секрет,— добавила Моника Нильссон.

— Ну и что же вы скажете? — спросила Эрика Бергер.

— Мне нравится эта идея,— отозвался Микаэль Блумквист.— Этой публикацией мы потревожим тихое болото, а ради этого мы и затеяли когда-то издавать «Миллениум».

— А я ради этого и работаю до сих пор в этом журнале. Ответственный редактор должен иногда выкидывать неожиданный кульбит,— заявила Моника Нильссон.

Все, кроме Микаэля, засмеялись.

— Он был единственный, у кого хватило глупости стать ответственным редактором,— сказала Эрика Бергер.— Мы пустим это в майский номер. Одновременно выйдет и твоя книга.

— А книга готова? — поинтересовался Микаэль.

— Нет,— сказал Даг Свенссон.— У меня есть готовый синопсис, однако книга написана только наполовину. Если вы дадите согласие выпустить ее и заплатите мне аванс, я смогу полностью посвятить себя этой работе. Расследование в целом уже закончено. Остались лишь отдельные мелочи, чтобы дополнить картину. В сущности, весь материал уже у меня в руках. И еще нужно провести встречи с клиентами этого бизнеса, имена которых я собираюсь раскрыть.

— Мы сделаем все в точности так же, как с книжкой о Веннерстрёме,— кивнул Кристер Мальм.— Макет можно сделать за неделю, и две недели потребуется, чтобы напечатать тираж. Встречи мы проведем в марте и апреле, это даст нам последние пятнадцать страниц текста. Таким образом, рукопись будет готова в окончательном виде пятнадцатого апреля, и тогда мы успеем пройтись по всем источникам.

— Как насчет договора и всего прочего?

— Я еще никогда не составляла контракта на книгу, так что мне придется сперва переговорить с адвокатом.— Эрика озабоченно наморщила лоб.— Но я предлагаю оформить его как договор на работу по данному проекту в течение четырех месяцев, с февраля по май. Мы не платим завышенных ставок.

— Я согласен. Мне нужна финансовая база, чтобы я мог, не отвлекаясь на что-то другое, сосредоточиться на работе над книгой.

— В остальном наше обычное правило — это прибыль пополам, после вычета расходов на издание книги. Как ты на это смотришь?

— По мне, это чертовски хорошее предложение,— одобрил Даг Свенссон.

— Теперь конкретные рабочие поручения,— сказала Эрика Бергер.— Тебя, Малин, я хочу назначить редактором по планированию тематического номера. Это будет твоим главным заданием начиная с первого числа следующего месяца; ты будешь работать непосредственно с Дагом Свенссоном и редактировать статью. И это значит, Лотта, что временно, на период с марта и по май включительно, тебе достанутся обязанности секретаря редакции. Ты получаешь полную ставку, Малин или Микаэль в случае необходимости тебе помогут.

Малин Эрикссон кивнула.

— Тебя, Микаэль, я хочу видеть редактором книги.— Тут Эрика взглянула на Дага Свенссона.— Микаэль этого не афиширует, а между тем он редактор каких поискать, а кроме того, собаку съел на работе с документами. Он прошерстит твой текст и под микроскопом проверит каждый слог. Он как ястреб схватит каждую деталь. Я очень польщена тем, что ты решил издавать книгу у нас, но у «Миллениума» есть свои проблемы. У нас немало врагов, которые только и мечтают сжить нас со света. Уж коли мы потревожим тихое болото, то наша публикация должна быть такой, чтобы в ней ни к чему нельзя было придраться. Все должно быть выверенным на сто процентов, иного мы не можем себе позволить.

— Я и сам не хочу ничего другого.

— Отлично. Но ты-то выдержишь, если всю весну кто-то будет стоять у тебя над душой и критиковать все подряд?

Даг Свенссон усмехнулся и переглянулся с Микаэлем:

— Валяй, критикуй!

Микаэль кивнул.

— Если мы выпускаем тематический номер, то нам нужны еще статьи. Микаэль, я поручаю тебе написать об экономической стороне секс-торговли. Каков ее годичный денежный оборот? Кто зарабатывает на торговле сексуальными услугами и куда уходят деньги? Можно ли найти доказательства, что часть дохода идет в государственную казну? От тебя, Моника, я надеюсь получить статью, в которой ты сделаешь обзор по преступлениям, связанным с сексом в целом. Побеседуй с дежурными женских кризисных центров, с учеными, врачами и представителями власти. Вы обе и Даг пишете главные тексты. Хенри потребуется взять интервью у подруги Дага Миа Бергман, сам Даг этого не может сделать. Нам нужен ее портрет: кто она такая, чем занимается как исследователь и каковы ее выводы. Затем тебе надо будет ознакомиться и дать примеры отдельных случаев полицейских расследований. Кристер — с тебя фотографии. Я не знаю, какие тут должны быть иллюстрации. Подумай над этим сам.

— Наверное, это единственная тема, где иллюстрации воспринимаются как художественные работы. Так что никаких проблем.

— Позвольте мне сделать одно замечание,— вмешался Даг Свенссон.— Среди полицейских встречаются такие, которые действительно на совесть выполняют свою работу. Может быть, стоило бы взять интервью у кого-нибудь из них.

— Ты можешь дать их фамилии? — спросил Хенри Кортес.

— И номера телефонов,— кивнул Даг Свенссон.

— Прекрасно. Итак, тема майского номера — торговля сексуальными услугами. Главная идея, которую должны выразить все материалы: трафик секс-услуг — это преступление против прав человека, виновников преступления нужно назвать по именам и обращаться с ними как с военными преступниками, или эскадронами смерти, или с теми, кто применял пытки. А теперь за дело!

Глава
05

Среда, 12 января — пятница, 14 января

Когда впервые за восемнадцать месяцев Лисбет подъезжала на арендованной машине «ниссан микра» к Эппельвикену, все вокруг показалось ей чужим и незнакомым. С пятнадцати лет она регулярно, несколько раз в год, посещала приют, в котором жила ее мать с тех пор, как приключился «Весь Этот Кошмар». Несмотря на то что она бывала там редко, посещение Эппельвикена стало неотъемлемой частью ее существования. Здесь ее мать провела последние десять лет своей жизни и вот наконец скончалась от кровоизлияния в мозг в возрасте всего лишь сорока трех лет.

Ее мать звали Агнета София Саландер. Последние четырнадцать лет ее жизни были отмечены повторяющимися небольшими мозговыми кровоизлияниями, которые сделали ее неспособной самой заботиться о себе и справляться с обычными повседневными делами. Временами больная выпадала из реальности и не всегда узнавала дочь.

При мысли о матери у Лисбет всегда возникало ощущение беспомощности и непроглядного мрака. В ранней юности она часто мечтала, как мама вдруг выздоровеет и между ними возникнет взаимное доверие. Но разумом она всегда понимала, что этого никогда не случится.

Мама была маленькой и худенькой, но далеко не таким дистрофиком с виду, как Лисбет Саландер. Напротив, она могла считаться по-настоящему красивой и хорошо сложенной женщиной. Точь-в-точь как сестра Камилла.

Камилла...

О сестре Лисбет вспоминать не любила.

Их разительное несходство между собой самой Лисбет всегда казалось какой-то иронией судьбы. Они родились двойняшками, с разницей в каких-то двадцать минут.

Лисбет была старшей. Камилла была красавицей.

Они совершенно не походили друг на друга и с трудом верилось, что они вышли из одной матки. Если бы не какой-то неведомый сбой в генетическом коде, Лисбет могла бы стать такой же писаной красавицей, как ее сестра.

И наверное, такой же дурой.

С самого раннего детства Камилла отличалась общительностью, пользовалась популярностью и хорошо успевала в школе. Лисбет была молчалива, замкнута и редко отвечала на вопросы учителей, что самым плачевным образом отражалось на ее отметках. Еще в начальной школе Камилла начала отдаляться от Лисбет. Сначала это проявлялось лишь в незначительной степени — девочки стали ходить в школу разными маршрутами. Учителя и одноклассники замечали, что сестры никогда не общаются друг с другом и никогда не садятся рядом. Начиная с третьего года обучения они разошлись по параллельным классам. С двенадцати лет, когда случился «Весь Этот Кошмар», они росли врозь, в разных приемных семьях. До семнадцати лет они не встречались, и первое же свидание кончилось тем, что Лисбет заработала фонарь под глазом, а Камилла осталась с разбитой губой. Лисбет не знала, где сейчас находится Камилла, и даже не пыталась что-нибудь о ней узнать.

Сестры Саландер не любили друг друга.

В глазах Лисбет Камилла была лживой, испорченной девчонкой, которая стремилась манипулировать людьми. Однако судебное решение об умственной неполноценности было вынесено в отношении Лисбет.

Оставив машину на парковке для посетителей и наглухо застегнув кожаную куртку, Лисбет под дождем направилась к парадному входу. Возле садовой скамейки она остановилась и огляделась по сторонам. Как раз на этом месте восемнадцать месяцев назад она в последний раз видела свою мать живой. Тогда она под влиянием какого-то наития наведалась в эппельвикенский приют по пути на север, куда направлялась, чтобы помочь Микаэлю Блумквисту в охоте за предусмотрительным, но безумным серийным убийцей. Маму она застала в тревожном настроении. Агнета София, казалось, не узнала дочку, но все равно не хотела ее отпускать, она держала ее за руку и со смятением заглядывала ей в лицо. Лисбет почувствовала, что с нее хватит. Она вырвала руку, поцеловала мамочку и умчалась на своем мотоцикле.

Как показалось Лисбет, директриса Агнесс Микаэльссон была искренне рада ее приходу. Она приветливо встретила ее, проводила в камеру хранения и достала там большую картонную коробку. Лисбет приняла из ее рук свое наследство. Коробка весила два-три килограмма, и если учесть, что здесь находились все приобретения человека за целую жизнь, то итог выходил довольно жалкий.

— Я не знала, что мне делать с вещами твоей мамы,— сказала госпожа Микаэльссон.— Но я всегда чувствовала, что ты когда-нибудь вернешься за ними.

— Я уезжала, меня не было в Швеции,— ответила Лисбет.

Она поблагодарила, что эту картонку сберегли до ее приезда, отнесла ее в машину и навсегда уехала из Эппельвикена.

На Мосебакке Лисбет вернулась в начале первого и отнесла картонку с мамиными вещами к себе в квартиру. Она оставила ее в холле, не распечатывая, и снова вышла на улицу.

Когда она выходила из парадного, мимо неспешно проехала полицейская машина. Лисбет остановилась и настороженным взглядом проводила представителей власти, оказавшихся по соседству с домом, в котором теперь жила она.

Однако полицейские не проявляли ничего похожего на враждебность, и она решила: пускай себе катятся, куда хотят.

В течение дня Лисбет прошлась по магазинам и оделась с головы до ног, приобретя полный набор каждодневной одежды — брюк, джинсов, кофточек и чулок. Она не стремилась покупать вещи дорогих марок, но испытала некоторое удовольствие от того, что могла не моргнув глазом купить сразу шесть пар джинсов. Самую экстравагантную покупку она совершила в «Твильфит», где набрала множество комплектов нижнего белья. В основном она и тут отдала предпочтение каждодневным моделям, но потом, после получасовых поисков, со смущением выбрала один комплект, который можно было назвать словом «секси». Возможно, он даже относился к категории эротического белья, короче, такую вещь она раньше ни за что не решилась бы купить. Примерив вечером этот комплект, Лисбет почувствовала себя в нем страшно глупо. В зеркале она увидела загорелую девушку с татуировками, нарядившуюся в какой-то дурацкий костюм. Она стащила с себя белье и бросила его в мусорное ведро.

В магазине «Дин ско»* она купила хорошие зимние сапожки и две пары туфель, чтобы носить в помещении. Затем под влиянием внезапного порыва она приобрела выходные сапожки на высоком каблуке, которые прибавляли ей несколько сантиметров роста. Кроме того, она присмотрела еще хорошую зимнюю куртку из коричневой замши.

Привезя покупки домой, Лисбет сварила себе кофе и приготовила бутерброды и только потом отправилась сдавать арендованную машину в агентство на Рингене. Домой она пришла пешком и весь остаток вечера просидела у окна, любуясь на море.

Миа Бергман, докторантка, пишущая диссертацию по криминологии, нарезала творожный торт и украсила его сверху малиновым мороженым. Сначала она подала таре-

* «Твой башмак» (шв.).

лочки с десертом Эрике Бергер и Микаэлю Блумквисту и уж только потом поставила угощение Дагу Свенссону и себе. Малин Эрикссон наотрез отказалась от сладкого, ограничившись черным кофе, который был подан в необычных старомодных чашечках с цветочками.

— Это сервиз моей бабушки,— пояснила Миа Бергман, заметив, как Малин разглядывает чашку.

— Она ужасно боится за эти чашки,— добавил Даг Свенссон.— Их ставят на стол только в исключительных случаях для особенно важных гостей.

Миа Бергман улыбнулась:

— Несколько лет я воспитывалась у бабушки, а этот сервиз, в общем-то, единственная вещь, которая у меня сохранилась после нее.

— Просто прелесть,— сказала Малин.— Моя кухня на сто процентов вся из магазинов «ИКЕА».

Микаэлю Блумквисту кофейные чашечки с цветочками были совершенно неинтересны, его гораздо больше привлекал торт. Он уже подумывал, не распустить ли пошире ремень. Эрика Бергер, судя по всему, разделяла его чувства.

— Ой, господи! Надо бы и мне воздержаться от сладкого! — сказала она и, бросив виноватый взгляд на Малин, вооружилась ложечкой.

Первоначально эта встреча задумывалась как простой рабочий обед, имевший целью отметить начало сотрудничества и продолжить обсуждение тематического номера журнала «Миллениум». Даг Свенссон предложил устроить скромное застолье у него дома, и цыпленок в кисло-сладком соусе, приготовленный Миа Бергман, оказался вкуснее всего, что Микаэль когда-либо пробовал. За обедом они выпили две бутылки испанского крепкого красного вина, а к десерту Даг Свенссон предложил гостям «Тулламор Дью» и достал из буфета бокалы. Только Эрика Бергер, как дурочка, отказалась.

Даг Свенссон и Миа Бергман жили в квартире-двушке в стокгольмском пригороде Энскед. Они были вместе уже несколько лет и вот наконец год назад решили съехаться.

Застолье началось в шесть часов вечера, но до половины девятого, когда был подан десерт, о главном поводе для встречи никто еще не сказал ни слова. Зато Микаэль понял, что Даг Свенссон и Миа Бергман ему симпатичны и их общество ему приятно.

В конце концов Эрика Бергер взяла инициативу на себя и завела речь о том, что они собирались обсудить. Миа Бергман достала отпечатанную копию своего труда и положила ее на стол перед Эрикой. У этой научной работы оказалось неожиданно ироничное название — «From Russia with love»*,— которое, конечно же, возникло по ассоциации с классической серией Яна Флеминга об агенте 007. Подзаголовок гласил: «Нелегальные каналы поставки секс-услуг, организованная преступность и ответные действия общества».

— Вам нужно учитывать, что моя диссертация и книга Дага — это разные вещи,— сказала она.— Книга Дага — скорее пропаганда, направленная против тех, кто извлекает выгоду из трафика секс-услуг. Мой труд включает статистику, полевые исследования, цитаты из текста законов и анализ того, как общество и суды ведут себя по отношению к жертвам.

— То есть по отношению к девушкам.

— Молоденьким девчонкам, как правило, от пятнадцати до двадцати лет, малообразованным, по своему происхождению принадлежащим к низшим классам. Зачастую эти девушки вышли из неблагополучных семей и подвергались той или иной форме насилия еще в детстве. В Швецию они устремились, потому что кто-то их сюда заманил, наврал с три короба и наплел всяких небылиц.

— Вероятно, это и были торговцы секс-услугами.

— В проблеме присутствует своего рода гендерный аспект, и моя работа это учитывает. Редко бывает, чтобы роли участников так точно распределялись в соответствии с их полом. Девушки — жертвы, мужчины — преступники. За исключением отдельных женщин, извлекающих выгоду из

_____

* «Из России с любовью» (англ.).

секс-торговли, невозможно найти больше ни одной формы криминальной деятельности, где половая принадлежность служила бы предпосылкой преступления. Нельзя также указать больше ни одной формы криминальной деятельности, к которой общество проявляло бы такую терпимость и так мало делало бы для того, чтобы покончить с ней.

— Если я не ошибаюсь, то в Швеции все же существуют довольно суровые законы, направленные против торговли секс-услугами,— сказала Эрика.

— Не смешите меня! Ежегодно в Швецию привозят несколько сотен девушек (здесь отсутствуют точные статистические данные) для того, чтобы они занимались проституцией, и в данном случае это означает, что они за плату предоставляют свое тело для изнасилования. Со времени введения закона он всего несколько раз давал основания для судебного процесса. Впервые это случилось в мае две тысячи третьего года, когда рассматривалось дело по обвинению одной сумасшедшей бандерши, сделавшей себе операцию по изменению пола. И конечно же, она была оправдана.

— Постой, мне казалось, что ее признали виновной?

— Осудили за содержание борделя. Но оправдали по обвинению в поставке секс-рабынь. Дело в том, что девушки, ставшие ее жертвами, одновременно были свидетелями обвинения. А они исчезли, вернувшись к себе в Прибалтику. Власти пытались вернуть их для выступления в суде, их даже разыскивали через Интерпол. Розыски продолжались несколько месяцев, но результатов не дали.

— Что же с ними случилось?

— Ничего. Телевизионная программа «Инсайдер» провела собственное расследование, послав своих представителей в Таллинн. Им потребовалось всего несколько часов для того, чтобы выяснить, что две из этих девушек живут на родине в своих семьях, а третья уехала в Италию.

— Иными словами, таллиннская полиция действовала не очень эффективно.

— С тех пор у нас было вынесено еще несколько обвинительных приговоров, но во всех случаях речь шла о лицах, задержанных за другие преступления, или исключительно бестолковых преступниках, которые не сумели избежать задержания. Этот закон — чистая формальность. На деле он не применяется.

— О'кей.

— Проблема в том, что преступление в данном случае представляет собой грубое насилие, часто в сочетании с нанесением телесных повреждений, тяжких телесных повреждений, с убийством посредством огнестрельного оружия, в некоторых случаях в сочетании с разного рода лишением свободы,— вставил Даг Свенссон.— Для таких девушек это самое привычное дело, когда их, накрашенных и одетых в короткие юбчонки, отвозят на какую-нибудь виллу в пригороде. У девушек нет выбора, ехать им или не ехать: либо они едут и трахаются с пьяным мужиком, либо сутенер подвергает их побоям и пыткам. Сбежать они не могут — не зная языка, не имея понятия о законах и порядках, они даже не представляют, куда нужно обращаться. Они не могут уехать домой — здесь у них первым долгом отбирают паспорта, а в деле бандерши их вдобавок держали взаперти в квартире.

— Похоже на невольничий лагерь. А девушки что-нибудь получают за свои услуги?

— Кое-что получают,— сказала Миа Бергман,— в утешение за страдания им перепадает некоторое вознаграждение. Как правило, им приходится отработать несколько месяцев, прежде чем их отпускают на родину. Иногда они увозят с собой приличную пачку денег: две, а то и три тысячи крон, что в пересчете на российскую валюту представляет собой целое состояние. Но в придачу они часто успевают нажить тяжелую алкогольную или наркотическую зависимость и привычку к такому образу жизни, при котором деньги очень быстро заканчиваются. Благодаря этому система становится самовоспроизводящейся: спустя некоторое время они возвращаются сюда на заработки, так сказать добровольно отдаваясь в руки своих мучителей.

— Сколько денег оборачивается в этой сфере за год? — спросил Микаэль.

Миа Бергман посмотрела на Дага Свенссона и немного подумала, прежде чем ответить:

— Трудно сказать точно. Мы много раз пытались делать расчеты, но в большинстве случаев наши цифры достаточно приблизительны.

— Ну хотя бы примерно!

— Хорошо. Мы знаем, например, что у бандерши, которую приговорили за сводничество, но оправдали по обвинению в поставках секс-рабынь, за два года были использованы тридцать пять женщин из Восточной Европы. Их срок пребывания составлял от нескольких недель до нескольких месяцев. В ходе судебного разбирательства выяснилось, что за эти два года они заработали в общей сложности около двух миллионов крон. Исходя из этого, я вычислила, что одна девушка приносит приблизительно пятьдесят тысяч крон в месяц. Из этой суммы следует вычесть примерно пятнадцать тысяч крон на расходы — поездки, одежду, жилье и тому подобное. Условия, в которых они живут, далеки от роскоши, часто банда держит их по углам в какой-нибудь квартире. Из оставшихся тридцати пяти тысяч крон бандиты берут себе от двадцати до тридцати тысяч. Половину — тысяч пятнадцать — главарь банды забирает себе, остальное раздает своим подручным: шоферу, бойцам и другим. Девушке остается десять — двенадцать тысяч крон.

— Тогда в месяц...

— Если, скажем, у одной шайки есть две или три девушки, которые на нее вкалывают, то в месяц они зарабатывают около пятидесяти тысяч. В среднем каждая банда состоит из двух-трех человек, которые за счет этого кормятся. Вот так приблизительно выглядит экономика секс-бизнеса.

— И сколько же примерно человек этим охвачено, если взять в целом?

— Можно исходить из того, что в каждом конкретном случае так или иначе жертвами сексуального рабства являются около сотни девушек. Отсюда следует, что общий оборот, если взять всю Швецию в целом, составляет приблизительно полтора миллиона крон, то есть в год около ста миллионов крон. Речь идет только о девушках, вовлеченных в поставки секс-услуг.

— Сущая мелочь!

— Действительно мелочь. Но для того, чтобы получить эту сравнительно скромную прибыль, сотню девушек подвергают насилию. Меня это просто бесит.

— Что-то ты не похожа на беспристрастного исследователя. Но если на одну девушку приходится три бандита, это значит, что на эти деньги живут пятьсот человек.

— На деле их, вероятно, меньше. Я бы сказала, что их человек триста.

— Не такая уж, казалось бы, неразрешимая проблема,— заметила Эрика.

— Мы принимаем законы, бьем тревогу в средствах массовой информации, но почти никто ни разу не поговорил с проституткой из стран Восточного блока и не имеет представления о том, как она живет.

— И как же все происходит? Я имею в виду, на практике. Ведь, наверное, очень трудно вывезти из Таллинна шестнадцатилетнюю девушку так, чтобы никто этого не заметил. И что происходит, когда она приезжает сюда? — спросил Микаэль.

— Когда я начинала исследование, я думала, что речь идет о какой-то строго организованной деятельности, что этим занята какая-то мафиозная структура, которая более или менее продуманным способом провозит девушку через кордон.

— А на самом деле это не так?

— Процесс в целом действительно происходит организованно, но постепенно я разобралась, что участвуют в нем в основном множество мелких, никак не организованных банд. Забудьте о костюмах от Армани и спортивных автомобилях! Средняя банда состоит из двух-трех человек, половина из них русские или прибалты, половина — шведы. Портрет главаря: ему сорок лет, он сидит в майке, пьет пиво и ковыряет пупок. Он не получил никакого образования и в некоторых отношениях может считаться социально неполноценной личностью, всю жизнь у него были какие-то проблемы.

— Весьма романтично!

— На женщину он смотрит с позиций каменного века. Он часто дерется и напивается и даст в морду тому, кто скажет слово ему поперек. Порядок в банде держится на кулаках, и подчиненные часто его боятся.

Через десять дней в квартиру Лисбет привезли купленную ею мебель. Два крепких парня из фирмы «ИКЕА» пожали руку белокурой Ирене Нессер, та, не смущаясь, шпарила по-норвежски. Поздоровавшись, они по частям переправили мебель наверх с помощью маловместительного лифта и провели весь день за сборкой столов, шкафов и кроватей. Они работали очень ловко и, судя по всему, проделывали все это не в первый раз. Ирене Нессер сходила в супермаркет «Сёдерхалларна», купила там греческой готовой еды и позвала работников за стол.

Ребята из «ИКЕА» управились к пяти часам. Закрыв за ними дверь, Лисбет Саландер сняла парик и принялась неторопливо расхаживать по квартире, гадая, приживется ли она в новой обстановке. Кухонный стол выглядел так элегантно, что казался каким-то чужим. Комната рядом с кухней, с двумя входами — одним из холла и другим из кухни,— теперь стала ее новой гостиной с современным диваном и мягкими креслами вокруг кофейного стола, который находился ближе к окну. Спальня ей понравилась: она осторожно присела на краешек кровати и попробовала рукой матрас.

Заглянув в кабинет с видом на море, она сказала себе: «Йес! Это эффективно. Здесь мне хорошо поработается».

Над чем она будет работать, Лисбет еще точно не знала. Критически осмотрев мебель, она почувствовала некоторое сомнение, но в конце концов решила: «Ладно, поживем — увидим, что из этого получится».

Остаток вечера Лисбет провела, распаковывая и разбирая свое имущество. Она разложила в шифоньере полотенца, простыни, скатерти и салфетки, вынула из мешков и развесила в платяном шкафу новую одежду. Хотя покупок была целая куча, шкаф не заполнился и наполовину. Лампы и кухонные принадлежности — кастрюльки, сервизы и столовые приборы — Лисбет тоже расставила по местам.

Окинув критическим взглядом голые стены, она подумала, что надо было купить постеры, или картины, или еще что-нибудь в этом роде. У нормальных людей положено, чтобы на стенах висели такие штучки. Не помешал бы и горшок с цветами.

Затем она открыла картонки со своими вещами, привезенными из старой квартиры на Лундагатан, и разместила в шкафах книги, журналы, клипы и записи старых расследований, которые, наверное, лучше было выбросить. Заодно она широким жестом выкинула изношенные майки и продырявленные чулки. Внезапно ей попался под руку фаллоимитатор, вызывающий подарок на день рождения от Мимми, так и лежавший нераспакованным в магазинной коробке, и она скривила губы в усмешке. Лисбет начисто забыла о его существовании и ни разу так и не испробовала. Решив, что исправит эту ошибку, она поставила фаллоимитатор на комод возле кровати.

Затем она снова посерьезнела. При мысли о Мимми Лисбет почувствовала укол совести. Целый год они были не разлей вода, а затем она совершенно забросила Мимми ради Микаэля Блумквиста, даже без всяких объяснений. Она не попрощалась, не предупредила, что уезжает из Швеции. С Драганом Арманским и девушками из «Перстов дьявола» она тоже не попрощалась и не сообщила о своем отъезде. Наверное, они думают, что она умерла, а может быть, забыли ее: она никогда не играла заметной роли в этой компании. Она словно отвернулась от всех. Вдруг Лисбет вспомнила, что и с Джорджем Блендом не попрощалась, уезжая с Гренады, и подумала — вдруг он там ищет ее на пляже? Ей пришли на память слова Микаэля Блумквиста: дружба строится на уважении и доверии. «Я разбрасываюсь друзьями»,— подумала Лисбет. Интересно, где сейчас Мимми и даст ли она о себе знать?

Она засиделась за полночь, занимаясь разборкой бумаг в кабинете, установкой компьютера, а затем бродя по Интернету. Проверив, в каком состоянии находятся ее вклады, она увидела, что за год ее богатства еще выросли.

Произведя рутинную проверку компьютера, принадлежащего адвокату Бьюрману, она не обнаружила ничего интересного в его корреспонденции и решила, что он ведет себя смирно и не высовывается.

Ей не попалось на глаза никаких признаков того, что он возобновил связь с марсельской клиникой. Судя по всему, Бьюрман свел свою профессиональную и частную деятельность почти к нулю. Он редко пользовался электронной почтой, а выходя в Интернет, в основном посещал порносайты.

Только в два часа ночи она отключилась. Сначала Лисбет прошла в спальню, разделась и повесила одежду на стул, затем направилась мыться в ванную. В углу около прихожей были два больших зеркала от пола до потолка, расположенные под углом друг к другу. Она остановилась и долго себя разглядывала, внимательно изучила свое угловатое ироничное лицо, свою новую грудь и татуировку на спине. Это был красивый рисунок — длинный дракон, выполненный красной, зеленой и черной тушью, начинающийся от плеча и протянувшийся через всю спину. Его узкий хвост, спустившись по ягодице, заканчивался на правом бедре. За год путешествий она отпустила волосы до плеч, но под конец в один прекрасный день перед отъездом с Гренады взяла ножницы и остригла их. Короткие пряди опять топорщились в разные стороны.

Вдруг Лисбет осознала, что в ее жизни произошла или начала происходить какая-то основополагающая перемена. Возможно, виновато было внезапное приобретение миллиардного состояния, благодаря которому она перестала считать каждый грош. Возможно, она наконец утвердилась в мире взрослых, а может быть, смерть матери подвела окончательную черту под ее детством.

За год, проведенный за границей, она избавилась от целого ряда татуировок. В генуэзской клинике по медицин-

ским соображениям в связи с операцией пришлось ликви-
дировать черное кольцо вокруг соска на груди. Затем она
убрала пирсинг из нижней губы, а на Гренаде — и пирсинг
на левой части половых губ — он ей мешал, и она сама не понимала, зачем когда-то его вставила.

Широко открыв рот, она вывинтила клинышек, который
проносила там семь лет, и положила в мыльницу на полоч-
ке над умывальником. Во рту стало как-то пусто. Теперь,
если не считать нескольких сережек в ушах, у нее осталось
только два пирсинга: одно колечко на правой брови и второе в пупке.

Наконец она ушла в спальню и улеглась под новенькое,
только что купленное одеяло. Приобретенная ею кровать
казалась огромной, Лисбет занимала в ней лишь маленькую
часть пространства — будто лежишь на краю футбольного
поля. Лисбет плотнее завернулась в одеяло и долго еще не
спала, а все думала.

Глава
06

Воскресенье, 23 января — суббота, 29 января

Агентство «Милтон секьюрити» занимало три этажа офисного здания неподалеку от Шлюза. При помощи лифта Лисбет Саландер поднялась из гаража сразу на пятый — самый верхний из них. Для этого она воспользовалась пиратской копией универсального ключа, которой предусмотрительно обзавелась на всякий случай еще несколько лет назад. Выходя в темный коридор, она автоматически посмотрела на свои наручные часы. Было 03.10 ночи, воскресенье. Ночной дежурный сидел у пульта охранной сигнализации на третьем этаже, и она знала, что, вероятнее всего, кроме нее, на всем этаже нет больше никого.

Она, как всегда, удивилась про себя, что профессиональное охранное агентство допускает такие просчеты в защите собственной безопасности.

В коридоре пятого этажа за прошедший год мало что изменилось. Она начала с посещения собственного кабинета — маленького закутка, отделенного от коридора стеклянной стеной, который отвел в ее пользование Драган. Дверь была не заперта. Лисбет хватило нескольких секунд, чтобы убедиться, что в ее кабинетике ничего не изменилось, только у двери появилась картонная коробка с разным бумажным мусором. В комнатушке стояли стол, канцелярский стул, корзинка для бумаг и открытый книжный стеллаж.

Техническое оснащение состояло из простенького компьютера «Тошиба» 1997 года с малюсеньким жестким диском.

Лисбет не заметила никаких признаков того, что Драган отдал это помещение другому служащему. Она приняла это как добрый знак, сознавая, однако, что он не много весит сам по себе. Для каморки площадью около шести квадратных метров, служившей ей кабинетом, трудновато было придумать другое применение.

Затворив дверь, Лисбет неслышными шагами прошлась по всему коридору, чтобы убедиться, что ни в одной из комнат никто не засиделся за работой. Она действительно была здесь одна. Прежде чем проследовать дальше, она остановилась перед кофейным автоматом, нажала на кнопку и запаслась стаканчиком капуччино. Затем она отправилась в кабинет Драгана Арманского и вошла туда, отперев дверь пиратским ключом.

В кабинете Арманского, как всегда, царил раздражающе идеальный порядок. Она быстро обошла всю комнату, по пути заглянула на полку, затем уселась за его письменный стол и включила компьютер.

Достав из внутреннего кармана новой замшевой куртки CD-диск, она вставила его в дисковод и начала вводить программу, которая называлась «Асфиксия I.3». Программу она создала сама, и ее единственным предназначением было произвести апгрейд Интернет-Эксплорера жесткого диска в компьютере Арманского, чтобы тот принял более современный вид. Вся процедура заняла около пяти минут.

Закончив, Лисбет вынула диск и начала работу с новой версией Интернет-Эксплорера. Внешний вид программы остался прежним, и она вела себя совершенно так же, как это было при старой версии, но чуть-чуть увеличилась и работала теперь на одну микросекунду медленнее. Все установочные данные были идентичны оригинальным, включая дату инсталляции. По новому файлу не заметно было никаких изменений.

Она вписала ftp-адрес сервера, находящегося в Голландии, и получила kommandorute. Открыла окно со словом «копировать», вписала имя Armanskij/MiltSec и кликнула ОК. Компьютер тотчас же начал делать копию жесткого диска Арманского на сервер в Голландии. Часы на экране показывали, что процесс займет тридцать семь минут.

Пока шло копирование, Лисбет достала запасной ключ от письменного стола своего начальника, хранившийся в декоративной вазе на книжной полке. Следующие полчаса она посвятила изучению папок, лежавших в верхнем правом ящике письменного стола, в которых шеф держал текущие и срочные дела. Когда компьютер пискнул в знак окончания копирования, она положила папки на место в том же порядке, в каком они лежали раньше.

Затем она выключила компьютер, погасила настольную лампу и, забрав с собой пустой стаканчик из-под капуччино, покинула офис «Милтон секьюрити» тем же путем, каким и явилась сюда. Когда она входила в лифт, часы показывали 04.12.

Пешком вернувшись на Мосебакке, Лисбет включила свой компьютер и, соединившись с находящимся в Голландии сервером, ввела туда копию программы «Асфиксия I.3». Когда программа была запущена, открылось окно с предложением выбрать жесткий диск. Имелось четыре десятка вариантов на выбор, и Лисбет начала просматривать список. Среди них ей попался жесткий диск «Нильс Бьюрман», который она проверяла примерно раз в два месяца. Секунду она помедлила, дойдя до «МикБлум/лэптоп» и «МикБлум/офис». Она не открывала эти иконки уже больше года и даже подумывала о том, чтобы их стереть. Однако из принципиальных соображений решила все-таки оставить: поскольку она брала из них информацию, то было бы глупо эту информацию стирать, а потом, если понадобится, заново повторять всю процедуру. То же самое относилось и к иконке под названием «Веннерстрём», которую она также давно уже не открывала, поскольку носитель этого имени умер. Иконка «Арманский/МилтСек» появилась последней по времени и находилась в самом конце списка.

Она давно уже могла бы клонировать его жесткий диск, но так и не сделала этого, поскольку сама работала в «Милтоне» и в любой момент имела доступ к информации, которую Арманский попытался бы скрыть от остального мира. Ее налет на его компьютер не имел никаких враждебных целей: она просто хотела знать, над чем работает предприятие и как обстоят дела в настоящий момент. Лисбет щелкнула мышкой, и тотчас же открылась новая папка с новой иконкой, на которой было написано «Armanskij HD». Она проверила, открывается ли жесткий диск, и убедилась, что все файлы в нем на месте.

Читая докладные Арманского, его финансовые отчеты и электронную почту, она просидела за компьютером до семи утра. Наконец Лисбет задумчиво кивнула и выключила компьютер. Она пошла в ванную, почистила зубы, а затем отправилась в спальню, разделась, бросив одежду на полу, легла в кровать и проспала до половины первого.

В последнюю пятницу января правление «Миллениума» проводило свое ежегодное отчетное собрание. Присутствовали кассир предприятия, внешний ревизор, а также четверо совладельцев — Эрика Бергер (тридцать процентов), Микаэль Блумквист (двадцать процентов), Кристер Мальм (двадцать процентов) и Харриет Вангер (тридцать процентов). На собрание была приглашена также секретарь редакции Малин Эрикссон в качестве представителя сотрудников и председателя профсоюза издательства. Членами профсоюза были, кроме нее, Лотта Карим, Хенри Кортес, Моника Нильссон и начальник отдела маркетинга Сонни Магнуссон. Раньше Малин еще никогда не приходилось принимать участие в подобных мероприятиях.

Собрание правления открылось в 16.00 и завершилось через час с небольшим. Значительная часть времени ушла на доклады, посвященные экономическим вопросам, и на ревизионный отчет. Собрание постановило, что экономическая база «Миллениума» упрочилась по сравнению с периодом кризиса, который предприятие пережило два года тому назад. Ревизионный отчет показал, что предприятие получило прибыль в размере 2,1 миллиона крон, из которых примерно миллион принесла книга Микаэля Блумквиста о Веннерстрёме.

По предложению Эрики Бергер было решено один миллион отложить в специальный фонд на случай будущих кризисов, двести пятьдесят тысяч крон выделить на необходимые расходы по ремонту редакционного помещения, приобретению новых компьютеров и другого технического оборудования, а триста тысяч крон использовать для увеличения фонда зарплат и на то, чтобы принять сотрудника редакции Хенри Кортеса в штат на полный рабочий день. Из оставшейся суммы предлагалось перечислить по пятьдесят тысяч крон каждому из совладельцев «Миллениума», а также распределить сто тысяч крон поровну в виде бонуса между четырьмя постоянными служащими редакции, независимо от того, работают они на полной или на половинной ставке. Начальник отдела маркетинга бонуса не получал. Он работал по контракту, по которому ему причитались проценты доходов от рекламы, благодаря чему он время от времени становился самым высокооплачиваемым сотрудником «Миллениума». Предложение было единогласно принято.

Короткую дискуссию вызвала выдвинутая Микаэлем Блумквистом идея сократить оплату материалов от независимых журналистов, с тем чтобы в дальнейшем можно было взять еще одного репортера на половинный оклад. Микаэль имел в виду Дага Свенссона, который мог найти в «Миллениуме» базу для своей журналистской деятельности, а впоследствии и стать полноправным сотрудником журнала. Эрика Бергер возражала, поскольку считала, что журналу требуется много текстов, поступающих от внештатных репортеров. Эрику поддержала Харриет Вангер, а Кристер Мальм отказался принять участие в голосовании. Кончилось тем, что решили не трогать деньги, отведенные на оплату независимых журналистов, но посмотреть, нельзя ли выйти из положения за счет других расходов. Всем очень хотелось принять Дага Свенссона хотя бы на половинный оклад.

После короткого обсуждения будущей стратегии и планов развития журнала Эрика Бергер была переизбрана председателем правления на следующий год. После этого собрание было закрыто.

Малин Эрикссон за все время не сказала ни слова. Произведя в уме расчеты, она поняла, что сотрудники получат от прибыли бонус в размере двадцати пяти тысяч крон, то есть сумму, превышающую месячную зарплату, и не видела причин возражать против этого решения.

Сразу после отчетного собрания правления Эрика объявила внеочередное совещание совладельцев журнала. Поэтому Эрика, Микаэль, Кристер и Харриет задержались в конференц-зале после ухода остальных сотрудников. Как только закрылась дверь, Эрика начала совещание:

— На повестке дня стоит только один вопрос. Согласно договору, заключенному с Хенриком Вангером, Харриет становилась совладелицей журнала на двухлетний срок. Сейчас срок нашего контракта истекает. Поэтому мы должны решить, останется ли за тобой, а вернее, за Хенриком право на статус совладельца.

Харриет кивнула:

— Мы все знаем, что решение Хенрика стать совладельцем журнала было принято импульсивно под влиянием совершенно особенной ситуации. Ныне этой ситуации больше не существует. Что вы предлагаете?

Кристер Мальм раздраженно мотнул головой. Он единственный в этой комнате не знал, в чем именно заключалась эта особенная ситуация. Он понимал, что Микаэль и Эрика что-то от него скрывают, но Эрика объяснила ему, что речь идет об очень личном деле, касающемся Микаэля, которое она ни при каких обстоятельствах не согласится обсуждать. Кристер был не дурак и догадывался, что молчание Микаэля как-то связано с Хедестадом и Харриет Вангер. Он знал также, что для принятия принципиальных решений ему нет необходимости знать правду, и слишком уважал Микаэля, чтобы поднимать из-за этого шум.

— Мы втроем обсудили этот вопрос и пришли к общему мнению,— сказала Эрика. Она сделала паузу и посмотрела в глаза Харриет.— Прежде чем объявить наши соображения, мы хотим знать, что ты думаешь по этому вопросу.

Харриет Вангер поочередно перевела взгляд с Эрики на Микаэля и Кристера. Затем ее взгляд остановился на Микаэле, но она так ничего и не прочитала по выражению их лиц.

— Если вы хотите выкупить мою долю, то это будет стоить вам около трех миллионов крон плюс проценты, ибо столько семейство Вангер вложило в «Миллениум». Хватит у вас средств на это? — приветливо спросила Харриет.

— Хватит,— ответил Микаэль с улыбкой.

За работу, выполненную по поручению Хенрика Вангера, старый промышленный магнат заплатил ему пять миллионов. По иронии судьбы часть этой работы заключалась в розысках Харриет Вангер.

— В таком случае окончательное решение за вами,— сказала Харриет.— В контракте сказано, что с этого дня вы вправе выкупить долю Вангеров, если пожелаете. Я бы на месте Хенрика никогда не составила контракт с такими непродуманными формулировками.

— Если нужно, мы могли бы выкупить свою долю,— сказала Эрика.— Так что вопрос в том, что *ты* собираешься делать. Ты управляешь индустриальным концерном, по сути дела, двумя концернами. Какой интерес для тебя связываться с таким маргинальным предприятием, как «Миллениум»? Мы проводим совещания правления ежеквартально, и ты честно отсиживала их и каждый раз приходила вовремя с того дня, как заменила на этом посту Хенрика.

Харриет Вангер дружелюбно посмотрела на председательницу совета. Она молчала довольно долго. Наконец посмотрела на Микаэля и ответила:

— С самого своего рождения я всегда была владелицей чего-то. И я провожу свои дни, руководя концерном, в котором закручено столько интриг, сколько не встретишь в любовном романе на четыреста страниц. Когда я начала участвовать в собраниях, я делала это по обязанности, от которой не могла отказаться. Но за истекшие восемнадцать месяцев я поняла, что мне интереснее состоять в этом правлении, чем во всех остальных правлениях, вместе взятых!

Микаэль задумчиво кивнул. Харриет перевела взгляд на Кристера:

— «Миллениум» — словно игрушечное предприятие. Все проблемы здесь маленькие, понятные и легко обозримые. Оно, конечно же, хочет получать прибыль и приносить деньги — это обязательное условие. Но цель вашей деятельности состоит не в этом — вы хотите что-то создать.

Она сделала глоток минеральной воды и перевела взгляд на Эрику.

— Что именно является вашей целью, как раз не совсем ясно. Постановка задачи расплывчата до неряшливости. Вы не политическая партия и не организация, объединенная на основе общих интересов. У вас нет ни перед кем обязательств, на которые нужно было бы ориентироваться в первую очередь. Но вы критикуете недостатки общества и любите вступать в споры с видными деятелями, которые вам не нравятся. Вы часто стремитесь что-то изменить или на что-то воздействовать. Хотя все вы прикидываетесь циниками и нигилистами, у вашего журнала есть правила, и я не раз уже на конкретных примерах убеждалась, что мораль у вас своя собственная. Не знаю, как это назвать, но у «Миллениума» есть душа. И это единственное правление, работой в котором я горжусь.

Она замолчала и молчала так долго, что Эрика вдруг рассмеялась.

— То, что ты сказала, было приятно слышать. Но ты так и не ответила на наш вопрос.

— Мне хорошо в вашей компании и ужасно понравилось быть членом вашего правления. Это приключение заметно украсило мою жизнь. И если вы согласны оставить меня здесь, я с удовольствием останусь.

— О'кей,— сказал Кристер.— Мы долго судили и рядили и пришли к единому мнению. Мы разрываем с тобой контракт и выкупаем твою долю.

Глаза Харриет чуть заметно расширились.

— Вы хотите расстаться со мной?

— Когда мы подписывали контракт, мы лежали головой на плахе и ждали удара топора. У нас не было другого выбора. Мы с самого начала считали дни, когда наступит срок, чтобы выкупить долю Хенрика Вангера.

Эрика открыла лежащую перед ней папку, достала из нее документ и передала Харриет Вангер вместе с чеком, на котором была проставлена в точности та сумма, которую назвала Харриет в качестве выкупа ее доли. Харриет пробежала бумагу глазами, потом, не говоря ни слова, взяла со стола ручку и поставила свою подпись.

— Ну вот,— сказала Эрика.— Все прошло безболезненно. Я хочу поблагодарить Хенрика Вангера за то время, когда действовал этот контракт, и за ту помощь, которую он оказал «Миллениуму». Надеюсь, что ты ему это передашь.

— Обязательно передам,— ответила Харриет Вангер спокойно.

Она ничем не выдала своих чувств, но в душе переживала горькую обиду и разочарование. Ведь они вынудили ее сказать, что она хотела бы остаться у них в правлении, а затем так легко выгнали ее вон. Могли бы, черт возьми, и обойтись без этого!

— И одновременно я хочу предложить тебе совершенно другой контракт, который, может быть, будет тебе интересен,— сказала Эрика Бергер.

Она достала новую пачку бумаг и пододвинула их через стол к Харриет.

— Мы хотим спросить тебя, не желаешь ли ты лично стать членом правления «Миллениума». Сумма по контракту такая же, какую ты сейчас получила. Разница состоит в том, что в этом договоре не прописано никаких временных ограничений и дополнительных условий. Ты входишь в предприятие в качестве равноправного совладельца с такой же ответственностью и обязанностями, как и все остальные.

Харриет приподняла брови:

— Зачем было обставлять это такими сложностями?

— Потому что рано или поздно это нужно было сделать,— сказал Кристер Мальм.— Мы могли бы возобновить старый контракт, продлив его на год до следующего заседания совета или до первого случая крупных разногласий в совете, и тогда вышвырнуть тебя вон. Однако у нас был подписанный контракт, и нужно было сначала исполнить его условия.

Харриет откинулась на спинку кресла и устремила на Кристера изучающий взгляд. Затем она посмотрела по очереди на Микаэля и Эрику.

— Дело в том, что контракт с Хенриком мы подписали под давлением экономических трудностей,— сказала Эрика.— Контракт с тобой мы подписываем потому, что мы этого хотим. И в отличие от старого контракта, теперь тебя будет не так-то легко вышвырнуть из правления.

— Для нас это очень большая разница,— тихо добавил Микаэль.

Это были единственные слова, произнесенные им за всю дискуссию.

— Видишь ли, мы просто считаем, что ты даешь «Миллениуму» нечто большее, чем экономические гарантии, которые приносит фамилия Вангер,— пояснила Эрика Бергер.— Ты человек умный и рассудительный и часто подсказываешь конструктивные решения. До сих пор ты держалась все время в тени, как сторонний наблюдатель. Но с тобой это правление обрело небывалую прежде прочность и устойчивый курс. Ты разбираешься в деловых вопросах. Ты однажды спросила, доверяю ли я тебе, тот же вопрос и я хотела тебе задать. Теперь мы обе знаем ответ на него. Я отношусь к тебе с симпатией и доверием: и я, и все остальные. Мы не хотим, чтобы ты присутствовала на особо оговоренных условиях, в рамках дурацких искусственных правил. Мы хотим, чтобы ты была нашим партнером и полноправным членом правления.

Харриет пододвинула к себе контракт и на пять минут углубилась в чтение. Внимательно прочитав его, она подняла голову.

— Так это ваше единогласное общее решение? — спросила она.

Все трое дружно кивнули. Харриет взяла ручку и поставила свою подпись. Затем послала чек через стол к Микаэлю, и тот его разорвал.

Потом совладельцы «Миллениума» отправились обедать в «Горшок Самира» на Тавастгатан. Образование правления в новом составе они отпраздновали тихим застольем с хорошим вином и кускусом с ягнятиной, сопровождаемым мирной беседой. Харриет казалась взволнованной, и все это напоминало первое свидание, смущенные участники которого знают, что что-то должно случиться, но что именно, еще не понимают.

Уже в половине восьмого Харриет Вангер собралась уходить. Она извинилась, сказав, что хочет вернуться в гостиницу и лечь в постель. Эрике Бергер нужно было возвращаться домой к мужу, и она сказала, что пойдет с Харриет, так как им по пути. Они расстались у Шлюза. Микаэль и Кристер остались одни и посидели еще немного, потом Кристер тоже сказал, что ему пора домой.

На такси доехав до «Шератона», Харриет Вангер поднялась в свой номер на седьмом этаже. Она разделась, приняла ванну и, облачившись в гостиничный халат, села у окна, за которым виден был Риддархольм. Открыв пачку «Данхилла», Харриет закурила. В день она выкуривала всего три-четыре сигареты и считала себя практически некурящей, так что могла потихоньку насладиться несколькими затяжками, не мучаясь угрызениями совести.

В девять часов в дверь постучали. Она отворила и впустила Микаэля Блумквиста.

— Ах ты плут! — сказала она.

Микаэль улыбнулся и поцеловал ее в щечку.

— На секунду я и впрямь поверила, что ты хочешь меня выгнать.

— Мы никогда не сделали бы этого в такой форме. Ты понимаешь, почему мы решили переписать контракт?

— Да. Это нетрудно понять.

Микаэль просунул руку под ее халат, положил ладонь на грудь Харриет и осторожно сжал.

— Ах ты, плут! — повторила Харриет.

Лисбет Саландер остановилась перед дверью, на которой была написана фамилия Ву. С улицы она видела, что в окне горит свет, а сейчас до нее из-за двери долетали звуки музыки. Фамилия осталась прежняя. Поэтому Лисбет Саландер сделала вывод, что Мириам Ву по-прежнему живет в той же однокомнатной квартире на Томтебугатан возле площади Санкт-Эриксплан. Дело было вечером в пятницу, и Лисбет с надеждой думала, что Мимми, наверное, не окажется дома, что она отправилась куда-нибудь искать развлечений и, когда она придет, в квартире будет темно и пусто. Теперь оставалось выяснить, не обиделась ли Мимми на нее окончательно, одна ли она сейчас и захочет ли вообще разговаривать.

Лисбет позвонила в дверь.

Мимми открыла и удивленно вскинула брови. Затем она прислонилась к дверному косяку и уперла руки в боки.

— Ты, Саландер! А я-то уж думала, что ты, может, умерла или как там еще!

— Или как там еще,— ответила Лисбет.

— Зачем пришла?

— На этот вопрос одним словом не ответить.

Мириам Ву обвела взглядом лестничную площадку и снова посмотрела на Лисбет:

— Попробуй на первый случай сказать хоть одно слово.

— Ну, например, чтобы узнать, одна ли ты по-прежнему живешь и не нужна ли тебе компания на ночь.

Мимми изумленно воззрилась на нее и через несколько секунд разразилась громким хохотом.

— Ну, ты действительно единственный человек среди тех, кого я знаю, кто может сначала пропадать полтора года, а потом вдруг позвонить в мою дверь и спросить, не хочу ли я потрахаться!

— Ты хочешь, чтобы я ушла?

Мимми перестала хохотать. Несколько секунд длилось молчание.

— Лисбет! Господи боже мой, да ты, кажется, это всерьез!

Лисбет ждала.

Наконец Мимми вздохнула и распахнула перед ней дверь.

— Заходи! Чашку кофе, по крайней мере, я могу тебе предложить!

Лисбет вошла за ней в квартиру и села на одну из табуреток возле обеденного стола, который Мимми поставила в прихожей, почти вплотную к входной двери. Квартирка была площадью в двадцать четыре квадратных метра и состояла из тесной комнатушки и кое-как обставленной прихожей. Кухней служил закуток в углу прихожей, куда Мимми провела воду, протянув туда шланг из туалета.

Пока Мимми наливала воду в кофейник, Лисбет разглядывала ее. Мать Мимми была родом из Гонконга, отец — из Будена*. Лисбет знала, что родители Мимми по-прежнему состоят в браке и живут в Париже. Мимми изучала социологию в Стокгольме, и у нее имелась старшая сестра, изучавшая антропологию в США. Материнские гены одарили Мимми черными как вороново крыло прямыми волосами, которые она коротко стригла, и несколько восточными чертами лица, а отцовские — голубыми глазами, благодаря чему внешность Мимми была весьма своеобразной. Большой рот и ямочки на щеках достались ей не от мамы и не от папы.

_____

* Буден — город в горнопромышленном районе Швеции в Норрботтене.

Мимми был тридцать один год. Она любила, вырядившись в лаковую одежду, тусоваться по клубам, в которых давались перформансы, она и сама иногда выступала в таких шоу. Лисбет перестала ходить в клубы, с тех пор как ей исполнилось шестнадцать лет.

Наряду с занятиями в университете Мимми один день в неделю работала продавщицей в «Домино фэшн» на одной из боковых улиц в районе Свеавеген. В «Домино фэшн» придумывали и шили наряды для оригинальной публики, жаждавшей облачиться в форму санитарки, выполненную из резины, или в наряд ведьмы из черной кожи. Вместе с несколькими подружками Мимми была совладелицей этого магазина, что давало ей скромную ежемесячную добавку в виде нескольких тысяч крон. Лисбет Саландер впервые увидела Мимми несколько лет назад на фестивале геев и лесбиянок, где та выступала в необычном шоу, после чего они уже поздним вечером встретились в пивной палатке. Мимми появилась в ярком лимонно-желтом костюме из пластика, в котором она казалась скорее раздетой, чем одетой. У Лисбет были кое-какие проблемы с восприятием эротических нюансов этого наряда, но она была достаточно пьяна, чтобы внезапно ощутить желание пощупать девушку, нарядившуюся фруктом из рода цитрусовых. К несказанному удивлению Лисбет, цитрус стрельнул в нее глазами, захохотал, без всякого стеснения расцеловал ее и заявил: «Хочу тебя!» Они пошли к Лисбет домой и всю ночь занимались сексом.

— Я такая, какая есть,— сказала Лисбет.— Я уехала, чтобы убежать от всего и от всех. Но надо было сперва попрощаться.

— Я думала, с тобой что-то случилось. Но в последнее время мы с тобой нечасто виделись и тогда, пока ты еще не уехала.

— У меня было много дел.

— Ты такая таинственная. Ты никогда не рассказываешь о себе, и я даже не знаю, где ты работаешь и кому мне звонить, если твой мобильник не отвечает.

— В данный момент я нигде не работаю, а кроме того, ты точно такая же. Ты хотела шестерых, хотя была совсем не заинтересована в постоянной связи. Ведь правда?

Мимми искоса посмотрела на Лисбет:

— Да, правда,— ответила она наконец.

— Вот то же самое было и со мной. Я тебе никогда ничего не обещала.

— Ты изменилась,— сказала Мимми.

— Не очень.

— Ты стала старше. Взрослее. Ты иначе одеваешься. И ты чего-то напихала в свой бюстгальтер.

Лисбет не ответила, но поерзала на стуле. Мимми затронула болезненную для нее тему, и она не знала, как объяснить ей, в чем дело. Мимми уже видела ее голой и теперь непременно заметит разницу. В конце концов Лисбет опустила глаза и буркнула:

— Я сделала себе грудь.

— Как ты сказала?

Лисбет подняла глаза и заговорила громче, не сознавая, что в ее тоне появилась упрямая нотка:

— Я съездила в итальянскую клинику и сделала там операцию, чтобы у меня была настоящая грудь. Вот почему я пропала. А потом я стала путешествовать. И вот я вернулась.

— Ты шутишь?

Лисбет посмотрела на Мимми без всякого выражения.

— Какая же я дура! Ведь ты никогда не шутишь!

— Я не собираюсь ни перед кем извиняться. И я говорю правду. Если ты хочешь, чтобы я ушла, так и скажи.

— Ты действительно сделала себе новую грудь?

Лисбет кивнула. Мимми Ву вдруг громко расхохоталась, и Лисбет помрачнела.

— Во всяком случае, я не хочу отпускать тебя, не посмотрев, как это выглядит. Ну пожалуйста! Please!

— Мимми! Я всегда была рада заняться сексом с тобой. И тебе не было никакого дела до того, как я живу, а если у меня не было времени, ты находила кого-то другого. И тебе совершенно наплевать, что о тебе подумают люди.

Мимми кивнула. Еще в старших классах школы она поняла, что родилась лесбиянкой, и после долгих робких поисков в семнадцать лет наконец была посвящена в таинства эротики, когда случайно пошла с одной приятельницей на праздник, проводившийся в Гётеборге РСФЛ*. С тех пор она никогда не думала о том, чтобы как-то поменять свой стиль жизни. Только один раз, когда ей было двадцать три года, она попробовала заняться сексом с мужчиной. Она механически проделала все, что требовалось и чего от нее ожидал ее партнер, но не получила никакого удовольствия. Кроме того, она вдобавок относилась к тому меньшинству среди меньшинства, которое нисколько не стремилось к прочным отношениям, взаимной верности и уютному домашнему сюсюканью по вечерам.

— Я вернулась в Швецию несколько недель тому назад. Я хотела узнать, надо ли мне отправляться на поиски кого-нибудь другого или ты еще меня не забыла.

— Сегодня я собиралась грызть гранит науки.

Мимми расстегнула на Лисбет верхнюю пуговицу блузки.

— Тогда какого черта...

Она поцеловала Лисбет и расстегнула еще одну пуговицу.

— Это я непременно должна увидеть.

Мимми вновь поцеловала ее.

— Добро пожаловать домой!

Харриет Вангер уснула около двух часов ночи. Микаэль Блумквист не спал и лежал рядом, прислушиваясь к ее дыханию. В конце концов он поднялся, вытащил из ее сумочки пачку «Данхилла» и взял сигарету. Не одеваясь, он сел на стул рядом с кроватью и смотрел на спящую.

* Шведская федерация по защите прав геев, лесбиянок, бисексуалов и трансгендеров.

Микаэль не намеревался становиться любовником Харриет. Напротив, после всего пережитого в Хедестаде он ощущал желание держаться от семейства Вангер подальше. Прошлой весной он несколько раз встречался с Харриет на заседаниях правления и старательно соблюдал дистанцию; оба знали секреты друг друга и могли бы держать друг друга на крючке, но, за исключением обязательств Харриет по отношению к «Миллениуму», их, казалось, ничего теперь не связывало.

На Троицу в прошлом году Микаэль впервые за много месяцев отправился на выходные на свою дачу в Сандхамне, где никто не будет к нему приставать и он спокойно сможет посидеть в одиночестве на причале с каким-нибудь детективчиком. Во вторую половину дня в пятницу, через пару часов после приезда, он отправился в ларек за сигаретами и неожиданно нос к носу столкнулся с Харриет. Ей тоже захотелось отдохнуть от Хедестада, и она заказала себе на уик-энд номер в гостинице Сандхамна, где она ни разу не бывала с самого детства. Из Швеции она сбежала в шестнадцать лет, а вернулась в пятьдесят три. Нашел ее Микаэль.

Они поздоровались, и после нескольких дежурных фраз Харриет смущенно умолкла. Микаэль знал ее историю, а она знала, что, согласившись не разглашать страшные тайны семейства Вангер, он вынужден был поступиться своими принципами. Отчасти он сделал это ради нее.

Спустя некоторое время Микаэль позвал ее посмотреть его дом. Он сварил кофе, и они несколько часов проговорили, сидя на мостках. Это был их первый серьезный разговор после ее возвращения в Швецию. Микаэль не выдержал и спросил:

— Как вы поступили с тем, что нашли в подвале Мартина Вангера?

— Ты действительно хочешь это знать?

Он кивнул.

— Я сама убрала все, что там было. Сожгла все, что можно было сжечь. Затем я позаботилась о том, чтобы дом снесли. Жить в нем я бы не могла и не могла его продать, я была бы не в силах смотреть, как там кто-то живет. Для меня с этим домом было связано только зло. Я собираюсь построить на этом месте что-нибудь другое, какой-нибудь летний домик.

— И никто не удивился тому, что ты сносишь дом? Ведь это была хорошая современная вилла.

Она усмехнулась:

— Дирк Фруде пустил слух, будто дом весь поражен грибком, так что привести его в порядок обойдется дороже, чем построить новый.

Дирк Фруде был семейный адвокат Вангеров.

— Как поживает Фруде?

— Ему скоро будет семьдесят. Я слежу за тем, чтобы он не скучал без дела.

Они пообедали вместе, и как-то незаметно для Микаэля получилось так, что Харриет стала делиться с ним самыми интимными подробностями своей жизни. Когда он прервал ее рассказ и спросил, почему она это делает, она, подумав немного, сказала, что в ее жизни он, кажется, единственный человек, от которого ей нет смысла что-либо скрывать. К тому же как не растаять перед мальчонкой, которого она нянчила сорок лет тому назад.

В ее жизни было трое мужчин, с которыми она занималась сексом. Первым был ее папенька, вторым — братец. Папашу она убила, а от брата сбежала. Ей как-то удалось все это пережить, встретить своего будущего мужа и начать жизнь заново.

— Он был нежный, любил меня, был надежным и честным. Я была с ним счастлива. Мы прожили с ним двадцать лет, потом он заболел.

— И ты больше так и не вышла замуж? Почему?

Она пожала плечами:

— Я осталась одна с тремя детьми и огромным фермерским хозяйством на руках. Мне просто некогда было пускаться на поиски романтических приключений. И отсутствие секса никогда меня не беспокоило.

Они помолчали.

— Уже поздно. Пора бы мне возвращаться в отель.

Микаэль кивнул.

— Ты хочешь меня соблазнить?

— Да,— ответил он.

Микаэль встал и за руку повел ее в дом и наверх по лестнице в спальню. Внезапно она его остановила.

— Я даже не знаю, как себя вести,— сказала она.— Я уже отвыкла от этого.

Выходные они провели вместе и с тех пор встречались раз в три месяца, после собраний правления «Миллениума». Прочных отношений у них не сложилось: Харриет Вангер была круглосуточно занята работой и часто уезжала из Швеции, поскольку каждый второй месяц проводила в Австралии. Но, судя по всему, своими нерегулярными и необязательными встречами с Микаэлем она дорожила.

Через два часа Мимми уже варила кофе, а Лисбет, обнаженная и потная, лежала поверх простыни на кровати. Она курила сигарету, разглядывая Мимми через приоткрытую дверь, и завидовала ее телу. Мимми обладала внушительными мускулами, поскольку три раза в неделю по вечерам тренировалась в спортзале. Один вечер она посвящала занятиям то ли тайским боксом, то ли чем-то вроде карате, благодаря чему находилась в прекрасной физической форме.

Выглядела она просто как конфетка. Это была не красота фотомодели, а настоящая привлекательность. Она любила провоцировать и дразнить окружающих, а в праздничном наряде могла заинтересовать кого угодно. Лисбет не понимала, почему Мимми обращает внимание на такую мокрую курицу, как она.

Но она была рада этому вниманию. Секс с Мимми приносил ей чувство полной свободы, Лисбет забывала обо всем и только наслаждалась тем, что давала ей Мимми.

Мимми вернулась к кровати с двумя кружками и поставила их на скамейку, потом легла и потрогала сосок Лисбет.

— Они у тебя о'кей,— сказала Мимми,— очень недурны.

Лисбет ничего не ответила, разглядывая грудь Мимми, которая оказалась у нее перед глазами. У Мимми тоже были совсем маленькие груди, но они отлично подходили к пропорциям ее тела.

— Если честно, Лисбет, ты выглядишь чертовски хорошо.

— Все это глупости. Подумаешь, грудь! Такая или сякая — не все ли равно. Хотя я рада, что у меня она теперь, по крайней мере, есть.

— Ты слишком много думаешь о своем теле.

— Кто бы говорил! Сама вон тренируешься как сумасшедшая!

— Я тренируюсь как сумасшедшая, потому что мне нравится тренироваться. Я от этого получаю кайф, почти такой же, как от секса. Попробовала бы тоже!

— Я занимаюсь боксом,— сказала Лисбет.

— Какой там у тебя бокс! Ты иногда целый месяц не занимаешься, а когда приходишь, так только потому, что тебе нравится отделывать под орех этих сопливых мальчишек. Это совсем не то, что тренироваться ради хорошего самочувствия.

Лисбет пожала плечами. Мимми уселась на нее и теперь смотрела сверху:

— Лисбет! Ты вечно грызешь сама себя и слишком комплексуешь из-за своего тела, но пойми, в постели ты мне нравишься не из-за внешности, а за то, как ты себя ведешь. По-моему, ты ужасно сексапильна.

— А по-моему — ты. Потому я к тебе и вернулась.

— Из-за этого? А не из-за любви? — спросила Мимми нарочито обиженным тоном.

Лисбет помотала головой:

— У тебя-то сейчас кто-нибудь есть?

Мимми подумала и кивнула:

— Может быть. Что-то вроде. Возможно. Словом, тут все непросто.

— Я не лезу в твои дела.

— Я знаю. Но я не против рассказать. Это женщина из университета, немного постарше меня. Она замужем уже двадцать лет, и мы встречаемся тайком от ее мужа. Там пригородная вилла и все такое прочее. Она скрытая лесбиянка.

Лисбет кивнула.

— Ее муж часто бывает в разъездах, так что время от времени у нас бывают свидания. Это тянется с нынешней осени и понемногу начинает мне надоедать. Но она действительно прелесть. Кроме того, я, конечно, общаюсь с прежними знакомыми.

— Вообще-то я как раз хотела тебя спросить, будем ли мы с тобой встречаться еще?

Мимми кивнула:

— Я буду очень рада, если ты будешь о себе напоминать.

— Даже если я опять исчезну на полгода?

— А ты давай о себе знать! Мне ведь не все равно, жива ты там еще или нет. Я-то, по крайней мере, не забываю твоего дня рождения!

— И никаких претензий?

Мимми улыбнулась и вздохнула:

— Знаешь, ты как раз такая девушка, с какой я бы согласилась вместе жить. Ты бы не приставала ко мне, когда мне не хочется, чтобы ко мне приставали.

Лисбет промолчала.

— Все бы хорошо, но дело-то в том, что на самом деле ты никакая не лесбиянка. Быть может, бисексуалка. Но главное, что ты очень сексуальна: ты любишь секс, а на пол партнера тебе, в общем-то, наплевать. Ты — фактор энтропии и хаоса.

— Я сама не знаю, кто я такая,— сказала Лисбет.— Но я вернулась в Стокгольм, и у меня тут совсем нет знакомых. По правде сказать, я вообще никого тут не знаю. Ты первый человек, с кем я поговорила после приезда.

Мимми пристально посмотрела на нее:

— Тебе действительно нужны здесь знакомые? Ты ведь самая замкнутая и неприступная личность из всех, кого я знаю!

Они немного помолчали.

— Но твоя новая грудь — это действительно прелесть!

Она дотронулась до соска Лисбет и оттянула немного кожу.

— Они тебе в самый раз. Не малы и не велики.

Лисбет облегченно вздохнула, услышав одобрительную оценку.

— И на ощупь они совсем как настоящие.

Она так сильно стиснула ей груди, что у Лисбет сперло дыхание и она даже открыла рот. Они взглянули друг на друга. Затем Мимми наклонилась и поцеловала Лисбет. Лисбет ответила на ее поцелуй и обняла Мимми. Кофе в кружках так и остыл нетронутый.

Глава
07

Суббота, 29 января — воскресенье, 13 февраля

Белокурый гигант въехал в городок Свавельшё, расположенный между Ерна и Вагнхерадом, в субботу в одиннадцать часов утра. Городок состоял примерно из пятнадцати домов. Прибывший остановился возле последнего здания, стоящего на отшибе, метрах в ста пятидесяти от остальных. Это была старая и запущенная постройка промышленного типа, в которой раньше помещалась типография, а сейчас на ней красовалась вывеска, гласившая, что здесь располагается «Свавельшё МК». На улице было безлюдно, но все же великан внимательно огляделся, прежде чем открыть дверь и выйти из машины. Холодало. Он надел коричневые кожаные перчатки и вынул из багажника черную спортивную сумку.

Приезжий не особенно беспокоился, что его могут увидеть. Любой автомобиль, поставленный вблизи старой типографии, сразу бросался в глаза, и если бы какая-то государственная служба решила установить наблюдение за этим зданием, ей пришлось бы одеть своих сотрудников в камуфляж, дать им подзорную трубу и устроить наблюдательный пункт в какой-нибудь канаве по ту сторону поля. А это было бы очень скоро замечено кем-нибудь из местных жителей, и новость тотчас же разнеслась бы по всему городу. А поскольку к тому же три дома в городе принадлежали членам «Свавельшё МК», то об этом сразу стало бы известно и в клубе.

Однако входить в здание он не хотел. Полиция по разным поводам уже несколько раз делала обыск в помещении клуба, и нельзя было знать наверняка, не установлено ли там подслушивающее устройство. По этой причине в клубе обыкновенно велись разговоры только о машинах, женщинах и выпивке, иногда обсуждался вопрос о том, в какие акции стоит вкладывать деньги, но очень редко там говорили о важных вещах, не предназначенных для чужих ушей.

Поэтому белокурый великан терпеливо дожидался, когда Карл Магнус Лундин выйдет во двор. Тридцатишестилетний Магге Лундин был председателем клуба. Вообще он отличался самым тщедушным сложением, но с годами набрал вес и теперь мог похвастаться солидным пивным брюшком. Белокурые волосы он носил завязанными на затылке в хвостик, одет он был в черные джинсы, основательную зимнюю куртку и тяжелые ботинки. На его счету имелось пять судимостей: две за незначительные нарушения законов о наркотиках, одна за укрывательство краденого с отягчающими обстоятельствами и одна за кражу автомобиля и управление машиной в нетрезвом состоянии. Пятая судимость, самая серьезная, несколько лет назад принесла ему год тюремного заключения за нанесение телесных повреждений, когда он в пьяном виде стал хулиганить в одной из стокгольмских пивных.

Магге Лундин и великан поздоровались за руку и стали прогуливаться вдоль изгороди, окружавшей двор.

— С последнего раза прошло уже несколько месяцев,— сказал Магге.

Белокурый гигант кивнул.

— Есть хорошее дельце. Три тысячи шестьдесят граммов амфетамина.

— Условия как в прошлый раз.

— Пополам.

Магге Лундин вытащил из нагрудного кармана пачку сигарет и кивнул. Он любил вести дела с белокурым гигантом.

Амфетамин в розничной продаже шел по сто шестьдесят — двести тридцать крон за грамм, в зависимости от спроса. Соответственно, три тысячи шестьдесят граммов должны были принести около шестисот тысяч крон. «Свавельшё МК» мог распродать три килограмма, разделив их на порции по двести пятьдесят граммов и раздав мелким распространителям из числа своих постоянных членов. В этом случае цена понижалась до ста двадцати — ста тридцати крон за грамм, и доход несколько уменьшался.

Эти сделки были чрезвычайно выгодны для «Свавельшё МК». В отличие от всех других поставщиков, белокурый гигант никогда не требовал предоплаты и не оговаривал заранее твердую цену. Он привозил товар и брал себе пятьдесят процентов от прибыли, то есть вполне приемлемую долю. Они приблизительно прикидывали, сколько даст килограмм амфетамина, но точная сумма дохода зависела от того, насколько выгодно Магге Лундин сумеет продать товар. Разница по сравнению с ожидаемой выручкой могла составить несколько тысчонок, но по завершении сделки белокурый гигант должен будет получить приблизительно сто девяносто тысяч крон и столько же достанется на долю «Свавельшё».

За годы знакомства они провернули множество таких сделок, все время придерживаясь одной и той же системы. Магге Лундин знал, что его поставщик мог бы удвоить свой доход, если бы сам занимался распространением товара. Знал он также и то, почему белокурый гигант к этому не стремился: он предпочитал оставаться в тени, в то время как весь риск брал на себя «Свавельшё». Партнер Магге Лундина получал меньший, но сравнительно верный доход, и их отношения строились на деловой основе, на кредите и доверии. Никаких дрязг, придирок или угроз.

Один раз белокурый гигант даже понес убыток почти в сто тысяч крон в связи с сорвавшейся поставкой оружия. Магге Лундин не знал в этой сфере никого другого, кто мог бы спокойно пережить такую неудачу. Сам он не помнил себя от страха, будучи вынужден объяснять, каким образом так получилось. Он изложил ему в подробностях все причины срыва поставки и каким образом один полицейский из Центра профилактики преступлений сумел найти большую партию товара у одного члена «Арийского братства» в Вермланде. Но гигант даже бровью не повел. Более того, он чуть ли не выразил сочувствие. Всякое, мол, случается. Магге Лундин тогда не получил никакой прибыли, а пятьдесят процентов от нуля равны нулю. Их оставалось только списать.

Но Магге Лундин и сам был не дурак. Он понимал, что это очень здравая идея — строить свой бизнес на принципах получения пусть не самой большой, зато не связанной с риском прибыли.

Надуть партнера ему даже не приходило в голову. Это был бы дохлый номер. Белокурый гигант и его компаньоны соглашались на умеренную прибыль, пока расчеты велись честно. Если бы Лундин вздумал хитрить, то после очередной встречи с великаном едва ли остался бы в живых. Следовательно, об этом не стоило и думать.

— Когда ты доставишь товар?

Белокурый гигант опустил на землю спортивную сумку.

— Уже доставил.

Магге Лундин и не подумал открывать сумку и проверять ее содержимое. Он только протянул руку в знак того, что договор состоялся и что он готов принять условия, не торгуясь.

— Есть еще одно дельце,— сказал гигант.

— Какое?

— Мы хотели договориться с тобой об особом поручении.

— Рассказывай.

Белокурый гигант достал из внутреннего кармана куртки конверт. Открыв его, Магге Лундин нашел там паспортную фотографию и листок с данными лица, о котором шла речь. Он вопросительно поднял брови.

— Ее зовут Лисбет Саландер. Она живет в Стокгольме на улице Лундагатан в районе Сёдермальм.

— О'кей.

— Возможно, сейчас она за границей, но рано или поздно она там снова появится.

— О'кей.

— Мой заказчик хочет поговорить с ней спокойно и без свидетелей. Так что ее нужно доставить живой. Предлагается сделать это через помещение склада близ Ингерна. Затем нужен будет человек, который приберет там после разговора. Она должна исчезнуть бесследно.

— Это мы можем выполнить. Как мы узнаем, когда она вернется?

— Когда придет время, я приеду и сообщу.

— Цена?

— Ну, скажем, десять кусков за все? Работа несложная. Съездить в Стокгольм, забрать ее, доставить ко мне.

Они снова пожали друг другу руки.

При втором посещении квартиры на Лундагатан Лисбет расположилась на продавленном диване и стала думать. Ей нужно было принять ряд стратегических решений, одно из которых касалось того, оставлять за собой эту квартиру или нет.

Она закурила, пуская дым в потолок и сбрасывая пепел в пустую банку из-под кока-колы.

У нее не было причин любить эту квартиру. Они въехали сюда с мамой и сестрой, когда ей было четыре года. Мама жила в большой комнате, а они с сестрой в маленькой спальне. Когда ей было двенадцать лет и случился «Весь Этот Кошмар», ее отправили в детскую клинику, а потом, после того как ей исполнилось пятнадцать, она несколько раз переходила из одной приемной семьи в другую. Ее опекун Хольгер Пальмгрен сдавал квартиру и позаботился о том, чтобы в восемнадцать лет, когда ей снова понадобилась крыша над головой, она получила свое жилье обратно.

Эти комнаты всегда оставались в ее жизни чем-то неизменным. И хотя теперь они ей были уже не нужны, Лисбет не хотелось просто так их отдать. Ведь это означало, что какие-то чужие люди будут хозяйничать в ее жилище.

Оставалась также и логистическая задача, потому что ее почта (если таковая появится) будет приходить по ее старому адресу на Лундагатан. Если расстаться с этой квартирой, то придется заводить новый почтовый адрес. А Лисбет Саландер хотела как можно меньше светиться и мелькать в каких-то там базах данных. Публичности она избегала с маниакальным упорством, тем более что у нее не имелось оснований особенно доверять официальным учреждениям, да и вообще кому бы то ни было.

Она посмотрела в окно и увидела тот же брандмауэр заднего двора, который торчал у нее перед глазами всю жизнь. И тут она почувствовала облегчение при одной мысли, что ей больше не придется жить в этой квартире. Она никогда не чувствовала себя здесь в безопасности. Каждый раз, поворачивая на Лундагатан к своему подъезду, она и в трезвом и даже в нетрезвом состоянии внимательно присматривалась к окружающей обстановке — к припаркованным машинам и прохожим на улице. Она сильно подозревала, что есть некие люди, желающие причинить ей зло, и удобнее всего им осуществить свои намерения в окрестностях ее дома, когда она возвращается к себе или выходит на улицу.

До сих пор, как ни странно, на нее ни разу не напали. Но это не значило, что она могла расслабиться. Ее адрес на Лундагатан указывался в любой базе данных, а за все прошедшие годы у нее не имелось возможности обеспечить свою безопасность никакими иными средствами, кроме собственной бдительности. Свой новый адрес на Мосебакке она предпочитала по возможности скрыть, поскольку инстинктивно чувствовала, что ей следует держаться подальше от всех, кто захочет ее отыскать.

Однако эти соображения не помогали решить вопрос о том, что делать с этой квартирой дальше. Подумав еще немного, она взяла мобильник и позвонила Мимми.

— Привет, это я.

— Привет, Лисбет. Неужели ты решила позвонить мне всего через неделю после нашей встречи?

— Я сейчас на Лундагатан.

— О'кей.

— Я подумала, не хочешь ли ты переехать в эту квартиру?

— Переехать?

— В твоей коробчонке ведь негде повернуться.

— Мне тут нравится. А ты что — переезжаешь в другую?

— Я уже переехала. Эта квартира пустует.

На другом конце провода помолчали.

— И ты еще спрашиваешь, хочу ли я в нее переехать! Но, Лисбет, у меня нет таких денег.

— Права на эту квартиру выкуплены. Плата в кондоминиум* составляет чуть меньше полутора тысяч крон в месяц, то есть, по-видимому, это даже дешевле, чем ты платишь за свою коробчонку. Деньги заплачены за год вперед.

— И что же, ты хочешь ее продать? Я думаю, она должна стоить по меньшей мере миллион, а то и больше.

— Полтора миллиона, если судить по газетным объявлениям.

— У меня нет таких денег.

— Я не собираюсь ее продавать. Можешь переезжать сюда хоть сегодня вечером, живи сколько захочешь, и целый год тебе не надо будет платить за квартиру. Я не собираюсь отдавать ее внаем, но могу вписать тебя в свой контракт как второго жильца, тогда у тебя не будет лишних хлопот с товариществом.

— Лисбет, ты шутишь?

Лисбет осталась невозмутимо-серьезной:

— Мне эта квартира не нужна, и я не хочу ее продавать.

— То есть ты хочешь сказать, что я могу жить в ней бесплатно. Ты это всерьез?

— Да.

— На какой срок?

— На сколько захочешь. Ты согласна?

---

* Кондоминиум (*лат.* con — вместе и dominium — владение) — совместное владение, обладание единым объектом, чаще всего домом, но также и другим недвижимым имуществом. Иначе — товарищество собственников жилья, юридическое лицо для обеспечения эксплуатации многоквартирного дома, находящегося в совместном владении собственников помещений этого дома.

— Конечно согласна. Не каждый день мне предлагают бесплатную квартиру в районе Сёдер.

— Есть одно условие.

— Я так и думала.

— Мне по-прежнему будет приходить почта на этот адрес, и я буду здесь ее забирать. Все, что от тебя требуется, это просматривать почту и позвонить мне, если там окажется что-то важное.

— Лисбет, ты самая прикольная девчонка из всех, кого я знаю. Что ты вообще сейчас делаешь? Где ты сама будешь жить?

— Об этом лучше в другой раз,— ушла от ответа Лисбет.

Они договорились встретиться немного попозже, чтобы Мимми могла как следует посмотреть квартиру. Закончив разговор, Лисбет почувствовала, что настроение у нее стало гораздо лучше. Она взглянула на часы и поняла, что до прихода Мимми остается еще довольно много времени. Выйдя из дома, она дошла до Торгового банка на Хорнсгатан, получила талончик с номером и стала терпеливо ждать своей очереди.

Предъявив документ, она объяснила, что жила некоторое время за границей и теперь хочет ознакомиться с состоянием своего сберегательного счета. Капитал, который она декларировала, составлял восемьдесят две тысячи шестьсот семьдесят крон. Со счетом не производилось никаких действий, за исключением одного поступления в размере девяти тысяч трехсот двенадцати крон — это было пришедшее осенью наследство от матери.

Лисбет сняла со счета сумму наследства и задумалась. Ей хотелось употребить эти деньги на что-то такое, что понравилось бы матери. Раздумывая и пытаясь подобрать что-нибудь подходящее, она дошла до почты на Росенлундсгатан и послала деньги анонимным переводом на счет одного из женских кризисных центров Стокгольма, сама не зная почему.

———

В восемь часов вечера в пятницу Эрика выключила компьютер и потянулась. Почти весь день она работала над окончательным вариантом мартовского номера «Миллениума», а поскольку Малин Эрикссон была плотно занята редактированием тематического номера Дага Свенссона, то большую часть редактуры ей пришлось сделать самой. Ей помогали Хенри Кортес и Лотта Карим, но они в основном привыкли сами добывать материал и писать статьи, а редактура была для них делом не слишком знакомым.

После такого дня Эрика Бергер очень устала, у нее болела спина, но в основном она осталась довольна и этим днем, и жизнью вообще. С финансами все обстояло благополучно, все кривые шли вверх, тексты поступали к назначенному сроку, в крайнем случае с небольшим запозданием, среди сотрудников царили бодрость и дух удовлетворенности, не покидавший их после дела Веннерстрёма.

Попробовав сама помассировать затекшую шею, Эрика вскоре поняла, что лучше бы принять душ. Она могла бы воспользоваться душевой кабиной за буфетной, но идти было лень, и она просто положила ноги на письменный стол. Через три месяца ей должно исполниться уже сорок пять лет, и так называемое будущее в значительной степени для нее уже позади. Несмотря на тонкую сеточку морщин и глубокие линии вокруг глаз и рта, она по-прежнему выглядела хорошо. Два раза в неделю она неизменно посещала гимнастический зал, но стала замечать, что ей все труднее становится взбираться на мачту, когда они с мужем ходят в плавание под парусом. А карабкаться на мачту было ее обязанностью: Грегер страдал ужасными приступами головокружения.

Эрика сказала себе, что ее сорок пять лет, несмотря на черные и белые полосы, в основном прошли счастливо. У нее имелись деньги, хорошее положение в обществе, прекрасный дом и любимая работа. У нее был муж, нежно любивший ее и после пятнадцати лет супружества, а сверх того еще и неутомимый любовник, который хоть и не согревал ей душу, зато вполне удовлетворял ее физические потребности.

Вспомнив Микаэля Блумквиста, она улыбнулась. Интересно, когда он наконец решится посвятить ее в тайну своих отношений с Харриет Вангер. Ни Микаэль, ни Харриет ни словом никому не обмолвились о своей связи, но Эрика не была слепа. То, что между ними что-то происходит, она заметила на одном заседании правления в августе, перехватив взгляд, которым обменялись Микаэль и Харриет. Из вредности она попробовала вечером позвонить на мобильники им обоим и не очень удивилась, убедившись, что они отключены. Разумеется, это нельзя было считать убедительным доказательством, однако и после следующего заседания правления Микаэль снова оказался недоступен. Эрике было даже забавно наблюдать, как поспешно Харриет покинула обед после собрания, посвященного подведению итогов за год, объяснив, что ей надо вернуться в отель и лечь в кровать. Эрика не была ревнива и не стала шпионить, но решила про себя, что при случае надо будет их подразнить.

Она никогда не вмешивалась в отношения Микаэля с другими женщинами и надеялась, что роман с Харриет не приведет в дальнейшем к осложнениям в правлении. Однако она не сильно беспокоилась по этому поводу. Микаэль, как правило, сохранял дружеские отношения с бывшими любовницами, и лишь очень редко дело кончалось неприятностями.

Сама Эрика Бергер была очень рада иметь такого друга и надежного товарища, как Микаэль. В каких-то отношениях он был совершенным простаком, зато в других случаях выказывал проницательность оракула. Например, Микаэль никогда не понимал, за что она любит мужа. Он просто не мог понять, что она ценит Грегера как замечательного человека, теплого, обаятельного, великодушного, а главное, свободного от тех недостатков, которые ее так раздражали во многих других. Грегер был для нее тем мужчиной, рядом с которым она хотела встретить старость. Когда-то она намеревалась родить от него ребенка, но тогда не имелось возможности, а потом оказалось слишком поздно. Но в качестве спутника жизни она не представляла себе никого лучше и надежнее, на него она могла положиться без всяких оговорок, и он всегда был рядом, когда она в нем нуждалась.

Микаэль был совсем другим. Имея очень переменчивый характер, он производил впечатление человека, в котором уживаются несколько личностей. В работе он порой проявлял маниакальное упорство: взявшись за какое-нибудь дело, он работал над ним, пока не достигал совершенства, собрав в один узел все разрозненные нити. В лучших случаях он давал блестящие результаты, в худших — по крайней мере, выше среднего уровня. У него был талант угадывать, в какой истории кроется что-то интересное, а какие относятся к заурядному, второсортному товару. Эрика Бергер ни разу не пожалела о том, что когда-то решила сотрудничать с Микаэлем.

Она также ни разу не пожалела о том, что стала его любовницей.

Свои потребности она обсуждала с мужем, и он с пониманием относился к ее сексуальной увлеченности Микаэлем Блумквистом. Речь здесь шла не об измене, а о желании. Секс с Микаэлем Блумквистом давал ей такое наслаждение, какого не мог дать никто другой, даже Грегер.

Секс играл важную роль в жизни Эрики Бергер. Она потеряла невинность в четырнадцать лет и большую часть своей юности провела в поисках удовлетворения. Девчонкой она испробовала все — от примитивного флирта с одноклассниками и тайной связи с пожилым учителем до «секса по телефону» и «бархатного секса» с невротиком. В области эротики она перепробовала все, что только могло ее заинтересовать. Она не признавала никаких предрассудков и побывала членом клуба «Экстрим», который устраивал праздники такого рода, какие широкая общественность едва ли одобрила бы. В сексуальные связи с женщинами она вступала не раз, но вынесла из них лишь разочарование, убедившись, что это не для нее: женщины не вызывали у нее и десятой доли того возбуждения, которое она испытывала с мужчиной. Или с двумя. Вместе с Грегером она попробовала секс с двумя мужчинами — вторым был именитый владелец художественной галереи. Тогда им открылось, что у ее мужа имелась сильная предрасположенность к бисексуальности, а сама она едва не теряла сознание от блаженства, когда сразу двое мужчин наслаждались ею и удовлетворяли ее. В то же время она испытала трудноописуемое удовольствие при виде того, как другой мужчина наслаждается ее мужем. Для повторения этого опыта они с Грегером затем обзавелись двумя постоянными приходящими партнерами.

Так что их с Грегером сексуальная жизнь отнюдь не была скучной или безрадостной. Просто Микаэль Блумквист давал нечто особенное.

Он был талантлив. Он давал ей настоящий ЧХС — Чертовски Хороший Секс.

Эти двое — Грегер как муж и Микаэль как любовник — делали ее сексуальную жизнь полной и гармоничной. Она не могла жить без них обоих и не собиралась делать между ними окончательный выбор.

Ее муж сумел понять главное: у нее есть и другие потребности, кроме тех, которые он может удовлетворить, предлагая ей хитроумнейшие акробатические комбинации в джакузи.

В Микаэле Эрика больше всего ценила то, что он почти не пытался ее контролировать. Он не был ревнив, и хотя у нее самой двадцать лет назад, когда их отношения только начинались, несколько раз случались приступы ревности, она скоро поняла, что это ни к чему. Их отношения были построены на дружбе, и как друг он оказался исключительно верным. Такие отношения могли пережить самые тяжелые испытания.

Эрика Бергер отдавала себе отчет в том, что ее образ жизни вряд ли мог быть одобрен христианской организацией домохозяек из Шёвде, но это ее не волновало. Еще в далекой юности она решила: все, что она делает в постели, и то, как она живет, никого, кроме нее, не касается. Но ее все же раздражало, что многие из ее знакомых перешептывались и сплетничали за ее спиной о ее отношениях с Микаэлем.

Микаэль — мужчина. Он мог сколько угодно переходить из одной постели в другую, никто даже бровью не поведет! А она — женщина, и потому, имея одного любовника с согласия своего мужа и будучи верна ему на протяжении вот уже двадцати лет, она становится излюбленным предметом застольных светских разговоров.

А ну вас всех к черту! Подумав немного, она сняла трубку и позвонила мужу.

— Привет, любимый! Что ты делаешь?

— Пишу.

Грегер Бекман был не только художником; в первую очередь он преподавал, читал лекции по истории искусства, а также написал целый ряд книг на эту тему. Он часто принимал участие в публичных дебатах, и к его помощи обращались известные архитектурные бюро. Весь нынешний год он работал над книгой о значении художественного декора зданий и о причинах того, что люди хорошо себя чувствуют в одних зданиях, а в других нет. Книга постепенно превращалась в яростный памфлет против функционализма и, как подозревала Эрика, должна была вызвать некоторый шум среди эстетов.

— Как тебе пишется?

— Отлично. Без заминок. А как твои дела?

— Только что закончила следующий номер. В четверг мы сдаем его в типографию.

— Поздравляю.

— Я совсем выдохлась.

— Сдается мне, ты что-то задумала.

— У тебя уже были какие-нибудь планы на сегодняшний вечер или ты будешь очень недоволен, если я не приду сегодня ночевать?

— Передай Блумквисту, что он дразнит судьбу,— сказал Грегер.

— Думаю, его это не испугает.

— О'кей. Тогда передай, что ты колдунья и тебя невозможно удовлетворить, так что он состарится раньше времени.

— Это он и без того уже знает.

— В таком случае мне остается только покончить с собой. Буду писать, пока меня не сморит сон. Желаю весело провести время.

Они попрощались, и Эрика позвонила Микаэлю. Он был в гостях у Дага Свенссона и Миа Бергман в Энскеде и в эту минуту как раз подводил итог обсуждения некоторых сложных деталей в книге Дага. Она спросила, занят ли он сегодня ночью или у него найдется время, чтобы помассировать чью-то усталую спинку.

— Ключи у тебя есть,— ответил Микаэль.— Так что будь как дома.

— Ладно, тогда через пару часов увидимся.

Пешком до Беллльмансгатан было всего десять минут. Она приняла душ и приготовила кофе эспрессо, а затем, раздетая, улеглась в постель Микаэля и стала нетерпеливо дожидаться его прихода.

Оптимальное удовлетворение она, вероятно, получила бы от секса втроем — с мужем и Микаэлем сразу, но можно было со стопроцентной уверенностью сказать, что этого никогда не будет. Для этого Микаэль был слишком правильный. Она даже сердилась на него и обвиняла в гомофобии, но мужчинами он абсолютно не интересовался. Однако нельзя же иметь все.

Белокурый гигант сердито хмурил брови. Он осторожно вел автомобиль со скоростью пятьдесят километров в час по такой отвратительной лесной дороге, что на минуту даже подумал, уж не сбился ли с пути. Как раз когда начало темнеть, дорога вдруг сделалась шире и впереди показался дом. За пятьдесят метров он остановил машину, выключил мотор и огляделся.

Он находился вблизи Сталлархольма, неподалеку от Мариефреда. Перед ним стоял одинокий домик, выстроенный в пятидесятых годах посреди леса. Сквозь деревья виднелась светлая полоска покрытого льдом озера Меларен.

Ему было совершенно непонятно, как можно получать удовольствие от жизни в безлюдной лесной глуши. Когда он захлопнул за собой дверцу автомобиля, ему вдруг стало почему-то не по себе. Со всех сторон его обступил враждебный лес, и казалось, будто кто-то за ним наблюдает. Он медленно направился к усадьбе, но вдруг услышал какой-то треск и замер.

Приезжий пристально всматривался в лесную чащу. Вечерело. Вокруг было тихо, ни ветерка. Минуты две он простоял в напряжении, как вдруг заметил краем глаза какое-то существо, кравшееся между деревьев. Когда он взглянул туда, существо застыло метрах в тридцати, не сводя глаз с пришельца.

Белокурый гигант запаниковал в душе. Он пытался получше разглядеть существо и увидел карлика примерно метрового роста с темным, угрюмым лицом. Одеждой ему служил маскировочный костюм, напоминавший собой наряд из еловых веток и мха. Кто это — баварский лесной карлик? Ирландский лепрекон?* Может быть, он опасен?

Чувствуя, как у него дыбом встают волосы на затылке, гость лесного домика затаил дыхание.

Затем он энергично поморгал и потряс головой. Когда он снова посмотрел в том же направлении, видение успело переместиться примерно на десять метров правее. Ничего там нет, подумалось ему. Это всего лишь игра воображения. Однако существо совершенно отчетливо виднелось среди деревьев. Внезапно оно сдвинулось с места и стало приближаться. Казалось, оно передвигается быстрыми рывками и описывает полукруг, готовясь напасть.

Приезжий бегом преодолел остаток пути до дома. В дверь он постучал чуть сильнее и чуть требовательнее, чем следовало, но, как только изнутри раздались звуки, обозначавшие присутствие людей, панический страх отступил. Он пожал плечами. Ничего там не было!

---

* Лепрекон — *ирл.* эльф.

Но лишь когда дверь открылась, он смог перевести дыхание. Адвокат Нильс Бьюрман вежливо встретил пришедшего и впустил его в дом.

Перетаскав в чулан для крупного хлама последние мешки с вещами Лисбет, они наконец поднялись из подвала, и Мириам Ву вздохнула с облегчением. В комнатах царила больничная чистота, витали запахи мыла, краски и свежесваренного кофе. Последнее было делом рук Лисбет. Сидя на табуретке, она задумчиво оглядывала опустошенную квартиру, из которой, как по волшебству, исчезли гардины, коврики, купоны на скидку при покупке холодильника и привычный беспорядок в передней. Она сама удивилась, какой большой после этого стала квартира.

У Мириам Ву и Лисбет Саландер были разные вкусы насчет одежды, обстановки квартиры и интеллектуальных предпочтений. Причем у Мириам Ву был хороший вкус и свое мнение о том, как должно выглядеть ее жилище, какую мебель нужно купить и какие следует выбирать платья, а у Лисбет Саландер, как считала Мимми, вкуса не было вообще.

Побывав на Лундагатан и придирчиво осмотрев квартиру, они все обсудили, и Мимми заявила, что почти всю обстановку нужно выбросить вон. В первую очередь жалкий темно-коричневый диван, который стоит в гостиной.

— Ты, Лисбет, собираешься что-то сохранить?

— Нет.

После этого Мимми несколько рабочих дней, а затем еще в течение двух недель и все будние вечера посвятила обновлению жилья, выбросила старую мебель, собранную когда-то по мусорным контейнерам, перемыла внутренность шкафов и ящиков, отскребла ванну и покрасила стены в кухне, гостиной, спальне и прихожей, а также покрыла лаком паркет в гостиной.

Лисбет такие упражнения нисколько не интересовали. Лишь иногда она заглядывала, проходя мимо, и с изумлением наблюдала за действиями подруги. Когда все было сделано, квартира опустела: в ней не осталось ничего, кроме старенького кухонного столика из массива дерева, который Мимми решила ошкурить и заново покрыть лаком, двух прочных табуреток, которыми Лисбет разжилась как-то, когда с чердака выбрасывали лишний хлам, и солидного книжного стеллажа в гостиной, который Мимми хотела в дальнейшем как-то использовать.

— На выходных я сюда перееду. Ты точно не жалеешь о своем решении?

— Мне эта квартира не нужна.

— Но это же роскошная квартира! То есть, конечно, бывают побольше и получше, но зато она находится в самом центре Сёдера, а плата — сущие пустяки. Лисбет, если ты ее не продашь, ты потеряешь огромные деньги!

— Деньги у меня есть, мне хватает.

Мимми умолкла, не зная, что кроется за лаконичными ответами Лисбет.

— Где ты будешь жить?

Лисбет не ответила.

— Можно как-нибудь тебя навестить?

— Не сейчас.

Открыв сумку, которую носила через плечо, Лисбет достала из нее какую-то бумагу и протянула Мимми.

— Я уладила с кондоминиумом все, что касается контракта. Самое простое было вписать тебя как долевого собственника, я написала, что продаю тебе полквартиры по цене в одну крону. Тебе осталось подписать.

Мимми взяла протянутую ей ручку, поставила свою подпись и добавила дату рождения.

— Это все?

— Все.

— Лисбет, вообще-то я всегда считала, что ты немного чудачка, но ты хоть понимаешь, что отдаешь мне даром полквартиры? Я рада получить это жилье, но боюсь, что когда-нибудь ты вдруг пожалеешь о сделанном и между нами начнутся дрязги.

— Не будет никаких дрязг. Я хочу, чтобы ты здесь жила. Я всем довольна.

— Но так, чтобы даром? Бесплатно? Ты сумасшедшая!

— Ты будешь следить за моей почтой. Это было мое условие.

— На это у меня будет уходить четыре секунды в неделю. А ты будешь иногда приходить ради секса?

Лисбет пристально посмотрела на Мимми и через некоторое время сказала:

— Да, буду, с удовольствием. Но это не входит в контракт. Можешь жить, как тебе угодно.

Мимми вздохнула:

— А я-то было обрадовалась, что узнаю, как живется содержанке: когда кто-то тебя содержит, платит за твою квартиру и время от времени наведывается к тебе тайком, чтобы покувыркаться в постели!

Они немного помолчали. Потом Мимми решительно встала, пошла в гостиную и выключила голую лампочку, горевшую под потолком.

— Иди сюда.

Лисбет последовала за ней.

— Я никогда еще не занималась сексом на полу в только что отремонтированной квартире, где пахнет краской и нет никакой мебели. Такое я видела в фильме с Марлоном Брандо про одну парочку, там дело было в Париже.

Лисбет покосилась на пол.

— Мне охота поиграть. Ты хочешь?

— Я почти всегда хочу.

— Пожалуй, я буду доминирующей стервой. Сегодня я командую. Раздевайся!

Лисбет усмехнулась и разделась — это заняло десять секунд.

— Ложись на пол. На живот.

Лисбет исполнила приказание. Паркет был прохладный, и кожа у нее сразу же пошла пупырышками. Мимми связала Лисбет руки ее же собственной майкой с надписью «You have a right to remain silent»*.

---

* Вы имеете право хранить молчание *(англ.)*.

Лисбет подумала, что это было очень похоже на то, что два года назад делал с ней адвокат Нильс Чертов Хрыч Бьюрман.

На этом сходство кончалось. С Мимми Лисбет испытывала приятное чувство ожидания. Она послушно дала перевернуть себя на спину и раздвинуть ноги. Стянув с себя майку, Мимми, как зачарованная, разглядывала ее в темноте, восхищаясь ее нежной грудью, а затем своей майкой завязала Лисбет глаза. Лисбет слышала шорох одежды, а через несколько секунд ощутила прикосновение ее языка к своему животу и пальцев к внутренней стороне бедер. Такого сильного возбуждения она не испытывала уже давно; крепко зажмурившись под повязкой, она предоставила Мимми делать что хочет.

Глава
08

Понедельник, 14 февраля — суббота, 19 февраля

В дверной косяк легонько постучали. Драган Арманский поднял голову и увидел в открытых дверях Лисбет Саландер, держащую в руках две чашки кофе из автомата. Он неторопливо отложил ручку и отодвинул от себя листок с донесением.

— Привет,— произнесла Лисбет.

— Привет,— отозвался Арманский.

— Вот пришла вас проведать,— сказала Лисбет.— Можно войти?

Драган Арманский на секунду закрыл глаза, затем указал ей на кресло для посетителей. Она взглянула на часы — половина седьмого вечера. Лисбет Саландер подала ему чашку и села в кресло. Они молча смотрели друг на друга.

— Больше года прошло,— заговорил Драган.

Лисбет кивнула:

— Ты сердишься?

— А мне есть за что сердиться?

— Я не попрощалась.

Драган Арманский пошевелил губами. Он еще не оправился от неожиданности, но в то же время почувствовал облегчение, узнав, что Лисбет Саландер, по крайней мере, жива. Внезапно он ощутил прилив сильного раздражения и одновременно усталости.

— Не знаю, что и сказать,— ответил он.— Ты не обязана докладывать мне, чем ты занимаешься. Зачем ты пришла?

Голос его прозвучал холоднее, чем он хотел.

— Сама толком не знаю. Главное, хотела просто повидаться.

— Тебе нужна работа? Я не собираюсь больше давать тебе задания.

Она потрясла головой.

— Ты работаешь в другом месте?

Она снова потрясла головой. Очевидно, она собиралась с мыслями. Драган ждал.

— Я путешествовала,— сказала она наконец.— В Швецию я вернулась совсем недавно.

Арманский задумчиво покивал и посмотрел на нее внимательно. Лисбет Саландер изменилась. Она как-то непривычно... повзрослела, что ли, это сказывалось и в ее одежде, и в манере поведения. И она чего-то напихала в свой лифчик.

— Ты изменилась. Где же ты была?

— В разных местах,— ответила она уклончиво, но, заметив его сердитый взгляд, продолжила: — Я съездила в Италию, потом на Средний Восток, а оттуда в Гонконг и Бангкок. Побывала в Австралии и Новой Зеландии, посетила разные острова Тихого океана. Месяц жила на Таити. Потом проехалась по США, а последние месяцы провела на Карибах.

Он кивнул.

— Сама не знаю, почему я не попрощалась.

— Потому что, по правде говоря, тебе ни до кого нет дела,— спокойно констатировал Арманский.

Лисбет Саландер закусила губу. Его слова заставили ее задуматься. Он сказал правду, но в то же время его упрек показался ей несправедливым.

— На самом деле никому нет дела до меня.

— Чепуха! — возразил Арманский.— У тебя неправильный подход к людям. Люди, которые к тебе хорошо относятся, для тебя просто сор под ногами. Вот и все.

Повисло молчание.

— Ты хочешь, чтобы я ушла?

— Поступай как знаешь. Ты всегда так и делала. Но если ты сейчас уйдешь, то можешь больше не возвращаться.

Лисбет Саландер вдруг испугалась. Человек, которого она действительно уважала, собирался от нее отказаться. Она не знала, что ему ответить.

— Два года прошло с тех пор, как у Хольгера Пальмгрена случился удар. И за все время ты ни разу его не навестила,— безжалостно продолжал Арманский.

— Так Пальмгрен жив?

— Ты даже не знаешь, жив он или мертв!

— Врачи говорили, что он...

— Врачи много чего говорили,— перебил ее Арманский.— Он был тогда очень плох и не мог общаться, но за последний год ему стало гораздо лучше. Говорить ему пока тяжело, так что понять его очень трудно. Он многого не может делать сам, но все-таки способен без посторонней помощи дойти до туалета. Люди, для которых он что-то значит, навещают его.

Лисбет онемела от неожиданности. Два года назад, когда с ним случился удар, она первая обнаружила его и вызвала «скорую помощь». Врачи тогда качали головами и не обещали ничего хорошего. Целую неделю она не выходила из больницы, пока кто-то из медиков не сообщил ей, что больной лежит в коме и, судя по всему, вряд ли когда-нибудь придет в себя. С этого момента она перестала волноваться и вычеркнула его из своей жизни. Она встала и ушла из больницы, ни разу не оглянувшись. Но, как это видно теперь, сначала следовало проверить факты.

Вспоминая то время, Лисбет насупилась. Тогда на ее голову свалились новые заботы из-за адвоката Нильса Бьюрмана и поглотили все ее внимание. Но ведь никто, включая даже Арманского, не сообщил ей тогда, что Пальмгрен жив, и уж тем более она не знала, что его здоровье пошло на поправку! Ей же такая возможность вообще не приходила в голову.

Внезапно она ощутила, что на глаза набегают слезы. Никогда в жизни она не чувствовала себя такой подлой эгоисткой! И никогда в жизни никто так жестко не отчитывал ее таким тихим и сдержанным голосом. Она опустила голову.

Воцарилось молчание. Первым его прервал Арманский:

— Как твои дела?

Лисбет пожала плечами.

— На что ты живешь? У тебя есть работа?

— Нет, работы у меня нет, и я не знаю, кем бы я хотела работать. Но деньги у меня есть, так что на жизнь хватает.

Арманский смотрел на нее изучающим взглядом.

— Я только зашла на минутку, чтобы повидаться. Работу я не ищу. Не знаю… для тебя я бы в любом случае согласилась поработать, если бы тебе это понадобилось, но только если это будет что-то интересное…

— Полагаю, ты не собираешься мне рассказывать, что там произошло в Хедестаде в прошлом году.

Лисбет не ответила.

— Ведь что-то же произошло. Мартин Вангер чуть с ума не сошел после того, как ты явилась сюда и взяла приборы для наблюдения. Кто-то же пытался вас убить. И сестра его вдруг воскресла из мертвых. Мягко говоря, это была сенсация.

— Я пообещала ничего не рассказывать.

Арманский кивнул.

— И полагаю, ты ничего не расскажешь мне и о том, какую роль ты сыграла в деле Веннерстрёма.

— Я помогла Калле Блумквисту в проведении расследования,— сказала Лисбет довольно холодно.— Вот и все. Я не хочу быть в это замешанной.

— Микаэль Блумквист так и рыскал, пытаясь найти тебя. Ко мне он наведывался по меньшей мере раз в месяц и спрашивал, не слышал ли я чего-нибудь новенького о тебе. Он тоже о тебе беспокоится.

Лисбет ничего на это не сказала, но Арманский заметил, как она сжала губы.

— Не уверен, что он мне нравится,— продолжал Драган,— но ему ты тоже небезразлична. Я встретил его как-то осенью, и он тоже не захотел говорить о Хедестаде.

Лисбет Саландер, в свою очередь, не хотела говорить о Микаэле Блумквисте.

— Я только зашла повидаться с тобой и сказать, что я вернулась в Стокгольм. Не знаю, надолго ли я тут задержусь. Вот номер моего мобильника и мой новый почтовый адрес на всякий случай, если тебе понадобится.

Она протянула Арманскому бумагу и встала с кресла. Он взял листок. Когда она была уже в дверях, он ее окликнул:

— Постой-ка! Что ты собираешься делать?

— Поеду навестить Хольгера Пальмгрена.

— О'кей. Я имел в виду, где ты будешь работать?

Она посмотрела на него задумчиво:

— Не знаю.

— Тебе же надо зарабатывать на жизнь.

— Я же сказала, с этим у меня все в порядке, на жизнь хватает.

Арманский откинулся в кресле и задумался. Имея дело с Лисбет Саландер, он никогда не мог быть уверен, что правильно ее понимает.

— Я был так сердит на тебя за твое исчезновение, что почти решил никогда больше к тебе не обращаться.— Лицо его недовольно скривилось.— На тебя нельзя положиться. Но ты замечательно собираешь сведения. Пожалуй, у меня как раз нашлась бы подходящая для тебя работа.

Она покачала головой, но вернулась и подошла к его письменному столу:

— Я не хочу брать у тебя работу. В смысле, что мне не нужны деньги. Я серьезно говорю: в плане финансов я вполне обеспечена.

Драган Арманский нахмурил брови, лицо его выражало сомнение. Наконец он кивнул:

— Ладно! Финансово ты обеспечена, что бы это ни значило. Я готов поверить тебе на слово. Но если тебе понадобится заработок...

— Драган, ты второй человек, которого я навестила после того, как вернулась. Деньги твои мне не нужны. Но ты несколько лет был одним из немногих людей, которых я уважаю.

— О'кей. Но ведь всем людям нужно как-то зарабатывать.

— Мне очень жаль, но я больше не заинтересована в расследованиях ради заработка. Позвони мне, когда у тебя действительно будут проблемы.

— Какие такие проблемы?

— Такие, в которых тебе будет не разобраться. Когда ты уткнешься в тупик и не будешь знать, что делать дальше. Если хочешь, чтобы я на тебя поработала, надо чтобы это было что-то по-настоящему интересное. Может быть, из оперативной работы.

— Из оперативной работы? Для тебя? Ты же можешь исчезнуть, когда тебе вздумается.

— Не говори ерунды! Разве я когда-нибудь подводила тебя, если уж бралась за работу?

Драган Арманский смотрел на нее в полной растерянности. Выражение «оперативная работа» на их жаргоне обозначало что угодно, начиная от обязанностей телохранителя до охраны выставок, на которых демонстрировались произведения искусства. Его оперативники были людьми положительными, надежными ветеранами, зачастую бывшими полицейскими. Вдобавок девяносто процентов из них принадлежали к мужскому полу. Лисбет Саландер по всем статьям представляла собой полную противоположность тому, каким должен быть оперативный состав агентства «Милтон секьюрити».

— М-да...— начал он с сомнением.

— Не мучайся зря! Я возьмусь только за такую работу, которая будет мне интересна, так что очень велик шанс, что я откажусь. Дай мне знать, когда появится по-настоящему сложная проблема. Я умею разгадывать загадки.

Она решительно повернулась к нему спиной и вышла. Драган Арманский покачал головой. Странный она человек! Действительно очень странный!

В следующий миг она вновь возникла в дверях:

— Кстати! У тебя два человека целый месяц были заняты тем, что защищали эту актрису Кристину Ратерфорд от тех дураков, которые посылают анонимные письма с угрозами. Вы считаете, что это кто-то из близких к ней кругов, потому что писавшему известно много подробностей ее жизни...

Драган Арманский в изумлении уставился на Лисбет Саландер. Его словно током ударило. Она опять взялась за старое. Ее реплика относилась к делу, о котором она ровно ничего не могла знать, ей просто неоткуда было это знать.

— Да?

— Забудь об этом. Это фальшивка. Эти письма писала она сама на пару со своим дружком, чтобы привлечь к себе внимание. В ближайшие дни она получит еще одно письмо, а на той неделе они сольют часть информации в прессу. Вычеркни ее из числа своих клиентов.

Не дав Драгану опомниться, Лисбет исчезла, прежде чем он успел открыть рот. А он так и остался сидеть, уставясь в пустой дверной проем. Она никоим образом не могла ничего знать об этом деле. Должно быть, в «Милтон секьюрити» есть человек, который делится с ней информацией. Но здесь об угрозах актрисе знали лишь четыре или пять человек: сам Арманский, начальник оперативного отдела и несколько работников, непосредственно занятых этим делом, а это были проверенные и надежные профессионалы. Арманский только потер подбородок.

Он перевел взгляд на письменный стол. Папка с делом Ратерфорд лежала в запертом на ключ ящике, весь офис был поставлен на сигнализацию. Взглянув на часы, Арманский понял, что начальник технического отдела Харри Франссон уже ушел домой. Тогда он включил почтовую программу и отправил Франссону сообщение с просьбой прийти завтра в контору и установить скрытую камеру наблюдения.

Лисбет Саландер пешком направилась домой на Мосебакке. По лестнице она взбежала бегом — у нее было такое чувство, что нужно спешить.

Она позвонила в больницу Сёдера и после нескольких переключений с одного коммутатора на другой узнала в конце концов, где находится Хольгер Пальмгрен. Вот уже четырнадцать месяцев он лежал в Эрставикенском реабилитационном центре в Эльте. Перед глазами у нее сразу же встал Эппельвикен. Она позвонила, и ей ответили, что сейчас больной уже спит, но завтра его можно навестить.

Весь вечер Лисбет с тяжестью на душе мерила шагами свою квартиру. В постель она легла рано и почти тотчас же уснула. Проснувшись в семь, она приняла душ и позавтракала в супермаркете, а около восьми уже была в агентстве по аренде автомобилей на Рингвеген и взяла тот же «ниссан микро», что и в прошлый раз. «Надо будет обзавестись своей машиной»,— подумала она. Подъехав к реабилитационному центру, Лисбет занервничала, но, собравшись с духом, вошла в вестибюль и сказала, что хотела бы повидать Хольгера Пальмгрена.

Сидевшая за столиком администратора женщина с бейджем на груди, на котором значилось имя Маргит, заглянула в свои бумаги и сообщила, что сейчас пациент на занятии по лечебной физкультуре и его можно будет видеть не раньше одиннадцати. Посетительнице она предложила посидеть в комнате ожидания или зайти еще раз попозже. Лисбет вернулась на парковку и, пока ждала, выкурила в машине три сигареты. В одиннадцать она вновь вошла в вестибюль. Ее направили в столовую — по коридору направо, затем налево.

Она остановилась на пороге и в полупустом зале сразу увидала Хольгера. Он сидел лицом к двери, но все его внимание было сосредоточено на тарелке. Вилку он неуклюже сжимал в кулаке и сосредоточенно трудился над тем, чтобы донести ее до рта. Примерно треть этих попыток заканчивалась неудачно, и еда падала на стол.

Вид у него был безнадежно поникший, лицо какое-то неподвижное — он казался столетним старцем. И только сейчас, видя его в кресле-каталке, Лисбет по-настоящему осознала, что он действительно жив и Арманский ее не обманул.

Хольгер Пальмгрен выругался про себя, в третий раз безуспешно попытавшись подобрать на вилку очередную порцию макарон. Он смирился с тем, что не может как следует ходить, что очень многое он не в состоянии делать сам. Но то, что он не может даже нормально есть и что порой у него, как у младенца, текут слюни, было для него невыносимо.

Умом он прекрасно понимал, как это делается. Нужно наклонить вилку под прямым углом, подцепить еду, поднять ее и поднести ко рту. Однако что-то разладилось в координации движений. Рука жила словно своей отдельной жизнью. Когда он приказывал ей подниматься вверх, она медленно уплывала куда-то в сторону. Когда он направлял вилку ко рту, рука в последний момент меняла направление и он попадал себе в щеку или в подбородок.

Однако он знал, что реабилитация уже принесла некоторые успехи. Всего лишь шесть месяцев тому назад руки у него так тряслись, что он вообще не мог донести еду до рта. Теперь же, хотя принятие пищи занимает много времени, все же он справляется без посторонней помощи. И он не собирался сдаваться, пока вновь не научится владеть своим телом.

Он только что опустил вилку, чтобы взять следующую порцию макарон, как вдруг из-за плеча к нему протянулась чья-то рука и мягко забрала вилку. Он увидел, как эта рука подцепила и подняла с тарелки кусок макаронной запеканки, и тотчас же узнал эту тонкую кукольную ручку. Обернувшись, он встретился глазами с Лисбет Саландер, стоявшей к нему вплотную. Она смотрела на него выжидающе, с выражением робости на лице.

Пальмгрен долго без движения смотрел на нее. Сердце, непонятно почему, отчаянно забилось. Наконец он открыл рот и принял предложенную еду.

Кусочек за кусочком, она его покормила. Вообще-то Пальмгрен терпеть не мог, чтобы его кормили за столом, но он понял, что у Лисбет это было движение души. Она делала это не потому, что он стал неуклюж, как тюфяк. Своим поступком она выражала сочувствие, которое вообще было ей не свойственно. Она подавала еду довольно крупными кусочками и терпеливо дожидалась, пока он прожует. Когда он показал ей на стакан с молоком и торчащей соломинкой, она спокойно поднесла его ко рту больного и держала так, чтобы ему было удобно пить.

За все время завтрака они не обменялись ни словом. Когда он проглотил последний кусок, она положила вилку и вопросительно посмотрела на него. Он покачал головой: нет, хватит, добавки не нужно.

Хольгер Пальмгрен откинулся на спинку кресла-каталки и глубоко вздохнул. Лисбет взяла салфетку и отерла ему рот. Он вдруг почувствовал себя кем-то вроде главы мафиозного клана из американского фильма, этаким capo di tutti capi*, которому какой-нибудь подручный оказывает мелкие услуги в знак уважения. Мысленно он уже видел, как она целует ему руку, и невольно улыбнулся такой игре фантазии.

— Как ты думаешь, можно ли тут где-нибудь раздобыть чашку кофе? — спросила Лисбет.

Он пробормотал что-то невнятное. Язык и губы не слушались его, звуки не складывались в слова.

— Быффт зыглом.— «Буфет за углом», как она поняла.

— Тебе принести? С молоком и без сахара, как раньше?

Он кивнул. Она забрала поднос и через несколько минут вернулась с двумя чашками кофе. Он отметил, что она пьет черный кофе, что было не в ее привычках, а потом улыбнулся — она сберегла соломинку, через которую он пил молоко, и поставила ее в кофейную чашку. Они молчали. Хольгер Пальмгрен хотел задать ей тысячу вопросов, но не мог выговорить ни одного слога. Зато они то и дело встречались глазами. У Лисбет был жутко виноватый вид. Наконец она прервала молчание.

— Я думала, что ты умер,— сказала она.— Я не знала, что ты жив. Если бы знала, я бы ни за что... Я бы давно уже навестила тебя.

Он кивнул.

* Босс всех боссов (ит.).

— Прости меня!

Он снова кивнул и улыбнулся. Улыбка получилась кособокая, как будто он скривил губы.

— Ты был в коме, и доктора сказали, что ты умрешь. Они думали, что ты умрешь в ближайшие дни, а я взяла и ушла. Мне очень стыдно. Прости!

Он приподнял руку и положил на ее стиснутый кулачок. Она крепко сжала ее и с облегчением вздохнула.

— Тяя дыга неыо.— «Тебя долго не было».

— Ты говорил с Драганом Арманским?

Он кивнул.

— Я путешествовала. Я была вынуждена уехать. Уехала, ни с кем не попрощавшись. Ты беспокоился?

Он покачал головой.

— Никогда не надо из-за меня беспокоиться.

— Я ныннда за тяя неспооися. Ты ффега спависся. Ааски спокоисся.— «Я никогда за тебя не беспокоился. Ты всегда справляешься. Арманский беспокоился».

Тут она в первый раз улыбнулась. У Хольгера Пальмгрена отлегло от сердца — это была обычная ее кривоватая улыбка. Он пристально рассматривал ее, сравнивая образ, хранившийся в его памяти, с девушкой, которая сейчас стояла перед ним. Она изменилась. Она была живой и здоровой, хорошо и аккуратно одетой. Исчезло кольцо из губы и... гм... татуировка в виде осы, которая раньше была у нее на шее, теперь тоже исчезла. Лисбет выглядела повзрослевшей. Впервые за много недель он захохотал, и его смех был похож на кашель.

Лисбет еще больше скривила рот в улыбке и вдруг почувствовала, как сердце ее переполнилось давно забытым теплом.

— Ты ршшо спавиась.— «Ты хорошо справилась»,— сказал он, показывая на ее одежду.

Она кивнула:

— Я отлично справляюсь!

— Как тее новы пекун? — «Как тебе новый опекун?»

Хольгер Пальмгрен заметил, как помрачнела Лисбет. Губы ее чуть-чуть сжались, но она ответила с невозмутимым видом:

— Он ничего... Я знаю, как с ним обращаться.

Брови Пальмгрена вопросительно поднялись. Лисбет обвела взглядом столовую и переменила тему:

— Как давно ты здесь?

Пальмгрен был не дурак. Он перенес удар, он с трудом говорил и утратил координацию движений, но интеллект его не пострадал, и внутренним чутьем он тотчас же уловил в тоне Лисбет Саландер фальшь. За те годы, что они были знакомы, он понял, что она никогда не врет ему напрямую, но в то же время не всегда бывает вполне откровенна. Ее способ утаивания правды заключался в том, чтобы отвлечь его внимание. С новым опекуном определенно что-то было не так, и Хольгера Пальмгрена это совершенно не удивило.

Внезапно он ощутил прилив раскаяния. Сколько раз он говорил себе, что надо бы как-то связаться с коллегой Нильсом Бьюрманом и поинтересоваться, как обстоят дела Лисбет Саландер, но всякий раз откладывал! И почему он не занялся вопросом о ее недееспособности, пока еще был ее опекуном? Да потому что эгоистично желал сохранить с нею контакт. Он полюбил эту чертову трудную девчонку, как родную дочь, которой у него никогда не было, и хотел сохранить эти отношения. Кроме того, ему, старому тюфяку из приюта для инвалидов, который еле-еле справляется с тем, чтобы расстегнуть в туалете штаны, было слишком сложно и трудно начать такое дело. А теперь он чувствовал себя так, словно подвел Лисбет Саландер. «Но она выживет в любых условиях,— подумал бывший адвокат.— Она самая непотопляемая личность из всех, кого я когда-либо встречал».

— Сст.

— Не поняла.

— Суд.

— Суд? О чем это ты?

— Ндо отмнить ршение о твоей недееспссп...

Хольгер Пальмгрен весь покраснел, лицо его перекосилось от напрасного усилия произнести нужное слово. Лисбет положила ладонь на его руку и осторожно ее пожала:

— Не... беспокойся за меня, Хольгер! У меня уже есть план, как в ближайшее время избавиться от статуса недееспособной. Это сейчас не твоя забота. Но вполне может быть, что мне еще понадобится твоя помощь. Хорошо? Ты согласишься быть моим адвокатом, если мне это понадобится?

Он покачал головой:

— Сишк стар! — Он постучал костяшками пальцев по столу.— Стары драк.

— Конечно, ты чертов старый дурак, если так говоришь! Мне нужен адвокат. И я хочу, чтобы это был ты. Хоть ты и не сможешь выступать в суде как защитник и произносить длинные речи, но ты всегда сумеешь дать мне умный совет. О'кей?

Он снова покачал головой. Затем кивнул.

— Рыбтш?

— Не поняла.

— Деты рыбтш? Не Рмнски.— «Где ты работаешь? Не у Арманского?»

Лисбет минутку помолчала, не зная, как сказать и как объяснить ему свое нынешнее положение. Вопрос был сложный.

— Я больше не работаю у Арманского, Хольгер. Мне не нужно у него работать, чтобы зарабатывать себе на жизнь. У меня есть деньги, и дела мои обстоят хорошо.

Пальмгрен снова приподнял брови.

— Теперь я буду часто тебя навещать. Я все тебе расскажу, но давай не будем пока волноваться. Сейчас я хочу заняться другим.

Она нагнулась, подняла с пола сумку и, поставив ее на стол, вынула оттуда шахматную доску.

— Мы с тобой уже два года не резались в шахматишки!

Он смирился с неизбежностью. Как видно, она затеяла какие-то интриги и не хочет об этом рассказывать. Наверняка он бы их не одобрил, но Хольгер достаточно верил в нее и знал: если она что-то затеяла, значит, это возможно. Сомнительно с юридической точки зрения, но не противоречит божеским законам. В отличие от большинства Хольгер Пальмгрен был убежден, что Лисбет Саландер — человек по природе порядочный. Проблема была лишь в том, что ее личная мораль не всегда совпадала с установлениями закона.

Лисбет расставила перед ним шахматные фигуры, и потрясенный Пальмгрен узнал свою собственную доску. Очевидно, она стащила ее из квартиры, когда его положили в больницу. Лисбет предоставила ему играть белыми, и он вдруг обрадовался этому, как ребенок.

Лисбет Саландер провела у Хольгера Пальмгрена два часа. Три раза она его обыграла, но тут в самый разгар схватки вошла сиделка и сказала, что ему пора на послеобеденное занятие лечебной физкультурой. Лисбет собрала фигуры и спрятала доску в сумку.

— Не могли бы вы рассказать мне, как идут дела с лечебной физкультурой? — спросила она сиделку.

— Мы делаем упражнения для развития силы и координации и уже достигли успехов, правда?

Вопрос был обращен к Хольгеру Пальмгрену. Тот кивнул.

— Ты уже можешь пройти несколько метров, а к лету начнешь самостоятельно гулять в парке. Она твоя дочь?

Лисбет и Хольгер Пальмгрен переглянулись.

— Прмм дочь.— «Приемная дочь».

— Как хорошо, что ты пришла его навестить!

Иными словами: «Где ты, черт возьми, до сих пор пропадала?» Лисбет сделала вид, что не заметила скрытого упрека. Она нагнулась к нему и поцеловала в щеку:

— В пятницу я снова приду тебя навестить.

Хольгер Пальмгрен с трудом встал с инвалидного кресла, она проводила его до лифта, и там они расстались. Как только двери лифта закрылись, Лисбет направилась к администратору и спросила, можно ли видеть лечащего врача.

Ее направили к доктору А. Сиварнандану, которого она нашла в кабинете в конце коридора. Она представилась и сказала, что является приемной дочерью Пальмгрена.

Доктор А. Сиварнандан, обладатель рябого лица и тоненьких усиков, открыл карточку Хольгера Пальмгрена и стал читать первые страницы. Лисбет ждала, все больше раздражаясь. Наконец он поднял голову и заговорил, к ее удивлению, с заметным финским акцентом:

— В бумагах ничего не сказано о дочери или приемной дочери. Согласно записям, из ближайших родственников у него есть только восьмидесятишестилетняя двоюродная сестра, проживающая в Емтланде*.

— Он заботился обо мне с тех пор, как мне исполнилось тринадцать лет, и до того дня, как у него случился удар. Тогда мне было двадцать четыре.

Она порылась во внутреннем кармане куртки и бросила на письменный стол доктора А. Сиварнандана ручку.

— Меня зовут Лисбет Саландер. Запишите мое имя в его карточку. Я его самая близкая родственница на всем белом свете.

— Возможно,— строго ответил А. Сиварнандан.— Но если вы его самая близкая родственница, то что-то уж очень долго вы собирались его посетить. До сих пор его лишь изредка навещал один человек, не являющийся его родственником, но записанный в качестве того лица, с которым следует связаться в случае ухудшения состояния больного или его смерти.

— Должно быть, это Драган Армянский.

Доктор А. Сиварнандан удивленно поднял брови и задумчиво покивал:

— Правильно. Вижу, вы знаете его.

— Вы можете позвонить ему и убедиться, что он тоже меня знает.

— В этом нет надобности. Я верю вам. Мне сообщили, что вы два часа просидели с Хольгером Пальмгреном за шах-

---

* Емтланд — лен в Швеции.

матами. Однако я не могу обсуждать с вами его здоровье без его разрешения.

— А такого разрешения этот упрямый черт ни за что не даст, потому что он вбил себе в голову бредовую идею, будто не должен обременять окружающих своими несчастьями, а еще будто по-прежнему он несет ответственность за меня, а не я за него. Вот как было дело: два года я была в уверенности, что Пальмгрен умер. Только вчера я узнала, что он жив. Если бы я знала, что он... Это трудно объяснить, но я хочу знать, каков прогноз и может ли он поправиться.

Доктор А. Сиварнандан взял ручку и аккуратно вписал имя Лисбет Саландер в карточку Хольгера Пальмгрена, выяснив к тому же ее идентификационный номер и телефон.

— О'кей. Теперь вы официально его приемная дочь. Возможно, я поступаю не совсем по правилам, но, принимая во внимание, что вы первый человек, навестивший его после Рождества, когда к нему приезжал господин Арманский... Вы видели его сегодня и сами наблюдали, что у него проблемы с координацией движений и неважно с речью. Он перенес удар.

— Я знаю. Это я его тогда нашла и вызвала «скорую».

— Вот как! В таком случае вы знаете, что он три месяца пролежал в больнице и долгое время был без сознания. Часто пациенты в таких случаях не выходят из комы, но иногда все-таки приходят в себя. Очевидно, его время еще не пришло. Сначала его перевели в отделение для хронических больных с нарушенной умственной деятельностью, совершенно не способных обходиться без посторонней помощи. Против ожидания у него вдруг стали появляться признаки улучшения, и тогда его девять месяцев тому назад перевели в реабилитационный центр.

— Что ждет его в будущем?

Доктор А. Сиварнандан развел руками:

— Может быть, у вас есть магический кристалл посильнее моего? Я действительно не имею об этом никакого представления. Он может умереть от кровоизлияния в мозг хоть сегодня ночью. А может прожить еще двадцать лет в сравнительно хорошем состоянии. Не знаю. Тут, можно сказать, все от Бога зависит.

— А если он проживет еще двадцать лет?

— Реабилитация проходила у него трудно, и только в самые последние месяцы мы действительно смогли отметить заметные улучшения. Шесть месяцев назад он еще не мог есть без посторонней помощи. Всего лишь месяц назад он еле-еле мог встать с инвалидного кресла — отчасти из-за того, что его мышцы атрофировались от долгого лежания. Но теперь он, во всяком случае, немного может ходить.

— Ему станет лучше?

— Да. Причем даже намного лучше. Трудно было самое начало, а сейчас мы каждый день отмечаем новые успехи. Из его жизни выпало два года. Я надеюсь, через несколько месяцев, к началу лета, он сможет гулять у нас в парке.

— А речь?

— Его проблема состоит в том, что у него были поражены речевой и двигательные центры. Долгое время он был как мешок. С тех пор мы добились, что он опять научился управлять своим телом и разговаривать. Ему бывает трудно вспомнить нужное слово, и пришлось заново учиться говорить. Но в то же время он учился не как ребенок — он понимает значение слов и только не может их произнести. Подождите несколько месяцев, и вы увидите, что его речь по сравнению с сегодняшним днем стала лучше. То же относится и к способности ориентироваться. Девять месяцев назад он путал, где право, где лево, где верх и где низ.

Лисбет задумчиво кивнула и две минуты размышляла. К ее удивлению, ей понравился доктор А. Сиварнандан с его индийской внешностью и финским произношением.

— Что значит «А.»? — спросила она неожиданно.

Он посмотрел на нее с подозрением, но ответил:

— Андерс.

— Андерс?

— Я родился в Шри-Ланке, но меня усыновили и увезли в Турку, когда мне не было еще и года.

— О'кей, Андерс! Чем я могу вам помочь?

— Навещайте его. Ему нужны интеллектуальные стимулы.

— Я могу приходить каждый день.

— Мне не нужно, чтобы вы приходили каждый день. Раз он вас любит, то я хочу, чтобы он ждал ваших посещений и заранее радовался. Мне не надо, чтобы они ему надоели.

— Нужна ли ему помощь каких-нибудь специалистов, чтобы он поскорее выздоровел? Я оплачу их, если это понадобится.

Он быстро улыбнулся, но тотчас же снова стал серьезным:

— Боюсь, что мы и есть эти специалисты. Конечно, мне хотелось бы иметь больше средств в своем распоряжении и чтобы нам не урезали обеспечение, но могу вас заверить, что он получает самое лучшее лечение.

— А если бы вы не боялись сокращения средств, что бы вы тогда могли ему предложить?

— Идеальным вариантом для таких пациентов, как Хольгер Пальмгрен, был бы, конечно, личный тренер на полный рабочий день. Однако такие возможности в Швеции давно уже никому не предоставляются.

— Наймите ему тренера.

— Что вы сказали?

— Наймите персонального тренера для Хольгера Пальмгрена. И выберите самого лучшего из всех. Завтра же! И проследите за тем, чтобы у него было все необходимое оборудование и прочее, что там нужно. Я устрою так, чтобы уже к концу нынешней недели были выделены деньги на оплату тренера и покупку оборудования.

— Вы шутите?

Лисбет прямо и жестко посмотрела в глаза доктору Сиварнандану.

Миа Бергман нажала на педаль тормоза и направила свой «фиат» к тротуару перед станцией метро «Гамла стан». Даг Свенссон открыл дверцу и на ходу сел в машину. Наклонившись, он поцеловал Миа в щеку — она в это время крепко держала руль, объезжая автобус.

— Привет! — сказала она, не сводя глаз с идущего впереди транспорта.— У тебя был такой серьезный вид. Что-нибудь случилось?

Даг Свенссон вздохнул и застегнул ремень безопасности.

— Нет, ничего серьезного. Небольшая задержка с текстом.

— А что такое?

— Остался месяц до сдачи. Я провел девять из двадцати двух запланированных нами бесед. И тут вдруг проблемы с Бьёрком из Службы безопасности! Как назло, он взял больничный, засел дома и не подходит к телефону.

— Может, он в больнице?

— Не знаю. Ты пробовала когда-нибудь получить какую-нибудь информацию в Службе безопасности? Они даже не говорят, работает ли он у них.

— Ты не пробовал звонить его родителям?

— Они оба умерли. И жены у него нет. Есть брат, но тот живет в Испании. Просто не знаю, как мне до него добраться.

Миа Бергман покосилась на своего друга. Она вела машину по Шлюзу, стараясь выбраться к туннелю, ведущему к Нюнесвеген.

— В крайнем случае придется выкинуть кусок о Бьёрке. Блумквист требует, чтобы все, кого мы в чем-то обвиняем, получили шанс высказать свою точку зрения, прежде чем мы опубликуем их имена.

— Было бы жалко пропустить представителя тайной полиции, который бегает по проституткам. Как ты поступишь?

— Постараюсь его разыскать, конечно. Ты-то сама как? Не нервничаешь?

— В общем, нет. Через месяц у меня защита докторской, а я спокойна, как простокваша.

— Ты владеешь своей темой. Что же тебе нервничать?

·   — Взгляни на заднее сиденье!

Даг Свенссон обернулся и увидел там коробку.

— Миа! Она напечатана! — воскликнул он.

В его руках оказалась напечатанная диссертация под заголовком:

From Russia with love.
Нелегальные каналы поставки секс-рабынь,
организованная преступность
и ответные действия общества.
Миа Бергман.

— Я думал, она будет готова не раньше следующей недели. Ой, черт! Надо будет дома открыть бутылку вина. Поздравляю вас, доктор!

Он потянулся к ней и снова поцеловал в щечку.

— Тише! Доктором я буду еще только через три недели. И пожалуйста, убери руки, пока я веду машину.

Даг Свенссон захохотал, но тут же опять стал серьезным:

— Кстати, насчет ложки дегтя в бочке меда и так далее... Несколько лет назад ты ведь брала интервью у девушки, которую звали Ирина П.

— Ирина П., двадцать два года, из Санкт-Петербурга. В первый раз приезжала сюда в девяносто девятом году, затем побывала еще несколько раз. А что?

— Я сегодня встретил Гюльбрансена. Полицейского, который ликвидировал бордель в Сёдертелье*. Ты читала на прошлой неделе, что в канале Сёдертелье выловили утопленницу? Об этом писали в вечерних газетах. Она оказалась Ириной П.

— Господи, какой ужас!

Оба помолчали. В это время они проезжали Сканстулль.

— Она упоминается в моей работе,— сказала наконец Миа Бергман.— Под псевдонимом Тамара.

Даг Свенссон открыл «From Russia with love» на той части, в которой содержались различные интервью, отыскал

---

* Пригород Стокгольма.

там Тамару и углубился в чтение. Машина тем временем проехала площадь Гюллмарсплан и Глобен*.

— Ее привез в Швецию человек, которого ты называешь Антоном.

— Я не могу называть настоящие имена. Меня уже предупредили, что на защите это может вызвать критические замечания, но я не могу выдавать девушек. Их могут за это убить. И поэтому я не могу называть имена клиентов, пользовавшихся их услугами, иначе можно будет вычислить, с кем из девушек я беседовала. Поэтому во всех конкретных примерах я привожу псевдонимы и убираю все детали, на основе которых можно было бы идентифицировать отдельных персонажей.

— Кто такой Антон?

— Предположительно его зовут Зала. Мне так и не удалось установить его личность, но думаю, что он поляк или югослав и на самом деле его зовут как-то иначе. Я беседовала с Ириной П. четыре или пять раз, и только при нашей последней встрече она его назвала. Она собиралась изменить жизнь и бросить свое занятие, но страшно его боялась.

— Гмм,— отозвался Даг Свенссон.

— Что ты хочешь сказать?

— Да так... Недавно мне приходилось слышать это имя.

— Каким образом?

— У меня была встреча с Сандстрёмом, одним из тех самых клиентов. Он журналист. Редкостная дрянь, надо сказать!

— Почему?

— Вообще-то он и не журналист даже. Он делает рекламные брошюры для разных предприятий. Но он сдвинулся на фантазиях о насилии и осуществлял их с этой девушкой...

— Знаю. Я же сама брала у нее интервью.

---

* Глобен — расположенный на Сёдермальме знаменитый спорткомплекс с самым большим в мире шарообразным сооружением — спортивно-концертным залом «Глобен».

— А ты отметила, что он сделал для Института здравоохранения макет информационного буклета о заразных болезнях, передаваемых половым путем?

— Этого я не знала.

— Я встречался с ним на прошлой неделе. Когда я выложил перед ним всю документацию и спросил, почему он пользуется несовершеннолетними проститутками из стран Восточного блока для осуществления своих сексуальных фантазий о насилии, он сначала был совершенно раздавлен.

— И что же оказалось?

— Сандстрём попал в такую ситуацию, когда ему пришлось быть не только клиентом, но и выполнять поручения мафии сексуальных услуг. Он назвал мне имена, которые были ему известны, в частности Зала. Никаких подробностей о нем он мне не рассказывал, но имя достаточно необычное.

Миа покосилась на Дага.

— И ты больше ничего о нем не знаешь? — спросил Даг.

— Нет, мне так и не удалось выяснить ничего конкретного. Но его имя временами всплывает то тут, то там. Девушки, похоже, ужасно его боятся, и ни одна не согласилась хоть что-то о нем рассказать.

Глава
09

Воскресенье, 6 марта — пятница, 11 марта

Войдя в столовую, доктор А. Сиварнандан с порога увидел Хольгера Пальмгрена и Лисбет Саландер, сидевших над шахматной доской. Лисбет взяла себе за правило навещать больного раз в неделю, чаще всего в воскресенье. Она приезжала к трем часам и проводила с ним несколько часов за шахматами, а уходила около восьми вечера, когда ему нужно было ложиться спать. Доктор А. Сиварнандан заметил, что в общении с Пальмгреном она не проявляет заботливости, обычной в отношении тяжелого больного, да и вообще вроде как не считает Хольгера за больного. Напротив, они, казалось, постоянно подкалывали друг дружку, а она еще и позволяла ему ухаживать за собой, например приносить ей кофе.

Доктор А. Сиварнандан нахмурил брови. Он никак не мог разобраться в этой странной девушке, которая называла себя приемной дочерью Хольгера Пальмгрена. У нее была очень необычная внешность, а на всех вокруг она смотрела с нескрываемой подозрительностью и не понимала шуток. Вести с ней обычный разговор было невозможно: однажды он спросил ее, кем она работает, но она уклонилась от ответа.

Спустя несколько дней после своего первого посещения она вернулась с пачкой бумаг по поводу создания специального фонда содействия центру в реабилитации Хольгера Пальмгрена. Председателем фонда был некий адвокат из Гибралтара, правление состояло из председателя, тоже адвоката из Гибралтара, и ревизора Хуго Свенссона из Стокгольма. Фонд располагал двумя с половиной миллионами крон, к которым доктор А. Сиварнандан получал доступ в целях предоставления Хольгеру Пальмгрену наилучших возможностей для лечения. В случае необходимости доктор А. Сиварнандан должен был обратиться к ревизору, который и производил выплаты.

Условия были необычными, если не сказать уникальными.

Сиварнандан несколько дней размышлял о том, насколько этично с его стороны пойти на такую сделку. Не найдя каких-либо конкретных возражений, он решил приставить к Хольгеру Пальмгрену в качестве персонального ассистента и тренера тридцатидевятилетнюю Юханну Каролину Оскарссон — дипломированную специалистку по лечебной гимнастике, обладающую нужной подготовкой в области психологии, а также имеющую большой опыт работы в реабилитационном центре. Она была официально принята на должность новообразованным фондом и, к великому удивлению Сиварнандана, сразу же после подписания контракта ей было выплачено авансом месячное жалованье. До этого момента его мучило смутное подозрение, не окажется ли все это каким-нибудь жульничеством.

Судя по всему, принятые меры дали хороший результат. За месяц занятий с личным тренером координация движений и общее состояние Хольгера Пальмгрена заметно улучшились, что подтверждалось еженедельно проводимыми обследованиями. Сиварнандан не мог с уверенностью сказать, насколько это улучшение было связано с тренировками, а в какой мере являлось заслугой Лисбет Саландер. Хольгер Пальмгрен, несомненно, старался изо всех сил и с детским нетерпением ждал ее посещений. Казалось, его ужасно радовали его регулярные проигрыши в шахматы.

Однажды доктор Сиварнандан составил им компанию во время игры и получил случай наблюдать чрезвычайно интересную партию. Хольгер Пальмгрен играл белыми, он начал с сицилианской защиты и все делал совершенно правильно.

Он долго и тщательно обдумывал каждый ход. Невзирая на физический ущерб, причиненный ударом, его интеллект нисколько не пострадал.

Лисбет Саландер в это время читала книжку, посвященную такой редкой теме, как частотная калибровка радиотелескопов в условиях невесомости. На слишком низкий для нее стул ей пришлось подложить подушку. После того как Пальмгрен делал свой ход, она поднимала голову от книги и не задумываясь передвигала какую-нибудь фигуру, после чего снова погружалась в чтение. После двадцать седьмого хода Пальмгрен объявил, что сдается. Саландер подняла глаза и, сдвинув брови, несколько секунд смотрела на доску.

— Нет,— сказала она.— У тебя есть шанс свести к ничьей.

Пальмгрен вздохнул и пять минут разглядывал доску. Наконец он впился глазами в Лисбет Саландер и потребовал:

— Давай докажи!

Она перевернула доску и стала играть его фигурами, в результате чего добилась ничьей на тридцать девятом ходу.

— Боже мой! — воскликнул Сиварнандан.

— Такая уж она есть! — сказал Пальмгрен.— Никогда не играй с ней на деньги.

Сиварнандан и сам с детства любил шахматы, подростком он принимал участие в школьном чемпионате в Турку и даже занял в нем второе место. Для любителя он был, как ему казалось, неплохим шахматистом. По его наблюдениям, Саландер была шахматистом-самоучкой — она явно никогда не играла в клубных командах, а когда по поводу одной из партий он заметил, что это вариант классической партии Ласкера, по выражению лица Лисбет было видно, что ей это ничего не говорит. По-видимому, она никогда не слыхала про Эммануила Ласкера. В душе доктор невольно задавался вопросом, врожденный ли это талант, а если врожденный, то какие еще скрыты в ней способности, интересные для психолога.

Но он ни о чем не спросил. Он только видел, что со времени поступления в реабилитационный центр Пальмгрен никогда еще не чувствовал себя так хорошо.

Адвокат Нильс Бьюрман вернулся домой поздно вечером, после того как четыре недели безвыездно прожил на даче близ Сталлархольма. Чувствовал он себя подавленно: еще не было сделано ничего конкретного для изменения того ужасного положения, в котором он очутился, и единственным сдвигом стал полученный через белокурого гиганта ответ, что его предложением заинтересовались нужные люди и исполнение обойдется в сто тысяч крон.

На полу под почтовой щелью двери скопилась целая куча корреспонденции; Бьюрман поднял ее и положил на кухонный стол. С некоторых пор он стал равнодушен ко всему, что касалось работы и окружающего мира, и лишь спустя какое-то время обратил внимание на горку бумаг и принялся рассеянно их перебирать.

Один конверт был от Торгового банка. Вскрыв его, Бьюрман испытал что-то похожее на потрясение: это была копия документа о снятии девяти тысяч трехсот двенадцати крон со счета Лисбет Саландер.

Она вернулась!

Он направился в кабинет, положил документ на письменный стол и целую минуту простоял, собираясь с мыслями и не сводя с бумажки ненавидящего взгляда. Номер телефона пришлось долго искать, но затем он снял трубку и позвонил на мобильный. Белокурый гигант ответил после небольшой паузы:

— Алло!

— Говорит Нильс Бьюрман.

— Зачем вы звоните?

— Она вернулась в Швецию.

На другом конце помолчали.

— Хорошо. Больше не звоните по этому номеру.

— Но...

— С вами скоро свяжутся.

К большому неудовольствию Нильса Бьюрмана, разговор на этом закончился. Мысленно выругавшись, он подошел к бару, налил себе сто грамм бурбона «Кентукки» и в два глотка опорожнил стакан. «Надо поменьше пить»,— подумал он и тут же налил себе еще двести грамм. Со стаканом в руке он вернулся в кабинет к письменному столу и уставился на квитанцию Торгового банка.

Мириам Ву массировала спину и шею Лисбет Саландер. Двадцать минут она трудилась, с силой разминая мышцы, в то время как Лисбет главным образом довольствовалась тем, что время от времени постанывала от блаженства. Массаж в исполнении Мимми был необыкновенно приятен, и она чувствовала себя словно котенок, который только мурлычет и машет лапками.

Когда Мимми наконец шлепнула ее по ягодице, так что та затряслась, Лисбет подавила невольный вздох разочарования. Она еще немного полежала в надежде, что Мимми продолжит массаж, но та потянулась за бокалом вина, и Лисбет, поняв, что ее надежды напрасны, перевернулась и легла на спину.

— Спасибо,— сказала Лисбет.

— Наверное, ты целыми днями неподвижно просиживаешь за компьютером. Вот у тебя спина и болит.

— Я просто потянула мышцу.

Обе лежали голые на кровати Мимми в квартире на Лундагатан, пили красное вино и много хихикали. С тех пор как Лисбет возобновила знакомство с Мимми, она словно не могла насытиться общением с нею. У нее появилась дурная привычка звонить чуть ли не каждый день, определенно слишком часто. Глядя на Мимми, она мысленно напомнила себе, что решила никогда больше ни к кому слишком сильно не привязываться, иначе для кого-то дело может кончиться большой обидой.

Мириам Ву вдруг перегнулась через край кровати и открыла ящичек ночного столика. Вынув оттуда маленький плоский сверток, обернутый в подарочную бумагу с цветочками и перевязанный золотым шнурком с розеткой наверху, она кинула его Лисбет.

— Что это?

— Подарок тебе ко дню рождения.

— Он будет еще только через месяц.

— Это тебе за прошлый год. Тогда мне было тебя не найти. Он попался мне под руку, когда я паковала вещи к переезду.

Лисбет немного помолчала.

— Можно развернуть?

— Пожалуйста, если хочешь.

Она поставила бокал на столик, потрясла сверток и осторожно развернула. Под оберткой оказался хорошенький портсигар, украшенный красно-синей эмалью и китайскими иероглифами на крышке.

— Лучше бы ты бросила курить,— сказала Мириам Ву.— Но раз уж ты куришь, то, по крайней мере, будешь держать сигареты в эстетичной упаковке.

— Спасибо,— сказала Лисбет.— Ты единственный человек, который дарит мне подарки на день рождения. А что значат иероглифы?

— Почем мне знать? Я не знаю китайского. Это просто безделушка, я нашла его на блошином рынке.

— Очень красивый портсигар.

— Дешевенький пустячок. Но мне показалось, он прямо создан для тебя. Кстати, у нас закончилось вино. Выбраться, что ли, на улицу за пивом?

— Это значит, что надо вставать с постели и одеваться?

— Боюсь, что так. Но какая радость жить в Сёдере, если никогда не ходить по кабакам?

Лисбет вздохнула.

— Ладно тебе! — сказала Мириам Ву, дотрагиваясь до украшения в пупке Лисбет.— Потом можно снова вернуться сюда.

Лисбет еще раз вздохнула, спустила на пол одну ногу и потянулась за брюками.

Даг Свенссон сидел за письменным столом, временно отведенным ему в уголке редакции «Миллениума», когда от входной двери до него вдруг донесся скрип поворачиваемого в замке ключа. Взглянув на часы, он обнаружил, что уже девять вечера. Микаэль Блумквист, казалось, удивился не меньше его, застав кого-то в редакции.

— Пламя усердия и все там такое!

— Здорово, Микке! Просматривал книжку и засиделся. А ты что тут делаешь?

— Забыл одну книжку и вот зашел. Ну как, все в порядке?

— Да, то есть как сказать, не совсем. Я потратил три недели на розыски этого проклятого Бьёрка из Службы безопасности. Такое впечатление, что его похитила иностранная разведка — он точно сквозь землю провалился.

Даг поведал Микаэлю о своих незадавшихся поисках. Микаэль подвинул к себе стул, сел и задумался.

— А ты не пробовал применить трюк с лотереей?

— Это как?

— Выбираешь себе наугад какую-нибудь фамилию, пишешь письмо, в котором сообщаешь, что он выиграл мобильный телефон с GPS-навигатором или еще что-нибудь эдакое. Распечатываешь письмо так, чтобы оно выглядело прилично и убедительно, и посылаешь на его адрес, в данном случае на его почтовый ящик. Как бы он уже выиграл мобильный телефон, а кроме того, вошел в число двух десятков игроков, среди которых разыгрывается приз в сто тысяч крон. Все, что от него требуется, это принять участие в маркетинговом исследовании нескольких продуктов. Исследование займет один час, опрос будет проводить профессионально подготовленный специалист. Ну и вот...

Даг Свенссон только рот открыл от удивления:

— Ты это всерьез?

— А что? Ты же испробовал все остальные способы, а тут даже спец из Службы безопасности сообразит, что обещанный выигрыш в сто тысяч не такой уж верняк, раз там участвуют двадцать человек.

Даг Свенссон расхохотался:

— Ты спятил! А это вообще-то законно?

— Не вижу ничего незаконного в том, чтобы подарить человеку мобильник.

— Нет, ты просто сумасшедший!

Даг Свенссон все хохотал и никак не мог остановиться. Микаэль немного подумал. Вообще-то он собирался домой и редко ходил в пивную, но общество Дага ему нравилось.

— Хочешь, пойдем и выпьем пива? — предложил он, повинуясь неожиданному порыву.

Даг Свенссон взглянул на часы.

— Ладно,— сказал он.— Я с удовольствием. Пропустим по кружке. Только сначала я позвоню Миа. Она отправилась поговорить с девушками и на обратном пути должна заехать за мной.

Они выбрали «Мельницу» — главным образом потому, что она находилась ближе всего. Даг Свенссон посмеивался, мысленно уже составляя письмо к Бьёрку. Микаэль с сомнением посматривал на товарища, которого так легко сумел утешить. Им повезло найти свободный столик у самого входа, оба заказали по кружке крепкого и, склонившись друг к другу, принялись обмывать тему, которой сейчас был занят Даг Свенссон.

Микаэль не заметил, что в баре находилась также Лисбет Саландер на пару с Мириам Ву. Отступив назад и прячась за спиной Мимми, Лисбет из-за плеча подруги следила за ним.

Впервые после своего возвращения она зашла в пивную и, конечно, сразу наткнулась на него, на этого чертова Калле Блумквиста.

С тех пор как она видела его в последний раз, прошло уже больше года.

— Что случилось? — спросила Мимми.

— Ничего,— ответила Лисбет Саландер.

Они продолжили беседу. Вернее, Мимми продолжила рассказ о том, как несколько лет назад в Лондоне встретила одну лесбиянку и в каком дурацком положении оказалась, пытаясь клеиться к той девчонке. Лисбет время от времени кивала и, как всегда, пропустила самое главное.

Микаэль Блумквист почти не изменился и, как отметила про себя Лисбет, выглядел просто бессовестно хорошо: беззаботный, непринужденный, но лицо серьезное. Слушая, что говорит ему собеседник, он все время кивал: похоже, разговор шел о важных вещах.

Лисбет перевела взгляд на его товарища. Светловолосый, коротко стриженный парень на несколько лет моложе Микаэля; он говорил с сосредоточенным видом, как будто объясняя что-то собеседнику. Лисбет никогда раньше его не видела и не имела никакого представления, кто это может быть.

Неожиданно к столику Микаэля подошла целая компания, все стали здороваться с ним за руку. Одна женщина сказала что-то такое, от чего все рассмеялись, а она шутливо похлопала его по щеке. Микаэль явно смутился, но хохотал вместе со всеми.

Лисбет Саландер нахмурилась.

— Ты меня совсем не слушаешь,— сказала Мимми.

— Да нет, я слушаю.

— Ходить с тобой в кабак никакого удовольствия. Все, с меня хватит! Может, пойдем лучше домой и потискаемся?

— Погоди минутку,— ответила Лисбет.

Она придвинулась к Мимми чуть ближе и приобняла ее за талию. Мимми сверху кинула взгляд на свою спутницу:

— Так бы и поцеловала тебя.

— Не надо.

— Ты боишься, что люди примут тебя за лесбиянку?

— Сейчас я не хочу привлекать к себе внимание.

— Ну так пойдем домой!

— Не сейчас. Немного погодя.

———

Им не пришлось долго ждать. Уже через двадцать минут товарищу Микаэля позвонили по мобильнику; они допили пиво и одновременно встали из-за стола.

— Слушай,— вдруг сообразила Мимми.— Да это же Микаэль Блумквист! После дела Веннерстрёма он стал знаменитостью получше какой-нибудь рок-звезды.

— Надо же! — сказала Лисбет.

— Ты что, ничего об этом не знала? Это было как раз тогда, когда ты отправилась путешествовать.

— Кажется, я что-то об этом слышала.

Выждав еще пять минут, Лисбет посмотрела на Мимми:

— Ты хотела меня поцеловать.

Мимми воззрилась на нее с изумлением:

— Да я же пошутила!

Лисбет приподнялась на цыпочки, притянула к себе голову Мимми и поцеловала ее взасос. Когда они оторвались друг от друга, вокруг раздались аплодисменты.

— Ну ты даешь!

Лисбет Саландер вернулась в свою квартиру только в семь часов утра. Оттянув ворот майки, она принюхалась и подумала, что надо бы принять душ, но махнула рукой на это дело, разделась и, побросав одежду на пол, легла спать. Спала она до четырех часов дня, после чего встала, пошла в «Сёдерхалларна»* и там позавтракала.

Тем временем она обдумывала свое впечатление от встречи с Микаэлем Блумквистом в пивной. Его присутствие ее растревожило, но, как она отметила, уже не причинило ей душевной боли. Он превратился для нее в маленькую точку на горизонте, немного раздражающую деталь окружающего мира.

В жизни были и другие вещи, которые волновали ее гораздо сильнее.

Но она вдруг подумала, как хорошо было бы подойти к нему и заговорить.

---

* Торговый комплекс с магазинами и ресторанами.

А может быть, переломать ему кости. Чего ей хотелось больше, она и сама не знала.

Как бы то ни было, ей вдруг стало любопытно, чем он теперь занимается.

Остаток дня она ходила по делам, но, вернувшись около семи вечера домой, включила компьютер и запустила программу «Асфиксия I.3». Иконка «МикБлум/лэптоп» по-прежнему находилась на голландском сервере. Дважды щелкнув мышью, она открыла копию жесткого диска Микаэля Блумквиста. Впервые за год, со времен своего отъезда из Швеции, она снова зашла в его компьютер. К своему удовольствию, она обнаружила, что Микаэль до сих пор не произвел апгрейдинга своего компьютера на новейший вариант MacOS. Если бы он это сделал, «Асфиксия» была бы удалена и она потеряла бы свой жучок. Мысленно Лисбет взяла себе на заметку, что нужно будет переписать программное обеспечение, чтобы возможный апгрейдинг не нанес ей вреда.

Объем жесткого диска увеличился примерно на 6.9 гигабайт по сравнению с тем, что она застала во время последнего посещения. Значительная часть увеличения произошла за счет pdf-файлов и документа под названием «Quark». Документ оказался невелик по размеру, зато много места заняли папки с фотографиями, несмотря на то что фотографии хранились в сжатом виде. Вернувшись на должность ответственного редактора, Микаэль, очевидно, стал сохранять в архиве копии всех номеров «Миллениума».

Она упорядочила жесткий диск по датам, начиная с самых старых документов, и заметила, что в последние месяцы Микаэль уделял много внимания папке под названием «Даг Свенссон», очевидно содержащей проект книги. Затем она открыла почту Микаэля и тщательно изучила список его корреспондентов.

Один адрес заставил ее вздрогнуть. Двадцать шестого января Микаэль получил сообщение от Харриет Вангер, черт бы ее побрал! Лисбет открыла сообщение и прочитала несколько лаконичных строк насчет предстоящего ежегодного отчетного собрания в редакции «Миллениума». В конце стояла фраза, что Харриет остановится в том же номере, что и в прошлый раз.

Некоторое время Лисбет переваривала эту информацию. Затем пожала плечами и скачала почту Микаэля Блумквиста, рукопись книги Дага Свенссона под рабочим названием «Пиявки» с подзаголовком «Столпы общества и индустрия проституции». Попалась ей также копия ученого исследования под заголовком «From Russia with love», написанного женщиной по имени Миа Бергман.

Она отсоединилась, пошла на кухню и поставила кофейник. Затем устроилась со своим ноутбуком на новом диване в гостиной, закурила сигарету из портсигара, подаренного Мимми, и провела остаток вечера за чтением.

В девять часов работа Миа Бергман была прочитана. Лисбет задумчиво закусила нижнюю губу.

В половине одиннадцатого она дочитала книгу Дага Свенссона и поняла, что в скором времени «Миллениум» опять произведет большую сенсацию.

В половине двенадцатого, заканчивая чтение электронной почты Микаэля, Лисбет внезапно вздрогнула и широко раскрыла глаза.

По спине побежали мурашки.

Перед ней было письмо Дага Свенссона к Микаэлю Блумквисту.

Между делом Свенссон упоминал, что у него есть особые соображения по поводу одного гангстера из Восточной Европы по имени Зала, который должен занять выдающееся место в его расследовании. Однако Даг жаловался, что не уверен, хватит ли ему времени, чтобы успеть разобраться с этим к назначенному сроку. На это сообщение Микаэль не ответил.

Зала!

Лисбет Саландер погрузилась в задумчивость и сидела не шевелясь, пока экран не погас.

Даг Свенссон отложил записную книжку и почесал в затылке. На самом верху той страницы, на которой книжка была раскрыта, одиноко красовалось слово из четырех букв.

Зала.

В течение трех минут он занимался тем, что рассеянно обводил это имя кружками, пока линии не переплелись между собой, образовав лабиринт. Затем он встал и принес себе из буфетной кружку кофе. Судя по стрелкам наручных часов, пора было идти домой и ложиться спать, но он полюбил засиживаться до поздней ночи в редакции «Миллениума» — здесь в тишине и спокойствии ему очень хорошо работалось. Окончательный срок сдачи рукописи неумолимо приближался. Книга была готова, но сейчас он в первый раз с начала проекта ощутил в душе сомнение. Не упустил ли он очень важную деталь?

Зала.

До сих пор ему не терпелось поскорее закончить работу и опубликовать книгу, но сейчас он вдруг начал жалеть, что остается слишком мало времени и он чего-то не успеет.

Ему вспомнился протокол вскрытия, который дал ему почитать инспектор полиции Гюльбрансен. Тело Ирины П. нашли в канале Сёдертелье со следами жестоких побоев, в области лица и грудной клетки имелись множественные переломы. Причиной смерти послужил перелом шеи, но, кроме того, еще две травмы расценивались как несовместимые с жизнью. У нее было сломано шесть ребер и проколото левое легкое. Также в результате побоев произошел разрыв селезенки. Патологоанатом выдвинул гипотезу, что для избиения применялась дубинка, обернутая в материю. Зачем убийце понадобилось оборачивать орудие убийства, осталось невыясненным, но переломы не походили на те, которые обычно образуются при таких ударах.

Убийство оставалось нераскрытым, и, по словам Гюльбрансена, шанс на его раскрытие был очень мал.

В материалах, собранных Миа Бергман за последние годы, имя Залы всплывало в четырех случаях, но каждый раз мельком, где-то на заднем плане. Никто не знал, кто этот человек и существует ли он вообще. Некоторые девушки упоминали о нем как о смутной угрозе, о некой силе, которая может покарать в случае непослушания. Даг посвятил целую неделю поискам сведений о Зале, расспрашивал полицейских, журналистов, обращался к ряду источников, связанных с секс-мафией, которые ему удалось обнаружить.

Он еще раз встретился с журналистом Пером-Оке Сандстрёмом, причастность которого к делу собирался раскрыть в своей книге. В это время Сандстрём успел осознать всю серьезность нависшей над ним угрозы и слезно умолял Дага Свенссона сжалиться над ним, даже предлагал деньги. Даг вовсе не собирался отказываться от своего намерения разоблачить Сандстрёма, но воспользовался своей властью над ним, чтобы вытрясти информацию о Зале.

Результат оказался удручающим. Сандстрём, продажный негодяй на побегушках у секс-мафии, никогда лично не встречался с Залой, но говорил с ним по телефону и знал, что этот человек действительно существует. Нет, номер телефона ему неизвестен. Нет, он не может сказать, через кого был установлен контакт.

Даг Свенссон даже слегка растерялся, поняв, что Пер-Оке Сандстрём сильно напуган. И это был не просто страх перед грозящим разоблачением. Это был страх за свою жизнь.

Глава
10

Понедельник, 14 марта — воскресенье, 20 марта

Поездки к Хольгеру Пальмгрену в реабилитационный центр под Эрставикеном на общественном транспорте отнимали много времени, а каждый раз брать автомобиль напрокат было почти так же хлопотно. В середине марта Лисбет Саландер решила купить машину, но сперва требовалось добыть место для парковки.

Ей принадлежало место в гараже под домом на Мосебакке, но ей не хотелось, чтобы машину можно было связать с квартирой на Фискаргатан. Между тем несколько лет тому назад она записалась в очередь для получения места в гараже при своем старом жилищном товариществе на Лундагатан. Позвонив и спросив, до какого номера в очереди она продвинулась за это время, Лисбет выяснила, что уже стоит в списке первой и, более того, одно свободное место должно появиться уже в следующем месяце! Вот повезло! Она позвонила Мимми и попросила ее подписать с товариществом соответствующий контракт, а на следующий день отправилась подыскивать себе автомобиль.

У нее хватило бы денег даже для того, чтобы купить хоть самый эксклюзивный «роллс-ройс» или «феррари» цвета мандарина, но Лисбет совершенно не жаждала обзаводиться предметом, привлекающим к себе внимание. Поэтому она посетила двух автомобильных дилеров в Накке и остановила свой выбор на четырехлетней винно-красной «хонде» с автоматической коробкой передач. Целый час ушел на то, чтобы убедить доведенного до отчаяния заведующего магазином проверить вместе с ней все детали мотора. Из принципа сбив цену на несколько тысяч, Лисбет расплатилась наличными.

Затем она отогнала «хонду» на Лундагатан, заглянула к Мимми и оставила у нее запасные ключи. Она разрешила Мимми, когда понадобится, пользоваться машиной, но только заранее об этом предупреждать. Поскольку место в гараже должно было освободиться лишь в начале следующего месяца, они временно оставили машину на улице.

Мимми как раз собиралась на свидание с подругой, с которой они договорились пойти в кино. Лисбет никогда раньше не слышала о ней, но, глядя на яркий макияж Мимми и ее специфический наряд с воротом, напоминающим собачий ошейник, решила, что речь, должно быть, идет об очередном увлечении Мимми. Поэтому на вопрос, не хочет ли она присоединиться, Лисбет ответила «нет» — у нее не было ни малейшего желания очутиться в роли третьей лишней рядом с одной из длинноногих подружек Мимми, наверняка очень сексуальной, но по сравнению с которой она будет чувствовать себя безнадежной дурочкой. Отговорившись делами в городе, она дошла вместе с Мимми до станции метро «Хёторгет» и там с ней рассталась.

Лисбет направилась по Свеавеген к «Он-офф» и успела проскочить в дверь магазина за две минуты до закрытия. Там она купила тонер для своего лазерного принтера и попросила выдать ей покупку без картонной упаковки, чтобы кассета поместилась у нее в рюкзачке.

Выйдя из магазина, она почувствовала, что проголодалась. Дойдя до Стуреплана, Лисбет наудачу выбрала кафе «Хедон», в котором еще никогда не бывала и даже не слышала о нем. Еще с порога она тотчас же узнала со спины адвоката Нильса Бьюрмана и повернула назад. Устроившись у витрины на тротуаре, она вытянула шею и принялась наблюдать.

Вид Бьюрмана не пробудил в Лисбет Саландер какихлибо бурных эмоций: она не чувствовала ни злости, ни страха. На ее взгляд, мир без него был бы лучше, но она позволила ему остаться в живых, здраво рассудив, что живой он ей более полезен. Напротив Бьюрмана сидел мужчина; Лисбет взглянула на него. В это время он поднялся, и Лисбет широко раскрыла глаза. В голове что-то щелкнуло.

Он бросался в глаза своим высоким ростом — не менее двух метров — и при этом был очень хорошо сложен. У него было невыразительное лицо, коротко стриженные белокурые волосы, и в целом он выглядел очень мужественно.

Лисбет увидела, как белокурый гигант наклонился к Бьюрману и сказал ему несколько слов. Бьюрман кивнул, они попрощались за руку, и Лисбет заметила, как быстро Бьюрман убрал протянутую руку.

«Что ты за птица и какие у тебя дела с Бьюрманом?» — мысленно спросила она незнакомца.

Быстрым шагом отойдя от витрины, Лисбет остановилась перед дверью табачной лавки. Когда блондин вышел из кафе «Хедон», она внимательно читала первую страницу какой-то газеты. Очутившись на улице, он, не оглядываясь, свернул налево и прошел мимо нее почти вплотную. Она позволила ему отойти метров на пятнадцать и только тогда двинулась следом.

Идти пришлось недалеко. Белокурый гигант спустился в метро на Биргер-Ярлсгатан и купил билет, а потом спустился к платформе, у которой останавливались поезда южного направлении (куда, кстати, надо было и ей) и сел в поезд, идущий в Норсборг. У Шлюза он вышел и пересел на зеленую линию в направлении Фарста, но доехал только до остановки «Сканстулль», откуда пешком отправился в кафе «Блумберг» на Гётгатан.

Лисбет Саландер осталась ждать на улице. Она внимательно рассмотрела человека, к которому подсел белокурый гигант. Щелк! Лисбет сразу догадалась, что тут затевается какое-то темное дело. Этот мужчина имел худое лицо, зато широкое пивное брюхо. Волосы его были собраны в конский хвост, под носом красовались светлые усы. На нем были черные джинсы и джинсовая куртка, на ногах ботинки с высокими каблуками. На кисти правой руки виднелась татуировка, но Лисбет не удалось ее разглядеть. На запястье он носил золотую цепочку и курил «Лаки страйк». Взгляд его казался остекленевшим, как у человека, часто бывающего под кайфом. Лисбет также заметила у него под курткой жилетку и сделала вывод, что, скорее всего, он байкер.

Белокурый гигант ничего не заказывал. Казалось, он что-то объясняет. Человек в джинсовой куртке усердно кивал, но сам ничего не говорил. Лисбет напомнила себе, что пора наконец экипироваться как следует и купить дистанционное подслушивающее устройство.

Не прошло и пяти минут, как белокурый гигант уже встал и вышел из кафе. Лисбет заранее отодвинулась от входа, но он даже не посмотрел в ее сторону. Метров через сорок он свернул на ступени, которые вели к Алльхельгансгатан, там он подошел к белому «вольво» и открыл дверцу. Заведя машину, он осторожно выехал на улицу, но Лисбет все-таки успела разглядеть номер, прежде чем автомобиль скрылся за углом.

Потом она повернула назад в кафе «Блумберг». Она отсутствовала менее трех минут, но столик уже опустел. Лисбет огляделась, но человека с конским хвостом нигде не было видно. Затем она посмотрела на другую сторону и успела заметить, как он мелькнул, скрывшись за дверью ресторана «Макдоналдс».

Ей пришлось войти следом за ним. Он сидел в дальнем углу в обществе другого мужчины, одетого в том же стиле — у этого жилет был надет поверх джинсовой куртки, и Лисбет прочитала на нем слова «Свавельшё МК». На рисунке было изображено стилизованное мотоциклетное колесо, напоминающее по виду кельтский крест с топором.

Выйдя из ресторана, Лисбет с минуту постояла в нерешительности на Гётгатан, а затем двинулась в северном направлении. Внутри ее словно бы заработала тревожная сирена — ее интуиция сигнализировала о крайней опасности.

Лисбет Саландер остановилась возле супермаркета и закупила продуктов на неделю: большую упаковку пиццы, три порции замороженной рыбной запеканки, три сэндвича с беконом, килограмм яблок, два каравая хлеба, полкило сыру, молоко, кофе, блок сигарет «Мальборо лайт» и вечерние газеты. По Свартенсгатан она дошла до Мосебакке и, прежде чем набирать код квартиры на Фискаргатан, огляделась по сторонам. Один сэндвич с беконом она сунула в микроволновку и прямо из упаковки выпила молока. Включив кофеварку, она села за компьютер, активизировала программу «Асфиксия I.3» и скачала зеркальную копию жесткого диска адвоката Бьюрмана. Следующие полчаса она провела, внимательно изучая содержимое его компьютера.

Ничего интересного она там не нашла. Судя по всему, Бьюрман редко пользовался электронной почтой, так что она обнаружила лишь десяток сообщений от знакомых и его ответы. Ни одно письмо не имело отношения к Лисбет Саландер.

Зато нашлась новая папка с фотографиями в стиле жесткого порно, которая говорила о том, что он по-прежнему интересуется темой садистского унижения женщин. Но формально он не нарушил ее запрет на сексуальные контакты.

Открыв папку с документами, относящимися к его опеке над Лисбет Саландер, она прочитала несколько ежемесячных отчетов. Они соответствовали тем копиям, которые он по ее требованию продолжал ей посылать на различные электронные адреса.

Все, казалось бы, было в норме.

Кроме, пожалуй, одного небольшого отклонения... Обычно он создавал документ с ежемесячным отчетом в первых числах каждого месяца, в среднем четыре часа затрачивал на редактирование и отсылал в Опекунский совет точно в назначенный срок — двадцатого числа каждого месяца. Сейчас уже шла середина марта, но к составлению отчета за текущий месяц он еще не приступал. Что это — халатность? Адвокат пустился в загул? Был занят другими делами? Или затеял какую-то игру? На лбу Лисбет пролегла морщина.

Она выключила компьютер, села в кресло возле окна и открыла подаренный Мимми портсигар. Закурив сигарету, она сидела и смотрела в темноту. Она ослабила контроль над Бьюрманом, а ведь он скользкий, как угорь.

Лисбет забеспокоилась. Сперва чертов Калле Блумквист, потом имя Зала, а теперь еще чертов подлец Нильс Бьюрман, а в придачу к нему еще и напичканный анаболиками альфа-самец с контактами в клубе маргиналов. Буквально за считаные дни покой того упорядоченного мира, который старалась создать вокруг себя Лисбет, был нарушен сразу несколькими сигналами тревоги.

Той же ночью, в половине третьего, Лисбет вставила ключ в дверь дома на Уппландсгатан близ Уденплана, где проживал адвокат Нильс Бьюрман. Осторожно приоткрыв почтовую щель, она просунула внутрь чрезвычайно чувствительный микрофон, купленный в лондонском магазине шпионской техники. Она никогда не слышала об Эббе Карлссоне* и не знала, что в этом же магазине он купил прослушивающую технику, использование которой в конце 1980-х годов привело к поспешному уходу министра юстиции со своего поста. Лисбет вставила в ухо наушник и отрегулировала громкость.

Она услышала глухое урчание холодильника и звонкое тиканье по крайней мере двух часов, одни из которых висели на стене в гостиной слева от входной двери. Она еще

---

* Книгоиздатель Эббе Карлссон оказался в центре крупного политического скандала, когда по его инициативе расследовался курдский след в убийстве Улофа Пальме.

раз отрегулировала звук и, затаив дыхание, стала слушать. Из квартиры доносились разные потрескивания и скрипы, но ничего, что свидетельствовало бы о человеческой деятельности. Прошла минута, прежде чем она уловила слабый звук тяжелого равномерного дыхания.

Нильс Бьюрман спал.

Она вытащила из щели микрофон и убрала его во внутренний карман кожаной куртки. На Лисбет были темные джинсы, на ногах — спортивные башмаки на резиновой подошве. Она бесшумно вставила в замок ключ и осторожно приотворила дверь. Прежде чем открыть дверь пошире, она достала из наружного кармана куртки электрошокер. Другого оружия она с собой не брала, считая, что этого ей хватит, чтобы справиться с Бьюрманом.

В прихожей она затворила за собой входную дверь и, бесшумно ступая, прошла в переднюю, из которой вела дверь в его спальню. Увидев слабый свет, она замерла, но тут же услышала храп. Она прошла дальше и очутилась в его спальне. Зажженная лампа стояла на окне. Что это ты, Бьюрман? Никак побаиваешься темноты?

Остановившись перед кроватью, Лисбет несколько минут наблюдала за спящим. Бьюрман выглядел постаревшим и опустившимся. Запах в спальне говорил о том, что он перестал следить за собой.

Это не вызвало у Лисбет ни малейшей жалости. На секунду в ее глазах вспыхнула искра беспощадной ненависти. На ночном столике стоял стакан — нагнувшись и понюхав, она уловила запах алкоголя.

Наконец она вышла из спальни. Быстро обойдя кухню и не обнаружив там ничего примечательного, Лисбет зашла в гостиную и остановилась на пороге кабинета. Из кармана она достала щепотку крошек хрустящего хлебца и, не зажигая света, рассыпала их на полу. Если кто-нибудь крадучись пойдет через гостиную, она услышит, как захрустят крошки.

Расположившись за письменным столом адвоката Нильса Бьюрмана и положив перед собой электрошокер, чтобы все время был под рукой, она принялась методично просматривать ящики и корреспонденцию, связанную с банковскими кредитами и финансовой документацией. Она отметила, что он стал неряшливее и менее педантичен в ведении своих дел, но ничего интересного не нашла.

Нижний ящик стола был заперт на ключ. Лисбет Саландер нахмурилась. Год назад, во время ее предыдущего посещения, ящики стояли открытые. Неподвижно уставясь в пустоту невидящим взглядом, она мысленно представила себе содержимое этого ящика. Там лежали тогда фотоаппарат, телеобъектив, маленький кассетный плеер, альбом фотографий в кожаном переплете, коробочка с ожерельем, драгоценными украшениями и золотым кольцом с надписью «Тильда и Якоб Бьюрман. 23 апреля 1951 г.». Лисбет знала, что так звали родителей адвоката, уже покойных. Она решила, что кольцо, должно быть, обручальное и хранится как память.

Значит, он держит под замком вещи, которые считает ценными.

Она перешла к просмотру шкафчика позади письменного стола и достала оттуда две папки с документами по поводу ее собственных дел, которыми он ведал в качестве опекуна. За пятнадцать минут она внимательно просмотрела там каждую бумажку. Отчеты были безупречны и говорили о том, что Лисбет Саландер — добропорядочная и трудолюбивая девушка. Четыре месяца назад он подал заключение о том, что, по его мнению, она является разумным и полезным членом общества и это дает основание в следующем году пересмотреть вопрос о необходимости дальнейшего попечительства. Заключение было элегантно сформулировано и должно было послужить первым шагом на пути к отмене судебного решения о ее недееспособности.

В папке содержалась написанная от руки памятка о встрече Бьюрмана с некой Ульрикой фон Либенсталь из управления по опеке для предварительной беседы об общем состоянии Лисбет. Слова «требуется заключение психиатра» были подчеркнуты.

Лисбет поджала губы, убрала папки на место и огляделась.

На первый взгляд она не обнаружила ничего примечательного. Бьюрман, казалось, вел себя в соответствии с ее инструкциями. Она покусала нижнюю губу. Почему-то у нее было такое чувство, что назревают какие-то события.

Она уже встала со стула и собиралась погасить лампу, как вдруг передумала и снова достала папки. Что-то не давало ей покоя.

В папках чего-то не хватало. Год назад там лежало краткое описание ее развития, начиная с детских лет и до назначения опеки. Теперь эта бумага отсутствовала. Почему Бьюрман убрал документ из текущего дела? Лисбет нахмурила брови, не в силах подыскать этому объяснения — если только он не держит еще какие-то документы в другом месте. Она обвела взглядом шкафчик и нижний ящик стола.

Так как у нее не было с собой отмычки, она осторожно зашла в его спальню и вытащила из висевшего на вешалке пиджака связку ключей. В ящике обнаружились те же вещи, которые были в нем в прошлом году. Но теперь к ним добавилась плоская коробка с изображенным на крышке револьвером «Кольт-45 Магнум».

Мысленно она перебрала данные о Бьюрмане, которые собрала о нем два года тому назад. Он занимался стрельбой и был членом стрелкового клуба. Согласно опубликованному списку владельцев оружия, у него имелась лицензия на владение револьвером «Кольт-45 Магнум».

Она нехотя признала, что запереть этот ящик было вполне естественно.

Ей не понравилось то, что она нашла, однако она так и не придумала никакого предлога разбудить Бьюрмана и поговорить с ним по-свойски.

Миа Бергман проснулась в половине седьмого. Из гостиной доносилось негромкое бормотание телевизора — шла утренняя передача — и просачивался запах свежесваренного кофе. Слышно было также пощелкивание клавиатуры ноутбука: Даг Свенссон уже сидел за работой. Она улыбнулась.

Еще ни над одним из своих очерков Даг не трудился так усердно. Повезло им с «Миллениумом». Вообще Даг отличался излишним упрямством и несговорчивостью, но общение с Микаэлем Блумквистом и Эрикой Бергер, кажется, пошло ему на пользу. Блумквист указывал ему на слабые места рукописи, и после разговора с ним Даг часто приходил домой расстроенный. Но зато, убедившись в его правоте, он принимался за работу с удвоенной энергией.

Миа подумала, что сейчас, наверное, неподходящий момент, чтобы отрывать его от работы. Ее месячные запаздывали на три недели. Но у нее еще не было полной уверенности, и тест на беременность она тоже еще не проводила.

Она спрашивала себя, не пора ли это сделать.

Скоро ей исполнится тридцать лет. До защиты осталось меньше месяца. Доктор Бергман! Она снова улыбнулась и решила ничего не говорить Дагу, пока сама не будет знать наверняка, а может быть, стоит подождать, пока он не закончит книгу, и отложить разговор до банкета по поводу защиты докторской.

Она полежала еще десять минут, потом встала и, завернувшись в простыню, вышла в гостиную. Он поднял голову.

— Еще нет и семи,— сказала она.

— Блумквист опять придирался!

— Ругал тебя? Так тебе и надо! Тебе он симпатичен, да?

Даг Свенссон развалился на диване и посмотрел ей в глаза. Помолчав немного, он кивнул:

— Работать в «Миллениуме» хорошо. Вчера в «Мельнице» я поговорил с Микаэлем, перед тем как ты за мной заехала. Он спросил меня, что я собираюсь делать дальше, когда закончится работа над этим проектом.

— Ага! И что же ты сказал?

— Что не знаю. Я уже столько лет болтаюсь в независимых журналистах! Хотелось бы найти постоянное место.

— И этим местом может стать «Миллениум».

Он кивнул:

— Микке прощупывал почву. Он спросил, не хочу ли я поступить на половинный рабочий день, на тех же условиях, что Хенри Кортес и Лотта Карим. Я получу рабочий стол в редакции и базовую зарплату, а к этому могу прирабатывать, как сумею сам.

— Тебя это устроит?

— Если они придут с конкретным предложением, я скажу «да».

— О'кей. А пока что еще нет семи часов, и сегодня суббота.

— Да ну! Я хотел еще немножко поковыряться в тексте.

— А мне кажется, тебе лучше вернуться в кровать и заняться кое-чем другим!

Она улыбнулась ему и откинула край простыни. Он переключил компьютер в режим ожидания.

Значительную часть следующих суток Лисбет Саландер не отходила от ноутбука, посвятив все время сбору материала. Она вела поиски фактов в разных областях, иногда сама не зная, что, в сущности, она ищет.

Часть работы не представляла сложностей. По архивам средств массовой информации она собрала сведения по истории клуба «Свавельшё МК». Впервые этот клуб, тогда называвшийся «Телье Хог Райдерс», упоминался в газетных заметках в 1991 году в связи с полицейским рейдом. В то время он занимал заброшенное школьное здание в окрестностях Сёдертелье, и поводом к рейду послужили жалобы соседей, которые были встревожены звуками выстрелов в районе старой школы. Полиция задействовала большие силы и своим появлением прервала сборище, начатое как пивная пирушка, однако вскоре перешедшее в соревнование по стрельбе. При этом использовался автомат АК-4, похищенный, как выяснилось потом, в начале восьмидесятых годов из арсенала распущенного стрелкового полка, дислоцировавшегося в Вестерботтене.

Согласно данным одной вечерней газеты, в клубе «Свавельшё МК» числилось шесть или семь постоянных членов и десяток сочувствующих. Все постоянные члены имели в прошлом судимости за различные незначительные преступления, в некоторых случаях связанные с применением насилия. Из общей массы особенно выделялись двое. Возглавлял клуб «Свавельшё МК» некий Карл Магнус, иначе Магге, Лундин, портрет которого был представлен в вечернем выпуске газеты «Афтонбладет» в связи с полицейской проверкой клуба в 2001 году. В конце 1980-х — начале 1990-х годов Лундин уже имел пять судимостей. В трех случаях речь шла о кражах, укрывательстве краденого имущества и преступлениях, связанных с наркотиками. Одна из судимостей была им заработана за тяжкие преступления, среди прочего — нанесение тяжких телесных повреждений, за что он получил восемнадцать месяцев тюрьмы. Лундин вышел на свободу в 1995 году и с этого времени стал председателем клуба «Телье Хог Райдерс», тогда же переименованного в «Свавельшё МК».

Вторым лицом в клубе был, по данным полиции, некий Сонни Ниеминен, тридцати семи лет, имя которого целых двадцать три раза встречалось в регистре уголовных наказаний. Свою карьеру он начал в шестнадцати лет, когда суд за нанесение телесных повреждений и кражу, согласно закону, постановил учредить за ним надзор. В течение последующих десяти лет Сонни Ниеминен пять раз попадал под суд за воровство, один раз за воровство в крупном размере, дважды за угрозы, дважды за преступления, связанные с наркотиками, и вымогательство, один раз за применение насилия в отношении полицейских, дважды за незаконное владение оружием и один раз за незаконное владение оружием при отягчающих обстоятельствах, за вождение в пьяном виде и целых шесть раз за причинение телесных повреждений. По каким-то непонятным для Лисбет соображениям наказание ограничивалось передачей его под наблюдение, штрафами или двумя-тремя месяцами тюрьмы, пока наконец в 1989 году его вдруг не посадили на десять месяцев за причинение тяжких телесных повреждений и грабеж. Несколько месяцев спустя он уже снова был на свободе и как-то продержался до октября 1990 года, когда при посещении пивной в Телье стал участником драки, закончившейся убийством, после чего он был приговорен к шести годам заключения. На свободу Ниеминен вышел в 1993 году, уже в качестве лучшего друга Магге Лундина.

В 1996 году он был арестован за причастность к вооруженному грабежу с нападением на транспорт, перевозивший ценности. Сам он в нападении не участвовал, но обеспечил трех молодых людей оружием, необходимым для этой цели. Это было второе крупное преступление в его жизни, и его приговорили к четырем годам заключения. Выйдя из тюрьмы в 1999 году, Ниеминен с тех пор чудесным образом избегал ареста. А между тем его подозревали в соучастии по меньшей мере в одном убийстве, жертвой которого стал один из членов конкурирующего маргинального клуба — Лисбет прочитала об этом в газетной статье 2001 года. Имя Ниеминена не упоминалось, но все обстоятельства были описаны так детально, что можно было без труда догадаться, о ком идет речь.

Лисбет нашла также паспортные фотографии Ниеминена и Лундина. Ниеминен был писаный красавчик с черными кудрями и огненными глазами, Магге Лундин выглядел как законченный идиот. В Лундине она без труда узнала человека, который встречался с белокурым гигантом в кондитерской «Блумберг», а в Ниеминене того, кто ждал его в «Макдоналдсе».

По базе зарегистрированных автомобилей она установила владельца белого «вольво», на котором уехал белокурый гигант. Оказалось, что машина принадлежит фирме «Автоэксперт» в Эскильстуне, занимающейся сдачей авто в аренду. Она сняла телефонную трубку и поговорила с неким Рефиком Альбой, работающим в данном предприятии.

— Моя имя — Гунилла Ханссон. Вчера мою собаку задавила машина, водитель скрылся с места происшествия. Этот мерзавец ехал на машине, которая, судя по номерам, была арендована у вас. Это был белый «вольво».

Она продиктовала номер машины.

— Очень сожалею.

— Этого мне мало. Я хочу знать имя мерзавца, чтобы потребовать от него возмещение.

— Вы заявили о происшествии в полицию?

— Нет, я хочу договориться по-хорошему.

— Очень сожалею, но без заявления в полицию я не могу сообщать имена наших клиентов.

Голос Лисбет Саландер стал жестче. Она поинтересовалась, действительно ли с точки зрения деловой репутации для них будет лучше, если они вынудят ее заявить на своего клиента в полицию, вместо того чтобы уладить дело мирно. Рефик Альба снова выразил свои сожаления, но повторил, что ничем не может помочь. Она потратила на уговоры еще несколько минут, но так и не добилась, чтобы он назвал ей имя белокурого гиганта.

С именем Зала она также зашла в тупик. В обществе полуторалитровой бутылки кока-колы, сделав два перерыва на посдание пиццы, Лисбет Саландер провела за компьютером почти целые сутки.

Она нашла сотни людей по имени Зала. Кого там только не оказалось, начиная с итальянского спортсмена высшего класса и кончая аргентинским композитором! Но ничего похожего на то, что она искала, обнаружить так и не удалось.

Она попробовала поискать на фамилию Залаченко, но не нашла ничего стоящего.

Разочарованная, Лисбет, шатаясь, добрела до спальни и проспала двенадцать часов. Проснулась она в одиннадцать утра, включила кофеварку и наполнила джакузи. Добавив в воду пену для ванны, она взяла с собой кофе и бутерброды и позавтракала, лежа в ванне. Ей вдруг ужасно захотелось, чтобы рядом была Мимми, но та ведь даже не знала, где Лисбет теперь живет.

Около двенадцати она вылезла из ванны, растерлась махровым полотенцем и надела купальный халат. И снова включила компьютер.

Поиски по именам Дага Свенссона и Миа Бергман дали лучшие результаты. Через поисковую систему «Google» она без труда смогла собрать сведения об их деятельности в предшествующие годы. Она скачала копии нескольких статей Дага, отыскала его фотографии и не слишком удивилась, узнав в нем человека, которого недавно видела в обществе Микаэля Блумквиста в «Мельнице». Имя обрело лицо, а лицо получило имя.

Отыскала она и несколько текстов, в которых говорилось о Миа Бергман, а также текстов, написанных ею самой. Несколько лет назад всеобщее внимание привлекло ее исследование о различном отношении к мужчинам и женщинам в суде. В связи с этим появился ряд язвительных высказываний в передовицах газет и дискуссионных откликов со стороны различных женских организаций. Сама Миа тоже опубликовала несколько статей на эту тему, и Лисбет Саландер внимательно все прочитала. Феминистки считали, что выводы, сделанные Миа Бергман, имеют очень важное значение; другие критиковали ее за «распространение буржуазных иллюзий». Однако в чем именно состояли эти буржуазные иллюзии, понять было нельзя.

В два часа дня Лисбет включила программу «Асфиксия 1.3», но вместо адреса «МикБлум/лэптоп» выбрала «МикБлум/офис» — настольный компьютер Микаэля, который стоял в его кабинете в редакции «Миллениума». Она по опыту знала, что все важное Микаэль хранит почти исключительно в ноутбуке, а редакционным компьютером пользуется разве что для поиска в Интернете, но зато там было сосредоточено все, что касалось административного управления редакции. Она быстро отыскала необходимую информацию, включая пароль внутренней компьютерной сети «Миллениума».

Для того чтобы забраться в другие компьютеры редакции, одного лишь зеркального жесткого диска, находящегося на сервере в Голландии, было недостаточно, для этого требовалось, чтобы был включен и присоединен к внутренней сети офисный компьютер Микаэля. Но ей повезло. Очевидно, Блумквист находился на своем рабочем месте и его компьютер был включен. Выждав десять минут, она не обнаружила там никаких следов активности и решила, что Микаэль, видимо, включил компьютер, придя на работу, поискал что-то Интернете, а потом занялся чем-то другим, но компьютер оставил включенным.

Тут нужно было действовать осторожно. В течение часа Лисбет Саландер побывала поочередно во всех компьютерах и скачала электронную почту Эрики Бергер, Кристера Мальма и незнакомой ей сотрудницы Малин Эрикссон. Наконец она добралась до настольного компьютера Дага Свенссона — согласно системной информации, это был довольно старый «Макинтош Пауэр ПК» с жестким диском всего на 750 мегабайт, по всей вероятности используемый от случая к случаю сотрудниками журнала только для работы с текстами. Компьютер был включен, а это значило, что в настоящий момент Даг Свенссон находился в редакции. Она скачала его электронную почту и просмотрела жесткий диск, на котором нашла папку под названием «Зала».

Белокурый гигант находился не в духе. Ему было не по себе. Он только что получил ровно двести три тысячи крон наличными, что было неожиданно много за три килограмма амфетамина, которые он передал Магге Лундину в конце января. Хороший заработок за несколько часов реальной работы: забрать амфетамин у курьера, подержать его у себя некоторое время и переправить к Магге Лундину, а затем получить у него пятьдесят процентов прибыли. У белокурого не оставалось сомнений в том, что «Свавельшё МК» в состоянии делать оборот на такую сумму каждый месяц. А ведь банда Магге Лундина была лишь одной из трех, привлекаемых к таким операциям: в районе Гётеборга и Мальмё имелись еще две. Таким образом, шайка могла рассчитывать более чем на полмиллиона чистого дохода каждый месяц.

И тем не менее у него было до того нехорошо на душе, что на краю поля неподалеку от Ерны он съехал на обочину, остановил машину и выключил мотор. Он не спал уже тридцать часов подряд, и голова была мутная. Открыв дверцу, он вышел, чтобы размять ноги, и помочился в канаву. Ночь выдалась звездная и прохладная.

Конфликт носил почти что идеологический характер. Менее чем в сорока милях от Стокгольма находился источник амфетамина, который на шведском рынке пользовался большим спросом. Остальное было вопросом логистики: каким образом можно доставлять пользующийся большим спросом продукт из пункта А в пункт Б, а точнее говоря, из таллиннского подвального склада в стокгольмский Фрихамн*.

Налаживание регулярных перевозок из Эстонии в Швецию представляло основную трудность, и, несмотря на многолетние усилия, эту задачу каждый раз приходилось заново решать путем все новых импровизаций, находя неожиданный выход.

Проблема заключалась в том, что в последнее время все чаще возникали какие-нибудь нестыковки. Белокурый гигант гордился своим организаторским талантом. За несколько лет он создал хорошо отлаженный механизм контактов, которые поддерживались посредством взвешенного использования кнута и пряника. Это стоило ему изрядных хлопот: он самолично подбирал партнеров, проводил переговоры об условиях сделки и следил за тем, чтобы поставки вовремя доходили до места назначения.

Пряником были условия, предлагаемые среднему звену распространителей, таким людям, как Магге Лундин: они получали приличную прибыль при сравнительно неболь-

---

* Фрихамн — портовый терминал для паромов.

шом риске. Система действовала безупречно. Магге Лундину не надо было предпринимать никаких усилий для того, чтобы получить необходимый товар: на его долю не доставались ни хлопотные разъезды, ни вынужденные переговоры с полицейскими из отдела по борьбе с наркотиками или представителями русской мафии, каждый из которых мог вздуть цену, как ему вздумается. Лундин знал только, что белокурый гигант поставит ему товар, а затем возьмет свои пятьдесят процентов.

Кнут применялся в случае разных осложнений, и в последнее время это происходило все чаще. Один болтливый уличный распространитель, чересчур много узнавший о задействованной цепочке, чуть не выдал «Свавельшё МК». Белокурому пришлось вмешаться и наказать виновного.

Белокурый гигант был мастер наказывать.

Он вздохнул.

Предприятие слишком разрослось, так что уже трудно было за всем уследить. Слишком разносторонней стала его деятельность.

Он закурил сигарету и прошелся по обочине, чтобы размяться.

Амфетамин был превосходным, незаметным и легко продаваемым товаром — при небольшом риске он давал большую прибыль. Торговля оружием в каком-то смысле тоже оправдывала себя при условии, если соблюдать осторожность и не хвататься за неразумные случайные дела. Учитывая риск, продажа двух единиц ручного огнестрельного оружия двум безмозглым соплякам, задумавшим ограбление соседнего ларька, с прибылью в пару тысчонок была делом совершенно невыгодным.

Отдельные случаи промышленного шпионажа или контрабанды продукции высоких технологий на Восток также представлялись в известной мере экономически оправданными, хотя этот рынок в последнее время значительно уменьшился.

А вот завоз проституток из Прибалтики в экономическом отношении приводил к совершенно неоправданному риску. Прибыль они приносили ничтожную, зато ненужных осложнений на этом деле можно было получить целую кучу. В любую минуту это могло дать толчок к появлению ханжеских статеек в средствах массовой информации и вызвать дебаты в странном политическом учреждении, называемом шведский риксдаг; с точки зрения белокурого гиганта, правила игры в нем в лучшем случае можно было назвать нечеткими. Проституток все любят: прокуроры и судьи, полицейские ищейки и кое-кто из депутатов риксдага. Так что лучше бы уж им не докапываться, а то, чего доброго, сами и прикроют лавочку.

Даже мертвая проститутка не обязательно должна вызвать политические осложнения. Если полиция поймает явного подозреваемого спустя несколько часов и с пятнами крови на одежде, это, конечно, не может не привести к обвинительному приговору и нескольким годам заключения в каком-нибудь соответствующем учреждении. Но если подозреваемого не удастся задержать в течение сорока часов, то, как по опыту знал белокурый, полиция вскоре займется другими, более важными делами.

Однако белокурый гигант не любил наживаться на проституции, его раздражали проститутки с их наштукатуренными лицами и дурацким пьяным хохотом. Они были нечисты. Прибыль с этого капитала едва покрывала затраты. А к тому же этот капитал обладал даром речи, и всегда оставался риск, что какой-нибудь девахе вдруг взбредет в голову идиотская мысль бросить это дело или разболтать все полиции, или журналистам, или еще кому-нибудь из непосвященных. А в таком случае он будет вынужден вмешаться и наказать виновную. Если разоблачающие сведения окажутся достаточно убедительными, это вынудит к действию прокурорскую и полицейскую братию, ведь иначе в чертовом риксдаге подымется такая кутерьма, что всем тошно станет. Так что в деловом отношении проститутки были чем-то вроде балласта.

Типичным примером такого балласта также служили братья Атхо и Харри Ранта. Так вышло, что эти два бесполезных паразита слишком много знают о деле. Он бы с удовольствием связал их одной цепью и утопил в порту, но вместо этого пришлось отвезти их на эстонский паром и терпеливо дождаться, пока они окажутся на борту. То есть отправить их в отпуск, потому что какой-то негодяй журналист начал совать нос в их делишки, и тогда было решено, что они на время должны исчезнуть, пока не уляжется буря.

Он снова вздохнул.

Больше всего белокурому гиганту не нравилось попутное дело, связанное с Лисбет Саландер. Со своей стороны он был в нем совершенно не заинтересован — ему оно не принесет никакой выгоды.

Ему не нравился адвокат Нильс Бьюрман, и он не мог понять, почему было решено выполнить его поручение. Но жалеть поздно, мяч уже покатился. Распоряжение отдано, и поручение принято к исполнению подрядчиком, в качестве которого выступает «Свавельшё МК».

Но ему все это совершенно не нравилось. Его мучили дурные предчувствия.

Он поднял взгляд, посмотрел вдаль на тянувшееся перед ним поле и выбросил сигарету в канаву. Внезапно он краем глаза заметил какое-то движение, и у него по коже пробежал холодок. Он напряг зрение. Здесь не было фонарей, но в слабом свете луны он метрах в тридцати от себя отчетливо увидел очертания какого-то черного существа, которое ползло в его сторону. Существо двигалось медленно, с короткими остановками.

У белокурого гиганта внезапно выступила на лбу холодная испарина.

Он ненавидел ползущее через поле создание.

Больше минуты он простоял и как парализованный зачарованно наблюдал за медленным, но целеустремленным продвижением неизвестного существа. Когда оно приблизилось настолько, что уже стал виден блеск его глаз в темноте, белокурый повернулся и бросился к машине. Он рывком открыл дверцу и дрожащими руками нащупал ключи. Паника не покидала его, пока наконец ему не удалось завести мотор и зажечь фары. Существо уже выбралось на дорогу, и в свете фар белокурый гигант наконец разглядел его. Оно походило на огромного ската, ползущего по земле, и у него было жало как у скорпиона.

Одно было ясно: это чудовище, выползшее из-под земли, явилось сюда из иного мира.

Он включил передачу и рывком тронулся с места. Проезжая мимо, он увидел, как адское создание прыгнуло, но не достало машину. Лишь когда он проехал несколько километров, его перестала бить дрожь.

Лисбет провела всю ночь, изучая материалы по трафику секс-услуг, собранные Дагом Свенссоном и «Миллениумом». Постепенно из тех фрагментов, которые она нашла в электронной почте, у нее сложилась довольно полная картина.

Эрика Бергер спрашивала Микаэля Блумквиста, как проходят встречи, он коротко отвечал, что возникли трудности с поисками человека из «Чека». Она расшифровала это в том смысле, что один из будущих героев репортажа работает в Службе безопасности. Малин Эрикссон переправила Дагу Свенссону краткий отчет о проведенном ею дополнительном исследовании, одновременно направив копии Микаэлю Блумквисту и Эрике Бергер. В ответных посланиях Свенссон и Блумквист высказали свои комментарии и предложили от себя ряд дополнений. Микаэль и Даг обменивались электронными посланиями по нескольку раз в день. Даг Свенссон послал отчет о своей встрече с неким журналистом по имени Пер-Оке Сандстрём.

Из электронной почты Дага Свенссона она также узнала, что тот переписывался с человеком по фамилии Гульбрансен через почтовый ящик на Yahoo. Лишь некоторое время спустя она сообразила, что Гульбрансен, по-видимому, служит в полиции и этот обмен информацией происходит неофициально, так сказать *off the record**, для чего вме-

---

* Не для записи *(англ.)*.

сто служебного полицейского адреса Гульбрансен использует личный почтовый ящик.

Папка под названием «Зала» оказалась до обидного тощей и содержала только три документа. Самый большой из них, объемом в 128 килобайт, носил название «Ирина П.» и содержал фрагментарную биографию проститутки. Из записей явствовало, что она умерла. Лисбет внимательно прочитала краткие выводы, сделанные Дагом Свенссоном после изучения протокола вскрытия.

Насколько могла понять Лисбет, Ирина П. стала жертвой избиения настолько жестокого, что среди полученных ею травм целых три были смертельными.

В тексте Лисбет заметила одну формулировку, которая дословно совпадала с цитатой из работы Миа Бергман. Там речь шла о женщине по имени Тамара, и Лисбет решила, что Ирина П. и Тамара — это одно и то же лицо, из-за чего прочитала отрывок из интервью с особенным вниманием.

Второй документ носил название «Сандстрём» и был значительно короче. Как и в кратком отчете, который Даг Свенссон послал Микаэлю Блумквисту, в нем говорилось, что некий журналист по имени Пер-Оке Сандстрём был одним из двух клиентов, пользовавшихся услугами девушки из Прибалтики, но, кроме того, выполнял поручения секс-мафии, получая за это вознаграждение в виде наркотиков или сексуальных услуг. Лисбет особенно поразило, что Сандстрём, выступая в качестве независимого журналиста, написал ряд статей для одной из газет, в которых с негодованием отзывался о торговле секс-услугами и с разоблачительным пафосом сообщал о том, что один шведский предприниматель, чье имя он не называет, будучи в Таллинне, посещал бордель.

Имя Залы ни в том ни в другом документе не упоминалось, но, поскольку оба находились в папке под названием «Зала», Лисбет сделала вывод, что здесь должна присутствовать какая-то связь с ним. Третий, и последний, документ этой папки назывался непосредственно «Зала». Он был очень кратким, и его содержание было расписано по пунктам.

Согласно сведениям Дага Свенссона, начиная с 1990 года имя Залы девять раз всплывало в связи с наркотиками, оружием или проституцией. Судя по всему, никто не знал точно, кто такой этот Зала, и разные источники указывали, что он югослав, поляк или, возможно, чех. Все данные были получены из вторых рук; никто из тех, с кем доводилось беседовать Дагу Свенссону, лично якобы никогда не встречался с Залой.

Даг Свенссон имел подробную беседу о Зале с источником Г. (Гюльбрансен?), в основном о том, мог ли Зала быть убийцей Ирины П. В записи ничего не говорилось о том, какого мнения придерживается на этот счет Г., зато там упоминалось, что вопрос о Зале стоял на повестке дня «специальной группы по расследованию деятельности организованной преступности». Это имя столько раз всплывало по разным поводам, что полиция заинтересовалась им и пыталась установить, существует ли вообще этот Зала или нет.

Насколько удалось узнать Дагу, имя Залы впервые возникло в связи с совершенным в 1996 году ограблением транспорта, перевозившего ценности в Эркельюнге. Грабители завладели суммой в три и три десятых миллиона крон, но так жестоко между собой пересорились, что уже на следующие сутки полиции удалось установить и захватить участников шайки. Сутки спустя был арестован еще один человек — преступник-рецидивист Сонни Ниеминен, член клуба «Свавельшё МК», который, согласно показаниям свидетелей, снабдил преступников оружием для грабежа, за что был приговорен к четырем годам тюремного заключения.

Через неделю после ограбления транспорта еще три человека были арестованы за соучастие. Таким образом, всего было привлечено к ответственности восемь человек, семеро из которых упорно отказывались отвечать на вопросы полиции. Восьмой, девятнадцатилетний мальчишка по имени Биргер Нордман, сломался и заговорил на допросе. Благодаря этому обвинение играючи провело процесс, а два года спустя Биргер Нордман, не вернувшийся к положенному сроку из отпуска, был найден мертвым под слоем песка в песчаном карьере в Вермланде.

Как сообщал источник Г., полиция подозревала, что главарем шайки являлся Сонни Ниеминен, по приказу которого Нордман был убит, но доказать это не удалось. Ниеминена считали особо опасным и безжалостным преступником. В годы заключения его имя упоминалось также в связи с «Арийским братством» — организацией заключенных нацистского толка, которая, в свой черед, была связана с «Братством Волчьей Стаи», а оттуда нити вели уже к антиобщественным объединениям байкеров и таким нацистским организациям, проповедующим насилие, как, например, «Движение сопротивления» и тому подобное.

Однако Лисбет Саландер интересовало совсем другое. На одном из допросов покойный участник ограбления Биргер Нордман показал, что применявшееся при нападении оружие они получили от Ниеминена, тому же, в свою очередь, передал его югослав по имени Зала, с которым Нордман не был знаком.

Даг Свенссон пришел к заключению, что это было прозвищем, имеющим хождение в криминальных кругах. Поскольку в регистре населения нельзя было найти лица по имени Зала, Даг решил, что это кличка, однако могло быть и так, что под ним скрывается особенно хитрый мошенник, который сознательно пользуется фальшивым именем.

В последнем пункте сообщались сведения о Зале, полученные от журналиста Сандстрёма. Сведений этих было не много. По словам Дага Свенссона, Сандстрём один раз говорил по телефону с человеком, носящим это имя. В записях не сообщалось, о чем шел разговор.

Около четырех часов утра Лисбет Саландер выключила ноутбук, села перед окном и стала смотреть на море. Она просидела так два часа, задумчиво куря сигареты одну за другой. Ей нужно было принять несколько стратегических решений, проанализировать факты и сделать соответствующие выводы.

Она пришла к заключению, что ей следует отыскать Залу, чтобы раз и навсегда покончить со всеми недоразумениями.

В субботу вечером, за неделю до Пасхи, Микаэль Блумквист находился в гостях у одной старой приятельницы на улице Слипгатан близ Хорнстулла. На этот раз он против обыкновения принял приглашение на вечеринку. Приятельница давно уже вышла замуж и не выказывала никакого желания возобновить с ним интимное знакомство, но она тоже работала в средствах массовой информации, и при случайных встречах они всегда здоровались. Она только что закончила писать книгу, над которой работала десять лет и которая была посвящена такому занимательному вопросу, как женский взгляд в журналистике. Микаэль отчасти помог ей в сборе материала, что и послужило причиной нынешнего приглашения.

Роль Микаэля ограничилась подбором данных по одному конкретному вопросу. Он вытащил на свет божий те планы по развитию равноправия, которыми так хвастались «ТТ», «Дагенс нюхетер», «Заппорт» и ряд других изданий, а затем отметил галочками, сколько мужчин и женщин насчитывается на должностях выше секретаря редакции. Результат оказался удручающим. Вице-директор — мужчина, председатель правления — мужчина, главный редактор — мужчина, заграничная редакция — мужчина, шеф редакции — мужчина и так далее, и только в конце длинной цепочки наконец в виде исключения возникала какая-нибудь женщина.

Вечеринка была устроена для узкого круга, и собрались на ней в основном люди, которые так или иначе помогли хозяйке в написании книги.

Настроение царило веселое, угощение получилось на славу, за столом шли непринужденные разговоры. Микаэль собирался уйти домой пораньше, но большинство гостей были его старыми знакомыми, с которыми он редко встречался. Кроме того, в этом обществе никто не приставал с разговорами о деле Веннерстрёма. Вечеринка затянулась допоздна, и лишь в два часа ночи большинство гостей стали собираться домой. Все вместе они дошли до Лонгхольмсгатан и только там разошлись каждый в свою сторону.

Ночной автобус уехал у Микаэля из-под носа, однако ночь была теплая, и он решил, не дожидаясь следующего автобуса, дойти до дома пешком. По Хёгалидсгатан он добрался до церкви и свернул на Лундагатан, и тут же в нем проснулись воспоминания.

Микаэль сдержал данное в декабре обещание не ходить больше на Лундагатан, льстя себя надеждой, что Лисбет Саландер сама снова появится на его горизонте. На этот раз он остановился на другой стороне улицы напротив ее дома. Его так и подмывало перейти через дорогу и позвонить к ней в дверь, но он понимал, что едва ли застанет ее, и еще менее вероятно, чтобы она согласилась с ним разговаривать.

В конце концов он пожал плечами и продолжил свой путь в направлении Цинкенсдамма. Пройдя около шестидесяти метров, он обернулся на какой-то звук, и сердце так и замерло у него в груди. Трудно было не узнать эту маленькую фигурку. Лисбет Саландер только что вышла на улицу и направлялась в противоположную сторону. Возле припаркованной машины она остановилась.

Микаэль уже открыл было рот, чтобы окликнуть ее, но крик замер у него в горле. Он вдруг увидел, как от одной из машин, стоявших у тротуара, отделилась какая-то тень. Это был мужчина высокого роста с заметно выдающимся вперед животом и с волосами, завязанными в конский хвост. Он бесшумно приближался к Лисбет Саландер сзади.

Собираясь отпереть дверцу винно-красной «хонды», Лисбет Саландер услышала какой-то звук и краем глаза уловила движение. Он подкрался к ней сбоку, из-за спины, и она обернулась за секунду до того, как он успел приблизиться вплотную. Она тотчас же узнала в нападавшем Карла Магнуса, иначе Магге Лундина, тридцати шести лет, из клуба «Свавельшё МК», который за несколько дней до этого встречался с белокурым гигантом в кафе «Блумберг».

Она мысленно определила, что вес Магге Лундина составляет приблизительно сто двадцать килограмм и что настроен он агрессивно. Используя связку ключей на манер кастета, она не раздумывая, со змеиной быстротой сделала выпад и нанесла ему глубокую резаную рану от переносицы до уха. Пока он хватал ртом воздух, Лисбет Саландер словно провалилась сквозь землю.

Микаэль Блумквист видел, как Лисбет Саландер размахнулась для удара. Поразив противника, она в тот же миг бросилась наземь и закатилась под днище автомобиля.

Через секунду Лисбет уже стояла на ногах с другой стороны автомобиля, готовая сражаться или спасаться бегством. Встретясь над капотом взглядом со своим противником, она выбрала второе. По лицу у него текла кровь. Не дожидаясь, пока он сосредоточится, она бросилась бегом по Лундагатан в направлении Хёгалидской церкви.

Микаэль, как парализованный, остался стоять с раскрытым ртом. Он даже не успел опомниться, как нападавший уже со всех ног бросился за Лисбет Саландер — словно танк, пустившийся в погоню за игрушечной машинкой.

Лисбет мчалась по лестнице вверх, перепрыгивая через ступеньки. Очутившись наверху, она оглянулась через плечо и увидела, что ее преследователь достиг подножия лестницы. Быстро бегает! Она немного споткнулась, но в последнюю секунду увидела выставленные на дороге треножники и кучи песка на месте, где велись дорожные работы и мостовая была раскопана.

Магге Лундин уже почти добрался до верха, когда в его поле зрения вновь появилась Лисбет Саландер. Он успел заметить, как она что-то бросила, но не успел среагировать на бросок, и летящий сбоку четырехугольный булыжник задел его по лбу. Бросок оказался не очень метким, но камень был увесистый и оставил на его лице еще одну рану. Ноги у него подломились, все закружилось перед глазами, и он задом наперед полетел вниз по лестнице. Ухватившись за железные перила, он сумел удержаться, однако несколько секунд были на этом потеряны.

Когда неизвестный мужчина скрылся возле лестницы, Микаэль опомнился и заорал ему вслед, чтобы тот, черт возьми, прекратил дурить.

Перебегая площадку, Лисбет на полпути услышала голос Микаэля. Это еще откуда? Она вернулась и выглянула через перила. Стоя на высоте трех метров над улицей, она увидела на некотором расстоянии от лестницы Микаэля. Помедлив долю секунды, она снова бросилась бежать.

Помчавшийся к лестнице Микаэль на бегу заметил, как напротив подъезда, где находилась квартира Лисбет Саландер, тронулся с места «додж»-фургон — до того он стоял рядом с машиной, которую она пыталась открыть. Отъехав от тротуара, фургон обогнал Микаэля и направился в сторону Цинкенсдамма. Когда «додж» проезжал мимо, перед Микаэлем промелькнуло лицо водителя. Номера машины Микаэль в темноте не разглядел.

Нерешительно покосившись на фургон, Микаэль, однако, не остановился, преследуя нападавшего на Лисбет мужчину, и нагнал его наверху лестницы. Незнакомец стоял к Микаэлю спиной, оглядываясь по сторонам.

Как только Микаэль с ним поравнялся, он обернулся и нанес ему удар слева по лицу. Микаэль был к этому не готов и полетел с лестницы головой вперед.

Лисбет услышала приглушенный крик Микаэля и замедлила шаг. Что там еще происходит? Обернувшись через плечо, она увидела метрах в сорока от себя Магге Лундина и отметила: *Он бегает быстрее, мне от него не убежать.*

Бросив раздумывать, она свернула налево и во весь дух припустила вверх по лестнице к расположенному террасой дворику между домами. Она очутилась среди двора, на котором не было никаких закоулков, где можно было бы спрятаться, и добежала до следующего угла, показав такое время, которому позавидовала бы сама Каролина Клюфт*. Свернув направо, она поняла, что ее занесло в тупик, и снова повернула на сто восемьдесят градусов. Едва добежав до следующего дома, она увидела появившегося вверху лестницы, выходящей на двор, Магге Лундина. Она помчалась дальше, пробежала, не оглядываясь, несколько метров и припала к земле, спрятавшись за протянувшейся вдоль фронтона живой изгородью из рододендронов.

Она слышала тяжелую поступь Магге Лундина, но не могла его видеть. Прижавшись к стене, Лисбет замерла за кустом.

Лундин пробежал мимо ее укрытия и остановился в каких-то пяти метрах от нее. Подождав секунд десять, он трусцой обежал весь двор. Через несколько минут он вернулся и остановился на том же самом месте. На этот раз он простоял на нем тридцать секунд. Лисбет вся напряглась, готовая мгновенно спасаться бегством, если он ее обнаружит. Наконец он сдвинулся с места и прошел мимо нее в каких-нибудь двух метрах. Она слушала, как его шаги постепенно затихали в другом конце двора.

Когда Микаэль, пошатываясь от головокружения, с трудом поднялся на ноги, у него болел затылок и ныла челюсть. Во рту чувствовался привкус крови, которая сочилась из разбитой губы. Он попробовал сделать несколько шагов, но тут же споткнулся.

С трудом поднявшись на самый верх лестницы, он огляделся. Метрах в ста по улице трусцой удалялся нападавший. Вот человек с конским хвостом остановился, всматриваясь в проходы между домами, потом снова побежал дальше. Микаэль подошел к краю террасы и оттуда проводил его взгля-

_____

* Каролина Клюфт — известная шведская спортсменка, олимпийская чемпионка 2004 года в семиборье.

дом. Незнакомец перебежал через Лундагатан на другую сторону и сел в «додж», который раньше стоял перед домом, где жила Лисбет. Машина тотчас же скрылась за углом, направляясь в сторону Цинкенсдамма.

Микаэль медленно двинулся по верхней части Лундагатан, высматривая Лисбет Саландер. Ее нигде не было видно. Вокруг вообще не было ни души, и Микаэль удивился, какой пустынной, оказывается, может быть стокгольмская улица в три часа воскресной ночи в марте. Немного погодя он спустился вниз, к подъезду Лисбет. Поравнявшись с машиной, возле которой произошло нападение, он наступил на какой-то предмет. Это оказались ее ключи. Наклонившись за ними, он увидел под машиной ее сумку.

Не зная, что делать дальше, Микаэль надолго остановился в ожидании. Наконец он приблизился к входной двери и попробовал ключи. Ни один не подошел.

Лисбет Саландер, не шевелясь и только изредка посматривая на часы, переждала за кустами пятнадцать минут. В три часа с небольшим она услышала, как отворилась и снова закрылась входная дверь и кто-то прошел к стоянке велосипедов.

Когда шаги смолкли, она медленно поднялась на колени и высунула голову из-за кустарника. Она внимательно оглядела каждый уголок двора, но нигде не увидела Магге Лундина. Ступая как можно тише, она пошла в сторону улицы, каждую минуту готовая повернуть назад и пуститься бежать. Дойдя до угла дома, она остановилась, чтобы осмотреть улицу. Там она увидела стоящего перед ее подъездом Микаэля Блумквиста с ее собственной сумкой в руках. Увидев, что Микаэль обводит взглядом улицу, она замерла в неподвижности, спрятавшись за фонарем. Микаэль ее не заметил.

Он простоял перед ее подъездом минут тридцать. Она внимательно наблюдала за ним, стараясь не шелохнуться, пока он, потеряв надежду, не ушел в сторону Цинкенсдамма. Когда он скрылся из ее поля зрения, она подождала еще немного и только потом задумалась, как случилось такое совпадение.

Микаэль Блумквист.

Она никак не могла понять, каким образом он вдруг очутился здесь. Само нападение казалось ничуть не более понятным.

Чертов Карл Магнус Лундин!

Магге Лундин встречался с белокурым гигантом, которого она видела однажды в обществе адвоката Нильса Бьюрмана.

Чертов Поганец Нильс Бьюрман!

Этот подонок нанял какого-то проклятого альфа-самца, чтобы тот расправился с ней. А ведь она ему ясно объяснила, что с ним будет в случае чего-то подобного.

Лисбет Саландер вдруг закипела от ярости. Она так разозлилась, что даже почувствовала во рту вкус крови. Теперь она будет вынуждена его наказать.

ЧАСТЬ 3

АБСУРДНЫЕ УРАВНЕНИЯ

23 МАРТА — 2 АПРЕЛЯ

*Бессмысленные уравнения, не являющиеся верными
ни для каких величин, называются абсурдными.*

$$(a + b)(a - b) = a^2 - b^2 + 1$$

Глава
11

Среда, 23 марта — четверг, 24 марта

Микаэль Блумквист поставил красной ручкой восклицательный знак на полях рукописи Дага Свенссона, обвел его кружком и приписал слово «сноска». Это утверждение требует ссылки на источник.

Дело было в среду вечером, в канун Великого четверга, и в «Миллениуме» почти всю неделю были выходные. Моника Нильссон уехала за границу, Лотта Карим отправилась с мужем отдыхать в горы, Хенри Кортес дежурил в издательстве на телефоне, чтобы отвечать на звонки, но Микаэль отпустил его домой, поскольку никто не звонил, а сам он так и так собирался задержаться. Сияя от радости, Хенри убежал к своей нынешней подружке.

Даг Свенссон куда-то пропал и не показывался. Микаэль в одиночестве возился с его рукописью, вылавливая блох. Как выяснилось в последнее время, объем книги составлял двести девяносто страниц и она делилась на двенадцать глав, из которых Даг сдал в окончательном варианте девять. Микаэль Блумквист проверил в них каждое слово и вернул текст автору со своими замечаниями там, где требовалось внести уточнения или иначе сформулировать мысль.

На взгляд Микаэля, Даг Свенссон очень хорошо владел пером, так что в своей редакторской работе он в основном ограничивался замечаниями на полях. Микаэлю приходилось потрудиться, чтобы обнаружить что-то действительно требующее правки. За те недели, что на столе Микаэля появлялись новые части рукописи, они не смогли прийти к согласию только в единственном случае. Речь шла об одной странице, которую Микаэль хотел вычеркнуть, Даг же ожесточенно боролся за то, чтобы оставить ее нетронутой. Но это была сущая мелочь.

Короче говоря, «Миллениум» получил отличную книгу, которая скоро должна была пойти в типографию. Микаэль не сомневался, что эта книга вызовет в газетах поток взволнованных откликов. Даг Свенссон так беспощадно разоблачал людей, пользовавшихся услугами проституток, и так убедительно выстраивал доказательства, что всякий должен был ясно понять: тут что-то не так в самой системе. Здесь сыграло роль и его писательское мастерство, и представленные факты, на которых строилась вся книга, полученные в результате выдающегося журналистского расследования.

За прошедшие месяцы Микаэль узнал о Даге три вещи. Даг был дотошный журналист, не оставлявший никаких пробелов в своем расследовании. У него отсутствовала глубокомысленная риторика, граничащая со словоблудием, которой так часто грешат репортажи на темы общественной жизни. Это был не просто репортаж, а объявление войны. Микаэль довольно усмехнулся. Даг Свенссон был моложе его лет на пятнадцать, но Микаэль узнавал в нем ту страсть, которая некогда воодушевляла его самого, когда он бросил вызов негодным журналистам, занимающимся вопросами экономики, и выпустил скандальную книгу, которую ему до сих пор не простили в некоторых редакциях.

Но книга Дага Свенссона должна быть такой, чтобы в ней ни к чему нельзя было придраться. Если репортер пишет на такую горячую тему, у него все должно быть на сто процентов подкреплено фактами, иначе за подобную задачу вообще лучше не браться. У Дага Свенссона прочность доказательств достигала девяноста восьми процентов, но оставались слабые места, требовавшие тщательной доработки, и встречались некоторые утверждения, которые, с точки зрения Микаэля, были недостаточно подкреплены документами.

В половине шестого он открыл ящик своего письменного стола и вынул сигарету. Эрика Бергер запретила курение в редакции, но сейчас он был тут один, и все праздники никто сюда не придет. Поработав еще сорок минут, он собрал все листы и положил просмотренную главу на стол к Эрике для прочтения. Даг Свенссон обещал прислать завтра по электронной почте окончательный вариант трех последних глав, чтобы Микаэль успел проработать этот материал за выходные. На первый вторник после пасхальных праздников было запланировано совещание, на котором Даг, Эрика, Микаэль и секретарь редакции Малин Эрикссон собирались утвердить окончательный вариант текста книги и статей, предназначенных для «Миллениума». После этого оставалась только разработка макета, что в основном составляло задачу Кристера Мальма, и после этого можно будет отдавать рукопись в печать. Микаэль решил снова положиться на то предприятие, где была напечатана его книга о деле Веннерстрёма и с которым в отношении как цены, так и качества не могла состязаться никакая другая типография.

Взглянув на часы, Микаэль позволил себе выкурить тайком еще одну сигарету, а потом сел у окна и стал смотреть на Гётгатан. В задумчивости он потрогал языком больное место на губе. Оно понемножку заживало. В сотый раз он задавался вопросом, что же такое произошло тогда на Лундагатан у дверей дома, где обитала Лисбет.

Единственное, что он теперь знал наверняка, это то, что Лисбет Саландер жива и вернулась в Стокгольм.

После этого происшествия он ежедневно пробовал связаться с ней: посылал электронные письма на адрес, которым она пользовалась год назад, но не получил никакого ответа, несколько раз ходил на Лундагатан. Микаэль уже начал отчаиваться.

Надпись на дверной табличке изменилась, теперь там значилось «Саландер — Ву». В регистре народонаселения оказалось двести пятьдесят человек с фамилией Ву, и примерно сто сорок из них проживали в Стокгольме, однако ни у одного не был указан адрес на Лундагатан. Микаэль не имел ни малейшего представления, кто из этих Ву мог поселиться у Лисбет Саландер — завела она бойфренда или сдала кому-то свою квартиру. На его стук никто не открыл.

В конце концов он сел и написал ей обыкновенное старомодное письмо:

Здравствуй, Салли!

Не знаю, что случилось год назад, но теперь уж и до такого тугодума, как я, дошло наконец, что ты порвала со мной все отношения. Ты имеешь полное и неоспоримое право сама решать, с кем ты хочешь общаться, и я не собираюсь тебе навязываться. Я только хочу сказать, что по-прежнему считаю тебя своим другом, что я соскучился по тебе и хотел бы встретиться с тобой за чашечкой кофе, если бы ты согласилась.

Не знаю, во что ты там вляпалась, но переполох на Лундагатан внушает мне беспокойство. Если тебе понадобится помощь, ты можешь позвонить мне в любое время. Как известно, я сильно перед тобой в долгу.

Кроме того, у меня осталась твоя сумка. Если она тебе нужна, ты только дай знать. Если ты не хочешь со мной встречаться, то тебе достаточно сообщить мне адрес, по которому я мог бы ее тебе переслать. Я сам не приду к тебе, после того как ты так ясно дала мне понять, что не желаешь иметь со мной никакого дела.

Микаэль

Разумеется, в ответ не пришло ни слова.

Вернувшись домой наутро после происшествия на Лундагатан, он открыл ее сумку и выложил содержимое на кухонный стол. Оно состояло из бумажника, в котором лежала почтовая квитанция за денежный перевод, приблизительно шестьсот шведских крон наличными и двести американских долларов, а также месячный билет Транспортных линий Большого Стокгольма. Еще там лежала начатая пачка

«Мальборо лайт», три зажигалки «Bic», коробочка таблеток от горла, начатая пачка одноразовых носовых платков, зубная щетка, зубная паста и в отдельном карманчике три тампона, начатый пакет презервативов с этикеткой, из которой было видно, что он куплен в лондонском аэропорту Гетвик, блокнот в черном прочном переплете формата А5, четыре шариковые ручки, баллончик со слезоточивым газом, небольшая сумочка с губной помадой и косметикой, радио-FM с наушником, но без батареек и вчерашний номер газеты «Афтонбладет».

Самым интригующим предметом в сумке оказался молоток, который лежал в легкодоступном наружном отделении. Однако нападение произошло так неожиданно, что Лисбет не успела достать ни молоток, ни баллончик со слезоточивым газом. По-видимому, она воспользовалась только связкой ключей, которая послужила ей вместо кастета: на ней остались следы крови и содранной кожи.

На ее связке висело шесть ключей. Три из них были типичными ключами от квартиры — от парадной двери, от квартиры и от французского замка. Однако к замкам на Лундагатан они не подошли.

Блокнот Микаэль раскрыл и просмотрел страницу за страницей. Он сразу узнал ее красивый аккуратный почерк и с первого взгляда понял, что это совсем не похоже на обычный девичий дневник. Приблизительно на три четверти блокнот был заполнен математическими значками. В левом верхнем углу первой страницы было написано уравнение, знакомое даже Микаэлю:

$$x^3 + y^3 = z^3$$

Микаэль никогда не испытывал трудностей с математикой. Гимназию он окончил с отличными оценками; хорошим математиком он не был, но оказался способен усвоить школьную программу. Однако на страницах записной книжки Лисбет Саландер встречались значки, которых Микаэль не понимал и даже не пытался понять. Одно длинное уравнение заняло целый разворот, в нем попадалось много зачеркиваний и исправлений. Микаэль не мог даже определить, были ли это серьезные математические формулы и расчеты, но, хорошо зная Лисбет, он решил, что уравнения эти настоящие и в них содержится какой-то эзотерический смысл.

Он долго листал этот блокнот. Уравнения были не более понятными, чем вереницы китайских иероглифов. Но он догадывался, ради чего она записала уравнение ($x^3 + y^3 = z^3$). Она увлеклась загадкой Ферма, о такой классике Микаэль Блумквист все-таки слышал. Он глубоко вздохнул.

На самой последней странице блокнота обнаружилось несколько совсем кратких и загадочных записей, не имевших никакого отношения к математике и совершенно не похожих на формулы:

$$(Блондин + Магге) = НЭБ$$

Это было подчеркнуто и обведено кружком, что ничуть не проясняло смысл. В самом низу страницы был записан телефон фирмы «Автоэксперт», расположенной в Эскильстуне и занимающейся сдачей в аренду автомобилей.

Микаэль даже не стал пытаться расшифровать эти записи. Он решил, что это просто каракули, которые она начертила, задумавшись о чем-то другом.

Эрика Бергер начала праздничные выходные с невеселой и очень напряженной трехкилометровой пробежки, закончившейся возле пароходного причала в Сальтшёбадене. В последние месяцы она запустила занятия в гимнастическом зале и чувствовала, что тело ее стало вялым и непослушным. Возвращалась она шагом. Грегер читал лекции на выставке в Музее современного искусства и должен был вернуться не раньше восьми вечера; Эрика собиралась открыть бутылку хорошего вина, приготовить ванну и соблазнить своего мужа. Это, по крайней мере, поможет ей отвлечься от одолевавших ее проблем.

Четыре дня назад она была приглашена на ланч вице-директором одного из крупнейших шведских медиапредприятий. За салатом он совершенно серьезно сообщил, что хочет предложить ей должность главного редактора их самой большой ежедневной газеты. «На правлении обсуждалось несколько имен, и мы пришли к выводу, что вы принесете газете большую пользу. Мы хотим привлечь вас к работе», — сказал он. По сравнению с жалованьем на предложенной ей должности ее доход в «Миллениуме» выглядел до смешного жалким.

Новое предложение оказалось неожиданным, как гром средь ясного неба, и она растерялась. «Почему именно я?» — спрашивала она.

Он долго упирался, уходил от ответа, но в конце концов все-таки сказал, что она известный, уважаемый человек и хорошо зарекомендовала себя на руководящей должности. То, как она сумела вытащить «Миллениум» из болота, в котором он находился в течение двух лет, внушает уважение. Кроме того, Большой Дракон нуждался в притоке свежей крови. Благородный налет старины, который украшал газету, привел к тому, что число подписчиков из молодежи стало постоянно снижаться. Эрика известна как смелый и зубастый журналист. Поставить во главе самого консервативного органа печати Мужественной Швеции женщину и феминистку будет вызывающим и дерзким жестом. Ее выбрали единогласно. То есть почти единогласно. Во всяком случае, за нее единогласно высказались все, от кого зависит решение.

— Но я не разделяю основных политических взглядов газеты!

— Какое это имеет значение! Вы также не являетесь завзятой противницей. Вы будете главным редактором, принятие политических решений — не ваше дело, а передовица уж как-нибудь сама о себе позаботится.

Решающее значение для выбора имело также, хоть этого он и не сказал вслух, происхождение Эрики из высших слоев общества, что дало ей соответствующее воспитание и связи.

Она ответила, что предложение показалось ей заманчивым, но она не может немедленно дать ответ, сначала ей нужно хорошенько все обдумать. Они договорились, что в ближайшее время она сообщит о своем решении. Вице-директор добавил, что если ее сомнения вызваны размером оплаты, то можно продолжить обсуждение этого вопроса. Кроме всего прочего, здесь предполагается чрезвычайно мощный «золотой парашют» — а ей ведь пора уже позаботиться о своей будущей пенсии.

Скоро ей сорок пять. К этому возрасту она благодаря собственным заслугам поставила на ноги «Миллениум» и стала главным редактором, и вот теперь ей предлагают начать все сначала на новом месте и сделаться заместителем у кого-то другого. Момент, когда она будет вынуждена снять трубку и сказать «да» или «нет», неумолимо приближался, а она все еще не знала, что ей ответить. Всю прошедшую неделю она несколько раз собиралась обсудить этот вопрос с Микаэлем Блумквистом, но так и не собралась. И вот сейчас она чувствовала, что темнила в отношениях с ним, и из-за этого ее мучила совесть.

Несомненно, это предложение заключало в себе не одни только светлые стороны. Положительный ответ означал, что придется прекратить сотрудничество с Микаэлем. Он никогда не пойдет следом за ней к Большому Дракону, как бы она его ни соблазняла. Деньги ему не требовались, ему и без них было хорошо — только бы никто не мешал спокойно заниматься своими текстами.

Эрика превосходно чувствовала себя в качестве главного редактора «Миллениума». Благодаря этой работе она завоевала в журналистике определенный статус, который в душе воспринимала скорее как удачу, доставшуюся ей не по заслугам. Она была редактором, а не автором новостей. Это была не ее область, свой уровень как пишущей журналистки она считала средним. Зато у нее хорошо получалось вести беседы на радио или на телевидении, но в первую очередь она была блестящим редактором. Кроме того, ей вообще нравилась текущая редакторская работа, которая входила в ее обязанности на посту главного редактора «Миллениума».

Однако предложение все же прельщало Эрику не столько из-за высокой оплаты, сколько потому, что эта должность сделает ее одной из самых сильных фигур на медийном поле в этой стране. «Такое предложение можно получить только один раз в жизни»,— сказал ей вице-директор.

Где-то возле «Гранд-отеля» в Сальтшёбадене она, к своему огорчению, поняла, что не сможет сказать «нет», и заранее затрепетала при мысли о том, как сообщит эту новость Микаэлю Блумквисту.

Как обычно, обед в семействе Джаннини проходил в обстановке некоторого хаоса. У Анники, сестры Микаэля, было двое детей: тринадцатилетняя Моника и десятилетняя Йенни. На попечении ее мужа, Энрико Джаннини, начальника скандинавского отделения компании, занимавшейся биотехнологиями, находился шестнадцатилетний Антонио, его сын от предыдущего брака. Остальные гости состояли из его мамы Антонии и брата Пьетро, жены последнего Эвы-Лотты и их детей Петера и Никола. Кроме того, в том же квартале жила сестра Энрико, Марчелла. К обеду была также приглашена тетушка Энрико, Анджелина, которую родня считала совершенно сумасшедшей или, во всяком случае, необыкновенной чудачкой, вместе с ее новым бойфрендом.

Поэтому уровень хаоса, царящего за весьма вместительным обеденным столом, был довольно высок. Диалог велся на гремучей смеси шведского и итальянского языков, временами всеми одновременно. Ситуация отнюдь не становилась легче оттого, что Анджелина посвятила этот вечер обсуждению вопроса о том, почему Микаэль до сих пор еще холостяк, сопровождая дискуссию предложением подходящих кандидатур из числа дочерей своих многочисленных знакомых. В конце концов Микаэль заявил, что он бы и рад жениться, но, к сожалению, его любовница уже замужем. От таких слов даже Анджелина на некоторое время умолкла.

В половине восьмого вечера запищал мобильный телефон Микаэля. Он думал, что отключил телефон, и, покинув собеседников, надолго застрял в прихожей, откапывая аппарат во внутреннем кармане куртки, которую кто-то закинул на шляпную полку. Звонил Даг Свенссон.

— Я не помешал?

— Да нет, ничего. Я обедаю у сестры, и ее родственники пытаются меня прижучить. А что случилось?

— Случились две вещи. Я пытался дозвониться до Кристера Мальма, но он не отвечает.

— Сегодня он в театре со своим бойфрендом.

— Вот черт! Мы с ним договаривались встретиться завтра утром в редакции, чтобы посмотреть фотографии и иллюстрации для книги. Кристер обещал заняться ими на праздниках. Но Миа вдруг решила съездить на Пасху к родителям в Даларну, чтобы показать им свою работу. Поэтому завтра мы рано утром уезжаем.

— Ну и поезжайте.

— Мои фотографии все на бумаге, и я не могу послать их по электронной почте. Нельзя ли сегодня вечером передать эти фотографии тебе?

— Ладно... Но только слушай, я сейчас в Леннерсте. Я побуду тут еще некоторое время, а потом вернусь в город. Чтобы попасть в Энскеде, мне надо будет сделать совсем небольшой крюк. Мне нетрудно заехать к тебе за фотографиями. Ничего, если я буду часов в одиннадцать?

Даг Свенссон ответил, что это подойдет.

— Есть еще одна вещь, которую я хотел сказать. Боюсь, это тебе не понравится.

— Валяй, рассказывай!

— У меня тут выплыла одна закавыка, которую я хотел бы проверить, прежде чем книга пойдет в печать.

— О'кей. И о чем речь?

— Это — Зала. Пишется через «зет».

— И что это за Зала?

— Это гангстер, по-видимому из Восточной Европы, возможно, из Польши. Я упоминал о нем в нашей переписке несколько недель тому назад.

— Извини, не помню.

— В материалах это имя возникает то здесь, то там. Похоже, что все его страшно боятся и никто не хочет о нем ничего говорить.

— Вот оно что...

— Несколько дней назад я опять наткнулся на него. Мне кажется, он сейчас в Швеции, и его нужно будет включить в список клиентов в пятой главе.

— Слушай, Даг! Нельзя же добавлять новый материал за три недели до отправки книги в типографию.

— Понимаю! Но это особый случай. Я тут разговаривал с одним полицейским, который тоже слышал про Залу, и... Я думаю, стоит посвятить несколько дней на следующей неделе тому, чтобы до него докопаться.

— Зачем? У тебя и так, кажется, достаточно в тексте мерзавцев.

— Но этот, похоже, особенно выдающийся мерзавец. Никто толком не знает, кто он такой. Я чую, что в этом стоило бы разобраться.

— К чутью всегда стоит прислушаться,— сказал Микаэль.— Но, честно говоря, мы уже не можем отодвигать срок сдачи. С типографией заключен договор, и книжка должна выйти одновременно с номером «Миллениума».

— Понимаю,— упавшим голосом ответил Даг Свенссон.

Миа Бергман только что сварила свежего кофе и налила его в термос, когда в дверь позвонили. Было без нескольких минут девять. Даг Свенссон находился как раз около двери и, думая, что это Микаэль пришел раньше обещанного времени, открыл, даже не посмотрев в глазок. Но вместо Микаэля он увидел перед собой миниатюрную девицу, которая на первый взгляд показалась ему совсем девчонкой.

— Мне нужно видеть Дага Свенссона и Миа Бергман,— сказала девушка.

— Я — Даг Свенссон.

— Мне нужно с вами поговорить.

Даг автоматически взглянул на часы. Миа Бергман тоже вышла в прихожую и с любопытством смотрела на гостью из-за плеча Дага.

— Не поздновато ли для визита? — спросил Даг.

Девушка терпеливо смотрела на него и молчала.

— О чем ты хотела поговорить?

— Я хочу поговорить о книжке, которую ты собираешься издать в «Миллениуме».

Даг и Миа переглянулись.

— Кто ты такая?

— Меня тоже интересует ваша тема. Вы меня впустите или мы будем разговаривать прямо на площадке?

Даг Свенссон секунду поколебался. Конечно, девушка была ему совершенно незнакома, и время для посещения она выбрала странное, но она показалась ему достаточно безобидным существом, которое можно впустить в квартиру. Поэтому он пригласил ее в гостиную и усадил за стол.

— Хочешь кофе? — спросила Миа.

Даг недовольно посмотрел на свою подругу.

— Как насчет того, чтобы объяснить, кто ты такая? — обратился он к девушке.

— Спасибо, да. Это насчет кофе. Зовут меня Лисбет Саландер.

Миа пожала плечами и открыла термос. В ожидании Микаэля Блумквиста она заранее расставила на столе чашки.

— А откуда ты знаешь, что я собираюсь публиковать книгу в издательстве «Миллениум»? — спросил Даг Свенссон.

Его вдруг стали одолевать сомнения, но девушка словно не слышала его. Она смотрела на Миа Бергман, и на лице ее появилась гримаса, которую можно было истолковать как кривую усмешку.

— Интересная работа,— сказала она.

Миа Бергман страшно удивилась:

— Откуда тебе известно о моей работе?

— Попался как-то экземпляр,— загадочно ответила девушка.

Даг Свенссон раздражался все больше.

— А теперь давай-ка все-таки объясни, зачем ты пришла! — потребовал он.

Девушка посмотрела ему в глаза. Он вдруг заметил, какая темная у нее радужка: на свету ее глаза казались черными, как уголь. Он подумал, что, вероятно, ошибся насчет ее возраста и она старше, чем ему показалось сначала.

— Я хочу знать, почему ты повсюду расспрашиваешь людей о Зале, об Александре Зале,— сказала Лисбет Саландер.— И в первую очередь я хочу знать, что именно тебе о нем известно.

«Александр Зала»,— растерянно отметил Даг Свенссон. Он никогда еще не слышал, что Зала — это фамилия и что ее владельца зовут Александром.

Даг пристально посмотрел на сидевшую напротив него девушку. Она взяла чашку и отпила глоток, не сводя с него взгляда, в котором совершенно не было человеческого тепла. Внезапно ему стало не по себе.

В отличие от Микаэля и остальных взрослых гостей — несмотря на то что праздничный обед был устроен по случаю ее дня рождения — Анника Джаннини пила только легкое пиво, не прикасаясь к вину и хорошо закусывая выпивку. Поэтому к половине одиннадцатого она оставалась совершенно трезвой, а поскольку старшего брата она считала в каких-то отношениях законченным балбесом, о котором следует заботиться, то благородно предложила отвезти его в Эпскеде. Первоначально она собиралась подкинуть его только до остановки автобуса на Вермдовеген, на это ушло бы гораздо меньше времени, чем на поездку в город.

— Ну почему ты не обзаведешься собственным автомобилем? — жалобно спросила она, когда он застегивал ремень безопасности.

— Потому что в отличие от тебя я живу рядом с работой и хожу туда пешком, а машина мне бывает нужна примерно раз в год. Кроме того, я все равно не мог бы вести машину, потому что твой муженек угощал меня сконской водкой.

— Значит, понемногу он становится шведом. Десять лет назад он угощал бы итальянской.

Эта поездка дала им возможность поговорить по-родственному, как брат с сестрой. Если не считать ревностную тетушку с отцовской стороны и двух менее ревностных тетушек с материнской, да нескольких кузин и кузенов, и каких-то еще троюродных братьев и сестер, у них совсем не осталось близких родственников. Пока они росли, из-за трехлетней разницы в возрасте у них было мало общего, зато, став взрослыми, они очень сблизились.

Анника окончила юридический факультет, и Микаэль считал, что из них двоих она, несомненно, самая талантливая. Закончив университет, она несколько лет проработала в гражданском суде, потом состояла в помощниках у одного из наиболее знаменитых адвокатов Швеции и уж после этого открыла собственную адвокатскую контору. Анника специализировалась на семейном праве, а со временем занялась новым проектом по защите равноправия. Она отстаивала права женщин, подвергшихся насилию, написала книгу на эту тему и приобрела большую известность. Вдобавок к этому она еще активно занималась политикой на стороне социал-демократов, за что Микаэль дразнил ее, дав ей прозвище Политрук. Для себя Микаэль еще в начале своей деятельности решил, что невозможно сочетать партийность с журналистской честностью. Поэтому он старался не принимать участия в выборах, а в тех случаях, когда все же голосовал, то даже Эрике Бергер отказывался сообщать, за кого отдал свой голос.

— Как твои дела? — спросила Анника, когда они переезжали через мост Скурубро.

— Спасибо, все хорошо.

— Так что же тогда не так?

— Не так?

— Я же знаю тебя, Микке. Ты весь вечер был какой-то задумчивый.

Микаэль помолчал.

— Это сложная история. В данный момент у меня две проблемы. Одна связана с девушкой, с которой я познакомился два года тому назад, она помогала мне в связи с делом

Веннерстрёма, а затем вдруг взяла и исчезла из моей жизни без всяких объяснений. Она точно испарилась, и до прошлой недели я ее ни разу даже не видел.

Микаэль рассказал сестре о нападении на улице Лундагатан.

— Ты подал заявление в полицию? — поинтересовалась Анника.

— Нет.

— Почему?

— Эта девушка живет очень скрытно. Нападению подверглась она. Так что ей и писать заявление.

Последнее, как полагал Микаэль, было крайне маловероятно и вряд ли входило в ближайшие планы Лисбет Саландер.

— Упрямая твоя голова! — сказала Анника и погладила Микаэля по щеке.— Всегда хочешь сам управляться со всеми делами. А в чем вторая проблема?

— Мы готовимся напечатать в «Миллениуме» один сюжет, который вызовет бурный отклик. Я сегодня весь вечер думал, не посоветоваться ли с тобой. В смысле, попросить о консультации как адвоката.

Анника с удивлением покосилась на брата.

— Ты хочешь проконсультироваться со мной! — воскликнула она.— Это что-то новенькое!

— Наш сюжет будет на тему канала поставки секс-рабынь и применения насилия к женщинам. Ты работаешь над этой темой и ты — адвокат. Конечно, ты не занимаешься вопросом свободы печати, но мне бы очень хотелось, чтобы ты прочла тексты до того, как мы их выпустим. Там и журнальные статьи, и книга, так что читать придется много.

Анника молча свернула на Хаммарбю-фабриксвег и, миновав Сикла-слюсс, добиралась до поворота на Энскедевеген узкими улочками, тянущимися параллельно Нюнесвеген.

— Знаешь, Микаэль, я только один раз в жизни была на тебя по-настоящему сердита.

— Не знал.

— Это было, когда против тебя подал иск Веннерстрём и тебя приговорили к трем месяцам заключения за клевету. Я так злилась на тебя, что чуть не лопнула от злости.

— Почему же? Я же сам справился.

— Ты и раньше не раз справлялся сам. Но на этот раз тебе нужен был адвокат, а ты нет чтобы обратиться ко мне! Ты предпочел отсидеть в тюрьме, и все тебя поливали грязью в печати и в суде. Ты даже не защищался! Я чуть с ума не сошла.

— Тут были особые обстоятельства. Ты бы ничего не могла поделать.

— Верно. Но я-то это поняла только год спустя, когда «Миллениум» снова поднялся на ноги и размазал Веннерстрёма по стенке! А до тех пор я была на тебя страшно обижена.

— Ты бы все равно не могла выиграть в суде это дело.

— Не в этом суть, мой умный старший брат! Я тоже понимаю, что это было безнадежное дело. Я читала приговор. Суть в том, что ты не обратился ко мне за помощью. Слушай, мол, сестренка, мне нужен адвокат. Поэтому я даже на суд не пришла.

Микаэль задумался над услышанным:

— Прости! Наверное, мне следовало это сделать.

— Конечно следовало!

— Я тот год прожил как в отключке. Вообще ни с кем не хотел разговаривать. Единственное, чего мне хотелось, это лечь и тихо умереть.

— Но ведь не умер!

— Прости меня!

Анника Джаннини вдруг рассмеялась:

— Здорово! Извинение спустя два года! О'кей. Я с удовольствием прочитаю тексты. Это срочно?

— Да. Мы скоро сдаем их в печать. Здесь поверни налево.

Анника Джаннини припарковала машину на улице Бьёрнеборгсвеген через дорогу от парадного, в котором находилась квартира Дага Свенссона и Миа Бергман.

— Я всего на минутку,— сказал Микаэль и, перебежав через дорогу, нажал кнопки кодового замка.

Едва войдя в подъезд, он сразу же понял, что творится что-то неладное. По лестничной клетке гулко разносились громкие голоса. Пешком поднявшись на третий этаж, где находилась квартира Дага Свенссона и Миа Бергман, он понял, что главная кутерьма происходит здесь. Дверь в обиталище Дага и Миа стояла открытая, перед ней суетились человек пять жильцов соседних квартир.

— Что случилось? — спросил Микаэль скорее удивленно, чем обеспокоенно.

Голоса смолкли. Пять пар глаз уставились на него: три женщины и двое мужчин, все пенсионного возраста. Одна из женщин была в ночной сорочке.

— Тут, кажется, стреляли,— ответил мужчина лет семидесяти, одетый в коричневый халат.

— Стреляли? — переспросил Микаэль, глядя на старичка с глупейшим выражением.

— Только что. Стреляли в квартире минуту назад. Дверь была открыта.

Микаэль протиснулся вперед, нажал кнопку звонка и одновременно переступил порог.

— Даг? Миа? — позвал он.

Никто не ответил.

Внезапно у него мороз пробежал по коже. Он почувствовал запах серы. Шагнув в гостиную, он сразу увидел — господи прости и помилуй! — тело Дага Свенссона. Тот лежал лицом в метровой луже крови возле стола, за которым они с Эрикой несколько месяцев назад обедали.

Микаэль бросился к Дагу, одновременно выхватывая мобильник и набирая номер 112, чтобы вызвать на помощь спасателей. Там сразу взяли трубку.

— Меня зовут Микаэль Блумквист, требуется «скорая помощь» и полиция.

Он назвал адрес.

— Что случилось?

— Здесь мужчина. По-видимому, ему выстрелили в голову, и он не подает признаков жизни.

Микаэль нагнулся и попытался нащупать пульс на шее. Тут он увидел огромную дыру в затылке Дага и обнаружил, что сам стоит ногами в чем-то, что, вероятно, было мозговым веществом. Он медленно убрал руку.

Никакая «скорая помощь» на свете не сможет уже спасти Дага.

Вдруг он увидел черепки одной из чашек, которые Миа Бергман получила в наследство от бабушки и которые так берегла. Он торопливо встал и огляделся по сторонам.

— Миа,— позвал он громко.

Сосед в коричневом халате вошел вслед за ним в прихожую. Микаэль обернулся к нему с порога гостиной и повелительно ткнул пальцем в его сторону.

— Не заходите! — крикнул он.— Возвращайтесь на лестницу!

Сосед сначала посмотрел на него с таким выражением, словно хотел что-то возразить, но послушался. Постояв пятнадцать секунд, Микаэль обошел лужу крови и, осторожно пробравшись мимо тела Дага, направился в спальню.

Миа Бергман лежала на спине на полу около изножья кровати. Нет, нет, нет, нет! Господи, и Миа тоже! Ей пуля попала в лицо, вошла снизу под челюсть возле левого уха. Выходное отверстие на виске было размером с апельсин, правая глазница зияла пустотой. Крови вытекло, кажется, еще больше, чем у ее сожителя. Пуля вылетела с такой силой, что стена над изголовьем кровати, в нескольких метрах от лежащего тела, была забрызгана кровью.

Тут Микаэль заметил, что по-прежнему судорожно сжимает в руке включенный мобильник, не прервав соединения со спасательным центром, и что у него сперло дыхание. Он выдохнул и поднес к уху телефон:

— Нам нужна полиция. Здесь двое застреленных. Похоже, они мертвы. Поторопитесь!

Он слышал, что ему из службы спасения что-то говорят, но не мог разобрать слов. Ему показалось, что у него что-то случилось со слухом. Вокруг стояла мертвая тишина. Попытавшись что-то сказать, он не услышал звука собственного голоса. Опустив мобильник, Микаэль попятился из квартиры. Очутившись за порогом, он почувствовал, что его трясет как в ознобе, а сердце колотится как ненормальное. Не говоря ни слова, он протиснулся мимо оцепеневших соседей и сел на ступеньку. Словно откуда-то издалека до него доносились голоса соседей. Они что-то спрашивали. Что случилось? Как они? Что это было? Ему казалось, что голоса раздаются из какого-то длинного туннеля.

Микаэль был точно оглушенный. Он понял, что у него шоковое состояние. Он нагнул голову как можно ниже. Затем начал думать. *Боже мой! Их же убили. Их только что застрелили. Убийца, может быть, еще прячется в квартире... Нет... Я бы его увидел. В квартире всего-то пятьдесят пять квадратных метров.* Он никак не мог справиться с дрожью. Даг лежал лицом вниз, так что он не видел его выражения. Зато изуродованное лицо Миа так и стояло у него перед глазами.

Внезапно слух вернулся к нему, точно кто-то вдруг повернул выключатель. Он торопливо встал на ноги и увидел перед собой соседа в коричневом халате.

— Вы стойте здесь,— сказал Микаэль.— Стойте и никого не впускайте в квартиру. Полиция и «скорая помощь» уже едут. Я спущусь и открою им входную дверь.

Микаэль сбежал вниз, прыгая через две ступеньки. Очутившись на первом этаже, он мельком бросил взгляд на лестницу, ведущую в подвал, и замер на месте. Потом сделал шаг в сторону подвала. На середине пролета на самом виду лежал револьвер. Микаэль разглядел, что это, кажется, «Кольт-45 Магнум» — такое же точно оружие, из какого был убит Улоф Пальме*.

По первому побуждению он чуть было не поднял револьвер, но вовремя спохватился. Вернувшись к выходу, он открыл дверь и стал ждать на свежем воздухе. Только тут он услышал короткий сигнал клаксона и вспомнил о том, что в машине его ждет сестра. Он перешел к ней через дорогу.

---

* Пальме Улоф (1927–1986), премьер-министр Швеции с 1969-го по 1986 г., был убит в 1986 году.

Анника Джаннини уже открыла рот, чтобы сказать что-то колкое по поводу его долгого отсутствия, но тут увидела его лицо.

— Ты кого-нибудь заметила, пока ждала меня здесь? — спросил Микаэль.

Голос его звучал сипло и неестественно.

— Нет. О ком ты спрашиваешь? Что стряслось?

Микаэль несколько секунд помолчал, оглядывая окрестности. На улице все было спокойно и тихо. Он порылся в кармане куртки и вытащил мятую пачку с оставшейся сигаретой. Закуривая, он услышал издалека звук приближающихся сирен и взглянул на часы. Стрелки показывали 23.15.

— Анника, похоже, мы задержимся здесь надолго,— сказал он, не глядя на нее.

В ту же минуту из-за поворота показалась полицейская машина.

Первыми на месте оказались полицейские Магнуссон и Ольссон — перед этим они были на Нюнесвеген, куда ездили по ложному вызову. За этими двумя приехало руководство — комиссар наружной службы Освальд Мортенссон, который в то время, когда пришел вызов из центральной диспетчерской, находился в районе Сканстулля. Они прибыли с разных сторон почти одновременно и увидели посреди улицы человека в джинсах и темной куртке, который жестом призывал их остановиться. В то же время из припаркованного в нескольких метрах от мужчины автомобиля вышла женщина.

Все трое полицейских застыли на несколько секунд. Диспетчерский центр передал сообщение о двух убитых, а человек в куртке держал в левой руке какой-то темный предмет. Но вскоре они убедились, что это всего лишь мобильный телефон, одновременно вышли из машин, поправили ремни и присмотрелись к мужчине поближе. Мортенссон сразу же взял командование на себя:

— Это вы сообщили в службу спасения о выстрелах?

Мужчина кивнул. Видно было, что он испытал большое потрясение. Он курил, и рука с сигаретой дрожала, когда он подносил ее ко рту.

— Как ваше имя?

— Меня зовут Микаэль Блумквист. Здесь в одной квартире только что кто-то застрелил двоих. Их зовут Даг Свенссон и Миа Бергман. Они находятся на третьем этаже. У двери собрались несколько жильцов из соседних квартир.

— Боже мой! — вырвалось у женщины.

— А вы кто? — спросил Мортенссон.

— Меня зовут Анника Джаннини.

— Вы живете здесь?

— Нет,— ответил Микаэль Блумквист.— Я договорился с убитыми, что заеду к ним. Это моя сестра, я обедал у нее в гостях, и она хотела отвезти меня домой.

— Так вы утверждаете, что двоих застрелили. Вы видели, как это случилось?

— Нет, я нашел их убитыми.

— Надо подняться наверх и взглянуть,— сказал Мортенссон.

— Погодите,— остановил его Микаэль.— По словам соседей, они услышали выстрелы перед самым моим приходом. Я позвонил в службу спасения через минуту после того, как вошел. С тех пор прошло меньше пяти минут. Это значит, что убийца еще находится где-то поблизости.

— Но вы не знаете его примет?

— Мы никого не видели. Возможно, что кто-нибудь из соседей кого-то заметил.

Мортенссон сделал знак Магнуссону, тот взял свое переговорное устройство и начал негромко докладывать в центральную службу. Комиссар обернулся к Микаэлю:

— Отведите нас, куда нужно.

Войдя в парадное, Микаэль остановился и молча указал на подвальную лестницу. Мортенссон наклонился и увидел там револьвер. Спустившись до самой нижней площадки, он проверил подвальную дверь и убедился, что она заперта.

— Ольссон, останься и присмотри тут,— велел Мортенссон.

Кучка соседей перед квартирой Дага и Миа поредела. Двое ушли к себе домой, но старик в коричневом халате по-прежнему был на своем посту. При виде полицейских он явно почувствовал облегчение.

— Я туда никого не впускал,— отчитался он.

— Это очень хорошо,— в один голос похвалили его Микаэль и Мортенссон.

— На лестнице, кажется, есть кровавые следы,— заметил полицейский Магнуссон.

Все посмотрели на отпечатки башмаков. Микаэль взглянул на свои итальянские мокасины.

— Очевидно, это мои следы,— сказал он.— Я заходил в квартиру. Там было очень много крови.

Мортенссон испытующе посмотрел на Микаэля. Приоткрыв дверь с помощью авторучки, он отметил, что в прихожей также остались следы.

— Направо! Даг Свенссон находится в гостиной, а Миа Бергман в спальне.

Мортенссон быстро осмотрел квартиру и уже через несколько минут вышел. С помощью переговорного устройства он попросил прислать ему в помощь криминалистов; тем временем прибыла «скорая помощь». Закончив разговор, Мортенссон обратился к медикам:

— Там два человека. Насколько могу судить, им уже не поможешь. Пусть кто-нибудь из вас туда заглянет, но по возможности постарается не затоптать следы.

Чтобы убедиться в том, что медикам здесь нечего делать, не потребовалось много времени. Дежурный врач «скорой помощи» вынес заключение, что тела не нужно доставлять в больницу для реанимационных мероприятий, так как здесь даже чудо не помогло бы. Микаэль вдруг почувствовал ужасный приступ дурноты и обратился к Мортенссону:

— Я выйду. Мне нужно на воздух.

— К сожалению, я пока не могу вас отпустить.

— Не беспокойся,— сказал Микаэль.— Я только посижу на улице.

— Покажите, пожалуйста, ваши документы.

Микаэль достал бумажник и отдал его Мортенссону, а затем, не говоря ни слова, повернулся, спустился вниз и сел на тротуаре перед домом, где его все еще дожидалась Анника в обществе полицейского Ольссона. Анника присела перед ним на корточки:

— Микке, что случилось?

— Два человека, которые мне очень нравились, убиты. Даг Свенссон и Миа Бергман. Это его рукопись я хотел тебе показать.

Анника Джаннини поняла, что сейчас не время приставать к Микаэлю с расспросами. Она обняла его за плечи и осталась сидеть с ним, глядя, как прибывают новые полицейские машины. На противоположной стороне улицы уже собралась кучка любопытствующих ночных прохожих. Микаэль молча смотрел на них, а полиция тем временем устанавливала ограждение. Началось расследование убийства.

Только под утро, в начале четвертого, Микаэль и Анника наконец-то покинули уголовный розыск. Час они просидели в машине Анники перед домом в Энскеде в ожидании дежурного прокурора, который должен был начать предварительное следствие. Затем обоих, поскольку Микаэль был другом убитых и именно он обнаружил трупы и вызвал полицию, попросили проехать с полицейскими в Кунгсхольм*, чтобы, как они выразились, оказать помощь следствию.

Там они долго прождали, прежде чем их наконец допросила инспектор Анита Нюберг — особа с волосами цвета спелой ржи лет двадцати по виду.

«Похоже, я начинаю стареть!» — подумал Микаэль.

К трем часам ночи он успел выпить столько чашек черного кофе, что чувствовал себя уже совершенно трезвым и больным. Ему даже пришлось внезапно прервать допрос и бежать в туалет, где его стошнило. Перед глазами у него все

---

* Кунгсхольм — остров и район Стокгольма, в котором находится полицейское управление.

время так и стояло изуродованное лицо Миа Бергман. Прежде чем вернуться в кабинет, он выпил несколько кружек воды и долго умывался, пытаясь собраться с мыслями, чтобы подробно ответить на вопросы, которые задавала ему Анита Нюберг.

— Были ли у Дага Свенссона и Миа Бергман враги?

— Насколько мне известно, нет.

— Приходили ли им какие-нибудь угрозы?

— Нет, насколько я знаю.

— Какие у них были отношения?

— По-видимому, они любили друг друга. Как-то Даг обмолвился о том, что они собираются завести ребенка, когда Миа защитит докторскую.

— Употребляли ли они наркотики?

— Не имею никакого представления, однако не думаю. Разве что в виде исключения могли выкурить косяк по какому-нибудь особенному случаю.

— Почему вы так поздно приехали к ним домой?

Микаэль подробно объяснил.

— Не кажется ли вам это очень необычным — являться в гости в такой поздний час?

— Да, конечно. Это был первый такой случай.

— Как вы с ними познакомились?

— По работе,— сказал Микаэль и снова пустился в пространные объяснения.

Снова и снова ему приходилось отвечать на вопросы, связанные с тем, что он выбрал такое странное время для своего посещения.

Выстрелы слышал весь дом. Они прозвучали один за другим с промежутком менее пяти секунд. Семидесятилетний сосед в коричневом халате жил ближе всех к этой квартире. Сейчас он был на пенсии, а раньше служил в береговой артиллерии в чине майора. Он встал с дивана, на котором смотрел телевизор, сразу после второго выстрела и тотчас же вышел на лестничную площадку. Если учесть, что у него плохо работали тазобедренные суставы и встать с дивана ему стоило некоторого труда, выходило, что дойти до двери и выбраться из квартиры старик сумел секунд за тридцать. Ни он и никто другой из соседей не видели преступника.

Согласно приблизительной оценке всех свидетелей, Микаэль появился перед дверью квартиры через пару минут после выстрелов или даже чуть меньше.

Микаэль и Анника могли видеть все, что делается на улице, приблизительно в течение тридцати секунд — пока Анника искала нужный подъезд, парковывала машину и Микаэль, обменявшись с ней несколькими словами, переходил через дорогу и поднимался по лестнице. Это означало, что перед остановкой машины Анники напротив подъезда у преступника было тридцать или сорок секунд для того, чтобы выйти из квартиры, спуститься вниз, бросить оружие на лестницу в подвал, покинуть дом и скрыться. И все это ему удалось сделать, оставшись незамеченным.

Все говорило о том, что Микаэль и Анника разминулись с убийцей за считаные секунды.

В какой-то момент Микаэль понял, что криминальный инспектор Анита Нюберг склоняется к мысли, что убийцей вполне мог быть он сам: что он просто спустился на следующую площадку, а потом, когда собрались соседи, сделал вид, будто только что вошел в дом. Но у Микаэля было алиби — свидетельство его сестры и убедительный расчет времени событий. Все его действия, включая телефонный разговор с Дагом Свенссоном, могли подтвердить многочисленные члены семейства Джаннини.

Наконец Анника не выдержала и вмешалась. Она сказала, что Микаэль оказал всю возможную помощь и содействие, но теперь он устал и плохо себя чувствует. Пора заканчивать допрос и отпустить его домой. Она напомнила о том, что выступает в качестве адвоката своего брата и что у него, как у всякого человека, есть права, установленные если не Богом, то, по крайней мере, риксдагом.

———

Выйдя на улицу, они постояли возле машины.

— Иди домой и поспи,— посоветовала Анника.

Микаэль покачал головой:

— Мне надо съездить к Эрике. Она их тоже знала. Не могу я просто сообщить ей это по телефону и не хочу, чтобы утром она услышала об этом в программе новостей.

Анника хоть и не сразу, но согласилась, что он прав.

— Ну что ж, раз надо, значит, поехали в Сальтшёбаден,— сказала она.

— А ты сможешь?

— А иначе зачем нужны младшие сестры!

— Если ты подвезешь меня до Накка-центра, я могу поймать там такси или дождусь автобуса.

— Не говори ерунды! Давай садись, я тебя отвезу.

Глава

12

Великий четверг, 14 марта

По виду Анники было заметно, что она тоже устала, и Микаэлю удалось уговорить ее не ехать ради него вокруг Леннерстасунда, на что понадобился бы лишний час, а просто высадить его в Накка-центре. Чмокнув сестру в щечку, он поблагодарил за все, что она сделала для него в эту ночь; когда она развернулась и скрылась из вида, он вызвал по телефону такси.

В районе Сальтшёбаден Микаэль бывал всего несколько раз, когда навещал Эрику и ее мужа, да и то уже более двух лет назад. Микаэль не знал подробностей того, как протекает их семейная жизнь. С Эрикой он познакомился в начале восьмидесятых годов и собирался продолжать эту связь, пока не состарится настолько, что уже не сможет даже забраться в кресло-каталку. Их отношения прерывались только однажды в конце восьмидесятых, когда он женился, а Эрика вышла замуж. Перерыв продлился больше года, но потом оба изменили своим супругам.

После этого Микаэль развелся. Муж Эрики, Грегер Бекман, сделал вывод, что раз уж их взаимная страсть настолько сильна и способна продержаться долгие годы вопреки всем условностям и общепринятым моральным нормам, то уж ничто не в силах оторвать их друг от друга. Он заявил также, что не хочет потерять Эрику подобно тому, как Микаэль потерял свою жену.

Когда Эрика призналась мужу, что изменила ему, Грегер Бекман решил встретиться с Микаэлем Блумквистом. Тот уже ждал его прихода и заранее боялся: он чувствовал себя подлецом. Но вместо того чтобы набить Микаэлю морду, Грегер Бекман пригласил его пройтись вместе по кабакам. После третьей пивной в Сёдермальме они наконец почувствовали, что достаточно набрались для того, чтобы перейти к серьезному разговору, который произошел уже на рассвете на парковой скамейке поблизости от площади Мариаторгет.

Микаэль сначала не поверил своим ушам. Грегер Бекман напрямик заявил ему, что, если Микаэль попробует разрушить его брак с Эрикой, он явится к нему на трезвую голову и с дубинкой. Если же речь идет всего лишь о влечениях плоти и неспособности духа смирить ее желания, тогда, дескать, он готов отнестись к этому снисходительно.

С тех пор Микаэль и Эрика больше не пытались скрывать свои отношения от Грегера Бекмана, и их связь продолжалась уже с его ведома. Насколько Микаэлю было известно, Грегер и Эрика по-прежнему были счастливы в браке. Грегер смирился с их связью настолько, что Эрика могла когда угодно позвонить ему и сказать, что решила провести эту ночь с Микаэлем, причем такое случалось нередко.

Грегер Бекман ни разу не сказал о Микаэле ни одного дурного слова. Напротив, он, кажется, даже считал, что связь того с Эрикой имеет свою хорошую сторону: это обстоятельство поддерживает их брак в тонусе, не дает ему превратиться в рутину, а ему самому заскучать рядом с женой, которая якобы никуда от него не денется.

В отличие от Грегера Микаэль всегда чувствовал себя в его обществе неловко и считал это неизбежной платой за свободные от предрассудков взгляды на жизнь. Поэтому-то он редко бывал в Сальтшёбадене, посещая лишь большие званые вечера, его отсутствие на которых было бы слишком заметно и произвело бы неприятное впечатление.

И вот он стоит перед их просторной виллой площадью в двести пятьдесят квадратных метров. Ему очень не хотелось являться сюда с дурными вестями, но он решительно нажал кнопку звонка и не отпускал около сорока секунд, пока не услышал шаги. На пороге показался сонный и злой Грегер Бекман с обмотанным вокруг пояса полотенцем, но, увидев перед дверью любовника своей жены, он тут же постарался стряхнуть сон.

— Здравствуй, Грегер,— сказал Микаэль.

— Доброе утро, Блумквист. Который, черт возьми, час?

Грегер Бекман был белокур и худ, с густой растительностью на груди и почти лысой головой. На щеках у него красовалась недельная щетина, а над правой бровью протянулся заметный шрам — след серьезной аварии во время путешествия на парусной яхте, произошедшей несколько лет назад.

— Начало шестого,— ответил Микаэль.— Ты не мог бы разбудить Эрику? Мне нужно с ней поговорить.

Грегер Бекман решил, что раз уж Микаэль, преодолев себя, явился против обыкновения в Сальтшёбаден, значит, случилось нечто экстраординарное. Вдобавок весь вид Микаэля говорил о том, что ему срочно требуется кружка грога или, по крайней мере, кровать, в которой он мог бы выспаться. Поэтому Грегер открыл дверь и впустил нежданного гостя.

— Что случилось? — спросил он.

Прежде чем Микаэль успел ответить, на лестнице появилась Эрика, на ходу завязывая пояс белого махрового халата. Увидев, что внизу стоит Микаэль, она остановилась на полпути.

— Что такое?

— Даг Свенссон и Миа Бергман,— сказал Микаэль.

На его лице было ясно написано, с какой он пришел новостью.

— Нет! — воскликнула она и тотчас же закрыла ладонью рот.

— Я к вам прямиком из полиции. Даг и Миа сегодня ночью были убиты.

— Убиты! — одновременно воскликнули Эрика и Грегер.

Эрика недоверчиво взглянула на Микаэля:

— Ты серьезно?

Микаэль удрученно кивнул:

— Кто-то вошел к ним в квартиру и застрелил обоих. Я обнаружил тела.

Эрика села на ступеньку.

— Я не хотел, чтобы тебе пришлось узнать об этом из утренних новостей,— сказал Микаэль.

Утром Великого четверга Микаэль и Эрика вошли в помещение редакции «Миллениума», когда на часах было без одной минуты семь. Эрика уже успела позвонить Кристеру Мальму и секретарю редакции Малин Эрикссон и, подняв их с постели, сообщить о том, что Даг и Миа были этой ночью убиты. Кристер и Малин жили гораздо ближе к редакции, поэтому они прибыли туда первыми и приготовили кофе.

— Что, черт возьми, случилось? — спросил Кристер Мальм.

Малин Эрикссон шикнула на него и включила семичасовой выпуск новостей.

Два человека, мужчина и женщина, застрелены вчера в квартире одного из домов в районе Энскеде. Полиция сообщает, что произошло двойное убийство. Ни один из погибших до сих пор не был известен полиции. Никому не известно, что кроется за этим убийством. Наш репортер Хана Улофссен сообщает с места события:

«Незадолго до полуночи в полицию позвонили и сообщили, что в одном из домов на Бьёрневеген в районе Энскеде из квартиры слышны были выстрелы. По словам соседей, в квартире было произведено несколько выстрелов. О мотивах ничего не известно, и пока что преступник не арестован. Полиция никого не впускает в квартиру, и там работают криминалисты».

— Очень краткое сообщение,— сказала Малин и уменьшила звук. Затем она расплакалась. Эрика подошла к ней и обняла за плечи.

— Вот черт! — выругался Кристер Мальм в пространство.

— Садитесь! — твердо распорядилась Эрика Бергер.— Микаэль...

Микаэль еще раз рассказал о событиях этой ночи, монотонно, сухим языком газетной статьи описал, как он нашел Дага и Миа.

— Вот черт! — повторил Кристер Мальм.— Это же какое-то безумие!

Малин опять не справилась с волнением, но она и не пыталась сдержать слезы.

— Простите меня! — только и сказала она.

— Я чувствую то же самое,— сказал Кристер.

Микаэль удивился, что сам не может плакать. Он только чувствовал в душе огромную пустоту и был точно оглушенный.

— Итак, на этот час нам известно очень немного,— начала Эрика Бергер.— Нужно обсудить две вещи. Первое: осталось три недели до сдачи материалов Дага Свенссона. Собираемся ли мы по-прежнему делать эту публикацию? Второе мы с Микаэлем обговаривали по дороге сюда.

— Мы не знаем, почему произошло убийство,— сказал Микаэль.— Возможно, причиной стало что-то из частной жизни Дага и Миа, или это мог быть какой-нибудь безумец. Однако нельзя исключать, что это как-то связано с их работой.

За столом воцарилось молчание. Наконец Микаэль откашлялся:

— Как уже сказано, мы готовимся опубликовать чертовски непростой сюжет, где будут названы имена людей, которые меньше всего хотят подобной славы. Две недели назад Даг начал встречи с упоминаемыми лицами. Поэтому я подумал, не мог ли кто-то из них...

— Погоди,— сказала Малин Эрикссон.— Мы готовим разоблачение трех полицейских, двое из которых работают в тайной полиции и один в отделе нравов, нескольких адвокатов, одного прокурора и одного судьи, а также парочку нечистоплотных по части порнографии журналистов. Неужели же кто-то из них совершил двойное убийство ради того, чтобы не допустить публикацию?

— Н-да, не знаю, что и сказать,— задумчиво протянул Микаэль.— Конечно, им есть что терять. Но, признаться, на мой взгляд, с их стороны было бы страшно глупо думать, будто можно предотвратить разоблачение, просто убив журналиста. Но кроме них в материале фигурирует целый ряд сутенеров и их клиентов, и даже если мы будем описывать их под вымышленными именами, нетрудно вычислить, о ком идет речь на самом деле. Некоторые из них уже имеют судимости за преступления, связанные с насилием.

— О'кей,— вмешался Кристер.— Судя по твоим описаниям, это убийство больше всего похоже на расправу. И если я правильно понял, то герои очерка Дага Свенссона как раз не отличаются высоким интеллектуальным уровнем. Так способны ли они совершить двойное убийство и при этом не попасться?

— Много ли надо ума, чтобы сделать два выстрела? — спросила Малин.

— Сейчас мы с вами толкуем о таких вещах, о которых нам ничего не известно,— заметила Эрика Бергер.— А мы должны рассмотреть другой вопрос: если статьи Дага или, может быть, исследование Миа явились поводом для убийства, то нам нужно усилить меры безопасности в нашей редакции.

— И еще третий вопрос,— добавила Малин.— Идти ли нам в полицию с этими именами? Что ты сегодня ночью сказал полицейским?

— Я ответил на все заданные ими вопросы. Я рассказал, над каким сюжетом работал Даг. Но меня не расспрашивали о деталях, и я не называл никаких имен.

— Очевидно, нам следовало бы это сделать,— сказала Эрика Бергер.

— Не так уж это очевидно,— возразил Микаэль.— Предположим, мы дадим им список имен. Но что мы будем делать, если полиция начнет задавать вопросы о наших источниках? Мы ведь не можем выдавать их, раз уж они пожелали остаться анонимными. А это касается целого ряда девушек, с которыми беседовала Миа.

— Ну и каша у нас заварилась! — воскликнула Эрика.— Это возвращает нас к первому вопросу: будем мы это публиковать?

— Погоди! Мы можем поставить это на голосование, но я как-никак ответственный редактор и собираюсь впервые за всю свою практику принять решение совершенно самостоятельно. Мой ответ будет «нет». Мы не можем опубликовать этот материал в следующем номере. Было бы совершенно неразумно делать все по-старому, будто ничего не произошло.

Над столом повисло молчание.

— Я очень хочу опубликовать этот материал, но нам, вероятно, нужно будет довольно многое в нем изменить. Вся документация была у Дага и Миа, и Миа собиралась подать в полицию заявление на лиц, чьи имена будут названы в публикации. Она опиралась на свои профессиональные знания. А у нас они есть?

В этот момент хлопнула входная дверь и на пороге показался Хенри Кортес.

— Это были Даг и Миа? — проговорил он, еле переводя дух.

Все кивнули.

— Вот черт! С ума можно сойти!

— Откуда ты об этом услышал? — поинтересовался Микаэль.

— Мы с моей девушкой возвращались домой после праздников и в такси услышали разговор по радиосвязи. Полицейские расспрашивали о рейсах на эту улицу. Я узнал знакомый адрес и не мог не прийти.

У Хенри Кортеса был такой потрясенный вид, что Эрика подошла и обняла его, прежде чем пригласить за стол. После этого она снова вернулась к обсуждению.

— Мне кажется, Даг хотел бы, чтобы мы опубликовали этот материал.

— Я так и считаю, что мы это сделаем. Книгу — обязательно. Однако с опубликованием статей при нынешней ситуации нам торопиться не следует.

— Так что же мы будем делать? — спросила Малин.— Ведь проблема не в том, чтобы заменить одну статью. Это тематический номер, и тогда придется менять все содержание журнала.

Эрика немного помолчала и вдруг слабо улыбнулась — это была первая человеческая улыбка за все время.

— Ты надеялась, что на Пасху будешь свободна от дел, Малин? — спросила она.— Забудь об этом! Вот как мы поступим: ты, Малин, вместе со мной и Кристером засядешь за составление совершенно нового номера без материала Дага Свенссона. Посмотрим, нельзя ли будет подготовить для него несколько текстов из тех, которые должны были войти в июньский номер. Скажи, Микаэль, сколько материала ты успел получить от Дага?

— В окончательном варианте у меня лежит девять глав из двенадцати; кроме того, Даг собирался прислать мне десятую и одиннадцатую — надо посмотреть мою электронную почту. Но от двенадцатой, заключительной, главы я получил только часть. Там он собирался подвести итоги расследования и сделать выводы.

— Но ведь вы с Дагом обсуждали вместе все главы?

— Если ты имеешь в виду, знаю ли я, что он собирался там написать, то да, я это знаю.

— О'кей, ты засядешь за тексты. Возьмешь и книжку, и статьи. Я хочу знать, сколько осталось недоработанного и сможем ли мы воспроизвести то, чего не успел доделать Даг. Можешь ли ты дать приблизительное заключение еще сегодня?

Микаэль кивнул.

— Я хочу также, чтобы ты продумал, как нам себя вести с полицией. Что можно сказать, а чего нельзя, не нарушив права тех, кто сообщил нам соответствующую информацию. Никто из сотрудников журнала не будет ничего говорить, не посоветовавшись с тобой.

— По-моему, это будет правильно,— одобрил ее решение Микаэль.

— Ты серьезно думаешь, что работа Дага могла послужить поводом к его убийству?

— Она или исследование Миа... Не знаю. Однако такую возможность нельзя исключать.

Эрика Бергер немного подумала.

— Нет, этого мы не можем сделать. Придется тебе взять это на себя.

— Что взять на себя?

— Расследование.

— Какое расследование?

— Наше расследование, черт возьми! — Тут Эрика вдруг повысила голос.— Даг Свенссон был журналистом и работал на «Миллениум». Если его убили из-за работы, то я хочу это знать. Придется нам самим докапываться до того, как было дело. Эта часть работы ложится на тебя. Начни с проверки всего материала, который Даг представил в издательство, и подумай, мог ли он послужить поводом для убийства.

Затем она обратилась к Малин Эрикссон:

— Малин, если ты поможешь мне сегодня составить приблизительный план совершенно нового номера, то мы с Кристером возьмем на себя черную работу. Но ты очень много работала с материалом Дага Свенссона и остальными текстами для текущего номера. Поэтому я хочу, чтобы ты вместе с Микаэлем проследила за ходом расследования.

Малин кивнула.

— Хенри, ты можешь сегодня поработать?

— Конечно могу.

— Обзвони всех остальных сотрудников «Миллениума» и сообщи о случившемся. Затем дозвонишься до кого надо в полиции и узнаешь, что сделано за это время. Разузнай, не намечается ли какой-нибудь пресс-конференции или чего-то в этом роде. Нам нужно быть в курсе событий.

— О'кей. Сперва я обзвоню сотрудников, а затем заскочу ненадолго домой, чтобы принять душ и позавтракать.

Вернусь через сорок пять минут, если только не отправлюсь прямиком из дома в Кунгсхольм.

— Поддерживай с нами постоянный контакт!

В комнате воцарилось молчание.

— О'кей,— сказал наконец Микаэль.— Обсуждение закончено?

— По-моему, да,— ответила Эрика.— Ты куда-то спешишь?

— Да. Надо позвонить одному человеку.

Харриет Вангер сидела на стеклянной веранде в доме Хенрика Вангера в Хедебю за завтраком, состоявшим из кофе и тостов с сыром и апельсиновым джемом. Вдруг зазвонил мобильный телефон. Она ответила, не посмотрев на дисплей, и услышала голос Микаэля Блумквиста:

— Доброе утро, Харриет.

— Спасибо на добром слове! Я-то думала, что ты никогда не встаешь раньше восьми.

— Так и есть, кроме тех случаев, когда я до утра не ложился. Сегодня была как раз такая ночь.

— Что-нибудь случилось?

— Ты слушала новости?

Микаэль вкратце рассказал ей о произошедшем.

— Какой ужас! — сказала Харриет Вангер.— Как ты себя чувствуешь?

— Спасибо, ничего. Хотя бывало и лучше. А позвонил я тебе потому, что ты член правления «Миллениума» и тебе нужно быть в курсе. Думаю, что скоро какой-нибудь журналист разузнает, что это я обнаружил Дага и Миа, а это вызовет всякие предположения. А когда станет известно, что Даг работал за наш счет над расследованием, связанным с большими разоблачениями, то неизбежно возникнут вопросы.

— И ты считаешь, что я должна быть к этому подготовлена. О'кей. Что же мне следует отвечать?

— Скажи все как есть. Ты знаешь о случившемся. Ты, разумеется, потрясена ужасным убийством, но ты не знакома с содержанием его работы и потому не можешь давать комментарии. Расследование убийства — это дело полиции, а не «Миллениума».

— Спасибо, что ты меня предупредил. Я могу что-то сделать?

— Сейчас ничего. Но если я узнаю что-то новое, то дам знать.

— Хорошо. И пожалуйста, Микаэль, держи меня в курсе!

Глава

13

Великий четверг, 24 марта

В семь часов утра Великого четверга прокурор Рихард Экстрём получил официальное распоряжение, согласно которому ему поручалось ведение предварительного следствия по делу о двойном убийстве в Энскеде. Его коллега, дежуривший этой ночью, довольно молодой и неопытный юрист, все же понял, что убийство в Энскеде представляет собой нечто из ряда вон выходящее, и позвонил помощнику прокурора своего лена, а тот, в свой черед, ночным звонком поднял с постели начальника полиции лена. Посовещавшись, они решили поручить эту работу добросовестному и опытному прокурору. Их выбор пал на Рихарда Экстрёма сорока двух лет.

Экстрём был худощавым и щуплым человеком ростом сто шестьдесят семь сантиметров, с жидкими светлыми волосами и небольшой бородкой. Всегда безупречно одетый, из-за малого роста он носил башмаки на высоких каблуках. Свою карьеру он начинал помощником прокурора Уппсалы; оттуда его перевели на должность ревизора в департамент юстиции, где он занимался согласованием шведского законодательства и законодательства ЕС и так хорошо справился со своей задачей, что некоторое время служил в качестве начальника отдела. На этой должности он обратил на себя внимание расследованием организационных недостатков в сфере правообеспечения и высказался за усиление эффективности, вместо того чтобы по примеру коллег потребовать увеличения ресурсов. Проработав четыре года в департаменте юстиции, он перешел в прокуратуру Стокгольма, где занимался различными делами, связанными с нашумевшими ограблениями и другими уголовными преступлениями насильственного характера.

В государственной администрации его считали социал-демократом, на самом же деле Экстрём был совершенно равнодушен к партийной политике. Он уже пользовался определенной известностью в СМИ, а в коридорах власти его уважали как лицо, с которым считается высшее начальство. Он, безусловно, был кандидатом на высокие должности, и в силу приписываемых ему политических убеждений у него образовались обширные связи в политических кругах и силовых структурах. Среди полицейских сложились разные мнения о его способностях. Его работа в департаменте юстиции вызвала к нему неблагоприятное отношение в среде тех, которые считали увеличение численности личного состава наилучшим способом укрепления правопорядка. Но с другой стороны, Экстрём показал себя человеком, который не привык церемониться, когда нужно было довести дело до суда.

Получив от дежурных криминалистов краткий отчет о событиях этой ночи в Энскеде, Экстрём сразу понял, что дело это непростое и наверняка вызовет целую бурю в СМИ. Это не было обычным убийством. Убитыми оказались ученый-криминолог и журналист — последних он порой ненавидел, порой любил, в зависимости от ситуации.

В самом начале восьмого Экстрём в спешке пообщался по телефону с начальником уголовной полиции лена. В четверть восьмого он снова снял трубку и поднял с постели инспектора уголовного розыска Яна Бублански, более известного среди сослуживцев под прозвищем Констебль Бубла, то есть Пузырь. Вообще-то у Бублански был выходной, его отпустили на все праздники в счет накопившихся за год переработанных часов, но теперь его попросили прервать свой отдых и немедленно явиться в полицейское управление, чтобы возглавить группу по расследованию убийства в Энскеде.

Инспектору Бублански было пятьдесят два года, и более половины своей жизни, с двадцатитрехлетнего возраста, он проработал в полиции. Шесть лет он отъездил патрульным, поработал с торговцами оружием и ворами и лишь после этого, пройдя переподготовку, был с повышением переведен в отдел по борьбе с насильственными преступлениями уголовной полиции лена. За последние десять лет он принимал участие в расследовании тридцати трех убийств. По семнадцати из них он сам возглавлял следствие, в результате четырнадцать дел были раскрыты, а еще по двум полиция выяснила, кто был убийцей, однако для передачи дела в суд не хватило доказательств. И только в одном-единственном случае шестилетней давности Бублански и его сотрудники потерпели неудачу. Речь шла об убийстве заядлого алкоголика и скандалиста, зарезанного у себя дома в Бергсхамре. На месте преступления было найдено бессчетное множество отпечатков и следов ДНК, оставленных там десятком лиц, которые в течение года перебывали в этом доме и поучаствовали там в различных пьянках и драках. Бублански и его сотрудники не сомневались, что виновника надо искать среди пьяниц и хулиганов, которые составляли обширный круг знакомств убитого, однако, невзирая на все усилия, преступнику удалось остаться неизвестным.

В общем и целом у инспектора Бублански были очень хорошие показатели раскрываемости, и среди сослуживцев он пользовался репутацией заслуженного работника.

Но в то же время коллеги посмеивались над его чудачествами — отчасти они объяснялись тем, что он был евреем и по большим праздникам своего народа появлялся в коридорах полицейского управления в ермолке. Некогда один из тогдашних крупных полицейских начальников высказался в том смысле, что, дескать, по его мнению, полицейскому точно так же не пристало появляться на службе в ермолке, как, например, в тюрбане. Однако обсуждение этого вопроса на том и закончилось. Один из журналистов прицепился к этому высказыванию и начал задавать вопросы, после чего начальник быстро ретировался в служебное помещение.

Бублански принадлежал к сёдерской общине и, когда не находилось кошерной еды, заказывал вегетарианские блюда, однако не был настолько ортодоксален, чтобы не работать по субботам. Бублански тоже быстро сообразил, что двойное убийство в Энскеде не обещает простого расследования. Как только он в начале девятого явился на службу, Рихард Экстрём тотчас же отвел его в сторонку.

— Похоже, что это скверная история,— сказал вместо приветствия Экстрём.— Убитая пара — это журналист и женщина-криминолог. И мало того: обнаружил их тоже журналист.

Бублански кивнул. Сказанное означало, что расследование будет проходить под пристальным наблюдением СМИ, которые не оставят без внимания ни одной мелочи.

— И вот тебе еще соль на рану: тот журналист, что первым их нашел,— это Микаэль Блумквист из «Миллениума».

— Ого! — отозвался Бублански.

— Тот, который прославился шумихой вокруг дела Веннерстрёма.

— Нам что-нибудь известно о мотиве преступления?

— В настоящее время ровно ничего. Личности обоих убитых нам не знакомы. Девушка через пару недель должна была защищать докторскую. Расследование по этому делу будет для нас задачей первоочередной важности.

Бублански опять кивнул. Для него любое убийство представляло задачу первоочередной важности.

— Мы сформируем группу. Ты должен приступить к работе как можно скорее, а я прослежу за тем, чтобы ты был обеспечен всеми необходимыми ресурсами. В помощь тебе будут приданы Ханс Фасте и Курт Свенссон, а также к тебе будет прикомандирован Йеркер Хольмберг, блестящий специалист по обследованию места преступления. Он работает над убийством в Ринкебю, но там преступник, похоже, сбежал за границу. Можешь привлекать на помощь следователей из Главного управления уголовной полиции.

— Мне нужна Соня Мудиг.

— Не слишком ли молода?

Бублански приподнял брови и бросил на Экстрёма удивленный взгляд:

— Ей тридцать девять лет, так что она не намного моложе тебя. К тому же она очень проницательна.

— О'кей. Тебе решать, кого ты хочешь включить в группу, а там как получится. Руководство уже интересовалось нашими делами.

Последнее заявление Бублански воспринял как некоторое преувеличение. Руководство в этот ранний час, вероятно, еще только садилось завтракать.

Настоящее полицейское расследование стартовало в начале девятого, когда инспектор Бублански собрал свою группу в конференц-зале уголовной полиции лена. Оглядев собрание, он остался не совсем доволен составом группы.

Из присутствующих в помещении больше всего он надеялся на Соню Мудиг. Она работала в полиции уже двенадцать лет, из них четыре года в отделе насильственных преступлений и уже не раз принимала участие в расследованиях под руководством инспектора Бублански. Она работала тщательно и методично и к тому же обладала некими качествами, которые Бублански считал самыми важными при расследовании запутанных дел,— развитым воображением и ассоциативным мышлением. По крайней мере в ходе двух сложных расследований Соне Мудиг удалось найти связь отдаленных друг от друга фактов, которой другие не заметили, и в результате этого вывести расследование на правильный путь. Кроме того, она отличалась холодноватым интеллектуальным юмором, который Бублански умел оценить по достоинству.

Радовало руководителя также то, что он заполучил в свою группу пятидесятипятилетнего Йеркера Хольмберга родом из Онгерманланда. Угловатый и педантичный, он был совершенно лишен того воображения, которое составляло неоценимое достоинство Сони, зато являлся, может быть, лучшим во всей шведской полиции, как считал Бублански, специалистом по исследованию места преступления. За прошедшие годы им не раз доводилось работать в одной следственной группе, и Бублански не сомневался, что если на месте преступления остались какие-то следы, то Хольмберг непременно их найдет, поэтому его главной задачей стало руководство всей работой в квартире жертв.

Курта Свенссона недавно перевели из полиции Хюддинге, где он много лет занимался бандами, и его Бублански еще не знал как сотрудника. Это был молчаливый, крепко сбитый тридцативосьмилетний блондин с таким коротким ежиком на голове, что казалось, будто он лысый, по слухам отличавшийся вспыльчивым характером и тяжелой рукой. Иносказательно это могло означать, что он, вероятно, применял в отношении подследственных методы, не вполне отвечающие полицейскому уставу. Однажды, десять лет тому назад, поступило заявление, в котором Курт Свенссон обвинялся в применении физических методов воздействия, но в результате проведенного расследования Свенссон был признан невиновным по всем пунктам.

Однако репутацию ему создал другой случай. В октябре 1999 года Курт Свенссон с одним сослуживцем ездил за хулиганом, которого нужно было доставить на допрос. Полиции этот хулиган был уже знаком, несколько лет он держал в страхе своих соседей, которые жаловались на его грубое и вызывающее поведение. На этот раз полиция получила информацию о том, что он подозревается в ограблении видеомагазина в Норсборге. Это на первый взгляд совершенно рутинное полицейское мероприятие привело к большим неприятностям, так как хулиган, вместо того чтобы покорно дать себя увести, пустил в ход нож. В завязавшейся борьбе напарник Курта Свенссона получил многочисленные раны на ладонях и лишился большого пальца на левой руке, а затем преступник занялся Куртом Свенссоном, и впервые за всю свою полицейскую практику тот вынужден был пустить в ход служебное оружие. Курт Свенссон выпустил три пули. Сначала он сделал предупредительный выстрел, затем выстрелил на поражение, но, как это ни удивительно, умудрился не попасть в преступника, хотя расстояние между ними составляло менее трех метров. Третья пуля попала несчастному в корпус и разорвала крупную артерию, отчего тот за несколько минут истек кровью. Последующее расследование сняло вину с Курта Свенссона, что вызвало в СМИ громкие дебаты, в ходе которых обсуждалось монопольное право государства на применение насилия, а имя Курта Свенссона упоминалось в одном ряду с двумя полицейскими, забившими до смерти Осмо Валло*.

У инспектора Бублански сначала имелись по поводу Курта Свенссона некоторые сомнения, однако за полгода он так и не обнаружил прямого повода для упрека. Напротив, со временем Бублански даже начал испытывать известное уважение к этому молчаливому и знающему сотруднику.

Последним членом следственной группы под началом инспектора Бублански стал сорокасемилетний Ханс Фасте — ветеран отдела по борьбе с насильственными преступлениями, проработавший в нем пятнадцать лет. Однако именно он послужил главной причиной, из-за которой Бублански был недоволен ее составом. У Фасте имелись свои положительные и отрицательные стороны. К первым относились его опытность и навыки, выработанные в ходе сложных расследований, а ко вторым, на взгляд инспектора, его эгоцентризм и дурацкий юмор, способный вывести из себя любого здравомыслящего человека — по крайней мере, самого Бублански он чрезвычайно раздражал. Некоторые черточки и особенности этого Фасте Бублански просто терпеть не мог. Но впрочем, если не давать ему распускаться, он показывал себя вполне компетентным следователем. Кроме того, для Курта Свенссона, совсем не отличавшегося дурацкой смешливостью, Фасте стал чем-то вроде ментора. В ходе расследований они часто работали как напарники.

На собрание группы была приглашена криминальный инспектор дежурной части Анита Нюгрен — она проинформировала присутствующих о проведенном ночью допросе Микаэля Блумквиста, а также комиссар Освальд Мортенссон с отчетом о том, что они застали на месте преступле-

---

* Осмо Валло погиб при аресте в 1995 г.

ния, когда прибыли туда по вызову. Оба выглядели измотанными и мечтали поскорее попасть домой и поспать, но Анита Нюгрен уже вынула фотографии с места происшествия и пустила их по кругу среди собравшихся.

После получасовой беседы все получили ясное представление о ходе событий. Бубланcки подвел итог:

— Принимая во внимание, что техническое обследование места преступления еще не закончено, дело, очевидно, происходило следующим образом: неизвестное лицо, не замеченное соседями или другими свидетелями, проникло в квартиру в Энскеде и убило обоих сожителей, Свенссона и Бергман.

— Мы еще не знаем, является ли найденный там револьвер орудием убийства, но он уже отправлен в криминалистическую лабораторию,— вмешалась в разговор Анита Нюгрен.— Это первоочередное дело. Мы также нашли пулю — ту, что попала в Дага Свенссона — в стене между гостиной и спальней в сравнительно целом состоянии. А вот от пули, которая поразила Миа Бергман, остались одни фрагменты, так что я сомневаюсь, что эта находка нам что-нибудь даст.

— Спасибо и на том. Вообще этот чертов ковбойский револьвер «кольт магнум» следовало бы полностью запретить. Серийный номер у нас имеется?

— Пока еще нет,— сказал Освальд Мортенссон.— Я отправил револьвер и фрагмент пули с посыльным в криминалистическую лабораторию прямо с места преступления, не трогая его. Я решил, что так будет лучше.

— Это хорошо. Я еще не смог съездить туда и сам осмотреть место происшествия, но вы двое там были. Каковы ваши выводы?

Анита Нюгрен и Освальд Мортенссон переглянулись, и Нюгрен предоставила старшему товарищу отвечать на заданный им обоим вопрос.

— Во-первых, мы полагаем, что это был убийца-одиночка. Это выглядело как жестокая расправа. У меня создалось впечатление, что это сделал человек, у которого имелись веские причины убить Свенссона и Бергман, и он выполнил намеченное очень решительно.

— И на чем основано твое впечатление? — поинтересовался Ханс Фасте.

— В квартире царил порядок, все вещи на своих местах, нет признаков грабежа, избиения или чего-то подобного. Во-первых, стреляли только два раза и обе пули были пущены точно в голову. Следовательно, речь идет о человеке, который хорошо владеет оружием.

— О'кей.

— Посмотрим на схему... Согласно нашей реконструкции событий, Даг Свенссон был застрелен с очень близкого расстояния, возможно, ствол револьвера касался его лба. Вокруг входного отверстия заметен ожог. Предположительно он погиб первым. Выстрел отбросил Свенссона к стоявшей в комнате мебели. Вероятно, убийца находился на пороге холла или в дверях гостиной.

— О'кей.

— По словам соседей, выстрелы раздались один за другим с промежутком в несколько секунд. В Миа Бергман выстрелили из холла. Предположительно она стояла на пороге спальни и пыталась убежать. Пуля вошла пониже левого

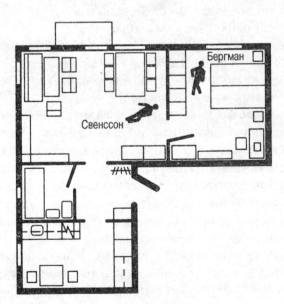

уха и вышла над правым глазом. Сила выстрела отбросила ее в спальню, где она и была найдена. Она ударилась о спинку кровати и упала на пол.

— Это был опытный стрелок,— подтвердил Фасте.

— Более того. После него не осталось следов, ведущих в спальню, он не пошел проверять, мертва ли она. Он знал, что убил ее, и сразу повернул назад и ушел из квартиры. Итак, два выстрела, двое убитых и уход из квартиры. Кроме того...

— Да?

— Не хочу предварять заключение технической экспертизы, но подозреваю, что убийца пользовался охотничьими боеприпасами. Смерть, по-видимому, последовала мгновенно. У обеих жертв наблюдаются ужасные повреждения.

За столом ненадолго воцарилось молчание. Никому не хотелось углубляться в дискуссию по этому поводу. Обычные охотничьи пули состоят из свинцового сердечника, заключенного в оболочку из более твердого материала,— они проходят сквозь тело насквозь, причиняя сравнительно небольшие повреждения. Но существуют так называемые экспансивные, иначе разворачивающиеся пули, которые при попадании в цель раскрываются, очень быстро отдавая энергию жертве, при этом наносят тяжелые повреждения, разрывая мышцы и разрушая кости. Есть очень большая разница между поражением от пули диаметром в девять миллиметров и поражением от пули, которая разворачивается до двух и даже трех сантиметров. Боеприпасы последнего типа имеют задачу вызвать обширное внутреннее кровотечение — для лосиной охоты это считается гуманным, поскольку убивает добычу довольно быстро и безболезненно. Использование охотничьих боеприпасов в военных действиях запрещено международными соглашениями, поскольку человек, раненный экспансивной пулей, почти всегда погибает, независимо от того, куда он был ранен.

Однако шведская полиция два года назад приняла мудрое решение ввести эти пули в свой арсенал. Зачем это было сделано, так и осталось неясным, зато было совершенно очевидно, что если бы знаменитый участник демонстрации в Гётеборге Ханнес Вестберг был ранен в живот пулей такого типа, выжить ему бы не удалось.

— Таким образом, выстрелы были сделаны с целью убить обоих,— сказал Курт Свенссон.

Его слова относились к происшествию в Энскеде, но в то же время выражали его мнение в той дискуссии, которая безмолвно велась за столом.

Анита Нюгрен и Освальд Мортенссон дружно кивнули.

— Отсюда и эта невероятная временная схема,— добавил Бублански.

— Именно. Произведя выстрелы, убийца немедленно покинул квартиру, спустился по лестнице, бросил оружие и скрылся в ночи. Сразу после этого — очевидно, речь идет о нескольких секундах — на машине прибыли Микаэль Блумквист и его сестра.

— Хмм...— промычал Бублански.

— Возможен такой вариант, что убийца ушел через подвал. Там есть боковая дверь, которой он мог воспользоваться; вышел на задний двор, а оттуда через лужайку на параллельную улицу. Но в этом случае он должен был иметь ключи от подвала.

— Есть ли признаки того, что убийца скрылся этим путем?

— Нет.

— Таким образом, у нас нет даже приблизительной схемы, на которую можно было бы опереться,— сказала Соня Мудиг.— Но зачем ему было бросать здесь оружие? Если бы он унес его с собой или избавился от него где-нибудь подальше от дома, потребовалось бы больше времени, чтобы его отыскать.

Все пожали плечами — на этот вопрос ни у кого не было ответа.

— Как относиться к Блумквисту? — спросил Ханс Фасте.

— Он был явно потрясен случившимся,— сказал Мортенссон.— Но действовал правильно и адекватно и произвел впечатление честного человека. Его сестра подтвердила факт телефонного разговора и поездки на машине. Не думаю, что он тут замешан.

— Он — знаменитость среди журналистов,— заметила Соня Мудиг.

— СМИ еще устроят нам цирк,— согласился с ней Бублански.— Тем больше причин для нас разобраться с этим делом как можно скорее. О'кей... Ты Йеркер, займешься, конечно, исследованием места преступления и соседями. Ты, Фасте, вместе с Куртом соберешь информацию о жертвах: кто они такие, чем занимались, какой у них круг знакомых, у кого мог быть мотив для убийства? Мы с тобой, Соня, просмотрим полученные ночью показания. Затем ты составишь повременный график того, чем занимались Даг Свенссон и Миа Бергман в последние сутки перед смертью. Следующую нашу встречу назначим на четырнадцать тридцать.

Приступая к работе, Микаэль первым делом уселся за стол, который редакция предоставила этой весной в распоряжение Дага Свенссона. Некоторое время он просто сидел, собираясь с мыслями, потом наконец включил компьютер.

У Дага Свенссона был собственный лэптоп, и по большей части он работал у себя дома, но иногда он бывал и в редакции: как правило, два раза в неделю, а в последнее время и чаще. В «Миллениуме» он пользовался старeньким компьютером PowerMac G3, который стоял на столе и предназначался для временных сотрудников. Микаэль включил его. В компьютере осталась всякая всячина, с которой работал Даг Свенссон, в основном данные, собранные в Интернете, но нашлось и несколько разрозненных папок, куда он скопировал содержание своего лэптопа. Кроме этого у Дага Свенссона имелся полный архив в виде двух zip-дисков, хранившихся в запертом ящике письменного стола. Он ежедневно делал копию нового и обновленного материала, однако, поскольку в последние дни он не заходил в редакцию, последняя запасная копия была сделана в воскресенье вечером. Не хватало материалов за три дня.

Микаэль скопировал zip-диск и запер его в сейф в своем кабинете. После этого он за следующие сорок пять минут быстро просмотрел содержание оригинального диска, на котором имелось тридцать папок и бесчисленное множество подпапок. Это было полное собрание данных, накопленных за четыре года изучения каналов поставки секс-рабынь. Микаэль стал читать названия документов, стараясь отыскать те, в которых содержались засекреченные Дагом материалы с именами источников информации. К источникам, как отметил Микаэль, Даг подходил очень аккуратно: все материалы такого рода содержались в папке под названием «Источники/секретно». Сто тридцать четыре документа различного объема, содержащиеся в этой папке, зачастую очень короткие, Микаэль отметил и стер, причем не отправил в корзину, а перетащил на иконку программы «сжечь», которая тщательно уничтожала данные, байт за байтом. Затем он принялся за электронную почту. У Дага имелся собственный почтовый адрес в millenium.se, которым он пользовался как в редакции, так и на своем лэптопе, с собственным паролем, но с этим у Микаэля не возникло трудностей, так как по праву администратора он имел доступ ко всему почтовому серверу. Он скачал копию электронной почты Дага Свенссона и стер CD-диск.

Под конец он занялся той кипой бумаг, в которой лежали цитаты для ссылок, различные записи, газетные вырезки, судебные решения и корреспонденция, короче, все, что скопилось у Дага Свенссона за время его работы. Решив действовать наверняка, Микаэль пошел к копировальному аппарату и скопировал все, что казалось ему важным, общим счетом около двух тысяч страниц, на что ушло три часа.

Он отобрал все материалы, которые могли иметь какое-то отношение к источнику. Набралась пачка страниц в сорок, в основном там были записи из блокнота формата А4, который Даг хранил в запертом ящике письменного стола. Все это Микаэль сложил в конверт и отнес в свой кабинет, а все остальные материалы, относящиеся к проекту Дага

Свенссона, вернул на прежнее место на его письменном столе.

Лишь закончив эти дела, он перевел дух и спустился в супермаркет напротив, чтобы выпить чашечку кофе и закусить пиццей. Он руководствовался ошибочным предположением, что полиция может явиться в любой момент, дабы ознакомиться с содержимым рабочего стола Дага Свенссона.

Первый успех в ходе следствия появился уже в начале одиннадцатого утра, когда позвонил доцент Леннарт Гранлунд из Государственной криминально-технической лаборатории в Линчёпинге.

— Я по поводу двойного убийства в Энскеде.

— Уже?

— Револьвер поступил к нам сегодня рано утром, и хотя я еще не закончил анализ, но уже могу сообщить кое-что для вас интересное.

— Прекрасно. Расскажи, что ты выяснил,— терпеливо попросил констебль Бубла.

— Револьвер марки «Кольт-сорок пять Магнум», изготовленный в США в восемьдесят первом году.

— Дальше.

— Мы нашли отпечатки пальцев и, возможно, образец ДНК, однако этот анализ потребует времени. Мы обследовали также пули, которыми были застрелены убитые. Выстрелы действительно производились из этого револьвера, как это обычно и бывает, если оружие найдено рядом с местом убийства. Пули разорвались на мелкие кусочки, но есть фрагмент, пригодный для сравнения.

— Я полагаю, револьвер нелегальный. Серийный номер есть?

— Револьвер совершенно легальный. Он принадлежит адвокату Нильсу Эрику Бьюрману, куплен в восемьдесят третьем году. Бьюрман состоит членом полицейского стрелкового клуба и проживает на улице Уппландсгатан близ Уденплана.

— Слушай, это же черт-те что!

— На револьвере мы также нашли несколько отпечатков пальцев. Отпечатки оставлены по крайней мере двумя разными лицами.

— И что еще?

— Можно предположить, что часть из них принадлежит Бьюрману, если только револьвер не был украден или продан, но такой информации у меня, во всяком случае, нет.

— Ага! Таким образом, у нас появилась, что называется, ниточка.

— Другое лицо нашлось в полицейском регистре по отпечатку большого и указательного пальцев.

— Кто это?

— Женщина, дата рождения тридцатое апреля семьдесят восьмого. Она была задержана по поводу драки в Старом городе в девяносто пятом году, тогда же у нее были сняты отпечатки пальцев.

— А имя у нее есть?

— Разумеется! Лисбет Саландер.

Констебль Бубла вздернул брови и записал имя и идентификационный номер в блокнот, лежащий у него на столе.

Вернувшись в редакцию после позднего ланча, Микаэль Блумквист пошел в свой кабинет и заперся там на ключ в знак того, что ему нельзя мешать. Он еще не успел разобраться со всей информацией, которая нашлась в электронной почте и записях Дага Свенссона. Теперь он читал книгу и статьи Дага совершенно другими глазами, помня, что автор уже мертв и ничего не ответит на возникающие вопросы.

Еще предстояло решить, возможно ли вообще когда-нибудь издать эту книгу, а кроме того, установить, есть ли в книге материал, который мог послужить поводом для убийства. Включив свой компьютер, Микаэль приступил к работе.

Ян Бубланский быстро переговорил с начальником следственного отдела и поделился с ним данными, полученными криминалистической лабораторией. Было решено, что

Бублански и Соня Мудиг наведаются к адвокату Бьюрману для беседы, которая может обернуться допросом или, если того потребуют обстоятельства, арестом, между тем как сотрудники Ханс Фасте и Курт Свенссон обратятся к Лисбет Саландер за объяснением, каким образом ее отпечатки пальцев оказались на орудии убийства.

Обнаружение адвоката Бьюрмана на первый взгляд казалось делом нетрудным. Его адрес можно было найти в реестрах налогоплательщиков, владельцев оружия и автовладельцев; кроме того, он просто значился в телефонной книге. Бублански и Мудиг подъехали к Уденплану, и им повезло проскочить в подъезд дома на Уппландсгатан следом за каким-то молодым человеком.

Дальше дело пошло хуже. Они позвонили в дверь, но никто не открыл. Они поехали в контору Бьюрмана на площади Святого Эрика и тут потерпели точно такую же неудачу.

— Может быть, он в суде,— предположила инспектор Соня Мудиг.

— А может быть, он пристрелил этих двоих и улетел в Бразилию,— ответил Бублански.

Соня Мудиг кивнула и покосилась на своего коллегу. Ей нравилось его общество, и она была бы не прочь даже пофлиртовать с ним, если бы оба они не состояли в счастливых брачных союзах, причем она сама являлась матерью двоих детей. Прочитав таблички на соседних дверях этой площадки, она выяснила, что соседями Бьюрмана были зубной врач Нурман, контора под названием «Н-Консалтинг» и адвокат Руне Хоканссон.

Они постучались в дверь Руне Хоканссона.

— Здравствуйте, моя фамилия Мудиг, а это инспектор уголовного розыска Бублански. Мы из полиции и пришли по делу к адвокату Бьюрману. Не знаете ли вы, где его можно видеть?

Хоканссон покачал головой:

— Он теперь редко показывается. Два года назад он серьезно заболел и почти совсем прекратил свою профессиональную деятельность. Табличка по-прежнему висит на двери, но он появляется здесь не чаще чем раз в месяц.

— А чем он болен? — спросил Бублански.

— Я точно не знаю. Всегда крутился как заведенный, а тут вдруг исчез. Наверное, рак или что-то в этом роде. У меня с ним только шапочное знакомство.

— Вы только думаете или точно знаете, что рак? — спросила Соня Мудиг.

— Ну... не знаю. У него была секретарша, Бритт Карлссон или Нильссон, в общем, в этом роде. Пожилая женщина. Он ее уволил. Она и рассказала, что он заболел, но чем именно, я не знаю. Это было весной две тысячи третьего года. Я встретил его потом уже в конце года, за это время он постарел на десять лет, весь был такой изможденный и разом поседел... Ну вот я и сделал вывод. А что? Он что-нибудь натворил?

— Нет, ничего такого,— ответил Бублански.— Однако мы разыскиваем его по срочному делу.

Они еще раз съездили на Уденплан и снова позвонили в квартиру Бьюрмана, и опять им никто не ответил. Напоследок Бублански со своего мобильника попробовал позвонить на мобильник Бьюрмана и услышал в ответ: «Абонент, которого вы ищете, сейчас недоступен, пожалуйста, перезвоните попозже».

Он набрал номер домашнего телефона. За дверью были слышны слабые звонки, затем включился автоответчик, предлагающий оставить сообщение. Бублански и Соня Мудиг переглянулись и пожали плечами.

Был уже час дня.

— Кофе?

— Лучше уж гамбургер.

Они прошлись пешком до «Бургер Кинга» на Уденплане, где Соня Мудиг заказала «хоппер», а Бублански — вегетарианский бургер; закусив, они вернулись в управление.

Прокурор Экстрём назначил совещание в своем кабинете на два часа дня. Бублански и Мудиг сели рядом у стены возле окна. Курт Свенссон появился на две минуты позже и расположился напротив. Йеркер Хольмберг вошел с подносом, уставленным бумажными стаканчиками с кофе. Он побывал в Энскеде и собирался еще раз вернуться туда ближе к вечеру, когда техники закончат там свою работу.

— Где Фасте? — спросил Экстрём.

— Он в социальном ведомстве. Пять минут назад он звонил и сказал, что немного задержится,— ответил Курт Свенссон.

— О'кей. Как бы там ни было, мы начинаем. Что у нас есть? — без лишних слов приступил в делу Экстрём и сначала кивнул инспектору Бубланки.

— Мы пытались разыскать адвоката Нильса Бьюрмана. Его нет ни дома, ни на работе. По словам его коллеги-адвоката, он заболел два года тому назад и с тех пор почти прекратил всякую деятельность.

Соня Мудиг продолжила:

— Бьюрману пятьдесят шесть лет, он не числится в списках уголовной полиции. По роду своей деятельности в основном занимается экономическими вопросами. Больше мне ничего не удалось о нем узнать.

— Но он является владельцем револьвера, из которого было совершено убийство в Энскеде.

— Тут все чисто. У него есть лицензия на оружие, и он член полицейского стрелкового клуба,— ответил Бубланки.— Я поговорил с Гуннарссоном из оружейного отдела, он ведь председатель клуба и очень хорошо знает Бьюрмана. Он вступил в клуб в тысяча девятьсот семьдесят восьмом году и состоял в правлении на должности казначея в период с восемьдесят четвертого по девяносто второй год. Гуннарссон характеризует Бьюрмана как отличного стрелка, спокойного и рассудительного человека, без каких-либо отклонений.

— Интересуется оружием?

— Гуннарссон сказал, что, на его взгляд, Бьюрмана интересовала не столько стрельба как таковая, сколько общение. Ему нравилось стрелять по мишени, но он не делал из оружия культ. В восемьдесят третьем году он участвовал в стрелковом чемпионате и занял тринадцатое место. Последние десять лет он совсем забросил стрельбу и появлялся только на ежегодных собраниях и тому подобных мероприятиях.

— У него несколько единиц огнестрельного оружия?

— С тех пор как он поступил в стрелковый клуб, у него имелось четыре лицензии. Кроме «кольта» это была «беретта», «смит-и-вессон» и спортивный пистолет марки «Рапид». Все три других пистолета десять лет назад были проданы в клубе, и лицензии перешли к другим его членам. Никаких неясностей.

— Но ведь нам неизвестно, где он сейчас находится.

— Это так. Но мы начали поиски только сегодня в десять часов утра, так что он, может быть, просто вышел погулять в Юргорден, или попал в больницу, или что-нибудь в этом роде.

В этот момент вошел запыхавшийся Ханс Фасте.

— Простите за опоздание! Разрешите войти?

Экстрём сделал приглашающий жест.

— Оказывается, с именем Лисбет Саландер связано много интересного. Я провел день в социальном ведомстве и в опекунском совете.

Ханс Фасте снял кожаную куртку и повесил ее на спинку стула, затем сел и раскрыл блокнот.

— В опекунском совете? — нахмурился Экстрём.

— Эта девица больна на всю голову,— сказал Ханс Фасте.— Она объявлена недееспособной, и над ней установлено опекунство. Угадайте, кто ее опекун? — Он сделал театральную паузу.— Адвокат Нильс Бьюрман, владелец оружия, которое было использовано в Энскеде.

У всех присутствующих брови полезли вверх.

В течение пятнадцати минут Ханс Фасте излагал сведения, собранные им о Лисбет Саландер.

— Итак, если вкратце,— подвел итог Экстрём,— на орудии убийства мы имеем отпечатки пальцев женщины, которая до совершеннолетия неоднократно находилась под наблюдением в психиатрической лечебнице, которая, по имеющимся сведениям, зарабатывает на жизнь проституцией, по суду признана недееспособной и склонна к применению насилия, чему имеются документальные подтверждения. Так какого черта она до сих пор свободно расхаживает по улицам?

— Склонность к насилию была отмечена у нее еще в начальной школе,— сказал Фасте.— Похоже, что здесь мы имеем делом с настоящей психиатрической больной.

— Но пока что у нас нет ничего, что связывало бы ее с убитой парой.— Экстрём постучал по столу пальцами.— О'кей, возможно, это убийство окажется не таким уж труднораскрываемым. Имеется у нас адрес Саландер?

— Она зарегистрирована на Лундагатан в Сёдермальме. Налоговое ведомство сообщает, что периодически она подрабатывала в «Милтон секьюрити». Это охранное агентство.

— И какую же она для них выполняла работу?

— Не знаю. Однако в течение нескольких лет она имела от них скромненький годовой доход. Возможно, работала уборщицей или кем-то в этом роде.

— Хм,— буркнул Экстрём.— Это нужно выяснить. Но сейчас у меня такое ощущение, что следует срочно разыскать эту Саландер.

— Согласен,— сказал Бублански.— Деталями займемся после. Теперь мы уже имеем подозреваемого. Фасте, вы с Куртом поедете на Лундагатан и попробуете задержать Саландер. Будьте осторожны! Мы ведь не знаем, вдруг у нее есть еще и другое оружие, и неизвестно, насколько она вменяема.

— О'кей.

— Бубла,— вмешался Экстрём.— «Милтон секьюрити» возглавляет Драган Арманский. Я познакомился с ним несколько лет тому назад в связи с другим расследованием. На него можно положиться. Съезди к нему и лично поговори с ним о Саландер. Ты еще успеешь застать его до конца рабочего дня.

У инспектора Бублански сделалось недовольное лицо — отчасти потому, что Экстрём, обращаясь к нему, употребил его прозвище, отчасти потому, что его предложение прозвучало как приказ.

— Мудиг, ты продолжишь поиски адвоката Бьюрмана. Загляни к его соседям. Мне кажется, что его тоже нужно поскорее найти.

— Хорошо.

— Надо поискать, есть ли какая-то связь между Саландер и парой из Энскеде. Также нужно найти следы Саландер в Энскеде в то время, когда произошло убийство. Ты, Йеркер, возьмешь ее фотографии и расспросишь соседей. Зайди к ним вечерком. Прихвати с собой ребят в форме.

Бублански умолк и почесал в затылке.

— Черт возьми! Еще бы немножко везения, и, глядишь, мы разберемся с этим делом за сегодняшний вечер. Я ведь думал, что оно затянется надолго.

— И еще одно! — добавил Экстрём.— Предстоит встреча с представителями СМИ. Я назначил пресс-конференцию на три часа. Я с ней управлюсь, если получу в помощь кого-нибудь из представителей пресс-службы. Думаю, кто-то из журналистов позвонит и вам. Так вот: насчет Саландер и Бьюрмана постарайтесь как можно дольше ничего не говорить!

Все закивали в знак согласия.

Драган Арманский собирался уйти с работы пораньше. Сегодня был уже Великий четверг, а они с женой хотели на все праздники уехать в загородный дом на Блиде. Он как раз застегнул портфель и надел пальто, как вдруг ему позвонили снизу из вестибюля и сказали, что к нему пришел инспектор уголовного розыска Ян Бублански. Арманский не был знаком с инспектором Бублански, однако уже того, что к нему явился представитель полиции, было достаточно, чтобы со вздохом вернуть пальто на вешалку. Ему не хотелось никого принимать, но фирма «Милтон секьюрити» не могла позволить себе быть невежливой с полицией. Гостя он встретил в коридоре у лифта.

— Спасибо, что согласились уделить мне время,— начал Бублански.— Мой шеф, прокурор Рихард Экстрём, велел вам кланяться.

Они пожали друг другу руки.

— Экстрём... Да, мне приходилось иметь с ним дело пару лет назад. Хотите кофе?

Взяв в кофейном автомате два стаканчика, Арманский открыл дверь своего кабинета и усадил Бублански за столик перед окном, возле которого стояли удобные кресла для посетителей.

— Арманский — это русская фамилия? — поинтересовался Бублански.— У меня тоже фамилия на «-ски».

— Мои предки родом из Армении. А ваши?

— Из Польши.

— Чем могу быть полезен?

Бублански достал блокнот и раскрыл на нужной странице.

— Я работаю над расследованием убийства в Энскеде. Думаю, вы слышали об этом в утренних новостях.

Арманский кивнул.

— Экстрём говорил, что вы не станете болтать.

— При моей работе ссориться с полицией ни к чему. Могу вас заверить, что я умею молчать.

— Хорошо. В данный момент мы разыскиваем человека, который раньше у вас работал. Это женщина, ее зовут Лисбет Саландер. Вы знаете ее?

Арманский почувствовал, как в животе у него словно заворочался тяжелый камень, но он и бровью не повел.

— По какой причине вы разыскиваете фрекен Саландер?

— Скажем так: у нас есть причины считать ее причастной к этому делу.

Камень в животе Арманского вырос в размере и причинял почти физическую боль, но выражение его лица оставалось непроницаемым. С первого дня знакомства с Лисбет его не покидало тревожное ощущение, что некоторые особенности ее личности неминуемо приведут эту девушку к какой-нибудь катастрофе, но он всегда мысленно видел ее в роли жертвы, а не преступницы.

— То есть вы подозреваете Лисбет Саландер в совершении двойного убийства в Энскеде. Я правильно понял?

Помедлив секунду, Бублански утвердительно кивнул.

— Что вы можете рассказать о Саландер?

— А что вы хотели бы знать?

— Во-первых, как нам ее найти?

— Она живет на Лундагатан. Чтобы сказать точный адрес, мне нужно посмотреть записи. У меня есть номер ее мобильного телефона.

— Адрес мы знаем. Номер мобильника — это интересно.

Арманский отошел к письменному столу, нашел номер и продиктовал его. Бублански записал.

— Она у вас работает?

— Она работает как индивидуальный предприниматель. Иногда я поручал ей какие-то дела, начиная с девяносто восьмого года, в последний раз это было года полтора тому назад.

— Какого рода работу она выполняла?

— Сбор сведений.

Бублански поднял голову от блокнота и от неожиданности вздернул брови:

— Сбор сведений,— повторил он удивленно.

— Если быть точнее — изучение личных обстоятельств.

— Минуточку... О ком мы говорим? — продолжал удивленный Бублански.— Та Лисбет Саландер, которую мы разыскиваем, не смогла даже получить свидетельство об окончании школы и была признана недееспособной.

— Теперь это уже не называется признанием недееспособной,— терпеливо поправил собеседника Арманский.

— Да наплевать на то, как это называется! Девушка, которую мы разыскиваем, согласно документам, страдает тяжелым психическим расстройством и склонна к насилию. Кроме того, у нас есть документ от социального ведомства, в котором сказано, что в конце девяностых годов она занималась проституцией. В ее бумагах ничто не указывает на то, что она способна выполнять квалифицированную работу.

— Одно дело бумаги, другое — человек.

— Вы хотите сказать, что она способна выполнять сбор сведений о личных обстоятельствах для агентства «Милтон секьюрити»?

— Не только способна. Она в этой области кого угодно за пояс заткнет.

Бублански медленно опустил ручку и нахмурил брови.

— Из ваших слов создается впечатление, что вы питаете к ней уважение.

Арманский опустил глаза, чувствуя, что оказался на распутье. Он всегда знал, что когда-нибудь Лисбет Саландер непременно во что-нибудь вляпается. Он совершенно не мог представить себе, каким образом она могла оказаться замешанной в двойном убийстве в Энскеде (будь то в качестве основного виновника или в какой-то иной роли), однако он не мог не признать, что довольно мало знает о ее частной жизни. С чем же таким она связалась? Арманский припомнил ее неожиданный визит и загадочное заявление, что у нее есть деньги на жизнь и работа ей не нужна.

Единственным разумным решением в этот момент было отмежеваться от Лисбет Саландер, а главное, показать, что она не имеет никакого отношения к «Милтон секьюрити». Арманский невольно подумал, что не знает более одинокого человека, чем Лисбет Саландер.

— Я уважаю ее профессиональные способности. О них ничего не сказано в характеристиках и свидетельствах.

— Так значит, вам известно ее прошлое.

— Я знаю, что у нее есть опекун и что у нее было тяжелое детство.

— И вы все равно приняли ее на работу.

— Именно поэтому и принял.

— Объясните!

— Прежний ее опекун, Хольгер Пальмгрен, был адвокатом старика Ю. Ф. Милтона. Он заботился о ней еще с тех пор, когда она была подростком, и уговорил меня взять ее на службу. Сначала я поручил ей сортировку почты, обслуживание копировального аппарата и тому подобное. Потом выяснилось, что в ней, оказывается, скрыты необыкновенные таланты. А записи в отчетах социального ведомства, что она будто бы занималась проституцией, можете просто забыть. Это полная ерунда. В подростковый период у Лисбет Саландер были трудные годы, и она действительно была несколько бесшабашной, но это ведь еще не преступление. А уж в проститутки она совсем не годится.

— Ее нового опекуна зовут Нильс Бьюрман.

— С ним я ни разу не встречался. У Пальмгрена года два назад случилось кровоизлияние в мозг. Вскоре после этого Лисбет Саландер прекратила на меня работать. Последний раз она выполняла мое задание полтора года назад.

— Почему вы перестали давать ей работу?

— Это было не мое решение. Она сама прервала со мной отношения и, ни слова не сказав, уехала за границу.

— Уехала за границу?

— Да, на целый год.

— Этого не может быть. Адвокат Бьюрман весь прошлый год регулярно посылал отчеты о встречах с ней. У нас в Кунгсхольме лежат отчеты.

Арманский пожал плечами и негромко хохотнул.

— Когда вы видели ее в последний раз?

— Приблизительно два месяца тому назад, в начале февраля. Она вдруг появилась откуда ни возьмись с визитом вежливости. К тому времени я уже год ничего о ней не слышал. Весь прошлый год она провела за границей, путешествуя по Азии и на Карибы.

— Простите, но я что-то не понимаю! Отправляясь сюда, я считал, что Лисбет Саландер психически больная девушка, не окончившая даже среднюю школу и признанная недееспособной. И вдруг слышу от вас, что вы нанимали ее в качестве высококвалифицированного специалиста по изучению личных обстоятельств, что она работает как индивидуальный предприниматель и заработала столько денег, что смогла целый год ничего не делать, а путешествовать вокруг света, и при всем при том ее опекун даже не поднял тревоги. Что-то тут не сходится!

— Много чего не сходится, когда речь идет о Лисбет Саландер.

— Позвольте спросить: а что думаете о ней вы сами?

Арманский немного помолчал.

— Она один из самых независимых людей, каких я когда-либо встречал в своей жизни,— произнес он наконец.

— Независимых?

— Она никогда не делает ничего такого, чего ей не хочется делать. Ей совершенно безразлично, что о ней подумают другие. Она обладает высокоразвитым интеллектом и совершенно ни на кого не похожа.

— Эта сумасшедшая?

— Что вы понимаете под словом «сумасшедшая»?

— Способна ли она со спокойной душой убить двух человек?

Арманский долго молчал и наконец сказал:

— Мне очень жаль, но я не могу ответить на этот вопрос. Я — циник. Я считаю, что в каждом человеке таятся силы, способные побудить его к убийству другого человека. От отчаяния, из ненависти или хотя бы ради самозащиты.

— То есть вы не считаете, что это можно полностью исключить.

— Лисбет Саландер ничего не делает без причины. Если она убила кого-то, это значит, что, по ее мнению, у нее были для этого серьезные основания. Разрешите спросить: почему вы думаете, что она замешана в убийстве в Энскеде?

Бублански в нерешительности помолчал, затем посмотрел в глаза Арманскому:

— Совершенно конфиденциально.

— Абсолютно.

— Орудие убийства принадлежало ее опекуну. На нем нашли отпечатки ее пальцев.

Арманский стиснул зубы. Это было очень тяжкой уликой.

— Я только слышал об убийстве в программе новостей. Из-за чего оно произошло? Наркотики?

— Она как-то связана с наркотиками?

— Я ничего такого не знаю. Но, как я уже говорил, у нее был сложный подростковый период и ее несколько раз видели сильно пьяной. Я думаю, что в ее медицинской карте отмечено, баловалась ли она наркотиками.

— Сложность в том, что нам неизвестен мотив убийства. Эти двое были оба работающими людьми. Она — криминолог, вот-вот должна была защитить докторскую. Он — журналист. Их звали Даг Свенссон и Миа Бергман. Вам эти имена ничего не говорят?

Арманский покачал головой.

— Мы пытаемся понять, какая связь существовала между ними и Лисбет Саландер.

— Я никогда ничего о них не слышал.

Бублански поднялся с кресла:

— Спасибо, что уделили мне столько времени, было очень интересно с вами побеседовать. Не знаю, много ли полезного я вынес из этой беседы, но надеюсь, что все сказанное останется между нами.

— Можете не беспокоиться.

— Я еще зайду к вам, если понадобится. И если вдруг Лисбет Саландер даст о себе знать, то...

— Само собой,— ответил Драган Арманский.

Они пожали друг другу руки. В дверях Бублански остановился и снова обернулся:

— Может быть, вы знаете кого-нибудь, с кем общается Лисбет Саландер? Друзья, знакомые...

Арманский покачал головой:

— Я ровно ничего не знаю о ее частной жизни. Один из немногих людей, которые имеют для нее значение,— Хольгер Пальмгрен. Наверное, они видятся. Он находится в реабилитационном центре для инвалидов в Эрставикене.

— К ней никто не ходил в гости, когда она здесь работала?

— Нет. Она работала по собственному графику, а сюда приходила только доложить о результатах. С клиентами она, за немногими исключениями, тоже не встречалась. Возможно...

Арманскому вдруг пришла в голову неожиданная мысль.

— Что?

— Возможно, есть еще один человек, поддерживающий с ней отношения. Это журналист, с которым она общалась два года назад и который спрашивал о ней, когда она была за границей.

— Журналист?

— Его зовут Микаэль Блумквист. Помните дело Веннерстрёма?

Бублански снял руку с дверной ручки и медленно направился обратно к Драгану Арманскому:

— Убитых в Энскеде обнаружил Микаэль Блумквист. Вы только что установили связь между Саландер и жертвами преступления.

И Арманский снова ощутил, как в животе заворочался тяжеленный камень.

Глава

14

Великий четверг, 24 марта

На протяжении получаса Соня Мудиг трижды пыталась дозвониться до Нильса Бьюрмана и каждый раз слышала в ответ, что абонент сейчас недоступен.

В половине четвертого она села в машину, поехала на Уденплан и позвонила в уже знакомую дверь. Результат был тот же, что и утром. Следующие двадцать минут она посвятила обходу других квартир этого дома, расспрашивая соседей, не известно ли им что-нибудь о нынешнем местонахождении Бьюрмана.

В одиннадцати из девятнадцати квартир, которые она обошла, никого не оказалось дома. Взглянув на часы, она сообразила, что выбрала неудачное время, да и вообще в пасхальные праздники рассчитывать не на что. В восьми квартирах жильцы откликнулись на ее звонок и проявили готовность оказать помощь. Обитатели пяти квартир знали, кто такой Бьюрман — это любезный и обходительный господин с четвертого этажа, но никто не мог сказать, где он находится сейчас. После долгих расспросов выяснилось, что Бьюрман, кажется, общался со своим соседом, бизнесменом по фамилии Шёман. Однако на ее звонок и там никто не открыл дверь.

Огорченная Соня Мудиг наконец еще раз позвонила Бьюрману, дождалась, пока включился автоответчик, а потом представилась, оставила номер своего мобильника и попросила при первой возможности с ней связаться.

Вернувшись к его квартире, она написала на листке из блокнота записку с просьбой позвонить, присовокупила к записке свою визитку и опустила в его почтовый ящик. В тот момент, когда она собиралась закрыть щель почтового ящика, в квартире раздался телефонный звонок. Она наклонилась и прислушалась: сигнал прозвучал четыре раза, затем включился автоответчик, но сообщения не последовало.

Закрыв ящик, она постояла, глядя на дверь. Она и сама не могла бы сказать, что заставило ее нажать на ручку, и тут она, к своему удивлению, обнаружила, что замок не заперт. Открыв дверь, Соня заглянула в холл.

— Есть кто-нибудь? — осторожно спросила она и прислушалась. В ответ не раздалось ни звука.

Она шагнула в холл и остановилась в нерешительности. Ее поступок можно было истолковать как нарушение права на неприкосновенность жилища — без ордера на обыск ей не следовало входить в квартиру Бьюрмана даже при открытой двери. Глянув налево, из холла она увидела часть гостиной. Соня уже решила было уйти, как вдруг ее взгляд упал на стоявшую в холле тумбочку, на которой красовалась картонная коробка от револьвера марки «Кольт Магнум».

Внезапно Соне Мудиг стало не по себе. Распахнув куртку, она достала свое служебное оружие, чего раньше почти никогда не делала.

Сняв револьвер с предохранителя и держа его дулом вниз, она прошла к гостиной и заглянула в дверь. В комнате она не заметила ничего примечательного, но неприятное чувство, которое ее охватило, только усилилось. Вернувшись в холл, она заглянула в кухню. Пусто. Она прошла в коридор и отыскала дверь в спальню.

Адвокат Нильс Бьюрман, голый, стоял на коленях перед кроватью, уронив на нее голову, будто собирался прочесть на ночь молитву.

Соня увидела его сбоку и уже с порога поняла, что он мертв. Выстрел в затылок снес ему половину лба.

Соня Мудиг попятилась к выходу из квартиры. Очутившись на площадке, она, не выпуская из руки револьвера, вынула мобильник и позвонила криминальному инспектору Бублански. Он не отвечал. Тогда она позвонила прокурору Экстрёму и заметила время. Было восемнадцать минут пятого.

Ханс Фасте разглядывал подъезд дома, где, согласно переписи населения, была зарегистрирована, а потому, вероятно, и жила Лисбет Саландер. Он посмотрел на Курта Свенссона, затем перевел взгляд на часы. Десять минут пятого.

Узнав от консьержки код подъезда, они уже побывали в доме и послушали под дверью, что происходит в квартире с табличкой «Саландер — Ву». Изнутри не доносилось ни звука, и на звонок никто не вышел. Тогда они вернулись в машину и стали наблюдать за подъездом.

Из машины они позвонили в справочный отдел и узнали, что недавно в контракт на владение квартирой на Лундагатан была включена некая Мириам Ву, тысяча девятьсот семьдесят четвертого года рождения, ранее проживавшая на площади Святого Эрика.

Над радиоприемником у них была прикреплена паспортная фотография Лисбет Саландер. Фасте высказал пришедшую ему в голову мысль, что она похожа на сороку.

— Черт возьми! Что-то проститутки становятся все страхолюднее. Такую без особой нужды вряд ли кто захочет снять.

Курт Свенссон ничего не ответил.

В четыре двадцать им позвонил Бублански и сообщил, что он вышел от Арманского и направляется в «Миллениум». Фасте и Свенссона он просил подождать его на Лундагатан. Лисбет Саландер надо будет отвести на допрос, но прокурор еще не считает, что ее можно связывать с убийством в Энскеде.

— Ага,— сказал Фасте.— Бубла говорит, что прокурор не любит арестовывать подозреваемых, пока они не дали признательных показаний.

Курт Свенссон молчал. Они лениво посматривали на появлявшихся на улице прохожих.

В двадцать минут пятого на мобильник Ханса Фасте позвонил прокурор Экстрём.

— События развиваются. Адвокат Бьюрман обнаружен, он лежит в своей квартире застреленный. С момента смерти прошло не менее суток.

Ханс Фасте так и подскочил на сиденье:

— Понял вас. Что мы должны делать?

— Я решил объявить Лисбет Саландер в розыск. Ее отсутствие дает веское основание заподозрить ее в тройном убийстве. Мы объявляем срочный розыск по всему лену. Ее нужно задержать. Она опасна и, возможно, вооружена.

— Понял.

— Я высылаю на Лундагатан пикет. У них будет разрешение войти и осмотреть квартиру.

— Понял.

— Бубланский с вами связывался?

— Он в «Миллениуме».

— И очевидно, отключил свой мобильный. Попытайтесь дозвониться до него и проинформировать о развитии событий.

Фасте и Свенссон переглянулись.

— Вопрос, что нам делать, когда она появится,— сказал Курт Свенссон.

— Если она будет одна и обстановка это позволит, мы сами ее возьмем. Если она успеет вернуться в квартиру, действовать будет пикет. Эта девица — сумасшедшая и только смотрит, кого бы убить. В квартире у нее может быть припрятано другое оружие.

Положив тяжелую кипу рукописей на стол Эрики Бергер, Микаэль Блумквист вдруг почувствовал смертельную усталость и тяжело опустился в кресло для посетителей у окна, выходившего на Гётгатан. Всю вторую половину дня он пытался решить, как поступить с незаконченной книгой Дага Свенссона.

Это была щекотливая тема. Прошло всего несколько часов после гибели Дага, а его работодатель уже вовсю раздумывал, как распорядиться его журналистским наследием. Микаэль сознавал, что на взгляд со стороны его поведение могло показаться циничным и бесчувственным. Сам он воспринимал это иначе. Он чувствовал себя словно подвешенным в пустоте — всякому действующему журналисту известен этот «синдром невесомости», придающий сил в кризисной ситуации.

Когда другие люди предаются горю, журналисты, работающие с новостями, трудятся особенно усердно. И несмотря на ошеломляющий удар, который испытали все нынешние члены редакции «Миллениума» в утро Великого четверга, профессионализм победил личные чувства и они с головой погрузились в работу.

Микаэлю это казалось чем-то само собой разумеющимся. Даг Свенссон был слеплен из того же теста и на его месте поступил бы точно так же. Даг Свенссон оставил в наследство рукописи, в которых излагался взрывоопасный сюжет. Он потратил несколько лет на сбор материала, сортировку фактов; в эту работу он вложил всю душу, но ему не удалось довести ее до конца.

Главное, что он работал в «Миллениуме».

Убийство Дага Свенссона и Миа Бергман не являлось событием особого масштаба, как, например, потрясшее всю страну убийство Улофа Пальме, по ним не будет объявлен национальный траур. Но для сотрудников «Миллениума» этот удар был, пожалуй, даже более сильным, поскольку затронул их лично. У Дага Свенссона имелись обширные связи в журналистских кругах, и эти люди будут задавать вопросы.

Теперь перед Микаэлем и Эрикой встала задача закончить работу над книгой Дага Свенссона и выяснить, кто совершил это убийство и почему.

— Я могу восстановить текст,— сказал Микаэль.— Нам с Малин нужно будет пройтись по книжке, не пропуская ни строчки, и восполнить недостающие ссылки, чтобы ничего не осталось недосказанным. Главным образом требуется просто следовать по пути, намеченному в записях Дага, но в главах пятой и шестой, которые основаны по большей части на интервью, взятых Миа, у нас остаются нерешенные проблемы, так как тут мы иногда просто не знаем, из каких это взято источников. Но я полагаю, что в качестве первоисточника мы можем пользоваться ее диссертацией.

— У нас нет последней главы.

— Верно. Но у меня есть наброски Дага, и мы с ним столько раз их обсуждали, что я точно знаю ход его мыслей. Я предлагаю просто сделать общее резюме и поставить его в качестве послесловия, в котором я опишу его взгляды.

— О'кей. Но как бы не вышло так, что мы припишем ему собственные мысли.

— Этого не случится. Я напишу главу от своего имени и поставлю под ней подпись. Будет совершенно ясно, что это пишу я, а не он. Я расскажу, почему он начал работу над этой книгой и что он был за человек, а в заключение приведу то, что он говорил во время наших собеседований — за последние месяцы их было не меньше десяти. Многое я могу процитировать из его собственных набросков. По-моему, это будет хороший материал.

— Черт возьми! Сейчас мне больше, чем когда-либо прежде, хочется опубликовать эту книгу,— сказала Эрика.

Микаэль кивнул. Он прекрасно понимал, о чем она думает.

Эрика Бергер положила на стол очки для чтения и покачала головой. Она встала, налила две чашки кофе из термоса и села напротив Микаэля.

— У нас с Кристером есть приблизительный план следующего номера. Мы возьмем две статьи, предназначенные для дальнейших номеров, и добавим тексты наших независимых журналистов. Но это все равно будет бестолковый номер без определенной темы.

Они помолчали.

— Ты слушал новости?

Микаэль отрицательно помотал головой.

— Нет. Я и так заранее знаю, что они скажут.

— Во всех новостях это убийство — главная тема. На втором месте — подборка из центра.

— То есть больше ничего в стране не происходило.

— Полиция еще не назвала имена Дага и Миа. Их называют работающей парой. И пока не говорят, что это ты их нашел.

— Думаю, полиция сделает все, чтобы скрыть этот факт. Во всяком случае, для нас это выгодно.

— Зачем полиции это скрывать?

— Затем, что полиция вообще не любит связываться со СМИ. Для нее это цирк. У меня есть определенная известность, и потому полиция только рада, что никто не знает, что это я их нашел. Думаю, что скоро — сегодня ночью или завтра утром — об этом станет известно.

— В такие-то молодые годы и столько цинизма!

— Не так уж мы с тобой молоды, Рикки. Я это почувствовал, когда меня допрашивала та женщина из полиции. Она показалась мне похожей на студентку.

Эрика невесело засмеялась. Ей удалось поспать ночью несколько часов, но сейчас она уже чувствовала усталость. А скоро ей придется появиться перед публикой в качестве главного редактора одной из крупнейших в стране газет. Нет, хватит откладывать, пора уже поделиться этой новостью с Микаэлем.

— Недавно звонил Хенри Кортес. Он сообщил, что следователь по фамилии Экстрём собирал в три часа нечто вроде пресс-конференции.

— Рихард Экстрём?

— Да. Ты его знаешь?

— Он поступил вполне политично. СМИ гарантированно устроят цирк. Ведь убиты не какие-нибудь там рыночные торговцы из захолустья. Это дело не может не вызвать большого шума.

— По его словам, полиция уже напала на след и надеется в скором времени раскрыть дело. Но в общем и целом он не сказал ничего. Зато журналистов на пресс-конференции собрался полный зал.

Микаэль только пожал плечами и провел рукой по глазам.

— Я никак не могу отделаться от образа мертвой Миа, он так и стоит у меня перед глазами. Черт знает что! Я же только недавно с ними познакомился.

Эрика мрачно кивнула:

— Поживем — увидим. Я уверена, это какой-нибудь чертов псих...

— Не знаю, не знаю. Я тут думал об этом весь день.

— Что ты имеешь в виду?

— В Миа стреляли сбоку. Я видел у нее входное отверстие пули сбоку на шее и выходное во лбу. Дагу выстрелили прямо в лоб, и пуля вышла через затылок. Насколько я понял, было сделано всего два выстрела. Не похоже на работу сумасшедшего.

Эрика задумчиво посмотрела на Микаэля:

— Что ты этим хочешь сказать?

— А если это был не сумасшедший, значит, должен быть какой-то мотив. И чем больше я над этим думаю, тем больше мне кажется, что этот манускрипт очень хорошо подходит в качестве мотива.

Микаэль указал на пачку бумаг, лежащую на столе перед Эрикой. Эрика перевела взгляд туда, затем они посмотрели друг на друга.

— Это не обязательно должно иметь отношение к самой книге. Возможно, они слишком далеко зашли в своих расследованиях и им удалось... Не знаю... Но кто-то мог почувствовать, что ему грозит опасность.

— И нанять киллера. В американских фильмах так и бывает, Микке. В книге говорится о тех, кто пользуется услугами проституток, перечисляются имена полицейских, политиков, журналистов... Что же, это значит, кто-то из них убил Дага и Миа?

— Не знаю, Рикки. Но мы планировали через три недели напечатать самый убойный материал о поставках секс-рабынь, какой когда-либо публиковался в Швеции.

Тут в дверь заглянула Малин Эрикссон и объявила, что пришел криминальный инспектор Ян Бубланский и хочет поговорить с Микаэлем Блумквистом.

Поздоровавшись за руку с Эрикой Бергер и Микаэлем Блумквистом, Бубланский уселся в третье кресло у стола, расположенного перед окном. Внимательно посмотрев на Микаэля Блумквиста, он отметил его запавшие глаза и отросшую за сутки щетину.

— Обнаружилось что-нибудь новое? — спросил Микаэль Блумквист.

— Возможно. Насколько мне известно, это вы нашли в Энскеде убитых и вызвали полицию.

Микаэль устало кивнул.

— Я знаю, что вы еще ночью отвечали на вопросы дежурного следователя, но хотелось бы уточнить некоторые детали.

— Что вас интересует?

— Почему вы в такое позднее время приехали к Свенссону и Бергман?

— Это уже не деталь, а целый роман,— устало усмехнулся Микаэль.— Я был в гостях у сестры на званом обеде, она живет в районе новостроек. Даг Свенссон позвонил мне на мобильник и сказал, что не сможет, как мы с ним договаривались, зайти в редакцию в Великий четверг, то есть сегодня. Он собирался занести туда фотографии для Кристера Мальма. Дело в том, что они с Миа решили съездить на пасхальные выходные к родителям Миа, для этого им нужно было выехать очень рано. Он спросил, нельзя ли ему вместо редакции заглянуть завтра утром ко мне домой. Я ответил, что нахожусь сейчас не так далеко и на обратном пути от сестры могу сам заехать к нему.

— Значит, вы поехали в Энскеде за фотографиями?

Микаэль кивнул.

— Вы не представляете себе, какой мог быть мотив убийства Свенссона и Бергман?

Микаэль и Эрика переглянулись, но промолчали.

— Ну так как же?

— Мы, конечно, обсуждали сегодня этот вопрос, но не пришли к единому мнению. Точнее, у нас нет уверенности. Поэтому нам не хотелось бы говорить о предположениях.

— Рассказывайте!

Микаэль объяснил, о чем идет речь в будущей книге Дага Свенссона и что они с Эрикой подозревают возможную связь убийства с ее содержанием. Бублански помолчал, переваривая полученную информацию.

— Значит, Свенссон собирался разоблачить полицейских.

Разговор принимал весьма неприятный оборот. Бублански живо представил себе, в каком контексте по средствам массовой информации пойдет гулять информация о «полицейском следе».

— Нет,— возразил Микаэль.— Он собирался разоблачить преступников, среди которых, возможно, есть полицейские. Кстати, он также собирался упомянуть о нескольких представителях той профессиональной группы, к которой принадлежу я, то есть о журналистах.

— И вы намерены сейчас предать гласности эту информацию?

Микаэль взглянул на Эрику.

— Нет,— ответила она.— Сегодня мы как раз занимались весь день тем, чтобы заменить содержание очередного номера. По всей вероятности, мы опубликуем книгу Дага Свенссона, но только если узнаем, что произошло. И при сложившихся обстоятельствах книгу придется значительно переработать. Могу вас успокоить: мы не намерены усложнять работу следствия по делу об убийстве двух наших друзей.

— Мне нужно посмотреть рабочее место Дага Свенссона, а поскольку это редакция журнала, то, возможно, понадобится также произвести обыск в помещении.

— Весь материал находится в настольном компьютере Дага Свенссона.

— Понятно,— кивнул Бублански.

— Я уже разбирал его письменный стол,— сказал Микаэль.— Я убрал из его материалов некоторые записи, в которых были указаны имена источников, пожелавших остаться анонимными. Все остальное в вашем распоряжении. Я положил на стол записку, чтобы там ничего не трогали и не перекладывали. Но проблема в том, что до выхода из печати содержание книги Дага Свенссона должно храниться в секрете. Поэтому нам бы очень не хотелось, чтобы рукопись распространялась в полиции, тем более что мы собираемся разоблачить нескольких полицейских.

«Вот черт! — подумал Бублански.— И как же я раньше не сообразил послать сюда кого-нибудь еще утром». Однако он только кивнул и не стал развивать эту тему.

— О'кей. Есть одно лицо, которое мы хотим допросить в связи с убийством. У меня есть основания полагать, что это лицо вам знакомо. Я хочу знать, что вам известно о женщине по имени Лисбет Саландер.

В первый миг Микаэль Блумквист от неожиданности стал похож на живой вопросительный знак. Бублански отметил, что Эрика Бергер метнула на него пронзительный взгляд.

— Я что-то не понимаю!

— Вы знакомы с Лисбет Саландер?

— Да, я знаком с Лисбет Саландер.

— Какого рода это знакомство?

— А почему вы спрашиваете?

Бублански в досаде махнул рукой:

— Я уже сказал, что мы хотим задать ей некоторые вопросы в связи с убийством. Так какого рода ваше знакомство?

— Но это же... это же полная ерунда! Лисбет Саландер никак не связана с Дагом Свенссоном и Миа Бергман.

— Вот мы и займемся тем, чтобы спокойно и не торопясь установить этот факт,— терпеливо ответил Бублански.— Но мой вопрос не отменяется: каким образом вы познакомились с Лисбет Саландер?

Микаэль почесал щетину на подбородке, протер глаза, стараясь собраться с мыслями, и наконец встретился взглядом с Бублански.

— Два года тому назад я нанимал Лисбет Саландер для сбора материала по совершенно другому делу.

— Что это было за дело?

— Очень сожалею, но этот вопрос нарушает конституционные гарантии, защиту частной жизни и тому подобное. Поверьте мне на слово, это не имело ни малейшего отношения к Дагу Свенссону и Миа Бергман. Это было совершенно другое расследование, которое давно закончено.

Бублански взвесил услышанное. Ему не нравилось, когда ему заявляли, что есть секреты, которые нельзя раскрывать даже в связи с расследованием убийства, однако решил до поры до времени не настаивать.

— Когда вы в последний раз видели Лисбет Саландер?

Микаэль помолчал, обдумывая ответ:

— Так вот: в последний раз я общался с Лисбет Саландер осенью позапрошлого года. В тот год к Рождеству все наши дела были закончены, и после этого она исчезла из города. Больше года я ее нигде не видел, и так было до прошлой недели.

Эрика Бергер подняла брови, и Бублански сделал вывод, что для нее это новость.

— Расскажите, как вы встретились.

Набрав в грудь побольше воздуха, Микаэль вкратце описал то, что произошло возле ее дома на Лундагатан. Бублански слушал его со все возрастающим удивлением, пытаясь понять, правда ли это или Микаэль все сочинил.

— Так вы с ней не разговаривали?

— Нет, она скрылась за домами в верхнем конце Лундагатан. Я прождал довольно долго, но она больше не появлялась. Я написал ей письмо и попросил, чтобы она дала о себе знать.

— И вам ничего не известно ни о каких связях между ней и парой из Энскеде?

— Нет.

— О'кей. Вы можете описать человека, который, по вашим словам, напал на нее?

— Вряд ли. Он сразу набросился на нее, она защищалась, потом спаслась бегством. Я видел его примерно на расстоянии сорока или сорока пяти метров. Дело было ночью, на улице было темно.

— Вы были пьяны?

— Я был немного под хмельком, но не пьян в стельку. Это был блондин с волосами, собранными в конский хвост, с толстым пивным животом, одетый в короткую, по пояс, куртку. Поднимаясь по лестнице на Лундагатан, я видел его только со спины, но потом он обернулся, чтобы ударить меня. Мне кажется, у него было худое лицо и светлые, близко посаженные глаза.

— Почему ты не рассказывал об этом раньше? — вмешалась Эрика Бергер.

Микаэль Блумквист пожал плечами:

— Сначала помешали праздники, и ты уехала в Гётеборг участвовать в этих проклятых дебатах. В понедельник тебя не было, а во вторник мы только мельком виделись. И это событие как-то отошло на задний план.

— Но после того, что случилось в Энскеде... Вы ничего не сказали об этом в полиции,— уточнил Бублански.

— А с какой стати мне было говорить об этом в полиции? С таким же успехом я мог бы рассказать о том, что поймал на месте преступления воришку, который месяц тому назад попробовал обворовать меня в метро на станции «Т-Сентрален». Между происшествием на Лундагатан и тем, что случилось в Энскеде, нет никакой связи.

— Но вы не заявили в полицию о нападении?

— Нет.

Микаэль немного помолчал, не зная, на что решиться:

— Лисбет Саландер очень дорожит неприкосновенностью своей частной жизни. У меня была мысль пойти в полицию, но затем я подумал, что она вправе сама решать, подавать ли ей заявление. В любом случае я хотел сперва поговорить с ней.

— Но вы этого так и не сделали?

— Я не разговаривал с Лисбет Саландер со второго дня Рождества прошлого года.

— Почему ваши, если можно так сказать, отношения были прерваны?

Микаэль помрачнел и ответил, тщательно выбирая слова:

— Я этого не знаю. Она неожиданно прервала со мной все контакты.

— Что-нибудь случилось?

— Нет. То есть никаких ссор или скандалов, если вы это имеете в виду. Только что у нас были дружеские отношения, как вдруг она перестала отвечать на телефонные звонки. Так она ушла из моей жизни.

Взвесив ответ Микаэля, Бублански решил, что, по-видимому, он говорит правду, тем более что это подкреплял и почти идентичный рассказ Драгана Арманского о том, как она вдруг перестала появляться в «Милтон секьюрити». Очевидно, прошлой зимой у Лисбет Саландер что-то случилось. Бублански обратился к Эрике Бергер:

— Вы тоже знакомы с Лисбет Саландер?

— Я видела ее только однажды. Вы не могли бы объяснить, почему в связи с тем, что произошло в Энскеде, вы задаете вопросы о Лисбет Саландер?

Бублански отрицательно покачал головой.

— Она имеет некоторое отношение к делу. Вот все, что я могу сказать. Но должен признаться, что чем больше я слышу о Лисбет Саландер, тем больше она меня удивляет. Что она представляет собой как личность?

— В каком плане? — спросил Микаэль.

— Ну, как бы вы, например, ее описали?

— В профессиональном плане она один из лучших исследователей, каких я когда-либо встречал.

Эрика Бергер покосилась на Микаэля Блумквиста и закусила губу. Бублански был убежден, что для целостной картины не хватает какой-то детали и что им, кажется, известно что-то такое, чего они не хотят ему говорить.

— Ну а в личном плане?

Молчание Микаэля продлилось довольно долго, прежде чем он ответил:

— Она очень одинокий и необычный человек. Она очень необщительна и не любит рассказывать о себе. В то же время у нее очень сильная воля и твердые моральные принципы.

— Моральные принципы?

— Да. Свои собственные убеждения. Невозможно заставить ее поступить против своих убеждений. В ее мире все вещи делятся, так сказать, на правильные и неправильные.

Бублански мысленно отметил, что, описывая Лисбет Саландер, Микаэль Блумквист опять употребил те же самые слова, что и Драган Арманский. Два знавших ее человека высказали о ней совершенно совпадающее мнение.

— Вы знаете Драгана Арманского? — спросил Бублански.

— Мы несколько раз встречались. В прошлом году, когда я пытался выяснить, куда подевалась Лисбет, мы с ним посидели вместе в пивной.

— И вы говорите, что она прекрасный исследователь,— напомнил Бублански.

— Лучше ее я никого не встречал,— повторил Микаэль.

Некоторое время Бублански барабанил пальцами по столу, повернувшись к окну, из которого виден был движущийся по Гётгатан непрерывный людской поток. Его впечатления были слишком противоречивы. Из документов психиатрической экспертизы, добытых Хансом Фасте в опекунском совете, явствовало, что Лисбет Саландер страдает глубокими нарушениями психики, что она склонна к насилию и чуть ли не умственно отсталая. Из отзывов же Арманского и Блумквиста вырастал совершенно иной портрет, резко отличавшийся от заключения психиатров, основанного на многолетних наблюдениях. И Блумквист, и Арманский описывали ее как очень необычного человека, но в голосе обоих при этом звучало восхищение.

Блумквист вдобавок сказал, что у них с Саландер «были отношения», что, по-видимому, указывало на связь сексуального характера. Бублански подумал, что интересно было бы узнать, какие правила действуют в отношении лиц, объявленных недееспособными. Может быть, Блумквист виновен в каких-то нарушениях, например безответственно воспользовался доверием недееспособного лица, находящегося в зависимом положении.

— А как вы относились к ее ограниченным социальным возможностям? — спросил Бублански.

— Ограниченные возможности? Что это значит?

— К тому, что она находится под опекой, и к ее психиатрическим проблемам?

— Под опекой? — изумленно повторил Микаэль.

— Психиатрические проблемы? — спросила Эрика Бергер.

Бублански в удивлении переводил взгляд с Микаэля Блумквиста на Эрику Бергер и обратно. Они ничего не знали. Они действительно ничего не знали! Внезапно Бублански почувствовал сильную досаду на Блумквиста и Арманского, а больше всего на Эрику Бергер с ее элегантным нарядом и роскошным кабинетом с видом на Гётгатан. Ишь ты! Сидит тут и поучает людей, что они должны думать о том или о другом! Однако свое раздражение он направил против Микаэля.

— Не знаю, что случилось с вами и с Арманским! — заговорил он.

— Извините?

— Лисбет Саландер почти не выходила из психушки, когда была подростком. Опираясь на результаты психиатрического обследования, гражданский суд принял решение, что она не может сама управлять своими делами. Она была объявлена недееспособной. Документально подтверждено, что она страдает склонностью к насилию и у нее всю жизнь были недоразумения с властями. И сейчас она подозревается в... причастности к двойному убийству. А вы с Арманским говорите о ней так, словно она какая-то принцесса!

Микаэль Блумквист сидел не шелохнувшись и не сводил глаз с Бублански.

— С вашего позволения, я бы выразил это так,— продолжал инспектор.— Мы искали связь между Лисбет Саландер и убитой в Энскеде парой. Связующим звеном оказались вы — человек, который нашел обе жертвы. Вы хотите это как-то прокомментировать?

Микаэль откинулся на спинку кресла. Закрыв глаза, он пытался разобраться в ситуации. Лисбет Саландер подозревается в убийстве Дага и Миа. Это неправильно. Этого не может быть. Разве она способна на убийство? Внезапно перед внутренним взором Микаэля встало ее лицо и то выражение, с каким она бросилась на Мартина Вангера с клюшкой для гольфа. Она, без сомнения, убила бы его. Она не сделала этого только потому, что ей надо было торопиться спасать его, Микаэля, жизнь. Он машинально потрогал шею в том месте, где ее сжимала удавка Мартина Вангера. Но Даг и Миа? Нет, в этом нет никакого смысла.

Микаэль сознавал, что Бублански пристально наблюдает за ним. Так же как Драгану Арманскому, ему пришлось выбирать. Рано или поздно ему все равно предстоит решить, на чьей ему быть стороне, если Лисбет Саландер будет привлечена к суду по обвинению в убийстве. Так виновна она или невиновна?

Прежде чем он успел открыть рот для ответа, на столе Эрики зазвонил телефон. Она сняла трубку, затем протянула ее инспектору Бублански.

— Вас спрашивает человек, который представился как Ханс Фасте.

Бублански взял трубку и внимательно выслушал, что ему говорили. Микаэль и Эрика заметили, как постепенно менялось выражение его лица.

Они молча ждали.

— Так какой ты говорил адрес? Лундагатан... О'кей. Я нахожусь поблизости и сейчас подъеду.

Бублански торопливо поднялся с кресла:

— Извините, я вынужден прервать нашу беседу. Нынешний опекун Лисбет Саландер только что найден застреленным. Теперь она объявлена в розыск как подозреваемая в трех убийствах.

Взятие квартиры на Лундагатан в тактическом отношении большой трудности не представляло. Ханс Фасте и Курт Свенссон остались ждать, спрятавшись за капотом автомобиля, между тем как вооруженный до зубов полицейский пикет занял лестничную клетку и ворвался в дворовый флигель.

Через две минуты вооруженные полицейские убедились в том, что Фасте и Свенссон и без того уже знали. В квартире никто не отзывался на звонки.

От Цинкенсдамма до Хёгалидской церкви было установлено заграждение, к досаде пассажиров автобуса номер 66. Ханс Фасте оглядел улицу: один автобус застрял за линией заграждения на склоне и не мог двинуться ни взад ни вперед. В конце концов Фасте сам подошел и велел стоявшему там полицейскому отойти в сторону и пропустить автобус. Множество любопытных собрались на холме в верхней части Лундагатан и наблюдали оттуда за царившей внизу суматохой.

— Наверное, можно было сделать это как-то попроще,— сказал Фасте.

— Попроще, чем что? — спросил Свенссон.

— Попроще, чем посылать штурмовой отряд, когда всего-то и надо, что арестовать какую-то девчонку.

Курт Свенссон воздержался от комментариев.

— Во всяком случае, насколько мне известно, речь идет о девчонке ростом в полтора метра и весом в сорок килограммов,— добавил Фасте.

Решено было, что молотом выбивать дверь в квартиру нет необходимости. Бублански подоспел на место, когда слесарь высверливал замок, чтобы впустить в квартиру штурмовой отряд. Потребовалось всего лишь восемь секунд, чтобы невооруженным глазом осмотреть сорок пять метров жилой площади и убедиться, что Лисбет Саландер не прячется ни под кроватью, ни в ванной комнате, ни в одном из шкафов. После этого Бублански дал знак своим помощникам, что можно войти.

Трое полицейских с любопытством огляделись в идеально прибранной и со вкусом обставленной квартирке. Вся мебель простая, кухонные табуретки покрашены в различные светлые пастельные цвета. На стенах комнаты висели вставленные в рамки черно-белые художественные фотографии. В углу прихожей располагалась полка с CD-проигрывателем и большой коллекцией дисков. Бублански убедился, что среди них имелось все, начиная от хард-рока и кончая оперой. Все выглядело весьма изысканно, стильно и со вкусом.

Курт Свенссон обыскал кухню и не нашел там ничего примечательного. Он пролистал сложенные в кипу газеты и проверил содержимое посудного шкафа, духовки и морозильной камеры холодильника.

Фасте осматривал шкафы и ящики письменного стола в спальне. Наткнувшись на наручники и разные игрушки из секс-шопа, он присвистнул. В одном из шкафов он обнаружил набор одежды из латекса, один вид которой уже смутил бы его матушку.

— Тут весело проводили время,— произнес он, выставив перед собой лаковый наряд, созданный, если верить этикетке, дизайнерами какого-то неведомого ему «Домино фэшн».

Бублански взглянул на столик в прихожей, где лежала целая кучка невскрытых писем, адресованных не кому иному, как Лисбет Саландер. Просмотрев всю пачку, он понял, что она состоит из счетов и банковских выписок, среди которых попалось только одно личное письмо — от Микаэля Блумквиста. Пока получалось, что последний говорил правду. Затем инспектор нагнулся и поднял с пола свежую почту, на которой отпечатались следы полицейских сапог. Корреспонденция состояла из журнала «Тай-про-боксинг», бесплатного журнала о новостях Сёдермальма и трех конвертов, на которых в качестве адресата значилась Мириам Ву.

У Бублански возникло неприятное подозрение. Он зашел в ванную и открыл шкафчик. В нем он нашел картонку с альведоном и полупустой тюбик с цитодоном. При цитодоне находился соответствующий рецепт. Лекарство было выписано на имя Мириам Ву. В шкафчике имелась только одна зубная щетка.

— Фасте, почему на двери написано «Саландер — Ву»? — спросил Бублански.

— Не имею представления, — ответил Фасте.

— О'кей. Еще я хотел бы спросить, почему на полу лежит почта, адресованная некоей Мириам Ву, а в ванной в шкафчике лежит тюбик цитодона с рецептом на имя Мириам Ву? И почему там только одна зубная щетка? И еще почему, если, согласно имеющимся данным, рост Лисбет Саландер от горшка два вершка, те кожаные брюки, которые ты как раз держишь в руках, подходят особе, рост которой должен быть не менее ста семидесяти пяти сантиметров?

Ненадолго в квартире воцарилось смущенное молчание.

Первым его прервал Курт Свенссон.

— Тьфу ты! — только и сказал он.

Глава
15

Великий четверг, 24 марта

Вернувшись наконец домой после целого дня сверхурочной работы, Кристер Мальм почувствовал, что страшно устал и измучился. Из кухни доносились пряные запахи. Он вошел туда и обнял своего бойфренда.

— Ну, как ты себя чувствуешь? — спросил Арнольд Магнуссон.

— Как мешок дерьма,— ответил Кристер.

— В новостях об этом убийстве говорили весь день. Имени они не назвали. Но впечатление кошмарное.

— Это действительно кошмар. Даг работал у нас. Это был хороший человек, и мне он очень нравился. Я не знал его подругу Миа, но Микке и Эрика были знакомы и с ней.

Кристер оглядел кухню. Квартира на Алльхельгансгатан была куплена недавно, и они переехали сюда всего несколько месяцев назад. Сейчас вдруг она показалась ему какой-то чужой и незнакомой.

Зазвонил телефон. Кристер и Арнольд посмотрели друг на друга и решили не брать трубку. Включился автоответчик, и раздался хорошо знакомый голос:

— Кристер, ты здесь? Сними трубку!

Это была Эрика Бергер. Она позвонила, чтобы сообщить новость: по подозрению в убийстве Дага и Миа полиция теперь разыскивает бывшую помощницу Микаэля Блумквиста.

Это известие лишь добавило Кристеру ощущения нереальности всего происходящего.

Хенри Кортес пропустил бурные события на Лундагатан только потому, что все это время провел в полицейском пресс-центре на Кунгсхольмене, так что практически находился в зоне информационного вакуума. После того как в первой половине дня прошла торопливая пресс-конференция, никаких новостей больше не сообщалось. Он устал, проголодался и сильно злился, потому что те люди, к которым он обращался с вопросами, все время его отфутболивали. Только около шести часов вечера, когда рейд в квартиру Лисбет Саландер закончился, до него дошли слухи о том, что у полиции появился подозреваемый, который объявлен в розыск. Самое обидное было то, что эту информацию он получил от коллеги из одной вечерней газеты, который поддерживал со своей редакцией тесную связь. Вскоре после этого Хенри посчастливилось раздобыть номер личного мобильного телефона прокурора Рихарда Экстрёма. Хенри представился и задал ему главные вопросы: кто, как и почему?

— Как, вы сказали, называется ваш журнал? — переспросил Рихард Экстрём.

— Журнал «Миллениум». Я был знаком с одним из убитых. Как сообщил источник, полиция разыскивает определенное лицо. Что именно происходит?

— В данный момент я ничего не могу сообщить.

— А когда сможете?

— Сегодня вечером мы, возможно, проведем еще одну пресс-конференцию.

В голосе Рихарда Экстрёма проскальзывала неуверенность. Хенри Кортес подергал себя за золотую сережку.

— Пресс-конференции проводятся для журналистов новостных изданий, чьи материалы сразу идут в печать. Я же работаю в ежемесячном журнале, и мы чисто по-человечески хотим знать, какие предпринимаются действия.

— Ничем не могу помочь. Придется вам, как всем остальным, набраться терпения и ждать.

— Из моих источников мне стало известно, что разыскивается женщина. Кто это?

— Сейчас я не могу высказываться по этому поводу.

— Вы можете опровергнуть сведения о том, что это женщина?

— Нет, я говорю, что не могу высказываться по этому поводу...

Инспектор криминальной полиции Йеркер Хольмберг стоял на пороге спальни и задумчиво глядел на огромную лужу крови, оставшуюся на том месте, где лежала Миа Бергман. Повернув голову, он оттуда же мог видеть другую лужу крови на том месте, где нашли тело Дага Свенссона. Обилие пролитой крови наводило его на размышления. Ее было гораздо больше, чем ему обыкновенно приходилось видеть после пулевых ранений, а это свидетельствовало о том, что примененные в данном случае боеприпасы нанесли огромные повреждения. Это, в свою очередь, подтверждало правоту комиссара Мортенссона, который предположил, что убийца пользовался охотничьими экспансивными пулями. Свернувшаяся черно-бурая кровь покрывала почти весь пол, так что работники «скорой помощи» и криминалисты из технического отдела вынуждены были в нее наступать, разнося следы по всей квартире. Хольмберг был обут в гимнастические ботинки с голубыми бахилами поверх них.

Настоящее обследование места преступления сейчас, по его мнению, только начиналось. Тела убитых были вынесены из квартиры, последние два техника распрощались и ушли вслед за всеми, Йеркер Хольмберг остался один. Были сделаны фотографии трупов, измерены следы крови на стенах и проведено обсуждение области распространения выплеска и скорости разлетания. Хольмберг знал, что значат эти слова, но следил за ходом технического обследования довольно рассеянно. В результате работы криминалистов из технической лаборатории будет представлен подробный письменный отчет, из которого будет ясно видно, с какой стороны от своих жертв и на каком расстоянии находился убийца, в каком порядке следовали выстрелы и какие отпечатки пальцев могут представлять интерес. Но для Йеркера Хольмберга это было не важно. В техническом отчете не будет ни слова о том, кто убийца и какими мотивами он (а поскольку теперь главной подозреваемой была женщина, то уже скорее — она) руководствовался, решившись на это. Дать ответы на эти вопросы и составляло его задачу.

Йеркер Хольмберг вошел в спальню. Поставив на стул потертый портфель, он достал из него карманный магнитофон, цифровую камеру и блокнот для записей.

Он начал с того, что стал открывать ящики комода, стоявшего в углу за дверью. В двух верхних ящиках лежало нижнее белье, джемперы и ларчик с украшениями, очевидно принадлежавшими Миа Бергман. Разложив все предметы на кровати, он тщательно осмотрел ларчик, но не обнаружил там ничего особенно ценного. В нижнем ящике он нашел два альбома с фотографиями и две папки со счетами по части расходов на хозяйство. Он включил магнитофон и продиктовал:

— Опись предметов, изъятых на Бьёрнеборгсвеген, восемь-б. Спальня, нижний ящик комода. Два переплетенных фотоальбома формата А-четыре. Папка с черным корешком, озаглавленная «хозяйственные расходы», и папка с синим корешком, озаглавленная «покупка квартиры», содержащая сведения о кредите и выплатах по содержанию квартиры. Небольшая картонка с рукописными письмами, открытками и личными вещами.

Он отнес все вещи в холл и сложил их в баул. Затем занялся ящичками ночных столиков справа и слева от двуспальной кровати, но не нашел там ничего интересного. Он раскрыл платяные шкафы, перебрал всю одежду, прощупав все карманы и осмотрев изнутри обувь, чтобы узнать, нет ли там спрятанных или забытых предметов, а после этого перешел к осмотру верхних полок гардеробов. Он загляды-вал во все коробки, большие и маленькие. Время от време-ни он находил там какие-то бумажки или предметы, кото-рые по тем или иным соображениям включал в список изъ-ятых вещей.

В спальне стоял задвинутый в угол письменный стол — тесное рабочее место, оснащенное стационарным компью-тером марки «Compaq» со стареньким монитором. Под сто-лом оказалась выдвижная тумба, а сбоку от письменного стола маленький стеллажик. Йеркер Хольмберг знал, что самые важные находки (если только вообще ему суждено что-то найти) он сделает где-нибудь в районе рабочего ме-ста, и потому оставил обследование письменного стола на-последок. А сначала он отправился в гостиную, чтобы там продолжить осмотр места преступления. Открыв стеклян-ный шкаф, он изучил каждую вазочку, каждый ящичек и полочку. Затем перевел взгляд на вместительные книжные полки, занимавшие угол между наружной стеной и стеной ванной комнаты. Взяв стул, он начал осмотр сверху, про-веряя, не спрятано ли что-нибудь над книжной полкой. За-тем он прошелся по всем полкам, вынимая книги пачками, просматривая каждую из них и тщательно осматривая на предмет того, не спрятано ли что-нибудь сзади за книгами. Спустя сорок пять минут он вернул на место последнюю вы-нутую пачку. На обеденном столе собралась после осмотра небольшая стопка книг, которые по той или иной причине привлекли его внимание. Он включил магнитофон и надик-товал на него следующий перечень:

— С книжных полок в гостиной: книга Микаэля Блум-квиста «Банкир мафии», книга на немецком языке «Государ-ство и автономность», книга на шведском языке «Револю-ционный терроризм» и книга на английском языке «Ислам-ский джихад».

Книга Микаэля Блумквиста попала в этот перечень авто-матически, поскольку ее автор уже фигурировал в материа-лах предварительного следствия. Три другие книжки бы-ли выбраны по менее очевидным причинам. Йеркер Хольм-берг не имел ни малейшего представления о том, могло ли это убийство быть как-то связано с той или иной политической деятельностью, и никакие данные не свидетельствовали об активных занятиях Дага Свенссона и Миа Бергман политикой. Возможно, эти книги просто отражали обычный интерес к событиям в мире или вообще попали на полку как побочный продукт журналистской деятельности. Но в то же время Йеркер Хольмберг отдавал себе отчет, что если в квартире рядом с двумя убитыми присутствует литература по вопросам политического терроризма, одно это уже само по себе заслуживает внимания. Поэтому эти книги очутились в бауле вместе с другими изъятыми предметами.

Затем он посвятил несколько минут осмотру ящиков обшарпанного ветхого комода. Сверху на нем стоял CD-проигрыватель, а в ящиках хранилось большое собрание дисков. Йеркер Хольмберг потратил тридцать минут на то, чтобы проверить, соответствует ли содержание дисков названию, обозначенному на обложке. Среди дисков он нашел десяток ненадписанных, из чего явствовало, что они были домашнего изготовления или пиратскими копиями. Он по очереди ставил их на проигрыватель и убедился, что на них нет ничего, кроме музыки. Много времени он уделил расположенной около двери в спальню полке, на которой располагалось большое собрание видеокассет. Проверка нескольких кассет показала, что тут были только фильмы в жанре экшн и случайные подборки записанных новостных передач и репортажей из программ «Голые факты», «Инсайдер» и «Задание: расследовать». В результате тридцать шесть видеокассет прибавилось к перечню изъятых вещей. Затем он отправился на кухню, где налил себе кофе из термоса и сделал небольшую передышку, перед тем как продолжить осмотр.

С одной полки на кухне он собрал несколько пузырьков и баночек, которые, очевидно, представляли собой запас лекарств, имевшихся в этой квартире, и сложил в пластиковый пакет, который поместил в одно из отделений своего баула. Из кладовки и холодильника он вынул хранившиеся там продукты, причем раскрыл и проверил содержимое каждой банки, каждого пакета и каждой из уже открытых бутылок. В банке на подоконнике он обнаружил тысячу двести крон и квитанции. Он решил, что это своего рода общая касса на продукты питания и прочие текущие хозяйственные расходы. Ничего особенно интересного он не нашел. В ванной он не изъял ничего, зато заметил, что корзинка для белья полна до краев, и тщательно разобрал все ее содержимое. В передней он вынул из шкафа всю верхнюю одежду и просмотрел все карманы. Во внутреннем кармане одной из курток он нашел бумажник Дага Свенссона и добавил его к изъятым вещам. Там оказалась годичная карточка «Фрискис и Светтис», расчетная карточка Торгового банка и около четырехсот крон наличных денег. Он отыскал сумочку Миа Бергман и посвятил несколько минут сортировке ее содержимого. У нее также была годичная карточка «Фрискис и Светтис», банкоматная карточка, членская карточка «Консума» и какой-то организации под названием «Клуб "Горизонт"» с логотипом в виде глобуса. Кроме того, у нее оказалось около двух тысяч пятисот крон наличных денег — сравнительно большая, но вполне объяснимая сумма, принимая во внимание то, что они собирались уехать на праздники. Поскольку деньги остались в бумажниках, вероятность того, что убийство было совершено в целях ограбления, уменьшалась.

— Из сумочки Миа Бергман, лежавшей на вешалке в холле: карманный календарь типа ежедневник, отдельная от него адресная книжка и записная книжка в черном переплете.

Хольмберг еще раз сделал перерыв и за чашкой кофе мысленно отметил, что против обыкновения пока что не нашел в доме Свенссона и Бергман ничего сугубо личного и постыдно интимного. Не было там ни припрятанных где-нибудь приспособлений для секса, ни неприличного нижнего белья или чего-нибудь в этом роде. Ему не попались ни сигареты с марихуаной, ни какие-либо признаки незаконной деятельности. Создавалось впечатление, что это была совершенно обычная супружеская пара из пригорода, возможно, если говорить о ней с полицейской точки зрения, даже более занудная, чем большинство.

Наконец он вернулся в спальню и уселся за письменный стол. Открыв верхний ящик стола, он на час погрузился в разбор бумаг. В основном здесь хранились разнообразные материалы, относящиеся к докторской диссертации Миа Бергман под названием «From Russia with love». Источники и специальная литература были аккуратно разложены по полочкам, как в хорошем полицейском отчете, и Хольмберг на какое-то время погрузился в чтение некоторых отрывков текстов. «Миа Бергман хорошо подошла бы для нашего отдела»,— подумал он. Одна секция книжной полки была полупустой и служила, по-видимому, для хранения материалов Дага Свенссона. В основном это были газетные вырезки из его собственных статей и вырезки на интересующие его темы.

Некоторое время заняло изучение компьютера. Память его составляла примерно пять гигабайт, в которые входило все, от программного обеспечения до писем и скачанных статей в виде pdf-файлов. Иными словами, за один вечер с этим явно невозможно было управиться. Хольмберг включил в число изъятых предметов весь компьютер и разбросанные CD-диски, а также тридцать zip-дисков.

Покончив с этим, он некоторое время сидел, погруженный в недовольное молчание. Насколько он мог судить, материалы в компьютере принадлежали Миа Бергман. Даг Свенссон был журналистом и не мог обходиться без компьютера, который являлся для него важнейшим рабочим инструментом, но в настольном компьютере у него не имелось даже своей электронной почты. Следовательно, где-то у Дага Свенссона должен быть другой, отдельный компьютер. Йеркер Хольмберг встал и в задумчивости прошелся по квартире. В холле лежала специальная сумка для ноутбука — пустая, в ней обнаружилось лишь несколько блокнотов, принадлежавших Дагу Свенссону. Самого ноутбука нигде в квартире не оказалось. Хольмберг достал ключи и спустился во двор, где обследовал машину Миа Бергман, а затем кладовку в подвале, но искомого нигде не нашел.

«Самое странное в этой собаке, дорогой Ватсон, что она не лаяла»,— вспомнилось ему.

Хольмберг мысленно сказал себе, что в перечне изъятых предметов недостает ноутбука.

Бубланеки и Фасте встретились с прокурором Экстрё-мом в его служебном кабинете в половине седьмого, сразу же как только вернулись с Лундагатан. Курт Свенссон получил по телефону указание отправиться в Стокгольмский университет и переговорить там с научным руководителем Миа Бергман. Йеркер Хольмберг остался в Энскеде, а Соня Мудиг отвечала за осмотр места преступления на площади Уденплан. Прошло десять часов с того момента, как Бубланеки был назначен руководителем следствия, и семь часов с тех пор, как Лисбет Саландер была объявлена в розыск. Бубланеки кратко доложил то, что удалось выяснить на Лундагатан.

— И кто же такая эта Мириам Ву? — спросил Экстрём.

— Пока что мы знаем о ней очень немного. В полицейских списках правонарушителей она не числится. Хансу Фасте поручено начать ее поиски завтра с самого утра.

— Но Саландер не было на Лундагатан?

— Насколько нам удалось выяснить, там ничто не указывает на ее проживание в этой квартире. По крайней мере, вся одежда в шкафу была не ее размера.

— Да еще какая одежда-то! — добавил Ханс Фасте.

— И какая же? — поинтересовался Экстрём.

— Во всяком случае, не такая, какую дарят на День матери.

— В настоящее время мы ничего не знаем о Мириам Ву,— сказал Бубланеки.

— Да что тут еще, черт возьми, знать! У нее же полный гардероб нарядов для проститутки.

— Для проститутки?

— Ну да! Кожа там, лак, корсеты и фетишистская дребедень, а в комоде набор игрушек для секса. Кстати, похоже, что все недешево стоит.

— Ты хочешь сказать, что Мириам Ву проститутка?

— В настоящий момент мы ничего не знаем о Мириам Ву,— повторил Бублански более настойчивым тоном.

— Расследование, проведенное несколько лет назад социальной службой, показало, что Лисбет Саландер занималась проституцией,— сказал Экстрём.

— Социальные службы обычно ничего не говорят просто так,— вставил Фасте.

— Отчет социальной службы не основан ни на задержании, ни на расследовании,— заметил Бублански.— Когда Саландер было шестнадцать-семнадцать лет, ее однажды застали в парке Тантолунден в обществе мужчины, который был гораздо старше ее. В тот же год ее задержали за появление в пьяном виде. И тоже в обществе мужчины, который был значительно старше ее.

— Ты хочешь сказать, чтобы мы не спешили с выводами,— понял Экстрём.— О'кей. Но я сразу вспоминаю, что исследовательская работа Миа Бергман была посвящена теме трафика секс-услуг и проституции. Таким образом, существует возможность, что в ходе своей работы она контактировала с Саландер и этой Мириам Ву и чем-то их спровоцировала, а это могло стать мотивом для убийства.

— Возможно, Бергман контактировала с опекуном Саландер и это привело к тому, что завертелась какая-то карусель,— предположил Фасте.

— Возможно,— согласился Бублански.— Следствие как раз и должно это выяснить. Сейчас важно найти Лисбет Саландер. Совершенно очевидно, что на Лундагатан она не живет. А это значит, что нам нужно отыскать Мириам Ву и расспросить ее, как она очутилась в этой квартире и какое отношение имеет к Лисбет Саландер.

— И как же мы найдем Лисбет Саландер?

— Она где-то здесь. Вся трудность в том, что нам известен только один адрес, по которому она проживала, а именно квартира на Лундагатан. Перемена адреса официально нигде не зафиксирована.

— Ты забываешь, что она лежала в клинике Святого Стефана и какое-то время жила у разных приемных родителей.

— Я ничего не забыл,— сказал Бублански и сверился с бумагами.— К тому времени, как ей исполнилось пятнадцать лет, она уже сменила три приемные семьи. С ними у нее что-то не складывалось. С шестнадцати до восемнадцати лет она жила в Хегерстене у супружеской пары, их звали Фредрик и Моника Гулльберг. Сегодня вечером к ним сходит Курт Свенссон, когда закончит беседу с научным руководителем в университете.

— А как будет насчет пресс-конференции? — поинтересовался Фасте.

В семь часов вечера в кабинете Эрики Бергер царило мрачное настроение. После ухода инспектора Бублански Микаэль Блумквист застыл в молчаливом оцепенении. Малин Эрикссон отправилась на велосипеде на Лундагатан и наблюдала там за действиями штурмового отряда. Затем она вернулась с отчетом, что там, по-видимому, никого не задержали и движение транспорта по улице уже восстановлено. В редакцию позвонил Хенри Кортес и взволнованно сообщил, что, по слухам, полиция сейчас разыскивает еще одну женщину, имя которой не разглашается. Эрика объяснила ему, о какой женщине идет речь.

Эрика и Малин посовещались, но толком так ничего и не придумали. Ситуацию осложняло то, что Микаэль и Эрика знали о том, какую роль Лисбет Саландер сыграла в деле Веннерстрёма: будучи хакером высочайшего класса, она добывала для Микаэля секретную информацию и тем сильно помогла в его расследовании. Малин Эрикссон ничего об этом не знала, до этого дня она даже не слышала имени Лисбет Саландер. По этой причине в разговоре иногда возникали недоговоренности и паузы.

— Я пошел домой,— объявил неожиданно Микаэль, вставая с кресла.— Я так устал, что голова не работает. Мне надо поспать.

Он взглянул на Малин.

— Впереди у нас много дел. Завтра Страстная пятница, и я весь день буду только спать и разбирать бумаги. Ты можешь поработать в выходные, Малин?

— А разве у меня есть выбор?

— Да, правда. В субботу начнем в двенадцать часов. Что, если я предложу встретиться не в редакции, а у меня дома?

— О'кей.

— Я думаю, что нужно изменить постановку задачи, которую мы сформулировали сегодня утром. Теперь уже речь пойдет не просто о том, чтобы разобраться, не имеют ли разоблачения Дага Свенссона отношения к убийству. Нам предстоит выяснить, кто убил Дага и Миа.

Малин с сомнением подумала о том, каким образом им это удастся сделать, но ничего не сказала. Микаэль кивнул женщинам на прощание и исчез, не вдаваясь в объяснения.

Пресс-конференция была назначена ровно на семь часов, но ее начало задержалось на пятнадцать минут. В четверть восьмого руководитель следственной группы Бублански неохотно поднялся вслед за начальником предварительного следствия Экстрёмом на подмостки полицейского пресс-центра. В отличие от Экстрёма Бублански вовсе не стремился покрасоваться в свете прожекторов перед дюжиной телекамер. Оказываясь в центре внимания, он почти терял голову от волнения, да и видеть самого себя на экране телевизора он не только не любил, но даже не смог привыкнуть к этому.

Между тем Экстрём, исполненный серьезности, поправил очки и уселся за стол с приличествующим моменту значительным видом. Он подождал немного, давая фотокорреспондентам пощелкать камерами, потом наконец поднял руки, прося тишины в зале, и заговорил словно по писаному:

— Рад приветствовать всех пожелавших присутствовать на нашей несколько поспешно созванной конференции, посвященной вчерашнему ночному убийству в Энскеде, на которой я хочу поделиться с вами информацией, имеющейся у нас на данный момент. Позвольте представиться: я — прокурор Рихард Экстрём, рядом со мной находится инспектор криминальной полиции Ян Бублански из отдела насильственных преступлений, он возглавляет следственную группу. Сначала я хочу зачитать вам свое сообщение, а затем у вас будет возможность задать нам вопросы.

Экстрём молча оглядел ту часть журналистов, которые успели собраться на пресс-конференцию, объявленную полчаса назад. Убийство в Энскеде уже сейчас было большой сенсацией, а обещало стать сенсацией еще большей. Он с удовольствием отметил, что присутствовали представители программы «Актуэльт» и «Раппорт», а также канала ТВ-4, нашел знакомые лица репортеров из ТТ, вечерних и утренних газет. Кроме них он увидел большое число незнакомых журналистов. Всего в зале собралось не меньше двадцати пяти представителей различных средств массовой информации.

— Как вам уже известно, вчера вечером, за несколько минут до полуночи, в Энскеде были обнаружены тела двух жестоко убитых людей. При осмотре места преступления было найдено также оружие — «Кольт-сорок пять Магнум». Государственная криминалистическая лаборатория сегодня подтвердила, что это и есть орудие убийства. Личность владельца револьвера была установлена, и были приняты меры к его отысканию.

Тут Экстрём сделал выразительную паузу.

— В семнадцать часов текущего дня владелец пистолета был найден убитым в своей квартире в районе площади Уденплан. Он был застрелен и предположительно уже мертв к тому времени, когда произошло убийство в Энскеде. Полиция,— тут Экстрём повел рукой в сторону Бубланки,— имеет основания полагать, что убийцей в обоих случаях является одно и то же лицо, которое сейчас находится в розыске по подозрению в убийстве трех человек.

В зале поднялся гул, многие из присутствующих репортеров одновременно принялись говорить по мобильным телефонам. Экстрём слегка повысил голос.

— Имеется ли подозреваемый? — громко спросил один репортер с радио.

— Если вы не будете меня прерывать, то скоро мы к этому подойдем. В настоящее время есть одно определенное лицо, которое полиция хочет допросить в связи с этими тремя убийствами.

— Как его зовут?

— Это не он, а она. Полиция разыскивает двадцатишестилетнюю женщину, которая была связана с владельцем револьвера и которая, как уже установлено нами, присутствовала на месте убийства в Энскеде.

Бублански нахмурил брови, и выражение его лица сделалось напряженным. Они подошли к тому пункту, по которому у них с Экстрёмом имелись разногласия, а именно к вопросу о том, нужно ли открывать публике имя подозреваемого. Бублански считал, что с этим лучше бы подождать. Экстрём считал, что это нужно сделать безотлагательно.

Аргументы Экстрёма казались бесспорными. Полиция разыскивает психически больную женщину, которая обоснованно подозревается в трех убийствах. Сегодня она уже была объявлена в розыск сначала по лену, в котором проживает, затем по всей стране. Экстрём подчеркивал, что Лисбет Саландер следует считать опасной, поэтому в интересах общества ее следует задержать как можно скорее.

Аргументы Бублански были менее убедительны. Он считал, что нужно, по крайней мере, подождать результатов обследования квартиры адвоката Бьюрмана, прежде чем делать такие серьезные заявления.

Экстрём утверждал, что, согласно всем официально документированным фактам, Лисбет Саландер — психически больной человек, склонный к насилию, которого что-то вывело из душевного равновесия и наделило маниакальной жаждой убийства. Никто не может гарантировать, что на этом она остановится.

— Что мы будем делать, если завтра она ворвется еще в одну квартиру и поубивает еще несколько человек? — риторически вопрошал Экстрём.

На это Бублански не мог ничего ответить, а прокурор тут же напомнил о том, что уже имеются прецеденты. Объявив по всей Швеции в розыск Юху Вальякалла из Умселе, убившего трех человек, полиция исходила из того, что он представляет опасность для всего общества. То же можно сказать и в отношении Лисбет Саландер, и потому Экстрём решил публично огласить ее имя.

Экстрём поднял руку, чтобы прекратить поднявшийся среди журналистов гомон. Весть о том, что в убийстве трех человек подозревается женщина, должна была произвести впечатление разорвавшейся бомбы. Экстрём кивнул инспектору Бубланский, предоставляя слово ему. Тот дважды кашлянул, поправил очки и принялся читать, не отрываясь от бумажки, на которой было написано сформулированное на совещании заявление.

— Полиция разыскивает двадцатишестилетнюю женщину по имени Лисбет Саландер. Будет опубликован фотографический снимок из паспортного регистра. Нам неизвестно ее точное местонахождение на настоящий момент, но предположительно она находится на территории Стокгольма. Полиция обращается за помощью к гражданам, чтобы как можно скорее найти эту женщину. Рост Лисбет Саландер сто пятьдесят сантиметров, сложение худощавое.

Бубланский нервно перевел дыхание. Он вспотел и почувствовал, что рубаха под мышками взмокла.

— Ранее Лисбет Саландер проходила лечение в психиатрической клинике, где считают, что она может представлять опасность для самой себя и для окружающих. Мы хотим заранее подчеркнуть, что не можем с уверенностью утверждать, что она является убийцей, но в связи с некоторыми обстоятельствами нам представляется необходимым выяснить в личной беседе, что ей известно об убийствах в Энскеде и в районе Уденплана.

— Так не годится! — крикнул с места репортер из вечерней газеты.— Либо она у вас подозреваемая по делу об убийстве, либо нет — одно из двух!

Бубланский беспомощно взглянул на прокурора Экстрёма.

— Полиция проводит широкое расследование по всем направлениям, мы, конечно, прорабатываем несколько сценариев. Но в настоящий момент появились подозрения в отношении поименованной женщины, и полиция считает первоочередной задачей найти ее. Подозрения основаны на технических данных, полученных в результате осмотра места происшествия.

— И какого рода эти данные? — тотчас же спросили из зала.

— В настоящий момент мы не можем вдаваться в подробности технического характера.

В ответ на это, перебивая друг друга, заговорили сразу несколько журналистов. Экстрём поднял руку и указал на репортера из «Дагенс эко», с которым ему уже приходилось встречаться и которого он считал достаточно уравновешенным.

— Инспектор уголовной полиции Бубланьски сказал, что она проходила лечение в психиатрической клинике. По какому поводу?

— У этой женщины было... трудное детство и довольно часто возникали разные проблемы. Она находится под опекой, и владельцем оружия был ее опекун.

— Кто он?

— Это лицо, застреленное в собственной квартире в районе Уденплана. В настоящее время мы не хотим сообщать его имя по той причине, что его родственники еще не были извещены о происшествии.

— Какой у нее был мотив для убийства?

Бубланьски взял микрофон.

— В настоящий момент мы не можем высказываться по поводу мотивов.

— Привлекала ли она ранее внимание полиции?

— Да.

Следующий вопрос задал репортер с характерным звучным голосом, который прорезал общий гул:

— Она представляет опасность для общества?

Подумав секунду, Экстрём утвердительно кивнул.

— Мы обладаем информацией, которая характеризует ее как человека, склонного в затруднительном положении прибегать к насилию. Мы решили публично заявить о ее розыске, потому что хотим как можно скорее войти с ней в контакт.

Бублански кусал губы.

В девять часов вечера инспектор уголовной полиции Соня Мудиг все еще находилась в квартире адвоката Бьюрмана. Позвонив домой, она объяснила мужу, почему задерживается — после одиннадцати лет супружеской жизни муж смирился с тем, что у нее никогда не будет нормального рабочего дня с девяти до пяти. Устроившись за письменным столом в кабинете Бьюрмана, она занималась разбором вынутых из ящиков бумаг, как вдруг в открытую дверь постучали и на пороге появился констебль Бубла с двумя чашками кофе и синим пакетиком, в котором лежали булочки с корицей, купленные в «Прессбюро». Она устало махнула рукой, приглашая его войти.

— Чего нельзя трогать? — по привычке спросил Бубла.

— Здесь в кабинете техники уже закончили. Сейчас они работают в спальне и в кухне. Остается еще тело.

Бублански подвинул себе стул и сел напротив Сони. Она открыла пакет и достала булочку:

— Спасибо! Я так хочу кофе, просто умираю!

Оба молча принялись за еду.

— Я слышала, что на Лундагатан все вышло не очень удачно,— сказала Соня, покончив с булочкой и облизав пальцы.

— Там никого не застали. Нашлась непрочитанная почта на имя Саландер, но живет там некая Мириам Ву. Пока что мы ее не нашли.

— Кто она такая?

— Я толком не знаю. Фасте собирает о ней сведения. Она была вписана в контракт примерно месяц назад, но в квартире, похоже, живет только один человек. Мне кажется, Саландер съехала, не сообщив своего нового адреса.

— Может быть, у нее это было заранее спланировано.

— Что? Тройное убийство? — Бублански безнадежно покачал головой.— Эту кашу нам еще рахлебывать и расхлебывать. Экстрём добился своего и провел пресс-конференцию, так что в ближайшее время средства массовой информации устроят нам такую веселую жизнь, что только держись. Ты что-нибудь нашла?

— Кроме Бьюрмана в спальне... нашла пустую коробку из-под «магнума». Револьвер сейчас в лаборатории на предмет отпечатков. У Бьюрмана тут лежала целая папка копий ежемесячных отчетов о делах Саландер, которые он отправлял в Опекунский совет. Если верить отчетам, то Саландер — ангел с крылышками.

— Надо же — и он туда же! — воскликнул Бублански.

— Куда — туда?

— Еще один восторженный поклонник Лисбет Саландер!

Бублански вкратце сообщил, что он услышал о ней от Драгана Арманского и Микаэля Блумквиста. Соня Мудиг молча выслушала его рассказ. Когда он закончил, она взъерошила себе волосы и протерла глаза.

— Странно как-то! — сказала она.

Бублански задумчиво кивнул, кусая губы. Соня Мудиг покосилась на него и с трудом удержалась от улыбки. У него было грубое, словно топором вырубленное, лицо, но когда он приходил в недоумение или чувствовал неуверенность, оно принимало обиженное выражение. Именно в такие минуты она мысленно называла его Констеблем Бублой. Она никогда не употребляла этого прозвища в разговоре с ним и не знала, откуда оно взялось, однако ему это необычайно шло.

— О'кей! — сказала Соня.— Насколько надежна у нас почва под ногами?

— Прокурор, похоже, уверен в себе. Сегодня вечером Саландер объявлена в розыск по всей стране. Последний год она провела за границей и, возможно, попытается выбраться за пределы страны.

— Оснований для ареста достаточно?

Он пожал плечами:

— Нам случалось арестовывать людей даже с меньшими основаниями.

— Ее отпечатки найдены на орудии убийства в Энскеде. Ее опекун также убит. Не предваряя событий, я все же смею предположить, что здесь у нас был использован тот же револьвер. Завтра узнаем: техники нашли под кроватью довольно хорошо сохранившийся фрагмент гильзы.

— Это хорошо.

— В нижнем ящике письменного стола осталось несколько револьверных патронов. Пули с урановым сердечником и золотистой никелевой оболочкой.

— О'кей.

— У нас есть целая пачка документов, подтверждающих, что Саландер сумасшедшая. Бьюрман был ее попечителем и хозяином оружия.

— Ммм,— недовольно пробурчал Бубла.

— В лице Микаэля Блумквиста мы имеем связующее звено между Саландер и парой в Энскеде.

— Ммм,— снова пробурчал Бублански.

— Ты, кажется, сомневаешься.

— Я никак не могу составить себе портрет этой Саландер. Документы утверждают одно, а Арманский и Блумквист дружно говорят совсем другое. Согласно имеющейся документации, она чуть ли не отставшая в развитии психопатка. Эти же двое утверждают, что она способнейший исследователь. Больно уж велико расхождение между разными версиями. У нас нет мотива в отношении Бьюрмана и ни одного подтверждения, что она была знакома с парой из Энскеде.

— А много ли надо мотивов умственно отсталой психопатке?

— Я еще не осматривал спальню в этой квартире. Что мы здесь имеем?

— Я нашла Бьюрмана, уткнувшегося головой в кровать, перед которой он стоял на коленях, словно собирался прочесть на ночь молитву. Он был голый. Выстрел произведен в затылок.

— Убит одним выстрелом? В точности как в Энскеде.

— Насколько я поняла, выстрел был один. Однако создается впечатление, что Саландер, если это сделала она, заставила его встать на колени перед кроватью, а потом уже выстрелила. Пуля вошла сверху в затылок и вышла через лицо.

— Выстрел в затылок. То есть похоже на казнь.

— Точно.

— Знаешь, я подумал, что кто-то же должен был слышать выстрел.

— Его спальня выходит на задний двор, а верхние и нижние соседи уехали на праздники из города. Окно было закрыто. Вдобавок она использовала подушку вместо глушителя.

— Все продумано.

В этот момент в дверь просунулась голова Гуннара Самуэльссона из технического отдела.

— Привет, Бубла! — поздоровался он, а затем обратился к Соне.— Слушай, мы собирались вывозить тело и перевернули его. Там есть кое-что, на что тебе надо бы взглянуть.

Они пошли в спальню. Тело Нильса Бьюрмана уже находилось на носилках и лежало лицом кверху, дожидаясь отправки к патологоанатому. Причина смерти была несомненна. Весь лоб представлял собой сплошную кровавую рану сантиметров десять шириной, с одной стороны свисал кусок черепной кости, удерживаемый лоскутом кожи. Пятна крови на кровати и на стене складывались в весьма выразительный рисунок.

Бублански обиженно выпятил губы.

— На что мы должны поглядеть? — спросила Соня.

Гуннар Самуэльссон приподнял покрывало и обнажил живот Бьюрмана. Надев очки, Бублански вместе с Соней подошел поближе, и они, склонившись, прочитали надпись, вытатуированную на животе покойного. Неуклюжие и неровные буквы, очевидно, не были плодом работы профессионального татуировщика, но складывались в легко читаемую надпись: Я — САДИСТСКАЯ СВИНЬЯ, ПОДОНОК И НАСИЛЬНИК.

Соня и Бублански с изумлением воззрились друг на друга.

— Может быть, это и есть намек на какой-то мотив? — наконец проговорила она.

По пути домой Микаэль Блумквист купил четырехсотграммовую упаковку макарон с соусом и поставил в микроволновку; пока еда готовилась, он разделся и за три минуты принял душ, а потом, вооружившись вилкой, стоя поел прямо из коробки. Все казалось невкусным, ему только хотелось по-быстрому приглушить чувство голода. Покончив с едой, он открыл бутылку пива «Вестфюнское народное» и выпил из горлышка.

Не зажигая света, он подошел к окну, за которым открывался вид на Старый город, и простоял так двадцать минут, стараясь ни о чем не думать.

Ровно двадцать четыре часа тому назад он находился в гостях у сестры и Даг Свенссон только что позвонил ему по мобильнику. Тогда Даг и Миа еще были живы.

Он не спал уже тридцать шесть часов, а те годы, когда ему ничего не стоило провести бессонную ночь, уже остались позади. Однако он хорошо знал, что не сможет уснуть, потому что его мысли будут все время возвращаться к увиденному. У него было такое чувство, что картины, представшие перед ним в Энскеде, навсегда отпечатались у него на сетчатке глаз.

Наконец он выключил мобильник и лег в постель, но к одиннадцати часам так и не смог заснуть. Тогда Микаэль встал, сварил себе кофе, включил CD-проигрыватель и стал слушать, как Дебби Харри поет про Марию. Завернувшись в плед, он сидел на диване в гостиной, пил кофе и размышлял о Лисбет Саландер.

Что ему вообще-то про нее известно? Почти что ничего.

Он знал, что у нее фотографическая память и что она потрясающий хакер. Он знал, что она — не похожая на других, замкнутая женщина, которая не любит рассказывать о себе и не питает доверия к властям.

Он знал, что она способна применять грубое насилие. Благодаря этому он остался жив.

Но он даже не подозревал о том, что она признана недееспособной и находится под опекой и что в юности она лежала в психушке.

Надо было выбирать, на чьей он стороне.

Просидев за полночь, он в конце концов решил, что вопреки мнению полиции отказывается верить в то, что Лисбет убила Дага и Миа. По крайней мере, он обязан выслушать ее, прежде чем осудить.

Он и сам не знал, во сколько наконец ему удалось заснуть, но в половине пятого утра проснулся на диване. Перебравшись в спальню, он тотчас же заснул опять.

Глава
16

Страстная пятница, 25 марта — предпасхальная суббота, 26 марта

Малин Эрикссон поудобнее откинулась на спинку дивана и положила ноги на столик, но тут же спохватилась, что находится не у себя дома, а в гостиной Микаэля Блумквиста, и опустила их на пол. Микаэль добродушно улыбнулся:

— Не стесняйся. Расслабься и будь как дома.

Она тоже улыбнулась ему и снова положила ноги на столик.

В пятницу Микаэль перевез все копии оставшихся после Дага бумаг из редакции «Миллениума» в свою квартиру и разложил материалы кучками на полу. В субботу они с Малин посвятили восемь часов тому, чтобы тщательно проверить всю электронную почту, все записи, короткие заметки в блокноте, а главное, весь текст будущей книги.

Утром Микаэлю нанесла визит его сестра Анника Джаннини. Она захватила с собой вечерние газеты с последними сводками и крупной паспортной фотографией Лисбет Саландер на первой странице. Одна газета делала упор на фактической стороне дела:

РАЗЫСКИВАЕТСЯ
ПО ПОДОЗРЕНИЮ В ТРЕХ УБИЙСТВАХ

Другая газета добавила остроты:

ПОЛИЦИЯ ЛОВИТ
ПСИХИЧЕСКИ БОЛЬНУЮ УБИЙЦУ-МАНЬЯКА

Они проговорили час, в течение которого Микаэль объяснял, какое отношение он имеет к Лисбет Саландер и почему не верит ее в виновность. Под конец он спросил сестру, не согласится ли она представлять интересы Лисбет Саландер, если ту поймает полиция.

— Мне уже приходилось защищать женщин в делах о насилии и избиении, но защита подозреваемых в убийстве — не моя специальность,— ответила Анника.

— Ты самый сообразительный адвокат из всех, кого я знаю, а Лисбет очень понадобится защитник, на которого она могла бы положиться. Думаю, что она примет твою кандидатуру.

Анника Джаннини немного подумала, но согласилась в случае необходимости обговорить этот вопрос с Лисбет Саландер, хотя и без особой уверенности.

В час дня в субботу позвонила инспектор уголовной полиции Соня Мудиг и попросила разрешения зайти за сумкой, принадлежащей Лисбет Саландер. По-видимому, полиция открыла и прочла его письмо к Лисбет, отправленное им на ее адрес на Лундагатан.

Уже через двадцать минут Соня прибыла, и Микаэль предложил ей и Малин устраиваться за обеденным столом в гостиной, а сам пошел в кухню за сумкой, которая стояла на полке возле микроволновки. После короткого раздумья он открыл сумку и вынул из нее молоток и газовый баллончик. Конечно, это называется сокрытием вещественных доказательств, ведь баллончик со слезоточивым газом считался оружием, и его незаконное хранение могло повлечь за собой наказание. Молоток же, без сомнения, должен был послужить подкреплением того мнения, что Лисбет склонна к применению насилия. А это нам незачем, решил Микаэль.

Он предложил Соне Мудиг выпить кофе.

— Можно мне задать вам несколько вопросов? — спросила она.

— Пожалуйста.

— В письме к Саландер, которое мы обнаружили на Лундагатан, вы пишете, что вы перед ней в долгу. Что вы имели в виду?

— Лисбет Саландер оказала мне большую услугу.

— О чем идет речь?

— Это была услуга совершенно частного характера, так что я не собираюсь о ней рассказывать.

Соня Мудиг внимательно посмотрела на него:

— Сейчас мы расследуем убийство.

— И я надеюсь, что вы как можно скорее поймаете того мерзавца, который убил Дага и Миа.

— Вы не верите в виновность Саландер?

— Нет.

— Кто, по-вашему, мог убить этих людей?

— Я не знаю. Но Даг Свенссон собирался разоблачить и назвать поименно целый ряд людей, которым было что терять. Кто-то из них, возможно, и совершил эти убийства.

— А зачем было этому человеку убивать адвоката Нильса Бьюрмана?

— Этого я не знаю. Пока что не знаю.

Он смотрел на нее прямо, не отводя глаз. Соня Мудиг улыбнулась. Она знала, что его в шутку называли Калле Блумквистом*, и сейчас поняла почему.

— Но вы намерены в этом разобраться?

— Если сумею. Можете передать это Бубланьски.

— Передам. А если Лисбет Саландер даст о себе знать, то надеюсь, вы нам об этом сообщите?

— Я не рассчитываю, что она даст о себе знать и признается в убийстве, но если это случится, то обещаю, что поста-

---

* Калле Блумквист — мальчик-сыщик, персонаж произведений Астрид Линдгрен, в честь которого Микаэль (полное имя Карл Микаэль) Блумквист еще в молодости получил прозвище за склонность к детективным историям.

раюсь со своей стороны уговорить ее добровольно явиться в полицию. В этом случае я помогу ей всем, чем смогу, ведь ей очень понадобится друг.

— А если она скажет, что невиновна?

— Тогда надеюсь, что она сможет пролить свет на случившееся.

— Господин Блумквист, между нами и не в обиду будь сказано: я надеюсь, вы понимаете, что Лисбет Саландер будет арестована, и не наделаете никаких глупостей, если она свяжется с вами. Если вы ошибаетесь и она все-таки виновна, к этой ситуации нужно относиться со всей серьезностью, иначе это грозит смертельной опасностью.

Микаэль кивнул.

— Надеюсь, что нам не придется устанавливать за вами слежку. Вы отдаете себе отчет в том, что содействие лицу, объявленному в розыск, является нарушением закона? В этом случае предусмотрено наказание за укрывательство преступника.

— А я надеюсь, что вы найдете несколько минут, чтобы подумать над тем, нет ли какой-нибудь другой кандидатуры в виновники преступления.

— Мы над этим подумаем. Следующий вопрос: не знаете ли вы, каким компьютером пользовался для работы Даг Свенссон?

— У него был старый Мас iBook-пятьсот, белый, с экраном в четырнадцать дюймов. На вид такой же, как мой ноутбук, но с экраном большего размера.

— Вы не имеете представления, где хранился его ноутбук?

— Даг носил его в черной сумке. Думаю, что он должен быть у него дома.

— Там его нет. Не мог ли он оставить его на работе?

— Нет. Я просматривал письменный стол Дага, и там его не было.

Они помолчали.

— Могу я из этого сделать вывод, что компьютер Дага Свенссона пропал? — спросил наконец Микаэль.

_____

К восьми часам вечера Микаэль и Малин составили довольно значительный список лиц, у которых теоретически мог иметься мотив для убийства Дага Свенссона,— их набралось тридцать семь. Каждое имя они записали на отдельном большом листе бумаги, а эти листы Микаэль развесил на стене гостиной. Список состоял из мужчин, которые были либо сутенерами, либо клиентами проституток и упоминались в книге Дага Свенссона. Двадцать девять из них можно было идентифицировать, а восемь человек проходили только под псевдонимами. Двадцать известных поименно мужчин являлись клиентами, которые когда-либо пользовались услугами той или иной девушки.

Микаэль и Малин обсуждали также вопрос о том, можно ли сейчас печатать книгу Дага. Трудность состояла в том, что многие доказательства своих утверждений Даг и Миа унесли с собой в могилу, а менее осведомленному человеку придется глубже ознакомиться с соответствующим материалом и еще многое уточнять.

Они пришли к выводу, что примерно восемьдесят процентов рукописи не вызовут никаких проблем, но оставшиеся двадцать процентов требуют доработки, прежде чем «Миллениум» сможет их опубликовать. Они не сомневались в верности материала, но сами недостаточно им владели, чтобы давать ответы на возражения и критику с той же уверенностью, как сам Даг, будь он жив.

Микаэль выглянул в окно. На улице стемнело и начался дождь. Он спросил Малин, не хочет ли она еще кофе, но она отказалась.

— О'кей,— сказала Малин.— С манускриптом все ясно, но мы так и не нашли следов убийцы Дага и Миа.

— Это может быть одно из имен на стене,— сказал Микаэль.

— Это мог быть кто-то, не имевший никакого отношения к книге. Или твоя приятельница.

— Лисбет,— подсказал Микаэль.

Малин исподтишка посмотрела на него. Она проработала в «Миллениуме» восемнадцать месяцев, причем пришла туда в тот момент, когда там царил полный хаос в связи с делом Веннерстрёма. После нескольких лет на временных должностях и случайных заработков «Миллениум» стал для нее первым постоянным местом работы, и ей там очень нравилось. Работа в «Миллениуме» укрепила ее позиции, с Эрикой Бергер и остальными служащими у нее сложились дружеские отношения, и только в обществе Микаэля Блумквиста она всегда чувствовала некоторую скованность. Видимых причин для этого она и сама не находила, но почему-то воспринимала Микаэля как самого замкнутого и неприступного человека в своем окружении.

Весь прошедший год он приходил на работу поздно и часто проводил время один у себя в кабинете или у Эрики Бергер. Нередко он вообще отсутствовал, и в первые месяцы работы Малин казалось, что она чаще видит его на телеэкране, чем живьем в помещении редакции. Он постоянно находился в разъездах или занимался делами где-то еще. Почему-то с ним нельзя было вести себя запросто, а из случайно услышанных замечаний других сотрудников Малин узнала, что Микаэль очень изменился — стал молчалив и труден в общении.

— Для того чтобы докопаться до причин, почему были убиты Даг и Миа, мне нужно бы побольше знать о Лисбет Саландер. А так я даже не знаю, с какого конца подступиться к этому делу, и если...

Она остановилась, не договаривая до конца свою мысль. Микаэль искоса посмотрел на нее, потом сел в кресло, стоявшее под углом в девяносто градусов к дивану, и тоже положил ноги на столик.

— Тебе нравится в «Миллениуме»? — неожиданно спросил он. — Я к тому, что ты проработала у нас уже полтора года, а я мотался туда и сюда, так что мы до сих пор не успели с тобой как следует познакомиться.

— Мне все ужасно нравится, — сказала Малин. — А вы мной довольны?

Микаэль улыбнулся.

— Мы с Эрикой уже не раз отмечали, что у нас еще никогда не было такого толкового секретаря редакции. Мы считаем, что ты просто находка! И прости меня, что я не сказал этого раньше.

Малин ответила довольной улыбкой. Похвала знаменитого Микаэля Блумквиста была ей чрезвычайно приятна.

— Но я спрашивала, в общем-то, не об этом,— заметила она.

— Ты хочешь знать, какое отношение Лисбет Саландер имеет к «Миллениуму»?

— Вы с Эрикой не слишком охотно говорите на эту тему.

Микаэль кивнул и посмотрел ей в глаза. И он, и Эрика полностью доверяли Малин Эрикссон, однако были вещи, которые он не мог с ней обсуждать.

— Я согласен с тобой,— сказал он.— Если уж заниматься убийством Дага и Миа, тебе нужно знать больше. Я непосредственный участник тех событий и, кроме того,— связующее звено между ней и Дагом и Миа. Давай задавай мне вопросы, и я отвечу тебе, насколько смогу. А когда дойду до того, о чем должен молчать, я тебе об этом скажу.

— Почему такая секретность? Кто такая Лисбет Саландер и какое отношение она имеет к «Миллениуму»?

— Вот слушай. Два года назад я нанял Лисбет Саландер для сбора материалов в связи с очень сложным расследованием. В этом и заключается главная трудность. Я не могу сказать тебе, над чем работала для меня Лисбет. Эрика знает, в чем там было дело, и связана обещанием хранить это в тайне.

— Два года тому назад... Это было до того, как ты разоблачил Веннерстрёма. Я могу исходить из того, что она выполняла работу в связи с этим расследованием?

— Нет, не можешь. От меня ты не услышишь ни подтверждения, ни отрицания. Я могу только сказать, что нанял Лисбет для выполнения совершенно другого поручения и что она выполнила его безупречно.

— О'кей. Ты находился тогда в Хедестаде и жил там, насколько я знаю, отшельником. А Хедестад в то лето не был забыт средствами массовой информации. Восстала из мертвых Харриет Вангер, и все такое прочее. Забавно, что у нас в «Миллениуме» о воскрешении Харриет Вангер не написали ни одного слова.

— Как уже сказано, я об этом ни гу-гу! Можешь гадать, сколько тебе угодно, и вероятность того, что ты угадаешь правильно, я считаю практически равной нулю.— Микаэль усмехнулся.— Если мы не писали о Харриет, то причина в том, что она член нашего правления. Пускай ею занимаются другие средства массовой информации. Что же касается Лисбет, то поверь уж мне на слово: то, что она сделала для меня, не имело никакого отношения к тому, что случилось в Энскеде. Одно с другим тут никак не свяжешь.

— О'кей.

— Позволь мне дать тебе один совет. Не гадай. Не строй предположений. Знай только, что она работала на меня и что я не могу обсуждать вопрос о том, в чем заключалась эта работа. Скажу тебе также, что она сделала для меня и еще кое-что. Попутно она спасла мне жизнь, в самом буквальном смысле. Так что я перед ней в большом долгу.

Малин удивленно приподняла брови. Об этом она в «Миллениуме» ничего не слышала.

— А это, если я не ошибаюсь, значит, что ты знаешь ее очень хорошо.

— Полагаю, что да — настолько, насколько вообще кто-нибудь знает Лисбет Саландер. Она, наверное, самый скрытный человек из всех, с кем я знаком.

Вдруг он встал и отвернулся к потемневшему окну.

— Не знаю, как ты, а я хочу выпить водки с лаймом,— произнес он наконец.

Малин улыбнулась.

— О'кей! Лучше уж водка, чем еще одна чашка кофе.

Драган Арманский провел выходные в летнем доме на Блиде и все это время размышлял о Лисбет Саландер. Его взрослые дети решили провести выходные отдельно от родителей. Его жена Ритва, прожившая с мужем двадцать пять лет, без труда поняла, что мысли его находятся где-то далеко. Он все время был погружен в мрачное молчание и невпопад отвечал, когда к нему обращались. Каждый день он садился в машину, ехал в магазин и покупал там дневные газеты, а потом, засев у окна на веранде, читал статьи об охоте за Лисбет Саландер.

Его мнение о себе заметно ухудшилось. Драган Армански испытывал жгучую обиду из-за того, что мог так жестоко ошибаться в Лисбет Саландер. О том, что у нее есть проблемы с психикой, он знал уже давно. Его не удивила бы мысль о том, что она может применить насилие и причинить вред кому-нибудь, кто стал бы ей угрожать. То, что она обозлилась на своего опекуна, который, по ее мнению, без спроса вмешивается в ее личные дела, тоже можно было как-то понять, если взглянуть на дело ее глазами. Все попытки распоряжаться ею она всегда воспринимала в штыки, возможно считая их проявлениями враждебности.

Но у него просто в голове не укладывалось, с какой стати она вдруг вздумала отправиться в Энскеде и застрелить там двух человек, с которыми она, судя по данным всех доступных источников, была совершенно незнакома!

Драган Армански все время ожидал, не откроется ли какая-нибудь связь между Саландер и парой из Энскеде и не выяснится ли, что кто-то из них имел с ней дело или совершил какое-то действие, способное привести ее в ярость. Однако ни о каких подобных связях газеты не сообщали, зато было много рассуждений о том, что у психически больной Лисбет Саландер, вероятно, случился какой-то кризис.

Два раза он сам звонил инспектору криминальной полиции Бублански, чтобы узнать, как идут дела, но даже руководитель следствия не мог установить никакой связи между Саландер и парой из Энскеде, кроме того, что все они были знакомы с Микаэлем Блумквистом. Но здесь следствие тоже зашло в тупик. Не нашлось никаких подтверждений того, что Лисбет Саландер знала или хотя бы слышала что-то о существовании Дага Свенссона и Миа Бергман. Поэтому следствию было трудно установить истинный ход событий. И если бы не отпечатки пальцев на орудии убийства и несомненная связь Саландер с первой по времени жертвой, адвокатом Бьюрманом, полиция до сих пор блуждала бы в потемках.

В квартире Микаэля Малин Эрикссон наведалась в ванную комнату и снова вернулась на диван.

— Давай подведем итог,— сказала она.— Наша задача выяснить, действительно ли Дага и Миа убила Лисбет Саландер, как думает полиция. У меня нет ни малейшего представления, с чего нам начинать.

— Отнесись к этому как к обычному журналистскому расследованию. Мы не ведем следствие за полицию. Вместо этого мы будем следить за ходом полицейского расследования и докапываться до того, что им известно. Все как при обычном журналистском расследовании, с той разницей, что мы не обязательно опубликуем все, что при этом выплывет.

— Но если убийцей была Саландер, между ней и Дагом и Миа должна была какая-то связь. И эта связь — ты.

— Я в этом случае никакая не связь. Я больше года уже не виделся с Лисбет. Я даже не знаю, откуда она могла бы узнать об их существовании.

И тут вдруг Микаэль умолк. В отличие от всех других он знал, что Лисбет Саландер была хакером высочайшего класса. Его внезапно осенило, что его ноутбук битком набит перепиской с Дагом Свенссоном и различными вариантами текста его книги, а кроме того, там еще есть и копия научного труда Миа Бергман. Он не знал, посещала ли Саландер его компьютер, но таким образом она могла быть полностью в курсе его отношений с Дагом Свенссоном.

Но и это не помогало Микаэлю понять, какая причина могла побудить Лисбет поехать в Энскеде и убить Дага и Миа. Ведь оба они работали над темой насилия в отношении женщин, а такое начинание Лисбет могла только одобрить и всячески поддержать.

— У тебя такое лицо, словно ты сообразил о чем-то важном,— сказала Малин.

Микаэль совершенно не собирался рассказывать кому бы то ни было о хакерских талантах Лисбет.

— Нет, я просто так устал, что у меня в голове гудит,— ответил он.

— Ведь теперь она подозревается не только в убийстве Дага и Миа, но и в убийстве своего опекуна, и в этом случае связь видна невооруженным глазом. Что ты знаешь о нем?

— Ровно ничего. Я никогда не слышал об адвокате Бьюрмане и даже не знал, что у нее есть опекун.

— Однако очень мала вероятность, чтобы кто-то еще мог убить всех троих. Даже если с Дагом и Миа кто-то расправился из-за их расследования, то у него не может быть никаких причин убивать опекуна Лисбет Саландер.

— Сам знаю, и я себе прямо голову сломал, пытаясь найти объяснение. Впрочем, по крайней мере один сценарий, по которому кто-то посторонний мог убить Дага и Миа и опекуна Лисбет, я могу себе представить.

— Это какой же?

— Допустим, что Дага и Миа убили за то, что они ввязались в деятельность секс-мафии и что Лисбет оказалась третьим человеком, каким-то образом замешанным в этом деле. Поскольку Бьюрман был адвокатом Лисбет, то, может быть, она рассказала ему что-то такое, что сделало его свидетелем или просто знающим лишнее, из-за чего он и был убит.

Малин немного подумала.

— Я понимаю, что ты имеешь в виду,— произнесла она с сомнением.— Но у тебя нет никаких фактов в подтверждение этой теории.

— Да, фактов нет никаких.

— А как ты сам думаешь — виновна она или нет?

Микаэль задумался и ответил не сразу:

— Предположим, меня спросят, способна ли она на убийство? Мой ответ будет — да. У Лисбет Саландер есть склонность к насилию. Я сам видел ее в действии, когда...

— Когда она спасала твою жизнь?

Микаэль кивнул.

— Я не могу рассказать тебе, как было дело. Но один человек собирался убить меня, и ему это почти что удалось. Она появилась вовремя и безжалостно избила его клюшкой для гольфа.

— И ты даже не упомянул об этом в полиции?

— Нет. Так что это должно остаться между нами.

— О'кей.

Он пристально взглянул ей в глаза.

— Малин, я надеюсь, что смогу на тебя в этом положиться.

— Я никому не скажу ничего из того, что мы с тобой сегодня обсуждали. Даже Антону. Ты не просто мой шеф — я тебя уважаю и не хочу подвести.

Микаэль кивнул.

— Прости, пожалуйста!

— Хватит извиняться!

Он рассмеялся, но тотчас же стал серьезным:

— Я убежден, что в случае надобности она убила бы его, чтобы меня защитить.

— О'кей.

— Но в то же время я считаю ее психически нормальным человеком. Пускай необычным, но совершенно нормальным. Просто она руководствуется какими-то своими побуждениями. Она взялась за клюшку по необходимости, а не ради собственного удовольствия. Для того чтобы убить, ей требуется серьезная причина — грозящая опасность, словом, что-то должно ее спровоцировать.

Он снова погрузился в задумчивость. Малин смотрела на него и терпеливо ждала.

— Я ничего не могу сказать о ее опекуне. Я ровно ничего о нем не знаю. Но я даже представить себе не могу, чтобы она убила Дага и Миа. Мне в это не верится.

Наступило долгое молчание. Взглянув на часы, Малин увидела, что уже половина десятого.

— Поздно, мне пора домой,— сказала она.

Микаэль кивнул:

— Мы с тобой потратили целый день. Завтра с утра опять начнем думать. Нет, оставь посуду, я сам ее вымою.

В ночь на Пасхальное воскресенье Арманскому не спалось, он лежал и слушал сонное посапывание Ритвы. Он тоже никак не мог разобраться в этой драме. В конце концов он поднялся, надел тапки и халат и вышел в гостиную. Там было прохладно, и он положил несколько полешек в камин, откупорил бутылку легкого пива и сел перед окном, за которым открывался вид на воды Фурусунда.

Итак, что же ему известно?

Драган Арманский с уверенностью мог утверждать, что Лисбет Саландер — человек странный и непредсказуемый. В этом не было никаких сомнений.

Он знал, что зимой 2003 года что-то случилось — тогда она вдруг бросила работу у него и исчезла, устроив себе отпуск на целый год. Он тогда думал, что ее отсутствие имеет какое-то отношение к Микаэлю Блумквисту, однако Микаэль тоже не знал, что случилось.

Затем она вернулась и навестила его. Она твердила, что «финансово вполне обеспечена». Арманский понял эти слова в том смысле, что у нее было достаточно денег, чтобы продержаться некоторое время, не работая.

Всю весну она постоянно навещала Хольгера Пальмгрена, но с Блумквистом отношения не возобновила.

Она убила трех человек, двое из которых были, по-видимому, совершенно ей не знакомы.

Тут что-то не так. В этом нет никакой логики.

Арманский хлебнул пива прямо из горлышка и закурил сигариллу. Ко всему прочему, у него была нечистая совесть, и это еще больше усиливало дурное настроение, с которым он встречал нынешние праздники.

Когда к нему пришел Бублански, он без колебаний помог ему, снабдив всей возможной информацией, которая должна была пригодиться в деле поимки Лисбет Саландер. Поймать ее было необходимо, в этом он нисколько не сомневался, причем чем скорее, тем лучше. А совесть мучила его из-за того, что он оказался о ней такого невысокого мнения и сразу и без малейших сомнений принял известие о ее виновности. Арманский был реалистом. Когда к тебе является полиция и заявляет, что такой-то человек подозревается в убийстве, то очень велика вероятность того, что эти подозрения не напрасны. Итак, Лисбет Саландер виновна.

Однако полиция при этом не учитывала того, что она могла считать себя вправе так поступить. У нее могли иметься какие-то смягчающие обстоятельства или хотя бы разумное объяснение внезапного приступа слепой ярости. Дело полиции — поймать ее и доказать, что она произвела эти выстрелы. В задачи полиции совсем не входит копаться в ее душе и объяснять, почему она это сделала. Им достаточно найти какой-то более или менее убедительный мотив преступления, а в случае отсутствия такового все спишут на приступ безумия. Лисбет Саландер в роли Маттиаса Флинка*. Он покачал головой.

Такое объяснение Драгана Арманского не устраивало.

Лисбет Саландер никогда не делала ничего без серьезной причины и не подумав заранее о последствиях.

Девушка со странностями — да! Сумасшедшая — нет!

Значит, должно быть какое-то объяснение, каким бы непонятным и неприемлемым оно ни казалось другим людям.

Примерно к двум часам ночи Драган Арманский наконец принял решение.

---

* Флинк Маттиас, шведский прапорщик, в 1994 г. расстрелял в городе Фалуне семь человек.

Глава
17

Пасхальное воскресенье, 27 марта — вторник, 29 марта

После ночи, проведенной в раздумьях, в воскресенье Драган Арманский встал рано. Стараясь не шуметь, чтобы не разбудить жену, он осторожно спустился по лестнице, сварил кофе и приготовил бутерброды. Затем достал свой лэптоп и начал писать.

Он пользовался теми же бланками, которые применялись в «Милтон секьюрити» при изучении личных обстоятельств. Он включил в отчет все факты, относящиеся к базовым данным о личности Лисбет Саландер, какие имелись в его распоряжении.

В девять часов к нему спустилась Ритва и налила себе кофе из кофеварки. Она поинтересовалась, чем это он занимается. Он ответил уклончиво и продолжал сосредоточенно писать. Достаточно хорошо зная своего мужа, она поняла, что сегодня ей на него не придется рассчитывать.

Оказалось, что Микаэль Блумквист ошибся в своих предположениях. Очевидно, это объяснялось тем, что в пасхальные каникулы в помещении полиции было сравнительно мало народа. Только в воскресенье утром средства массовой информации узнали, что это он обнаружил Дага и Миа. Первым дал о себе знать один из репортеров газеты «Афтонбладет» — старый знакомый Микаэля.

— Привет, Блумквист! Это Никлассон.

— Привет, Никлассон! — ответил Микаэль.

— Оказывается, это ты обнаружил в Энскеде убитую пару.

Микаэль подтвердил, что это был именно он.

— Один источник утверждает, что они работали в «Миллениуме».

— Твой источник частично прав, а частично ошибается. Даг Свенссон писал для «Миллениума» репортаж, но выступал как независимый журналист. Миа Бергман напрямую с нами не была связана.

— Вот черт! Это же информационная бомба!

— Видимо, так,— устало согласился Микаэль.

— Почему вы сами не выступили с какой-нибудь публикацией?

— Даг Свенссон был для нас добрым другом и товарищем по работе. Мы решили, что приличнее будет подождать, по крайней мере, пока о случившемся не узнают родственники, а потом уж можно думать о публикации.

Микаэль знал, что это высказывание не попадет в прессу.

— О'кей. А над чем работал Даг Свенссон?

— Писал очерк для «Миллениума».

— На какую тему?

— А что вы у себя в «Афтонбладет» собираетесь напечатать завтра в качестве главной сенсации?

— Так это все-таки была сенсация?

— Да ну тебя, Никлассон, отстань от меня!

— Ладно, Блумман, не злись! Как ты думаешь: убийство как-то связано с сюжетом, над которым работал Даг Свенссон?

— Если ты еще раз назовешь меня Блумман*, я положу трубку и до конца года не буду с тобой разговаривать.

— Ну прости! Как ты думаешь: Дага Свенссона убили из-за его журналистского расследования?

— Не имею никакого представления, почему убили Дага.

— А тема, над которой он работал, не имела отношения к Лисбет Саландер?

---

* Цветок (шв.).

— Нет, ни малейшего.

— Ты не знаешь, Даг был знаком с этой сумасшедшей?

— Нет.

— До этого у Дага вышло много текстов о преступлениях в сфере информации. Для «Миллениума» он тоже писал на эту тему?

«Когда же ты отстанешь!» — подумал Микаэль. Он уже приготовился послать Никлассона куда подальше, как вдруг его осенило, и он так и подскочил на кровати. Он внезапно сопоставил две мысли. Никлассон тем временем продолжал что-то говорить.

— Погоди минуточку, Никлассон! Не бросай трубку! Я сейчас вернусь.

Микаэль встал, прикрыв микрофон ладонью. Он словно очнулся на другой планете.

С тех пор как произошло убийство, Микаэль все время ломал себе голову над тем, как ему связаться с Лисбет Саландер. Вероятнее всего, она прочтет все, что он скажет, где бы она в это время ни была. Если он будет отрицать знакомство с ней, она может подумать, что он ее предал и продал. Если он будет ее защищать, люди решат, что Микаэль знает об убийстве гораздо больше, чем говорит. Но если он поведет себя правильно, это может подтолкнуть Лисбет к тому, чтобы выйти с ним на связь. Подвернувшийся случай был слишком хорош, чтобы его упускать. Он должен что-то сказать. Но что?

— Извини, пожалуйста. Я снова здесь. Так что ты сказал?

— Я спросил, не писал ли Даг о преступлениях в информационной сфере.

— Если хочешь, чтобы я выступил с заявлением, то я готов.

— Валяй, говори!

— Но только ты должен процитировать меня точно.

— А как еще я мог бы тебя процитировать?

— На этот вопрос я бы не хотел отвечать.

— Так что же ты собираешься сказать?

— Текст заявления ты получишь от меня по электронной почте через пятнадцать минут.

— Что-что?

— Проверь почту через пятнадцать минут,— сказал Микаэль и отсоединился.

Он направился к своему письменному столу, включил ноутбук и после двух минут сосредоточенного обдумывания начал писать:

Главный редактор журнала «Миллениум» Эрика Бергер глубоко потрясена убийством независимого журналиста и нашего коллеги Дага Свенссона. Она надеется, что убийство скоро будет раскрыто.

Первым в ночь на Великий четверг обнаружил тела обоих убитых — своего коллегу и его подругу — ответственный редактор «Миллениума» Микаэль Блумквист.

«Даг Свеннсон был замечательный журналист и человек, которого я очень ценил. У него были новые замыслы. Среди прочего он работал над большим репортажем о правонарушениях в информационной сфере»,— сообщил газете «Афтонбладет» Микаэль Блумквист.

Ни Микаэль Блумквист, ни Эрика Бергер не хотят строить никаких предположений по поводу того, кто и по каким мотивам совершил это преступление.

Кончив писать, Микаэль взял трубку и позвонил Эрике.

— Привет, Рикки! Ты только что дала интервью газете «Афтонбладет».

— Вот как?

Он быстро прочитал ей свое короткое сообщение.

— И почему?

— Потому что тут каждое слово — правда. Он десять лет работал как независимый журналист, и одной из его ведущих тем как раз была тема информационной безопасности. Я не раз беседовал с ним об этом, и мы даже собирались опубликовать его текст на эту тему, после того как закончим с историей о трафике секс-услуг.

Он помолчал секунд пять.

— Ты знаешь еще кого-нибудь, кто занимался бы вопросами проникновения в чужие компьютеры? — спросил он затем.

Эрика Бергер подумала немного. Наконец она поняла, что задумал Микаэль.

— Ай да Микке! Молодец! О'кей. С богом!

Никлассон перезвонил через минуту после того, как получил сообщение Микаэля по электронной почте.

— Не больно жирно то, что ты мне прислал.

— Больше все равно не получишь, другим газетам и того не досталось. Либо ты печатаешь всю цитату целиком, либо вообще ничего.

Как только Микаэль отослал электронное письмо Никлассону, он снова сел за стол и, немного подумав, быстро написал короткое сообщение:

Дорогая Лисбет!

Я пишу тебе это письмо и оставляю его на своем жестком диске, так как уверен, что рано или поздно ты его прочитаешь. Вспомнив, как ты хозяйничала на жестком диске Веннерстрёма два года тому назад, я подозреваю, что ты хакнула и мой компьютер. В настоящее время ты, как я понимаю, не хочешь иметь со мной дела. Я еще не знаю, почему ты решила порвать наше знакомство вот таким образом, но не буду ни о чем спрашивать, и ты не обязана мне отвечать.

К сожалению, хочешь ты или не хочешь, но события последних дней снова свели нас вместе. Полиция утверждает, что ты хладнокровно убила двух человек, которые были мне очень дороги. Мне не приходится гадать о том, насколько жестоким было убийство, я и без того это знаю, так как я сам обнаружил Дага и Миа спустя несколько минут после того, как они были застрелены. Но дело в том, что я-то не верю, что это ты их убила. По крайней мере, надеюсь, что это не так. Если ты, как это утверждает полиция, психопатка и совершила это убийство, то это значит, что я с самого начала совершенно неправильно судил о тебе или что ты полностью переменилась за прошедший год. А если убийца не ты, это значит, что полиция ловит совсем не того, кого надо.

При сложившихся обстоятельствах мне, вероятно, следовало бы убеждать тебя добровольно сдаться полиции. Но подозреваю, что ты даже не станешь это слушать. Однако на самом деле нынешняя ситуация не может продолжаться бесконечно, и рано или поздно тебя арестуют. Когда тебя арестуют, тебе нужен будет друг. Если ты не желаешь иметь дела со мной, то знай, что у меня есть сестра. Ее зовут Анника Джаннини, она адвокат. Я уже поговорил с ней, и она готова тебя защищать, если ты вступишь с нею в контакт. На нее ты можешь положиться.

Что касается «Миллениума», то мы со своей стороны ведем собственное расследование, чтобы узнать, почему были убиты Даг и Миа. В настоящее время я составляю список людей, у которых были причины заставить Дага Свенссона молчать. Не знаю, на правильном ли я пути, но я проверю по списку всех, одного за другим.

Мне непонятно, какое отношение ко всему случившемуся имеет адвокат Бьюрман. В материалах Дага его имя нигде не встречается, и я не вижу никакой связи между ним и Дагом и Миа.

Помоги мне! Please! Какая тут есть связь?

Микаэль.

P. S. Тебе следует поменять фотографию в паспорте. Она не передает того, какая ты на самом деле.

Подумав немного, он обозначил документ как «Для Салли». Затем создал папку под названием «Лисбет Саландер» и оставил ее на виду, поместив на рабочем столе своего ноутбука.

Во вторник Драган Арманский назначил на утро совещание за круглым столом конференц-зала в офисе «Милтон секьюрити». Он пригласил на него трех человек.

Юхан Фрэклунд, шестидесяти двух лет, бывший инспектор уголовной полиции Сульны*, занимал должность начальника оперативного отдела «Милтон секьюрити». Он отвечал за планирование и анализ. Арманский переманил его к себе с государственной службы десять лет назад и считал это своим самым удачным кадровым приобретением. Кроме него Арманский пригласил на совещание Сонни Бомана, сорока восьми лет, и Никласа Эрикссона, двадцати девяти лет. Боман также служил раньше в полиции, начав в районном отделении Нурмальма** в 1980-м, оттуда был переведен в уголовный отдел и там провел десятки ярких расследований. В начале 1990-х годов он был одним из ключевых игроков, а в 1997-м после долгих уговоров он, получив обещание значительно более высокого жалованья, перешел в «Милтон секьюрити».

Никлас Эрикссон считался новобранцем. Он учился в Высшей школе полиции, но в последний момент перед выпускными экзаменами узнал, что у него врожденный порок сердца, который не только требовал серьезной операции, но означал, что его полицейская карьера рухнула, не начавшись.

Фрэклунд, служивший вместе с отцом Эрикссона, пошел к Арманскому и предложил тому дать парню шанс. Поскольку в аналитическом отделе как раз было вакантное место, Арманский согласился принять новенького. Ему не пришлось в этом раскаяться. Эрикссон проработал в «Милтон секьюрити» пять лет. В отличие от большинства других сотрудников оперативного отдела он не имел соответствующего опыта работы, зато выделялся интеллектуальным подходом.

— Доброе утро всем! Садитесь и читайте! — сказал Арманский.

Он раздал присутствующим три папки, в которых было собрано пятьдесят страниц газетных вырезок об охоте за Лисбет Саландер и посвященное ей трехстраничное резю-

---

* Сульна — город в составе Большого Стокгольма.
** Нурмальм — деловой центр Стокгольма.

ме. Весь второй день Пасхи Арманский усердно трудился над созданием ее персонального дела. Эрикссон первый закончил чтение и отложил папку в сторону. Арманский дождался, пока Боман и Фрэклунд тоже все дочитают.

— Полагаю, что в дни Пасхи все присутствующие не преминули прочитать соответствующую рубрику в вечерних газетах,— сказал Драган Арманский.

— Лисбет Саландер,— мрачным тоном произнес Фрэклунд.

Сонни Боман покачал головой.

Никлас Эрикссон смотрел перед собой с непроницаемым выражением и только печально улыбался.

Драган Арманский испытующе посмотрел на сидевшую перед ним троицу.

— Одна из наших коллег,— заметил он.— Насколько вы узнали ее за те годы, что она здесь работала?

— Я как-то пробовал с ней пошутить,— вспомнил Никлас Эрикссон, чуть-чуть улыбнувшись.— Не получилось. Я думал, она мне голову оторвет. Она была такая бука, что я и десятком слов с ней не обменялся.

— Очень странный она была человек,— согласился Фрэклунд.

Боман пожал плечами:

— Да она была просто сумасшедшая, и иметь с ней дело было сущее наказание. Я знал, что у нее не все дома, но не думал, что до такой степени.

Драган Арманский кивнул.

— Она всегда была сама по себе,— сказал он.— И договориться с ней было нелегко. Но я нанял ее потому, что никогда не встречал человека, который умел бы так хорошо собирать материал. Она всегда показывала результаты выше обычной нормы.

— Вот этого я никогда не мог понять,— отозвался Фрэклунд.— У меня в голове не укладывалось, как можно быть такой талантливой в работе и при этом совершенно неспособной к нормальному общению с людьми.

Все трое кивнули.

— Объяснение, конечно, нужно искать в состоянии ее психики,— ответил Арманский, похлопав по папке.— Она была признана недееспособной.

— А я и не знал,— удивился Эрикссон.— Я хочу сказать, что у нее же на лбу не было написано, что она признана недееспособной, а ты об этом не говорил.

— Не говорил,— подтвердил Арманский.— Я не хотел заранее ставить ее в невыгодное положение. Каждому человеку нужно дать шанс.

— И результат этого эксперимента мы имеем в Энскеде,— заметил Боман.

— Может, ты и прав,— согласился Арманский.

Арманский немного помолчал в нерешительности. Перед тремя профессионалами, которые сейчас смотрели на него, ожидая, что он им скажет, ему не хотелось признаваться в том, что он питал слабость к Лисбет Саландер. Во время предшествующей беседы все трое не выказывали никаких эмоций, но Арманский знал, что они, как и все прочие служащие «Милтон секьюрити», не выносили Лисбет. Он не хотел выглядеть перед ними слабым или растерянным. Поэтому нужно было изложить дело так, чтобы создать впечатление профессиональной заинтересованности и энергичного подхода к делу.

— Впервые за все время существования «Милтон секьюрити» я решил бросить часть его сил на решение чисто внутренней задачи,— сказал он.— Затраты на нее не должны стать непомерно большими, однако я собираюсь освободить двоих, Бомана и Эрикссона, от текущих дел. Задача в общих чертах состоит в том, чтобы выяснить правду насчет Лисбет Саландер.

Боман и Эрикссон вопросительно посмотрели на Арманского.

— Я поручаю расследование тебе, Фрэклунд, ты будешь его возглавлять. Я хочу знать, что произошло и что заставило Лисбет Саландер убить своего опекуна и семью в Энскеде. Должно же быть какое-то разумное объяснение!

— Прошу прощения, но это скорее в компетенции полиции,— заметил Фрэклунд.

— Разумеется,— тотчас же согласился Арманский.— Но у нас есть одно преимущество перед полицией. Мы знали Лисбет Саландер и представляем себе, чего от нее можно ожидать.

— Мда,— с сомнением ответил Боман.— По-моему, никто в нашей конторе не знал Лисбет Саландер и не имел ни малейшего представления о том, что творится в ее головке.

— Это не имеет значения,— возразил Арманский.— Саландер работала на «Милтон секьюрити». Я считаю, что наш долг установить истину.

— Саландер не работает на нас, дайте сообразить, уже почти два года,— вспомнил Фрэклунд.— С какой стати мы должны за нее отвечать! Мало ли что она там вздумает! И мне кажется, нам совсем ни к чему, чтобы полиция решила, будто мы вмешиваемся в полицейское расследование.

— А вот тут ты не прав,— сказал Арманский. Это был его козырь, который надо было как следует разыграть.

— Как так? — удивился Боман.

— Вчера я имел долгую беседу с начальником предварительного следствия прокурором Экстрёмом и инспектором уголовного розыска Бублански, который возглавляет следствие. Для Экстрёма складывается трудная ситуация. Тут речь не о какой-то там гангстерской разборке, в этом деле жертвами расправы стали адвокат, криминолог и журналист. Это вызвало огромный резонанс в средствах массовой информации. Я заявил, что поскольку главной подозреваемой является бывшая служащая «Милтон секьюрити», то мы решили подключиться к расследованию этого дела.

Сделав паузу, Арманский затем продолжил:

— Мы с Экстрёмом оба считаем, что главное сейчас — это как можно скорее задержать Лисбет Саландер, пока она не успела натворить еще что-нибудь, причинив вред себе или другим людям. Поскольку мы знаем ее лучше, чем полиция, поскольку лично были знакомы, мы можем оказать помощь следствию. Поэтому мы с Экстрёмом договорились, что вы двое,— тут Арманский указал на Бомана и Эрикссона,— направляетесь в Кунгсхольмен и присоединяетесь к группе, которой руководит Бублански.

Все трое в изумлении уставились на Арманского.

— Прошу прощения за дурацкий вопрос, но ведь мы теперь гражданские лица,— сказал Боман.— Неужели полиция вот так запросто допустит нас к расследованию убийства?

— Вы будете работать под началом Бублански, но отчитываться также и передо мной. Вы получите полный доступ к материалам следствия. Все данные, какие у нас имеются, и все, что вам удастся выяснить, мы будем передавать инспектору Бублански. Для полиции это значит, что она просто получает бесплатное подкрепление. Да и вы трое не такие уж насквозь штатские люди. Вы, Фрэклунд и Боман, много лет проработали в полиции, прежде чем поступили сюда, а ты, Эрикссон, учился в полицейской школе.

— Но это же противоречит принципам...

— Ничуть не противоречит! Полиция часто привлекает в своей работе консультантов из самых разных областей. В преступлениях сексуального характера это могут быть психологи, при расследовании дел, в которых замешаны иностранцы, используются переводчики. Так что вы просто привлекаетесь в качестве гражданских консультантов, имеющих специальные знания о личности главной подозреваемой...

Фрэклунд задумчиво кивнул.

— О'кей. «Милтон» присоединяется к полицейскому расследованию и старается оказать помощь в деле поимки Саландер. Еще что-нибудь?

— Только одно: со стороны «Милтон» ваша задача в том, чтобы установить истину. Ничего более. Я хочу знать, застрелила ли Саландер этих троих, а если да, то почему.

— А разве есть какие-то сомнения в ее виновности? — спросил Эрикссон.

— Те косвенные улики, которыми располагает полиция, указывают на нее. Но я хочу знать, нет ли в этой истории каких-то других аспектов: нет ли здесь неизвестного нам соучастника, который, может быть, и держал в руках оружие, или еще каких-нибудь особых обстоятельств.

— Думаю, что нелегко будет отыскать смягчающие обстоятельства, когда дело идет об убийстве трех человек,— заметил Фрэклунд.— В таком случае мы должны исходить из предположения, что она, возможно, вообще невиновна. А в это я не верю.

— И я тоже,— согласился Арманский.— Но ваше дело всеми возможными способами помогать полиции и способствовать тому, чтобы она была задержана как можно скорее.

— А бюджет? — поинтересовался Фрэклунд.

— По текущим расходам. Будете держать меня в курсе того, что во сколько обходится, и если траты окажутся слишком большими, мы это дело бросаем. Но можете считать, что вы работаете полный рабочий день в течение по крайней мере одной недели начиная с этого дня.

Немного поколебавшись, Арманский добавил:

— Я здесь лучше всех знаю Саландер. Это значит, что вы можете считать меня причастным к этому делу и в случае надобности допросить.

Пройдя по коридорам, Соня Мудиг вошла в комнату для допросов в тот самый момент, когда перестали скрипеть стулья. Она села рядом с Бублански, который собрал на совещание всю следовательскую группу, включая начальника предварительного следствия. Ханс Фасте, председательствовавший на совещании, бросил на нее раздраженный взгляд и начал вступительное слово.

Он по-прежнему занимался тем, что разбирался в многолетних столкновениях социальных служб с Лисбет Саландер. Этот след он называл психопатическим, и ему удалось собрать действительно впечатляющий по объему материал. Ханс Фасте откашлялся:

— Здесь с нами доктор Петер Телеборьян — главный врач психиатрической клиники Святого Стефана в Уппсале. Он любезно согласился приехать в Стокгольм, чтобы помочь расследованию своим знанием личности Лисбет Саландер.

Соня Мудиг перевела взгляд на Петера Телеборьяна. Это был курчавый человек небольшого роста с очками в стальной оправе и маленькой бородкой-эспаньолкой, одетый в свободном стиле: в бежевую вельветовую куртку, джинсы и рубашку в полосочку с застегнутым воротом. У него были резкие черты лица, во всем облике угадывалось что-то мальчишеское. Соня знала Петера Телеборьяна в лицо, так как они уже встречались по другим деловым поводам, но ни разу не разговаривали. На последнем семестре в Высшей школе полиции он вел у них курс о психических нарушениях, затем она сталкивалась с ним на курсах по повышению квалификации, где он читал лекции о психопатии и психопатическом поведении у подростков. В другой раз она присутствовала как слушательница на судебном процессе одного серийного убийцы, на котором Петер Телеборьян выступал в качестве эксперта. На протяжении нескольких лет принимая участие в публичных дебатах, он стал одним из самых известных психиатров страны. Он славился тем, что непримиримо боролся со стремлением правительства урезать средства на закрытые психиатрические учреждения, в результате чего часть из них была ликвидирована и люди, страдающие явными психическими расстройствами, оказались выброшены на улицу с перспективой стать бездомными, создающими проблемы для общества. После убийства министра иностранных дел Анны Линд* Телеборьян стал членом государственной комиссии, занятой повышением уровня психиатрической помощи в стране.

Петер Телеборьян кивком поприветствовал присутствующих и налил себе минеральной воды в пластиковый стаканчик.

— Посмотрим, чем я могу быть полезен,— начал он осторожно.— Я страшно не люблю выступать в качестве ясновидящего в связи с подобными делами.

---

* Линд Анна (1957–2003) — министр иностранных дел Швеции.

— В качестве ясновидящего? — переспросил Бублански.

— Ну да! В ироническом смысле. В тот самый вечер, когда произошло убийство в Энскеде, я как раз выступал на телевизионных дебатах в одной из программ и говорил там о бомбе замедленного действия, которая сейчас где-то тихонько тикает в нашем обществе. Это ужасно. В тот момент я, конечно, не имел в виду именно Лисбет Саландер, но привел ряд примеров (разумеется, анонимных) из числа пациентов, которые, несомненно, должны бы находиться в стенах закрытого лечебного заведения, а не расхаживать на свободе по улицам. Я бы сказал навскидку, что вам, полицейским, только в этом году придется расследовать по крайней мере полдюжины случаев преднамеренных или непреднамеренных убийств, совершенных кандидатами в пациенты этих учреждений.

— И вы думаете, что Лисбет Саландер входит в число этих безумных? — спросил Ханс Фасте.

— «Безумные» — не то слово, которое следовало бы в этом случае применять. А так — да! Она относится к числу тех несчастных, от кого отвернулось общество. Она, без сомнения, принадлежит к индивидам с теми расстройствами, при которых я, будь моя воля, не позволял бы им смешиваться с остальным обществом.

— Вы считаете, что ее надо было посадить за решетку, прежде чем она совершит преступление? — спросила Соня Мудиг.— Это как-то не очень согласуется с принципами правового общества.

Ханс Фасте нахмурился и метнул на нее недовольный взгляд. Соня Мудиг не понимала, почему Ханс Фасте всегда против нее ощетинивается.

— Вы совершенно правы,— согласился с ней Телеборьян.— Это не согласуется с нормами правового общества, по крайней мере, в той форме, в какой оно существует сейчас. Здесь приходится балансировать между уважением к человеческой личности и заботой о тех, кто может стать потенциальными жертвами психически больного человека. Тут не бывает двух одинаковых случаев, и, принимая решение, нужно к каждому пациенту подходить сугубо индивидуально. Разумеется, психиатры тоже иногда могут ошибиться и выпустить на волю человека, которому совершенно не место на улицах города.

— Сейчас в связи с нашим делом нам, наверное, не стоит углубляться в вопросы социальной политики,— осторожно вмешался Бублански.

— Верно,— кивнул Телеборьян.— Сейчас мы обсуждаем отдельный частный случай. Но позвольте мне сразу сказать: важно учитывать, что Лисбет Саландер — больной человек, которому так же необходима медицинская помощь, как при зубной боли или пороке сердца. Ее можно вылечить, и она бы вылечилась, если бы получала необходимую помощь, пока ее болезнь не вошла в необратимую фазу.

— Итак, вы были ее лечащим врачом,— сказал Ханс Фасте.

— Я только один из многих, кому приходилось иметь дело с Лисбет Саландер. Она была моей пациенткой в раннем подростковом возрасте, и я входил в группу специалистов, которые давали о ней медицинское заключение, перед тем как в возрасте восемнадцати лет она была признана недееспособной.

— Вы могли бы рассказать нам, что она собой представляет? — попросил Бублански.— Что могло побудить ее отправиться в Энскеде и убить там двух совершенно ей незнакомых людей и что толкнуло ее на убийство своего опекуна?

Петер Телеборьян громко рассмеялся:

— Нет, этого я не могу сказать. Я уже несколько лет не мог следить за ходом ее болезни и не знаю, до какой степени развился психоз. Зато я могу сказать другое: я сомневаюсь, что пара из Энскеде была ей незнакома.

— Почему вы так думаете? — поинтересовался Ханс Фасте.

— Одно из слабых мест в деле Лисбет Саландер заключается в том, что ее диагноз так и не был окончательно установлен. А это, в свою очередь, произошло потому, что она не шла навстречу тем, кто ее лечил. Она все время отказывалась отвечать на вопросы и участвовать в том или ином лечебном мероприятии.

— Так значит, вы даже не знаете, больна она или нет? — уточнила Соня Мудиг.— Раз ей так и не поставили диагноза.

— Понимаете, дело было так,— начал Петер Телеборьян.— Я получил Лисбет Саландер, когда ей вот-вот должно было исполниться тринадцать лет. Она была подвержена психотическим состояниям, страдала навязчивыми представлениями и ярко выраженной манией преследования. Она оставалась моей пациенткой на протяжении двух лет, после того как ее принудительно поместили в больницу Святого Стефана. Причиной принудительной госпитализации стали проявления грубого насилия по отношению к одноклассникам, эти проявления наблюдались у нее с самого детства. В отчетах о ней неоднократно отмечены случаи нанесения побоев окружающим. Но это насилие всегда было направлено против лиц из ее близкого окружения, то есть против тех, кто, в ее представлении, чем-то ее обидел. Притом ни разу не наблюдалось, чтобы она нападала на совершенно незнакомых людей. Поэтому я думаю, что между ней и парой из Энскеде должна существовать какая-то связь.

— За исключением нападения в подземке, когда ей было семнадцать лет,— вставил Ханс Фасте.

— Относительно этого случая совершенно точно установлено, что напали, наоборот, на нее, а она только защищалась,— сказал Телеборьян.— Человек, о котором шла речь в этом случае, был известный сексуальный преступник. Но в то же время это может служить показательным примером ее обычного поведения. Она могла бы просто уйти или позвать на помощь других пассажиров вагона. Но она избрала путь жестокого рукоприкладства. В случае опасности она реагирует, применяет силу.

— А в чем, в сущности, проявляется ее болезнь? — спросил Бублански.

— Как я уже сказал, точный диагноз ей так и не был поставлен. Я бы сказал, что она страдает шизофренией и постоянно балансирует на грани психоза. У нее отсутствует способность к эмпатии, и во многих отношениях ее можно назвать социопатом. Я вообще считаю удивительным, что она более или менее продержалась так долго. Она прожила в обществе восемь лет, правда, в положении опекаемой, не совершив за это время ничего такого, что могло бы привести к ее аресту или вызвать жалобы со стороны окружающих. Однако ее прогноз...

— Ее прогноз?

— Все это время она не получала никакого лечения. Я предполагаю, что болезнь, которую можно было бы излечить или держать под контролем десять лет назад, теперь стала неотделимой частью ее личности. Я предвижу, что после ареста ей не грозит тюремное заключение — ее место в больнице.

— Так как же тогда, черт возьми, суд мог оставить ее на воле? — буркнул Ханс Фасте.

— Вероятно, это объясняется стечением обстоятельств: должно быть, ей попался адвокат с хорошо подвешенным языком, а с другой стороны, виновата постоянная либерализация и экономия средств. Во всяком случае, что касается меня, я решительно возражал, когда меня привлекли в качестве судебного эксперта. Однако решение от меня не зависело.

— Но ведь тот прогноз, о котором вы говорили, строится, вероятно, только на догадках? — вмешалась Соня Мудиг.— Я хочу сказать, что вы ведь ничего не знаете о том, что происходило с ней с момента совершеннолетия?

— Он опирается не только на догадки, а на весь мой опыт!

— Она опасна для самой себя? — поинтересовалась Соня Мудиг.

— Вы спрашиваете, может ли она совершить самоубийство? Нет, в этом я сомневаюсь. Она скорее психопатка, страдающая эгоманией. Кроме себя самой, она ни с кем не считается. Окружающие для нее ничего не значат.

— Вы сказали, что она реагирует применением силы,— заметил Ханс Фасте.— Иными словами, это значит, что она опасна?

Петер Телеборьян посмотрел на него долгим взглядом. Затем, прежде чем заговорить, опустил голову и потер лоб:

— Вы не представляете себе, как трудно точно предсказать поведение человека. Я не хочу, чтобы Лисбет Саландер пострадала, когда вы будете ее арестовывать... И все же: да! В ее случае я бы постарался, чтобы при аресте были соблюдены все возможные меры предосторожности. Если окажется, что у нее есть оружие, то существует большой риск того, что она пустит его в ход.

Глава
18

Вторник, 29 марта — среда, 30 марта

Все три параллельных расследования убийства в Энскеде продолжали идти своей чередой. Констебль Бубла пользовался теми преимуществами, которые дает государственная система. На первый взгляд казалось, что дело не представляет трудностей: у следствия имеется подозреваемый, связь между подозреваемым и орудием убийства установлена. Также была отслежена несомненная связь с первой по времени жертвой и возможная связь с двумя другими жертвами — через Микаэля Блумквиста. Для инспектора Бубланьски задача практически сводилась к тому, чтобы арестовать Лисбет Саландер и доставить ее в Круноберг, в камеру предварительного заключения.

Расследование «Милтон секьюрити» формально подчинялось следственной группе полиции, но были у него и свои собственные задачи. Лично Драган Арманский намеревался как-то защитить интересы Лисбет Саландер: найти истину, причем желательно в виде смягчающих обстоятельств.

«Миллениума» по сравнению с теми двумя находился в самом трудном положении. Журнал совершенно не располагал теми ресурсами, которыми могли пользоваться полиция и Арманский. Но в отличие от полиции Микаэль Блумквист не особенно задумывался о мотивах, которые якобы заставили Лисбет Саландер отправиться в Энскеде и убить двух его друзей. В пасхальные выходные он в какой-то момент окончательно решил для себя, что не верит в ее виновность. Если Лисбет Саландер каким-то образом замешана в этом убийстве, то картина должна быть совершенно не такой, какой она представлялась официальному следствию: либо оружием воспользовался кто-то другой, либо там случилось что-то независимо от Лисбет Саландер.

Всю дорогу от Шлюза до Кунгсхольма Никлас Эрикссон ехал молча. Он еще не оправился от потрясения, поняв, что нежданно-негаданно попал в число участников настоящего полицейского расследования. Покосившись на Сонни Бомана, он увидел, что тот снова перечитывает резюме Арманского. И тут он вдруг улыбнулся.

Полученное задание неожиданно дало ему возможность осуществить давнюю мечту, о которой даже не догадывались ни Сонни Боман, ни Арманский. Внезапно у него появилась возможность прищучить эту Лисбет Саландер. Он надеялся, что сумеет поспособствовать ее поимке и что она получит пожизненный срок.

Все знали, что среди сотрудников «Милтон секьюрити» Лисбет Саландер не пользовалась симпатией. Большинство тех, кому когда-либо приходилось иметь с ней дело, бежали от нее потом как от чумы. Однако ни Боман, ни Арманский даже не догадывались о том, как глубоко возненавидел ее Никлас Эрикссон.

Жизнь обошлась с ним несправедливо. Он обладал приятной внешностью и развитым интеллектом, к тому же находился в самом расцвете сил, но, несмотря на все это, был навсегда лишен возможности добиться того, о чем он всегда мечтал, а именно стать полицейским. Причиной всех его бед послужила микроскопическая дырочка в сердечной сумке, которая посвистывала и ослабляла один из желудочков сердца. Ему сделали операцию и привели сердце в порядок, однако из-за врожденного порока он раз и навсегда был выведен из игры и признан человеком второго сорта.

Когда ему предложили работу в «Милтон секьюрити», он вздохнул с облегчением и согласился, однако без малейшего энтузиазма. Для него «Милтон секьюрити» был чем-то вроде свалки, куда выбрасывают неудачников, в частности состарившихся полицейских, уже не способных справляться со своей работой. И вот он тоже оказался среди этих отбросов, причем не по своей вине.

Его первым поручением в «Милтон секьюрити» стала аналитическая разработка необходимых условий для обеспечения безопасности охраняемого лица. Этим лицом являлась всемирно известная пожилая певица, страдавшая от угроз своих чересчур страстных поклонников, среди которых значился и один пациент психиатрической клиники. Это поручение было частью его обучения на новой работе. Певица жила одна на вилле в Сёдертёрне, и сотрудники «Милтон секьюрити» установили на ее вилле систему наблюдения, сигнальное оборудование, а одно время обеспечивали также и телохранителя. Как-то ночью страстный поклонник сделал попытку вломиться в дом. Телохранитель быстро скрутил нарушителя, который затем был осужден за неоднократные угрозы и вторжение в жилище и направлен в психиатрическую лечебницу.

Никлас Эрикссон в течение двух недель неоднократно бывал на вилле вместе с другими служащими «Милтон секьюрити». Увядающая певица показалась ему надменной и нелюбезной старухой, которая только удивленно взглянула на него, когда он попробовал ее обаять. Радовалась бы лучше, что кто-то вообще обратил на нее внимание!

Ему было противно смотреть, как лебезит перед ней персонал «Милтон секьюрити», но, разумеется, он ни словом не обмолвился о своих чувствах.

И вот однажды, накануне того дня, когда был пойман поклонник, он делал в доме снимки окон и дверей, которые нужно было укрепить, а двое других сотрудников работали в это время возле небольшого бассейна во дворе дома. Он переходил из комнаты в комнату и, зайдя в спальню, не смог удержаться, чтобы не заглянуть в комод. Там обнаружился десяток альбомов с фотографиями 1970–1980-х годов, когда она была на вершине славы и колесила со своим оркестром по всему миру. Попалась ему и коробка с чрезвычайно интимными фотографиями артистки. Фотографии были сравнительно невинными, но, включив фантазию, можно было увидеть в них «снимки эротического характера». Надо же быть такой глупой коровой! Он выкрал из коробки пять самых рискованных снимков, сделанных, вероятно, каким-нибудь любовником и сохраненных ею по личным причинам.

Сделав копии, он вернул оригиналы на место, а затем, выждав несколько месяцев, продал снимки английскому таблоиду. Сделка принесла ему девять тысяч фунтов, и публикация наделала много шума.

Он так и не узнал, какие изыскания тогда произвела Лисбет Саландер, но вскоре после публикации фотографий она явилась к нему домой. Она знала, что это он продал снимки, и пригрозила, что разоблачит его перед Арманским, если он еще когда-нибудь позволит себе нечто подобное. Она бы, конечно, выдала его, если бы у нее были доказательства, но их, по-видимому, не имелось. Однако с этого дня он чувствовал, что она за ним следит. Стоило ему обернуться, как он ловил на себе взгляд ее поросячьих глазок.

Он чувствовал себя загнанным в угол и беспомощным, но не имел другого способа ей отомстить, кроме как подрывать доверие к ней, сплетничая в кофейне. Однако даже этот метод оказался не слишком действенным. Он боялся слишком высовываться, потому что Арманский по каким-то непонятным причинам покровительствовал ей. Никлас Эрикссон ломал себе голову, какая такая зацепка у нее может быть в «Милтон секьюрити» — разве что старый черт Арманский потихоньку ее трахает. Но хотя никто в «Милтон секьюрити» не испытывал теплых чувств к Лисбет Саландер, все побаивались Арманского и потому терпели ее присутствие. Когда она наконец исчезла с глаз, а потом и вовсе перестала работать в фирме, он испытал огромное облегчение.

И вот вдруг открылась возможность отплатить ей за старую обиду, причем без всякого риска. Какие бы обвинения она против него ни выдвинула, ей уже никто не поверит. Даже Арманский подумает, что это говорит патологически больная убийца.

Инспектор криминальной полиции Бублански увидел Ханса Фасте, когда тот выходил из лифта с Боманом и Эрикссоном, присланными из «Милтон секьюрити». Фасте ходил на пропускной пункт, чтобы встретить новых сотрудников. Бублански был не в восторге оттого, что ему придется допустить посторонних к расследованию убийства, но решение было принято через его голову и... Да ладно! Во всяком случае, Боман — настоящий полицейский с большим опытом, а Эрикссон окончил Школу полиции и вряд ли мог оказаться полным идиотом. Бублански жестом позвал всех в конференц-зал.

Охота за Лисбет Саландер шла уже шестые сутки, и пора было подвести первые итоги. Прокурор Экстрём не участвовал в совещании. Группа состояла из инспекторов криминальной полиции Сони Мудиг, Ханса Фасте, Курта Свенссона и Йеркера Хольмберга и была усилена четырьмя сотрудниками сыскного отдела уголовной полиции Швеции. Бублански начал с того, что представил собравшимся работников «Милтон секьюрити» и спросил, не хотят ли они что-нибудь сказать. Боман откашлялся:

— Я давно уже не бывал в этом здании, но некоторые тут знают меня и помнят, что, до того как уйти в частную фирму, я много лет проработал полицейским. Причина, почему мы находимся здесь, состоит в том, что Саландер несколько лет работала у нас и на нас ложится определенная ответственность. В полученном нами задании говорится, что мы должны способствовать скорейшей поимке Саландер. Мы можем оказать в этом помощь благодаря тому, что кое-что знаем о ней как о личности. Так что мы пришли не для того, чтобы путаться у вас под ногами и мешать следствию.

— Как складывались ее отношения с другими сотрудниками? — спросил Фасте.

— Нельзя сказать, чтобы она вызывала к себе большую симпатию,— ответил Никлас Эрикссон и сразу умолк, остановленный поднятой рукой инспектора Бублански:

— Нам предстоит еще много раз подробно обсуждать разные вопросы на наших встречах. Но давайте делать это по порядку, чтобы все было ясно и понятно. После этого совещания вы двое пойдете к прокурору Экстрёму и дадите подписку о неразглашении. А сейчас мы начнем с доклада Сони.

— Результаты пока весьма неутешительные. Начало было очень успешным: уже спустя несколько часов после убийства нам удалось установить личность Саландер. Мы нашли адрес квартиры, где она живет, по крайней мере, мы так считали. Но дальше — никаких следов. Мы получили тринадцать сообщений о том, что ее будто бы где-то видели, но все они оказались ложными. Она словно испарилась.

— Это довольно странно,— заметил Курт Свенссон.— Внешность у нее приметная, есть татуировки. Казалось бы, ее не так уж и трудно найти.

— Вчера полиция Уппсалы получила сигнал и тотчас же выступила по тревоге. Они окружили и до смерти перепугали четырнадцатилетнего мальчика, похожего на Саландер. Родители были очень возмущены.

— Думаю, дело осложняется тем, что нам приходится искать человека, похожего на четырнадцатилетнего подростка. Она может раствориться в толпе молодежи.

— Все-таки при том внимании, которое привлекли к этому делу средства массовой информации, кто-то же наверняка должен был что-то заметить,— возразил Свенссон.— На этой неделе ее фотография появится в рубрике «Разыскивается», так что, глядишь, и всплывет что-то новенькое.

— Как-то не верится, если вспомнить, что ее портрет и так уже появлялся на первой странице всех шведских газет,— сказал Ханс Фасте.

— Из чего следует, что нам надо хорошенько подумать,— заметил Бублански.— Может быть, ей удалось выехать за границу, но, вероятнее всего, она где-то затаилась и выживает.

Боман поднял руку. Бублански кивнул, приглашая его говорить.

— Согласно нашим сведениям о ней, она не склонна к саморазрушительным поступкам. У нее стратегический ум, так что она планирует свои шаги и не делает ничего, не проанализировав заранее возможные последствия. По крайней мере, так считает Драган Арманский.

— Такого же мнения психиатр, который ее лечил. Не будем торопиться с характеристикой,— сказал Бублански.— Рано или поздно ей придется предпринять какие-то действия. Скажи, Йеркер, какими она располагает средствами?

— Тут как раз есть для вас кое-что интересное,— ответил Хольмберг.— Вот уже несколько лет у нее существует счет в Торговом банке. За эти деньги она отчитывается в налоговой декларации. Вернее сказать, за них отчитывался адвокат Бьюрман. Год тому назад на этом счету было около ста тысяч крон. Осенью две тысячи третьего года она сняла всю сумму целиком.

— Осенью две тысячи третьего года ей понадобились наличные деньги. Именно тогда она, по словам Арманского, бросила работу в «Милтон секьюрити»,— пояснил Боман.

— Возможно. Счет оставался на нуле на протяжении двух недель. Но через две недели она положила на счет ту же сумму.

— Она думала, что ей понадобятся на что-то деньги, но не использовала их и вернула снятую со счета сумму в банк?

— Похоже, что так и было. В декабре две тысячи третьего года она воспользовалась этим счетом для целого ряда платежей. В частности, расплатилась за квартиру за год вперед. Сумма на счете уменьшилась до семидесяти тысяч крон. После этого счет оставался нетронутым целый год, за исключением одного поступления в размере девяти тысяч крон с небольшим. Я проверил — это было наследство от матери.

— О'кей.

— В марте этого года она сняла сумму наследства, а именно девять тысяч триста двенадцать крон, и больше не трогала счета.

— Так на что же она живет?

— Слушайте дальше. В январе этого года она открыла новый счет, на этот раз в Стокгольмском частном банке*, и положила на него два миллиона крон.

_____

* Stockholms Enskilda Bank — Стокгольмский частный банк, входящий в группу Скандинавский частный банк.

— Что-что?

— Откуда взялись эти деньги? — поинтересовалась Мудиг.

— Деньги были переведены на ее счет из английского банка, зарегистрированного на одном из островов в Ла-Манше.

В конференц-зале воцарилось молчание.

— Ничего не понимаю! — произнесла наконец Соня Мудиг.

— То есть эти деньги она не декларирует? — спросил Бублански.

— Нет. Но формально она и не обязана это делать до будущего года. Самое примечательное, что эти деньги не указаны в отчете адвоката Бьюрмана о ее финансовом положении. А этот отчет подается ежемесячно.

— Значит, он либо не знал о них, либо они там что-то темнили. А что у нас есть по части технических данных?

— Вчера я был на докладе у начальника следственного управления. Вот что нам известно: во-первых, мы можем связать Саландер с обоими местами преступлений. Ее отпечатки найдены на орудии убийства и на осколках разбитой кофейной чашки в Энскеде. Сейчас мы ждем ответа на анализ взятых проб ДНК... Однако нет сомнения в том, что она побывала в квартире.

— О'кей.

— Второе. У нас есть ее отпечатки пальцев на коробке из квартиры адвоката Бьюрмана, в которой он хранил револьвер.

— О'кей.

— Третье: у нас, наконец, появился свидетель, который видел ее на месте преступления в Энскеде. Это владелец табачного магазина. Он обратился к нам и сообщил, что Лисбет Саландер заходила в его лавку и купила там пачку «Мальборо лайт» в тот вечер, когда произошло убийство.

— И он собрался рассказать об этом только через несколько дней после того, как мы просили сообщать нам информацию!

— В праздничные дни он, как и все, не был дома. Табачная лавка находится на углу, в ста девяноста метрах от места преступления,— продолжал Йеркер, показывая это на карте.— Она зашла ровно в двадцать два часа, когда он закрывал магазин. Он очень точно ее описал.

— Татуировку на шее упомянул? — задал вопрос Курт Свенссон.

— Насчет этого он не мог сказать ничего определенного. Ему показалось, что он видел татуировку. Но очень уверенно описал пирсинг на брови.

— Что еще?

— Чисто технических доказательств не слишком много. Зато очень весомые.

— Фасте! Что насчет квартиры на Лундагатан?

— Мы нашли ее отпечатки, но, по-моему, она там не живет. Мы перевернули все, что там было, но, похоже, это вещи Мириам Ву. Она была вписана в контракт совсем недавно — только в феврале этого года.

— Что мы знаем о ней?

— У нее нет судимостей, но она лесбиянка и выступает в различных шоу на гей-парадах. Как бы учится в университете на социолога, является совладелицей порнобутика на Тегнергатан. Называется «Домино фэшн».

— Порнобутик? — переспросила Соня Мудиг, подняв брови.

Как-то она, к удивлению своего мужа, приобрела в «Домино фэшн» сексуальный наряд, но ни при каких обстоятельствах не собиралась сообщать это собравшимся в комнате мужчинам.

— Ну да. У них продаются наручники, секс-одежда и всякая всячина в этом роде. Тебе не нужна плетка?

— Так вот, это не порнобутик, а модный бутик для людей, которым нравится попсовое белье,— поправила она.

— Та же дрянь.

— Продолжай,— раздраженно вмешался Бублански.— Следов Мириам Ву мы не нашли.

— Ни намека.

— Может быть, она уехала куда-то на выходные,— предположила Соня Мудиг.

— А может, Саландер и ее укокошила,— вставил Фасте.— Может, она решила окончательно разделаться со своими знакомыми.

— Так значит, Мириам Ву — лесбиянка. Можно ли из этого сделать вывод, что они с Саландер пара?

— Думаю, мы с уверенностью можем предположить, что между ними имеются сексуальные отношения,— сказал Курт Свенссон.— Об этом говорит несколько признаков. Во-первых, отпечатки Саландер в этой квартире были обнаружены на кровати и вокруг нее. Также мы нашли ее отпечатки пальцев на наручниках, которые, по всей видимости, используются как сексуальная игрушка.

— Глядишь, ей даже понравятся наручники, которые я приготовил для нее,— сказал Ханс Фасте.

Соня Мудиг тяжело вздохнула.

— Продолжай,— велел Бублански.

— Нас информировали о том, что Мириам Ву откровенно флиртовала в «Мельнице» с какой-то девицей, по приметам очень похожей на Саландер. Это было две недели назад. Источник информации утверждает, что знает, кто такая Саландер, и уже встречал ее в «Мельнице» еще до этого случая, хотя в последний год она там не показывалась. К сожалению, я пока не успел поговорить с персоналом. Займусь этим сегодня.

— В ее карточке в социальной службе не отмечено, что она лесбиянка. В юности она часто убегала от приемных родителей и приставала к мужчинам по переулкам. Ее несколько раз заставали в обществе пожилых мужчин.

— Но это еще вовсе не означает, что она проститутка,— сказал Бублански.— Что мы знаем о круге ее знакомых, Курт?

— Почти ничего. Начиная с восемнадцати лет она ни разу не попадала в полицию. Она знакома с Драганом Арманским и Микаэлем Блумквистом — вот и все, что нам известно. Разумеется, она знакома и с Мириам Ву. Тот же источник, от которого мы получили информацию о том, что ее и Ву видели в «Мельнице», говорит, что раньше она тусовалась с группой, в которую входят одни девушки. Это группа под названием «Персты дьявола».

— «Персты дьявола»? И что же это за группа?

— Похоже, что-то оккультистское. Они собирались, чтобы вместе дурить и безобразничать.

— Не хватает еще, чтобы Саландер вдобавок оказалась сатанисткой! — сказал Бублански.— Все СМИ очумеют от радости.

— Сатанистская секта, состоящая из лесбиянок,— подсказал Фасте.

— Хассе, у тебя совершенно средневековый взгляд на женщин,— возмутилась Соня Мудиг.— Кстати, я слышала о «Перстах дьявола».

— Да что ты! — удивился Бублански.

— Это была женская рок-группа конца девяностых годов. Не суперзвезды, но какая-то известность у них тогда была.

— Значит, сатанинская секта лесбиянок, играющих хард-рок,— сделал вывод Ханс Фасте.

— Ладно, хватит болтать чепуху! — оборвал их Бублански.— Хассе, вы с Куртом выясните, кто состоял в группе «Персты дьявола», и поговорите с ними. Есть у Саландер еще другие знакомые?

— Не много, за исключением ее прежнего опекуна Хольгера Пальмгрена. Но он лежит в больнице для хроников после удара и действительно очень болен. Если уж быть честным, то я не могу сказать, что обнаружил у нее круг знакомых. В общем, не нашли мы ни места, где живет Саландер, ни записной книжки с адресами, но близких знакомых у нее, по-видимому, нет совсем.

— Не может ведь человек бродить в человеческом обществе как привидение, не оставляя никаких следов! Что мы думаем о Микаэле Блумквисте?

— Мы не устанавливали за ним настоящей слежки, однако наведывались к нему на выходных,— сказал Фасте.— На тот случай, если вдруг там объявится Саландер. После работы он отправился домой, а в выходные, по всей видимости, не покидал квартиру.

— Мне трудно представить себе, чтобы он имел какое-то отношение к убийству,— сказала Соня Мудиг.— Все, что он говорил, получило подтверждение, и он может доказать свое алиби на тот вечер.

— Но он знаком с Саландер. Он связующее звено между нею и убитыми в Энскеде. Кроме того, мы имеем его показания о том, что двое мужчин совершили нападение на Саландер за две недели до убийства. Что нам об этом думать? — спросил Бублански.

— Кроме Блумквиста, нет ни одного свидетеля, который видел бы то нападение, если только оно действительно имело место,— сказал Фасте.

— Ты считаешь, что Блумквист все выдумал или соврал?

— Не знаю. Но вся эта история похожа на вымысел. Чтобы здоровый мужик не смог справиться с девчонкой, которая весит сорок килограмм!

— Зачем Блумквисту лгать?

— Возможно, чтобы отвлечь внимание от Саландер.

— Но все это не складывается в общую картину. Ведь Блумквист выдвигает версию, согласно которой пара в Энскеде была убита из-за книжки, написанной Дагом Свенссоном.

— Чушь! — бросил Фасте.— Это сделала Саландер. Зачем кому-то убивать ее опекуна, если он хочет заставить молчать Дага Свенссона? И кто это... полицейский, что ли?

— Если Блумквист открыто выступит со своей версией, у нас начнется свистопляска вокруг «полицейского следа», его начнут находить где угодно,— сказал Курт Свенссон.

Все закивали.

— О'кей,— произнесла Соня Мудиг.— Так почему же она застрелила Бьюрмана?

— И что означает татуировка? — добавил Бублански, показывая на фотографию живота Бьюрмана, где ясно виднелась надпись: Я — САДИСТСКАЯ СВИНЬЯ, ПОДОНОК И НАСИЛЬНИК.

Вся группа погрузилась в молчание.

— Что говорят доктора? — спросил Боман.

— Татуировка сделана два-три года назад. Это устанавливают в связи с состоянием кровоснабжения кожи,— пояснила Соня Мудиг.

— Вероятно, можно предположить, что Бьюрман не сам себе это наколол.

— Тату-салонов, конечно, достаточно, но вряд ли любители татуировок часто делают себе подобные надписи.

Соня Мудиг подняла руку:

— Патологоанатом говорит, что татуировка выполнена ужасно, что, кстати, я и сама вижу невооруженным взглядом. Это значит, что к ней приложил руку полный дилетант. Игла проникала в кожу на разную глубину, и это очень крупная татуировка на очень чувствительном участке тела. В общем, это была, вероятно, очень болезненная процедура, которую можно приравнять к причинению тяжких телесных повреждений.

— А между тем Бьюрман не заявлял об этом в полицию,— сказал Фасте.

— Я бы тоже не побежал с заявлением в полицию, если бы на моем животе вытатуировали такую этикетку,— добавил Курт Свенссон.

— У меня есть кое-что еще в связи с этим,— снова заговорила Соня Мудиг.— Между прочим, это может служить подкреплением того, что говорит надпись,— что Бьюрман был свиньей и садистом.

Она раскрыла папку с отпечатанными фотографиями и передала ее по кругу.

— Я распечатала только один образчик. А выловила я это у Бьюрмана в одной из папок его жесткого диска. Это картинки, скаченные из Интернета. В компьютере у него таких шедевров еще около двух тысяч.

Фасте присвистнул и показал всем фотографию женщины, жестоко связанной в очень неудобной позе.

— Это скорее уж что-то во вкусе «Домино фэшн» или «Перстов дьявола»,— прокомментировал он.

Бублански раздраженно отмахнулся и велел ему заткнуться.

— И как же это надо понимать? — спросил Боман.

— Возраст татуировки примерно два года,— сказал Бублански.— Именно тогда Бьюрман внезапно заболел. Ни патологоанатом, ни медицинская карточка Бьюрмана не отметили у него никаких серьезных болезней, кроме высокого давления. Так что можно предположить, что между этими событиями есть какая-то связь.

— Саландер в тот год изменилась,— напомнил Боман.— Она неожиданно бросила работу в «Милтон секьюрити» и уехала за границу.

— Должны ли мы и здесь предположить какую-то связь? Если надпись говорит правду, то Бьюрман кого-то изнасиловал. Само собой напрашивается мысль о Саландер. Во всяком случае, это был бы подходящий мотив для убийства.

— Однако можно объяснить это и по-другому,— возразил Ханс Фасте.— По-моему, возможен и такой сценарий: Саландер и китаянка занимаются своего рода эскортными услугами с садомазохистским оттенком. Может быть, Бьюрман один из тех сумасшедших, которые любят, чтобы их избивали девочки. Возможно, он оказался в зависимом положении от Саландер, а потом что-то там у них не заладилось.

— Но это не объясняет того, почему она отправилась в Энскеде.

— Если Даг Свенссон и Миа Бергман собирались вскрыть дела, связанные с секс-услугами, они могли нечаянно наткнуться на Саландер и Ву. Возможно, тут-то у Саландер и появился мотив для убийства.

— Но это всего лишь умозрительные рассуждения,— заметила Соня Мудиг.

Совещание продолжалось еще час, в течение которого обсуждался и вопрос об исчезновении лэптопа Дага Свенссона. Ко времени перерыва на ланч все чувствовали себя разочарованными. В ходе обсуждения возникали все новые и новые вопросы.

Эрика Бергер позвонила Магнусу Бергшё, председателю правления «Свенска моргонпостен», как только он во вторник вошел в редакцию.

— Меня заинтересовало ваше предложение.

— В этом я не сомневался.

— Я хотела сообщить о своем решении сразу же после пасхальных праздников. Но как вы понимаете, тут в редакции разразился хаос.

— Убийство Дага Свенссона. Сочувствую. Неприятная история.

— В таком случае вы сами понимаете, мне неудобно объявить своим, что я бегу с корабля именно в эту минуту.

Он некоторое время помолчал.

— У нас появилась проблема,— сказал Бергшё.

— Какая?

— Когда мы разговаривали в прошлый раз, было сказано, что приступать к работе нужно первого августа. Но дело в том, что у главного редактора Хокана Морандера, которого вы должны заменить, очень слабое здоровье. У него проблемы с сердцем, и ему нужно сбавить обороты. Несколько дней назад он поговорил со своим врачом, и в выходные я узнал, что он собирается уходить первого июля. Первоначально мы предполагали, что он останется у нас до осени и вы с ним будете работать параллельно в августе и сентябре. Но сейчас складывается критическое положение. Эрика, вы нужны нам уже с первого мая, и никак не позднее пятнадцатого.

— Господи! До этого остались считаные недели!

— Вы по-прежнему заинтересованы в нашем предложении?

— Да, конечно. Но это значит, что у меня есть только месяц на то, чтобы перед уходом привести «Миллениум» в полный порядок.

— Знаю. Мне очень жаль, Эрика, но вам придется поднапрячься. Да и одного месяца должно хватить на то, чтобы привести в порядок дела редакции, где всего-то полдюжины служащих.

— Но мне придется уйти в самый разгар хаоса!

— Вам пришлось бы уйти в любом случае. Мы всего лишь передвинули сроки на несколько недель вперед.

— У меня есть несколько условий.

— Говорите какие.

— Я должна остаться в правлении «Миллениума».

— Пожалуй, это будет не очень удобно. Конечно, «Миллениум» гораздо меньше, вдобавок он выходит только раз в месяц, но с чисто технической точки зрения мы с ним — конкуренты.

— Ничего не поделаешь! Я не буду участвовать в работе редакции «Миллениума», но не стану продавать свою долю. Таким образом я остаюсь в правлении.

Они договорились встретиться с правлением в первую неделю апреля, с тем чтобы обговорить детали и подписать контракт.

Внимательно перечитав список подозреваемых, который они с Малин составили в выходные, Микаэль Блумквист испытал чувство дежавю. Список состоял из тридцати семи человек, которых Даг Свенссон жестко изобличал в своей книге, двадцать один из них были поименно названными клиентами проституток.

Микаэль неожиданно вспомнил, как два года тому назад он начинал поиск убийцы в Хедестаде и оказался перед целой галереей подозреваемых, число которых приближалось к пятидесяти. Понять, кто же из них виновен, тогда казалось совершенно безнадежным делом.

Во вторник он в десять часов утра позвал в свой редакционный кабинет Малин Эрикссон. Закрыв дверь, он предложил ей сесть.

Сначала они молча пили кофе. Затем он передал ей список из тридцати семи имен, составленный ими в выходные.

— Что будем делать?

— Сначала просмотрим список с Эрикой. Затем постараемся проверить каждого по отдельности. Возможно, что кто-то из этого списка имеет отношение к убийствам.

— И как мы их будем проверять?

— Я думаю сосредоточить внимание на двадцати одном клиенте, которые выведены в книге под своими именами. Им есть что терять, причем больше, чем всем остальным. Я собираюсь пройтись по следам Дага и навестить каждого из них.

— О'кей.

— Для тебя у меня намечено два дела. Во-первых, тут есть три имени, которые мне не удалось идентифицировать, два клиента и пять торговцев. Твоя задача постараться в ближайшие дни определить, кто это такие. Некоторые из имен встречаются в работе Миа; у нее есть справочные материалы; возможно, среди них найдутся такие, которые позволят установить их личности.

— О'кей.

— Во-вторых, мы страшно мало знаем о Нильсе Бьюрмане, опекуне Лисбет. В газетах была напечатана его краткая биография, но я догадываюсь, что она и наполовину не соответствует истине.

— То есть я должна узнать о нем побольше.

— Правильно. Все, что удастся раскопать.

В пять часов вечера Микаэлю Блумквисту позвонила Харриет Вангер.

— Ты можешь говорить?

— Могу, если недолго.

— Девушка, которая объявлена в розыск... Ведь это та самая, которая помогла тебе отыскать меня, не так ли?

Харриет Вангер и Лисбет Саландер ни разу не встречались.

— Да,— ответил Микаэль.— Прости, но я не мог выбрать время, чтобы позвонить тебе и сообщить новости. Но это действительно она.

— Какие могут быть последствия?

— Для тебя... никаких, как я надеюсь.

— Но она знает все обо мне и о том, что произошло два года тому назад.

— Да, она действительно знает все.

Харриет Вангер молчала на другом конце провода.

— Харриет... Я не верю, что это сделала она. Я должен исходить из того, что она ни в чем не виновата. Лисбет Саландер мне симпатична.

— Если поверить в то, о чем пишут газеты...

— Не надо верить в то, что пишут газеты. Все очень просто. Она дала слово не выдавать тебя. И я верю, что она будет верна своему слову до конца жизни. Я считаю, что она человек твердых принципов.

— А если нет?

— Не знаю. Харриет, я сделаю все, чтобы узнать, что произошло на самом деле.

— О'кей.

— Не волнуйся!

— Я не волнуюсь. Но хочу быть готова, если случится самое худшее. Как ты себя чувствуешь, Микаэль?

— Неважно. У нас не было ни минуты отдыха, с тех пор как произошло убийство.

Харриет Вангер еще немного помолчала.

— Микаэль, в настоящий момент я нахожусь в Стокгольме. Завтра я улетаю в Австралию на месяц.

— Понятно.

— Я остановилась в том же самом отеле.

— Я не знаю. Не могу решить, что мне делать. Ночью мне нужно будет работать, и я сейчас совсем не способен быть душой компании.

— Никто не требует, чтобы ты был душой компании. Приезжай и отвлекись ненадолго.

Микаэль вернулся домой в час ночи. Он чувствовал себя усталым и готов был уже плюнуть на все и поспать, но вместо этого включил ноутбук и проверил электронную почту. Ничего интересного в ней не появилось.

Он открыл папку «Лисбет Саландер» и обнаружил там совсем новый документ. Документ был назван «МикуБлуму» и лежал рядом с документом «Для Салли».

Неожиданное появление этого файла в компьютере подействовало на Микаэля ошеломляюще. Она здесь! Лисбет Саландер побывала в его компьютере. Может быть, она даже сейчас находится на связи. Он дважды щелкнул мышкой.

Он сам не мог бы сказать, что ожидал увидеть — письмо, ответ, заверения в невиновности, объяснение? Ответное сообщение Лисбет Саландер оказалось до обидного коротким и состояло из одного слова из четырех букв:

Зала.

Микаэль как зачарованный глядел на это имя.

Даг Свенссон упоминал его в их последнем телефонном разговоре за два часа до убийства.

Что она хотела этим сказать? Что Зала является связующим звеном между Бьюрманом и Дагом и Миа? Каким образом? Почему? Кто он такой? И откуда это известно Лисбет Саландер? Каким образом она в этом замешана?

Он посмотрел информацию о документе и увидел, что текст был создан менее пятнадцати минут назад. Затем он рассмеялся. В качестве автора документа был указан Микаэль Блумквист. Она создала документ в его компьютере при помощи его собственной лицензионной программы! Это было лучше электронной почты и не оставляло после себя ip-адреса, по которому можно было бы выйти на ее след. Впрочем, Микаэль был совершенно уверен, что Лисбет Саландер и без того никто не мог бы выследить в Сети. И это, несомненно, доказывало, что Лисбет Саландер проделала с его компьютером то, что она сама называла термином hostile takeover*.

Он повернулся к окну, из которого открывался вид на ратушу. Он не мог отделаться от ощущения, что Лисбет Саландер наблюдает за ним в этот момент, как если бы она была в комнате и видела его через экран компьютера. Сейчас она могла находиться практически в какой угодно точ-

---

* Враждебное поглощение *(англ.)*.

ке света, но он подозревал, что на самом деле она где-то совсем неподалеку. Где-то в Сёдермальме. Примерно в радиусе одного километра от того места, где находится он.

Немного подумав, он сел за компьютер и создал новый документ, который назвал «Для Салли-2», и разместил на рабочем столе. Это было весьма выразительное послание:

Лисбет, ты наказание на мою голову! Кто, черт возьми, такой Зала? Связующее звено, что ли? Если знаешь, кто убил Дага и Миа, так расскажи мне хотя бы, чтобы мы могли распутать этот проклятый клубок и не мучиться. Микаэль.

Она таки действительно находилась в это время в ноутбуке Микаэля Блумквиста. Ответ пришел через минуту — в папке на его рабочем столе появился новый документ, на этот раз под названием «Калле Блумквист». В нем содержалось следующее:

Ты журналист. Вот и раскапывай.

Микаэль насупил брови. Она показала ему палец и употребила прозвище, которое, как она хорошо знала, было ему ненавистно. И не дала ему ни малейшей подсказки. Он быстро отщелкал документ «Для Салли-3» и поместил его на рабочий стол:

Лисбет, журналисты раскапывают разные вещи, задавая вопросы людям, которые что-то знают. Вот я и спрашиваю тебя: ты знаешь, почему были убиты Даг и Миа и кто их убил? Если да, то расскажи мне. Дай мне хоть какую-то зацепку, с чего мне начать.

Следующего ответа он безнадежно прождал несколько часов, но в четыре часа утра сдался и пошел спать.

Глава
19

Среда, 30 марта — пятница, 1 апреля

В среду ничего особенно интересного не произошло. Микаэль потратил этот день на то, чтобы отыскать в материалах Дага Свенссона все упоминания имени Зала. Точно так же, как в свое время Лисбет Саландер, он обнаружил в компьютере Дага папку под названием «Зала» и прочитал, соответственно, три содержавшихся в ней документа: «Ирина П.», «Сандстрём» и «Зала» и, так же как Лисбет, обнаружил, что у Дага имелся источник в полиции по фамилии Гульбрансен. Микаэлю удалось найти его след в криминальной полиции Сёдертелье, но, позвонив туда, он услышал, что Гульбрансен находится в служебной командировке и вернется только в следующий понедельник.

Он убедился, что Даг Свенссон уделил Ирине П. много времени. Из протокола вскрытия он узнал, что в феврале эта женщина была жестоко убита после долгих пыток. Полиция не выявила убийцу, но, поскольку жертва была проституткой, предполагалось, что виновного следует искать среди ее клиентов.

Микаэль задумался над тем, почему Даг Свенссон вложил документ об Ирине П. в папку «Зала». Это указывало на то, что он связывал Залу с Ириной П., но в его текстах по этому поводу ничего не нашлось. Иными словами, Даг Свенссон держал эту связь в голове.

Документ, озаглавленный собственно «Зала», был так лаконичен, что его можно было принять за случайную рабочую заметку. Микаэль отметил, что Зала (если он существовал в действительности) представляется каким-то призраком криминального мира. Указания на источники в тексте также отсутствовали, и все вместе производило впечатление чего-то нереального.

Он закрыл документ и почесал в затылке. Расследование убийства Дага и Миа оказалось гораздо более сложной задачей, чем он себе представлял. Кроме того, его все время одолевали сомнения. У него отсутствовали реальные доказательства того, что Лисбет непричастна к убийству, он мог опираться только на свое внутреннее чувство, которое говорило ему, что у нее не было причин отправиться в Энскеде и убить двух его друзей.

Ему было известно, что недостатка в средствах она не испытывала; воспользовавшись своими хакерскими талантами, она украла фантастическую сумму в несколько миллиардов крон. Даже сама Лисбет не знала, что ему это известно. За исключением одного случая, когда он (с согласия Лисбет) рассказал о ее способностях Эрике Бергер, он не открывал ее тайну никому.

Микаэль не хотел верить, что Лисбет Саландер виновна в убийстве. Он был перед ней в неоплатном долгу: она не только спасла ему жизнь, когда на нее покушался Мартин Вангер, но спасла и его профессиональную карьеру, а также, вероятно, и журнал «Миллениум», когда принесла ему на блюде голову финансиста Ханса Веннерстрёма.

Такое ко многому обязывает. К Лисбет Саландер он испытывал большую преданность. Пускай она даже окажется виновной, он все равно будет делать все от него зависящее, чтобы помочь ей, когда ее рано или поздно поймает полиция.

Но, с другой стороны, он понимал, что не знает о ней ничего. Пространные психиатрические заключения, тот факт, что она принудительно госпитализировалась и лежала в одной из самых солидных психиатрических клиник Швеции и затем была признана недееспособной, серьезно свидетельствовал о том, что с ней не все обстоит благополучно. Телевидение уделило много внимания выступлению главного врача уппсальской психиатрической клиники Петера Телеборьяна — из этических соображений он не высказывался непосредственно о Лисбет Саландер, но зато много говорил о кризисе в психиатрии. Он пользовался большим авторитетом не только в Швеции, но и в международном масштабе и был признанным экспертом в области психических болезней. Он говорил очень убедительно и сумел выразить свое сочувствие жертвам и их родным, но в то же время показал, что не менее озабочен благополучием Лисбет Саландер.

У Микаэля возникала мысль о том, чтобы связаться с Петером Телеборьяном и заручиться его помощью, но, подумав, он отказался от этой идеи: известный психиатр еще успеет помочь Лисбет, когда ее арестуют.

Он отправился в буфетную, налил себе кофе в чашку с лозунгом умеренной коалиционной партии и отправился в кабинет Эрики Бергер.

— У меня набрался длиннейший список сутенеров и клиентов, с которыми необходимо побеседовать,— сказал он.

Она озабоченно кивнула.

— На то, чтобы перебрать их всех, уйдет около двух недель. Они рассеяны по всей стране от Стренгнеса до Норрчёпинга. Мне понадобится машина.

Она открыла сумочку и достала ключи от своего «БМВ».

— Тебя это не затруднит?

— Можешь не беспокоиться. Я постоянно езжу на работу на метро, а в случае чего могу взять машину Грегера.

— Спасибо тебе.

— Но только с одним условием.

— С каким?

— Некоторые из этих типов совершенные отморозки. Если ты собираешься обвинять сутенеров в убийстве Дага и Миа, то я хочу, чтобы ты взял вот это с собой и всегда держал при себе в кармане куртки.

С этими словами она выложила на стол баллончик со слезоточивым газом.

— Откуда это у тебя?

— Купила как-то в прошлом году в США. Неужели я, одинокая женщина, должна шататься по ночам совсем безоружная!

— Представляешь себе, что начнется, если я воспользуюсь этой штукой и загремлю за незаконное владение оружием!

— Уж лучше так, чем если мне придется писать твой некролог. Не знаю, Микаэль, понимаешь ты это или нет, но иногда я очень за тебя беспокоюсь.

— Понимаю.

— Ты часто рискуешь и уж если забрал что-нибудь в голову, то ни за что не откажешься от своих глупостей.

Микаэль улыбнулся и положил баллончик Эрике на стол.

— Спасибо тебе за заботу, но эта вещь мне не понадобится.

— Микке, я требую!

— Все в порядке. Я уже подготовился.

Он сунул руку в карман и вытащил баллончик со слезоточивым газом — тот самый, который он нашел в сумке Лисбет Саландер и с тех пор носил при себе.

Бублански постучал в дверь служебного кабинета Сони Мудиг и уселся в кресло для посетителей перед ее столом.

— Ноутбук Дага Свенссона,— произнес он.

— Я тоже об этом думала,— откликнулась она.— Я же составляла расписание занятий Свенссона и Бергман в последний день их жизни. В нем по-прежнему остаются пробелы. Даг Свенссон не заходил в этот день в редакцию «Миллениума», но он много разъезжал по городу, а в четыре часа встретился со старым приятелем по университету. Это была нечаянная встреча в кафе на Дроттнингсгатан. Его приятель уверенно утверждает, что у Дага Свенссона при себе был ноутбук в сумке. Он сам видел его и даже что-то сказал по этому поводу.

— А в одиннадцать часов вечера, когда его застрелили, ноутбука в квартире не оказалось.

— Вот именно.

— Какие мы из этого должны сделать выводы?

— Он мог побывать где-то еще и по какой-то причине оставить там компьютер.

— Насколько это вероятно?

— Очень маловероятно. Но он мог оставить его в сервисе для починки. Кроме того, существует и такая возможность, что у него было еще какое-то место для работы, о котором мы не знаем. Например, раньше он арендовал письменный стол в бюро независимых журналистов в районе площади Санкт-Эриксплан.

— О'кей.

— Ну и затем существует, конечно, возможность, что ноутбук унес убийца.

— По словам Арманского, Саландер великолепно владеет компьютером.

— Да, действительно,— кивнула Соня Мудиг.

— Гм... Согласно теории Блумквиста, Даг Свенссон и Миа Бергман были убиты из-за расследования, над которым работал Свенссон. И значит, материалы должны были находиться в компьютере.

— Мы немного отстаем по времени. При трех убитых приходится прослеживать слишком много ниточек, поэтому мы не успеваем все сделать. Ведь мы фактически еще не провели настоящего обыска на рабочем месте Дага Свенссона в «Миллениуме».

— Сегодня утром я говорил с Эрикой Бергер. Она выразила удивление, что мы до сих пор не побывали у них и не осмотрели оставшиеся после него бумаги.

— Мы слишком увлеклись тем, чтобы поскорее поймать Саландер, но по-прежнему ничего толком не прояснили в отношении мотива преступления. Ты бы не мог...

— Я договорился с Бергер, что с утра буду в «Миллениуме».

— Спасибо!

В четверг, когда Микаэль сидел за своим письменным столом и разговаривал с Малин Эрикссон, он вдруг услышал, что в редакции зазвонил телефон. Увидев сквозь дверной проем, что там есть Хенри Кортес, он было перестал обращать внимание на звонки, однако где-то в подсознании у него отложилось, что телефон звонит на столе Дага Свенссона. Прервав разговор на полуслове, он так и вскочил на ноги.

— Стой! Не трогай телефон! — заорал он.

Хенри Кортес уже положил руку на трубку. Микаэль бросился к нему со всех ног. Вот черт, какое там было название? — лихорадочно пытался вспомнить он.

— Исследования рынка «Индиго». Говорит Микаэль. Чем могу помочь?

— Э-э... Здрасьте! Меня зовут Гуннар Бьёрк. Я получил письмо, где говорится, что я выиграл мобильный телефон.

— Поздравляю! — ответил Микаэль Блумквист.— Телефон марки «Сони Эрикссон», последняя модель.

— И это мне ничего не будет стоить?

— Ничего. Но для того чтобы получить подарок, вы должны ответить на ряд вопросов. Мы проводим исследование рынка и глубинный анализ различных предприятий. Участие в опросе займет примерно один час. Если вы дадите согласие, то выйдете на следующий уровень и получите возможность выиграть сто тысяч крон.

— Понимаю. А можно сделать это по телефону?

— К сожалению, нет. В процессе исследования будет показана разная символика предприятий, которую требуется узнать. Мы спросим также, какой тип рекламных изображений кажется вам привлекательным, и покажем несколько вариантов. Вам придется встретиться с одним из наших сотрудников.

— А-а... А каким образом меня выбрали?

— Подобные исследования мы проводим несколько раз в год. В данном случае нас интересуют солидные люди вашей возрастной группы. Идентификационные номера выбирались наугад.

В конце концов Гуннар Бьёрк согласился принять у себя сотрудника исследовательского бюро «Индиго». Он сообщил, что сидит на больничном и находится в летнем домике в Смодаларё, и продиктовал, как туда добраться. Они договорились встретиться утром в пятницу.

— Йес! — радостно закричал Микаэль, положив трубку, и победно тряхнул сжатым кулаком. Малин Эрикссон и Хенри Кортес озадаченно переглянулись.

Самолет, на котором летел Паоло Роберто, приземлился в аэропорту Арланда в четверг в двенадцать часов дня. Большую часть пути из Нью-Йорка он проспал, так что на этот раз, в виде исключения, не почувствовал смену часовых поясов.

В США он провел месяц, обсуждая проблемы бокса, посещая показательные матчи и обдумывая проект шоу, которое собирался продать в «Стрикс телевижн». Из профессионального бокса он ушел под влиянием ненавязчивых уговоров семьи, а также потому, что начинал поджимать возраст, но думал об этом с сожалением. С этим уже ничего нельзя было поделать, оставалось только поддерживать себя в спортивной форме, занимаясь интенсивными тренировками хотя бы один раз в неделю. Его имя по-прежнему пользовалось большим авторитетом в мире бокса, и он собирался до конца своей жизни заниматься работой, так или иначе связанной со спортом.

Он снял с транспортера свою сумку. На таможенном контроле его остановили и чуть было не отправили на досмотр, но один из таможенников узнал его.

— Здорово, Паоло! У тебя, я полагаю, нет с собой ничего, кроме боксерских перчаток.

Паоло Роберто заверил, что не везет никакой контрабанды, и был пропущен в Швецию.

Он вышел в зал для прибывающих пассажиров и направился к спуску, ведущему к арландскому экспрессу, но вдруг остановился и ошеломленно застыл, увидев перед собой лицо Лисбет Саландер, которое красовалось на первых страницах вечерних газет. Сначала он ничего не понял и подумал, что все-таки это сказывается разница часовых поясов. Затем прочитал текст:

ПОГОНЯ ЗА ЛИСБЕТ САЛАНДЕР

Он перевел взгляд на другой заголовок:

ИЗ РЯДА ВОН ВЫДАЮЩАЯСЯ ПСИХОПАТКА ОБЪЯВЛЕНА В РОЗЫСК ЗА ТРОЙНОЕ УБИЙСТВО.

В полном недоумении он направился в Пресс-бюро, купил вечерние и утренние газеты и пошел с ними в кафетерий, где со все возрастающим удивлением принялся читать.

В свою квартиру на Белльмансгатан Микаэль Блумквист вернулся в четверг в одиннадцать вечера, чувствуя себя усталым и подавленным. Он собирался пораньше закончить работу и хоть немного отоспаться за все эти дни, но не удержался и включил ноутбук, чтобы проверить электронную почту.

Ничего особенно интересного там не оказалось, но на всякий случай он открыл папку «Лисбет Саландер» и почувствовал, что пульс его забился чаще: там обнаружился новый документ под названием «МБ2». Он дважды щелкнул мышкой и увидел следующее:

Прокурор Э. снабжает СМИ информацией. Спроси у него, почему он молчит о старом полицейском расследовании.

Ошарашенный, Микаэль пытался понять смысл загадочного послания. Что она имеет в виду? Какое старое полицейское расследование? Он никак не мог взять в толк, о чем идет речь. Что за наказание с ней! Ну зачем она каждое послание формулирует в виде ребуса? Немного погодя он создал новый документ, назвав его «Криптограмма».

Здравствуй, Салли! Я чертовски устал, работал без передышки, с тех пор как произошло убийство. Мне совсем неохота разгадывать ребусы. Возможно, тебя это не интересует или ты не принимаешь создавшееся положение всерьез, но я хочу знать, кто убил моих друзей. М.

Он стал ждать, не отходя от экрана. Ответ «Криптограмма 2» пришел через две минуты и гласил:

Как ты поступишь, если окажется, что это я?

В ответ он послал «Криптограмму 3»:

Лисбет, если ты совсем слетела с катушек, то помочь тебе, наверное, сможет только Петер Телеборьян. Но я не верю, что ты убила Дага и Миа. Надеюсь и молюсь, чтобы я оказался прав.

Даг и Миа хотели разоблачить мафию секс-услуг. Я предполагаю, что именно это каким-то образом послужило мотивом к убийству. Но у меня нет никаких улик.

Я не знаю, какая кошка пробежала между нами, но однажды мы как-то говорили с тобой о дружбе. Я сказал, что дружба основывается на двух вещах: уважении и доверии. Даже если ты из-за чего-то мной недовольна, ты все равно можешь на меня положиться и доверять мне. Я никогда не выдавал твоих секретов. Даже того, что случилось с миллиардами Веннерстрёма. Верь мне. Я тебе не враг. М.

Ответ не приходил так долго, что Микаэль уже перестал надеяться. Но когда прошло уже почти пятьдесят минут, на экране вдруг материализовалась «Криптограмма 4»:

Мне надо над этим подумать.

Микаэль перевел дух. Неожиданно впереди появился проблеск надежды. Ответ означал именно то, что в нем было написано. Она собиралась подумать над его словами. Впервые с тех пор, как она внезапно исчезла из его жизни, Лисбет согласилась с ним общаться. И раз она сказала, что подумает, это значило, что она, во всяком случае, поразмыслит над тем, стоит ли ей с ним говорить. Он написал «Криптограмму 5»:

О'кей. Я буду ждать. Но не тяни слишком долго.

Инспектор криминальной полиции Ханс Фасте принял звонок по мобильному телефону в пятницу утром, когда он, направляясь на работу, ехал по Лонгхольмсгатан вблизи моста Вестербру. Полиция не имела возможности поставить квартиру на Лундагатан под круглосуточное наблюдение и потому договорилась с одним из соседей, бывшим полицейским, что тот будет приглядывать.

— Китаянка только что вошла в подъезд,— доложил сосед.

Трудно было подобрать более удачное место, чем то, где находился сейчас Ханс Фасте. Сделав запрещенный поворот через разделительную линию, он свернул на Хеленеборгсгатан напротив Вестербру и поехал по Хёгалидсгатан в сторону Лундагатан. Не прошло и двух минут после телефонного разговора, как он уже припарковался перед нужным домом и, трусцой перебежав через дорогу, вошел в подъезд, а оттуда проник на задний двор.

Мириам Ву еще стояла перед своей дверью, удивленно разглядывая просверленный замок и полоски клейкой ленты, пересекавшие косяк. На лестнице послышались шаги. Она обернулась и увидела спортивного, крепко сбитого мужчину с настойчивым и пристальным взглядом. Решив, что он представляет угрозу, она бросила на пол сумку и приготовилась, если понадобится, продемонстрировать приемы тайского бокса.

— Мириам Ву? — спросил незнакомец.

К ее удивлению, он показал ей полицейское удостоверение.

— Да,— ответила Мириам.— А в чем дело?

— Где вы были всю неделю?

— Уезжала. А что случилось? Меня ограбили?

Фасте не сводил с нее пристального взгляда.

— Я вынужден попросить вас проехать со мной в Кунгсхольмен,— сказал он и ухватил ее за плечо.

В комнату для допросов, где ждали инспекторы Бубланcки и Мудиг, в сопровождении Фасте вошла довольно сердитая Мириам Ву.

— Садитесь, пожалуйста. Я — инспектор криминальной полиции Ян Бублански, а это моя коллега Соня Мудиг. Сожалею, что пришлось вызывать вас таким способом, но у нас возник ряд вопросов, на которые мы хотели бы получить ответ.

— Вот как! И почему же? А то он не отличается разговорчивостью,— сказала Мимми, большим пальцем указывая на Фасте у себя за спиной.

— Мы искали вас больше недели. Вы можете объяснить, где вы были?

— Могу, конечно! Но не хочу, и, насколько я понимаю, вас это не касается.

Бублански удивленно поднял брови.

— Я прихожу домой и вижу, что моя дверь взломана, вход заклеен полицейской лентой, а потом накачанный анаболиками мужик тащит меня сюда. Могу я получить объяснения?

— Тебе не нравятся мужики? — спросил Ханс Фасте.

Мириам Ву от неожиданности так и уставилась на него. Бублански и Мудиг одновременно строго на него посмотрели.

— Значит ли это, что всю эту неделю вы не читали газет? Что же, вы были за границей?

Мириам Ву растерялась и заговорила уже менее уверенно:

— Нет, газет я не читала. Я на две недели ездила в Париж повидаться с родителями. Я только что с Центрального вокзала.

— Вы ездили поездом?

— Я не люблю летать самолетом.

— И вы не видели крупных заголовков сегодняшних шведских газет?

— Я только что прибыла ночным поездом и приехала домой на метро.

Констебль Бубла задумался. Сегодня на первых страницах не было упоминаний о Саландер. Он встал, вышел из комнаты и через минуту вернулся с воскресным выпуском «Афтонбладет», в котором на первой странице красовалась увеличенная во весь лист паспортная фотография Лисбет Саландер.

Мириам Ву чуть не грохнулась со стула.

Следуя указаниям Гуннара Бьёрка, шестидесяти двух лет, Микаэль Блумквист добрался до летнего домика в Смодаларё. Домик представлял собой современную виллу для круглогодичного проживания с видом на кусочек Юнгфруфьерда. По песчаной дорожке он подошел к дому и позвонил в дверь. Гуннар Бьёрк оказался довольно похож на паспортную фотографию, найденную Дагом Свенссоном.

— Здравствуйте! — сказал Микаэль.

— Нашли дорогу! Ну хорошо.

— Без труда.

— Заходите! Устроимся на кухне.

— Отлично!

Гуннар Бьёрк производил впечатление здорового человека, он только немного прихрамывал.

— Вот, сижу на больничном,— сказал он.

— Надеюсь, что ничего серьезного,— отозвался Микаэль.

— Мне предстоит операция по поводу перелома мениска. Кофе пить будете?

— Нет, спасибо,— отказался Микаэль, усаживаясь на кухонный стул, и, расстегнув сумку, достал из нее папку. Бьёрк расположился напротив.

— Ваше лицо мне показалось знакомым. Мы не встречались раньше?

— Нет.

— Но у вас что-то очень знакомое лицо.

— Может быть, вы видели меня в газетах?

— Как, вы сказали, вас зовут?

— Микаэль Блумквист. Я — журналист и работаю в журнале «Миллениум».

На лице Гуннара Бьёрка появилось растерянное выражение. Затем его озарило. Калле Блумквист. Дело Веннерстрёма. Однако он еще не догадался, что из этого следует.

— «Миллениум». Я не знал, что вы занимаетесь исследованием рынка.

— Только иногда в виде исключения. Я хочу, чтобы вы взглянули на три снимка и решили, какая из трех моделей вам нравится больше всех.

Микаэль разложил на столе три распечатанные фотографии девушек. Одна из них была скачана с порносайта в Интернете, две другие представляли собой увеличенные цветные фотографии из паспорта.

Гуннар Бьёрк внезапно побледнел:

— Я не понимаю...

— Не понимаете? Вот это — Лидия Комарова, шестнадцатилетняя девушка из Минска. А это Мьянг Со Чин, известная как Йо-Йо из Таиланда. Ей двадцать пять лет. И наконец, перед вами Елена Барасова девятнадцати лет из Таллинна. Вы покупали секс-услуги всех трех женщин, и я хочу знать, какая из них вам больше всего понравилась. Считайте это исследованием рынка.

Бублански с сомнением смотрел на Мириам Ву, которая отвечала ему сердитым взглядом.

— Итак, подведем итог: вы утверждаете, что знакомы с Саландер около трех лет. Этой весной она безвозмездно переписала на вас свою квартиру, а сама куда-то переехала. Время от времени вы с ней занимаетесь сексом, когда она у вас появляется, но вы не знаете, где она живет, чем занимается и на какие средства существует. И вы хотите, чтобы я поверил?

— Плевать мне, верите вы или нет! Я не совершила ничего противозаконного, а как я живу и с кем занимаюсь сексом, это не ваше дело и вообще никого не касается.

Бублански вздохнул. Узнав утром, что Мириам Ву внезапно появилась у себя дома, он вздохнул с облегчением. Наконец-то хоть какой-то шаг вперед! Но то, что он от нее услышал, ничего не проясняло. Все это звучало очень странно. Однако проблема была в том, что он верил Мириам Ву. Она отвечала на вопросы ясно и четко, без колебаний, могла назвать место и время своих встреч с Саландер и так детально рассказала о том, как происходил ее переезд на Лундагатан, что и Бублански, и Мудиг сразу поверили, что вся эта странная история совершенно правдива.

Ханс Фасте присутствовал при допросе и слушал Мириам Ву со все возрастающим раздражением, но кое-как удержался от того, чтобы вмешаться. На его взгляд, Бублански вел себя с китайской девчонкой как размазня, она же ему дерзила и говорила много лишнего, увиливая от прямого ответа на единственный важный вопрос, а именно вопрос о том, где, черт побери, прячется эта проклятая шлюха Лисбет Саландер!

Но Мириам Ву не знала, где пребывает Лисбет Саландер. Она не знала, где Саландер работает, и никогда ничего не слышала про «Милтон секьюрити», про Дага Свенссона или про Миа Бергман и, следовательно, не могла ответить ни на один действительно важный вопрос. Она не подозревала о том, что Саландер находится под опекой, что в юности она неоднократно поступала на принудительное лечение и что в ее характеристике присутствуют длинные абзацы рассуждений на темы психиатрии.

Зато она подтвердила, что они с Лисбет Саландер посещали «Мельницу» и там целовались, оттуда вернулись на Лундагатан и расстались рано утром следующего дня. Через несколько дней после этого Мириам Ву уехала на поезде в Париж и пропустила все события, описанные в шведских газетах. Не считая короткой встречи, когда та передала ей ключи от автомобиля, они с Лисбет больше не виделись.

— Ключи от автомобиля? — удивился Бублански.— У Саландер нет машины.

Мириам Ву объяснила, что Лисбет купила винно-красную «хонду» и оставила ее на улице перед домом. Бублански встал и переглянулся с Соней Мудиг.

— Можешь подменить меня на допросе? — спросил он и вышел из комнаты.

Ему пришлось пойти к Йеркеру Хольмбергу и попросить его провести технический анализ винно-красной «хонды». И вообще ему нужно было побыть одному, чтобы подумать.

Сотрудник тайной полиции Гуннар Бьёрк, занимающий должность заместителя начальника отдела по делам иностранцев и в данное время пребывающий на больничном, сидел на своей кухне с прекрасным видом на Юнгфруфьерд весь бледный, как привидение. Микаэль смотрел на него терпеливо и бесстрастно. Сейчас он был уже совершенно убежден в том, что Бьёрк не имеет ни малейшего отношения к убийству в Энскеде. Поскольку Даг Свенссон не успел с ним встретиться, Бьёрк ни сном ни духом не догадывался, что вскоре его имя и фотография должны появиться в разоблачительном репортаже о клиентах секс-мафии.

От Бьёрка Микаэль узнал только одну новую деталь, представляющую интерес. Выяснилось, что он был лично знаком с адвокатом Нильсом Бьюрманом. Они встречались в стрелковом клубе полиции, активным членом которого Бьёрк состоял уже двадцать лет. Одно время он даже входил в состав правления вместе с Бьюрманом. Это было поверхностное знакомство, но несколько раз они встречались в свободное от работы время и как-то вместе обедали.

Нет, за последнее время он не видел Бьюрмана уже несколько месяцев. Насколько он помнит, в последний раз они встречались прошлым летом, когда зашли выпить пива в кафе на открытом воздухе. Ему очень жаль Бьюрмана, которого убила эта психопатка, но на похороны он идти не собирается.

Такое совпадение заставило Микаэля задуматься, но его вопросы скоро иссякли. У Бьюрмана могли быть сотни таких знакомств, связанных с его профессиональной и клубной деятельностью. В том, что один из его знакомых упоминался в материалах Дага Свенссона, не было ничего такого уж невероятного — ведь даже у самого Микаэля обнаружился один знакомый журналист, о котором также писал Даг Свенссон.

Пора было заканчивать. Бьёрк прошел через все ожидаемые фазы: сначала все отрицал, потом, когда Микаэль показал ему часть документального материала, сердился, угрожал, пытался откупиться и наконец перешел к мольбам. Все это Микаэль пропустил мимо ушей.

— Вы понимаете, что разрушите всю мою жизнь, если опубликуете это? — спросил его наконец Бьёрк.

— Да,— ответил Микаэль.

— И вы все равно это сделаете.

— Непременно.

— Почему? Неужели нельзя пожалеть человека? Я же болен.

— Забавно, что вы вспомнили про жалость.

— Вам же ничего не стоит проявить гуманность!

— В этом вы правы. Сейчас вы плачетесь, что я хочу разрушить вашу жизнь, а между тем сами не побоялись разрушить жизнь нескольких молоденьких девушек, совершая против них преступление. Мы можем документально подтвердить три таких случая. А сколько их было еще, одному богу известно. Где же тогда был ваш гуманизм?

Он встал, собрал свои документы и спрятал их в сумку для ноутбука.

— Можете не провожать, я сам найду дорогу.

Уже направляясь к двери, он вдруг остановился и снова повернулся к Бьёрку:

— Скажите, вы слышали когда-нибудь о человеке по имени Зала?

Бьёрк посмотрел на него. Он все еще не оправился от испуга и не сразу понял слова Микаэля. Имя Зала ему ничего не говорило. И вдруг его глаза расширились.

Зала!

Не может быть!

Бьюрман!

Неужели это он?

Микаэль заметил, как изменилось его лицо, и сделал шаг в сторону кухонного стола.

— Почему вы спросили про Залу? — выдавил из себя Бьёрк. У него был потрясенный вид.

— Потому что он меня интересует,— ответил Микаэль.

В кухне повисло глухое молчание. Микаэль буквально мог видеть, как крутятся колесики в голове Бьёрка. Наконец хозяин протянул руку и взял с подоконника пачку сигарет. Это была первая сигарета, которую он закурил за время беседы.

— И если я что-то знаю о Зале... Какую цену вы готовы за это заплатить?

— Это зависит от того, что именно вам известно.

Бьёрк думал. В нем боролось множество мыслей и чувств.

Откуда, черт побери, Микаэль Блумквист мог что-то знать о Залаченко?

— Давненько мне не приходилось слышать это имя,— выговорил наконец Бьёрк.

— Так значит, вам известно, кто он такой? — спросил Микаэль.

— Я этого не говорил. Зачем вам это надо?

Подумав секунду, Микаэль сказал:

— Это одно из имен из моего списка лиц, которых откопал Даг. Свенссон.

— Какую цену вы готовы заплатить?

— Цену за что?

— Если я выведу вас на Залу... Согласились бы вы тогда забыть меня в вашем репортаже?

Микаэль медленно опустился на стул. После Хедестада он решил, что никогда в жизни больше не будет вступать ни в какие торги, и теперь не собирался торговаться с Бьёрком. Как бы ни обернулось дело, он в любом случае решил его разоблачить. Однако Микаэль понял, что не остановится перед тем, чтобы вести двойную игру и заключить сделку с Бьёрком. Совесть его не мучила. Бьёрк был полицейским, совершившим преступление. Если этот тип знает имя возможного убийцы, то он обязан вмешаться, так что пускай льстит себя надеждой, что может откупиться, выдав информацию о другом преступнике. Микаэль сунул руку в карман куртки и включил магнитофон, который выключил, собираясь уходить.

— Рассказывайте,— приказал он.

———

Первый допрос, проведенный после ухода инспектора Бублански, пошел вкривь и вкось. Соня Мудиг страшно злилась на Ханса Фасте, но ничем не выдавала своих чувств, а Фасте, словно нарочно, не замечал ее сердитых взглядов.

Соня Мудиг искренне удивлялась. Ханс Фасте с его мачизмом ей никогда не нравился, но она считала его грамотным полицейским. Сегодня его поведение отличалось крайним непрофессионализмом: его явно выводило из себя присутствие красивой, умной женщины, ничуть не скрывавшей своих лесбийских наклонностей. Также очевидно было, что Мириам Ву почувствовала его раздражение и все время старалась побольнее поддеть взбешенного Фасте.

— Так значит, ты нашел в моем комоде искусственный член. И какие же у тебя пробудились фантазии? — спросила она с любопытством.

Мириам Ву хихикнула. Фасте сидел с таким видом, точно он сейчас лопнет от злости.

— Заткнись и отвечай на вопрос! — сказал он.

— Ты спрашивал, играла ли я с его помощью с Лисбет Саландер. И я отвечаю тебе: не твое это дело.

Соня Мудиг подняла руку:

— Допрос Мириам Ву прерван в одиннадцать часов двенадцать минут.

И выключила магнитофон.

— Пожалуйста, подождите нас здесь, Мириам! Фасте, можно тебя на несколько слов?

Фасте встал и, кинув на Мириам Ву яростный взгляд, вышел вслед за коллегой в коридор. Мириам Ву проводила его нежной улыбкой. В коридоре Соня резко повернулась к Фасте и приблизила к нему лицо:

— Бублански поручил мне заменить его во время допроса. От тебя пользы ни черта!

— Ну да! Эта чертова шлюха скользкая, как уж.

— Ты вкладываешь в это сравнение какое-то фрейдистское содержание?

— Чего?

— Забудь! Пойди отыщи Курта Свенссона и подбей его сыграть с тобой в шахматы или спустись вниз и постреляй в клубном помещении, вообще займись, чем тебе вздумается. Но только не суйся в этот допрос!

— Да что это с тобой, Соня, чего ты на меня накинулась?

— Ты портишь мне весь допрос!

— Ты что, так возбудилась от нее, что хочешь допрашивать ее наедине?

Прежде чем Соня Мудиг успела подумать, ее рука сама взметнулась и влепила Хансу Фасте пощечину. В ту же секунду она об этом пожалела, но было уже поздно. Оглядевшись, она с облегчением убедилась, что в коридоре, слава богу, никого не было и никто этого не видел.

Ханс Фасте сначала очень удивился. Затем недобро ухмыльнулся ей в лицо, перекинул через плечо куртку и пошел прочь. Соня Мудиг уже готова была окликнуть его, чтобы извиниться, но передумала и решила промолчать. Она постояла минуту, пытаясь успокоиться, затем пошла к автомату, взяла два стаканчика кофе и вернулась к Мириам Ву.

Некоторое время обе молчали. Наконец Соня взглянула на Мириам Ву:

— Простите меня. Это был один из самых скверно проведенных допросов за всю историю полицейского управления.

— Похоже, что с таким лихим парнем не просто работать вместе. Я бы сказала, что он гетеросексуал, разведен и имеет проблемы с женщинами.

— Он пережиток темного прошлого. Вот все, что я могу сказать.

— А вы — нет?

— Во всяком случае, я не гомофобка.

— О'кей.

— Мириам, я... и вообще, все мы вот уже десять дней работаем почти круглосуточно. Мы устали и раздражены. Мы пытаемся расследовать двойное убийство в Энскеде и такое же ужасное убийство в районе Уденплана. Ваша подружка как-то связана с обоими местами преступления. У нас есть технические доказательства, и она объявлена в розыск по всей стране. Вы же понимаете, что мы должны любой ценой найти ее, пока она не причинила вред другим людям, а может быть, и себе.

— Я знаю Лисбет Саландер... Не могу поверить, что она кого-то убила.

— Не можете или не хотите поверить? Мириам, мы никого не объявляем в розыск по всей стране, если нет серьезных причин. Могу сказать вам, что мой начальник, инспектор криминальной полиции Бублански, тоже не совсем убежден, что она виновна в этих убийствах. У нас обсуждается такой вариант, что, возможно, у нее был соучастник или что она еще как-то была втянута в это преступление. Но мы должны ее отыскать. Вы, Мириам, думаете, что она невиновна, но вдруг вы ошибаетесь? Вы ведь сами говорите, что мало что знаете о Лисбет Саландер.

— Не знаю, что и думать.

— Тогда помогите нам выяснить правду.

— Я за что-то арестована?

— Нет.

— Я могу уйти, когда захочу?

— С формальной точки зрения — да.

— А не с формальной?

— Для нас вы останетесь под вопросом.

Мириам Ву поразмыслила над услышанным:

— О'кей. Задавайте вопросы. Если они мне не понравятся, я не стану отвечать.

Соня Мудиг снова включила магнитофон.

Глава
20

Пятница, 1 апреля — воскресенье, 3 апреля

Мириам Ву провела час в беседе с Соней Мудиг. Под конец допроса в кабинет вошел инспектор Бублански, молча сел рядом и слушал, не произнося ни слова. Мириам Ву вежливо с ним поздоровалась, но продолжала говорить, обращаясь к Соне.

Под конец Мудиг посмотрела на инспектора Бублански и спросила, нет ли у него еще вопросов. Бублански покачал головой.

— В таком случае я объявляю допрос Мириам Ву законченным. Сейчас тринадцать часов девять минут.

Она выключила магнитофон.

— Я слышал, что были какие-то недоразумения с инспектором Фасте,— заметил Бублански.

— Он не мог собраться,— спокойно ответила Соня Мудиг.

— Он дурак,— пояснила Мириам Ву.

— У инспектора Фасте много достоинств, но он не самый подходящий человек для того, чтобы вести допрос молодой женщины,— признал Бублански, глядя прямо в глаза Мириам Ву.— Мне не следовало поручать ему это. Я прошу меня извинить.

Мириам Ву посмотрела на него удивленно:

— Извинение принимается. Я и с вами поначалу вела себя не очень дружелюбно.

Бублански только махнул рукой и, посмотрев на Мириам Ву, сказал:

— Можно, я задам в завершение еще несколько вопросом? При выключенном магнитофоне.

— Пожалуйста!

— Чем больше я слышу о Лисбет Саландер, тем больше удивляюсь. Впечатления знающих ее людей совершенно не сочетаются с тем образом, который рисуют бумаги социального ведомства и судебно-медицинские документы.

— Вот как?

— Не могли бы вы просто ответить мне не задумываясь?

— О'кей.

— Психиатрическая экспертиза, проведенная, когда Лисбет Саландер было восемнадцать лет, описывает ее как умственно отсталую.

— Чушь! Лисбет, пожалуй, поумнее нас обоих!

— Она не закончила школу и не имеет даже свидетельства о том, что умеет читать и писать.

— Лисбет Саландер читает и пишет значительно лучше, чем я. Иногда она занимается тем, что как орешки щелкает математические формулы. Из области алгебры. Я о такой математике вообще не имею представления.

— Математика?

— Это ее новое хобби.

Бублански и Мудиг помолчали.

— Хобби? — вопросительно повторил Бублански через несколько минут.

— Какие-то там уравнения. Я даже значков таких не знаю.

Бублански вздохнул.

— В семнадцатилетнем возрасте она была задержана в Тантолундене в обществе пожилого человека, и в связи с этим социальная служба написала в отчете, что она якобы зарабатывала на жизнь проституцией.

— Лисбет — и проституция?! Чушь собачья. Я не знаю, какая у нее работа, но меня нисколько не удивило, что она выполняла какие-то задания для «Милтон секьюрити».

— А на что она живет?

— Не знаю.

— Она лесбиянка?

— Нет. У Лисбет бывал секс со мной, но это вовсе не значит, что она лесбиянка. Думаю, что она и сама не знает толком, какая у нее сексуальная ориентация. Можно предположить, что она бисексуалка.

— По поводу ваших там наручников и прочего такого... Нет ли у Лисбет Саландер садистских наклонностей, на ваш взгляд?

— Мне кажется, что вы чего-то не поняли. Использование наручников — это ролевая игра, которой мы иногда занимаемся, она не имеет ничего общего с садизмом или насилием и какими-то там извращениями. Это просто игра.

— Она когда-нибудь позволяла себе насилие по отношению к вам?

— Да ну! Это уж скорее я играю доминирующую роль в нашей паре.

Мириам Ву очаровательно улыбнулась.

Второе совещание, проведенное в три часа дня, привело к появлению первых серьезных разногласий среди участников следственной группы. Бублански подытожил достигнутые результаты и затем объявил, что считает необходимым расширить масштаб действий.

— Мы с первого дня сосредоточили всю энергию на поисках Лисбет Саландер. Она у нас главная подозреваемая, и тому есть объективные причины, но наше представление о ней единодушно опровергают все знавшие ее лица. Ни Арманский, ни Блумквист, ни Мириам Ву не воспринимают ее как психически больную убийцу. Поэтому я хочу, чтобы мы немного расширили свои горизонты и подумали об альтернативе Лисбет Саландер в качестве подозреваемой и о том, не мог ли у нее быть какой-то сообщник и не мог ли там в момент выстрела хотя бы присутствовать еще один человек.

Намеченная инспектором Бублански линия расследования вызвала бурные дебаты, в которых против него жестко выступили Ханс Фасте и Сонни Боман из «Милтон секьюрити». Оба утверждали, что самое простое объяснение чаще всего оказывается правильным и что сама мысль об альтернативном подозреваемом отдает конспирологией*.

— Возможно, Саландер и не одна тут действовала, но у нас нет даже намека на улики, которые говорили бы о наличии соучастника преступления.

— Можно, конечно, притянуть за уши «полицейский след», о котором говорит Блумквист,— кисло заметил Ханс Фасте.

В этих дебатах инспектора Бублански поддерживала только Соня Мудиг. Курт Свенссон и Йеркер Хольмберг ограничились короткими замечаниями, а Никлас Эрикссон ни разу не раскрыл рта. Под конец руку поднял прокурор Экстрём:

— Бублански! Как я понимаю, ты вовсе не собираешься выводить Лисбет Саландер из круга подозреваемых.

— Разумеется нет! У нас есть отпечатки ее пальцев. Но до сих пор мы все время ломали себе голову над мотивом, которого так и не нашли. Я хочу, чтобы мы начали думать и о других возможностях. Могло ли в этом деле быть замешано несколько лиц? Может ли это все-таки иметь отношение к книжке о секс-мафии, которую писал Даг Свенссон? Блумквист прав в том, что целый ряд лиц, упомянутых в книге, имели мотив для убийства.

— И что ты хочешь сделать?

— Я хочу, чтобы два человека занялись поиском других кандидатур в подозреваемые. Этим могут заняться вместе Соня и Никлас.

— Я? — удивился Никлас Эрикссон.

---

* Конспирология — часть «теории заговора», то есть попытки объяснить событие или ряд событий как результат заговора. Конспирология занимается тем, что интерпретирует любые факты в пользу существования заговора.

Бублански выбрал его как самого молодого в группе и потому, скорее всего, наиболее способного мыслить нестандартно.

— Ты будешь работать с Мудиг. Пройдись по всему, что мы уже узнали, и попробуй отыскать то, чего мы не заметили. Фасте, ты, Курт Свенссон и Боман продолжаете работать над поисками Саландер. Это приоритетная задача.

— А я что должен делать? — спросил Йеркер Хольмберг.

— Сосредоточься на адвокате Бьюрмане. Еще раз обследуй его квартиру. Поищи, не пропустили ли мы чего. Есть вопросы?

Вопросов ни у кого не было.

— О'кей. Мы придержим информацию о том, что нашли Мириам Ву. Возможно, у нее есть еще что рассказать, и я не хочу, чтобы на нее сразу накинулись СМИ.

Прокурор Экстрём принял решение, что группа будет работать по плану, предложенному инспектором Бублански.

— Ну,— сказал Никлас Эрикссон, глядя на Соню Мудиг,— полиция — это ты, так что тебе решать, что мы будем делать.

Они остановились в коридоре перед конференц-залом.

— Я думаю, что нам нужно еще раз встретиться с Микаэлем Блумквистом. Но сперва мне надо кое о чем поговорить с инспектором Бублански. Сегодня среда и уже середина дня, в субботу и в воскресенье я не работаю. Это значит, что мы приступим не раньше понедельника. Используй выходные для того, чтобы подумать над материалом.

Они распрощались, Соня Мудиг вошла в кабинет инспектора Бублански, который как раз прощался с прокурором Экстрёмом.

— Я зайду на минутку?

— Садись.

— Я так разозлилась на Фасте, что уже не помнила себя.

— Он сказал, что ты на него набросилась. Я понял, что у вас что-то случилось. Поэтому я и пришел извиняться.

— Он заявил, что я хочу остаться наедине с Мириам Ву, потому что она меня возбуждает.

— Думаю, что я этого не слышал. Но это квалифицируется как сексуальные домогательства. Ты будешь подавать заявление?

— Он уже получил от меня по носу, этого достаточно.

— О'кей. Я считаю, что он тебя спровоцировал.

— Еще как!

— У Ханса Фасте проблемы с сильными женщинами.

— Я это заметила.

— А ты сильная женщина и очень хороший полицейский.

— Спасибо!

— Но я буду благодарен тебе, если ты не будешь драться с сотрудниками.

— Этого больше не повторится. Сегодня я не успела сходить в «Миллениум» осмотреть письменный стол Дага Свенссона.

— С этим мы и так уже опоздали. Иди домой и отдохни немножко, мы займемся этим в понедельник со свежими силами.

Никлас Эрикссон остановился у Центрального вокзала и зашел в «Джордж» выпить кофе. На него напала тоска. Всю неделю он надеялся, что эту Саландер вот-вот поймают. А если она станет сопротивляться при задержании, то, глядишь, повезет еще больше и какой-нибудь добросовестный полицейский ее застрелит.

Воображать себе эту картину было приятно.

Но Саландер по-прежнему находилась на свободе. А тут еще в довершение несчастья Бублански начал подумывать об альтернативном подозреваемом. Такое развитие событий никак нельзя было назвать успешным.

Мало того что Никласу не повезло оказаться под началом Сонни Бомана, самого узколобого зануды во всем «Милтоне», а тут еще его начальницей стала Соня Мудиг!

Она больше всех сомневалась в виновности Саландер, и, скорее всего, из-за нее начал сомневаться Бублански. Никлас даже подумал: «Никак Констебль Бубла крутит роман с этой поганой шлюхой. Я бы не удивился. Он же у нее просто под башмаком. Из всех полицейских, входящих в следственную группу, только у Фасте хватает духу высказывать собственное мнение».

Никлас Эрикссон задумался.

Утром они с Боманом ездили в «Милтон» на короткое совещание с Арманским и Фрэклундом. Целая неделя поисков не дала никаких результатов, и Арманский был очень огорчен тем, что никто, по-видимому, не выяснил причин, почему произошли эти убийства. Фрэклунд предлагал хорошенько подумать над тем, нужно ли «Милтону» и дальше заниматься этим расследованием: у агентства полно другой работы, и Боману с Эрикссоном есть чем заняться и кроме того, чтобы бесплатно трудиться на полицию.

Подумав немного, Арманский решил продлить задание Бомана и Эрикссона еще на неделю. Если и тогда не появится никаких результатов, это поручение будет отменено.

Иными словами, у Никласа Эрикссона оставалась одна неделя, после чего доступа к расследованию у него больше не будет. Он не знал, что ему теперь делать.

Через некоторое время он взял мобильник и позвонил одному случайному знакомому — независимому журналисту Тони Скале, который писал всякую чепуху для одного мужского журнала. Поздоровавшись, Эрикссон сказал, что у него есть информация в связи с расследованием убийства в Энскеде. Он объяснил Тони, каким образом нечаянно оказался в самом центре наиболее сенсационного расследования последних лет. Скала тотчас же клюнул на приманку, в чем не было ничего неожиданного, поскольку это могло дать ему взрывной материал, который можно предложить какой-нибудь крупной газете, и они договорились встретиться через час за чашкой кофе в «Авеню» на Кунгсгатан.

Главной отличительной особенностью Тони Скалы была его уникальная тучность.

— Если хочешь получить от меня информацию, ты должен обещать мне две вещи,— сказал ему Эрикссон.

— Валяй, говори!

— Во-первых, в тексте не должен упоминаться «Милтон секьюрити». Мы приданы следствию только в качестве консультантов, и если «Милтон» будет упомянут, меня могут заподозрить в сливе информации.

— Вообще то, что Саландер работала в «Милтоне», это уже само по себе новость.

— Подумаешь, работала уборщицей,— остудил его пыл Эрикссон.— Какая же это новость!

— О'кей.

— Во-вторых, при подаче текста ты должен создать впечатление, что информацию сливает женщина.

— Это зачем же?

— Чтобы отвести подозрения от меня.

— О'кей. И что же ты можешь рассказать?

— Обнаружилась подружка-лесбиянка нашей Саландер.

— Вот это да! Та девица, которая была зарегистрирована на Лундагатан и которой там не оказалось?

— Ее зовут Мириам Ву. Ну как, стоящая информация?

— Еще бы! И где же она пропадала?

— За границей. Она утверждает, что ничего не слышала об убийстве.

— Ее в чем-нибудь подозревают?

— В настоящий момент — нет. Ее вызывали сегодня на допрос и выпустили три часа назад.

— Ага! Как ты думаешь, ей можно верить?

— Думаю, что она врет напропалую. Она что-то знает.

— О'кей.

— Покопайся в ее прошлом. Эта девица занимается садомазохистским сексом с той самой Саландер.

— Ты это точно знаешь?

— Она сама призналась на допросе. При обыске мы нашли в ее квартире наручники, кожаную сбрую, плетку и все, что в таких делах полагается.

Насчет плетки он немного преувеличил. Ладно, пускай он соврал, но ведь наверняка эта китайская шлюшка забавлялась и плетками тоже.

— Ты шутишь? — воскликнул Тони Скала.

Паоло Роберто вышел из библиотеки в числе последних посетителей. Он просидел там всю вторую половину дня, до самого закрытия, и прочел до последней строчки все, что было написано об охоте за Лисбет Саландер.

Он вышел на Свеавеген растерянный, на душе у него было тоскливо. Кроме того, он проголодался. Он зашел в «Макдоналдс», взял гамбургер и сел в уголок.

Лисбет Саландер — убийца трех человек! В это никак не верилось. Только не эта маленькая, худенькая, скрытная девчонка! А теперь возникает вопрос, должен ли он что-то предпринимать по этому поводу. А если да, то что.

Мириам Ву уехала из полицейского управления на такси и теперь осматривала разгром, который учинили полицейские в ее только что отремонтированной квартирке. Из посудных и платяных шкафов, ящиков комода, коробок все вещи были вынуты и разложены кучками. По всей квартире виднелись пятна порошка, используемого для снятия отпечатков пальцев. Ее интимные принадлежности для сексуальных развлечений грудой были сложены на кровати. Насколько она могла судить, ничего не исчезло.

Первым долгом она позвонила в дежурную слесарную мастерскую, чтобы поставить новый дверной замок. Слесаря обещали прислать в течение часа.

Она включила кофеварку и покачала головой.

Лисбет, Лисбет, во что ты влипла?

Она достала мобильник и позвонила Лисбет, но в ответ услышала, что абонент недоступен. Усевшись за кухонный стол, Мириам долго думала, стараясь разобраться в происходящем. Та Лисбет Саландер, которую она знала, не была убийцей и психопаткой, но, с другой стороны, Мириам знала о ней не так уж много. Лисбет часто бывала очень страстной в постели, но иногда делалась холодна как рыба, смотря по настроению.

Мириам решила подождать с окончательным заключением до тех пор, пока не встретится с Лисбет и не услышит ее объяснения. Она вдруг почувствовала, что готова заплакать, и на несколько часов отвлеклась, занявшись уборкой.

В семь часов вечера у нее уже был новый замок, и квартира приобрела более или менее жилой вид. Мириам приняла душ и только что расположилась на кухне в черном с золотом восточном халате, как в дверь позвонили. Открыв, она увидела перед собой очень толстого и небритого мужчину.

— Здравствуйте, Мириам! Меня зовут Тони Скала, я журналист. Можете ответить мне на несколько вопросов?

Пришедший с ним фотограф тут же щелкнул перед ее носом вспышкой.

Мириам Ву уже было приготовилась поддать ему ногой и одновременно заехать локтем в переносицу, но успела сообразить, что это только даст им возможность сделать еще более броские снимки.

— Вы были за границей вместе с Лисбет Саландер? Вы знаете, где она находится?

Мириам Ву захлопнула дверь и заперла ее на новый замок. Тони Скала просунул палец в щель для почты и приоткрыл крышку:

— Мириам! Рано или поздно вам придется поговорить с прессой. Я хочу вам помочь.

Она сжала кулак и стукнула по двери. Тони Скала, которому она прищемила пальцы, взвыл от боли. Затем она заперла внутреннюю дверь, пошла в спальню, легла на кровать и зажмурилась. «Лисбет! Когда я доберусь до тебя, я тебя задушу!» — думала она.

После поездки в Смодаларё Микаэль Блумквист в тот же день навестил еще одного из тех людей, которых Даг Свенссон собирался разоблачить в своей книге. Таким образом он за неделю проверил шестерых из тридцати семи человек в своем списке. Последний был судьей. Сейчас он уже вышел на пенсию и жил в Тумбе, но в свое время провел несколько процессов, в которых дело касалось проституции. В отличие от других этот чертов судья ничего не отрицал, не пытался угрожать и не умолял о пощаде. Он, напротив, без обиняков признал, что, дескать, да, трахался с девчонками из Восточной Европы. Никакого раскаяния не испытывает. Проституция — это, мол, вполне почтенная профессия, и он только оказал девчонкам услугу, став их клиентом.

В десять часов вечера, когда Микаэль проезжал Лильехольм, ему позвонила Малин Эрикссон.

— Привет,— сказала Малин.— Ты видел утренние газеты?

— Нет. А что там такое?

— Только что вернулась домой подруга Лисбет Саландер.

— Кто-кто?

— Лесбиянка по имени Мириам Ву, которая живет в ее квартире на Лундагатан.

«Ву,— вспомнил Микаэль.— На двери было написано "Саландер — Ву"».

— Спасибо за звонок. Я еду.

Новость о возвращении Мириам Ву появилась в одном из вечерних выпусков утренних газет в половине восьмого вечера. Вскоре к ней обратились за комментариями из «Афтонбладет», а через три минуты после этого звонка — из «Экспрессен». «Актуэльт» опубликовала эту новость, не называя ее имени, но к девяти часам к ней успели уже обратиться за комментариями не менее шестнадцати репортеров различных средств массовой информации. После этого Мириам Ву выдернула телефонный шнур из розетки и выключила мобильник.

Двое из них позвонили ей в дверь. Мириам Ву не вышла на звонок и погасила в квартире все лампы. Следующему журналисту, который будет к ней приставать, она готова была разбить нос. В конце концов она включила мобильник и позвонила приятельнице, жившей поблизости в районе Хорнстулла, с просьбой пустить ее к себе переночевать.

Она незаметно вышла из подъезда своего дома буквально за пять минут до того, как к нему подъехал Микаэль Блумквист и позвонил в пустую квартиру.

В субботу Бублански позвонил Соне Мудиг в десять утра. Она проспала в этот день до девяти, потом возилась с детьми, пока муж не увел их на прогулку, чтобы заодно купить что-нибудь вкусненькое.

— Ты читала сегодняшние газеты?

— Вообще-то нет. Я проснулась только час назад и была занята с детьми. Что-нибудь случилось?

— Кто-то в группе сливает информацию прессе.

— Это мы давно уже знаем. Кто-то несколько дней назад передал им данные медицинской карточки Лисбет Саландер.

— Это сделал прокурор Экстрём.

— Да что ты?

— Конечно он. Это же ясно. Хотя он, разумеется, никогда в этом не признается. Он старается подогреть интерес, когда ему это выгодно. Но это другое дело. Некий журналист по имени Тони Скала беседовал с кем-то из полицейских, который слил ему кучу информации о Мириам Ву. Между прочим, там были детали, всплывшие вчера на допросе. Как раз это мы собирались придержать, и теперь Экстрём в ярости.

— Вот черт!

— Журналист не называет имен. Он описывает свой источник как «человека, занимающего ведущее место в процессе расследования».

— Скверно,— сказала Соня Мудиг.

— Один раз в статье источник упомянут как «она».

Соня промолчала двадцать секунд, переваривая услышанное. В следовательской группе она была единственной женщиной.

— Бублански, я не говорила ни слова ни одному журналисту. Я не обсуждала ход следствия ни с одним человеком извне. Даже со своим мужем.

— Я верю тебе и ни секунды не думал, что информацию сливаешь ты. Но к сожалению, так думает прокурор Экстрём. Сейчас в выходные на дежурстве сидит Ханс Фасте и не скупится на всякие намеки.

Соня Мудиг почувствовала вдруг, что ей стало нехорошо.

— И что же теперь?

— Экстрём требует, чтобы тебя отстранили от следствия до тех пор, как этот вопрос не прояснится.

— Но это же какое-то безумие! Как я докажу...

— Ты не должна ничего доказывать. Доказывать будет тот, кому поручено расследование.

— Я знаю, но ведь... Черт знает что! Сколько времени займет расследование?

— Расследование уже проведено.

— Что?

— Я спросил. Ты сказала, что не сливала информацию. Таким образом, дело расследовано, и мне осталось только написать соответствующий рапорт. Встретимся в понедельник в кабинете Экстрёма и зададим вопросы.

— Спасибо тебе, Бублански!

— Не стоит благодарности.

— Однако проблема осталась.

— Я знаю.

— Если я не сливала информацию, то, значит, это сделал кто-то другой из нашей группы.

— У тебя есть предположения?

— Сгоряча я бы сказала, что это Фасте... Но на самом деле я так не думаю.

— Тут я склонен с тобой согласиться. Но от него можно ждать всякой подлости, а вчера он по-настоящему разозлился.

Бублански любил прогуляться пешком, когда позволяли время и погода,— таким образом он поддерживал себя в форме. Он жил в Сёдермальме на улице Катарина-Бангата, неподалеку от редакции «Миллениума», как, впрочем, и от «Милтон секьюрити», где раньше работала Лисбет Саландер, и ее квартиры на Лундагатан. Кроме того, от его дома можно было дойти пешком до синагоги на Санкт-Паульсгатан. И в субботу он обошел все эти места.

В начале прогулки его сопровождала его жена фру Агнесс. Они были женаты уже двадцать три года, и все эти годы он был ей верен и ни разу не изменял.

Они немного побыли в синагоге и побеседовали с раввином. Бубланьски был из польских евреев, а семья его жены — вернее, та ее часть, которая пережила Освенцим,— происходила из Венгрии.

После синагоги они разошлись в разные стороны: Агнесс собиралась пойти в магазин, а ее супруг хотел продолжить прогулку. Он чувствовал потребность побыть в одиночестве, чтобы хорошенько поразмыслить над сложным расследованием. Тщательно обдумав все действия, произведенные начиная с Великого четверга, когда дело легло на его стол, он нигде не нашел значительных упущений.

Ошибкой было, что он не послал кого-нибудь сразу по свежим следам осмотреть рабочий стол Дага Свенссона в редакции «Миллениума». Кто знает, что успел забрать оттуда Микаэль Блумквист до того, как у него дошли до этого руки и он самолично проверил стол.

Второй промашкой было то, что следствие не узнало о приобретении Лисбет Саландер автомобиля. Однако Йеркер Хольмберг доложил, что в машине не обнаружено ничего интересного. Кроме оплошности с автомобилем, вся работа следствия была произведена как нельзя более тщательно.

На Цинкенсдамме он остановился перед одним из киосков и задумался, глядя на заголовки на первой странице какой-то газеты. Паспортная фотография Лисбет Саландер была помещена там в верхнем углу, основное внимание теперь уделялось уже другим новостям. Заголовок гласил:

ПОЛИЦИЯ ОБНАРУЖИЛА
ЛИГУ САТАНИСТОВ, СОСТОЯЩУЮ ИЗ ЛЕСБИЯНОК

Он купил эту газету и пролистал до той страницы, где помещалась крупная фотография пяти девушек восемнадцати-девятнадцати лет, одетых во все черное, в кожаных куртках с заклепками, драных джинсах и майках в обтяжку. Одна из девушек махала флажком с пентаграммой, другая подняла кулак, выставив вверх указательный палец и мизинец. Он прочел подпись под снимком: «Лисбет Саландер водила знакомство с группой death-metal, выступавшей в небольших клубах. В 1996 году эта группа воспевала Церковь Сатаны и выпустила хит на мелодию "Etiquette of Evil"»*.

Название «Персты дьявола» в газете не упоминалось, а лица были закрыты. Однако люди, знакомые с членами этой рок-группы, наверняка без труда могли узнать девушек.

Следующий разворот был посвящен Мириам Ву, и в качестве иллюстрации на нем имелась фотография, сделанная на одном шоу на Бернсе, в котором она участвовала. На снимке, вид снизу, она была показана обнаженной по пояс с русской офицерской фуражкой на голове. Так же как на фотографии девушек, ее глаза были закрыты черным прямоугольником. Подпись говорила, что ей тридцать один год.

Подружка Лисбет Саландер писала о лесбиянском БДСМ-сексе**.

Эта женщина тридцати одного года от роду хорошо известна в стокгольмских кабаках. Она не делала тайны из того, что ее интересуют женщины и что она предпочитает доминирующую роль в паре».

Репортер даже разыскал девушку по имени Сара, за которой, по ее словам, пыталась ухаживать эта женщина. Девушка сказала, что ее бойфренд был возмущен этими попытками. В статье утверждалось, что в данном случае речь шла о тайной и элитарной феминистской разновидности маргинальной части гей-движения, которая также проводит свой

---

* «Этикет зла» *(англ.)*.

** БДСМ — психосексуальная субкультура, основанная на эротическом обмене властью и иных формах сексуальных отношений, затрагивающих ролевые игры в господство и подчинение.

«bondage workshop»* в гей-параде. В остальном содержание статьи сводилось к обыгрыванию цитаты из принадлежащего Мириам Ву текста шестилетней давности, носившего, по всей видимости, провоцирующий характер, который репортер откопал в каком-то феминистском журнале. Бублански просмотрел текст и затем выбросил газету в урну.

Потом он стал думать о Хансе Фасте и Соне Мудиг. Это два компетентных следователя, но из-за Фасте все время возникали проблемы. Он действовал людям на нервы. Бублански понимал, что с ним нужно поговорить, но ему не верилось, что утечки информации происходили по вине Ханса.

Подняв взгляд, Бублански обнаружил, что стоит на Лундагатан перед домом Лисбет Саландер. У него не было заранее обдуманного плана наведаться в это место. Но он просто никак не мог разобраться, что она собой представляет.

Дойдя до лестницы, ведущей в верхнюю часть Лундагатан, он остановился и надолго задумался, вспоминая рассказанную Микаэлем Блумквистом историю про нападение на Саландер. Этот рассказ тоже ничего не дал для следствия. После нападения не появилось заявления в полицию, нападающие не были известны по именам. Блумквист не мог дать даже мало-мальски толкового описания их внешности и утверждал, что не разглядел номера фургона, который затем скрылся с места действия.

Это в том случае, если нападение действительно имело место!

Иными словами, еще один тупик.

Бублански взглянул вниз, на винно-красную «хонду», которая все это время спокойно простояла на месте. И вдруг, откуда ни возьмись, появился идущий к подъезду Микаэль Блумквист.

Мириам Ву проснулась в чужой комнате. Было поздно, уже наступил день. Она выпуталась из простыни, села на кровати и огляделась.

---

* Семинар по садо-мазо (англ.).

Неожиданным вниманием СМИ она воспользовалась как поводом для того, чтобы позвонить подруге и попроситься к ней переночевать. Но она признавалась себе, что этот поступок в то же время был бегством: она испугалась, как бы к ней неожиданно не явилась Лисбет Саландер.

Допрос в полиции и писанина, появившаяся о ней в газетах, подействовали на нее сильнее, чем она думала. Несмотря на принятое решение подождать с окончательными выводами, пока Лисбет не объяснит ей произошедшее, Мириам начинала подозревать, что ее подруга виновна.

Она перевела взгляд на кровать, где лежала Виктория Викторссон тридцати семи лет, носившая прозвище Дубль-Вэ,— она лежала на спине и что-то бормотала во сне. Виктория была стопроцентной лесбиянкой. Мириам Ву тихонько прошла в ванную и встала под душ. Затем выбралась на улицу и купила хлеба на завтрак. Здесь, в лавочке при кафе «Корица» на Веркстадсгатан, она нечаянно взглянула на выставленные газеты, а после того бегом бросилась назад в квартиру Дубль-Вэ.

Микаэль Блумквист спокойно прошел мимо винно-красной «хонды» к подъезду, в котором жила Лисбет Саландер, набрал код и скрылся за дверью. Пробыв там две минуты, он снова вышел на улицу. Никого не застал? С нерешительным выражением Блумквист окинул взглядом улицу. Бублански задумчиво наблюдал за его действиями.

Инспектора Бублански беспокоила мысль о том, что если Блумквист солгал про нападение на улице Лундагатан, он, скорее всего, ведет какую-то игру. А это в худшем случае могло означать, что он каким-то образом был причастен к убийству. Но если он сказал правду — а пока что у инспектора не было причин в этом сомневаться,— то в этой драме присутствует некое скрытое уравнение. Из чего следовало, что в ней участвует больше действующих лиц, чем это кажется на первый взгляд, и что тут может скрываться гораздо более сложное преступление, чем простое убийство, совершенное психически больной девушкой в припадке безумия.

Когда Блумквист стал удаляться в сторону Цинкенсдамма, Бублански его окликнул. Микаэль остановился, увидел полицейского и двинулся ему навстречу. Они сошлись внизу лестницы.

— Привет, Блумквист! Вы ищете Лисбет Саландер?

— Отнюдь нет. Я искал Мириам Ву.

— Ее нет дома. Кто-то слил средствам массовой информации, что она появилась в городе.

— Ей было что рассказать?

Бублански изучающе посмотрел на Микаэля Блумквиста и вспомнил его прозвище — Калле Блумквист!

— Пойдемте прогуляемся! — предложил Бублански.— Мне хочется выпить чашечку кофе.

В молчании миновав Хёгалидскую церковь, Бублански привел Микаэля в кафе «Лилласюстер» возле моста Лильехольмсбру, заказал двойной эспрессо с ложечкой холодного молока, а Микаэль взял порцию кофе с молоком. Они устроились в зале для курящих.

— Давно мне не попадалось такого муторного дела,— сказал Бублански.— До какой степени я могу обсуждать его с вами, не боясь завтра прочесть свои слова в «Эспрессен»?

— Я не работаю на «Эспрессен».

— Вы понимаете, что я хочу сказать.

— Бублански, я не верю, что Лисбет виновна.

— И теперь решил заняться частным расследованием на собственный страх и риск? Так вот за что вас прозвали Калле Блумквистом!

Микаэль неожиданно усмехнулся:

— А вас, я слышал, называют Констебль Бубла.

Бублански натянуто улыбнулся:

— Почему же вы думаете, что Саландер невиновна?

— Я ровно ничего не знаю о ее опекуне, но убивать Дага и Миа ей было совершенно незачем. Особенно Миа. Лисбет терпеть не может мужчин, которые ненавидят женщин, а Миа как раз собиралась прищучить целый ряд мужчин, которые пользовались услугами проституток. Лисбет должна была целиком и полностью одобрить действия Миа. У нее есть моральные правила.

— Я никак не могу составить себе о ней четкое представление. Умственно отсталая психопатка или компетентный работник, способный вести расследования?

— Лисбет не такая, как все. Она страшно асоциальна, но ум у нее в полном порядке. И более того, она, по-видимому, способнее нас с вами.

Бублански вздохнул. Микаэль Блумквист высказал то же мнение, что и Мириам Ву.

— В таком случае ее нужно отыскать. Я не могу вдаваться в детали, но у нас есть технические доказательства того, что она была на месте преступления, и она связана с орудием убийства.

Микаэль кивнул:

— Очевидно, это значит, что вы нашли на нем отпечатки ее пальцев. Но это еще не значит, что она стреляла.

Бублански кивнул:

— Драган Арманский тоже сомневается. Он слишком осторожен, чтобы высказать это вслух, но он тоже ищет доказательства ее невиновности.

— Ну а вы? Что вы думаете?

— Я полицейский. Я разыскиваю людей и потом допрашиваю. В данный момент перспективы Лисбет Саландер выглядят мрачно. Нам случалось приговаривать убийц при гораздо меньшем числе улик.

— Вы не ответили на мой вопрос.

— Я не знаю. Если она невиновна... Кто тогда, по-вашему, мог быть заинтересован в том, чтобы убить ее опекуна и двух ваших друзей?

Микаэль достал пачку сигарет и протянул ее инспектору, тот отрицательно мотнул головой. Микаэль не хотел лгать полиции, и он решил, что нужно поделиться некоторыми соображениями о человеке по имени Зала. Нужно было рассказать и о комиссаре Гуннаре Бьёрке из тайной полиции.

Но Бублански и его коллеги сами имели доступ к материалам Дага Свенссона, в которых имелась и та самая папка под названием «Зала». Все, что от них требовалось, это прочитать ее содержимое. Вместо этого они действовали точно паровой каток и передали средствам массовой информации все интимные детали частной жизни Лисбет Саландер.

У него был план действий, но он не знал еще, куда это его приведет. Он не хотел называть имя Бьёрка, пока у него не будет полной уверенности. А еще Залаченко. Его можно было связать как с Бьюрманом, так и с Дагом и Миа. Беда была в том, что Бьёрк ничего не рассказал.

— Подождите, пока я еще покопаю, а потом предложу альтернативную теорию.

— Надеюсь, что не «полицейский след».

Микаэль усмехнулся:

— Нет. Пока еще нет. А что сказала Мириам Ву?

— Примерно то же самое, что и вы. У них была любовная связь.

Бублански покосился на своего собеседника.

— Это не мое дело,— сказал Микаэль.

— Мириам Ву и Саландер были знакомы три года. Она не знала ничего о Саландер, даже о том, где та работает. В это трудно поверить. Но я думаю, что она сказала правду.

— Лисбет очень закрытый человек.

Они помолчали.

— У вас есть номер телефона Мириам Ву?

— Есть.

— Можете мне дать?

— Нет.

— Почему?

— Микаэль, это забота полиции. Незачем нам впутывать частных сыщиков с безумными теориями.

— У меня пока еще нет никаких теорий. Но я думаю, что разгадка скрыта в материалах Дага Свенссона.

— Мне кажется, вы сами можете найти Мириам Ву, если приложите некоторые усилия.

— Возможно. Но самый простой способ — это спросить у того, кто знает номер.

Бублански вздохнул. Микаэль вдруг почувствовал ужасное раздражение.

— Что же, вы считаете, что полицейские обладают особыми способностями по сравнению с теми, кого вы называете частными сыщиками? — спросил он.

— Нет, я так не считаю. Но у полицейских есть профессиональная выучка, и их работа — расследовать убийства.

— У частных лиц тоже есть выучка,— медленно произнес Микаэль.— И порой частный сыщик гораздо лучше может расследовать дело, чем настоящий полицейский.

— Это вы так думаете.

— Я это знаю. Дело Джоя Рахмана*. Целая куча полицейских пять лет проспали, лежа на боку, пока Рахман, ни в чем не виноватый, сидел в тюрьме за убийство престарелой тетушки. Он так бы и оставался в тюрьме и поныне, если бы одна учительница не посвятила несколько лет жизни проведению серьезного расследования. Она не располагала теми ресурсами, которые есть у вас, но не только доказала его невиновность, но и указала на того, кто, с большой долей вероятности, мог совершить это убийство.

— В деле Рахмана речь шла о престиже. Прокурор не желал слышать о фактах.

Микаэль Блумквист пристально посмотрел на инспектора Бублански:

— Бублански... Я скажу вам одну вещь. В этот самый момент в деле Саландер тоже идет речь о престиже. Я утверждаю, что она не убивала Дага и Миа. И я это докажу. Я отыщу вам альтернативного подозреваемого, и когда я это сделаю, я напишу статью, которую вам и вашим коллегам будет очень неприятно читать.

По пути домой Бублански почувствовал потребность побеседовать об этом деле с Богом, но вместо синагоги зашел в католическую церковь на Фолькунгагатан. Он сел на

---

* Рахман Джой, выходец из Бангладеш, в 1994-м был приговорен к десятилетнему заключению за убийство, в 2002 г. оправдан.

скамейку в задних рядах и неподвижно просидел там час. Как еврею, ему, в сущности, нечего было делать в католической церкви, но там царил такой покой, что он регулярно туда захаживал, когда ему требовалось привести в порядок собственные мысли. Ян Бублански считал, что католическая церковь — самое подходящее место для размышлений, и верил, что Бог на него за это не обидится. Кроме того, между католичеством и иудаизмом имеется одна важная разница. В синагогу он шел, когда ему хотелось человеческого общения и участия. Католики же ходили в церковь для того, чтобы спокойно побыть наедине с Богом. Все в церкви располагало к тому, чтобы вести себя тихо и не мешать другим посетителям.

Он думал о Лисбет Саландер и Мириам Ву. И о том, что же такое скрывали от него Эрика Бергер и Микаэль Блумквист — несомненно, они знают о Саландер что-то такое, чего не сказали ему. Он размышлял над тем, какие «изыскания» проводила для Микаэля Блумквиста Лисбет Саландер. В какой-то момент ему пришла мысль, не работала ли Саландер на Блумквиста как раз перед тем, как он разоблачил афериста Веннерстрёма, но вскоре он отбросил это предположение. Лисбет Саландер просто не имела отношения к такого рода драматическим событиям и едва ли могла обнаружить в этом деле что-то ценное, каким бы мастером по изучению личных обстоятельств она ни была.

Бублански был озабочен. Не нравилась ему упорная уверенность Микаэля Блумквиста в невиновности Лисбет Саландер. Одно дело, если его самого одолевают сомнения, но он — полицейский, так что сомневаться — это часть его профессии. И совсем другое дело, когда ему бросает вызов сыщик-любитель!

Он не любил частных сыщиков — они чаще всего ухватывались за теории разнообразных заговоров; газеты, конечно, охотно откликались на это аршинными заголовками, но полиции от них только прибавлялась масса лишней работы.

Нынешнее дело грозило стать самым муторным из всех, какие ему когда-либо приходилось распутывать. В каждом убийстве должна быть своя внутренняя логика, но здесь он никак не мог нащупать главный узел.

Если на Мариаторгет найден зарезанным семнадцати-летний парнишка, то нужно искать группу бритоголовых или молодежную шайку, которая за час до события шаталась возле станции Сёдра. Ты разыскиваешь друзей, знакомых, свидетелей и очень скоро выходишь на подозреваемых.

Если речь идет о застреленном в пивной в Шерхольме сорокадвухлетнем мужчине и выясняется, что он был бойцом югославской мафии, то надо вычислить, кто затеял передел сфер влияния в области контрабанды сигарет.

Если обнаруживается тело задушенной в своей квартире приличной двадцатишестилетней женщины, которая вела добропорядочный образ жизни, ты ищешь ее бойфренда или того, с кем она накануне вечером познакомилась в пивной.

Бублански провел уже столько следствий, что теперь, кажется, мог с любым справиться не задумываясь.

А ведь как хорошо начиналось нынешнее расследование! Прошла всего пара часов, а у них уже был выявлен главный подозреваемый. Лисбет Саландер была прямо создана для этой роли: несомненный психиатрический случай, склонность к насилию и отсутствие сдерживающих влияний, проявлявшиеся у нее на протяжении всей жизни. Практически это означало, что остается только поймать ее и получить признание или, смотря по обстоятельствам, отправить в психушку. Но затем все пошло наперекосяк.

Живет Саландер не там, где числится. В друзьях у нее, оказывается, такие люди, как Драган Арманский и Микаэль Блумквист. Поддерживает связь с какой-то лесбиянкой, которая занимается сексом с использованием наручников и из-за которой в средствах массовой информации поднялась кутерьма, в то время как ситуация и без того усложнилась. Оказалось, что в банке у нее лежит два с половиной миллиона крон, хотя неизвестно, где она работает. А тут вдруг является Блумквист со своими версиями, в которых речь идет о нелегальных поставках секс-рабынь и теории заговоров, а ведь при его журналистской известности он, пожалуй, и впрямь обладает достаточным общественным весом, чтобы с помощью одной вовремя напечатанной статьи повергнуть следствие в полный хаос.

И самое плохое, что главную подозреваемую оказалось невозможно найти, несмотря на то что и росточек у нее от горшка два вершка, и бросающаяся в глаза внешность, да еще и татуировки по всему телу. Со дня убийства прошло уже почти две недели, а никто даже не догадывается, где она может быть.

Гуннар Бьёрк, заместитель начальника отдела по делам иностранцев в Службе безопасности, пребывающий на больничном в связи с переломом мениска, пережил после ухода Микаэля Блумквиста тяжелые сутки. Тупая боль в спине не отпускала его весь день. Он все время ходил взад и вперед по чужой вилле, не в силах взять себя в руки и предпринять какие-то действия. Он пытался обдумать случившееся, но ему никак не удавалось сложить отдельные детали в целостную картину.

Он никак не мог разобраться в том, как одно связано с другим.

Впервые услышав новость об убийстве Нильса Бьюрмана на следующий день после того, как было обнаружено тело, он не испытал ничего, кроме удивления, однако не удивился, когда в качестве главной подозреваемой была названа Лисбет Саландер и за ней началась охота. Он внимательно следил за всем, что говорили по телевизору, покупал все газеты, какие только можно было достать, и прочитывал все, не пропуская ни строчки.

Он ни секунды не сомневался в том, что Лисбет Саландер психически нездорова и способна на убийство. У него не было причин сомневаться в ее виновности или ставить под сомнение выводы полиции. Напротив, все, что он знал о Лисбет Саландер, подтверждало, что она настоящая сумасшедшая. Он уже готов был сам позвонить и предложить следствию свою помощь в качестве консультанта или хотя бы проконтролировать, все ли они делают как нужно, но потом решил, что это дело его уже не касается. Им занимался чужой отдел, и там хватает компетентных специалистов, которые сами во всем разберутся. Кроме того, своим вмешательством он мог привлечь к себе нежелательное внимание, а этого следовало по возможности избежать. Поэтому он постарался успокоиться и только рассеянно следил за развитием событий.

Приход Микаэля Блумквиста нарушил его покой. Бьёрку никогда и в дурном сне не снилось, что кровавая оргия, устроенная этой Саландер, может как-то затронуть его лично: что одной из ее жертв окажется сволочной журналист, который собирался ославить его на всю Швецию. Тем более он уж никак не думал, что в этой истории, словно граната с выдернутой чекой, всплывет имя Залы, и уж полной неожиданностью оказалось то, что это имя известно Микаэлю Блумквисту. Все это было настолько невероятно, что противоречило здравому смыслу.

На следующий день после посещения Микаэля Блумквиста Бьёрк позвонил своему бывшему начальнику семидесяти восьми лет, проживающему в Лахольме. Надо было выяснить, что к чему, не выдавая, однако, что он позвонил не только из чистого любопытства и профессионального интереса. Разговор вышел довольно коротким.

— Это Бьёрк. Думаю, ты читал газеты.

— Читал. Она снова появилась.

— И похоже, мало изменилась.

— Теперь это уже нас не касается.

— А ты не думаешь, что...

— Нет, не думаю. Все это было давно и уже позабыто. Нет никаких связей.

— Но подумать только, что именно Бьюрман! Не было ли ошибкой назначить его ее опекуном?

Несколько секунд трубка молчала.

— Нет, это не было ошибкой. Это очень хорошо сработало три года назад. А то, что случилось сейчас,— кто же это мог предвидеть!

— Сколько было известно Бьюрману?

Бывший шеф вдруг захихикал в трубку:

— Ты сам отлично знаешь, что за человек был Бьюрман. Звезд он с неба не хватал.

— Я имею в виду... Знал он, с кем это связано? Может ли оказаться в его архиве какая-нибудь ниточка?

— Нет. Конечно же нет. Я понимаю, о чем ты спрашиваешь, но не беспокойся. Саландер очень некстати затесалась в эту историю. Мы устроили так, чтобы Бьюрману досталось это поручение, но только для того, чтобы сохранить за собой возможность выбирать ей опекуна. Лучше уж он, чем какая-нибудь темная лошадка. Если бы она начала что-то болтать, он бы прибежал к нам. А теперь все разрешилось наилучшим образом.

— В каком смысле?

— А в таком, что после всего случившегося Саландер надолго окажется в психушке.

— О'кей.

— Так что не беспокойся. Спокойно наслаждайся своим больничным.

Но этого пожелания Гуннар Бьёрк как раз и не мог выполнить. Об этом позаботился Микаэль Блумквист. Бьёрк уселся за кухонный стол и, устремив взгляд в даль Юнгфруфьерда, попытался разобраться в своем положении. Опасность грозила ему с двух сторон.

Микаэль Блумквист хотел опубликовать его имя в связи с сюжетом о проституции. Ему грозил серьезный риск завершить свою полицейскую карьеру на скамье подсудимых по обвинению в уголовном преступлении сексуального характера.

Но наибольшую опасность представляла охота Микаэля Блумквиста на Залаченко. Каким-то образом тот был замешан в этой истории, а это могло прямиком привести к Гуннару Бьёрку.

Бывший шеф заверил его, что в архиве Бьюрмана нет ничего, что могло бы навести на этот след. На самом деле там кое-что было. Расследование 1991 года. А эти материалы Бьюрман получил от Бьёрка.

Он попытался подробно вспомнить встречу с Бьюрманом, которая состоялась девять месяцев тому назад в Старом городе. В один прекрасный день Бьюрман позвонил ему на работу и предложил выпить пива. Они говорили о пистолетной стрельбе и всяких пустяках, но Бьюрман захотел увидеться с ним ради особой цели. Он просил об услуге. Он спрашивал про Залаченко...

Бьёрк встал и подошел к кухонному окну. Он тогда малость захмелел. Даже порядком захмелел. О чем там спрашивал Бьюрман:

— Кстати сказать... Я занят делом, в котором возник старый знакомый...

— Да? И кто же это?

— Александр Залаченко. Помнишь его?

— Как же! Такого не очень-то забудешь!

— Куда он с тех пор делся?

Собственно говоря, это не касалось Бьюрмана. И в общем-то, надо было хорошенько разобраться, почему он об этом спрашивает: не потому ли, что он теперь опекун Лисбет Саландер? Он сказал, что ему нужно то старое следственное дело. И Бьёрк его дал.

Бьёрк допустил ужасную ошибку. Он исходил из того, что Бьюрман в курсе. А что еще ему было думать? А Бьюрман представил дело так, будто он просто хочет найти быстрый путь в обход бюрократических рогаток, ведь если идти официальным путем, то везде секреты и ограничения, так что все тянется месяцами. Тем более в таком деле, которое касается Залаченко.

«Я дал ему следственное дело,— думал Бьёрк.— Оно по-прежнему было под грифом "секретно", но причина выглядела уважительной, а Бьюрман был не тот человек, который станет болтать лишнее. Он был дурак, но не болтун. Ну подумаешь, кому это могло повредить... Ведь прошло уже столько лет...»

Бьюрман надул его. Он сделал вид, будто все дело в бюрократических формальностях. Чем больше Бьёрк об этом думал, тем больше убеждался в том, что Бьюрман очень тщательно спланировал беседу с ним.

Но какая у Бьюрмана была цель? И почему Саландер его убила?

В субботу Микаэль Блумквист еще четыре раза наведывался на Лундагатан в надежде застать дома Мириам Ву, но без успеха.

Значительную часть дня он провел в кофейном баре на Хорнсгатан, где сидел со своим ноутбуком, заново перечитывая электронную почту Дага Свенссона, которая приходила ему на адрес «Миллениума», а также материалы из папки под названием «Зала». Последние недели перед тем, как произошло убийство, Даг посвящал разысканиям, связанным с Залой, все больше своего рабочего времени.

Микаэль очень жалел, что не может позвонить Дагу Свенссону и спросить у него, почему документ об Ирине П. находился в папке «Зала». Единственное разумное объяснение, до которого додумался Микаэль, состояло в том, что Даг подозревал Залу в ее убийстве.

В пять часов дня ему неожиданно позвонил Бублански и сообщил номер телефона Мириам Ву. Микаэль не понял, что заставило полицейского переменить свое решение, но, получив номер, начал названивать Мириам примерно каждые полчаса. Только в одиннадцать вечера Мириам снова включила свой мобильник и ответила на его звонок. Разговор вышел коротким.

— Здравствуй, Мириам. Меня зовут Микаэль Блумквист.

— Кто ты, черт возьми?

— Я журналист и работаю в журнале, который называется «Миллениум».

Мириам Ву очень выразительно высказала ему по этому поводу свои чувства.

— Ага! Тот самый журналист. Поди ты к черту, несчастный журналюга!

На этом она оборвала разговор, не дожидаясь, пока Микаэль объяснит ей цель своего звонка. Мысленно выругав Тони Скалу, он попытался дозвониться еще раз. Она не ответила. В конце концов он послал ей сообщение:

«Пожалуйста, позвони мне. Это очень важно».

Уже за полночь Микаэль выключил компьютер, разделся и лег в кровать. На душе было тоскливо, и он пожалел, что рядом нет Эрики Бергер.

ЧАСТЬ 4

В СТИЛЕ ТЕРМИНАТОРА

24 МАРТА — 8 АПРЕЛЯ

Корень уравнения — это число, подставив которое мы превращаем уравнение в равенство. Говорится, что корень отвечает уравнению. Для того чтобы решить уравнение, нужно найти все корни. Уравнение, которое справедливо при всех возможных величинах неизвестных, называется равенством.

$$(a + b)^2 = a^2 + 2ab + b^2$$

Глава
21

Великий четверг, 24 марта — понедельник, 4 апреля

Первую неделю полицейской охоты Лисбет Саландер провела вдали от драматических событий. Она спокойно сидела в своей квартире на Фискаргатан в районе Мосебакке. Ее мобильник был выключен, сим-карта из него вынута. Этим мобильником она больше не собиралась пользоваться. Все более удивляясь, она при помощи интернет-версий следила за газетными заголовками и слушала новости по телевизору. Собственная паспортная фотография, сначала появившаяся в Интернете, а затем сопровождавшая все заставки телевизионных новостей, вызывала у нее раздражение. На ней у нее был дурацкий вид.

Несмотря на многолетние старания избегать внимания общества, она прославилась на всю страну как самая одиозная личность. С легким удивлением она убеждалась, что объявленный по всей стране розыск низкорослой девушки, подозреваемой в тройном убийстве, стал сенсацией года, сравнимой с той, какую вызвало дело сектантов из Кнутбю*. Она следила за комментариями и пояснениями в средствах массовой информации, задумчиво приподняв брови и удив-

---

* Дело об убийствах в среде сектантов маленького шведского городка Кнутбю под Уппсалой (2007 г.).

ляясь тому, что секретные сведения о ее душевном здоровье оказались доступны для любой редакции. Один заголовок пробудил в ней давно погребенные воспоминания:

ЗАДЕРЖАНА В СТАРОМ ГОРОДЕ ЗА ИЗБИЕНИЕ

Один судебный репортер из ТТ переплюнул своих конкурентов, раздобыв копию судебно-медицинского заключения, сделанного, когда Лисбет была задержана за то, что двинула ногой по физиономии одному из пассажиров на станции метро «Гамла стан».

Лисбет хорошо помнила происшествие в метро. Она возвращалась с Уденплан в свой временный дом у приемных родителей, который находился в Хегерстене. На станции «Родмансгатан» в вагон зашел незнакомый и с виду трезвый пассажир и тотчас же устремился к ней. Впоследствии она узнала, что это был Карл Эверт Блумгрен, пятидесятидвухлетний безработный из Ёвле, бывший спортсмен, игравший в хоккей с мячом. Хотя вагон был полупустой, он подсел к ней поближе и начал приставать — положил руку ей на колено и пытался завести разговор на тему «давай поехали со мной, не пожалеешь». Видя, что она не обращает на него внимания, он вошел в раж и обозвал ее шлюхой. Его не остановило ни ее молчание, ни то, что она на следующей остановке пересела от него подальше.

Когда они подъезжали к Старому городу, он обхватил ее сзади руками, засунул руки ей под джемпер и стал шептать ей на ухо, что она шлюха. Лисбет Саландер не нравилось, когда какой-то совершенно незнакомый человек обзывал ее в метро шлюхой. В ответ она двинула ему локтем в глаз, а затем, ухватившись за поручни, повисла на них и вдарила каблуками ему в переносицу, что привело к некоторому пролитию крови.

На следующей станции ей удалось выскочить из вагона на перрон, но поскольку она была одета по последней панковской моде и волосы у нее были покрашены в синий цвет, то какой-то ревнитель порядка набросился на нее и продержал прижатой к полу до прихода полиции.

Она проклинала тогда свой пол и свое хрупкое сложение. Будь она здоровым мужиком, на нее никто не посмел бы наброситься.

Она даже не пыталась объяснить, за что ударила Карла Эверта Блумгрена по лицу, поскольку считала, что не стоит даже пытаться объяснять что-то одетым в форму представителями власти. Из принципиальных соображений она вообще отказалась разговаривать с психологами, которые должны были определить ее душевное состояние. По счастью, за ходом событий наблюдали несколько человек из числа пассажиров, среди них была одна настойчивая женщина из Хернёсанда, оказавшаяся членом парламента от центристской партии. Эта женщина дала свидетельские показания, согласно которым Блумгрен перед избиением приставал к девушке. После того как выяснилось, что Блумгрен был дважды судим за нарушения общественной нравственности, прокурор решил отозвать обвинение. Однако это не значило, что социальные службы должны прекратить свое расследование. В результате Лисбет Саландер была признана судом недееспособной, вследствие чего попала в подопечные Хольгера Пальмгрена, которого затем сменил Нильс Бьюрман.

И вот все эти секретные и сугубо личные подробности были выложены в Интернете на всеобщее обозрение. Дополнялась ее характеристика красочными описаниями того, как она еще в начальной школе постоянно вступала в конфликты с окружающими, а затем лежала в детской психиатрической клинике.

Диагнозы, поставленные Лисбет Саландер в различных журналах и газетах, не всегда совпадали. Где-то ее называли психопаткой, а где-то шизофреничкой с сильно выраженной манией преследования. Во всех газетах она описывалась как человек умственно отсталый, ведь она не справилась даже с программой начальной школы, а после девятого класса не получила аттестата. В ее неуравновешенности и склонности к насилию общественность могла не сомневаться.

После того как средства массовой информации обнаружили, что Лисбет Саландер была знакома с известной лесбиянкой Мириам Ву, газеты разразились целым потоком информации. Мириам Ву когда-то выступала на гей-параде в перформансе Бениты Костас, носившем весьма провокационный характер, одетая лишь в кожаные брюки на подтяжках и лаковые сапоги. Кроме того, она печатала статьи в гей-журнале, которые средства массовой информации теперь прилежно цитировали, и несколько раз давала интервью в связи со своими выступлениями в различных шоу. Сочетание серийной убийцы-лесбиянки и БДСМ-секса, дразнящее любопытство читателей, прекрасно способствовало увеличению тиражей.

Поскольку в первую драматическую неделю Мириам Ву никак не могли найти, стали высказываться предположения о том, что и она тоже пала жертвой Саландер или, возможно, сама была соучастницей преступления. Однако эти соображения высказывались в основном в глуповатом интернет-чате «Эксилен» и не получили распространения в крупных средствах массовой информации. Зато некоторые газеты высказывали мнение, что если Миа Бергман писала работу о секс-мафии, то именно из-за этого Лисбет Саландер, проститутка, по данным социальной службы, могла совершить убийство.

В конце недели стало известно о связях Лисбет Саландер с группой молодых женщин, заигрывавших с сатанизмом. Группа носила название «Персты дьявола», что дало повод одному немолодому журналисту, занимавшемуся вопросами культуры, написать статью об утрате молодежью традиционных ценностей и об опасностях, которыми чревато все, начиная от культуры скинхедов до хип-хопа.

К этому времени публика уже была сыта информацией о Лисбет Саландер. Если сложить все опубликованное различными средствами массовой информации, получалось, что полиция занята ловлей психопатической лесбиянки, входившей в группу увлеченных садомазохизмом сатанисток, пропагандирующих БДСМ-секс и ненавидящих все общество в целом и особенно мужчин. Поскольку же Лисбет Саландер весь прошлый год пробыла за границей, то возможны также какие-то международные связи.

Только одно сообщение из этого потока взволновало Лисбет Саландер. Ее внимание привлек заголовок:

«МЫ БОЯЛИСЬ ЕЕ»
«Она угрожала убить нас»,— рассказывают учителя и одноклассники.

Это высказывание принадлежало бывшей учительнице, а ныне художнице по ткани Биргитте Миоос, которая сообщала, что Лисбет Саландер угрожала своим одноклассникам и даже учителя боялись ее.

Лисбет действительно встречалась с Миоос на своем жизненном пути. Однако это была не очень приятная встреча.

Кусая губы, она вспоминала этот случай. Тогда ей было одиннадцать лет. Миоос запомнилась ей как малосимпатичная женщина, заменявшая учительницу математики. Лисбет уже дала правильный ответ, но он не совпадал с тем, что был в учебнике, и Миоос требовала другого ответа, думая, что Лисбет ошиблась. На самом деле ошибался учебник, и Лисбет казалось, что это понятно каждому. Но Миоос продолжала приставать, а Лисбет все упорнее не желала разговаривать с ней на эту тему. Дошло до того, что Лисбет уже застыла, плотно сжав рот и выпятив нижнюю губу, а доведенная до отчаяния Миоос, чувствуя свою беспомощность, схватила ее за плечо и стала трясти, чтобы привлечь к себе внимание девочки. Лисбет в ответ швырнула ей в голову учебник, после чего в классе поднялся содом. Одноклассники старались ее скрутить, а Лисбет, отбиваясь, плевалась, шипела и брыкалась.

Статья занимала разворот в одной из вечерних газет. Рядом, в другой колонке, приводилось несколько высказываний ее бывших одноклассников, сфотографированных перед входом в их старую школу. Один из них, Давид Густафссон, который представился как ассистент по экономике, утверждал, что одноклассники боялись Лисбет Саландер, потому что она «однажды грозилась их убить». Лисбет помнила Давида Густафссона, в школе он был одним из ее главных мучителей — крепко сбитый негодяйчик с IQ щучьего уровня, который никогда не упускал случая обидеть ее или пихнуть в школьном коридоре. Как-то раз он напал на нее за гимнастическим залом во время обеденного перерыва, и она, как обычно, дала ему сдачи. Именно этот случай определил ее дальнейшую судьбу. Чисто физически у нее не было против него никаких шансов, но она держалась, предпочитая умереть, но не сдаться. Толпившиеся вокруг одноклассники смотрели, как Давид Густафссон снова и снова сбивает с ног Лисбет Саландер. Сначала все у него получалось прекрасно, но дура девчонка никак не желала уступать, причем даже не плакала и не просила пощады.

Вскоре даже одноклассники не выдержали этого зрелища. Преимущество Давида настолько бросалось в глаза, а Лисбет перед ним была такой беззащитной, что Давид начал терять очки. Он затеял дело, которое не знал, как закончить. Под конец он два раза так сильно ударил Лисбет кулаком, что даже разбил ей губу и чуть не вышиб из нее дух. Одноклассники оставили ее, жалко скорчившуюся, лежать на полу, и со смехом скрылись за углом гимнастического зала.

Лисбет Саландер ушла домой зализывать раны. А через два дня вернулась с битой для игры в лапту и посреди школьного двора вдарила своему мучителю по уху. Когда он упал на землю, она прижала ему горло битой и, наклонившись к уху, прошептала, что, если он когда-нибудь посмеет встать, она его убьет. Когда школьный персонал узнал о случившемся, Давида отвели к медсестре, а Лисбет — к директору. По причине этого поступка в журнале была сделана запись, а ее саму взяла на заметку социальная служба.

Раньше Лисбет не задумывалась над тем, что эти пятнадцать лет делали Миоос и Густафссон, но теперь отметила в уме: когда найдется время, нужно будет проверить, чем они занимаются сейчас.

———

В целом вся эта писанина привела к тому, что дурная репутация Лисбет Саландер стала известна всей Швеции. Вся ее жизнь была изучена, исследована до мелочей и детально описана в прессе, от ее выходок в начальной школе до пребывания в детской психиатрической клинике Святого Стефана в Уппсале, где она провела более двух лет.

Навострив уши, она прослушала телевизионное интервью главного врача Петера Телеборьяна. С тех пор как Лисбет видела его в последний раз на судебном заседании по поводу установления ее недееспособности, он постарел на восемь лет. На лбу у него появились глубокие морщины, и он с озабоченным видом почесывал жиденькую бороденку, объясняя телерепортеру, что обязан хранить врачебную тайну, а потому не может обсуждать с ним личность конкретного пациента. Сказать он может только то, что Лисбет очень сложная пациентка, которой требуется квалифицированное лечение, но гражданский суд вопреки его рекомендациям принял решение назначить ей опеку и оставить на воле, вместо того чтобы поместить в закрытое лечебное заведение. По мнению Телеборьяна, это было вопиющее безобразие. Он выразил сожаление о том, что три человека поплатились жизнью за такое ошибочное решение, и, воспользовавшись поводом, выступил против навязанных правительством в последние десятилетия сокращений бюджета на нужды психиатрии.

Лисбет отметила, что ни одна из газет не говорила о том, что наиболее популярной формой лечения в закрытой детской психиатрической клинике под началом доктора Телеборьяна было помещение «беспокойных и неуправляемых» пациентов в палату, «свободную от раздражителей». Обстановка этой палаты состояла из койки с ремнями для привязывания. Это оправдывали ученым рассуждением о том, что беспокойные дети должны ограждаться от «раздражителей», могущих вызвать очередной приступ.

Став взрослой, она узнала, что для обозначения этого явления существует и другой термин — *«sensory deprivation»* или «лишение ощущений». Лишение арестантов чувственных ощущений, согласно Женевской конвенции, классифицировалось как негуманное обращение, но диктаторские режимы охотно использовали этот метод в экспериментах по промыванию мозгов. Имелись документальные подтверждения того, что политические заключенные, признававшиеся в самых невероятных преступлениях в ходе московских процессов 1930-х годов, подвергались такому воздействию.

Глядя на лицо Петера Телеборьяна на телеэкране, Лисбет чувствовала, как ее сердце сжимается, превращаясь в ледяной комок. Интересно, он по-прежнему пользуется после бритья той же туалетной водой? Она очутилась в закрытом лечебном заведении после того, как он подвел под особенности ее поведения теоретическую базу. Она так и не смогла взять в толк, чего от нее ожидали еще, кроме того, чтобы она полечилась и осознала свои поступки. Очень скоро Лисбет поняла, что под «беспокойными и неуправляемыми» пациентами подразумевались те, которые отказывались безоговорочно признать правоту и профессиональное мастерство доктора Телеборьяна.

Поэтому Лисбет Саландер пришлось убедиться на собственном опыте, что в больнице Святого Стефана в области психиатрии на пороге двадцать первого века практиковались те же методы лечения, которые использовались в шестнадцатом веке.

Приблизительно половину своего пребывания в больнице Святого Стефана она провела привязанная к койке в «свободной от раздражителей» палате, поставив таким образом своеобразный рекорд.

Со стороны Телеборьяна она ни разу не испытала сексуальных домогательств. Он даже никогда не прикасался к ней иначе, как по самым невинным поводам. Однажды он успокаивающе дотронулся рукой до ее плеча, когда она лежала привязанная в изоляторе.

Интересно, сохранились ли у него до сих пор следы ее зубов возле мизинца?

Их отношения превратились во что-то вроде дуэли, причем у Телеборьяна были в руках все карты. Ее ответный ход состоял в том, чтобы абсолютно отгородиться от него, игнорируя его присутствие в палате.

Ей было двенадцать лет, когда ее под конвоем двух женщин-полицейских доставили в больницу Святого Стефана. Это было через несколько недель после того, как приключился Весь Этот Кошмар. Она запомнила это во всех подробностях. Сперва она думала, что все как-то уладится, пыталась изложить свою версию полицейским, социальным работникам, больничному персоналу, сиделкам, врачам, психологам и даже священнику, который хотел, чтобы она с ним вместе помолилась. На заднем сиденье полицейской машины, проезжая Веннер-Грен-Центр по дороге, ведущей на север, к Уппсале, она все еще не знала, куда ее везут. Ей никто ничего не объяснял. Но тут она уже начала догадываться, что ничего не уладится.

Она пыталась объяснить все Петеру Телеборьяну.

В результате всех этих усилий она в свой тринадцатый день рождения провела ночь, привязанная к койке.

Петер Телеборьян, несомненно, мог считаться самым мерзким и отвратительным садистом из всех, кого ей приходилось встречать в жизни. Бьюрмана он обогнал на несколько корпусов. Бьюрман был грубым мерзавцем, с которым она могла управиться. Но Петер Телеборьян забаррикадировался папками, экспертными заключениями, учеными званиями и психиатрическими вывертами. Ни одно его действие нельзя было обжаловать или опротестовать.

Связывая непослушных девочек ремнями, он действовал от имени и по поручению государства.

И каждый раз, когда он подтягивал ремни, которыми была связана распластанная на спине Лисбет, она, встречая его взгляд, видела в нем возбуждение. Она это знала. И он знал, что она знает. Послание достигло цели.

В ночь своего тринадцатилетия она решила, что никогда больше не обменяется ни единым словом ни с Петером Телеборьяном, ни с кем-то другим из психиатров и прочих мозгоправов. Такой она сделала себе подарок на день рождения. Она сдержала данное себе слово. И она знала, что Петера Телеборьяна ее молчание выводит из себя и, возможно, служит главной причиной того, что ее каждую ночь привязывают к койке ремнями. Но она готова была заплатить эту цену.

Она научилась владеть собой, больше не впадала в ярость и не швырялась вещами в те дни, когда ее выпускали из изолятора.

Но с докторами она не разговаривала.

Зато она охотно вела вежливые беседы с сиделками, персоналом столовой и уборщицами. Это не осталось незамеченным. Одна доброжелательная сиделка, которую звали Каролина и к которой Лисбет даже немного привязалась, спросила ее однажды, почему она так себя ведет. Лисбет посмотрела на нее вопросительно.

— Почему ты не разговариваешь с докторами?

— Потому что они не слушают, что я им говорю.

Такой ответ не вырвался у нее случайно — это было ее сообщение для врачей. Зная, что все ее высказывания записываются в медицинскую карточку, она таким образом документально засвидетельствовала свое обдуманное решение.

В последний год ее пребывания в больнице Святого Стефана Лисбет все реже стали отправлять в изолятор и главным образом в тех случаях, когда ей так или иначе удавалось вывести из себя Петера Телеборьяна. Он вновь и вновь пытался пробить брешь в ее упорном молчании, заставив ее обратить на него внимание, а она каждый раз нарочно старалась довести его до белого каления.

Одно время Телеборьян пытался заставить Лисбет принимать психотропное средство, от которого ей становилось трудно дышать и думать и возникали приступы страха. С этого момента она стала отказываться принимать лекарства и ей принудительно давали ежедневно по три таблетки.

Она так энергично сопротивлялась, что персоналу приходилось удерживать ее силой, насильно открывать ей рот и буквально впихивать таблетки в горло. В первый же раз Лисбет сразу засунула себе пальцы в рот и выплюнула весь обед на санитарку, которая была ближе. После этого кормить ее таблетками стали в то время, когда она лежала связанная. В ответ Лисбет научилась вызывать у себя рвоту без помощи пальцев. Она сопротивлялась так упорно, а борьба с ней отнимала у персонала так много сил, что в конце концов ее оставили в покое.

Сразу после того, как ей исполнилось пятнадцать лет, ее вдруг перевели обратно в Стокгольм и передали в приемную семью. Этот поворот в судьбе стал для нее полной неожиданностью. В это время Телеборьян уже не занимал должность главного врача, и Лисбет считала, что только поэтому ее так внезапно выписали. Если бы это зависело от Телеборьяна, она по-прежнему лежала бы в изоляторе, привязанная к койке.

И вот она увидела его по телевизору. Она не знала, мечтает ли он вернуть ее назад к себе в больницу или теперь она уже недостаточно молода, чтобы вызывать у него фантазии. Но его выпад против решения гражданского суда, отказавшегося ее госпитализировать, произвел должное впечатление. Беседовавшая с ним женщина-репортер разделила его возмущение, но она явно не знала, какие вопросы следовало бы задать по этому поводу. Там не нашлось никого, кто мог бы возразить Телеборьяну: прежнего главного врача больницы Святого Стефана уже не было в живых, а председатель гражданского суда, который выносил решение по делу Саландер, а теперь поневоле оказался в роли козла отпущения, с тех пор давно вышел на пенсию и отказался дать интервью прессе.

На текст, наиболее ее поразивший, Лисбет наткнулась в вечернем выпуске одной из местных газет Центральной Швеции. Она перечитала его трижды, а потом выключила компьютер и закурила. Сидя на подушке в уголке у окна, она смотрела на улицу и любовалась ночным освещением.

«ОНА БИСЕКСУАЛКА»,— СКАЗАЛА О НЕЙ ПОДРУГА ДЕТСТВА

Двадцатишестилетнюю женщину, которую разыскивают по подозрению в трех убийствах, знакомые описывают как человека с большими странностями, у которого еще в школьные годы были трудности с общением. Несмотря на многие попытки вовлечь ее в коллектив, она все время держалась особняком.

«У нее были явные проблемы с определением своей сексуальной ориентации,— вспоминает Юханна, одна из ее немногих подружек по школе.— Уже очень рано стало понятно, что она не такая, как все, и что она бисексуалка. Мы очень беспокоились за нее».

Далее в тексте приводилось несколько эпизодов из воспоминаний Юханны. Лисбет нахмурила брови. Сама она не помнила ни этих эпизодов, ни женщины, которую она могла бы назвать своей близкой школьной подругой, пытавшейся вовлечь ее в коллектив.

Из текста не было ясно, когда именно произошли приведенные случаи, но она практически перестала ходить в школу с двенадцатилетнего возраста. А значит, ее обеспокоенная школьная подружка сумела обнаружить ее бисексуальность еще в очень юные годы. Несмотря на огромный поток дурацких текстов, который обрушился на нее за прошедшую неделю, интервью Юханны поразило ее больше всего — настолько это была явная ложь. Либо репортер наткнулся на законченную мифоманку, либо он сам сочинил эту историю; Лисбет запомнила фамилию репортера и включила его в список объектов, подлежащих более пристальному изучению.

Даже самые снисходительные репортажи, нацеленные на критику современного общества и выходившие под заголовками вроде «Общество оказалось несостоятельным» или «Она не получила необходимой помощи» не могли смягчить ее образ врага народа номер один: серийной убийцы, которая в припадке безумия прикончила трех уважаемых сограждан.

С интересом читая различные описания своей жизни, Лисбет отметила, что в опубликованной информации есть один заметный пробел. Несмотря на неограниченный, по-видимому, доступ ко всем самым засекреченным и интимным деталям ее жизни, средства массовой информации ничего не знали про Весь Этот Кошмар, приключившийся с ней незадолго до ее тринадцатилетия. Все их сведения о ее жизни относились к двум периодам: от поступления в начальную школу до одиннадцатилетия и потом начиная с выписки из детской психиатрической больницы и перехода в приемную семью — в возрасте пятнадцати лет.

Создавалось впечатление, что некто, имевший доступ к полицейским архивам, делился сведениями со средствами массовой информации, но по какой-то неведомой причине решил оставить Весь Этот Кошмар во мраке неизвестности. Это очень удивило Лисбет. Ведь если полиция хотела подчеркнуть ее склонность к применению грубой силы, то факты того расследования могли бы прекрасно этому способствовать: ведь именно они послужили непосредственным поводом для ее отправки в Уппсалу, в больницу Святого Стефана, и далеко превосходили те пустяки, которые случились на школьном дворе.

В Пасхальное воскресенье Лисбет занялась изучением хода следствия. Средства массовой информации помогли ей составить довольно отчетливое представление об участниках следственной группы. Она отметила, что прокурор Экстрём является начальником предварительного следствия и что именно он, как правило, выступает на пресс-конференциях, практически же руководит расследованием инспектор криминальной полиции Ян Бублански — полноватый мужчина в плохо сидящем костюме, который во время пресс-конференций иногда устраивается сбоку от Экстрёма.

Через несколько дней она уже знала про Соню Мудиг, единственную женщину в группе полицейских, которая первой обнаружила тело адвоката Бьюрмана. Она отметила имена Ханса Фасте и Курта Свенссона, но не узнала про Йеркера Хольмберга, имя которого не упоминалось ни в одном из репортажей. Для каждого из этих людей она завела отдельный файл в своем компьютере и начала заполнять их информацией.

Ход полицейского расследования, конечно же, описывался в материалах, которые члены следственной группы хранили в своих компьютерах, а их базы данных содержались на полицейском сервере. Проникновение во внутреннюю Сеть полиции было связано с исключительными трудностями, однако не являлось невозможным, и Лисбет уже случалось это делать.

В связи с одним заданием, которое она четыре года тому назад выполняла для Драгана Арманского, она ознакомилась со структурой полицейской Сети и придумала, каким образом можно для своих нужд войти в полицейский регистр. При попытке проникнуть в Сеть извне она потерпела полную неудачу: та была слишком хорошо защищена и снабжена неожиданными ловушками, которые могли привлечь к взломщику нежелательное внимание.

Внутренняя полицейская Сеть была выстроена по всем правилам искусства: там имелась отдельная система кабелей, защита от внешних подключений и Интернета. Таким образом, здесь требовалось либо содействие настоящего полицейского, имеющего право доступа в Сеть, либо способ притвориться «своим человеком» для внутренней полицейской Сети. В этом отношении ей повезло, так как именно тут в системах защиты зияла огромная брешь. По всей стране имелось множество полицейских участков, подсоединенных к Сети. Некоторые из них представляли собой крошечные отделения без ночных дежурных, они не были оборудованы сигнализацией и на ночь оставались без охраны. Ближайший полицейский участок в Лонгвике неподалеку от Вестероса был как раз одним из таких отделений. Оно занимало помещение примерно в сто тридцать квадратных метров в одном здании с местной библиотекой и страховой кассой, в дневное время там находились трое полицейских.

В тот раз, четыре года назад, Лисбет Саландер не удалось проникнуть в Сеть, но она решила, что было бы неплохо потратить немного времени и сил на то, чтобы обеспечить себе доступ на всякий случай на будущее. Прикинув свои возможности, она нанялась на лето уборщицей в библиотеку Лонгвика. Обрабатывая полы с помощью тряпки и щетки, она попутно за десять минут успела изучить в строительной конторе города план помещений. У нее были ключи от здания, но не было ключей от полицейского участка. Зато она обнаружила, что может без особого труда забраться туда через окно расположенной на втором этаже ванной комнаты, которое из-за летней жары оставляли на ночь приоткрытым. Полицейский участок охранялся только одним сторожем, делавшим обход несколько раз за ночь. Это было просто смехотворно!

Ей потребовалось всего около пяти минут, чтобы найти на столе у начальника имя пользователя и пароль. Затем одна ночь ушла на то, чтобы путем нескольких экспериментов установить структуру Сети и выяснить, каким он обладал доступом и какие еще существовали степени секретности, недоступные для представителей местной полиции. В качестве бонуса она нашла еще и имена двух пользователей из числа служащих местной полиции и их пароли. В компьютере одного из них, тридцатидвухлетней женщины-полицейского Марии Оттоссон, Лисбет нашла информацию о том, что эта женщина подала заявление на вакантное место в стокгольмской полиции и была принята туда в качестве следователя в отдел борьбы с мошенничеством. Об Оттоссон Лисбет узнала все, что только можно, так как та оставила свой лэптоп в незапертом ящике стола. Итак, сотрудница полиции Мария Оттоссон имела персональный компьютер, которым пользовалась на работе. Великолепно! Лисбет ввела в него свой CD-диск с программой «Асфиксия I.0» — самой первой версией своей шпионской программы. Она разместила программное обеспечение в двух местах: в качестве активной интегрированной части «Майкрософт Эксплорера» и как бэкап* в адресной книге Марии Оттоссон. Лисбет рассчитывала на то, что если даже Оттоссон купит совершенно новый компьютер, она перенесет на него свою адресную книгу, причем был очень велик шанс того, что она сделает это на своем новом рабочем месте — в стокгольмском отделении по борьбе с мошенничеством, где ей предстояло обосноваться уже через несколько недель.

---

* Запасную копию *(англ.)*.

Лисбет разместила также программное обеспечение в настольных компьютерах полицейских, которое позволяло бы ей получать из них информацию, а позаимствовав их идентификацию, она могла сама входить в полицейский регистр. Однако тут требовалось соблюдать величайшую осторожность, чтобы ее вторжение оставалось незамеченным. Так, например, отдел безопасности полиции имел особую тревожную сигнализацию, которая реагировала на вход в систему в нерабочее время или на резкий рост числа запросов. Эта же сигнализация сработала бы при попытке добыть информацию о расследованиях, к которым местная полиция не имела касательства.

Весь следующий год Лисбет в паре с коллегой-хакером Чумой работала над тем, чтобы добиться контроля над полицейской Сетью. Столкнувшись со слишком большими трудностями, через некоторое время они забросили этот проект, но в ходе работы успели собрать около ста идентификаций, которыми теперь могли при необходимости воспользоваться.

Наконец Чума совершил прорыв, хакнув домашний компьютер начальника полицейского отдела по обеспечению информационной безопасности. Это был вольнонаемный экономист, не обладавший глубокими познаниями в области компьютерной техники, хотя в его лэптопе хранилось огромное количество информации. Таким образом Лисбет и Чума избавлялись от необходимости запускать в Сеть вредоносные вирусы, которые могли полностью нарушить работу полицейских компьютеров, что совсем не отвечало их собственным интересам. Они были хакерами, а не диверсантами и хотели получить доступ к функционирующей Сети, а вовсе не разрушить ее.

Теперь Лисбет Саландер проверила свой список и установила, что никто из тех, чью идентификацию она когда-то украла, не был причастен к расследованию тройного убийства. Впрочем, на такую удачу она и не рассчитывала. Зато она имела возможность без особенного труда заходить в полицейскую Сеть и знакомиться с подробностями всешведского розыска, включая новейшие данные, добытые следствием о ней самой. Она узнала, что ее видели и пытались искать в Уппсале, Норчёпинге, Гётеборге, Мальмё, Хаслехольме и Кальмаре и что было разослано улучшенное секретное графическое изображение ее внешности.

В условиях повышенного внимания средств массовой информации на руку Лисбет играло то, что ее портретов имелось очень мало. Кроме паспортной фотографии четырехлетней давности, использованной также на ее водительских правах, и фотографии в полицейском регистре, изображавшей восемнадцатилетнюю Лисбет (совершенно не похожей на себя), нашлось только несколько случайных снимков из старых школьных альбомов, в частности фотография, сделанная одной из учительниц во время школьной экскурсии в заповедник Накка. На этом снимке можно было разглядеть неясную фигурку двенадцатилетней Лисбет Саландер, сидящей в стороне.

Плохо было то, что паспортная фотография — лицо с застывшим взглядом исподлобья и сжатыми в ниточку губами — подкрепляла представление о ней как об умственно отсталой, асоциальной личности и убийце, и средства массовой информации растиражировали этот образ. Зато этот снимок обладал одним важным достоинством — он имел разительное несходство с настоящей Лисбет и не давал никакой возможности узнать ее при встрече.

Она с интересом следила за поступающими данными о личности убитых. Во вторник средства массовой информации уже начали топтаться на месте и, за отсутствием драматических новостей об охоте на Лисбет Саландер, стали уделять больше внимания жертвам преступления. В одной из вечерних газет появилась большая статья, рисующая портреты убитых: Дага Свенссона, Миа Бергман и Нильса Бьюрмана. Смысл ее сводился к тому, что три достойных человека были зверски убиты по непонятной причине.

Нильс Бьюрман представал как уважаемый адвокат, активный участник общественной жизни, член Гринписа и «деятельный защитник прав молодежи». Целая полоса была посвящена близкому другу и коллеге Бьюрмана Яну Хоконссону, чья адвокатская контора находилась в одном здании с конторой Бьюрмана и который отзывался о Бьюрмане как о защитнике прав простого человека. По словам одного из служащих Опекунского совета, Бьюрман был искренне предан интересам своей подопечной Лисбет Саландер.

Впервые за этот день Лисбет усмехнулась кривой усмешкой.

Большой интерес вызывала фигура Миа Бергман, также ставшей жертвой убийцы. Ее описывали как очаровательную женщину, обладавшую блестящим умом, которая уже имела за плечами внушительный список достижений и которую впереди ожидала великолепная карьера. Цитировались высказывания ее потрясенных друзей, однокурсников и научного руководителя. Главным вопросом было: «За что?» Печатались фотографии лежащих перед домом в Энскеде цветов и зажженных свечей.

По сравнению с ней Дагу Свенссону было посвящено совсем немного места. Его описывали как проницательного и бесстрашного репортера, но главное внимание уделялось его сожительнице.

К удивлению Лисбет, только в Пасхальное воскресенье всплыло, что Даг Свенссон работал над большим репортажем для журнала «Миллениум». Еще больше она удивилась тому, что в публикациях не было ни слова о теме его работы.

Ей так и не попалось на глаза заявление Микаэля Блумквиста для газеты «Афтонбладет». Только во вторник упоминание об этом высказывании появилось в телевизионных новостях, и тут она поняла, что Микаэль Блумквист дал неверную информацию. Он заявил, что Даг Свенссон работал над репортажем на тему «Безопасность информации и защита компьютеров от незаконного проникновения».

Лисбет Саландер сдвинула брови. Она знала, что это утверждение не соответствует истине, и задумалась над тем, какую же игру ведет «Миллениум». Затем она поняла, что значило это сообщение, и во второй раз за этот день усмехнулась кривой улыбкой. Соединившись с сервером в Голландии, она дважды щелкнула мышкой по иконке с надписью «МикБлум/лэптоп». Папка под названием «Лисбет Саландер» и документ «Для Салли» лежали на самом видном месте в середине рабочего стола, и она стала читать.

Раздираемая противоречивыми чувствами, она долго сидела перед раскрытым письмом Микаэля. До сих пор она была одна против всей Швеции, и это уравнение благодаря своей простоте было доходчивым и красивым. И тут вдруг у нее появился союзник, по крайней мере — потенциальный союзник, утверждающий, что он верит в ее невиновность. И разумеется, им оказался единственный человек в Швеции, с которым она не хотела больше встречаться ни при каких условиях. Она вздохнула. Микаэль Блумквист был все тот же, он, как всегда, повел себя до чертиков наивно и добропорядочно. Лисбет Саландер утратила наивность уже в десять лет.

Не бывает совсем невиновных. Есть только различные степени ответственности.

Нильс Бьюрман умер, потому что не пожелал играть по ее правилам. Она предоставила ему надежный шанс, но он все равно нанял альфа-самца, пытаясь расправиться с ней. Так что тут уже была не ее вина.

Однако если на арену вышел Калле Блумквист, его участие не стоит недооценивать. Он может ей пригодиться.

Он был мастер разгадывать загадки и обладал феноменальным упорством, это она знала по опыту Хедестада. Вцепившись во что-нибудь, он держал это мертвой хваткой. Он был по-настоящему наивен, но мог действовать там, куда она не могла соваться, чтобы не выдать своего присутствия. Его можно было использовать, когда ей самой придется тихо и незаметно скрыться за границей — а все шло к тому.

Но к сожалению, Микаэлем Блумквистом нельзя было управлять. Требовалось, чтобы он сам хотел что-то сделать и имел для этого моральное оправдание.

Иначе говоря, он был весьма предсказуем. Немного подумав, она создала новый документ, назвав его «МикуБлуму», и написала одно-единственное слово:

Зала.

Это даст ему пищу для размышлений.

Она все еще сидела за компьютером, погруженная в размышления, как вдруг заметила, что компьютер Микаэля Блумквиста заработал. Его ответ пришел вскоре после того, как он прочел ее послание.

Лисбет, ты наказание на мою голову! Кто, черт возьми, такой Зала? Связующее звено, что ли? Если знаешь, кто убил Дага и Миа, так расскажи мне хотя бы, чтобы мы могли распутать этот проклятый клубок и не мучиться. Микаэль.

О'кей. Пора подцепить его на крючок.

Она создала еще один документ и назвала его «Калле Блумквисту». Она знала, что он рассердится. Затем написала короткое сообщение:

Ты журналист. Вот и раскапывай!

Как она и ожидала, его ответ пришел немедленно и содержал призыв рассуждать разумно, даже взывал к ее чувству. Она усмехнулась и отключила его жесткий диск.

Но свои шпионские розыски она на этом не закончила, а переключилась на жесткий диск Арманского. Она внимательно прочитала его отчет о ней, написанный на второй день Пасхи. Из содержания отчета нельзя было понять, кому он адресован, но она решила, что Драган сотрудничает с полицией, содействуя ее поискам.

Проверка электронной почты Арманского не принесла ничего интересного. Уже собираясь отключить жесткий диск, она вдруг наткнулась на посланис, адресованное начальнику технического отдела «Милтон секьюрити» — Арманский поручал ему установить камеру скрытого наблюдения в своем кабинете.

Ого!

Посмотрев дату, она увидела, что поручение было послано в конце января, спустя несколько часов после ее посещения.

Это значило, что, прежде чем нанести Арманскому следующий визит, ей придется подправить кое-что в системе автоматического наблюдения.

Глава
22

Вторник, 29 марта — воскресенье, 3 апреля

Во вторник утром Лисбет Саландер зашла в картотеку Главного управления криминальной полиции и сделала запрос на имя Александра Залаченко. Там он не значился, что и неудивительно: насколько ей было известно, он ни разу не представал в Швеции перед судом и даже не числился в переписи населения.

В регистр криминальной полиции она заходила под видом комиссара Дугласа Шёльда пятидесяти пяти лет, работающего в полицейском округе Мальмё. И тут она испытала небольшое потрясение: ее компьютер вдруг запищал и в меню замигала иконка, подавая сигнал о том, что кто-то разыскивает ее в чате ICQ.

Первым ее побуждением было вырвать из гнезда вилку и отсоединиться, но она быстро одумалась. В компьютере Шёльда не было программы ICQ, она вообще редко имеется у пожилых людей, а чаще используется для общения молодежью и опытными пользователями.

А это означало, что кто-то ищет именно ее. Выбор в этом случае был небогатый. Она включила ICQ и написала:

Что тебе надо, Чума?

Тебя, Оса, нелегко застать. Ты когда-нибудь заглядываешь в свою почту?

Как ты меня нашел?

По Шёльду. У меня тот же список. Я подумал, что ты выбрала пользователя с наибольшим доступом.

Что тебе надо?

Кто такой Залаченко, которого ты запрашивала?

Не суйся не в свое дело!

Что такое происходит?

Чума, иди к черту!

Я-то думал, что это у меня, как ты выражаешься, проблемы по части социальной адаптации. Но если верить газетам, то по сравнению с тобой я совершенно нормальный.

ﬤ.

Сама себе покажи палец! Тебе нужна помощь?

Лисбет немного подумала. Сначала Блумквист, теперь — Чума! Народ наперебой рвется ей помогать. С Чумой была одна проблема — он был нелюдимый отшельник, весил сто шестьдесят килограммов и общался с окружающим миром исключительно по Интернету. Если сравнивать с ним, то Лисбет Саландер была активным участником общественной жизни и чуть ли не душой любой компании. Не дождавшись ответа, Чума отщелкал следующую строчку:

Ты здесь? Тебе нужно помочь выбраться за границу?

Нет.

Почему ты стреляла?

Заткнись!

Ты собираешься застрелить еще кого-нибудь, и должен ли я бояться за себя? Ведь я единственный человек, кто может тебя выследить.

Не суйся в чужие дела, тогда нечего будет бояться.

Я и не боюсь. Если тебе что-нибудь понадобится, найдешь меня в хот-мейле. Может, тебе оружие нужно? Новый паспорт?

Ты социопат.

Это по сравнению с тобой-то?

Лисбет отключила ICQ, села на диван и стала думать. Через десять минут она снова открыла компьютер и послала Чуме по хот-мейлу следующее сообщение:

Прокурор Экстрём, начальник следственного отдела, живет в Тэбю. Женат, у него двое детей и есть скоростной Интернет, проведенный на виллу. Мне может понадобиться доступ к его лэптопу или домашнему компьютеру. Я хочу читать его в реальном времени. Hostile takeover с зеркальным жестким диском.

Она знала, что Чума редко выходит из своей квартиры в Сундбюберге, и потому надеялась, что у него найдется под рукой какой-нибудь расторопный подросток для поручений во внешнем мире. Письмо она отправила без подписи. Это было излишне. Ответ пришел, когда она спустя пятнадцать минут включила программу ICQ.

Сколько заплатишь?

10 000 на твой счет + расходы и 5000 твоему помощнику.

Я дам о себе знать.

Электронная почта от Чумы пришла утром в четверг, и все послание состояло из ftp-адреса. Лисбет удивилась: результата она ожидала не раньше чем через две недели. Произвести «враждебное поглощение» даже при помощи гениальной программы Чумы и специально разработанного оборудования было делом сложным и кропотливым. В ходе этого процесса информация постепенно закачивалась в чужой компьютер килобайт за килобайтом, пока не возникала новая программа. Скорость процесса зависела от того, как часто Экстрём пользуется своим компьютером, а после его завершения требовалось еще несколько дней на то, чтобы перевести всю информацию на зеркальный жесткий диск. Сорок восемь часов — это был не просто рекорд, а нечто теоретически невозможное. Лисбет преисполнилась восхищения и вызвала его ICQ:

Как тебе это удалось?

У четырех членов семьи есть компьютеры. И представляешь себе — у них нет брандмауэра! Безопасность на нуле. Достаточно было подсоединиться к кабелю и загружать. Мои расходы составили 6000 крон. У тебя столько найдется?

Yes. Плюс бонус за срочность.

Подумав немного, она через Интернет перевела на счет Чумы тридцать тысяч крон. Она не хотела пугать его слишком уж большой суммой. Затем она удобно устроилась на купленном в «ИКЕА» кресле и открыла лэптоп начальника следственного отдела Экстрёма.

За час она прочитала все отчеты, которые посылал тому Ян Бублански. Лисбет подозревала, что, согласно уставу, такие рапорты не должны были выходить за стены полицейского управления, но Экстрём не обращал внимания на требования устава, раз он забрал эти дела с собой и разместил их в частном компьютере, не обеспеченном даже брандмауэром.

Это было лишним доказательством того, что ни одна система безопасности не устоит против тупости собственных сотрудников. Из компьютера Экстрёма она извлекла множество полезной информации.

Сначала она узнала, что Драган Арманский придал двух своих сотрудников в качестве добровольных помощников следственной группе инспектора Бублански. Практически это означало, что «Милтон секьюрити» спонсирует охоту, которую за ней ведет полиция. Их задачей было всеми путями способствовать поимке Лисбет Саландер. «Ну, спасибо, Арманский! Это я тебе еще припомню»,— подумала Лисбет. Узнав, кто эти сотрудники, она помрачнела. Бомана она запомнила как человека неприветливого, но вежливого. Никлас Эрикссон же был нечистым на руку ничтожеством, который мошенничал с клиентами, используя свое служебное положение в «Милтон секьюрити».

Лисбет Саландер обладала довольно гибкой моралью. При случае она и сама не погнушалась бы обмануть хозяйских клиентов, но только если они того заслужили, и никогда не нарушила бы обязательства по неразглашению сведений.

———

Очень скоро Лисбет обнаружила, что утечка информации в прессу происходит через самого начальника следственного отдела Экстрёма. При посредстве электронной почты он отвечал на ряд вопросов, касающихся заключения медицинской экспертизы о Лисбет Саландер и о связях между ней и Мириам Ву.

Третий сделанный ею важный вывод гласил, что группа инспектора Бубланский не имела ни малейшего представления о том, где им нужно искать Лисбет Саландер. Она с интересом прочитала отчет о принятых мерах и взятых под наблюдение адресах. Список оказался коротким. Разумеется, в нем числился дом на Лундагатан, а кроме него адрес Микаэля Блумквиста, старый адрес Мириам Ву на площади Святого Эрика и «Мельница», в которой она иногда бывала.

«Вот черт! — подумала Лисбет.— И как меня только угораздило засветиться рядом с Мимми? Надо же было додуматься до такой глупости!»

В пятницу сыщики Экстрёма вышли даже на след группы «Персты дьявола». Лисбет сделала вывод, что теперь они нанесут визиты еще по нескольким адресам, и нахмурилась. М-да, после этого девчонки из «Перстов дьявола», вероятно, навсегда исчезнут из круга ее знакомств, хотя она даже ни разу не встречалась с ними после своего возвращения в Швецию.

Чем дольше она над всем этим думала, тем в большее недоумение приходила. Прокурор Экстрём усердно поставлял прессе информацию, перетряхивая всякое грязное белье. Цель его понять было нетрудно: он зарабатывал себе популярность и готовил почву на будущее, когда ему придется выдвигать против нее обвинение.

Но почему же он смолчал о полицейском расследовании 1991 года? Ведь это стало непосредственным поводом ее направления в больницу Святого Стефана. Почему он держит в тайне эту историю?

Лисбет вошла в компьютер Экстрёма и целый час занималась просмотром его документов. Закончив эту работу, она закурила сигарету. Она не нашла ни одной ссылки на события 1991 года, и приходилось сделать неожиданный вывод: он просто ничего об этом не знал!

Сначала Лисбет застыла в растерянности, но потом взгляд ее остановился на ноутбуке. Чем не задача для старины Калле Блумквиста! Уж он в нее вцепится так, что не оторвешь. Она снова включила компьютер, зашла на его жесткий диск и создала документ «МВ2»:

Прокурор Э. снабжает СМИ информацией. Спроси у него, почему он молчит о старом полицейском расследовании.

Этого будет достаточно, чтобы подтолкнуть его к действию. Она терпеливо прождала два часа, прежде чем Микаэль вошел в Сеть и занялся своей электронной почтой. Через пятнадцать минут он обнаружил ее документ, а затем еще через пять ответил ей своим документом под названием «Криптограмма». Он не клюнул на приманку, а вместо этого завел старую песню о том, что хочет узнать, кто убил его друзей.

Это стремление было Лисбет понятно. Она немного смягчилась и ответила документом под заголовком «Криптограмма 2»:

Как ты поступишь, если окажется, что это я?

В сущности, она задавала ему очень личный вопрос. Он ответил ей документом «Криптограмма 3». Его ответ произвел на нее сильное впечатление:

Лисбет, если ты совсем слетела с катушек, то помочь тебе, наверное, сможет только Петер Телеборьян. Но я не верю, что ты убила Дага и Миа. Надеюсь и молюсь, чтобы я оказался прав.

Даг и Миа хотели разоблачить мафию секс-услуг. Я предполагаю, что именно это каким-то образом послужило мотивом к убийству. Но у меня нет никаких улик.

Я не знаю, какая кошка пробежала между нами, но однажды мы как-то говорили с тобой о дружбе. Я сказал, что дружба основывается на двух вещах: уважении и доверии. Даже если ты из-за чего-то мной недовольна, ты все равно можешь на меня положиться и доверять мне. Я никогда не выдавал твоих секретов. Даже того, что случилось с миллиардами Веннерстрёма. Верь мне. Я тебе не враг. М.

Имя Телеборьяна привело ее сначала в ярость. Потом она сообразила, что Микаэль вовсе не собирался ее дразнить. Он не имел представления о том, кто такой Петер Телеборьян, и, скорее всего, видел его только по телевизору, где тот выступал в качестве уважаемого специалиста и всемирно признанного эксперта в области детской психиатрии.

Но больше всего ее поразило упоминание о миллиардах Веннерстрёма. Откуда он об этом узнал? Она была уверена, что не сделала никаких ошибок и что ни одна живая душа на свете не знает о ее тогдашних действиях.

Она несколько раз перечитала его письмо.

При напоминании о дружбе ей сделалось не по себе. Она не знала, что на это ответить.

Наконец она создала документ «Криптограмма 4»:

Мне надо над этим подумать.

Она отключилась и села у окна.

Лисбет Саландер вышла из квартиры в районе Мосебакке только в одиннадцать часов вечера в пятницу. Вот уже несколько дней, как у нее закончился запас пиццы и прочих продуктов: не осталось ни кусочка хлеба, ни корочки сыра. Последние три дня она питалась овсяными хлопьями, купленными однажды под настроение, когда она подумала, что пора перейти на здоровое питание. Теперь она сделала открытие, что стакан овсяных хлопьев с горсточкой изюма и двумя стаканами воды в микроволновке за одну минуту превращается во вполне съедобную овсяную кашу.

Пошевелиться заставил ее не только недостаток еды. Ей надо было срочно разыскать одного человека, каковую задачу, к сожалению, невозможно было выполнить, сидя в квартире в районе площади Мосебакке. Она направилась к гардеробу, достала из него белокурый парик и вооружилась норвежским паспортом на имя Ирене Нессер.

Ирене Нессер была реально существующей женщиной. Внешне она походила на Лисбет Саландер и три года тому назад потеряла свой паспорт, который заботами Чумы попал в руки Лисбет и вот уже восемнадцать месяцев при необходимости помогал ей выступать в чужом обличье.

Лисбет вынула колечки из бровей и ноздрей и перед зеркалом в ванной сделала макияж. Она оделась в темные джинсы, простую, но теплую коричневую куртку, расшитую золотом, и уличные сапожки на высоких каблуках. В картонной коробке у нее лежал запас баллончиков со слезоточивым газом, она взяла оттуда один. Она даже достала электрошокер, к которому не прикасалась уже год, и поставила его на зарядку. Сложив в нейлоновую сумку смену одежды, поздно вечером она вышла из квартиры.

Для начала Лисбет прошлась до ресторана «Макдоналдс» на улице Хорнсгатан — там она меньше рисковала столкнуться нос к носу с кем-нибудь из прежних сослуживцев из «Милтон секьюрити», чем в «Макдоналдсах» в районе Шлюза или площади Медборгарплатс. Она съела бигмак и выпила большой стакан колы.

Поев, она села на четвертый номер и доехала до площади Эриксплан, а оттуда пешком дошла до Уденплан и вскоре после полуночи очутилась перед домом на Уппландсгатан, где находилась квартира покойного адвоката Бьюрмана. Она не думала, что за квартирой ведется наблюдение, но отметила, что на его этаже светится окно соседней квартиры, поэтому предпочла на всякий случай прогуляться до Ванадисплан. Вернувшись через час, она увидела, что свет в соседней квартире потух.

Бесшумно, едва касаясь ногами ступеней, Лисбет поднялась по лестнице к квартире Бьюрмана. Столовым ножом она осторожно срезала липкую ленту, которой полиция опечатала квартиру, и неслышно открыла дверь.

Она зажгла свет в передней, зная, что его не видно снаружи, и только затем включила фонарик и направилась в спальню. Жалюзи были закрыты. Она провела лучом фонарика по постели, на которой еще темнели пятна крови, вспомнила, что сама чуть было не умерла на этой кровати, и неожиданно ощутила чувство глубокого удовлетворения оттого, что Бьюрман наконец-то ушел из ее жизни.

Цель ее визита на место преступления заключалась в том, чтобы раздобыть ответы на два вопроса. Во-первых, она не понимала, какая связь существует между Бьюрманом и Залой. В том, что она существует, Лисбет была убеждена, но, изучив содержимое компьютера Бьюрмана, не смогла установить, в чем она заключается.

Во-вторых, был еще один вопрос, над которым она все время ломала голову. Во время ночного визита несколько недель назад Лисбет заметила, что Бьюрман вынул часть относящихся к ней документов из папки, в которой у него лежали все материалы о Лисбет Саландер. Недостающие страницы представляли собой ту часть поручения социального ведомства, в которой в самой краткой форме давалось общее описание психического состояния его подопечной. Бьюрману эти страницы были не нужны, и вполне возможно, что он просто выбросил из папки лишнее. Однако против этого говорило то, что адвокаты никогда не выбрасывают документы, относящиеся к делу. Какой бы ненужной ни была та или иная бумажка, избавляться от нее было совершенно нелогично. Тем не менее эти страницы исчезли из ее папки и не нашлись ни в каком другом месте его рабочего стола.

Она убедилась, что полиция забрала с собой папки, имевшие отношение к Лисбет Саландер, и кое-что из других документов, а потом потратила два часа на то, чтобы тщательно, метр за метром, обыскать квартиру на предмет чего-то, что осталось незамеченным полицией. В результате, к своему огорчению, она вынуждена была признать, что, судя по всему, полиция ничего не упустила.

На кухне она обнаружила ящик, в котором лежали разные ключи: ключи от машины, от дверного замка и от навесного. Бесшумно поднявшись на чердак, она перепробовала несколько навесных замков и наконец отыскала чулан, в котором Бьюрман хранил ненужные вещи. Там оказалось кое-что из старой мебели, гардероб с лишней одеждой, лыжи, автомобильный аккумулятор, картонные коробки с книгами и еще всякий хлам. Не найдя ничего интересного, она спустилась вниз и с помощью дверного ключа отыскала его гараж. Там она обнаружила «мерседес» покойного, но в нем тоже не нашлось ничего интересного.

В его контору она наносить визит не стала: в ней она была несколько недель назад, тогда же, когда последний раз навещала квартиру, и знала, что на службе Бьюрман уже два года не бывает и там нет ничего, кроме пыли.

Поднявшись снова в квартиру, Лисбет села в гостиной на диван и стала думать. Через несколько минут она встала, вернулась на кухню к ящику с ключами и внимательно пересмотрела их все. Одна из связок состояла из ключа от английского замка, ключа от французского замка и покрытого ржавчиной старинного ключа. Она нахмурила брови, потом перевела взгляд выше на тумбочку рядом с посудной мойкой, в которой у Бьюрмана были сложены десятка два пакетиков с семенами. Вынув их, Лисбет убедилась, что это семена огородной зелени.

У него где-то есть летний домик. Или дачка в садовом товариществе. Вот чего она раньше не заметила!

Ей потребовалось всего три минуты для того, чтобы найти среди квитанций Бьюрмана одну шестилетней давности, по которой он расплатился со строительной фирмой за земляные работы по оборудованию подъездной площадки перед домом, а еще через минуту она нашла страховое свидетельство на жилой дом в районе Сталлархольма под Мариефредом.

В пять часов утра Лисбет зашла в работающий всю ночь супермаркет в начале Хантверкаргатан возле Фридхемсплана, где запаслась достаточным количеством пиццы, молока, хлеба и других продуктов. Кроме того, она купила утреннюю газету, в которой ее внимание привлек заголовок:

НАХОДЯЩАЯСЯ В РОЗЫСКЕ ЖЕНЩИНА ВЫЕХАЛА ЗА ГРАНИЦУ?

По какой-то неизвестной причине эта газета написала о ней, не называя фамилии. Там она упоминалась как «двадцатишестилетняя женщина». В тексте говорилось, что, по утверждению одного полицейского источника, ей, вероятно, удалось незаметно выехать за границу и сейчас она, возможно, находится в Берлине. Оттуда было получено сообщение, будто ее видели в одном «анархо-феминистском клубе», расположенном в Крейцберге, а следовательно, делала вывод газета, она улетела в Берлин. Этот клуб описывался в статье как место собраний молодежи, увлекающейся всем — начиная от политического терроризма и кончая антиглобализмом и сатанизмом.

Она вернулась в Сёдермальм на автобусе номер четыре и, выйдя на Росенлундсгатан, пешком дошла до Мосебакке. Дома она сварила себе кофе, приготовила бутерброды и только затем легла спать.

Лисбет проспала долго и проснулась, когда было уже далеко за полдень. Задумчиво принюхавшись к простыне, она решила, что пора поменять постельное белье, и субботний вечер посвятила уборке квартиры. Она вынесла мусор и, собрав старые газеты в два пластиковых мешка, поставила их в чуланчик в прихожей. В два приема она перестирала в машине целую гору нижнего белья, маек и джинсов, разобрала посуду, включила посудомоечную машину, а в заключение пропылесосила мебель и вымыла пол.

К девяти вечера она была мокрой от пота. Налив ванну, Лисбет щедро добавила в воду пены, улеглась в нее, закрыла глаза и стала думать. Когда она проснулась, было уже двенадцать ночи и вода в ванне совсем остыла. Рассерженная Лисбет вылезла, вытерлась насухо, легла в постель и почти сразу опять заснула.

В воскресенье утром, включив ноутбук, Лисбет пришла в ярость от тех глупостей, которых там понаписали о Мириам Ву. Ей стало скверно на душе, и ее начала мучить совесть. Она и не думала, что бедной Мимми так достанется, а ведь единственная вина Мимми состояла в том, что она была знакомой Лисбет. Знакомой? Или подругой? Или любовницей?

Лисбет сама не знала, какое слово лучше подходит для обозначения их отношений, но понимала, что какими бы ни были эти отношения раньше, теперь им наверняка пришел конец. Ей придется вычеркнуть имя Мимми из короткого списка своих знакомых. После всего того, что было понаписано в газетах, Мимми вряд ли захочет еще когда-нибудь иметь дело с безумной психопаткой Лисбет Саландер.

Эта мысль приводила ее в бешенство.

Она заметила себе на будущее имя Тони Скалы, журналиста, который начал эту травлю. Кроме того, она решила отыскать того борзописца в полосатом пиджаке, который в своей разухабистой статейке постоянно употреблял выражение «лесбиянка садомазохистского толка».

У Лисбет набрался уже немалый список людей, которыми она собиралась при случае заняться вплотную.

Но сначала нужно было разыскать Залу.

Что она будет делать дальше, после того как его найдет, она еще не знала.

В восемь часов утра в воскресенье Микаэля разбудил телефонный звонок. Еще не совсем проснувшись, он протянул руку и взял трубку.

— С добрым утром,— раздался оттуда голос Эрики Бергер.

— Ммм...— промычал Микаэль.

— Ты один?

— Да, к сожалению.

— В таком случае предлагаю тебе встать, принять душ и поставить кофе. Через пятнадцать минут к тебе придет гость.

— Какой гость?

— Паоло Роберто.

— Это боксер? Король ринга?

— Он самый. Он позвонил мне, и мы проговорили полчаса.

— Это почему же?

— Почему он мне позвонил? Ну, мы немного знакомы. Во всяком случае, здороваемся при встрече. Я как-то брала у него длинное интервью, когда он снимался в фильме Хильдебранда, в последующие годы мы еще несколько раз случайно встречались.

— Я не знал. Но вопрос в том, зачем ему понадобилось приходить ко мне?

— Затем, что... Ну да лучше уж пускай он сам тебе объяснит.

Микаэль едва успел принять душ и натянуть брюки, как Паоло Роберто уже звонил ему в дверь. Он впустил гостя, усадил за обеденный стол и попросил подождать. Достав себе чистую рубашку, Микаэль приготовил две порции двойного эспрессо и разлил по чашкам, добавив по ложечке молока. Паоло Роберто с уважением посмотрел на это кулинарное произведение.

— Вы хотели поговорить со мной?

— Мне посоветовала Эрика Бергер.

— О'кей. Слушаю вас!

— Я знаю Лисбет Саландер.

Микаэль поднял брови:

— Вот как?

— Я немного удивился, услышав от Эрики Бергер, что вы тоже с нею знакомы.

— Лучше расскажите все с начала.

— О'кей. Так вот: позавчера я вернулся домой, проведя месяц в Нью-Йорке, и вдруг вижу в каждой чертовой газетенке на первой странице физиономию Лисбет. В газетах о ней пишут черт знает какие мерзости. И ни один черт не нашел для нее ни одного доброго слова!

— Вы уже три раза помянули черта на одном дыхании.

— Извините! Но очень уж у меня погано на душе. Вообще-то я позвонил Эрике, потому что мне надо было выговориться, а к кому обращаться, я и сам не знал. А поскольку тот журналист из Энскеда работал на «Миллениум» и, значит, должен был знать Эрику, то я ей и позвонил.

— О'кей.

— Даже если Саландер свихнулась и сделала все то, что ей приписывает полиция, она все-таки заслуживает, чтобы с ней поступили по справедливости. Как-никак у нас правовое государство, и прежде чем судить человека, надо его сначала выслушать.

— Я точно такого же мнения,— сказал Микаэль.

— Я это понял из разговора с Эрикой. Когда я звонил в «Миллениум», я думал, что вы там тоже против нее ополчились, тем более что этот журналист Даг Свенссон работал на вас. Но Эрика сказала, что вы считаете ее невиновной.

— Я знаю Лисбет Саландер. И мне трудно представить себе ее в роли сумасшедшей убийцы.

Неожиданно Паоло расхохотался.

— Скрытная она, конечно, девица. Но она хороший человек. Мне она понравилась.

— А откуда вы ее знаете?

— Я боксировал с Саландер еще тогда, когда ей было семнадцать лет.

Микаэль Блумквист крепко зажмурился и только через десять секунд открыл глаза, чтобы снова посмотреть на Паоло Роберто. Как всегда, Лисбет Саландер не переставала преподносить сюрпризы.

— Ну разумеется! Лисбет Саландер боксирует с Паоло Роберто! Вы же с ней спортсмены одной весовой категории!

— Я не шучу.

— Верю, верю. Как-то раз Лисбет говорила мне, что она иногда боксирует с парнями в каком-то клубе.

— Сейчас я все расскажу. Десять лет тому назад я поступил в Цинкенсдаммский клуб помощником тренера для работы с юниорами, которые хотели там заниматься. Я тогда уже был профессиональным боксером, а председатель юниорской секции этого клуба решил, что я буду хорошей приманкой, и я стал ходить туда по вечерам и работать с ребятами спарринг-партнером.

— Понятно.

— Получилось так, что я проработал там все лето и часть осени. Они как раз затеяли рекламную кампанию и старались привлечь к боксу больше молодежи. Действительно, тогда к ним пришло довольно много ребят пятнадцати-шестнадцати лет и постарше. Среди них было немало из иммигрантских семей. Уж лучше им было заниматься боксом, чем шататься по городу и хулиганить.

— О'кей.

— И вот однажды в разгар лета, откуда ни возьмись, является в клуб эта щупленькая пигалица. Ты же знаешь, как она выглядит? Пришла и заявила, что хочет учиться боксу.

— Представляю себе эту сцену!

— Там собралось полдюжины мужиков — все гораздо крупнее ее и раза в два больше весом, и тут, надо же, такая потеха! Я тоже потешался. Ничего особенно серьезного, так, немного поддразнивали ее. У нас там есть и девичья группа, и я еще глупо пошутил, что, мол, девчонкам разрешается боксировать только по четвергам или что-то вроде.

— Она-то, поди, не смеялась.

— Нет. Не смеялась. Только посмотрела на меня черными глазищами. И сразу взялась за оставленные кем-то боксерские перчатки. Они были не завязаны и явно для нее велики. Тут мы, мужики, еще громче захохотали. Понимаешь?

— Не очень-то красиво получилось.

Паоло Роберто снова засмеялся.

— Я выступил вперед и вроде как понарошку слегка ткнул в нее кулаком.

— Ого!

— Да уж! И тут она вдруг раз! — и заехала мне по морде!

Он опять захохотал.

— Я-то нарочно дурака валял и не ждал ничего такого. Не успел я опомниться, как пропустил уже два-три удара, и только тогда пришел в себя и начал парировать. Одним словом, мышечной силы у нее было ноль, и удар не удар, а точно тебя перышком мазнет. Но когда я начал парировать, она сменила тактику. Она действовала инстинктивно, и я пропустил еще несколько ударов. Тут уж я начал защищаться всерьез и обнаружил, что быстрота у нее прямо змеиная. Будь она покрупнее и посильнее, это был бы, если ты понимаешь, настоящий матч.

— Понимаю.

— И тут она снова сменила тактику и влепила мне зверский удар в пах. Очень даже чувствительный.

Микаэль кивнул.

— Ну, я в ответ тоже ударил и угодил ей в лицо. То есть не то чтобы по-настоящему двинул, а так, легонько ткнул. А она меня в ответ в коленку ногой. То есть дала мне прикурить! Я был втрое выше и плотнее ее, и у нее вообще не было никаких шансов, но дралась она со мной не на жизнь, а на смерть.

— Ты ее раздразнил.

— Потом-то я понял. И мне было стыдно. Я хочу сказать, что мы ведь развесили афиши, старались привлечь в клуб молодежь, и тут приходит она и просится совершенно серьезно, чтобы ее научили боксу, а ее встречает шайка мужиков и начинает над ней потешаться. Я сам бы с ума сошел, если бы кто-то так повел себя со мной.

Микаэль снова кивнул.

— И все это произошло за несколько минут. Под конец я схватил ее в охапку, уложил на лопатки и держал на полу, пока она не перестала брыкаться. У нее, черт возьми, на глазах были слезы, и она глядела на меня с такой злостью... Да уж!

— И ты начал заниматься с ней боксом.

— Когда она утихомирилась, я дал ей подняться и спросил: что, мол, как ты — всерьез хочешь учиться боксу? Она швырнула в меня перчатки и направилась к выходу. Я кинулся за ней и загородил ей дорогу. Я попросил прощения и сказал, что, если она это решила всерьез, я согласен ее учить, так что приходи, мол, завтра в пять часов.

Он немного помолчал, глядя перед собой.

— Назавтра у нас занималась девичья секция, и она действительно пришла. Я поставил ее на ринг с девушкой, которую звали Йенни Карлссон. Той было восемнадцать, и она уже два года занималась боксом. Нам было сложно найти для Лисбет партнершу, потому что в ее весовой категории были разве что двенадцатилетние пичуги. Поэтому я велел Йенни действовать осторожно и не бить по-настоящему, потому что Саландер еще совсем зеленая.

— И как же пошло дело?

— Честно сказать... Уже через десять секунд Йенни оказалась с разбитой губой. На протяжении целого раунда Саландер колотила ее, а сама уклонялась от всех ударов Йенни. Кто бы сказал, что эта девушка до того ни разу не выходила на ринг! Во втором раунде Йенни дошла до того, что стала уже драться всерьез, но ей ни разу не удалось попасть в Лисбет. Я прямо онемел. Никогда мне еще не приходилось видеть, чтобы настоящий боксер двигался с такой быстротой. Я сам бы хотел иметь хотя бы половину такой быстроты, как у Лисбет Саландер.

Микаэль кивнул.

— Проблема Саландер была в том, что удар у нее был никудышный по силе. Я начал ее тренировать. Пару недель она ходила у меня в девичью секцию и проиграла несколько матчей, потому что рано или поздно чей-то удар достигал цели и тогда приходилось прерывать бой и на руках утаскивать ее в раздевалку — она начинала беситься, пинаться, колотить куда попало и кусаться.

— Узнаю Лисбет!

— Она никогда не признавала своего поражения. И в конце концов она озлобила против себя почти всех девчонок, так что их тренер выгнал ее из секции.

— Вот так вот?

— Да. Вот так. С ней было совершенно невозможно боксировать. У нее был только один стиль, который мы называли стилем Терминатора. Она стремилась уничтожить противника, причем не имело значения, что это: тренировочный бой или дружеский спарринг. И девушки очень часто уходили домой со ссадинами от ударов ногами. И тут мне пришла в голову мысль. У меня были проблемы с одним пареньком, которого звали Самир. Ему было семнадцать лет, и он был выходцем из Сирии. Самир был хороший боксер, физически крепкий, и удар что надо. Но он не умел двигаться. Он все время стоял как вкопанный.

— О'кей.

— Ну вот я и попросил однажды Саландер прийти в тот вечер, когда у меня была назначена его тренировка. Я велел ей переодеться и выставил ее на ринг против него, в шлеме, с каппой — все как полагается. Сначала Самир отказывался с ней боксировать, потому что она, мол, «всего лишь какая-то там девчонка», ну и прочие отговорки в духе настоящего мачо. Тогда я громко и отчетливо сказал ему при всех, что это не спарринг, и предложил пари, что она его побьет. Ей я тоже сказал, что это не тренировка и Самир будет драться с ней на полном серьезе. Она посмотрела на меня с этим своим недоверчивым выражением. Когда прозвучал гонг, Самир все еще стоял разинув рот. А Лисбет двинулась в атаку за короля и отечество и вдарила ему по роже, да так, что он прямо и сел на задницу. К тому времени у нее было позади целое лето тренировок, появились мускулы и удар стал немного весомее.

— Представляю себе, как обрадовался Самир!

— Ну, об этом деле вспоминали потом не один месяц! Самира она отлупила, как мальчишку. Она выиграла по очкам, а будь она физически посильнее, то просто бы его изувечила. Через некоторое время Самир пришел в такое отчаяние, что начал драться по-настоящему. Я жутко боялся, что он сумеет ее достать, тогда пришлось бы вызывать «скорую». Она защищалась, подставляя плечо, и летела на веревки, потому что удары такой силы ее отбрасывали. Плечи у нее были все в синяках, но Самир ни разу не сумел провести настоящий удар.

— Вот черт! Жаль, я этого не видел!

— После того вечера мужики в клубе зауважали Саландер, особенно Самир. И я стал ставить ее на спарринг с парнями, которые были гораздо крупнее и тяжелее ее. Она была моим секретным оружием, и это были чертовски хорошие тренировки! Мы установили план, по которому задачей

Лисбет было провести пять ударов с попаданием в разные точки тела: в челюсть, лоб, живот и так далее. А ее партнеры должны были обороняться и защищать эти точки. Провести бой с Саландер стало вопросом престижа. Это было все равно что сражаться с шершнем. Мы так и звали ее — Оса, и она стала для клуба чем-то вроде талисмана. По-моему, ей это нравилось, так как однажды она пришла в клуб с вытатуированной на шее осой.

— И как долго это все продолжалось?

— Раз в неделю в течение трех лет. На условиях полного рабочего дня я проработал там только одно лето, а потом уже бывал урывками. Тренировать Саландер продолжала Путте Карлссон — наш тренер юниорской группы. Потом Саландер поступила на работу, и у нее уже не было времени приходить так часто, как раньше, но вплоть до прошлого года она являлась на тренировки через пару недель. Я встречался с ней несколько раз в год, и мы проводили спарринг. Это были хорошие тренировки, такие, что заставляют попотеть. Она почти никогда ни с кем не разговаривала. Если не было спарринга, она могла два часа подряд интенсивно работать с грушей и колотила ее так, словно перед ней смертельный враг.

Глава

23

Микаэль приготовил еще два эспрессо. Попросив извинения, он закурил сигарету. Паоло Роберто только пожал плечами. Микаэль задумчиво смотрел на него.

Паоло Роберто выглядел как человек прямой, любитель резать правду-матку. Микаэль сразу понял, что и в частной жизни он такой же непокладистый, но что в то же время он умен и скромен. Еще он помнил, что Паоло Роберто стремится также сделать политическую карьеру в качестве кандидата в риксдаг от социал-демократической партии. Микаэль все больше убеждался, что у этого парня есть голова на плечах, и поймал себя на невольной симпатии к этому человеку.

— И почему же ты пришел с этим ко мне?

— Саландер влипла в очень неприятную историю. Ей нужен друг, который был бы на ее стороне.

Микаэль кивнул.

— А почему ты думаешь, что она невиновна? — спросил Паоло.

— Это трудно объяснить. Лисбет никогда ничего не прощает, но я просто не могу поверить, когда мне говорят, будто она застрелила Дага и Миа. Особенно Миа. У нее не было никакого мотива...

— Известного нам мотива...

— О'кей. Лисбет не раздумывая могла бы применить силу против кого-то, кто это заслужил. И все же не знаю... Я расспрашивал инспектора полиции Бубланьски, который ведет это следствие. Мне кажется, что для убийства Дага и Миа была какая-то причина, и думаю, что кроется она в том репортаже, над которым работал Даг.

— Если ты прав, то ей нужен не просто друг, который поддержит ее морально, когда ее поймает полиция. Ей нужна поддержка совсем другого рода.

— Я знаю.

У Паоло Роберто сверкнул в глазах злой огонек.

— Если она ни в чем не виновата, то, значит, она очутилась в центре ужаснейшего юридического скандала, равного которому не было в истории. Полиция и СМИ обвиняют ее в убийстве, и вся та грязь, которую о ней пишут...

— Я знаю.

— Так что же мы может сделать? Могу я хоть чем-то помочь?

Микаэль немного подумал.

— Самая лучшая помощь, какую мы могли бы ей оказать, это найти другого подозреваемого. Над этим я сейчас и работаю. Не самая лучшая, но все-таки помощь состоит в том, чтобы найти ее саму, пока ее не успела пристрелить полиция. Ведь Лисбет не тот человек, который может добровольно сдаться.

Паоло Роберто кивнул.

— И как нам ее найти?

— Не знаю. Есть, правда, одно дело, которое ты мог бы сделать. Чисто практически, если у тебя будет такое желание.

— Моя девушка уехала на всю неделю. У меня есть и время и желание.

— Так вот, я подумал, раз уж ты боксер...

— Да?

— У Лисбет есть подруга — Мириам Ву, ты наверняка про нее читал.

— Она более известна как лесбиянка и садомазохистка со склонностью к играм в духе БДСМ. Да, я читал о ней.

— У меня есть номер ее мобильника, и я пытался до нее дозвониться. Она дает отбой, как только услышит, что с ней говорит журналист.

— Ее можно понять.

— Мне самому некогда охотиться за Мириам Ву. Но я читал, что она занимается кикбоксингом. И я подумал, если с ней захочет поговорить известный боксер...

— Понял. И ты надеешься, что через нее мы выйдем на Саландер.

— Полиции она сказала, что понятия не имеет, где живет Лисбет Саландер. Но я думаю, стоит попробовать.

— Дай мне ее номер. Я попытаюсь ее найти.

Микаэль передал ему номер мобильника и адрес на Лундагатан.

Гуннар Бьёрк провел выходные, пытаясь проанализировать положение своих дел. Его будущее висело на волоске, и ему нужно было хорошо разыграть те плохие карты, которые ему достались.

Микаэль Блумквист — мерзкая скотина. Вопрос только в том, стоит ли попробовать уговорить его молчать о связях Бьёрка с теми проклятыми девчонками. Совершенное им было непозволительно, и он нисколько не сомневался, что вылетит с треском, если это откроется. Газеты его просто порвут. Полицейский из Службы безопасности, пользующийся услугами несовершеннолетней проститутки... Хотя бы эта несчастная шлюха была чуть постарше!

Но бездействовать означало самому подписать себе приговор. У Бьёрка хватило ума ничего не говорить Микаэлю Блумквисту. Он все прочел по его лицу и заметил его реакцию: Блумквист сам мучился, он искал информацию, но ему придется за нее заплатить. Ценой будет его молчание. Это был единственный выход.

Вопрос о Зале означал, что в расследовании убийства появилось совершенно новое уравнение.

Даг Свенссон разыскивал Залу.

Бьюрман тоже разыскивал Залу.

А комиссар Бьёрк был единственным человеком, который знал, что между Залой и Бьюрманом существовала связь, а из этого следовало, что от Залы вела ниточка и к Энскеде, и к площади Уденплан.

А это уже создавало для дальнейшего благополучного существования Бьёрка еще одну драматическую проблему. Ведь это он передал Бьюрману информацию о Залаченко, сделав это просто по дружбе и не подумав о том, что эти сведения по-прежнему оставались секретными. Такая, казалось бы, мелочь, однако из-за нее сделанное стало непростительной ошибкой.

К тому же, с тех пор как в пятницу у него побывал Микаэль Блумквист, он совершил еще одно преступление. Как полицейский, он был обязан, получив информацию, имеющую отношение к расследованию убийства, немедленно сообщить об этом. Но, передав эту информацию инспектору Бубланскому или прокурору Экстрёму, он тем самым автоматически разоблачил бы себя самого. Это стало бы достоянием общественности — не то, что касалось шлюх, а история с Залаченко.

В субботу он поспешил наведаться на свое рабочее место в отдел безопасности в Кунгсхольме, извлек все старые бумаги, относящиеся к Залаченко, и перечитал собранный материал. Он сам писал эти донесения, но с тех пор прошло уже много лет. Последний документ был десятилетней давности.

Залаченко.

Этот скользкий черт!

Зала.

Гуннар Бьёрк сам записал в своем расследовании это прозвище, но, сколько он помнил, никогда им не пользовался.

Однако связь была совершенно очевидна — связь с Энскеде, с Бьюрманом и с Саландер.

Гуннар Бьёрк задумался. Ему еще не было ясно, как все части головоломки связаны между собой, но он, кажется, догадывался, почему Лисбет Саландер отправилась в Энскеде. Он легко мог себе представить, что Лисбет Саландер в припадке ярости убила Дага Свенссона и Миа Бергман либо потому, что они отказались ей помогать, либо потому, что чем-то ее спровоцировали. У нее был мотив, о котором знал только Гуннар Бьёрк и, может быть, еще два-три человека.

Она же совершенно сумасшедшая. Бог даст, ее при аресте застрелит какой-нибудь полицейский. Она знает, и если она заговорит, то все может раскрыться.

Но как тут ни рассуждай, факт оставался фактом: лично для него молчание Микаэля Блумквиста было единственным шансом, а ничто другое его сейчас не волновало. Он чувствовал, как в нем нарастает отчаяние. Надо добиться от Блумквиста, чтобы тот согласился признать его своим анонимным источником и молчать о его... пикантных похождениях с этими чертовыми шлюхами. Эх, если бы, черт возьми, Саландер прострелила башку этому Блумквисту!

Он бросил взгляд на телефонный номер Залаченко и взвесил за и против того, чтобы ему позвонить. Но так ни на что и не решился.

Микаэль взял себе за правило регулярно подводить итог своих розысков. После ухода Паоло Роберто он посвятил час этой задаче. Получались записки, по форме напоминающие дневник, в котором он излагал свои мысли и в то же время точно фиксировал все разговоры, встречи и прочие части проделанной работы. Документы он хранил в зашифрованном виде, а копии пересылал Эрике Бергер и Малин Эрикссон, чтобы постоянно держать в курсе своих коллег.

Даг Свенссон пристально занимался Залой в последние недели перед своей гибелью. Это имя впервые прозвучало в последнем их с Микаэлем телефонном разговоре, за два часа до убийства. Гуннар Бьёрк утверждал, что ему о Зале кое-что известно.

Когда Микаэль подытожил то, что ему удалось узнать о Бьёрке, сведений набралось совсем немного.

Гуннару Бьёрку было шестьдесят два года, родился в Фалуне, не женат, в полиции работал с двадцати одного года. Начал как патрульный, но окончил юридический факультет и попал в тайную полицию уже в двадцать шесть или двадцать семь лет. Это случилось в 1969-м или 1970 году, как раз под конец того периода, когда начальником службы безопасности был Пер-Гуннар Винге.

Винге был уволен после того, как в одном разговоре с губернатором Норрботтена Рагнаром Лассинанти он назвал Улофа Пальме русским шпионом. После этого один за другим посыпались скандалы, в том числе убийство Пальме. Микаэль не имел ни малейшего представления, какую роль играл (и играл ли вообще) Гуннар Бьёрк в драматических событиях, происходивших в тайной полиции на протяжении последних тридцати лет.

Развитие карьеры Бьёрка в период 1970—1985 годов оставалось неизвестным, что и неудивительно, поскольку деятельность отдела безопасности всегда была засекреченной. Может быть, он точил карандаши в каком-нибудь архиве, а может быть, находился в Китае в качестве тайного агента. Но последнее было все же маловероятно.

В октябре 1985 года Бьёрк был переведен в Вашингтон, где два года прослужил в шведском посольстве. С 1988 года он вновь вернулся в Стокгольм на службу в тайной полиции. В 1996 году он стал публичной фигурой, так как был назначен заместителем начальника отдела по делам иностранных граждан. Чем именно он там занимался, Микаэль не мог в точности узнать. После 1996 года Бьёрк неоднократно выступал в средствах массовой информации в связи с высылкой того или иного неблагонадежного араба, в 1998 году он привлек всеобщее внимание, когда из страны выслали целую группу иракских дипломатов.

Какое это имеет отношение к Лисбет Саландер и убийству Дага и Миа? Вероятно, никакого.

Но Гуннар Бьёрк что-то знает о Зале.

Поэтому тут, вероятно, имеется какая-то связь.

———

Эрика Бергер никому, даже своему мужу, от которого у нее обычно не было тайн, не рассказывала, что собирается переходить под крыло Большого Дракона — в «Свенска моргонпостен». В «Миллениуме» ей оставалось работать еще месяц. Ей было страшно. Она знала, что оставшиеся дни пролетят очень быстро и неожиданно наступит последний день ее работы главным редактором.

Вдобавок ее грызла тревога за Микаэля. Прочитав его последние сообщения по электронной почте, она почувствовала, что у нее защемило сердце. Все признаки были налицо. В нем проснулось упорство, которое два года тому назад заставило его вцепиться в Хедестад, та же настырность, которой он был одержим, когда воевал против Веннерстрёма. Начиная с Великого четверга для него перестало существовать все, кроме желания выяснить, кто убил Дага и Миа, и стремления так или иначе снять подозрения с Лисбет Саландер.

Несмотря на то что она полностью сочувствовала его целям (Даг и Миа были и ее друзьями тоже), одна черта Микаэля ее всегда несколько смущала: стоило ему напасть на след добычи, как все остальное для него утрачивало значение.

С того момента, как он позвонил ей вчера и сообщил, что бросил вызов инспектору Бублански и вступил с ним в соревнование, словно какой-нибудь несчастный мачо или ковбой, она сразу поняла, что теперь с ним невозможно будет иметь дело, пока он не добьется решения поставленной задачи. Теперь он будет попеременно то восхищаться собой, то впадать в депрессию. И где-то в его уравнении будет присутствовать риск, скорее всего, совершенно неоправданный.

И потом — Лисбет Саландер! Эрика видела ее всего один раз и слишком мало знала об этой странной девушке, чтобы полностью разделять убеждение Микаэля в ее невиновности. А вдруг прав был Бублански? Вдруг она преступница? Только представить себе, что Микаэль сумеет ее разыскать и окажется лицом к лицу с психопаткой, вооруженной огнестрельным оружием!

Неожиданный разговор с Паоло Роберто сегодня утром отнюдь ее не успокоил. Конечно, хорошо, что Микаэль будет не одинок в своем стремлении поддержать Саландер, но только ему не хватало связываться с таким мачо, как Паоло Роберто!

Вдобавок ко всему ей нужно было подыскать себе замену, кого-нибудь, кто вместо нее встанет у руля «Миллениума». Причем теперь с этим уже приходилось спешить. Она хотела было позвонить Кристеру Мальму и обсудить это дело, но поняла, что не может поделиться своим решением с ним, не сказав о нем сначала Микаэлю.

Микаэль был блестящий репортер, но для должности главного редактора совершенно не годился. В этом случае Кристер был гораздо более подходящей кандидатурой, но она сомневалась, что он примет подобное предложение. Малин еще чересчур молода и нерешительна, Моника Нильссон — слишком занята собой. Хенри Кортес — хороший репортер, но тоже слишком молод и неопытен для такой должности. Лотта Карим была слишком мягкой. И в то же время у Эрики не имелось уверенности, что Кристер и Микаэль согласятся принять вместо нее нового человека со стороны.

Она попала в ужасный переплет!

Не так бы она хотела завершить годы, отданные работе в «Миллениуме».

В воскресенье вечером Лисбет Саландер вновь открыла «Асфиксию I.3.» и вошла в зеркальный жесткий диск «Мик-Блум/лэптоп». Убедившись, что он в настоящий момент не находится в Сети, она целый час читала то, что у него появилось нового за последние два дня.

Во время чтения журнала расследования, который вел Микаэль, у нее мелькнула мысль, не ради ли нее он пишет все так подробно, а если так, то что бы это могло означать. Он, конечно, сознавал, что она заходит в его компьютер, а значит, хотел, чтобы она прочитывала все им написанное. Но вопрос был в том, чего он *не* пишет. Зная, что она просматривает материал, он мог манипулировать потоком информации. Между делом она отметила, что он, по всей видимости, не продвинулся особенно далеко, а только бросил вызов инспектору Бублански, пообещав доказать, что она невиновна. Это почему-то вызвало у нее раздражение. Микаэль Блумквист делал выводы на основе не фактов, а эмоций. Наивный простофиля!

Однако он все-таки тоже вышел на Залу. «Правильно мыслишь, Калле Блумквист!» — одобрила его Лисбет. Она спрашивала себя, стал ли бы он интересоваться Залой, если бы она не подбросила ему это имя.

Затем с легким удивлением она обнаружила, что на сцене внезапно появился Паоло Роберто. Это была отличная новость, и Лисбет вдруг улыбнулась. Ей нравился этот задавака — настоящий мачо до кончиков ногтей. Когда они встречались на ринге, он здорово задавал ей жару. То есть в тех случаях, когда ему удавалось ее достать.

Внезапно она так и подскочила на стуле, расшифровав и прочитав последнее сообщение, посланное Микаэлем Блумквистом Эрике Бергер.

Гуннар Бьёрк. Полицейский из Службы безопасности, имеет информацию о Зале.

Гуннар Бьёрк знаком с Бьюрманом.

Лисбет смотрела перед собой невидящим взглядом, мысленно выстраивая треугольник: Зала — Бьюрман — Бьёрк. Yes, that makes sense*. До сих пор она никогда не рассматривала эту проблему в таком аспекте. Пожалуй что Микаэль Блумквист не такой уж дурачок. Но он, конечно, не понимает, какая между ними связь. Она и сама этого не понимала, хотя знала о происшедшем гораздо больше, чем он. Она мысленно оценила значение Бьюрмана и поняла, что раз он знаком с Бьёрком, это делает его гораздо более важной фигурой, чем ей казалось до сих пор.

Лисбет подумала, что, пожалуй, придется самой наведаться в Смодаларё.

---

* Да, это похоже на правду *(англ.)*.

Затем она вошла в жесткий диск Микаэля и создала новый документ в папке «Лисбет Саландер», назвав его «Угол ринга». Надо, чтобы он увидел его, когда в следующий раз откроет ноутбук. В нем она написала следующее:

1. Держись подальше от Телеборьяна. Он злой человек.

2. Мириам Ву не имеет к этому делу никакого отношения.

3. Ты правильно сделал, обратив внимание на Залу. Он — ключевая фигура. Но ты не найдешь его ни в каких регистрах.

4. Между Бьюрманом и Залой есть какая-то связь. Я не знаю какая, но работаю над этим вопросом. Бьёрк?

5. Важно: существует полицейское расследование, касающееся меня, от 1991 года. Я не знаю номера, под которым оно числится, и не могу его найти. Почему Экстрём не передал его СМИ? Ответ: его нет у него в компьютере. Вывод: он не знает о его существовании. Как это могло случиться?

Немного подумав, она добавила к написанному следующее:

PS. Микаэль, я не совсем невиновна. Но я не стреляла в Дага и в Миа и не имею никакого отношения к их убийству. Я виделась с ними вечером перед самым убийством, но ушла от них раньше, чем это случилось. Спасибо, что ты веришь в меня! Передай привет Паоло и скажи ему, что у него превосходный левый хук.

Поразмыслив еще немного, она поняла, что у такой, как она, информационной наркоманки нет сил терпеть неизвестность. И написала еще одну строчку:

PS2/ Откуда тебе известно насчет Веннерстрёма?

Микаэль Блумквист обнаружил созданный Лисбет документ через три часа. Он перечитал ее послание строчку за строчкой не менее пяти раз. Впервые она сделала прямое заявление о том, что не убивала Дага и Миа. Он верил ей и почувствовал огромное облегчение. И наконец-то она согласилась с ним общаться, хотя, как всегда, говорила одними загадками.

Мысленно он также отметил, что, отрицая свою причастность к убийству Дага и Миа, она ничего не говорит о Бьюрмане. Микаэль объяснил это себе тем, что в своем послании упоминал только Дага и Миа. Немного подумав, он создал «Угол ринга 2».

Привет, Салли!
Спасибо, что наконец-то сказала, что ты невиновна. Я верил в тебя, но даже на меня подействовала шумиха в прессе и заставила сомневаться. Прости меня! Приятно было услышать это прямо с твоей клавиатуры. Осталось только обнаружить настоящего убийцу. Нам с тобой уже приходилось это делать. Если бы ты не говорила такими загадками, это очень облегчило бы дело. Полагаю, что ты читаешь мой дневник расследований. Так что ты более или менее в курсе моих дел и соображений. Думаю, что Бьёрк что-то знает, на днях я поговорю с ним еще раз. Не иду ли я по неверному следу, разыскивая клиентов проституток?
То, что ты сказала про полицейское расследование, страшно меня удивило. Я поручу заняться этим моей сослуживице Малин. Тебе ведь тогда было лет двенадцать-тринадцать? О чем шла речь в расследовании?
Твое мнение о Телеборьяне я для себя отметил. М.
PS. Что касается Веннерстрёма, ты допустила одну ошибку. Я знал, что ты сделала, еще в Сандхамне во время рождественских праздников, но не стал расспрашивать, раз ты сама об этом не говорила. И я не собираюсь рассказывать тебе, в чем заключалась ошибка, пока мы не встретимся за чашкой кофе.

Ответ пришел через три часа.

Забудь про клиентов. Интерес представляет Зала. И один белокурый великан. Но полицейское расследование должно иметь большое значение, раз кто-то хочет его утаить. Вряд ли это объясняется случайной недоработкой.

Назначив на понедельник утреннее совещание с группой инспектора Бублански, прокурор Экстрём явился на него в дурном расположении духа. Более недели уже велись поиски подозреваемой, но до сих пор не дали результатов, несмотря на то что полиции было известно ее имя и у нее была приметная внешность. Настроение Экстрёма не улучшилось, когда Курт Свенссон, дежуривший в выходные, доложил о последних событиях.

— Вторжение в квартиру?

— В воскресенье вечером позвонил сосед, который заметил, что с опечатанной квартиры Бьюрмана сорвана лента. Я съездил туда с проверкой.

— И что же оказалось?

— Лента была разрезана в трех местах. Очевидно, бритвой или хозяйственным ножом. Разрезано очень аккуратно, так что не сразу заметишь.

— Ограбление? Некоторые хулиганы специализируются на покойниках...

— Нет, ограбления не было. Я обошел всю квартиру. Все ценные предметы — видео и тому подобные вещи — стоят на месте. Зато ключ от машины Бьюрмана лежал на кухонном столе на видном месте.

— Ключ от машины? — переспросил Экстрём.

— Йеркер Хольмберг в четверг побывал в квартире, беспокоился, не пропустили ли мы чего-нибудь. Среди прочего он проверял машину. Он клянется, что не оставлял на кухонном столе никакого ключа, и перед уходом он сам снова опечатал квартиру лентой.

— Но может быть, он все-таки оставил ключ на виду? Всякий может иногда допустить ошибку.

— Хольмберг этим ключом вообще не пользовался. Он пользовался дубликатом из связки Бьюрмана, которая была нами изъята.

Бублански потер подбородок:

— Так значит, это было не обычное ограбление?

— Это значит, что кто-то побывал там и рыскал по квартире. По-видимому, это произошло в промежутке между четвергом и воскресным вечером, когда сосед заметил, что лента разрезана.

— Иначе говоря, кто-то что-то искал... Йеркер?

— Там не осталось ничего, мы все уже изъяли.

— По крайней мере, насколько нам известно. Мотив убийства по-прежнему остается совершенно неясным. Мы исходили из того, что Саландер — психопатка, но даже психопату нужен какой-то мотив.

— И что же ты предлагаешь?

— Не знаю. Кто-то потратил время на то, чтобы обыскать квартиру Бьюрмана. Здесь требуется ответить на два вопроса. Первый: кто? И второй: зачем? Так что же мы упустили?

Ненадолго воцарилось молчание.

— Йеркер...

Йеркер Хольмберг безнадежно вздохнул:

— О'кей. Я отправляюсь на квартиру Бьюрмана и еще раз по ней пройдусь. С пинцетом.

В понедельник Лисбет Саландер проснулась в одиннадцать. Она еще с полчасика понежилась в постели, прежде чем встать, поставить кофе и принять душ. Покончив с утренним туалетом, она приготовила себе два больших бутерброда с сыром и уселась за компьютер, чтобы проверить, что новенького появилось у прокурора Экстрёма, и почитать интернет-издания различных дневных газет. Уже было заметно, что интерес к убийству в Энскеде падает. Затем она открыла папку с расследованиями Дага Свенссона и принялась внимательно читать записи его бесед с журналистом Пером-Оке Сандстрёмом, который пользовался услугами проституток, состоял на побегушках у секс-мафии и что-то знал о Зале. Кончив читать, она налила себе еще кофе, села к окну и стала обдумывать прочитанное.

К четырем часам план был готов.

Ей потребуются деньги. У нее имелись три кредитные карточки. Одна из них была выписана на Лисбет Саландер и потому практически бесполезна, вторая — на Ирене Нессер, но Лисбет старалась ею не пользоваться, так как предъявлять паспорт Ирене Нессер было рискованно, третья — на фирму «Уосп энтерпрайзис» и обслуживалась со счета, на котором лежало десять миллионов крон. По этой карточке можно было переводить деньги через Интернет, и ею мог воспользоваться любой человек, но при этом ему все же пришлось бы предъявлять удостоверение личности.

Она пошла на кухню, открыла жестянку из-под печенья и вынула из нее пачку бумажек. Наличными у нее нашлось по меньшей мере 950 крон. Кроме того, имелось еще 1800 американских долларов, залежавшихся с тех пор, как она вернулась в Швецию. Доллары можно было разменять в любом магазине «Форекс», не обнаруживая себя, и это несколько улучшало дело.

Она надела парик Ирене Нессер, оделась соответствующим образом и положила в рюкзак смену одежды и коробочку с театральным гримом. Теперь можно было покинуть Мосебакке и отправиться во вторую экспедицию. Она дошла пешком до Фолькунгагатан, оттуда до Эрстагатан и за несколько минут до закрытия зашла в магазин «Ватски». Там она купила изоляционную ленту, блок, тали и восьмиметровую хлопчатобумажную якорную веревку.

Обратно она поехала на шестьдесят шестом автобусе. На площади Медборгарплатс она увидела стоящую на остановке женщину и сперва ее не узнала, но где-то в мозгу прозвучал тревожный сигнал, и, взглянув на женщину еще раз повнимательнее, Лисбет сообразила: это была Ирена Флемстрём, кассирша из «Милтон секьюрити». Сейчас она поменяла прическу на более броскую. Когда девушка садилась в автобус, Лисбет тихонько из него вышла. Она напомнила себе, что надо быть осторожной, и непрестанно высматривала, не покажется ли еще где-то знакомое лицо. Дойдя к станции метро «Сёдра», она села на поезд, идущий в северном направлении.

———

Инспектор криминальной полиции Соня Мудиг пожала протянутую руку Эрики Бергер, которая тут же предложила ей чашечку кофе. В буфетной, куда они направились за кофе, обнаружились только рекламные кружки с символикой разных политических партий, профсоюзных организаций и предприятий.

— Сплошь посуда, полученная на различных предвыборных мероприятиях и в связи со взятыми интервью, — прокомментировала Эрика Бергер, протягивая ей кружку с логотипом LUF*.

Соня Мудиг только что провела три часа за письменным столом Дага Свенссона. Секретарь редакции Малин Эрикссон помогала ей разобраться в содержании книги и статей Дага и в порядке расположения материалов. Большой объем документов ее удивил: следствие считало непоправимым несчастьем пропажу компьютера Дага Свенссона, а между тем почти все копии спокойно лежали все это время в редакции «Миллениума».

Микаэля Блумквиста не было на месте, но Эрика Бергер дала Соне список материалов Дага Свенссона, которые тот убрал из его стола. Все это были сведения о личности источников информации. Под конец Соня Мудиг позвонила инспектору Бублански и обрисовала ему положение дел. В результате было принято решение изъять все материалы с рабочего места Дага Свенссона, включая принадлежащий «Миллениуму» компьютер, а если в интересах следствия потребуется также отобранный Блумквистом материал, то переговорами о его изъятии займется начальник следственного отдела. После разговора с Бублански Соня Мудиг составила протокол изъятия, а затем Хенри Кортес помог ей отнести материалы в машину.

В понедельник вечером Микаэль дошел до полного отчаяния. Начиная с предыдущей недели он проверил всего десять человек из списка имен, которые Даг Свенссон соби-

---

* LUF — Либеральный союз молодежи (Либерала унгдомс форбюндет).

рался привести в своей книге. При очередной встрече он видел перед собой озабоченного, взволнованного и напуганного человека; каждый из них имел в среднем годовой доход около четырехсот тысяч крон в год, а теперь дрожал, как последний трус.

Однако ни в одном случае он не заподозрил, что его собеседник скрывает нечто имеющее отношение к убийству Дага Свенссона и Миа Бергман. Напротив, несколько человек из тех, с кем ему довелось поговорить, просто боялись, что шумиха сделает еще тяжелее их собственное положение, если их имена будут названы в связи с этим убийством.

Микаэль открыл ноутбук и проверил, нет ли там нового сообщения от Лисбет. От нее ничего не было. Между тем в предыдущей почте она утверждала, что клиенты проституток не представляют интереса и он только напрасно тратит на них свое время. Он выругался словами, которые Эрика Бергер назвала бы «инновативным выражением с сексистским оттенком». Микаэль проголодался, но ему не хотелось заниматься приготовлением еды. К тому же он уже две недели не пополнял запасы продуктов, ограничиваясь разве что покупкой литра молока в соседней лавке. Он надел куртку и отправился в греческую таверну на Хорнсгатан, где заказал баранину, приготовленную на гриле.

Для начала Лисбет зашла на лестничную клетку, из предосторожности сделав круг мимо соседних зданий. Это были невысокие панельные дома с очень плохой звукоизоляцией, что было весьма некстати. Журналист Пер-Оке Сандстрём занимал угловую квартиру на третьем, и последнем, этаже. Дальше лестница вела на чердак, и вот это было очень удачно.

Проблема заключалась в том, что во всех окнах его квартиры не горел свет, то есть, по всей видимости, хозяин отсутствовал дома.

Она дошла до пиццерии, расположенной через несколько кварталов, заказала себе порцию «Гавайской» и устроилась в уголке с газетой. Без нескольких минут девять она купила в Пресс-бюро кофе с молоком и вернулась к панельному зданию. В квартире по-прежнему было темно. Она вошла в подъезд и села на чердачной площадке, откуда видна была расположенная одним лестничным пролетом ниже дверь, ведущая в квартиру Пера-Оке Сандстрёма. Она принялась за кофе, приготовившись ждать.

Инспектору криминальной полиции Хансу Фасте наконец удалось напасть на след Силлы Нурен, двадцативосьмилетней предводительницы сатанистской группы «Персты дьявола». Посетив ее в студии звукозаписи «Рисент трэш рекордс», располагавшейся в промышленном здании в Эльвшё, он испытал культурный шок, сравнимый с тем, который произошел при первой встрече португальцев с индейцами Карибского бассейна.

После нескольких неудачных попыток разведать что-то у ее родителей инспектору Фасте повезло узнать от сестры Силлы про студию звукозаписи, где она, по словам сестры, «участвовала» в записи CD-диска бэнда «Cold Wax»* из Борленге. Фасте ничего не слышал про этот бэнд и предполагал, что тот, по-видимому, состоит из парней двадцатилетнего возраста. Едва войдя в коридор, ведущий в студию, он окунулся в такой шквал оглушительных звуков, что у него даже перехватило дыхание. Он полюбовался на «Wax» через стеклянное окошко и подождал, пока в звуковой стене не образовалась щель.

У Силлы Нурен были длинные, черные как смоль волосы с красными и зелеными прядками и макияж в темных тонах. Она была пышно сложена и одета в короткую кофточку, из-под которой виднелся открытый живот с пирсингом на пупке. На бедрах у нее был пояс с заклепками, и в целом она выглядела как персонаж из французского фильма ужасов.

Фасте показал свое удостоверение и попросил разрешения побеседовать с ней. Она жевала резинку и смотрела на

---

* «Холодный воск» (англ.).

него со скептическим выражением, но в конце концов махнула рукой в сторону какой-то двери и отвела его в подобие гримерной. Войдя сюда, он тотчас же споткнулся о мешок с мусором, оставленный кем-то на самом пороге. Силла Нурен налила воды в пустую пластиковую бутылку, выпила ее до половины, села за стол и, закурив сигарету, обратила на Ханса Фасте пристальный взгляд ясных голубых глаз. Фасте вдруг растерялся, не зная, с чего начать.

— Что такое «Рисент трэш рекордс»? — спросил он.

На лице у нее появилось недовольное выражение:

— Компания, выпускающая диски новых молодых бэндов.

— И какую роль в ней играешь ты?

— Я — техник звукозаписи.

Фасте посмотрел на нее:

— Ты получила соответствующее образование?

— Не-а. Сама научилась.

— На это можно прожить?

— А почему ты спрашиваешь?

— Просто спросил. Я думаю, ты уже читала, что сейчас пишут о Лисбет Саландер.

Она кивнула.

— У нас есть сведения, что ты с ней знакома. Это так?

— Возможно.

— Так это или не так?

— Это зависит от того, что тебе надо.

— Я занимаюсь розыском сумасшедшей, совершившей тройное убийство. Мне требуется информация о Лисбет Саландер.

— Я ни разу не видела ее с прошлого года.

— Когда ты в последний раз с ней встречалась?

— Это было осенью позапрошлого года. В «Мельнице». Она туда одно время ходила, а потом вдруг перестала появляться.

— Ты пробовала с ней как-то связаться?

— Несколько раз пыталась позвонить ей по мобильнику. Номер не отвечает.

— И ты не знаешь, как ее найти?

— Нет.

— Что такое «Персты дьявола»?

Силла Нурен посмотрела на него насмешливо:

— Ты что же, газет не читал?

— Почему — не читал?

— Так там же написано, что мы — группа сатанистов.

— А это так?

— Похожа я на сатанистку?

— А как должна выглядеть сатанистка?

— Ну знаешь ли, мне даже трудно сказать, кто тут тупее: полиция или газеты!

— Послушайте, дамочка, речь идет о серьезных вещах!

— Это насчет того, сатанистки мы или нет?

— Перестань дурить и отвечай на мои вопросы!

— И о чем же ты спрашивал?

На секунду Ханс Фасте зажмурился и вспомнил, как он несколько лет тому назад ездил для обмена опытом в Грецию и знакомился с работой тамошней полиции. Несмотря на множество проблем, греческим полицейским жилось легче, чем шведским. Если бы Силла Нурен повела себя в Греции так, как сейчас, он мог бы нагнуть ее и три раза стукнуть дубинкой. Он снова взглянул на нее:

— Лисбет Саландер состояла в «Перстах дьявола»?

— Вряд ли.

— Что это значит?

— У Лисбет, по-моему, было очень плохо со слухом.

— Со слухом?

— С музыкальным. Она еще могла отличить трубы от барабанов, но это все, на что она была способна.

— Я спросил, участвовала ли она в группе «Персты дьявола».

— Это и был ответ на твой вопрос. Чем, по-твоему, вообще занимались «Персты дьявола»?

— Расскажи чем.

— Ты ведешь полицейское расследование по газетным статьям!

— Отвечай на вопрос!

— «Персты дьявола» были рок-группой. В середине девяностых годов собралась группа девушек — любительниц хард-рока, которые играли ради своего удовольствия. Знак пентаграммы мы использовали для сцены и подавали себя так, как будто мы немного симпатизируем дьяволу. С тех пор наша группа прекратила свое существование, и я единственная из всех, кто продолжает работать в области музыки.

— А Лисбет Саландер не была членом группы?

— Как я тебе и сказала.

— Так почему же источники утверждают, что Саландер была членом группы?

— Потому что твои источники — такие же дураки, как и газеты.

— Объясни!

— В группе нас было пять девчонок, и мы потом еще продолжали время от времени встречаться. Раньше мы собирались раз в неделю в «Мельнице», теперь мы это делаем примерно раз в месяц, но все-таки поддерживаем отношения между собой.

— И что же вы делаете, когда собираетесь вместе?

— А что, по-твоему, вообще делают в «Мельнице»?

Ханс Фасте вздохнул:

— Итак, вы встречаетесь, чтобы выпить спиртных напитков.

— Мы обычно пьем пиво. И болтаем о всякой всячине. Ты-то что делаешь, когда встречаешься с приятелями?

— И при чем же тут Лисбет Саландер?

— Я познакомилась с ней в школе для взрослых, когда мне было восемнадцать лет. Она иногда появлялась в «Мельнице» и составляла нам компанию за кружкой пива.

— Итак, «Персты дьявола» нельзя считать организацией?

Силла Нурен посмотрела на него так, как будто он свалился с луны.

— Вы — лесбиянки?

— Хочешь заработать по морде?

— Отвечай на вопрос!

— Не твое дело, кто мы такие.

— Сбавь тон и не провоцируй меня!

— Еще чего! Полиция утверждает, что Лисбет Саландер убила трех человек, а ко мне является с вопросами о моей сексуальной ориентации! Да катись ты к черту!

— Слушай! Я ведь могу тебя арестовать!

— Это за что же? Кстати, я забыла тебя предупредить, что я уже три года учусь на юридическом, а мой папа — это Ульф Нурен из адвокатской конторы «Нурен и Кнапе». See you in court*.

— Я думал, что ты работаешь в области музыки.

— Это я делаю ради собственного удовольствия. Неужели ты думаешь, что на это можно прожить?

— Не имею никакого представления, на что ты живешь.

— Да уж не за счет лесбиянства и сатанизма, как ты, может быть, думаешь! И если полиция на этом строит свое расследование, то меня нисколько не удивляет, что вы до сих пор никак не поймаете Лисбет Саландер.

— Ты знаешь, где она находится?

Силла Нурен начала раскачиваться перед ним из стороны в сторону и водить в воздухе руками:

— Я чувствую, что она где-то близко... Погоди немного, и я включу свои телепатические способности.

— Прекрати сейчас же!

— Слушай, я же тебе уже сказала, что ничего не слышала о ней вот уже почти два года. Я не имею ни малейшего представления о том, где она находится. Еще что-нибудь угодно?

Соня Мудиг включила компьютер Дага и потратила вечер на то, чтобы составить каталог информации, содержащейся на жестком диске и на приложенных к компьютеру

---

* Встретимся в суде *(англ.)*.

дискетах. За чтением книги Дага она засиделась до одиннадцати вечера.

Отсюда она узнала две вещи. Во-первых, она поняла, что Даг Свенссон блестяще владел пером и его объективное описание деятельности секс-мафии читалось с неослабевающим интересом. Она подумала о том, что хорошо бы было прочитать эту книгу слушателям Высшей школы полиции, так как его знания пошли бы на пользу учащимся. Так, например, Хансу Фасте было бы очень полезно узнать то, о чем рассказывал Свенссон.

Во-вторых, теперь она знала, почему Микаэль Блумквист считает изыскания Дага Свенссона возможным мотивом к его убийству. Намеченное Дагом разоблачение повредило бы не только отдельным лицам. Несколько известных деятелей, заседавших в судах на процессах по сексуальным преступлениям и участвовавших в публичных дебатах, были бы просто уничтожены. Микаэль Блумквист был прав: книга содержала в себе мотив для убийства.

Но если даже кто-то из любителей платного секса и решился под угрозой разоблачения убить Дага Свенссона, этот мотив не работал в отношении адвоката Бьюрмана. В материалах Дага адвокат Нильс Бьюрман даже не упоминался, и этот факт не только сильно подрывал аргументацию Микаэля Блумквиста, но значительно подкреплял предположение, что единственной возможной подозреваемой в этих убийствах является Лисбет Саландер.

Несмотря на отсутствие полной ясности в вопросе о мотивах убийства Дага Свенссона и Миа Бергман, связь Лисбет Саландер с местом преступления и орудием убийства была очевидна. Такие четкие технические доказательства трудно было истолковать как-то иначе, а они указывали на то, что именно Саландер произвела роковые выстрелы в квартире в Энскеде.

Вдобавок орудие убийства непосредственно связывалось с адвокатом Бьюрманом. Между этими лицами существовала несомненная связь, кроме того, налицо был и вероятный мотив. Судя по художественному украшению, найденному на животе Бьюрмана, речь могла идти или о злоупотреблении сексуального характера, или вообще о каких-то садомазохистских играх. Едва ли Бьюрман добровольно дал нанести себе такую необычную татуировку. Скорее можно было предполагать одно из двух: либо он испытывал наслаждение, подвергаясь унижению, либо Саландер (если это она выполнила татуировку) сначала привела его в беспомощное состояние. О том, как именно все происходило, Соня не хотела строить предположений.

Между тем Петер Телеборьян засвидетельствовал, что Лисбет Саландер применяла насилие только против тех лиц, со стороны которых она по той или иной причине ощущала угрозу или которые нанесли ей обиду.

Некоторое время Соня Мудиг размышляла о том, что сказал о Лисбет Саландер доктор Телеборьян. Судя по всему, он желал ее защитить и не хотел, чтобы его бывшая пациентка пострадала. Но в то же время следствие в основном опиралось на его анализ ее личности как социопатки, находящейся на грани психоза.

Однако мнение Микаэля Блумквиста нравилось ей больше.

Тихонько покусывая губы, она попыталась представить себе другой сценарий вместо принятого за основу, в котором Лисбет фигурировала в качестве единственной подозреваемой. Под конец она вооружилась шариковой ручкой и, борясь с сомнениями, написала в лежащем на столе блокноте одну строчку:

Два совершенно разных мотива? Двое убийц? Одно орудие убийства!

В голове у нее вертелась какая-то ускользающая мысль, которую ей никак не удавалось сформулировать, однако завтра утром на совещании у инспектора Бублански она собиралась поднять этот вопрос. Она и сама не могла себе объяснить, почему ей вдруг разонравилась версия, согласно которой Лисбет Саландер была единственной подозреваемой в убийстве.

На этом она завершила рабочий день, решительно выключив компьютер и спрятав в стол дискеты. Она надела куртку, погасила настольную лампу и, выйдя из кабинета, уже начала запирать дверь, как вдруг в конце коридора ей послышались какие-то звуки. Она нахмурила брови — ей казалось, что во всем отделе, кроме нее, уже не осталось ни души. Дверь в кабинет Ханса Фасте была приоткрыта, и, подойдя ближе, она услышала, как он разговаривает по телефону.

— Это, бесспорно, соединяет одно с другим,— произнес Фасте.

Немного постояв в нерешительности, она собралась с духом и постучала по косяку. Ханс Фасте резко вскинул голову и посмотрел на нее. Она помахала ему раскрытой ладонью.

— Мудиг еще здесь,— сообщил Фасте в трубку. Он кивал, слушая собеседника, но не спускал глаз с Сони.— О'кей. Я ей передам,— сказал он и положил трубку.

— Бубла,— пояснил он.— Зачем ты пришла?

— Что там «соединяет одно с другим»? — спросила она.

Он посмотрел на нее пристально.

— Подслушиваешь под дверью?

— Нет. Но твоя дверь была открыта, и ты сказал эти слова в тот момент, когда я постучала.

Фасте пожал плечами:

— Я позвонил Бубле, чтобы сообщить, что из криминалистической лаборатории наконец поступили полезные данные.

— Да что ты!

— У Дага Свенссона был мобильник с сим-картой компании «Комвик». Наконец-то они отыскали список его разговоров. Список подтверждает, что в двадцать часов двенадцать минут у него состоялся разговор с Микаэлем Блумквистом. Значит, Блумквист в это время действительно был в гостях у сестры.

— Прекрасно. Но я не думаю, что Блумквист имеет какое-то отношение к убийству.

— Я тоже не думаю. Но Даг Свенссон сделал в тот вечер еще один звонок. В двадцать один тридцать четыре, и разговор продолжался три минуты.

— И что?

— Он звонил адвокату Нильсу Бьюрману на его домашний телефон. Иными словами, появляется связь между двумя убийствами.

Соня Мудиг медленно опустилась в кресло для посетителей.

— Прошу! Присядь, пожалуйста, я не против!

Она не обратила внимания.

— О'кей. Как выглядит временная схема? Сразу после восьми Даг Свенссон звонит Микаэлю Блумквисту и договаривается о том, чтобы встретиться с ним попозже. В половине десятого Свенссон звонит Бьюрману. Перед самым закрытием ларька, то есть около десяти, Саландер покупает в Энскеде сигареты. В самом начале двенадцатого Микаэль Блумквист и его сестра приезжают в Энскеде, а в двадцать три одиннадцать он звонит в дежурную службу.

— Похоже, что все сходится, мисс Марпл!

— Но на самом деле ничего не сходится. По данным патологоанатома, Бьюрмана застрелили между десятью и одиннадцатью часами вечера. Саландер в это время уже была в Энскеде. Мы же полагали, что Саландер сперва застрелила Бьюрмана, а затем уже пару в Энскеде.

— Это ничего не значит. Я еще раз поговорил с патологоанатомом. Мы обнаружили Бьюрмана только на следующий день вечером, то есть почти через сутки. Патологоанатом говорит, что время смерти может расходиться с указанными данными на час.

— Но раз мы нашли орудие убийства в Энскеде, то Бьюрман был первой жертвой. Тогда, значит, она должна была застрелить Бьюрмана после двадцати одного тридцати четырех и тотчас же приехать в Энскеде покупать там сигареты. Разве этого времени хватило бы, чтобы добраться от Уденплан в Энскеде?

— Да, хватило. Она ехала не на общественном транспорте, как мы думали раньше. У нее же была машина. Мы с Сонни Боманом только что проверили это, и нам вполне хватило времени.

— Но затем она ждет час, прежде чем застрелить Дага Свенссона и Миа Бергман. Что она делала все это время?

— Пила с ними кофе. У нас есть ее отпечатки, снятые с чашки.

Он бросил на Соню Мудиг торжествующий взгляд. Она вздохнула и несколько минут помолчала.

— Ханс, ты относишься к этому так, словно для тебя это вопрос престижа. Иногда ты бываешь совершенным поганцем и можешь довести человека до белого каления, но сейчас я постучалась к тебе, чтобы попросить извинения за пощечину. Это было непозволительно.

Он долго смотрел на нее.

— Знаешь, Мудиг, ты, может быть, и считаешь меня поганцем. А я считаю, что ты ведешь себя непрофессионально и тебе нечего делать в полиции. По крайней мере, на этом уровне.

Соня Мудиг подумала, что ей есть что ему ответить, но она только пожала плечами и встала с кресла.

— О'кей. Теперь мы выяснили, что друг о друге думаем,— сказала она.

— Мы выяснили, что думаем друг о друге. И поверь мне, ты долго здесь не задержишься.

Выйдя из кабинета, Соня Мудиг захлопнула за собой дверь резче, чем собиралась, и пошла вниз, в гараж за своей машиной. Нельзя давать этому чертову дураку ее разозлить! Ханс Фасте самодовольно ухмылялся, глядя на закрытую дверь.

Едва Микаэль Блумквист пришел домой, как зазвонил его мобильный телефон.

— Привет! Это Малин. Ты можешь поговорить?

— Да, конечно.

— Вчера мне вдруг бросилась в глаза одна вещь.

— Рассказывай!

— Я перечитывала в редакции подборку газетных вырезок о погоне за Саландер и наткнулась на большой разворот о ее пребывании в психиатрической лечебнице.

— Да?

— Может быть, это и не имеет такого значения, но я удивилась, почему в ее биографии есть такой большой пробел.

— Пробел?

— Ну да! Там есть масса деталей обо всех скандалах, в которых она была замешана, когда ходила в школу. Скандалы с учителями и одноклассниками и все такое.

— Да, я помню. Какая-то учительница сказала, что боялась ее, когда она училась в средней школе.

— Биргитта Миоос.

— Да, точно.

— Есть довольно много подробностей о том времени, когда Лисбет лежала в детской психиатрической больнице, плюс уйма деталей о приемных семьях, в которых она жила, когда была подростком, о драке в Старом городе и прочее.

— Да. И в чем же соль?

— Ее забрали в психиатрическую больницу незадолго до того, как ей исполнилось тринадцать лет.

— Да.

— Но там ни слова не сказано о том, почему ее отправили в лечебницу.

Микаэль помолчал.

— Ты думаешь, что...

— Я думаю, что если двенадцатилетнюю девочку направляют в психиатрическую лечебницу, то для этого должен иметься весомый повод, нечто важное, случившееся перед этим. А в ее случае должно было произойти какое-то заметное событие в биографии, что-то совсем из ряда вон выходящее. А между тем никакого объяснения нет.

Микаэль нахмурился.

— Малин, мне известно из надежного источника, что существует полицейское расследование по делу Лисбет Саландер, датированное февралем девяносто первого года, когда ей было двенадцать лет. В журнале такая запись отсутствует. Я как раз хотел просить тебя поискать это дело.

— Если велось следствие, то о нем, конечно, должна иметься запись в журнале. Ее отсутствие незаконно. Ты действительно обнаружил такой факт?

— Нет, но мой источник говорит, что оно не отмечено в журнале.

Малин помолчала секунду:

— А насколько можно положиться на твой источник?

— На него можно положиться вполне.

Малин еще немного помолчала. Вывод пришел им в голову одновременно.

— Служба безопасности,— сказала Малин.

— Бьёрк,— добавил Микаэль.

Глава
24

Вторник, 5 апреля

Пер-Оке Сандстрём, сорокасемилетний независимый журналист, вернулся к себе домой в Сольну вскоре после полуночи. Он был немножко под хмельком, поскольку пытался алкоголем приглушить панику, затаившуюся где-то в животе. Весь день он провел в бездействии, томясь от страха.

Минуло уже почти две недели с тех пор, как в Энскеде был застрелен Даг Свенссон. В тот вечер услышанная по телевизору новость ошарашила Сандстрёма. Он даже ощутил прилив облегчения и надежды: Свенссон мертв и тем самым, возможно, будет покончено с книгой о трафике секс-услуг, в которой он собирался разоблачить Сандстрёма. Вот черт! Из-за одной лишней шлюхи и так влипнуть!

Он ненавидел Дага Свенссона. Он упрашивал его и умолял, буквально ползал на коленях перед этой сволочью!

В день после убийства Сандстрём, охваченный эйфорией, не мог связно мыслить. И только на следующий день он по-настоящему задумался. Раз Даг Свенссон работал над книгой, в которой он собирался выставить его на всеобщее обозрение в качестве насильника с педофильскими наклонностями, то можно было с достаточной степенью вероятности предположить, что полиция докопается до его шалостей. Господи! Его же могут заподозрить в убийстве!

Его панический страх несколько поутих, когда во всех газетах на первой странице появилась фотография Лисбет

Саландер. Кто, черт возьми, такая эта Лисбет Саландер? Он ничего о ней не слышал. Но полиция явно считала ее главной подозреваемой, и, согласно публичному заявлению одного прокурора, дело уже шло к раскрытию убийства. Возможно, интерес к его персоне не успеет возникнуть. Однако он по собственному опыту знал, как журналисты порой придерживают некоторые материалы и записи. «Миллениум». Паршивый, грязный журналишко с незаслуженно хорошей репутацией! На самом деле он такой же, как все остальные. Роют землю, поднимают крик и причиняют вред людям.

Он не знал, в какой стадии находится работа над книгой, не знал, что им известно, и ему некого было спросить. Он чувствовал себя словно в каком-то вакууме.

Всю последующую неделю он то и дело переходил от паники к эйфории. Полиция его не искала. Может быть (везет же иногда дуракам), он выйдет сухим из воды. А если не повезет, то его жизнь кончена.

Он вставил ключ в замок и повернул. Отворив дверь, он внезапно услышал у себя за спиной шипение и ощутил парализующую боль в пояснице.

Гуннар Бьёрк никак не мог уснуть и сидел на кухне в пижаме и халате, размышляя в темноте над своей дилеммой. За всю свою многолетнюю карьеру он еще ни разу не попадал в такую неприятную ситуацию. Вдруг зазвонил телефон.

Сперва он не хотел отвечать. Взглянув на часы, он увидел, что шел уже первый час, но телефон продолжал звонить, и после десятого звонка он не удержался. А вдруг это что-то важное!

— Говорит Микаэль Блумквист,— послышалось в трубке.

Вот черт, только этого не хватало!

— Уже первый час ночи. Я спал.

— Извиняюсь. Но я подумал, что вам будет интересно узнать то, что я вам скажу.

— Что вам надо?

— Завтра в десять часов я устраиваю пресс-конференцию по поводу убийства Дага Свенссона и Миа Бергман.

Гуннар Бьёрк с трудом проглотил застрявший в горле комок.

— Я собираюсь рассказать о деталях неоконченной книги Дага Свенссона о секс-мафии. Единственным клиентом проституток, которого я собираюсь назвать по имени, будете вы.

— Вы обещали, что дадите мне время...

Услышав панический страх в своем голосе, он замолчал.

— Прошло уже несколько дней. Вы обещали позвонить мне после выходных. Завтра — вторник. Либо вы будете говорить, либо завтра я провожу пресс-конференцию.

— Если вы устроите пресс-конференцию, то никогда ничего не услышите о Зале.

— Возможно. Но тогда это будет уже не моя проблема. Тогда вам придется объясняться не со мной, а с официальными следователями. И разумеется, со всеми СМИ Швеции в придачу.

Дальнейшие переговоры были напрасны.

Бьёрк согласился на встречу с Микаэлем Блумквистом, но сумел отсрочить ее до четверга. Еще одна короткая передышка. Но он был подготовлен.

Теперь либо пан, либо пропал!

Сандстрём не знал, сколько времени он пробыл без сознания, но, придя в себя, понял, что лежит на полу своей гостиной. У него болело все тело, и он не мог пошевельнуться. До него не сразу дошло, что руки у него связаны за спиной чем-то похожим на изоляционную ленту и ноги тоже связаны. Широким куском той же изоляционной ленты у него был заклеен рот. В квартире был зажжен свет, жалюзи опущены. Он не мог понять, что происходит.

Потом он расслышал какие-то звуки, доносившиеся из его кабинета. Он затих и прислушался: слышно было, как там кто-то выдвигает и задвигает ящики. Грабители? Он различил шуршание бумаги: кто-то рылся в его ящиках.

Прошла целая вечность, прежде чем сзади послышались шаги. Он попытался повернуть голову, но никого не разглядел.

Он старался сохранить спокойствие, но внезапно через его голову скользнула веревочная петля. На шее затянулась удавка. От испуга у него чуть было не опорожнился кишечник. Взглянув вверх, он увидел, что веревка тянется к блоку, прикрепленному к крюку, на котором раньше висел комнатный светильник. Тут его враг подошел к нему с другой стороны и очутился в поле зрения. Первой показалась пара маленьких черных сапожек.

Он не знал, что ожидал увидеть, однако, подняв глаза, испытал сильнейшее потрясение. В первый момент он не узнал сумасшедшую психопатку, чья фотография с самой Пасхи красовалась во всех киосках Пресс-бюро. Сейчас у нее была короткая стрижка, и она не походила на свою фотографию в газетах. Она была во всем черном — в черных джинсах, черной расстегнутой короткой хлопчатобумажной курточке, черной майке и черных перчатках.

Но больше всего его напугало ее лицо. Она была загримирована: на губах черная помада, черная обводка вокруг глаз и наводящие жуть резкие черно-зеленые тени, а остальное лицо вымазано белилами. От левого виска до правой стороны подбородка шла через все лицо широкая полоса красного цвета.

Получалась какая-то гротескная маска, и вид у нее был совершенно безумный.

Его мозг не соглашался принять это зрелище. Оно казалось нереальным.

Лисбет Саландер взялась за конец веревки и потянула. Он почувствовал, как веревка сжала ему горло, и в течение нескольких секунд не мог продохнуть, сучил ногами, стараясь опереться ступнями о пол. Благодаря блоку и талям ей не потребовалось почти никаких усилий для того, чтобы поднять его на ноги. Когда он встал перед ней во весь рост, она перестала тянуть и намотала конец веревки вокруг трубы отопления, закрепив его затем морским узлом.

Сделав это, она исчезла из его поля зрения и оставила его одного более чем на пятнадцать минут. Вернувшись, она взяла стул и уселась напротив. Он старался не смотреть на ее размалеванное лицо, но не мог отвести глаза. На стол она положила пистолет. Его пистолет. Она нашла его в гардеробе в коробке из-под башмаков. «Кольт-1911 Гавернмент» — он хранил это не совсем законное оружие уже несколько лет, купив по случаю у одного знакомого, но ни разу не сделав даже пробного выстрела. Она вынула магазин и прямо у него на глазах вставила патроны, потом загнала магазин в рукоятку и отправила в ствол пулю. Пер-Оке Сандстрём едва не лишился чувств, но заставил себя посмотреть ей в глаза.

— Не понимаю, почему мужчины всегда стремятся документально фиксировать свои половые извращения,— сказала она.

Голос у нее был нежный, но холодный как лед. Она говорила тихо, но внятно. Перед его глазами очутилась фотография, распечатанная с его собственного жесткого диска.

— Полагаю, что эта девушка — семнадцатилетняя эстонка Инесс Хаммуярви из города Риепалу в окрестностях Нарвы. Хорошо ты с ней позабавился?

Вопрос прозвучал риторически. Пер-Оке Сандстрём не мог отвечать. Его рот по-прежнему оставался заклеен, а мозг был не в состоянии сформулировать ответ. На фотографии было изображено... Господи, зачем он только сохранил эту фотографию!

— Ты узнаешь меня? Кивни!

Пер-Оке Сандстрём кивнул.

— Ты — подлый садист, скотина и насильник.

Он не шевельнулся.

— Кивни!

Он кивнул. На глазах у него вдруг выступили слезы.

— Давай уточним правила,— сказала Лисбет Саландер.— Я считаю, что тебя следовало бы немедленно умертвить. Переживешь ли ты ночь, меня совершенно не волнует. Ты понял?

Он кивнул.

— За последнее время ты вряд ли не мог узнать, что я — сумасшедшая и люблю убивать людей, в особенности мужчин.

При этих словах она показала на последние номера вечерних газет, лежавшие на столе в его гостиной.

— Сейчас я сниму изоляционную ленту с твоего рта. Если ты станешь кричать или повысишь голос, я ткну тебя этой штукой.

Она показала ему электрошокер.

— Эта машинка выстреливает зарядом в семьдесят пять тысяч вольт. В следующий раз там будет шестьдесят тысяч вольт, поскольку один раз я ею уже воспользовалась и не перезаряжала. Ты понял?

Он посмотрел на нее нерешительным взглядом.

— Это значит, что твои мышцы перестанут функционировать. Именно это случилось с тобой, когда ты подошел к двери.

Она усмехнулась ему в лицо:

— А это значит, что ноги перестанут тебя держать и ты сам себя повесишь. Тронув тебя этой машинкой, я просто встану и уйду.

Он кивнул. Господи, эта дрянь ведь сумасшедшая убийца! Он не мог удержаться от слез, и они ручьями потекли у него по щекам. Он засопел.

Она встала и сорвала с его рта изоляционную ленту. Ее жутко размалеванное лицо приблизилось к нему вплотную.

— Молчи! — приказала она.— Не говори ни слова. Если ты заговоришь без разрешения, я ткну в тебя этой штукой.

Она подождала, пока он не перестал сопеть и наконец взглянул на нее.

— У тебя есть одна-единственная возможность пережить эту ночь,— начала она.— Только один шанс, а не два. Я задам тебе ряд вопросов. Если ты ответишь на них, я оставлю тебя в живых. Кивни, если ты понял.

Он кивнул.

— Если ты откажешься отвечать на какой-то вопрос, я ткну в тебя шокером. Ты понял? Если ты мне солжешь или будешь увиливать, я ткну тебя шокером.

Он кивнул.

— Я не собираюсь торговаться с тобой. Второго шанса я тебе не дам. Либо ты будешь сразу же отвечать на мои вопросы, либо ты умрешь. Если ты ответишь удовлетворительно, то останешься в живых. Все очень просто.

Он кивнул. Он ей верил. У него не было выбора.

— Милая,— сказал он.— Я не хочу умирать.

Она посмотрела на него строго:

— Тебе самому решать, жить тебе или умереть. Но ты только что нарушил мое правило — не разговаривать без моего разрешения.

Он сжал губы. Господи, она же совсем безумная!

Микаэль Блумквист испытывал такое отчаяние и чувствовал себя таким беспомощным, что просто не знал, что ему делать. В конце концов он надел куртку и шарф и отправился пешком куда глаза глядят. Беспорядочно побродив по улицам, он, сам не зная как, очутился в редакции на Гётгатан. В знакомом помещении было темно и тихо. Не зажигая лампы, он включил кофеварку и, подойдя к окну, стал глядеть на улицу, дожидаясь, когда вода пройдет через фильтр, а тем временем пытаясь упорядочить свои мысли. Все, что происходило сейчас вокруг убийства Дага Свенссона и Миа Бергман, представлялось ему рассыпанной головоломкой, некоторые куски которой были ясно видны, другие же вообще отсутствовали. Где-то в этой головоломке прятался связный рисунок, угадываемый, но неразличимый для глаза. Слишком много кусочков было утеряно.

Его обуревали сомнения. «Нет, она не сумасшедшая убийца»,— напомнил себе Микаэль. Она написала, что не убивала Дага и Миа. Но каким-то непостижимым образом она была связана с загадочным убийством многими нитями.

Он понемногу пришел к необходимости пересмотреть свою теорию, которую отстаивал с тех пор, как побывал в квартире в Энскеде. До сих пор он считал чем-то само собой разумеющимся, что единственным возможным мотивом убийства Дага и Миа был его репортаж о трафике секс-услуг. Теперь он начал соглашаться с мнением инспектора Бублански, что это не объясняет убийства Бьюрмана.

Саландер написала ему, чтобы он махнул рукой на клиентов проституток и сфокусировал бы все внимание на Зале. Почему? Что она имела в виду? Странный ты человек, Лисбет! Почему было не высказаться яснее?

Микаэль пошел в буфетную, налил себе кофе в чашку с надписью «Молодые левые», уселся на диван посреди комнаты, положил ноги на кофейный столик и закурил запретную сигарету.

Бьёрк — это список клиентов. Бьюрман — это Саландер. И еще исчезнувшее расследование по делу Лисбет Саландер.

Возможно ли, чтобы тут был замешан не один мотив?

Он замер в неподвижности, стараясь не упустить эту мысль. Посмотрим с другой стороны!

Могла ли Лисбет Саландер так или иначе послужить причиной убийства?

Микаэль нащупал идею, которую еще не мог сформулировать словами. Это было совсем не исследованной областью, он сам еще толком не понимал, что имел в виду, подозревая, что Лисбет Саландер как личность могла оказаться причиной убийства. У него вдруг появилось смутное чувство, которое говорило ему: «Тут горячо!»

Потом он понял, что сейчас слишком устал. Он вылил кофе, пошел домой и лег спать. Лежа в темноте в постели, он вновь ухватился за эту ниточку и не спал еще два часа, стараясь разобраться в собственных догадках.

Лисбет Саландер закурила сигарету и удобно уселась перед ним, откинувшись на спинку стула, заложив ногу на ногу и пристально глядя на Сандстрёма. Перу-Оке Сандстрёму никогда еще не доводилось встречать такого пристального взгляда. Она снова заговорила с ним таким же негромким голосом:

— В январе две тысячи третьего года ты впервые побывал у Инесс Хаммуярви в ее квартире в Норсборге. Ей тогда только что исполнилось шестнадцать лет. Зачем ты к ней приходил?

Пер-Оке Сандстрём не знал, что ответить. Он даже не мог объяснить, как это началось и почему он... Лисбет подняла руку с электрошокером.

— Я... Я не знаю. Я хотел ее. Она была такая красивая.

— Красивая?

— Да. Красивая.

— И ты решил, что имеешь право трахать ее, привязав к постели.

— Она сама согласилась. Клянусь, что это так. Она была согласна.

— Ты ей заплатил?

Пер-Оке Сандстрём прикусил язык.

— Нет.

— Почему? Она же была шлюха. Шлюхам обыкновенно платят деньги.

— Она... ее... Я получил ее в подарок.

— В подарок? — спросила Лисбет Саландер. В ее голосе внезапно появились грозные нотки.

— Мне предложили ее в уплату за услугу, которую я оказал другому лицу.

— Пер-Оке,— терпеливо начала Лисбет Саландер,— ты же не хочешь увильнуть от ответа на этот вопрос?

— Я отвечу! Я отвечу на все вопросы, какие ты мне задашь. Я не буду лгать.

— Хорошо. Так какая же услуга и что за лицо?

— Я провез в Швецию анаболические стероиды. Я поехал на машине в Эстонию, чтобы сделать репортаж. Со мной ехал человек, которого звали Харри Ранта. Только он не в машине.

— Как ты познакомился с Харри Рантой?

— Я знал его много лет. Еще с восьмидесятых годов. Он просто приятель. Мы с ним вместе ходили в пивную.

— И этот Харри Ранта предложил тебе Инесс Хаммуярви... в качестве подарка?

— Да... Нет, это было уже потом, в Стокгольме. Это сделал его брат Атхb Ранта.

— Ты хочешь сказать, что Атхо Рамта просто так, ни с того ни с сего, постучал в твою дверь и спросил, не хочешь ли ты съездить в Норсборг и потрахаться с Инесс?

— Нет... Я был в... У нас была вечеринка в... Черт! Не могу вспомнить, где это было!

Его вдруг затрясло как в ознобе, и он почувствовал, что у него подкашиваются коленки. Ему пришлось сделать усилие, чтобы устоять на ногах.

— Отвечай спокойно и обдуманно,— сказала Лисбет Саландер.— Я не повешу тебя за то, что ты не сразу можешь собраться с мыслями. Но как только я замечу, что ты увиливаешь, я нажму на кнопку.

Она приподняла брови, и на лице у нее появилось ангельское выражение. Настолько ангельское, насколько оно может быть при такой гротескной маске.

Пер-Оке Сандстрём кивнул. В горле у него стоял ком. Во рту пересохло от жажды, и он чувствовал, как натянулась на шее веревка.

— Где ты напивался, не имеет значения. Но как случилось, что Атхо Рамта вдруг предложил тебе Инесс?

— Мы с ними разговорились о... мы... я сказал, что мне хочется...— Тут Пер-Оке заплакал.

— Ты сказал, что тебе хочется получить одну из его шлюх.

Он кивнул.

— Я был пьян. Он сказал, что ее надо... ее надо...

— Что надо?

— Атхо сказал, что ее надо наказать. Она стала кочевряжиться. Она не желала делать того, чего он хотел. И он предложил мне, чтобы я... Я же был пьян и сам не знал, что делаю. Я же не хотел... Прости меня!

Она фыркнула:

— Не у меня надо просить прощения. Итак, ты предложил Атхо свою помощь, чтобы ее наказать, и вы отправились к ней.

— Это было не так.

— Расскажи, как было. Почему ты поехал с Атхо на квартиру к Инесс?

Ее рука поигрывала лежащим на коленях электрошокером. Он снова затрясся.

— Я поехал на квартиру к Инесс, потому что я ее хотел. Она же была продажная. Инесс жила у одной приятельницы Харри Ранты. Не помню, как ее звали. Атхо привязал Инесс к кровати, и я... я занимался с ней сексом. Атхо смотрел.

— Нет, ты не сексом с ней занимался. Ты ее насиловал.

Он не ответил.

— Что скажешь?

Он кивнул.

— Что сказала Инесс?

— Ничего.

— Она возражала?

Он помотал головой.

— Так значит, ей показалось приятным, что пятидесятилетняя сволочь привязывает ее к кровати и трахает.

— Она была пьяная. Ей было все равно.

Лисбет безнадежно вздохнула.

— О'кей. И с тех пор ты продолжал ее навещать.

— Она была такая... Она хотела меня.

— Чушь собачья!

Он посмотрел на Лисбет с выражением отчаяния. Затем кивнул.

— Я... Я ее изнасиловал. Харри и Атхо дали согласие. Они хотели, чтобы она... чтобы ее обломали.

— Ты им платил?

Он кивнул.

— Сколько?

— С меня брали как со своего. Я помогал им провозить контрабанду.

— Сколько?

— Пару тысяч за все про все.

— На одном из снимков Инесс сфотографирована здесь, в твоей квартире.

— Харри ее привозил.

Он снова засопел.

— Значит, за пару тысяч ты получал девушку, с которой мог делать все, что тебе вздумается. Сколько раз ты ее насиловал?

— Не помню... Несколько раз.

— О'кей. Кто глава этой банды?

— Они убьют меня, если я проболтаюсь.

— Это меня не касается. В данный момент я твоя главная проблема, а не братья Ранта.

Она подняла электрошокер.

— Атхо. Он старший. Харри выполнял все, что нужно.

— Кто еще есть в банде?

— Я знаю только Атхо и Харри. У Харри есть девушка, она тоже участвует. И еще парень, которого зовут... не знаю я. Какой-то там Пелле. Он швед. Я не знаю, кто он такой. Он боец и выполняет всякие поручения.

— Девушка Атхо?

— Сильвия. Она проститутка.

Некоторое время Лисбет молча думала. Наконец она снова посмотрела на него.

— Кто такой Зала?

Пер-Оке Сандстрём побледнел. Тот же вопрос, с которым приставал Даг Свенссон. Он молчал долго, пока не заметил, что сумасшедшая девица начинает терять терпение.

— Я не знаю,— сказал он.— Не знаю, кто он такой.

Лисбет Саландер помрачнела.

— До сих пор ты вел себя хорошо. Не упускай свой шанс! — сказала она.

— Я клянусь, это правда. Я не знаю, кто он такой. Тот журналист, которого ты застрелила...

Он замолк на полуслове, внезапно сообразив, что вряд ли стоило сейчас заговаривать об учиненной ею в Энскеде кровавой бане.

— Да?

— Он спрашивал то же самое. Я не знаю. Если б знал, то сказал бы. Клянусь, что это так. Его знает Атхо.

— Ты с ним разговаривал?

— Одну минутку по телефону. Я говорил с человеком, который сказал, что его зовут Зала. Вернее, это он говорил со мной.

— Почему?

Пер-Оке Сандстрём заморгал. Капли пота стекали ему на глаза, и он чувствовал, как на подбородок ползут из носа сопли.

— Я... Они хотели, чтобы я снова оказал им услугу.

— Что-то твоя история начинает топтаться на месте,— предостерегающе сказала Лисбет Саландер.

— Они хотели, чтобы я снова поехал в Таллинн и забрал оттуда заранее приготовленную машину. С амфетамином. Я не хотел.

— Почему ты не хотел?

— Это было уже слишком. Они же такие гангстеры. Я хотел выйти из игры. У меня же была работа, и я был занят.

— То есть ты хочешь сказать, что гангстером ты был только в свободное от работы время.

— Я вообще не такой человек,— сказал он жалобно.

— Ну конечно.— В ее голосе было столько презрения, что Пер-Оке Сандстрём опустил глаза.— Продолжай. Какое ко всему этому имел отношение Зала?

— Это был сущий кошмар!

Он умолк, и у него вдруг снова ручьем потекли слезы. Он стал кусать себе губы, пока из них не потекла кровь.

— Ты опять топчешься на месте,— холодно заметила Лисбет Саландер.

— Атхо несколько раз принимался меня уговаривать. Харри предостерегал меня, он сказал, что Атхо на меня уже сердится и теперь неизвестно, что он со мной сделает. В конце концов я согласился прийти на встречу с Атхо. Это было в августе прошлого года. Я поехал с Харри в Норсборг...

Губы Пера-Оке продолжали двигаться, но голос вдруг пропал. Лисбет Саландер взглянула на него с прищуром, и голос к нему вернулся.

— Атхо был как безумный. Он кошмарный человек. Ты даже не представляешь себе, до чего он жесток. Он сказал, что мне уже поздно выходить из игры и, если я не сделаю того, что он сказал, мне не быть живым. Он сказал, что мне хотят кое-что продемонстрировать.

— Да?

— Они заставили меня поехать с ними. Мы поехали в Сёдертелье. Атхо велел закрыть мне глаза шапкой. Он напялил мне на голову мешок. Я до смерти испугался.

— Итак, ты ехал с мешком на голове. Что было дальше?

— Машина остановилась. Я не знал, где мы находимся.

— Где они нахлобучили на тебя мешок?

— При въезде в Сёдертелье.

— И сколько времени вы еще ехали?

— Наверное... наверное, около тридцати минут. Они вывели меня из машины. Это было что-то вроде склада.

— И что было дальше?

— Харри и Атхо ввели меня в помещение. Там было светло. Первое, что я увидел, был какой-то бедняга, он лежал на цементном полу. Он был связан и жутко избит.

— Кто это был?

— Его звали Кеннет Густафссон. Но это я узнал уже позже. Они не говорили, как его зовут.

— Что произошло?

— Там был какой-то мужчина. Такого огромного я раньше никогда не видал. Он был просто гигант. Сплошные мускулы.

— Как он выглядел?

— Белокурый. По виду сам дьявол.

— Имя?

— Он не называл своего имени.

— О'кей. Белокурый гигант. Кто был там еще?

— Еще один мужчина. Потасканного вида. Блондин. С конским хвостом.

«Магге Лундин»,— отметила Лисбет.

— Еще кто?

— Только я, Харри и Атхо.

— Продолжай!

— Белокурый... Тот, огромный, подвинул мне стул. Он не сказал при мне ни слова. Говорил Атхо. Он сказал, что парень на полу много болтал. И он хочет, чтобы я посмотрел, что бывает с болтунами.

Пер-Оке Сандстрём разразился неудержимыми рыданиями.

— Ты опять застрял,— снова повторила Лисбет.

— Белокурый поднял лежавшего на полу парня и усадил на другой стул напротив меня. Мы сидели в метре друг от друга. Я заглянул ему в глаза. Гигант встал у него за спиной и взял руками за шею... Он... он...

— Задушил его? — подсказала Лисбет Саландер.

— Да... Нет... Он его стиснул. По-моему, он сломал ему шею голыми руками. Я слышал, как хрустнули позвонки, и он умер у меня перед глазами.

Пер-Оке Сандстрём зашатался в петле. Слезы текли из его глаз неудержимым потоком. Он никогда никому об этом не рассказывал. Лисбет подождала минуту, пока он успокоится.

— А потом?

— Другой мужчина — тот, с конским хвостом — принес бензопилу и отпилил у него голову и кисти рук. Когда он закончил, великан подошел ко мне. Он обхватил руками мою шею. Я пытался отодрать его руки. Я тужился изо всех сил, но не мог сдвинуть его пальцы ни на один миллиметр. Но он меня не душил... Он только держал руки на моей шее. Долго держал. А Атхо время от времени брал в руки телефон и с кем-то разговаривал. Он говорил по-русски. Затем вдруг сказал, что со мной хочет говорить Зала, и поднес трубку к моему уху.

— Что сказал Зала?

— Он только сказал, что надеется, что я выполню то, о чем меня просит Атхо. Он спросил, хочу ли я по-прежнему выйти из игры. Я обещал ему, что поеду в Таллинн и заберу там машину с амфетамином. А что я мог поделать?

Лисбет молчала и только задумчиво смотрела на рассопливившегося журналиста, который стоял перед ней в петле. Казалось, она погрузилась в свои мысли.

— Опиши его голос.

— Не... не знаю... Обыкновенный голос.

— Низкий голос, высокий голос?

— Низкий. Будничный. Грубый.

— На каком языке вы разговаривали?

— На шведском.

— Акцент?

— Да, кажется, был немного. Но он хорошо говорил по-шведски. С Атхо они говорили по-русски.

— Ты знаешь русский?

— Немножко. Не говорю свободно. Совсем немножко.

— Что говорил ему Атхо?

— Он только сказал, что демонстрация состоялась. Больше ничего.

— Ты кому-нибудь об этом рассказывал?

— Нет.

— Дагу Свенссону?

— Нет... Нет...

— Даг Свенссон был у тебя?

Сандстрём кивнул.

— Не слышу.

— Да.

— Почему?

— Он знал, что у меня... есть проститутки.

— Что он спросил?

— Он хотел знать...

— Ну!

— Про Залу. Он спрашивал про Залу. Это было его второе посещение.

— Второе?

— Он вышел со мной на связь за две недели до своей смерти. Тогда он пришел в первый раз и еще раз за два дня до того, как ты... как он...

— До того, как я его застрелила?

— Да, именно так.

— И тогда он спросил тебя про Залу.

— Да.

— Что ты ему рассказал?

— Ничего. Я не мог ничего рассказать. Я признался, что говорил с ним по телефону. Но и только. Я ничего не рассказывал ни про белокурого великана, ни про то, что они сделали с Густафссоном.

— О'кей. Повтори точно, о чем спрашивал тебя Даг Свенссон?

— Я... Он только хотел знать про Залу. Больше ничего.

— И ты ничего не рассказал?

— Ничего существенного. Я же ничего не знаю!

Лисбет Саландер немного помолчала. Он о чем-то умалчивает. Она задумчиво покусала губы. Ну конечно!

— Кому ты раньше рассказывал о посещении Дага Свенссона?

Лисбет выразительно повела из стороны в сторону электрошокером.

— Я позвонил Харри Ранте.

— Когда?

Он сделал глотательное движение.

— В тот же вечер, как Даг Свенссон впервые побывал у меня дома.

Она продолжала расспрашивать его еще полчаса, но скоро поняла, что он повторяется и не может добавить к сказанному ничего, кроме мелких подробностей. Наконец она встала и положила руку на протянутую веревку.

— Ты, наверное, самый жалкий мерзавец из всех, каких мне приходилось встречать,— сказала Лисбет Саландер.— За то, что ты сделал с Инесс, ты заслуживаешь смертной казни. Но я обещала, что оставлю тебя в живых, если ты ответишь на мои вопросы. Я всегда держу свои обещания.

Она нагнулась и развязала узел. Пер-Оке Сандстрём рухнул на пол, будто куча тряпья, и испытал облегчение, близкое к эйфории. Лежа на полу, он видел, как она поставила на его диванный столик скамеечку, влезла на нее и сняла с потолка блок, смотала веревку и засунула ее в рюкзак. Затем она ушла в ванную и пробыла там десять минут. Он слышал, как течет вода. Когда она вернулась, на ее лице уже не было краски.

Лицо было чисто отмыто и выглядело обнаженным.

— Отвязываться будешь сам.

Она кинула на пол кухонный нож.

Потом она еще долго возилась в прихожей. Вероятно, переодевалась. Наконец он услышал, как отворилась и затворилась дверь и щелкнул замок. Только через полчаса ему удалось освободиться от изоляционной ленты. И только сев на диван в гостиной, он обнаружил, что она забрала с собой его «Гавернмент».

Лисбет Саландер вернулась к себе на Мосебакке только в пять часов утра. Она сняла парик, который носила как Ирене Нессер, и тотчас же легла спать, не включив перед тем компьютер и не проверив, разгадал ли Микаэль загадку с исчезнувшим полицейским делом.

Уже в девять утра она проснулась и посвятила весь день поискам информации о братьях Атхо и Харри Ранта.

В криминальном регистре у Атхо Ранты оказался мрачный послужной список. Он был гражданином Финляндии, но родился в Эстонии, в Швецию он прибыл в 1971 году. С 1972-го по 1978 год он работал плотником Сконских цементных мастерских, но был уволен при попытке совершить кражу на стройке и приговорен к семи месяцам тюрьмы. С 1980-го по 1982 год он работал в значительно меньшей строительной фирме, но его выгнали оттуда за появление на рабочем месте в нетрезвом виде. Затем он до конца восьмидесятых годов зарабатывал себе на жизнь сторожем, техником предприятия, обслуживавшего котельные, мойщиком посуды и школьным охранником. Отовсюду его в конце концов выгоняли либо за пьянство, либо за драки или скандалы. На должности школьного охранника он продержался всего лишь несколько месяцев, после чего одна из учительниц обвинила его в грубых сексуальных домогательствах и угрозах.

В 1987 году он был приговорен к выплате штрафа и нескольким месяцам тюремного заключения за кражу автомобиля, пьянство за рулем и торговлю краденым вещами. Через год был осужден за незаконное владение оружием.

В 1990 году был приговорен за нарушение нравственности, но характер нарушения в регистре не уточнялся. В 1991 году ему предъявили обвинение в угрозах, но суд его оправдал. В том же году его штрафовали и приговаривали к условным срокам за контрабанду спиртного. В 1992 году он отсидел три месяца за нанесение побоев знакомой девушке и угрозы, высказанные в адрес ее сестры. Несколько лет он вел себя после этого спокойно, а в 1997 году за торговлю калеными вещами и нанесение телесных повреждений получил десять месяцев тюрьмы.

Его младший брат Харри Ранта приехал вслед за ним в Швецию в 1982 году и в восьмидесятых годах довольно долгое время трудился складским рабочим. В криминальном регистре за ним значилось три судебных приговора. В 1990 году он был осужден за мошенничество со страховкой, в 1992 году — на два года тюремного заключения за причинение физического насилия, торговлю краденым, воровство, воровство с отягчающими обстоятельствами и изнасилование. Приговор был обжалован, и Верховный суд встал на сторону Харри Ранты, сняв с него обвинение в изнасиловании. Но приговор за физическое насилие и причинение телесных повреждений был оставлен в силе, так что Харри Ранта отсидел в тюрьме шесть месяцев. В 2000 году он снова привлекался к суду по обвинению в незаконных угрозах и изнасиловании, но заявление было отозвано и дело прекращено.

Лисбет проверила адреса, по которым они числились в последнее время, и узнала, что Атхо Ранта проживает в Норсборге, а Харри Ранта в Альбю.

Паоло Роберто испытал чувство безнадежности — он звонил по номеру Мириам Ву уже в пятидесятый раз, но ему снова ответил автомат: абонент сейчас недоступен. Взяв на себя поиски подруги Лисбет, он по несколько раз день ходил к дому на Лундагатан, но каждый раз находил дверь ее квартиры запертой.

Он взглянул на часы. Было уже начало девятого, вторник подходил к концу. Должна же она когда-нибудь прийти домой! Он прекрасно понимал, почему Мириам Ву предпочитает скрываться, но первый бурный интерес в СМИ уже пошел на спад. Он решил, что лучше всего будет подежурить перед ее квартирой на случай, если она, например, забежит за вещами, вместо того чтобы все время мотаться туда и обратно. Он налил в термос кофе, запасся бутербродами. Прежде чем выйти за порог, он перекрестился на Мадонну с распятием.

Остановив машину метров за тридцать от дома на Лундагатан, он сдвинул назад шоферское сиденье, чтобы посвободнее устроить ноги. Он тихонько включил радио и установил перед собой вырезанную из вечерней газеты фотографию Мириам Ву. Паоло Роберто отметил, что внешность у нее аппетитная. Он терпеливо разглядывал редких прохожих, но Мириам Ву среди них не появлялась.

Каждые десять минут он пробовал ей звонить, пока в девять часов его мобильник не запищал, предупреждая, что батарейка вот-вот совсем разрядится.

Пер-Оке Сандстрём провел весь вторник в состоянии, близком к обморочному. Ночь он провалялся на диване в гостиной, не в силах встать, чтобы дойти до кровати, и регулярно сотрясаясь в нервных рыданиях. За весь день он вышел только один раз — утром добрался до торгового центра Сольны и, купив там четвертушку «Сконской», вернулся на свой диван и выпил примерно половину.

Только к вечеру он осознал свое положение и начал обдумывать, что же ему теперь делать. Он проклинал тот день, когда впервые услышал о братьях Атхо и Харри Ранта вместе с их шлюхами. Теперь он сам удивлялся, каким был дураком, когда дал себя заманить на квартиру в Норсборге, где Атхо связал семнадцатилетнюю, сильно накачанную наркотиками Инесс Хаммуярви и вызвал его на состязание, кто из них самый сильный мужчина. Они сменяли друг друга, и Пер-Оке победил, сумев за вечер и ночь совершить большее число различных сексуальных подвигов.

Один раз Инесс Хаммуярви очнулась и запротестовала. Тут Атхо принялся попеременно избивать ее и накачивать спиртом. Через полчаса она присмирела, и он предложил Перу-Оке продолжить прежние занятия.

Проклятая шлюха!

И какого черта он так сглупил!

От «Миллениума» не приходилось ждать пощады. Они же кормятся такими скандалами!

Сумасшедшая Саландер напугала его до смерти.

О белокуром чудовище и говорить нечего.

В полицию он не мог пойти.

Своими силами он не выкрутится. Думать, что проблема сама собой рассосется, значило обманывать себя.

Таким образом, оставалась всего одна слабенькая надежда выслужиться и, может быть, прийти к благополучному разрешению ситуации. Он понимал, что хватается за соломинку.

Но это был для него единственный шанс.

К вечеру он собрался с духом и позвонил на мобильник Харри Ранты. Номер не отвечал. Он продолжал свои попытки дозвониться до Харри Ранты весь вечер, но в десять часов у него опустились руки. После долгих размышлений (во время которых он подкреплялся остатками водки) он позвонил старшему из братьев — Атхо Ранте. Трубку взяла его девушка, Сильвия, и рассказала, что братья Ранта поехали в отпуск в Таллинн. Нет, как связаться с ними, Сильвия не знает. И когда братья Ранта должны вернуться, она даже приблизительно не может сказать: они уехали в Эстонию на неопределенное время.

По голосу Сильвии было слышно, что она довольна.

Пер-Оке Сандстрём тяжело опустился на диван. Он и сам не знал, какое чувство — разочарования или облегчения — он испытал, узнав, что Атхо Ранты нет дома и он не сможет с ним объясниться. Однако значение этой новости было ему понятно. Братья Ранта учуяли какую-то опасность и решили, пока то да се, отдохнуть в Таллинне. Но Перу-Оке Сандстрёму это ничего хорошего не сулило.

Глава
25

Вторник, 5 апреля — среда, 6 апреля

Паоло Роберто не спал, но так глубоко погрузился в свои мысли, что не сразу обратил внимание на женщину, которая в одиннадцать часов вечера показалась со стороны Хёгалидской церкви. Он увидел ее в зеркало заднего вида. Лишь когда она поравнялась с уличным фонарем в семидесяти метрах позади его машины, он резко обернулся и тотчас же узнал Мириам Ву.

Он так и выпрямился на сиденье. Первым его побуждением было выскочить из машины, но он сразу понял, что так он ее вспугнет. Лучше было дождаться, когда она подойдет к подъезду.

Не успел он это подумать, как позади Мириам Ву на улице показался мебельный фургон. Догнав ее, машина затормозила рядом. Паоло Роберто в ошеломлении наблюдал, как из фургона выскочил мужчина — здоровенный белокурый битюг — и схватил Мириам Ву. Он явно застал ее врасплох. Она отшатнулась и попыталась вырваться от него, но белокурый гигант крепко держал ее за запястье.

Мириам Ву лихо взмахнула правой ногой выше головы, и Паоло Роберто от неожиданности разинул рот. Да ведь она же кикбоксер! Она пнула белокурого великана по голове, но тому, похоже, этот удар был нипочем — в ответ он влепил Мириам Ву пощечину. Паоло Роберто услышал звук удара, хотя они были от него на расстоянии в шестьдесят метров. Мириам Ву рухнула, словно пораженная молнией. Белокурый гигант нагнулся, поднял ее одной рукой и буквально зашвырнул в кузов. Только тут Паоло Роберто опомнился и захлопнул рот. Открыв дверцу машины, он бросился к фургону.

Уже с первых шагов он понял всю бесполезность своих усилий. Машина, в которую Мириам Ву была заброшена, словно мешок картошки, мягко тронулась с места, сделала полный разворот и скрылась в направлении к Хёгалидской церкви, прежде чем он успел хотя бы как следует разбежаться. Паоло Роберто резко остановился, помчался обратно к своей машине и прыгнул за руль. Он рванул с места и тоже сделал полный разворот. Когда он подъехал к перекрестку, фургон уже успел скрыться из вида. Паоло Роберто притормозил, заглянул на Хёгалидсгатан и свернул наугад налево в сторону Хорнсгатан.

К Хорнсгатан он подъехал, когда зажегся красный свет, но так как перекресток был пуст, он выехал на него и огляделся по сторонам. Единственные задние фонари, мелькнувшие впереди, скрылись в этот момент за левым поворотом, направляясь в сторону Лильехольмсбру и Лонгхольмсгатан. Он не разглядел, был ли это фургон, но других машин не было видно, и Паоло Роберто до упора вдавил в пол педаль газа. На перекрестке у Лонгхольмсгатан его задержал красный сигнал светофора. Секунды тикали, а ему приходилось ждать, пока проедут машины от Кунгсхольма. Когда путь впереди освободился, он снова дал полный газ и рванул вперед на красный свет, молясь, чтобы только его не остановила в этот момент полиция.

По мосту Лильехольмсбру он ехал на скорости, значительно превышающей дозволенную, а миновав Лильехольм, помчался еще быстрее. Он по-прежнему не знал, была ли мелькнувшая перед ним машина тем самым фургоном и не свернула ли она на Грёндаль или на Орста, однако понадеялся на удачу и снова нажал на газ. Он ехал со скоростью сто пятьдесят километров в час, обгоняя редких законопослушных водителей; наверняка кто-то из них записал его номера.

В районе Бредэнга он снова увидел фургон, догнал его и с расстояния пятидесяти метров убедился, что он был тот самый. Паоло сбавил скорость до девяноста километров в час и поехал сзади, отставая метров на двести. Только теперь он вздохнул с облегчением.

Мириам Ву швырнули на пол фургона. Она почувствовала, что по шее у нее течет кровь. Кровь вытекала из носа. Он разбил ей до крови нижнюю губу и, кажется, сломал переносицу. Он напал так неожиданно, что это было для нее как гром среди ясного неба, а с ее сопротивлением справился за секунду. Нападавший еще не успел захлопнуть за собой дверцу фургона, а машина уже тронулась с места, и в какой-то момент на повороте белокурый гигант потерял равновесие.

Повернувшись, Мириам Ву уперлась бедром в пол и, когда белокурый великан обернулся к ней, ударила его ногой в голову. Она увидела след, оставленный ее каблуком: он должен был получить ощутимую травму.

Но он лишь изумленно посмотрел на нее, затем ухмыльнулся.

Господи! Да это же прямо какой-то монстр!

Она попыталась снова ударить его, но он перехватил ее ногу и так сильно вывернул стопу, что она закричала от боли и вынуждена была перевернуться на живот.

Тогда он наклонился над ней и стукнул ее ладонью в голову сбоку. У Мириам Ву из глаз посыпались искры. Можно было подумать, что он врезал ей кувалдой. Он уселся ей на спину; она попыталась сбросить его с себя, но он был слишком тяжел, и она не смогла сдвинуть его ни на миллиметр, а он заломил ей руки за спину и надел наручники. Теперь она была беспомощна, и ее сковал парализующий страх.

Микаэль Блумквист проезжал Глобен на обратном пути из Тюресё. Всю вторую половину дня до самого вечера он потратил на то, чтобы повидаться с тремя персонажами из своего списка. Это ровно ничего не дало. Он увидел панически напуганных людей, у которых уже побывал Даг Свенссон и которые с тех пор только и делали, что ждали своего личного конца света. Они умоляли его о пощаде, и он вычеркнул всех троих из своего списка предполагаемых убийц.

Миновав Таможенный мост, он достал мобильник и позвонил Эрике Бергер. Она не брала трубку. Он попробовал позвонить Малин Эрикссон, но та тоже не отвечала. Было уже поздно, а ему хотелось с кем-нибудь посоветоваться.

Он вспомнил о Паоло Роберто: как там у него дела, удалось ли ему продвинуться в поисках Мириам Ву? Микаэль набрал его номер, и после пяти сигналов трубка ответила:

— Паоло слушает.

— Привет. Это Блумквист. Ну как у тебя дела?

— Блумквист, я тррр-тррр-тррр на машине с Мириам.

— Тебя не слышно.

— Трр-трр-трр.

— Ты пропадаешь. Я не слышу тебя.

И тут разговор прервался.

Паоло Роберто выругался. Батарейка мобильника иссякла в тот момент, когда он проезжал Фиттью. Он нажал кнопку включения, и телефон снова ожил. Он набрал номер тревожного сигнала SOS, но как только там ответили, мобильник снова выключился.

Черт!

У него имелось зарядное устройство, которое работало от розетки в панели инструментов, но оно осталось дома. Бросив мобильник на пассажирское сиденье, он сосредоточил внимание на том, чтобы не потерять из виду габаритные огни идущего впереди фургона. Он ехал на «БМВ», заправленном под завязку, так что фургон никак не мог от него уйти. Но для того, чтобы не привлекать внимания, он сохранял дистанцию в несколько сотен метров.

Какой-то чертов монстр, накачанный стероидами, выкрал девушку прямо у него перед носом, но этот мерзавец от него не уйдет.

Будь здесь Эрика Бергер, она назвала бы его мачо и несчастным ковбоем. Паоло Роберто выразился иначе: «Чтоб я был проклят!»

Микаэль Блумквист нарочно заехал на Лундагатан, но убедился, что в квартире Мириам Ву по-прежнему не горит свет. Он еще раз попытался дозвониться до Паоло Роберто, но услышал, что абонент в настоящее время недоступен. Буркнув что-то себе под нос, он поехал домой и приготовил кофе с бутербродами.

Поездка заняла больше времени, чем ожидал Паоло Роберто. Дорога привела их в Сёдертелье, а затем они ехали по шоссе Е20 дальше в сторону Стренгнеса. Сразу за Нюкварном фургон свернул с широкой трассы на сельские дороги Сёрмланда.

Риск быть обнаруженным сильно возрос. Паоло Роберто перестал жать на газ и еще больше увеличил расстояние между собой и фургоном.

Он не очень хорошо помнил географию этой местности, только знал, что они находятся к западу от озера Ингерн. Потеряв из виду фургон, он увеличил скорость и вылетел на длинный прямой отрезок дороги.

Фургон куда-то исчез. Паоло затормозил. По пути попадалось много ответвлений дороги, и он потерял того, за кем следил.

У Мириам Ву болел затылок и саднило лицо, но она уже преодолела первый приступ панического страха от своего беспомощного положения. Белокурый ее больше не бил. Ей удалось приподняться и принять сидячее положение, прислонившись к спинке водительского сиденья. Руки у нее были скованы за спиной, а рот заклеен широкой лентой. Кровь, засохшая в одной ноздре, мешала ей дышать.

Мириам разглядывала белокурого гиганта. Заклеив ей рот, он не сказал ей ни слова и вообще не обращал на нее внимания. На лбу у него остался след от ее башмака: такой удар пробил бы голову любому, а этот, казалось, ничего не заметил. Это было ненормально.

Он был огромен и превосходно сложен. Его мускулы говорили о том, что он регулярно проводит в гимнастическом зале много часов, но производили впечатление совершенно натуральных — на культуриста он не походил. Руки у него были как огромные сковороды, и Мириам поняла, почему его пощечина показалась ей ударом дубины.

Фургон остановился перед неровной стеной.

Мириам совершенно не представляла себе, куда ее завезли, но ей показалось, что они довольно долго ехали к югу по шоссе Е4, прежде чем свернуть на проселки.

Она понимала, что, даже будь ее руки свободны, против такого гиганта у нее нет никаких шансов. Ее наполняло чувство беспомощности.

Малин Эрикссон позвонила Микаэлю Блумквисту в самом начале двенадцатого, сразу после того, как он вернулся домой и, поставив кофейник, занялся намазыванием бутербродов.

— Извини, что я так поздно звоню. Я пыталась дозвониться до тебя несколько часов, но ты не отвечал по мобильнику.

— Прости, пожалуйста! Я его отключал на время моих бесед с несколькими клиентами.

— Похоже, что я нашла кое-что интересное.

— Рассказывай!

— Это о Бьюрмане. Мне ведь было поручено разузнать о его прошлом.

— Да.

— Он родился в пятидесятом году и поступил на юридический в семидесятом. Диплом получил в семьдесят шестом, нанялся на работу в адвокатское бюро «Кланг и Рейне», а в восемьдесят девятом открыл свое собственное.

— О'кей.

— Кроме того, он на протяжении очень короткого периода — всего несколько недель — работал в семьдесят шестом году нотариусом гражданского суда. Сразу же после сдачи государственного экзамена он два года, с семьдесят шестого по семьдесят восьмой, работал в должности юриста Главного управления полиции.

— Вот как!

— Я раскопала, какие он выполнял обязанности. Это было нелегко сделать. Оказывается, он ведал делопроизводством по юридическим вопросам Службы безопасности Главного полицейского управления.

— Да что ты говоришь!

— Иными словами, он, судя по всему, работал там одновременно с Бьёрком.

— Вот чертов Бьёрк! Он ведь ни слова не сказал о том, что работал вместе с Бьюрманом.

Фургон должен был находиться где-то поблизости. Во время преследования Паоло Роберто держался от него так далеко, что временами терял из виду, но в последний раз фургон мелькнул перед ним всего за несколько минут перед тем, как исчезнуть. Паоло дал задний ход, развернулся на обочине и медленно поехал обратно на север, высматривая место, где можно было свернуть с дороги.

Через каких-то сто пятьдесят метров он вдруг увидел просвет, мелькнувший в сплошной полосе леса,— от шоссе отходила лесная дорожка. Повернув руль, он проехал еще метров десять и остановился. Выскочив из машины и даже не подумав захлопнуть дверцу, он вернулся к дороге и перемахнул через канаву. Жалея, что не захватил с собой фонарика, он начал пробираться через заросли.

Заросли оказались всего лишь придорожной лесополосой, и неожиданно он вышел на песчаную площадку. Впереди темнели приземистые постройки. Он направился к ним, и тут вдруг неожиданно над въездными воротами одного из зданий загорелся свет.

Паоло пригнулся и замер, присев на корточки. В следующую секунду свет зажегся во всем здании. Это оказалось что-то вроде склада, с рядом узких, высоко расположенных окошек по фасаду. Двор был заставлен контейнерами, справа виднелся желтый самосвал, а возле него белый «вольво». В свете наружной лампы он вдруг обнаружил в двадцати пяти метрах от себя тот самый фургон.

Затем прямо напротив того места, где он прятался, открылись ворота складского здания. Из него вышел во двор пузатый блондин и закурил сигарету. Когда он повернул голову, Паоло рассмотрел в струившемся из ворот свете, что волосы у него были забраны в конский хвост.

Паоло так и застыл на месте, уперев одно колено в землю. Он находился на самом виду в двадцати пяти метрах от человека с конским хвостом, но тот не разглядел его в темноте, так как его ослепила вспышка зажигалки. Затем оба, и Паоло, и человек с конским хвостом, одновременно услышали звук приглушенного голоса, доносившийся из фургона. Когда тот пузатый шагнул к фургону, Паоло медленно лег пластом, прижавшись к земле.

Он услышал шум отодвигаемой двери и увидел, как из фургона выпрыгнул белокурый великан. Тут же нагнувшись в раскрытый проем, он вытащил наружу Мириам Ву, подхватил ее под мышку и держал как ни в чем не бывало, хоть она и брыкалась. Кажется, двое мужчин обменялись несколькими словами. Паоло не мог расслышать, что они говорили. Затем человек с конским хвостом открыл водительскую дверцу и вскочил в кабину. Машина тронулась с места и медленно развернулась. Луч света от фар скользнул всего в нескольких метрах от того места, где лежал Паоло. Фургон исчез в темноте, и Паоло слышал, как звук мотора постепенно затихал вдали.

Белокурый гигант унес Мириам Ву в помещение склада. Паоло видел только, как за высоко расположенными окнами двигалась тень, которая вроде как направлялась в глубину здания.

Весь промокший, он осторожно приподнялся с земли, испытывая одновременно чувство облегчения и тревоги. Наконец он нашел фургон и знал, что Мириам Ву находится рядом, но легкость, с какой белокурый великан подхватил ее, внушала ему тревогу, смешанную с почтением. Насколько Паоло сумел разглядеть, это был человек огромного роста, производивший впечатление большой мощи.

Самым разумным было бы не соваться самому, а позвонить в полицию, но его мобильный телефон окончательно сдох. Кроме того, он очень смутно представлял себе, где находится, и не смог бы точно указать, как сюда доехать. Вдобавок он не имел ни малейшего представления о том, что за стенами склада делают с Мириам Ву.

Он обошел полукругом здание и убедился, что другого входа нет. Через две минуты он снова стоял у подъезда. Требовалось принять какое-то решение. Паоло нисколько не сомневался в том, что белокурый гигант играет здесь роль «bad guy», то есть злодея. Он избил и похитил Мириам Ву. Паоло не слишком испугался: он верил в себя и знал, что, если дело дойдет до драки, он сумеет дать отпор любому. Вопрос был только в том, вооружен ли тот, кто находится в доме, и есть ли там еще кто-нибудь кроме него. Это показалось ему сомнительным: скорее всего, Мириам Ву и белокурый гигант там только вдвоем.

Ворота склада были достаточно широки, чтобы через них мог заехать грузовик, и в них имелась калитка. Подойдя и нажав на ручку, Паоло очутился в большом освещенном помещении. Кругом валялись старые драные коробки и всякий хлам.

Мириам Ву чувствовала, как по щекам у нее текут слезы. Она плакала не столько от боли, сколько от беспомощности. Пока они ехали, гигант смотрел на нее как на пустое место. Когда фургон остановился, он снял с ее рта липучку, подхватил ее и перенес в помещение без малейших усилий, а там скинул на цементный пол, не обращая внимания на мольбы и протесты. Взгляд, который он на нее бросил, был холодным как лед.

Тут Мириам Ву поняла, что на этом складе ей предстоит умереть.

Он повернулся к ней спиной, отошел к стоявшему рядом столу, открыл бутылку минеральной воды и стал пить большими глотками. Ноги ее оставались свободны, и Мириам Ву попробовала встать.

Он обернулся к ней и ухмыльнулся. Он был ближе к двери, чем она, и не даст ей возможности проскочить. Она безнадежно опустилась на колени и тут сама на себя разозлилась. *Нет уж, черт возьми! Я без боя не сдамся.* Она снова поднялась на ноги и стиснула зубы. *А ну-ка, подойди ко мне, чертов козел!*

Со связанными за спиной руками она чувствовала себя неуклюжей и неуверенно стояла на ногах. Но когда он стал к ней приближаться, она повернулась к нему, примериваясь к самому незащищенному месту, нанесла молниеносный удар ногой в ребра, развернулась волчком и ударила снова, метя в пах. Угодив ему в ребро, она отскочила на метр и поменяла ногу для следующего удара. Со связанными за спиной руками она не могла замахнуться так, чтобы попасть ему в лицо, но изо всех сил ударила в грудину.

Протянув руку, он схватил ее за плечо и развернул, словно бумажную куклу. Он ударил ее кулаком всего один раз, не слишком сильно, по почкам. Мириам Ву заорала, обезумев от парализующей боли, пронизавшей ее до диафрагмы, и снова упала на колени. Он дал ей еще одну пощечину, и она повалилась на пол. Он ткнул ее сапогом в бок; она задохнулась и услышала, как у нее с треском сломалось ребро.

Паоло Роберто не видел избиения, но услышал, как Мириам Ву внезапно закричала от боли. Это был резкий, пронзительный крик, мгновенно сменившийся молчанием. Он повернул голову на этот звук и стиснул зубы. За стенкой находилось еще одно помещение. Он бесшумно подошел ближе и осторожно заглянул в дверной проем как раз в ту минуту, когда белокурый гигант перевернул девушку на спину. На несколько секунд гигант исчез из его поля зрения и затем вновь появился с бензопилой в руках. Пилу он поставил перед Мириам, и Паоло Роберто поднял брови.

— Мне нужен ответ на один-единственный вопрос.

У великана оказался неожиданно высокий голос, как будто он еще не миновал возраста полового созревания. Паоло обратил внимание на то, что он говорил с акцентом.

— Где находится Лисбет Саландер?

— Не знаю,— чуть слышно сказала Мириам Ву.

— Неправильный ответ! Я дам тебе еще один шанс, прежде чем пущу в ход эту штуку.

Он присел рядом с ней на корточки и похлопал по пиле.

— Где прячется Лисбет Саландер?

Мириам Ву потрясла головой.

Паоло еще сомневался, но, увидев, что белокурый гигант протянул руку за бензопилой, в три шага решительно вошел в помещение и жестким правым хуком ударил его по почкам.

Паоло Роберто никогда не трусил на ринге, иначе он не стал бы боксером мирового класса. За свою профессиональную карьеру он провел тридцать три матча и в двадцати восьми из них победил. Нанося удар, он ожидал определенной реакции. Например, что противник осядет на пол и схватится за больное место. Но тут ему показалось, что он изо всей силы саданул кулаком о бетонную стену. Ничего подобного он не испытывал за все годы в профессиональном боксе и теперь в изумлении уставился на колосса.

Белокурый гигант обернулся и посмотрел на боксера с не меньшим удивлением.

— Не желаешь ли помериться силой с кем-нибудь из своей весовой категории? — сказал Паоло Роберто.

Он провел серию ударов правой — левой — правой в диафрагму противника, вложив в них всю силу. Это были тяжелые удары по корпусу, но впечатление было такое, словно он колотил кулаками стену. Добился он только того, что великан отступил назад на один шаг — больше от удивления, чем от силы удара,— и неожиданно улыбнулся.

— Ты же Паоло Роберто,— произнес белокурый гигант.

Паоло застыл в изумлении. Он только что нанес ему четыре удара, после которых любой противник должен был оказаться на полу, а ему оставалось вернуться в свой угол и слушать, как рефери начинает отсчет секунд. Но ни один из его ударов не возымел никакого эффекта.

Господи! Это же ненормально!

Затем все происходило как в замедленной съемке. Он видел, как на него надвигается правый хук. Белокурый действовал не торопясь и заранее предупреждал о выпаде. Паоло уклонился и частично парировал удар левым плечом. Ощущение было как от встречи с железной палкой.

Паоло Роберто отшатнулся на два шага, неожиданно преисполнившись почтения к противнику.

С ним что-то не так. Ни один черт не может бить так сильно.

Он автоматически парировал левый хук, закрывшись предплечьем, и вдруг ощутил резкую боль. Неизвестно откуда на него обрушился правый хук прямо в лоб, и это он уже не смог отразить.

Как тряпка, Паоло Роберто вылетел задом наперед в открытую дверь и с грохотом упал на сложенные в штабель деревянные ящики. Встряхнув головой, он тотчас же почувствовал, как по лицу потекла кровь. «Он раскроил мне бровь,— отметил Паоло.— Придется зашивать. В который раз!»

В следующий миг перед ним снова появился великан. Инстинктивно посторонившись, Паоло Роберто на волосок уклонился от разящего удара громадного кулака. Великан тотчас же принял ту же позу защиты, что и Паоло Роберто. «Так он боксер!» — осенило Паоло. Они начали медленно кружить друг возле друга.

В следующие сто восемьдесят секунд между ними развернулся самый фантастический матч из всех, в каких до сих пор доводилось участвовать Паоло Роберто. Без всяких веревок и перчаток. Без секундантов и судей. Без гонга, который разводил бы противников по разным углам ринга, без передышек, когда ты несколько секунд можешь освежаться водой и нюхательной солью, без полотенца, которым можно отереть заливающую глаза кровь.

И тут Паоло Роберто осознал, что он бьется не на жизнь, а на смерть. Все тренировки, все годы, потраченные на удары по мешку с песком, все спарринги и весь опыт проведенных матчей соединились вдруг, чтобы вдохнуть в него силу. Такого прилива адреналина он не испытывал никогда прежде.

Теперь он больше не медлил при нанесении ударов. Они сыпались как град, и Паоло Роберто вкладывал в них всю мускульную силу, какой располагал. Левой, правой, левой, еще раз левой и неожиданно правой в лицо, уклониться от удара левой, отступить на шаг, выпад правой. Каждый удар Паоло Роберто достигал цели.

Шел самый важный матч его жизни. В работу включились не только кулаки, но и мозг. Ему удавалось уклоняться от всех ударов, которые пытался нанести ему гигант.

Он ухитрился провести чистейший правый хук в челюсть противника, после которого у него осталось ощущение, что он отбил себе кисть, и от которого его противник должен был свалиться на пол, как мешок. Костяшки пальцев были все в крови, на лице белокурого гиганта виднелись красные пятна и шишки, но ударов он, казалось, даже не замечал.

Паоло отступил назад и сделал передышку, оценивая тем временем противника. Он не боксер. Он двигается по-боксерски, но его выучка не стоит и пяти эре. Он только делает вид, он не умеет защищаться, показывает, каким будет новый удар. И он делает все очень медленно.

В следующий момент гигант провел левый хук в бок Паоло Роберто. Это был его второй за весь бой удар, попавший в цель. Ребро треснуло, Паоло Роберто почувствовал резкую боль, пронзившую тело. Он попытался отступить, но зацепился за что-то из раскиданного на полу хлама и упал навзничь. Великан ринулся на него, но он успел откатиться в сторону и, несмотря на головокружение, вскочить на ноги.

Он отступал, пытаясь собраться с силами.

Гигант опять надвигался на него, а Паоло защищался. Он уклонялся, уклонялся снова и отступал. Каждый раз, парируя удары плечом, он чувствовал резкую боль.

Затем наступил миг, который каждый боксер с ужасом испытал хотя бы раз в жизни. Это чувство может возникнуть в середине матча. Чувство, что тебе не справиться. Сознание того, что «я, черт возьми, кажется, проигрываю».

Это решающий момент почти каждого боя.

В этот момент тебя внезапно оставляют все силы, а переполняющий адреналин парализует и перед глазами встает призрак добровольной капитуляции. Этот момент выявляет разницу между любителем и профессионалом, между победителем и побежденным. Не многие боксеры способны, очутившись перед этой пропастью, повернуть матч и превратить неминуемое поражение в победу.

Это самое ощущение накатило сейчас на Паоло Роберто. Голова кружилась так, что он едва мог устоять на ногах, всю сцену он словно наблюдал со стороны и белокурого гиганта видел словно через объектив фотокамеры. В этот миг решалось, победить ему или пропасть.

Паоло Роберто стал отступать, двигаясь по широкому полукругу, чтобы собрать силы и выиграть время. Великан следовал за ним целеустремленно, но медленно — словно знал, что дело уже сделано, но оттягивал конец раунда. «Он дерется как бы по-боксерски, но не как боксер,— мысленно фиксировал Паоло.— Он знает, кто я такой, и хочет доказать, что он не хуже. Однако он обладает какой-то невообразимой силой и думает, что ему все нипочем».

В голове Паоло роились разные мысли, а он пытался правильно оценить ситуацию и принять решение, как ему следует действовать.

Неожиданно ему вспомнилось то, что он пережил однажды ночью в Мариехамне два года тому назад. Его профессиональная карьера неожиданно оборвалась, когда судьба свела его, а вернее, столкнула с аргентинцем Себастьяном Луханом. Он напоролся тогда на первый нокаут в своей жизни и пролежал без сознания пятнадцать секунд.

Он часто потом пытался понять, что же пошло не так. Он находился на пике спортивной формы и целиком сосредоточился на бое. Себастьян Лухан не превосходил его как боксер, но сумел нанести точный удар, и весь раунд внезапно обернулся губительным ураганом.

Паоло потом сам видел на видеозаписи, как беспомощно мотался, словно какой-то Калле Анка*. Нокаут наступил через двадцать три секунды.

Себастьян Лухан не был сильнее его, не был лучше натренирован. Разница между ними была так мала, что матч вполне мог закончиться с противоположным результатом.

Единственное различие между ними, как потом понял Паоло Роберто, состояло в том, что Себастьян Лухан был более отчаянным, чем он. Выходя на ринг в Мариехамне, Паоло Роберто настраивался на победу, но не имел страстного желания броситься в бой. Для него это уже не имело такого значения и проигрыш не означал катастрофы.

Два года спустя он по-прежнему оставался боксером, но уже не выступал как профессионал, а участвовал только в товарищеских спаррингах. Он продолжал тренироваться, не прибавил в весе и не раздался в талии. Конечно, он уже не был тем идеально отлаженным инструментом, как тогда, когда боролся за чемпионский титул и тренировки велись месяцами, но он оставался знаменитым Паоло Роберто и мог держать удар. И в отличие от матча в Мариехамне, в теперешнем бою на складе к югу от Нюкварна призом была жизнь.

Паоло Роберто принял решение. Остановившись, он подпустил белокурого великана поближе. Он сделал финт левой и поставил все на удар правой. Молниеносным выпадом он изо всех сил нанес удар в рот и нос противника. После долгого отступления соперника атака застала гиганта врасплох. Наконец-то Паоло почувствовал, что удар возы-

---

* Калле Анка — шведский Дональд Дак (см. прим. к первому роману трилогии).

мел действие, и добавил: левой, правой и снова левой, все три в лицо.

Белокурый гигант продолжил бой, как в замедленной съемке. Он бил правой, Паоло заранее видел ничем не замаскированную подготовку к ударам и вовремя уклонялся от могучего кулака. Вот гигант переносит тяжесть с одной ноги на другую — собирается ударить левой. Вместо того чтобы парировать его удар, Паоло откинулся назад и пропустил левый хук у себя перед носом. В ответ он провел мощный удар по выдвинутой стороне корпуса в ребра. Когда великан повернулся, чтобы отразить атаку, Паоло ударил левой вверх и снова поразил его в переносицу.

Тут он вдруг почувствовал, что делает все правильно и контролирует матч. Наконец враг стал отступать. Из носа у него текла кровь, и ухмыляться он уже перестал.

Неожиданно великан размахнулся ногой.

Его ступня взлетела вверх, и для Паоло Роберто это было полной неожиданностью. Он уже настроился на привычные правила бокса и удара ногой никак не ожидал. Ему показалось, что его ударила по ляжке кувалда; удар пришелся чуть выше колена, и резкая боль пронзила всю ногу. Нет! Он отступил на шаг, и тут его правая нога подломилась, и он снова упал, споткнувшись о какой-то хлам.

Великан глядел на него сверху вниз. На короткий миг их глаза встретились. Смысл этого взгляда невозможно было не понять. Матч закончен!

И тут глаза великана полезли на лоб: подошедшая сзади Мириам Ву ударила его ногой в пах.

Каждый мускул в теле Мириам Ву отзывался болью, но она все же как-то сумела вытянуть скованные за спиной руки вниз и переступить через них, так что руки оказались теперь впереди. При ее нынешнем состоянии это был поразительный акробатический трюк.

У нее болели ребра, шея, спина и почки, она еле-еле смогла подняться на ноги. В конце концов она, шатаясь, дотащилась до двери и широко раскрытыми глазами наблюдала, как Паоло Роберто — непонятно, откуда он взялся! — нанес белокурому гиганту удар правой, а затем серию ударов в лицо и после этого рухнул на пол.

Мириам Ву подумала, что ей совершенно не важно знать, каким образом тут вдруг оказался Паоло Роберто. Главное, что он относился к *хорошим парням*. Впервые в жизни она почувствовала кровожадное желание изувечить другого человека. Сделав несколько быстрых шагов, она собрала последние силы и привела в готовность все мускулы, которые еще могли действовать. Подойдя к великану сзади, она врезала ногой ему в пах. Это не было похоже на изысканный тайский бокс, но удар произвел желаемый эффект.

Мысленно Мириам Ву одобрительно кивнула, подтверждая свою сообразительность. Мужик может быть огромным, как дом, и словно высеченным из гранита, но яйца у него все равно там, где им положено быть. И удар был проведен так чисто, что его следовало бы внести в Книгу рекордов Гиннесса.

Впервые в жизни у белокурого гиганта сделался побитый вид. Он выдавил из груди стон, схватился руками за пах и упал на колени.

Несколько секунд Мириам Ву стояла над ним в нерешительности, но потом поняла, что начатое дело необходимо довести до конца. Она хотела ударить его ногой в лицо, но тут неожиданно он поднял руку. Она никак не думала, что он может так быстро оправиться. Ощущение было такое, словно она пнула ствол дерева. Внезапно он схватил ее стопу, свалил ее с ног и начал подтягивать к себе. Она увидела, как он занес над ней сжатый кулак, и стала отчаянно вырываться и отпихивать его свободной ногой. Она ухитрилась попасть ему в ухо и одновременно получила удар в висок. Мириам Ву показалось, что она на полном ходу врезалась головой в стену — из глаз у нее посыпались искры, затем все потемнело.

Белокурый гигант уже вставал на ноги.

И тут Паоло Роберто с размаху стукнул его по затылку доской, о которую он только что споткнулся. Белокурый гигант с грохотом опрокинулся навзничь.

———

Паоло Роберто огляделся. Все вокруг казалось нереальным. Белокурый гигант дергался, лежа на полу. Мириам Ву таращилась остекленелыми глазами и, похоже, была в нокауте. Соединенными усилиями они выиграли немного времени.

Паоло едва мог опираться на пострадавшую ногу и подозревал, что над коленом у него разорвана мышца. Он доковылял до Мириам Ву и поднял ее. Она уже могла двигаться, но смотрела на него невидящим взглядом. Не говоря ни слова, он перекинул ее через плечо и, хромая, направился к выходу. Боль в правом колене была такой острой, что временами он скакал на одной ноге.

Выйти на темный двор и вдохнуть холодного воздуха было так приятно, что его охватило чувство избавления. Но следовало торопиться. Преодолев пространство двора, он вступил в лесную полосу, надеясь вернуться уже знакомым путем. Едва очутившись среди деревьев, он споткнулся о выступающий корень и хлопнулся наземь. Мириам Ву застонала, и тут же он услышал, как с шумом распахнулась дверь склада.

На фоне освещенного прямоугольника дверного проема замаячил монументальный силуэт белокурого великана. Паоло зажал ладонью рот Мириам Ву. Нагнувшись к ее уху, он шепотом сказал ей, чтобы она молчала и не шумела.

Затем он нащупал на земле среди корней камень, который был крупнее его кулака. Паоло Роберто перекрестился. Впервые в своей грешной жизни он чувствовал, что сможет, если припрет, убить другого человека. Он был так избит и измотан, что сознавал: провести еще один раунд он уже не в силах. Однако ни один человек, даже такая ошибка природы, как эта белокурая бестия, не сумеет драться с проломленным черепом. Паоло Роберто ощупал камень: тот был похож на яйцо с острым краем.

Белокурый гигант добрался до угла здания, прошелся по двору и остановился менее чем в десяти шагах от того места, где, затаив дыхание, ждал Паоло. Великан прислушивался и всматривался в темноту, но он не знал, в какую сторону они убежали. Прошло несколько напряженных минут, прежде чем он, по-видимому, убедился в бесплодности таких поисков, решительно повернул назад и скрылся в здании. Через несколько минут, погасив свет и с сумкой в руках, он направился к белому «вольво». Рванув с места, машина исчезла в конце подъездной дороги. Паоло Роберто прислушивался в темноте, пока шум мотора не смолк вдалеке. Взглянув вниз, он увидел, как блеснули ее глаза.

— Привет, Мириам,— сказал он.— Меня зовут Паоло, ты можешь меня не бояться.

— Я знаю,— слабым голосом отозвалась она.

Он в изнеможении прислонился к корням дерева: уровень адреналина в его крови упал до нуля.

— Я не знаю, как мне встать на ноги,— сказал Паоло Роберто.— Но на другой стороне дороги я оставил автомобиль. До него отсюда примерно сто пятьдесят метров.

Белокурый гигант притормозил и остановил машину на площадке для отдыха к востоку от Нюкварна. Он чувствовал себя разбитым и растерянным, голова была словно чужая.

Впервые в жизни он вышел из драки побитым. И побил его не кто иной, как Паоло Роберто... боксер. Все это было похоже на причудливый сон из тех, какие могут присниться в беспокойную ночь. Он не мог понять, откуда вдруг взялся Паоло Роберто — тот появился на складе, словно из воздуха.

Это было какое-то сумасшествие.

Ударов Паоло Роберто он даже не почувствовал, и это его не удивляло. Зато пинок в пах оказался очень весомым. И этот страшный удар по башке, от которого у него потемнело в глазах. Он провел рукой по затылку и нащупал огромную шишку. Надавив пальцами, он не почувствовал боли, но тем не менее голова кружилась и была словно в тумане. Ощупав языком зубы, он обнаружил, к своему удивлению, что в верхней челюсти слева одного не хватает. Во рту стоял привкус крови. Схватив большим и указательным пальцами нос, он осторожно потянул вверх — где-то внутри головы раздался треск, а это значит, что нос у него сломан.

Он поступил правильно, что взял сумку и уехал, не дожидаясь, пока явится полиция. Но при этом он допустил огромную ошибку. Из передач канала «Дискавери» он знал, что полицейские дознаватели могут собрать на месте преступления кучу того, что называется «forensic evidence»*. Это кровь, волоски, ДНК.

У него не имелось ни малейшего желания возвращаться на склад, но делать было нечего. Нужно убрать улики. Он развернул машину и поехал назад. Подъезжая к Нюкварну, он разминулся с какой-то машиной, но не придал этому значения.

Обратный путь в Стокгольм прошел как в кошмаре. Кровь заливала глаза Паоло Роберто, избитое тело болело. Он вел машину почти вслепую и чувствовал, что она то и дело виляет из стороны в сторону. Одной рукой он протер глаза и осторожно потрогал нос. Это вызвало сильную боль, а дышать он мог только ртом. Он непрестанно высматривал, не появится ли на дороге белый «вольво», и однажды около Нюкварна ему показалось, что такая машина промелькнула у него перед глазами.

Выехав на шоссе E20, он почувствовал, что вести машину стало полегче. Он подумал было о том, чтобы остаться в Сёдертелье, но не знал, куда ему ехать. Он взглянул на Мириам Ву, которая, все еще в наручниках, лежала на заднем сиденье без ремня безопасности. Ему пришлось нести ее до машины на руках, и она отключилась сразу, как только очутилась на заднем сиденье,— то ли от полученных травм, то ли просто от изнеможения. Немного посомневавшись, он в конце концов выехал на шоссе E4 и направился в Стокгольм.

Микаэль Блумквист проспал около часа, как вдруг зазвонил телефон. Он взглянул на часы — стрелки показывали четыре. Совсем сонный, он потянулся за трубкой. Это была Эрика Бергер, но он не сразу понял, о чем она говорит.

---

* Судебно-медицинские улики (англ.).

— Паоло Роберто? Что с ним?

— В районной больнице Сёдера с Мириам Ву. Он пытался до тебя дозвониться, но ты не отвечал по мобильнику, а твоего домашнего номера у него не было.

— Я отключил мобильник. А что он делает в больнице Сёдера?

Эрика Бергер ответила терпеливо, но настойчиво:

— Микаэль! Возьми такси, поезжай и выясни, в чем там дело. Он говорил очень путано, плел что-то про бензопилу, дом в лесу, про какого-то монстра, который не умеет боксировать.

Микаэль только моргал и не мог ничего сообразить. Наконец он тряхнул головой и потянулся за брюками.

Лежащий на койке в одних боксерских шортах Паоло Роберто выглядел довольно жалко. Микаэль прождал час, прежде чем ему удалось к нему попасть. Нос Паоло Роберто был загипсован, бровь, на которую наложили пять швов, заклеена пластырем, левый глаз заплыл. На ребра был наложен бандаж, а по всему телу виднелись кровоподтеки и ссадины. Левое колено тоже было в гипсе.

Микаэль Блумквист принес ему кофе в бумажном стаканчике из стоявшего в коридоре кофейного автомата. Бросив критический взгляд на его лицо, Микаэль сказал:

— Вид у тебя как после автомобильной аварии. Рассказывай, что случилось!

Паоло Роберто покачал головой и посмотрел на Микаэля:

— Чертов монстр!

— Что случилось?

Паоло Роберто снова покачал головой и стал разглядывать свои руки. Костяшки были так сильно разбиты, что он с трудом держал в руке стаканчик. Ему и раньше приходилось бывать в гипсе. Его жена довольно прохладно относилась к боксу и теперь будет страшно сердиться.

— Я боксер,— произнес он.— То есть я хочу сказать, когда я был действующим профессионалом, я не выходил на ринг против кого попало. Бывало, что меня отделывали, но я умею и драться, и держать удар. Когда я кого-нибудь бью, это значит, что он у меня будет отдыхать, потому что ему будет больно.

— А с тем мужиком, значит, все было не так.

Паоло Роберто в третий раз покачал головой. И потом спокойно и обстоятельно рассказал обо всем, что произошло этой ночью.

— Я нанес ему по крайней мере тридцать ударов. Четырнадцать или пятнадцать раз в голову. Четыре раза в челюсть. Поначалу я бил с осторожностью: я же не хотел убить его, я только защищался. Но под конец я выкладывался уже полностью. Одним из этих ударов я, вероятно, сломал ему челюсть. Но этот чертов монстр только отряхнулся и продолжал наступать. Это же, черт возьми, ненормально для обыкновенного человека!

— Как он выглядел?

— Он был сложен как бронебойный робот. Я не преувеличиваю. Он выше двух метров ростом и весит, наверное, около ста двадцати — ста тридцати килограммов. Я не шучу, когда говорю, что это сплошные мускулы и армированный костяк. Белокурый гигант, который даже не ощущает боли.

— Ты раньше никогда его не видал?

— Никогда. Он не боксер. Но частично все-таки и боксер тоже.

— То есть как это?

Паоло Роберто немного подумал:

— Он не имел представления о том, как должен действовать настоящий боксер. Все мои финты проходили успешно, я мог обмануть его, чтобы пробиться сквозь его защиту, он не имел ни малейшего представления, как надо двигаться, чтобы избежать удара. Он в этом ничего не смыслил. Но в то же время он пытался работать как боксер. Он правильно держал руки и все время сохранял стойку. Впечатление было такое, как будто он ходил на тренировки по боксу, но не слушал ничего, что говорит ему тренер.

— О'кей...

— Мне и девушке спасло жизнь то, что он так медленно двигался. Перед каждым свингом он заранее о нем сигнализировал, так что я успевал уклониться или парировать. Ему удалось два раза пробить мою защиту: сначала ударом в лицо, и ты сам видишь результат, а потом по корпусу, и этот удар сломал мне ребро. Но оба раза удары были смазанные. Если бы он вдарил как следует, он бы снес мне черепушку.

Паоло Роберто неожиданно расхохотался во все горло.

— Ты что?

— Я победил! Этот дурак хотел меня убить, а я победил. Мне удалось уложить его. Но для этого понадобилась доска!

Отсмеявшись, он сказал:

— Если бы Мириам Ву не поддала ему как следует в пах в нужный момент, еще неизвестно, чем бы это кончилось.

— Паоло, я ужасно, ужасно рад, что ты победил. Мириам Ву скажет то же самое, когда очнется. Ты слышал что-нибудь, как там ее дела?

— Она выглядит примерно так же, как я. У нее сотрясение мозга, сломано несколько ребер, перелом переносицы и отбитые почки.

Микаэль наклонился к Паоло Роберто и положил руку ему на колено:

— Если тебе когда-нибудь понадобится моя помощь...— сказал Микаэль.

Паоло Роберто кивнул и спокойно улыбнулся.

— Блумквист! Если тебе снова понадобится помощь...

— Да?

— Позови Себастьяна Лухана.

Глава
26

Среда, 6 апреля

Около семи часов утра инспектор криминальной полиции Ян Бублански въехал на парковку перед сёдерской районной больницей и сразу увидел Соню Мудиг. Сегодня он проснулся от звонка Микаэля Блумквиста и теперь был в отвратительном настроении. Поняв наконец, что ночью произошло что-то из ряда вон выходящее, он, в свой черед, разбудил Соню. Встретившись в вестибюле с Блумквистом, они вместе с ним поднялись в палату, где лежал Паоло Роберто.

Инспектору трудно было сразу разобраться во всех деталях, но в конце концов он понял, что Мириам Ву была похищена, а Паоло Роберто выследил похитителя. Да уж, при взгляде на лицо профессионального боксера сразу становилось ясно, кто кого выследил! Как понял инспектор Бублански, то осложнения прошедшей ночи вывели следствие совершенно на новый уровень. Похоже, что в этом распроклятом деле все идет не по-человечески!

Соня Мудиг задала первый вопрос, имеющий существенное значение: каким образом Паоло Роберто оказался причастным к развитию событий?

— Я по-дружески отношусь к Лисбет Саландер.

Бублански и Соня озадаченно переглянулись:

— И каким образом вы оказались с ней знакомы?

— Лисбет Саландер — моя спарринг-партнерша.

Бублански возвел глаза куда-то под потолок. Соня Мудиг неожиданно и невежливо захихикала. Действительно, в этом деле все, кажется, происходит не как в нормальной жизни, наоборот, все непросто и не так, как должно быть. Постепенно они выяснили все наиболее существенное.

— Я хочу высказать несколько замечаний,— сухо заявил Микаэль Блумквист.

Оба полицейских обернулись к нему.

— Во-первых. Приметы водителя фургона совпадают с указанными мною приметами человека, который напал на Лисбет Саландер в том же месте на Лундагатан. Рослый блондин с конским хвостом и пивным животом. О'кей?

Бублански кивнул.

— Во-вторых. Цель похищения состояла в том, чтобы узнать от Мириам Ву, где скрывается Лисбет Саландер. Таким образом, эти два блондина охотились за Лисбет Саландер еще за неделю до того, как произошло убийство. Согласны?

Мудиг кивнула.

— В-третьих. Если в этой пьесе обнаружились новые действующие лица, значит, Лисбет Саландер уже не та «сумасшедшая одиночка», какой нам ее рисовали.

Ни Бублански, ни Мудиг на это ничего не сказали.

— Пожалуй, нелегко представить себе, что мужик с конским хвостом — это член лесбиянской лиги сатанисток!

У Мудиг чуть дрогнули губы.

— И наконец, в-четвертых. Я полагаю, что эта история как-то связана с человеком, которого называют Зала. В последние две недели интерес Дага Свенссона был сосредоточен на нем. Вся существенная информация по этому поводу имеется в его компьютере. Даг Свенссон связывал с ним совершенное в Сёдертелье убийство проститутки Ирины Петровой. Вскрытие показало, что ей были нанесены тяжкие телесные повреждения, настолько серьезные, что три из полученных ею увечий оказались смертельными. Из протокола вскрытия неясно, какое орудие применялось при ее убийстве. Но все повреждения очень напоминают те, какие получили Мириам Ву и Паоло. Таким образом, орудием могли быть просто кулаки некоего белокурого гиганта.

— А Бьюрман? — спросил Бублански.— Допустим, что кому-то хотелось заткнуть рот Дагу Свенссону. Но у кого нашлись причины убивать опекуна Лисбет Саландер?

— Не знаю. Пока еще не все части головоломки легли на место, но где-то существует связь между Бьюрманом и Залой. Это единственно логичный вывод. Не пора ли начать искать виновных в другом направлении? Если Лисбет Саландер не убийца, то, значит, убийство совершил кто-то другой. Мне представляется, что эти преступления каким-то образом связаны с торговлей секс-услугами. А Саландер скорее умрет, чем свяжется с чем-то подобным. Я же говорил, что она обладает твердыми моральными принципами.

— И какова же в таком случае ее роль?

— Не знаю. Свидетельницы? Противницы? Ведь она, может быть, явилась в Энскеде для того, чтобы предупредить Миа и Дага о том, что их жизнь в опасности. Не забывайте, что она замечательно умеет собирать информацию.

Бублански задействовал весь полицейский аппарат. Он позвонил в Сёдертелье, передал туда описание дороги, полученное от Паоло Роберто, и попросил поискать заброшенные складские помещения, расположенные на юго-востоке вблизи озера Ингерн. Затем он позвонил инспектору криминальной полиции Йеркеру Хольмбергу (тот жил в Флемингберге и, следовательно, был ближе всех к центру событий) и поручил тому сейчас же присоединиться к полиции Сёдертелье и оказать ей помощь при осмотре.

Через несколько часов раздался звонок Йеркера Хольмберга, прибывшего к месту преступления. Полиция Сёдертелье без труда нашла нужное складское строение. Это здание, а также два соседних поменьше только что сгорели, и пожарная команда сейчас занимается тушением догорающих остатков. О том, что в данном случае имел место поджог, свидетельствуют две брошенные канистры из-под бензина.

Разочарование инспектора Бубланьски граничило с яростью.

Да что же это, черт побери, происходит? Кто такой этот белокурый великан? Кто такая на самом деле Лисбет Саландер? И почему ее поиски оказываются безуспешными?

Ситуация не стала лучше, когда в девять часов на собрание явился прокурор Рихард Экстрём. Бубланьски доложил о драматических событиях, развернувшихся утром, и предложил изменить направление следствия, учитывая те загадочные события, которые внесли путаницу в первоначальную рабочую гипотезу.

Рассказ Паоло Роберто убедительно подтверждал историю Микаэля Блумквиста о нападении на Лисбет Саландер на Лундагатан. Теперь уже версия, что убийство было совершено в припадке безумия одинокой, психически больной женщиной, выглядела гораздо менее убедительной. Это не означало, что с Лисбет Саландер можно снять подозрение — для этого сперва нужно было найти разумное объяснение, почему на орудии убийства оказались ее отпечатки. Однако это означало, что следствие должно серьезно отнестись к возможности наличия других подозреваемых. В этом случае оставалась только одна актуальная гипотеза — идея Микаэля Блумквиста, согласно которой убийство имело отношение к задуманному Дагом Свенссоном разоблачению секс-мафии. Далее Бубланьски обозначил три первостепенных пункта.

Важнейшей задачей следствия на сегодняшний день является установление личности высокорослого блондина и его товарища с конским хвостом, которые похитили и избили Мириам Ву. Внешность высокорослого блондина настолько уникальна, что его розыск не должен составить большой трудности.

Курт Свенссон трезво заметил, что Лисбет Саландер тоже отличается приметной внешностью, но полиция вот уже три недели даже приблизительно не может установить, где она находится.

Вторая задача следствия состоит в том, чтобы активно заняться так называемым списком клиентов из материалов

Дага Свенссона. В компьютере Дага Свенссона, которым он пользовался на своем рабочем месте в «Миллениуме», и на дискетах, на которых сохранены копии файлов его исчезнувшего лэптопа, содержатся материалы исследований за несколько лет работы и буквально тысячи страниц текста, так что составить их полный каталог и разобраться в содержании — это дело, на которое уйдет много времени. Занимающуюся этим группу нужно будет усилить, и Бубланеки тотчас же назначил в руководители Соню Мудиг.

Третья задача состояла в том, чтобы сосредоточить внимание на неизвестном лице по имени Зала. Для этой части работы следственная группа должна обратиться за помощью к Особому следственному отделу по борьбе с организованной преступностью, которому уже неоднократно встречалось это имя. Эту задачу он поручил Хансу Фасте.

И наконец, Курту Свенссону надлежало сводить воедино действия по дальнейшим розыскам Лисбет Саландер.

Доклад инспектора Бубланеки занял всего шесть минут, но его обсуждение длилось целый час. У Ханса Фасте план инспектора Бубланеки вызвал яростное неприятие, которого он даже не пытался скрывать. Инспектор Бубланеки удивился: сам он недолюбливал Ханса Фасте, но считал его толковым полицейским.

Ханс Фасте утверждал, что главной задачей следствия, невзирая на привходящую информацию, должны оставаться поиски Лисбет Саландер. По его мнению, улики против нее были настолько весомы, что при нынешнем положении дел потеря времени на поиски еще каких-то виновников преступления была бы совершенно неоправданной.

— Все это чепуха! Мы имеем психически больного человека, чей диагноз из года в год получал все новые подтверждения. Неужели ты действительно думаешь, что все выводы психиатров и заключения судебно-медицинской экспертизы ничего не стоят? Она связана с местом преступления. У нас есть данные, уличающие ее в проституции, а на ее банковском счете оказалась большая сумма денег неизвестного происхождения.

— Все это мне известно.

— Она входит в какую-то секту лесбиянок. И я готов на что угодно поспорить, что этой лесбиянке Силле Нурен известно больше, чем она говорит.

Бублански повысил голос:

— Довольно, Фасте! Кончай с этим! Ты совершенно одержим этими идеями. Это непрофессионально.

Бублански тотчас же пожалел, что высказался так в присутствии всей группы,— лучше было поговорить с Фасте отдельно. Прокурор Экстрём положил конец возмущенному гудению голосов. Казалось, он был в нерешительности, не зная, чью сторону принять, но наконец согласился с инспектором Бублански — в противном случае он был бы вынужден отстранить его от руководства следствием.

— Будем делать так, как решил Бублански.

Инспектор повернулся к Сонни Боману и Никласу Эрикссону из «Милтон секьюрити»:

— Как я понимаю, у нас осталось только три дня, и мы должны сделать все возможное. Боман, будь добр, помоги Курту Свенссону в поисках Лисбет Саландер. Ты, Эрикссон, можешь продолжать работу с Соней.

Когда все уже собирались расходиться, Экстрём, сидевший с задумчивым видом, вдруг поднял руку.

— Еще одно! То, что относится к Паоло Роберто, мы будем держать в секрете. В СМИ начнется новая свистопляска, если в деле всплывет имя еще одной знаменитости. Так что ни слова о новостях за этими стенами!

Соня Мудиг зашла в кабинет к инспектору Бублански сразу после совещания.

— Фасте вывел меня из себя. Я поступил непрофессионально,— сказал Бублански.

— Понимаю, что ты чувствовал! — улыбнулась она.— Работать с компьютером Свенссона я начала еще в понедельник.

— Я знаю. И что же ты успела сделать?

— У него был десяток вариантов рукописи, колоссальное количество материалов, и мне пока трудно понять, что там существенно, а что нет. Для того чтобы просто открыть и просмотреть каждый документ, потребуется несколько дней.

— А Никлас Эрикссон?

Соня Мудиг поколебалась, затем повернулась и закрыла дверь кабинета.

— Если честно сказать... Я не хочу говорить о нем плохо, но помощи от него не много.

Бублански нахмурился.

— Рассказывай все начистоту!

— Не знаю... Но он не настоящий полицейский, каким был, например, Боман. Он говорит массу гадостей, относится к Мириам Ву приблизительно так же, как Ханс Фасте, и не проявляет никакого интереса к заданию. Я не могу точно определить, в чем дело, но у него какие-то проблемы в отношении Лисбет Саландер.

— Почему?

— У меня такое чувство, что там зарыта какая-то собака.

Бублански медленно кивнул.

— Жаль, конечно! Боман молодец, но вообще-то я не люблю, когда в следствии участвуют посторонние.

Соня Мудиг согласно кивнула в ответ.

— Что будем делать?

— Придется тебе недельку его потерпеть. Арманский сказал, что они прекратят участвовать, если за неделю не появится никакого результата. Принимайся за дело, раскапывай что можешь и считай, что тебе придется обходиться своими силами.

Раскопкам Сони Мудиг пришел конец через сорок пять минут по причине ее отстранения от следствия. Ее неожиданно вызвали в кабинет прокурора Экстрёма, где уже находился Бублански. Оба мужчины сидели красные. Независимый журналист Тони Скала только что опубликовал сенсационную новость, что Паоло Роберто спас от похитителя лесбиянку со склонностью к БДСМ Мириам Ву. В тексте имелось несколько деталей, которые могли быть известны только лицам, причастным к следствию, и содержался намек, будто полиция, возможно, выдвинет против Паоло Роберто обвинение в нанесении тяжких телесных повреждений.

Экстрёму уже успели позвонить несколько журналистов, спрашивавших о том, какова была роль известного боксера. Он находился в состоянии, близком к аффекту, и обвинил Соню Мудиг в том, что она допустила утечку информации. Мудиг тотчас же отвергла это обвинение, но все было тщетно. Экстрём потребовал, чтобы ее отстранили от следствия. Бубланенски пришел в ярость и без колебаний встал на сторону Мудиг.

— Соня сказала, что не допускала никаких утечек. Мне достаточно ее слова. Это же безумие — отстранять опытного следователя, работающего над расследованием с самого начала!

Экстрём в ответ высказал открытое недоверие Соне Мудиг. Словно забаррикадировавшись за письменным столом, он засел за ним, продолжая злиться. Его решение было непоколебимо.

— Мудиг! Я не могу доказать, что ты допускаешь утечки информации, но я не доверяю тебе в этом расследовании. Ты отстраняешься с настоящего момента. До конца недели можешь взять выходные. В понедельник получишь другое поручение.

У Мудиг не оставалось выбора. Она кивнула и направилась к двери. Бубланенски остановил ее.

— Соня! For the record*: я не верю ни на грош в это обвинение, и я полностью тебе доверяю. Но решаю не я. Загляни ко мне в кабинет, перед тем как пойдешь домой.

Она кивнула. Экстрём пылал яростью. Лицо инспектора Бубланенски налилось болезненной краснотой.

Соня Мудиг вернулась в кабинет, где они с Никласом Эрикссоном работали с компьютером Дага Свенссона. Ей было обидно и хотелось плакать. Эрикссон исподтишка по-

---

* Для протокола *(англ.)*.

косился на нее и увидел, что с ней что-то не так, но ничего не сказал, она тоже делала вид, что не замечает его. Она села за свой письменный стол и устремила взгляд в пустоту. В комнате повисла тяжелая тишина.

В конце концов Эрикссон извинился и сказал, что пойдет выпить кофе. Он спросил, не принести ли ей тоже, но она помотала головой.

Когда он вышел, она встала из-за стола, надела куртку, взяла свою сумку и направилась в кабинет инспектора Бублански. Он предложил ей сесть в кресло для посетителей.

— Соня, в этом деле я не уступлю, или пускай Экстрём и меня отстраняет от следствия. Я не потерплю этого и дойду до суда. Пока что ты остаешься в следственной группе по моему личному распоряжению. Поняла?

Она кивнула.

— Ты не пойдешь домой и не будешь брать выходные на конец недели, как сказал Экстрём. Я приказываю тебе съездить в редакцию «Миллениума» и еще раз поговорить с Микаэлем Блумквистом. Ты просто-напросто попросишь его, чтобы он помог тебе разобраться с жестким диском Дага Свенссона. В «Миллениуме» у них осталась копия. Мы сэкономим много времени, если нам поможет человек, который уже знаком с материалом и может отделить важное от неважного.

Соня Мудиг вздохнула с облегчением.

— Я ничего не сказала Никласу Эрикссону.

— Я сам им займусь. Будет работать с Куртом Свенссоном. Ты видела Ханса Фасте?

— Нет. Он ушел сразу же после утреннего совещания.

Бублански тяжко вздохнул.

Микаэль Блумквист вернулся домой из больницы около восьми часов утра. Он не выспался, а на предстоящую днем встречу с Гуннаром Бьёрком ему нужно будет прийти с ясной головой. Он разделся, поставил будильник на половину одиннадцатого и два часа поспал. Когда он, побрившись, приняв душ и надев чистую рубашку, вышел на Гулльмарсплан, позвонил мобильник. Это была Соня Мудиг, которая сказала, что ей нужно с ним поговорить. Он ответил, что сейчас ушел по делу и не может с ней встретиться. Она рассказала, зачем он ей понадобился, и он посоветовал ей обратиться к Эрике Бергер.

Соня Мудиг поехала в редакцию «Миллениума». Она нашла Эрику Бергер на месте и почувствовала, что эта уверенная в себе и несколько властная женщина с ямочками на щеках и короткой светлой шевелюрой ей симпатична. Своей красотой она немного напоминала слегка постаревшую Лору Палмер из «Твин Пикс». Ей даже пришла в голову не относящаяся к делу мысль, не лесбиянка ли Бергер, потому что, на взгляд Ханса Фасте, все женщины, упоминаемые в нынешнем деле, относятся к этой сексуальной ориентации. Но тут же вспомнила, что сама где-то читала о браке Бергер с художником Грегером Бекманом. Эрика выслушала ее просьбу о помощи при просмотре жесткого диска Дага Свенссона, и на лице у нее появилось озабоченное выражение:

— С этим есть одна проблема.

— Объясните, пожалуйста,— попросила Соня Мудиг.

— Дело не в том, что мы не хотели бы выяснить правду об этом убийстве или помочь полиции. К тому же у вас имеется весь материал в компьютере Дага Свенссона. Проблема этического плана: у средств массовой информации плохо получается сотрудничать с полицией.

— Уж поверьте мне, я это и сама поняла сегодня утром,— с улыбкой сказала Соня Мудиг.

— А что случилось?

— Ничего особенного. Так, мои личные выводы.

— О'кей. Для того чтобы сохранить доверие публики, средства массовой информации должны четко соблюдать дистанцию по отношению к власти. Журналисты, которые бегают в полицию и сотрудничают со следствием, в конце концов оказываются на побегушках у полицейских.

— Мне приходилось встречать таких журналистов,— сказала Мудиг.— И если я правильно поняла, то бывает и наоборот: когда полиция оказывается на побегушках у некоторых газет.

Эрика Бергер громко рассмеялась.

— Ваша правда! К сожалению, вынуждена открыть вам тайну, что мы в «Миллениуме» просто не располагаем средствами, чтобы держать у себя таких карманных журналистов. Если бы вам нужно было допросить кого-то из сотрудников «Миллениума», это требование мы выполнили бы беспрекословно. Но сейчас речь идет о формальном требовании оказать полиции активную помощь, предоставив в ваше распоряжение наши журналистские материалы.

Соня Мудиг кивнула.

— На это возможны две точки зрения. С одной стороны, речь идет об убийстве одного из сотрудников журнала. В этом плане мы готовы оказать всяческую помощь. Но, с другой стороны, есть такие вещи, которые мы не можем выдавать полиции. Это касается наших источников.

— Я способна проявить гибкость. Я могу обещать вам защиту ваших источников. Для меня они не представляют интереса.

— Дело не в искренности ваших намерений и не в том, доверяем ли мы лично вам. Речь идет о том, что мы вообще никогда не выдаем свои источники, ни при каких обстоятельствах.

— О'кей.

— Далее есть и еще одно обстоятельство: мы у себя в «Миллениуме» ведем собственное расследование убийства, что является нашей журналистской работой. Относительно этого я готова сообщить полиции собранную информацию тогда, когда у нас появится готовый для публикации материал, но не раньше.

Эрика Бергер в раздумье наморщила лоб. Наконец она кивнула, приняв решение.

— Кроме того, у меня есть и собственные дела. Вот как мы поступим... Вы будете работать с нашей сотрудницей Малин Эрикссон. Она хорошо разбирается в этом материале и будет служить вашим проводником по книге Дага Свенссона. Копия у вас уже есть. И вашей задачей будет составить список лиц, которые могут обоснованно рассматриваться в качестве потенциальных подозреваемых.

Ирене Нессер находилась в полном неведении о драматических событиях этой ночи, когда садилась на станции Сёдра в пригородный поезд до Сёдертелье. Она была одета в полудлинную кожаную куртку, темные брюки и нарядную вышитую красную кофточку. На лице у нее красовались сдвинутые на лоб очки.

В Сёдертелье она отправилась на остановку автобусов, курсирующих по маршруту Сёдертелье — Стренгнес и купила билет до Сталлархольма. Она ждала на остановке, с которой видны были жилые дома, и мысленно рисовала себе карту. В нескольких километрах к северо-востоку находилось озеро Меларен, вокруг расположена дачная местность, застроенная летними домиками, среди которых встречались немногочисленные дома для круглогодичного проживания. Дача адвоката Нильса Бьюрмана затесалась среди летних домиков приблизительно в трех километрах от остановки автобуса. Она глотнула воды из пластиковой бутылки и отправилась туда пешком. Через сорок пять минут она была у цели.

Для начала она сделала обход территории, изучая соседей. С правой стороны расстояние до ближайшего домика составляло приблизительно сто пятьдесят метров. Слева была ложбина. Миновав два летних домика, она вышла к небольшому поселку, где о присутствии человека говорило открытое окно и звуки радио. Но от дома Бьюрмана его отделяло целых триста метров, а следовательно, она могла поработать в относительно спокойных условиях.

Она захватила с собой ключи от его жилища и без труда открыла дверь. Первым долгом она растворила окно с другой стороны дома, чтобы обеспечить себе путь отступления на случай, если вдруг со стороны крыльца возникнут какие-то непредвиденные препятствия. Под непредвиденными препятствиями она в основном подразумевала неожиданное появление вблизи дома какого-нибудь полицейского.

Летний домик Бьюрмана, старенький и небольшой, состоял из комнаты, спальной каморки и крошечной кухоньки без водопровода. Вместо уборной на участке имелся только деревенский нужник с отхожей ямой. За двадцать минут она проверила чулан, шкафы и комод, но не обнаружила ни одного клочка бумаги, имеющего отношение к Лисбет Саландер или Зале.

Обыскав дом, она осмотрела также уборную и сарай. Никаких документов нигде не нашлось, таким образом, поездка оказалась напрасной.

Она села на крыльце и позавтракала яблоком, запивая его водой.

Собираясь закрыть оконные ставни в задней части дома, она остановилась в прихожей. Взгляд ее упал на алюминиевую стремянку метровой высоты. Она вернулась в большую комнату и внимательно оглядела обшитый досками потолок. Люк, ведущий на чердак, был почти незаметен между двумя балками. Она принесла стремянку, открыла люк и тотчас же нашла пять папок формата А4.

Белокурый гигант был встревожен. Все пошло не так, как было задумано, и катастрофы посыпались одна за другой.

Сначала братьям Ранта позвонил Сандстрём, напуганный до потери сознания, и сообщил, что Даг Свенссон собирается напечатать разоблачительный репортаж о его похождениях с проститутками и о самих братьях Ранта. В этом еще не было ничего ужасного: разоблачительная статья о Сандстрёме в средствах массовой информации никак не коснулась бы белокурого гиганта, а братья Ранта просто могли залечь на время на дно. Эти двое так и сделали, отправившись на «Балтик стар» по Балтийскому морю, чтобы отдохнуть за границей. Угроза судебного преследования выглядела маловероятной, и даже если бы случилось самое худшее, братья не были бы застигнуты врасплох. С ними не раз уже происходили подобные неприятности. Это было неотъемлемой частью их профессиональной деятельности.

Но вот то, что Лисбет Саландер сумела ускользнуть от Магге Лундина, было странно. Тем более что Саландер такая пигалица по сравнению с Лундином, и требовалось всего-то-навсего запихать ее в машину и доставить на склад к югу от Нюкварна.

А тут еще Даг Свенссон нанес новый визит к Сандстрёму и на этот раз уже интересовался Залой. Это резко поменяло ситуацию. Бьюрман запаниковал, а Свенссон продолжал копать — и все это привело к опасному обострению ситуации.

Дилетант — это гангстер, не готовый отвечать за последствия. Бьюрман оказался полным дилетантом. Белокурый гигант с самого начала не советовал Зале связываться с Бьюрманом, но Зала не смог удержаться, когда услышал имя Лисбет Саландер. Он ненавидел Саландер и повел себя неразумно, словно в нем нажали какую-то кнопку.

Белокурый гигант по чистой случайности оказался у Бьюрмана в тот вечер, когда позвонил Даг Свенссон — тот самый подлый писака, из-за которого уже возникали проблемы с Сандстрёмом и братьями Ранта. Гигант приехал к Бьюрману, чтобы успокоить или запугать его после неудавшегося похищения Лисбет Саландер, и разговор со Свенссоном вызвал у Бьюрмана страшную панику. Он глупо заупрямился. Вдруг ни с того ни с сего захотел выйти из игры.

В довершение всего Бьюрман достал свою ковбойскую пушку и начал ему угрожать. Белокурый гигант воззрился на Бьюрмана в изумлении и отнял ствол. Он пришел в перчатках, так что никаких проблем с отпечатками не могло возникнуть. У него вообще не оставалось другого выхода, раз уж Бьюрман вдруг взъерепенился.

Бьюрман, конечно, знал Залу и потому представлял собой угрозу. Гигант и сам не знал, зачем заставил адвоката раздеться — единственным объяснением было то, что он сильно злился на Бьюрмана и хотел эту злость как-то выразить. И прямо остолбенел, увидев слова, вытатуированные у того на животе: Я — САДИСТСКАЯ СВИНЬЯ, ПОДОНОК И НАСИЛЬНИК.

В первый миг он чуть было не пожалел Бьюрмана. Такая вот глупость! Однако он трудился в такой отрасли, где подобные непрошеные чувства были непозволительны, так как могли помешать работе. Поэтому он вывел Бьюрмана в спальню, поставил на колени перед кроватью и вместо глушителя воспользовался подушкой.

За пять минут он проверил квартиру, чтобы не осталось ни намека на связь с Залой. Единственное, что он нашел, был номер его собственного мобильника, и на всякий случай он забрал с собой мобильник Бьюрмана.

Следующей проблемой был Даг Свенссон. Когда Бьюрмана обнаружат убитым, Даг Свенссон, конечно же, позвонит в полицию и сообщит, что за несколько минут до смерти Бьюрман говорил с ним по телефону, в частности, о человеке по имени Зала. И тут уж не требовалось большого ума, чтобы сообразить, что вокруг Залы начнут строить всяческие гипотезы.

Белокурый великан считал себя очень умным, но поразительный стратегический талант Залы вызывал у него трепетное восхищение.

Они работали вместе уже около двенадцати лет. Прошедшее десятилетие ознаменовалось такими успехами, что белокурый гигант стал смотреть на Залу почти как на учителя. Он готов был часами слушать рассуждения Залы о человеческой природе и ее слабостях и о том, какими способами из них можно извлечь выгоду.

И вдруг слаженная работа их предприятия стала давать сбой. Дела перестали удаваться, и провалы следовали один за другим.

Прямо от Бьюрмана он сразу поехал в Энскеде и оставил белый «вольво» в двух кварталах от нужного дома. Ему повезло, так как дверь в подъезде до конца не закрылась. Он поднялся наверх и позвонил в квартиру с табличкой «Свенссон — Бергман».

У него не было времени хорошенько обыскать помещение или забрать с собой бумаги. Он сделал два выстрела: в квартире кроме Дага Свенссона оказалась еще женщина. Затем он забрал стоявший на столе в гостиной ноутбук Дага Свенссона, вышел за дверь, спустился по лестнице, сел в машину и уехал из Энскеде. Единственным упущением было то, что он выронил револьвер, когда, спускаясь по лестнице с ноутбуком под мышкой, стал ради экономии времени заранее доставать ключи от автомобиля. Он приостановился на десятую долю секунды, но револьвер упал в пролет, ведущий к подвалу, и он решил, что возвращаться за ним слишком рискованно. Он знал, что у него слишком запоминающаяся внешность, поэтому для него важно было скрыться с места происшествия, пока его никто не видел.

За выроненный револьвер он получил замечание от Залы. Оба были страшно удивлены, когда узнали, что полиция начала охоту за Лисбет Саландер, но таким образом промашка с револьвером неожиданно обернулась для них удачей.

С другой стороны, это происшествие создало еще одну проблему. Саландер оставалась единственным слабым звеном. Она знала Бьюрмана и знала Залу, причем была в состоянии сложить два и два. Посовещавшись, оба пришли к единому мнению: Саландер нужно найти и где-нибудь закопать. Лучше всего, чтобы она так и не нашлась. Тогда расследование убийства со временем ляжет в архив и будет там спокойно пылиться.

Они с Залой надеялись, что к Саландер их приведет Мириам Ву. И тут опять не заладилось — в деле вдруг появился Паоло Роберто. Вот уж чего никто не ожидал! Свалился как снег на голову! Оказывается, как пишут газеты, он был другом Лисбет Саландер.

Белокурый гигант находился в полной растерянности.

После Нюкварна он отправился в дом Магге Лундина в Свавельшё, расположенный всего в каких-нибудь нескольких сотнях метров от штаб-квартиры «Свавельшё МК». Не самое идеальное место, чтобы спрятаться, но выбор у него был невелик, а ему требовалось успеть залечь на дно, пока не рассосутся синяки на физиономии. А уж потом можно будет незаметно убраться подальше от Стокгольма. Он потрогал сломанную переносицу и пощупал шишку на затылке. Шишка уже начала уменьшаться.

Он правильно поступил, что вернулся и спалил все, что там было. По крайней мере, прибрал за собой.

И тут ему пришла в голову мысль, от которой он похолодел.

Бьюрман! Всего один раз, в феврале, когда Зала взялся убрать Саландер, ему пришлось спешно встретиться с Бьюрманом в его летнем домике близ Сталлархольма. У Бьюрмана была папка с документами, касающимися Саландер, он тогда еще ее листал. Как же он мог забыть о ней! По этой папке можно выйти на след Залы!

Он спустился в кухню и объяснил Магге Лундину, почему тот должен немедленно выехать в Сталлархольм и устроить там еще один пожар.

Во время ланча инспектор криминальной полиции Бублански попытался навести порядок в следствии, которое, как он чувствовал, окончательно забуксовало. Он долго обсуждал с Куртом Свенссоном и Сонни Боманом дальнейшие шаги по розыску Саландер. Поступили новые сигналы, некоторые даже из Гётеборга и Норрчёпинга; сигнал из Гётеборга был сразу же отметен, между тем как Норрчёпинг давал слабую надежду на возможный успех. Они проинформировали своих тамошних коллег и установили осторожное наблюдение за адресом, по которому была замечена девушка, по описанию похожая на Лисбет Саландер.

Он попытался также провести дипломатическую беседу с Хансом Фасте, но того не оказалось дома, а его мобильник не отвечал. После бурного утреннего совещания Фасте удалился мрачный, как грозовая туча.

Затем Бублански связался с начальником следственного отдела Рихардом Экстрёмом, чтобы разрешить проблемы, связанные с Соней Мудиг. Он подробно изложил объективные причины, по которым, как он считал, было нерационально отстранять Соню Мудиг от следствия. Экстрём не пожелал прислушаться, и Бублански решил переждать выходные и только потом всерьез заняться этой дурацкой ситуацией. Отношения между руководителем следственной группы и начальником следственного отдела складывались хуже некуда.

В начале четвертого он вышел в коридор и увидел выходящего из кабинета Сони Мудиг Никласа Эрикссона, который все еще изучал там содержимое жесткого диска Дага Свенссона, что, на взгляд инспектора Бублански, без присмотра настоящего полицейского, который следил бы за тем, чтобы Никлас не упустил чего-нибудь важного, было совершенно бесполезным занятием. Он решил на оставшиеся несколько дней перевести Никласа Эрикссона под начало к Курту Свенссону.

Однако прежде чем Бублански успел его окликнуть, Никлас Эрикссон скрылся за дверью туалета в самом дальнем конце коридора. Бублански поковырял в ухе и отправился в кабинет Сони Мудиг, чтобы там дождаться возвращения молодого сотрудника. Остановившись на пороге, он посмотрел на опустевший стул Сони Мудиг.

Потом его взгляд упал на мобильник Эрикссона, оставленный на полке позади его рабочего места.

После секундного колебания Бублански посмотрел в конец коридора — дверь туалета по-прежнему была заперта. Тогда он, повинуясь внезапному порыву, вошел в кабинет, сунул мобильник Эрикссона в карман, быстрым шагом вернулся в свой кабинет и запер за собой дверь. Там он нажал кнопку и вывел на экран список разговоров.

В 9.57, через пять минут после бурного утреннего совещания, Никлас Эрикссон набрал номер, начинавшийся на 070. Бублански снял трубку настольного телефона и набрал этот номер. Ответил журналист Тони Скала.

Бублански положил трубку и с интересом посмотрел на мобильник Эрикссона. Когда он встал, лицо у него было мрачнее тучи. Едва он шагнул к двери, как на столе у него зазвонил телефон. Он вернулся и рявкнул:

— Бублански слушает!

— Это Йеркер. Я остался возле склада под Нюкварном.

— Да?

— Пожар потушен. Вот уже два часа, как мы занимаемся осмотром места преступления. Полиция Сёдертелье вызвала собаку, натасканную на поиск трупов, чтобы проверить, нет ли под руинами мертвых тел.

— И что?

— Ничего нет. Но мы сделали перерыв, чтобы дать отдых собачьему носу. Вожатый собаки говорит, что это необходимо сделать, так как на пожарище слишком много сильных запахов.

— Давай ближе к делу!

— Он отошел от склада и отпустил собаку побегать. Собака сигнализировала о наличии трупа в лесочке за складом. Мы начали копать на этом месте. Десять минут назад показалась человеческая нога, обутая в мужской башмак. Останки лежат неглубоко под землей.

— Вот черт! Йеркер, тебе надо...

— Я уже взял на себя командование и приостановил раскопки, чтобы дождаться представителей судебной медицины и техников.

— Отличная работа, Йеркер!

— Это еще не все. Пять минут назад собака снова сделала стойку приблизительно в восьмидесяти метрах от первой находки.

Лисбет Саландер сварила кофе на плите Бьюрмана, съела еще одно яблоко и провела два часа за внимательным чтением бумаг покойного опекуна, в которых была собрана вся информация о ней. Результаты его работы впечатляли. Он вложил немало труда и систематизировал данные с увлеченностью человека, влюбленного в свое дело. Он разыскал такой материал, о существовании которого она даже не подозревала.

Дневник Хольгера Пальмгрена — две записные книжки в черных переплетах — она читала со смешанными чувствами. Он начал писать их, когда ей было пятнадцать лет и она только что сбежала из своей второй приемной семьи, пожилой пары, проживавшей в Сигтуне: муж был социолог, а жена — детская писательница. Лисбет пробыла у них двенадцать дней и поняла, что они ужасно горды тем вкладом на благо общества, который внесли, проявив к ней милосердие, и что от нее ожидается глубокая благодарность. Лисбет терпела, пока ее случайная приемная мамаша не стала громко похваляться перед соседкой своим подвигом и высказалась в том смысле, что это, мол, очень важно, чтобы кто-то взял на себя заботу о трудной молодежи. «Я, черт возьми, не какой-то там социальный проект», — так и подмывало ее крикнуть всякий раз, как ее приемная мать демонстрировала ее своим знакомым. На двенадцатый день она стащила сто крон из хозяйственных денег и уехала на автобусе в Уппландс-Весбю, а оттуда на пригородном поезде в Стокгольм. Полиция обнаружила ее шесть недель спустя в Ханинге, где она нашла приют у шестидесятисемилетнего дяденьки.

Дяденька оказался что надо. Он дал ей кров и пищу и ничего особенного за это не требовал. Ему достаточно было подглядывать за ней, когда она раздевалась, и он ни разу ее не тронул. Она понимала, что по определению он должен считаться педофилом, но ничего плохого он ей не делал. Она относилась к нему как к странному и нелюдимому человеку. Впоследствии она вспоминала о нем с каким-то родственным чувством: оба они знали, что значит быть отверженными.

В конце концов на них обратила внимание соседка и сообщила в полицию. Одна социальная работница потратила много труда на то, чтобы уговорить ее подать на него заявление, обвиняя в недозволенных сексуальных действиях. Она упорно отказывалась признать, что между ними происходило что-то подобное, а кроме того, ей, дескать, пятнадцать лет и, значит, уже можно. Идите все к черту! Затем в дело вмешался Хольгер Пальмгрен и забрал ее под расписку. Очевидно, Пальмгрен начал писать о ней в дневнике в отчаянной попытке избавиться от собственных сомнений. Первые умозаключения были сформулированы в декабре 1993 года.

«Я все больше убеждаюсь в том, что Л.— это самый непокладистый подросток из всех, с какими мне доводилось иметь дело. Вопрос в том, правильно ли я поступаю, противясь ее помещению в больницу Святого Стефана. За три месяца она уже успела разделаться с двумя приемными семьями, а во время своих побегов рискует попасть в большие неприятности. Скоро мне надо будет решить, отказаться ли мне от этого поручения, передав ее на попечение настоящих специалистов. Не могу разобраться, где тут правильное, а где неправильное решение. Сегодня у меня был с ней серьезный разговор».

Лисбет помнила каждое его слово, сказанное во время этого серьезного разговора. Это было накануне сочельника. Хольгер Пальмгрен взял ее к себе домой и поселил в своей гостевой комнате. На обед он приготовил спагетти с мясным фаршем, а затем усадил ее на диване в гостиной, а сам сел в кресло напротив. Она подумала, не хочет ли Пальмгрен тоже посмотреть на нее голую. Он же стал говорить с ней как со взрослой.

Этот разговор — вернее, монолог, она почти ничего не отвечала ему — продлился два часа. Он объяснил ей положение дел: ей придется сделать выбор между возвращением в больницу Святого Стефана и приемной семьей. Он пообещал, что постарается подыскать ей более или менее подходящую семью, и потребовал, чтобы она больше не капризничала. На рождественские праздники он оставил ее у себя, чтобы у нее было время подумать над своим будущим. Выбор целиком и полностью остается за ней, но не позднее чем послезавтра он хочет получить от нее четкий ответ. К тому же она должна будет обещать ему, что, в случае если у нее возникнут проблемы, она не убежит, а обратится к нему. Затем он отправил ее спать, а сам, по-видимому, сел за письменный стол и вписал в свой личный дневник первые строки о Лисбет Саландер.

Хольгер Пальмгрен даже не подозревал, как сильно ее испугала угроза отправить ее снова в больницу Святого Стефана. Она провела ужасное Рождество, с подозрением следя за всеми действиями Пальмгрена. Он не пробовал прикоснуться к ней и не выказывал желания подсматривать. Напротив, он страшно рассердился, когда она попыталась его спровоцировать, на второй день Рождества пройдясь перед ним голой из спальни в ванную, и с грохотом захлопнул за ней дверь ванной. Поздно вечером она дала ему требуемое обещание и сдержала данное слово. Ну, по крайней мере, более или менее сдержала.

В своем дневнике Пальмгрен методически комментировал каждую встречу с ней. Иногда это были три строчки, иногда — несколько страниц размышлений. Порой она удивлялась. Она и не подозревала раньше, как много замечал Пальмгрен. Иногда он комментировал мелкие подробности того, как она пыталась его обмануть, а он, оказывается, видел это насквозь.

Затем она открыла полицейский отчет 1991 года.

Все части головоломки неожиданно встали на свои места. Ей показалось, что земля уходит у нее из-под ног.

Она прочитала судебно-медицинское заключение, составленное неким доктором Йеспером Х. Лёдерманом, который основывался главным образом на данных Петера Телеборьяна. Заключение Лёдермана было козырной картой прокурора, когда он пытался поместить ее в закрытое лечебное заведение, после того как ей исполнилось восемнадцать лет.

Потом она обнаружила конверт с перепиской Петера Телеборьяна и Гуннара Бьёрка. Письма были датированы 1991 годом и написаны вскоре после того, как приключился «Весь Этот Кошмар».

В письмах ничего не говорилось прямо, но Лисбет Саландер вдруг почувствовала, как под ногами у нее открылась пропасть. Ей потребовалось несколько минут, чтобы осознать весь смысл прочитанного. Гуннар Бьёрк ссылался на что-то, высказанное, вероятно, в устной беседе. К его формулировкам невозможно было придраться, но между строк Бьёрк сумел сообщить, что было бы очень удачно, если бы Лисбет Саландер до конца своих дней осталась в сумасшедшем доме.

«Важно, чтобы девочка получила возможность дистанцировать себя от существующих условий. Я не могу судить о состоянии ее психики и о том, насколько ей требуется надзор, но чем дольше она будет находиться в закрытом лечебном заведении, тем меньше риск того, что она станет невольной причиной проблем в связи с обсуждаемым вопросом».

В связи с обсуждаемым вопросом!

Лисбет остановилась, чтобы хорошенько вникнуть в смысл этого выражения.

Ее лечащим врачом в больнице Святого Стефана был Петер Телеборьян. И это не случайность. Из неофициального тона переписки было понятно, что эти письма не предназначались для сведения широкой публики.

Петер Телеборьян был знаком с Гуннаром Бьёрком!

Лисбет напряженно думала, кусая губы. Она не собирала данных о Петере Телеборьяне, но он начинал свою деятельность в области судебной медицины, и даже Службе безопасности иногда приходилось в ходе расследований прибегать к консультациям судебно-медицинских экспертов или психиатров. И вот однажды пути Телеборьяна и Бьёрка пересеклись. Когда Бьёрку понадобился человек, способный помочь похоронить Лисбет Саландер, он обратился к Телеборьяну.

Да, так все и было. То, что раньше казалось нечаянным совпадением, внезапно стало выглядеть совсем по-другому.

Долгое время она сидела, глядя невидящим взором в пустоту. Невиновных не бывает. Есть только разные степени ответственности. И кто-то был виновен в том, что произошло с Лисбет Саландер. Ей определенно придется побывать в Смодаларё. По всей видимости, никто из представителей государственных правоохранительных органов не горит желанием обсуждать с ней эту тему, и за неимением лучшего ей сгодится в собеседники Гуннар Бьёрк.

Ей не терпелось поскорее с ним побеседовать.

Она не нуждалась в том, чтобы забирать с собой все папки: с одного раза все прочитанное запечатлелось в ее памяти навсегда. Она взяла только обе книжки дневников Хольгера Пальмгрена, полицейское расследование Бьёрка от 1991 года, судебно-медицинское заключение 1996 года, по которому она была признана недееспособной, и переписку Петера Телеборьяна с Гуннаром Бьёрком. Но и с этим ее рюкзак оказался набит доверху.

Она закрыла дверь, но не успела ее запереть, как за спиной у нее раздался звук мотора. Она огляделась. Прятаться было уже поздно, и она понимала, что у нее нет ни малейшего шанса убежать от двух байкеров на мотоциклах «харлейдэвидсон». Спустившись с крыльца, она встретила их посреди двора.

В ярости протопав по коридору, Бублански обнаружил, что Эрикссон все еще не вернулся в кабинет Сони Мудиг. Но и в туалете его тоже не оказалось. Он прошел дальше по коридору и неожиданно увидел Эрикссона с пластиковым стаканчиком из кофейного автомата в руке в кабинете Курта Свенссона и Сонни Бомана.

Никем не замеченный, Бублански отошел от раскрытой двери и поднялся на следующий этаж, в служебный кабинет прокурора Экстрёма. Он без стука распахнул дверь, оторвав Экстрёма от телефонного разговора.

— Пошли! — крикнул он.

— Что такое? — удивился Экстрём.

— Клади трубку и пошли!

У инспектора Бублански было такое выражение лица, что Экстрём сделал так, как ему было велено. Сейчас нетрудно было понять, почему коллеги дали инспектору прозвище Констебль Бубла. Его лицо напоминало ярко-красный надувной шарик. Вместе они спустились к Курту Свенссону, где происходило мирное кофепитие. Бублански подошел к Эрикссону, крепко ухватил его за вихры и повернул лицом к Экстрёму.

— Ой! Что ты делаешь? Ты что, совсем с ума сошел?

— Бублански! — в ужасе вскричал Экстрём.

Вид у Экстрёма был испуганный. Курт Свенссон и Сонни Боман смотрели на происходящее вытаращенными глазами.

— Это твой? — спросил Бублански, показывая мобильник Никласа Эрикссона.

— Отпусти!

— Это твой мобильник?

— Ну мой, черт возьми. Пусти меня!

— Нет, погоди, я тебя задерживаю.

— Чего?

— Ты задержан за разглашение секретной информации и за противодействие полицейскому расследованию.— Бублански повернул Эрикссона лицом к себе.— Или ты, может быть, собираешься дать нам убедительное объяснение, зачем ты сегодня утром, как видно из списка сделанных звонков, звонил журналисту по имени Тони Скала в девять пятьдесят семь, сразу после утреннего совещания? После чего Тони Скала тотчас же опубликовал информацию, которую мы решили держать в тайне.

Магге Лундин не поверил своим глазам, увидев перед летним домиком Бьюрмана Лисбет Саландер, стоящую прямо посреди площадки. Перед поездкой он изучил карту и получил от белокурого гиганта подробное описание дороги. Выслушав инструкцию, согласно которой он должен был поехать в Сталлархольм и устроить там пожар, он отправился в клуб, расположенный в здании заброшенной типографии на окраине Свавельшё, и позвал с собой Сонни Ниеминена. Было тепло, и погода для первого выезда после зимы выдалась как на заказ. Они достали свои кожаные доспехи и одолели путь от Свавельшё до Сталлархольма очень быстро.

И тут вдруг их встречает Саландер!

Такой бонус будет сюрпризом для белокурого черта.

Они подъехали и остановились по бокам от нее на расстоянии двух метров. Когда моторы замолчали, в лесу стало совсем тихо. Магге Лундин сразу не нашелся что и сказать. Наконец к нему вернулся дар речи.

— Надо же! А мы-то обыскались тебя, Саландер!

Неожиданно он ухмыльнулся. Лисбет Саландер глядела на Лундина без всякого выражения и лишь отметила, что на челюсти у него еще остался ярко-красный шрам в том месте, куда она врезала ему связкой ключей. Затем глаза ее угрожающе потемнели, она опустила взгляд.

— У меня была паршивая неделя, так что я в чертовски скверном настроении,— сказала она.— И знаешь, что хуже всего? Стоит мне обернуться, как всякий раз у меня перед глазами оказывается вислобрюхая куча дерьма и пыжится, загораживая мне дорогу. Сейчас я собираюсь отсюда уйти. Так что подвинься-ка!

Магге Лундин выпучил на нее глаза. Сперва он подумал, что ослышался, а затем невольно расхохотался. Ситуация была уморительная. Надо же: какая-то щупленькая девчонка, которая вся поместилась бы в его нагрудном кармане, осмелилась дерзить двум рослым мужикам из клуба мотоциклистов «Свавельшё», а ведь это сразу видно по их курткам! Они относятся к числу самых отчаянных сорвиголов, которые скоро станут полноправными членами «Ангелов преисподней», они могли голыми руками порвать ее и запихать в жестянку из-под печенья, а она с ними ругается!

Но ведь девка была совсем психованная — а именно так обстояло дело, если верить газетам и тому, что происходило сейчас на дворе,— и потому их куртки не произвели на нее ни малейшего впечатления. Во всяком случае, по ней было не видно. Это было даже не смешно. Магге повернулся к Сонни Ниеминену.

— Кажется, эта шлюха напрашивается, чтобы ее трахнули,— сказал он, слезая с «харлей-дэвидсона» и ставя его на опору.

Он медленно сделал два шага навстречу Лисбет Саландер и поглядел на нее сверху вниз. Она не двинулась с места. Магге Лундин покачал головой и мрачно вздохнул. В следующий момент он нанес такой же впечатляющий удар слева, какой достался Микаэлю Блумквисту той ночью на Лундагатан.

Удар пришелся в пустоту. В тот самый миг, когда его рука должна была угодить ей в лицо, она отступила на один шаг и остановилась как раз за пределом досягаемости.

Сонни Ниеминен с интересом наблюдал за действиями товарища, прислонившись к рулю своего «харлей-дэвидсона». Лундин побагровел и сделал еще два быстрых шага в ее сторону. Она снова отступила. Лундин прибавил скорости.

Лисбет Саландер неожиданно остановилась и выпустила ему в лицо половину содержимого своего баллончика со слезоточивым газом. Глаза ему словно обожгло огнем. Одновременно ее прогулочный башмак неожиданно взлетел и, набрав кинетическую энергию, со всего размаху врезался ему в пах с силой приблизительно 120 кгс* на квадратный сантиметр. У Магге Лундина перехватило дыхание и подогнулись коленки, вследствие чего он принял более удобную для Лисбет позу. Она размахнулась и двинула его ногой в лицо, как если бы забивала угловой в футболе. Послышался страшный хруст, и Магге Лундин беззвучно плюхнулся лицом вниз, словно мешок картошки.

Сонни Ниеминену потребовалось несколько секунд, чтобы сообразить — на его глазах происходит нечто невероятное. Он стал ногой опускать подставку своего мотоцикла, но промахнулся и вынужден был глянуть вниз. Затем, выбрав

---

* Кгс, или килограмм-сила — равна силе, сообщающей телу массой один килограмм ускорение $9{,}80665$ м/с^2, или примерно равна силе, с которой тело массой один килограмм давит на весы на поверхности Земли.

самый надежный способ, он полез за пистолетом, который лежал у него во внутреннем кармане куртки. Пытаясь расстегнуть молнию, он краем глаза заметил какое-то движение.

Подняв глаза, он увидел, что к нему со скоростью пушечного ядра мчится Лисбет Саландер. Подпрыгнув, она со всего размаху двинула его ногами в бедро; этого было недостаточно для того, чтобы нанести ему заметную травму, но почти хватило, чтобы свалить его наземь вместе с мотоциклом. Едва успев выдернуть ногу из-под падающего агрегата, он отлетел на несколько шагов назад, пошатываясь и пытаясь восстановить равновесие.

Когда она вновь мелькнула у него перед глазами, он увидел, как ее рука взметнулась и из нее вылетел камень размером с кулак. Он инстинктивно пригнулся, и камень просвистел в нескольких сантиметрах от его головы.

Наконец ему удалось достать пистолет и оставалось только снять его с предохранителя. Подняв взгляд, он в третий раз увидел, как Лисбет Саландер мчится на него. В глазах ее пылала такая злоба, что он впервые почувствовал ужас.

— Спокойной ночи! — сказала Лисбет Саландер.

Она направила электрошокер ему в пах, выпустила заряд в семьдесят пять тысяч вольт и целых двадцать секунд держала электроды прижатыми к его телу. Сонни Ниеминен превратился в безвольный овощ.

Услышав за спиной какие-то звуки, Лисбет обернулась и окинула Магге Лундина оценивающим взглядом. С трудом поднявшись на колени, он теперь пытался встать на ноги и слепо шарил вокруг, охваченный горячим туманом слезоточивого газа. Она следила за ним, приподняв брови.

— Убью! — крикнул он вдруг.

Раскачиваясь, как корабль в бурю, он ощупывал воздух, пытаясь поймать Лисбет Саландер. Она задумчиво наблюдала за ним, склонив голову набок.

— Чертова шлюха! — снова заорал он.

———

Лисбет Саландер нагнулась и подняла с земли пистолет Сонни Ниеминена. Это был польский Р-83 «Ванад».

Она открыла магазинную коробку и убедилась, что пистолет заряжен теми боеприпасами, какие она и ожидала увидеть: такие патроны используются при стрельбе из девятимиллиметрового «макарова». Она послала в ствол пулю, затем, переступив через Сонни Ниеминена, направилась к Магге Лундину, прицелилась, держа пистолет обеими руками, и выстрелила ему в ногу. Он взвыл от боли и снова повалился наземь.

Она посмотрела на Магге Лундина, прикидывая, имеет ли смысл задавать ему какие-нибудь вопросы. Он мог бы помочь установить личность белокурого великана, с которым она видела его в кондитерской «Блумберг» и вдвоем с которым, по словам журналиста Пера-Оке Сандстрёма, Магге Лундин убил человека в помещении какого-то склада. Гм... Лучше бы она подождала палить из пистолета, а сперва расспросила.

С одной стороны, судя по виду Магге Лундина, он способен был разумно отвечать на вопросы, но, с другой стороны, кто-то поблизости мог услышать выстрел. А значит, ей следует немедленно отсюда убираться. Если понадобится, она всегда успеет разыскать Магге Лундина и расспросить его в более спокойной обстановке. Она поставила пистолет на предохранитель, засунула его в карман куртки и подобрала рюкзак.

Пройдя примерно десять метров вдоль дома Нильса Бьюрмана, она остановилась и повернула назад. В задумчивости возвратившись на прежнее место, она внимательно осмотрела мотоцикл Магге Лундина.

— «Харлей-дэвидсон»,— сказала она.— Вот клёво!

Глава
27

Среда, 6 апреля

Был солнечный весенний день, когда Микаэль Блумквист за рулем машины Эрики Бергер ехал по Нюнесвеген в южном направлении. На черных полях уже лежала зеленая дымка, и было по-настоящему тепло. Погода идеально подходила для того, чтобы, забыв все проблемы, выехать за город и провести несколько дней в домике в Сандхамне.

Он договорился с Гуннаром Бьёрком заехать к нему в час дня, но выехал слишком рано и потому сделал остановку в Даларё, где выпил кофе и почитал вечерние газеты. Он не готовился к предстоящей встрече. Бьёрк хотел ему что-то сообщить, и Микаэль принял твердое решение, что не уедет из Смодаларё, пока не узнает о Зале что-нибудь стоящее, способное дать толчок дальнейшему ходу расследования.

Бьёрк встретил гостя во дворе. Вид у него был более бодрый и уверенный, чем два дня назад. «Что ты на сегодня задумал?» — мысленно спросил Микаэль и не стал пожимать ему руку.

— Я могу дать вам информацию о Зале,— объявил Гуннар Бьёрк.— Но на определенных условиях.

— Говорите!

— Мое имя не будет упоминаться в репортаже «Миллениума».

— О'кей.

Бьёрк заметно удивился. Блумквист легко и без предварительных обсуждений согласился на условие, из-за которого, как предполагал Бьёрк, должны были возникнуть долгие препирательства. Это была его единственная карта — информация об убийстве в обмен на анонимность. И Блумквист без размышлений согласился вычеркнуть из репортажа то, что должно было стать сенсационной новостью на первых страницах газет.

— Я говорю серьезно,— недоверчиво начал Бьёрк.— Я хочу, чтобы это было закреплено письменно.

— Пожалуйста, если хотите, можно и письменно, но такая бумажка все равно ничего не значит. Вы совершили преступление, о котором мне стало известно и о котором я вообще-то обязан заявить в полицию. У вас есть нужные мне сведения, и вы пользуетесь своим преимуществом, чтобы купить мое молчание. Я обдумал этот вопрос и решил согласиться. Я иду вам навстречу, обещая не упоминать вашего имени в репортаже «Миллениума». Вы либо доверяете мне, либо нет.

Бьёрк задумался.

— У меня тоже есть условие,— сказал Микаэль.— Цена моего молчания — это полный рассказ обо всем, что вам известно. Если окажется, что вы хоть малость утаили, это будет означать, что все договоренности отменяются. В таком случае я опубликую ваше имя на первой странице всех газет Швеции, так же как было с Веннерстрёмом.

При одной мысли об этом Бьёрк задрожал.

— О'кей,— сказал он.— У меня нет выбора. Вы обещаете, что мое имя не будет упомянуто в «Миллениуме». Я расскажу, кто такой Зала. И в связи с этим я требую защиты, которая полагается источнику информации.

Он протянул руку. Микаэль пожал ее. Он только что дал обещание оказывать содействие в сокрытии преступления, и это было ему совершенно не по душе. Но он пообещал только то, что ни он сам, ни журнал «Миллениум» не будут писать о Бьёрке. В то время как Даг Свенссон *уже* описал всю историю Бьёрка в своей книге, и книга Дага непременно будет выпущена — Микаэль собирался позаботиться об этом.

Сигнал тревоги поступил в полицию Стренгнеса в 15.18. Это случилось в самый пересменок, и звонок пришел не из центральной диспетчерской. Некий Эберг, владелец летнего домика, проживающий к востоку от Сталлархольма, заявил, что услышал выстрел и пошел посмотреть, в чем дело. Он обнаружил двух тяжело раненных мужчин. Впрочем, один из них, кажется, не так уж сильно пострадал, но очень мучается от боли. Да, еще: хозяин домика — Нильс Бьюрман. Тот самый покойный адвокат Нильс Бьюрман, о котором столько писали в газетах.

У стренгнесской полиции выдалось трудное утро: все были заняты проведением ранее назначенной проверки дорожного движения на территории коммуны*. Едва эта работа, занявшая полдня, завершилась, как поступило сообщение о том, что в Финниге была убита своим сожителем пятидесятисемилетняя женщина. Почти одновременно с этим убийством в квартире в Стургерде произошел пожар, повлекший за собой человеческие жертвы, а в довершение всего в районе Варгхольма произошло лобовое столкновение двух машин. Сообщение поступило буквально через несколько минут, и потому большая часть сил, которыми располагало отделение, уже была брошена на другие происшествия.

Однако дежурная знала об утренних событиях в Нюкварне и догадалась, что это могло иметь отношение к находящейся в розыске Лисбет Саландер. Поскольку следствие занималось Нильсом Бьюрманом, она сложила два и два и приняла следующие меры. Во-первых, она срочно направила единственный пикет, который нашелся в этот тяжелый день в Стренгнесе, в Сталлархольм. Затем она созвонилась с коллегами в Сёдертелье и попросила их оказать помощь. На полицию Сёдертелье тоже обрушился объем работы больше обычного, поскольку значительная часть отдела была занята на эксгумации в районе сгоревшего склада к югу от Нюкварна, но, понимая, что между Нюкварном и Стал-

---

* Коммуна, или муниципалитет — административная единица Швеции, входящая в состав лена.

лархольмом возможна какая-то связь, дежурный в Сёдерте-лье направил две машины в Сталлархольм, в помощь патрульным из Стренгнеса. И в-третьих, дежурная стренгнесского отделения позвонила в Стокгольм инспектору Яну Бублански, разыскав его по мобильнику.

Бублански в этот момент находился в «Милтон секьюрити», где проводил важное совещание с исполняющим обязанности директора Драганом Арманским и двумя служащими: Боманом и Фрэклундом. Никлас Эрикссон отсутствовал.

Бублански отреагировал на звонок тем, что приказал Курту Свенссону срочно направиться в летний дом Бьюрмана и взять с собой Ханса Фасте, если того удастся найти. После короткого раздумья Бублански позвонил также Йеркеру Хольмбергу, который был в это время в Нюкварне, а следовательно, находился гораздо ближе к месту происшествия. У Хольмберга оказались для него свежие новости.

— Я как раз собирался тебе позвонить. Мы идентифицировали зарытый труп.

— Не может быть! Так быстро!

— Все возможно, если покойник так любезен, что имеет при себе бумажник с удостоверением личности.

— О'кей. И кто же это?

— Известная личность. Кеннет Густафссон сорока четырех лет, проживавший в Эскильстуне. Известен под прозвищем Бродяга. Тебе это что-то говорит?

— Еще бы! Бродяга зарыт в землю в Нюкварне! В девяностые годы он был знаменит среди торговцев черного рынка, мелких воришек и мошенников.

— Верно, он тот самый и есть. Во всяком случае, в бумажнике лежало именно его удостоверение. Окончательно идентичность будет установлена судебно-медицинской экспертизой. Работа им достанется непростая — Бродяга был расчленен по крайней мере на пять или шесть частей.

— М-да... Паоло Роберто рассказывал, что блондин, с которым он дрался, угрожал Мириам Ву бензопилой.

— Вполне возможно, что расчленение было произведено при помощи бензопилы, хотя я особенно не приглядывался. Сейчас мы принимаемся за второе захоронение. Ребята ставят там палатку.

— Очень хорошо. Слушай, Йеркер! Я знаю, что день был тяжелый, но не мог бы ты задержаться еще на вечер?

— Могу. О'кей. Для начала съезжу заглянуть в Сталлархольм.

Бублански закончил разговор и потер пальцами глаза.

Автобус с пикетом из Стренгнеса прибыл к летнему дому Бьюрмана в 15.44. На подъездной дорожке он буквально нос к носу столкнулся с мотоциклистом, который безуспешно пытался объехать полицейский автобус, чтобы удрать с места происшествия, однако его «харлей-дэвидсон» с грохотом уткнулся прямо в капот. Серьезного столкновения, к счастью, не случилось. Полицейские выскочили из автобуса и установили личность мотоциклиста. Это был Сонни Ниеминен тридцати семи лет, известный преступник 1990-х годов, судимый за убийство. Сейчас Ниеминен явно был не в форме, и на него без труда надели наручники. При этом полицейские с удивлением обнаружили, что его куртка сильно порвана на спине — из самой середины был выдран большой клок, размером двадцать на двадцать сантиметров. Выглядело это очень странно. Сонни Ниеминен не пожелал объяснить, каким образом появилась эта прореха.

Проехав двести метров, оставшиеся до летнего домика, полицейские застали там бывшего портового рабочего, а ныне пенсионера по фамилии Эберг. Он был занят тем, что накладывал шину на ногу некоего Карла Магнуса Лундина тридцати шести лет, председателя небезызвестного хулиганского клуба «Свавельшё МК».

Начальником пикета был инспектор полиции Нильс Хенрик Юханссон. Он вышел из машины, оправил портупею и остановился, разглядывая валявшееся на земле жалкое создание. И произнес классическую реплику полицейского:

— Что здесь произошло?

Старый рабочий, занятый перевязыванием ноги Магге Лундина, прервал свое занятие и посмотрел на Юханссона.

— Это я звонил в полицию,— произнес он лаконично.

— Вы сообщали о выстреле.

— Я сообщил, что слышал выстрел, пошел посмотреть, в чем дело, и нашел этих типов. Этот вон ранен в ногу и здорово побит. По-моему, ему нужна «скорая».

Эберг посмотрел в сторону полицейского автобуса:

— Ага, того бездельника вы поймали. Он валялся и был без памяти, но мне показалось, что с ним все в порядке. Потом он пришел в себя и хотел отсюда смотаться.

Йеркер Хольмберг прибыл одновременно с полицейскими из Сёдертелье в тот момент, когда машина «скорой помощи» отъезжала от дома. Ему вкратце доложили обстановку. Ни Лундин, ни Ниеминен не пожелали объяснить, как они тут оказались, Лундин был вообще не в состоянии разговаривать.

— Итак, два байкера в кожаной одежде, один мотоцикл «харлей-дэвидсон», стреляная рана и отсутствие оружия. Я все правильно понял? — спросил Хольмберг.

Начальник пикета Юханссон кивнул. Хольмберг немного подумал.

— Видимо, следует предположить, что ни один из ребят не приехал сюда на сиденье для пассажира.

— Думаю, в их кругу это считается недостойным мужчины,— согласился Юханссон.

— В таком случае тут не хватает одного мотоцикла. Поскольку отсутствует также и оружие, то можно сделать вывод, что третий участник уже успел скрыться с места происшествия.

— Звучит убедительно.

— Отсюда возникает логическая проблема. Если эти господа из Свавельшё приехали сюда каждый на своем мотоцикле, то не хватает еще одного средства передвижения, на котором прибыл третий участник. Ведь третий из них не мог же уехать одновременно на своей машине и на чужом мотоцикле. От стренгнесской дороги здесь довольно далеко.

— Разве что третий участник жил в этом домике.

— Гм...— промычал Йеркер Хольмберг.— Но хозяин этого дома — покойный адвокат Бьюрман, и он уж точно здесь не живет.

— Возможно, был еще и третий участник, и он уехал на машине.

— А почему бы им тогда не уехать на ней вдвоем? Я исхожу из того, что в этой истории угон мотоцикла «харлей-дэвидсон» не главное, как бы правдоподобно это ни выглядело на первый взгляд.

Подумав немного, он попросил у начальника пикета выделить двоих полицейских, чтобы они посмотрели, не найдется ли где-нибудь на лесной дорожке оставленного средства передвижения, а затем порасспрашивали бы соседей, не заметил ли кто-нибудь чего-нибудь необычного.

— В это время года народу здесь не густо,— сказал начальник пикета, но обещал, что сделает все возможное.

Затем Хольмберг открыл так и оставшуюся незапертой дверь летнего домика и сразу же наткнулся на лежащие на кухонном столе папки с документами о Лисбет Саландер, которые собрал Бьюрман. Сев на стул, он принялся читать.

Йеркеру Хольмбергу повезло. Уже через тридцать минут после того, как начался обход домов, полицейские наткнулись на Анну Викторию Ханссон, которая в этот весенний день убирала мусор в саду возле дороги, ведущей в глубь дачного поселка. «Как же! — сказала она.— Вижу я, слава богу, хорошо». Выяснилось, что видела она одетую в черную куртку девицу маленького роста, прошедшую мимо примерно во время обеда. В пятнадцать часов проехали двое на мотоциклах, треск стоял ужасный. А вскоре девица проехала в обратном направлении на одном из тех мотоциклов. Ну а потом появились полицейские.

В то время как Йеркер Хольмберг выслушивал этот отчет, к домику подъехал Курт Свенссон.

— Что тут было? — спросил он.

Йеркер Хольмберг мрачно взглянул на своего коллегу.

— Сам не знаю, как это объяснить,— ответил Хольмберг.

———

— Никак ты, Йеркер, собираешься меня убедить, что Лисбет Саландер объявилась у летнего домика Бьюрмана и сама набила морду высшему руководству «Свавельшё МК»? — спросил по телефону Бубланский. Голос его звучал напряженно.

— Ну так она же тренировалась под руководством Паоло Роберто...

— Перестань, Йеркер!

— Тогда слушай. У Магнуса Лундина стреляная рана в ступню. Он может остаться хромым на всю жизнь. Пуля прошла ему через пятку.

— По крайней мере, она не стала стрелять ему в голову.

— Вероятно, в этом не было необходимости. Согласно докладу пикета, Лундин получил тяжелые травмы лица, у него сломана челюсть и выбито два зуба. Врач «скорой помощи» подозревает сотрясение мозга. Кроме раны в ноге он жалуется на сильные боли внизу живота.

— А что там с Ниеминеном?

— У него, кажется, никаких травм. Но по словам мужчины, который позвонил в полицию, он застал его лежащим без сознания. Он не отвечал на вопросы, но потом пришел в себя и пытался удрать с места происшествия, как раз когда подъехал пикет.

Впервые за долгое время Бубланский выглядел совершенно растерянным.

— Одна непонятная деталь,— добавил Йеркер Хольмберг.

— Еще что-то?

— Не знаю, как и описать. Кожаная куртка Ниеминена... Он ведь приехал туда на мотоцикле.

— Да?

— Куртка у него была порвана.

— Как порвана?

— Из нее был выдран кусок. Приблизительно размером двадцать на двадцать сантиметров. На спине куртки вырезан лоскут как будто ножницами или ножом, и как раз в том месте, где была надпись «Свавельшё МК».

Бублански приподнял брови.

— Зачем Лисбет Саландер было вырезать кусок его куртки? Как трофей, что ли?

— Не представляю себе. Но я тут подумал...— сказал Йеркер Хольмберг.

— О чем?

— Магге Лундин толстопузый, он блондин, носит конский хвост. Один из парней, похитивших приятельницу Лисбет Саландер Мириам Ву, по описанию был тоже блондином с пивным брюшком и конским хвостом.

Лисбет Саландер давно уже не испытывала такого захватывающего ощущения — с тех пор как побывала в «Грёна Лунд»* и увидела там аттракцион «Свободное падение». Она прокатилась три раза и с удовольствием каталась бы еще, если бы у нее не кончились деньги.

Она поняла, что одно дело водить легкий «кавасаки» с двигателем на 125 кубиков, который, в сущности, всего лишь немного усиленный мопед, и совсем другое — управлять «харлей-дэвидсоном» с двигателем на 1450 кубиков. Первые триста метров пути по ухабистой лесной дороге были хуже американских горок, ее так и кидало во все стороны. Два раза она чуть не вылетела из седла вверх тормашками и только в последнюю секунду справилась с управлением. Эта езда напоминала скачку верхом на взбесившемся лосе.

Вдобавок страшно мешал шлем, который то и дело съезжал ей на глаза, несмотря на то что она подложила в него для плотности кожаный лоскут, вырезанный вместе с подкладкой из куртки Сонни Ниеминена.

Но остановиться, чтобы поправить шлем, она не решалась, опасаясь не справиться с тяжестью мотоцикла. Ноги у нее были слишком коротки и не доставали до земли, так что она боялась опрокинуться вместе с агрегатом. Если он упадет, ей уже ни за что его не поднять.

Дело пошло лучше, когда она выехала на проселочную дорогу, ведущую в глубь дачного поселка. А свернув через

_____

* Парк аттракционов в Стокгольме.

несколько минут на Стренгнесское шоссе, она даже решилась отпустить одну руку, чтобы поправить шлем. Тогда она нажала на газ. Расстояние до Сёдертелье она одолела в рекордное время, и всю дорогу с ее лица не сходила восторженная улыбка. У въезда в город ей повстречались два ярко раскрашенных автомобиля с включенными сиренами.

Умнее всего было бы, конечно, бросить «харлей-дэвидсон» прямо в Сёдертелье и в облике Ирене Нессер отправиться на пригородном поезде в Стокгольм, но Лисбет Саландер не смогла устоять перед искушением. Она выехала на шоссе Е4 и надавила на газ. Она внимательно следила за тем, чтобы не превысить скорость, по крайней мере, не превысить ее слишком сильно, и все же ее ощущение было подобно полету. Только подъезжая к Эльвшё, она свернула с Е4, добралась до Мэссан и умудрилась остановиться, не повалив своего коня. С огромным сожалением она бросила там мотоцикл вместе со шлемом и лоскутом кожи от куртки Сонни Ниеминена, на котором красовалось название его клуба, и пешком отправилась на станцию. Она сильно промерзла, хорошо, что до станции Сёдра оставалось ехать всего одну остановку. А дома она сразу залезла в ванну.

— Его зовут Александр Залаченко,— сказал Гуннар Бьёрк.— Но его как бы нет. Вы не найдете его в переписи населения.

Зала. Александр Залаченко. Наконец-то прозвучало имя.

— Кто он такой и как мне его найти?

— Это не тот человек, чтобы его можно было найти.

— Поверьте, я очень хочу его видеть.

— То, что я скажу вам теперь, это засекреченные данные. Если всплывет, что я вам это рассказал, я попаду под суд. Это один из самых больших секретов Шведской службы государственной безопасности. Вы не можете не понимать, почему для меня так важны гарантии моей анонимности как источника информации.

— Я это уже обещал.

— Вы достаточно взрослый человек, чтобы помнить времена холодной войны.

Микаэль кивнул. Ну давай же, переходи наконец к делу!

— Александр Залаченко родился в сороковом году в Сталинграде, в тогдашнем Советском Союзе. Когда ему исполнился год, началась операция «Барбаросса» и наступление немцев на Восточном фронте. Родители Залаченко оба погибли во время войны. По крайней мере, так думает Залаченко. Сам он не помнит, что тогда было. Самые ранние его воспоминания относятся к тому времени, когда он жил в детском доме на Урале.

Микаэль снова кивнул, показывая, что внимательно слушает.

— Детский дом находился в гарнизонном городе и спонсировался Красной армией. Залаченко, можно сказать, с ранних лет прошел хорошую военную школу. Было это в худшие годы сталинизма. После падения Советов было опубликовано множество документов, свидетельствующих о том, что в стране осуществлялись различные эксперименты по созданию особенно хорошо подготовленных элитных военных кадров из числа сирот, воспитывавшихся государством. Таким ребенком был и Залаченко.

Микаэль снова кивнул.

— Если вкратце пересказать его длинную биографию, то в пять лет он был отдан в армейскую школу. Он оказался очень способным мальчиком. В пятьдесят пятом году, когда ему исполнилось пятнадцать лет, он был переведен в военную школу в Новосибирск, где в числе двух тысяч воспитанников в течение трех лет проходил спецназовский тренинг, что соответствует подготовке русских элитных частей.

— О'кей. В детстве он был бравым солдатом.

— В пятьдесят восьмом году, когда ему было восемнадцать лет, его перевели в Минск и направили в специальное училище ГРУ. Вы знаете, что такое ГРУ?

— Да.

— ГРУ расшифровывается как Главное разведывательное управление — это военная разведка, находящаяся в непосредственном подчинении верховного военного командования. Не надо путать ГРУ с КГБ, который обычно представляют себе как главную шпионскую организацию, действующую за границей. В действительности КГБ занимался главным образом вопросами внутренней безопасности, в его ведении были сибирские лагеря для заключенных, а также в лубянских застенках КГБ выстрелом в затылок убивали оппозиционеров. За шпионаж и проведение операций за границей, как правило, отвечало ГРУ.

— Это становится похоже на лекцию по истории. Продолжайте!

— В двадцать лет Александр Залаченко впервые был послан за границу. Его отправили на Кубу. Это был период обучения, и он по-прежнему оставался в звании, соответствующем нашему прапорщику. Но он провел там два года, при нем происходил Кубинский кризис* и операция десанта в заливе Свиней**.

— О'кей.

— В шестьдесят третьем году он вернулся в Минск, чтобы продолжить там обучение. После этого его отправляли сначала в Болгарию, затем в Венгрию. В шестьдесят пятом году он получил звание лейтенанта и впервые был назначен на службу в Западную Европу, в Рим, где провел двенадцать месяцев. Это было его первое задание под прикрытием. То есть он жил там как гражданское лицо по фальшивому паспорту, не контактируя с посольством.

Микаэль опять кивнул. Он невольно увлекся рассказом.

— В шестьдесят седьмом году он был переведен в Лондон и там организовал казнь перебежчика из КГБ. В последующие десять лет он стал одним из лучших агентов ГРУ и принадлежал к элите преданных политических бойцов. Он обучался этому делу с детских лет, бегло говорит по крайней мере на шести иностранных языках. Он работал в

---

* Кубинский ракетный кризис — принятое в США название Карибского кризиса, резкого обострения отношений между СССР и США по поводу размещения на Кубе советских ядерных ракет осенью 1962 года.

** Операция в заливе Свиней (операция на Плайя-Хирон, или высадка в заливе Кочинос) — военная операция десанта, проведенная США 17 апреля 1961 года с целью свержения правительства Фиделя Кастро на Кубе; закончилась провалом.

обличье журналиста, фотографа, специалиста по рекламе, моряка и в очень многих других. Он был мастером выживания, маскировки и отвлекающих маневров. Под его началом находились другие агенты, он организовывал и проводил собственные операции. Часть этих операций касалась различных убийств, многие из которых совершались в странах третьего мира, но кроме этого он выполнял также задания своего начальства, связанные с шантажом и запугиванием. В шестьдесят девятом году он стал капитаном, в семьдесят втором — майором и в семьдесят пятом году — полковником.

— Как он оказался в Швеции?

— Сейчас я до этого дойду. С годами он слегка развратился и стал понемногу прикарманивать денежки. Он любил выпить и заводил слишком много романов с женщинами. Все это отмечали его начальники, но он по-прежнему находился на хорошем счету, и подобные мелочи ему прощались. В семьдесят шестом году его послали по заданию в Испанию. Нам незачем входить в подробности, но там его поймали, и он совершил побег. Задание было провалено, и он неожиданно попал в немилость, ему было приказано вернуться в Советский Союз. Он не выполнил приказа и очутился таким образом в еще более затруднительной ситуации. ГРУ поручило тогда военному атташе советского посольства в Мадриде встретиться с ним и наставить его на истинный путь. Во время этой беседы что-то не заладилось, и Залаченко убил представителя посольства. После этого у него уже не было выбора. Он сжег за собой мосты и решил стать перебежчиком.

— О'кей.

— Он скрылся в Испании, оставив за собой ложный след, который вел в Португалию и заканчивался автомобильной катастрофой, но также наметил еще один след, якобы ведущий в США. На самом же деле он выбрал для себя самую неожиданную страну в Европе. Он отправился в Швецию, где вышел на связь со Службой безопасности и попросил политического убежища. В сущности, это было очень умно придумано, так как здесь его вряд ли стали бы искать убийцы, подосланные КГБ или ГРУ.

Гуннар Бьёрк умолк.

— И что из этого вышло?

— А как может поступить правительство, если один из лучших шпионов внезапно становится перебежчиком и просит политического убежища в Швеции? Это случилось в тот самый момент, когда у нас пришло к власти буржуазное правительство. Премьер-министр только что вступил в должность, и это стало самым первым делом, которое нам надо было как-то решить. Политики, конечно же, перетрусили и попытались поскорее сбыть его с рук, но не отсылать же его было в Советский Союз — это вызвало бы чудовищный скандал. Его попробовали выпихнуть в США или в Англию, но Залаченко наотрез отказался. США его не устраивали, Англию же он считал одной из тех стран, где на высших должностях в разведслужбе сидят советские агенты. Ехать в Израиль он не пожелал, так как не любил евреев. Поэтому Залаченко решил остаться в Швеции.

Все это казалось настолько невероятным, что Микаэль даже заподозрил, что Бьёрк водит его за нос.

— Так он остался в Швеции?

— Именно.

— И об этом никто ничего не узнал?

— Много лет сведения об этом деле составляли величайшую государственную тайну. Дело в том, что Залаченко оказался для нас очень полезен. В период с конца семидесятых годов и до начала восьмидесятых он был коронным алмазом среди перебежчиков даже в международном масштабе. Никогда раньше ни один из оперативных начальников элитного подразделения ГРУ не становился перебежчиком.

— Значит, он мог продавать информацию?

— Именно так. Он хорошо разыграл свои карты и дозировал выдаваемую информацию выгодным для себя образом: сначала сдал агента в командовании НАТО в Брюсселе, потом агента-нелегала в Риме, потом связного шпионской сети, действующей в Риме. Назвал имена убийц, которых он нанимал в Анкаре или Афинах. О Швеции ему было известно не так много, зато у него имелись данные об операциях за границей, которые мы затем могли частями передавать и получать за это ответные услуги. Он был настоящий кладезь!

— Иными словами, вы начали с ним сотрудничать.

— Мы дали ему новую личность. Все, что от нас требовалось, это предоставить ему новый паспорт и немного денег, дальше он мог позаботиться о себе сам. Именно этому он был обучен.

Микаэль помолчал, переваривая эту информацию, затем посмотрел на Бьёрка:

— В прошлый мой приезд вы мне солгали.

— Это вы о чем?

— Вы утверждали, что встретили Бьюрмана в полицейском стрелковом клубе в восьмидесятые годы. На самом деле вы познакомились с ним гораздо раньше.

Гуннар Бьёрк задумчиво кивнул:

— Привычка. Эти сведения засекречены, и у меня не было никаких причин выдавать подробности нашего знакомства с Бьюрманом. И только когда вы спросили про Залу, я связал одно с другим.

— Расскажите, как это было.

— Мне было тридцать три года, и я уже три года работал в Службе безопасности. Бьюрману было двадцать шесть лет, и он пришел прямо со студенческой скамьи. Его взяли в Службу безопасности на работу делопроизводителем по юридическим вопросам, практикантом. Бьюрман родом из Карлскруны, и его папаша служил в военной разведке.

— Ну и?

— У нас с Бьюрманом вообще-то было слишком мало опыта для того, чтобы вести дела с такими людьми, как Залаченко, но он вышел с нами на связь в самый день выборов семьдесят шестого года. В полицейском управлении не оказалось никого из главных шишек, все работали на обеспечении безопасности выборов, а многие должности вообще оставались на тот момент вакантными. И именно этот день Залаченко выбрал для того, чтобы явиться в полицейский участок Норрмальма, заявить, что он просит политического убежища, и попросить о встрече с каким-нибудь представителем Службы безопасности. Он не назвал своего имени. Я был на дежурстве и подумал, что это обыкновенный беженец, потому я взял с собой Бьюрмана в качестве юриста. Мы встретились с ним в полицейском участке Норрмальма.

Бьёрк потер глаза.

— И вот он, сидя перед нами за столом, спокойно и деловито сообщил, как его зовут, кто он такой и чем занимается. Бьюрман вел записи. Скоро я понял, кого я вижу перед собой, и осознал, во что ввязался. Поэтому я прервал наш разговор и вместе с Бьюрманом увел Залаченко с глаз долой из полицейского участка. Не зная, что делать, я снял номер в отеле «Континенталь» напротив Центрального вокзала и сплавил его туда. Оставив Бьюрмана сторожить его, я спустился к портье и оттуда позвонил своему шефу.

Бьёрк вдруг хохотнул:

— Я часто потом думал, что мы повели себя как самые что ни на есть дилетанты. Но что было, то было.

— Кто был вашим шефом?

— Это не имеет значения. Я не собираюсь выдавать лишних имен.

Микаэль пожал плечами и не стал спорить.

— Мы с шефом оба поняли, что речь идет о секретнейших вещах, так что чем меньше людей в это будет замешано, тем лучше. Особенно Бьюрману совершенно незачем было иметь отношение к этому делу, оно было гораздо выше его уровня, но раз уж он узнал эту тайну, то лучше было оставить его, чем приобщать к ней кого-то другого. Что касалось такого юнца, как я, тут, по-видимому, сыграли роль те же соображения. Считая нас с Бьюрманом, только семь человек в Службе безопасности знали о существовании Залаченко.

— Сколько всего человек знают об этой истории?

— За период с семьдесят шестого года и до начала девяностых их было приблизительно двадцать человек из правительства, высшего военного руководства и Службы безопасности.

— А сколько их стало с тех пор?

Бьёрк пожал плечами:

— С того момента, как распался Советский Союз, он перестал представлять для нас интерес.

— Но что происходило после того, как Залаченко обосновался в Швеции?

Бьёрк молчал так долго, что Микаэль забеспокоился.

— Если честно... С Залаченко нам очень повезло, и все, кто был связан с этим делом, построили на этом свою карьеру. Не подумайте, что это было легко! Работать приходилось в любое время суток. Я был приставлен, чтобы присматривать за ним, и в первые десять лет мы встречались по несколько раз в неделю. Это были самые важные годы, когда он был еще полон свежей информацией. Но кроме того, приходилось следить, чтобы он ничего не натворил.

— Это в каком смысле?

— В Залаченко точно бес сидел. Иногда он был само обаяние, но иногда безумствовал, как законченный параноик. Время от времени у него начинался запой, и тогда он вытворял всякое. Мне не раз приходилось отправляться ночью в спасательную экспедицию, чтобы выручить его из какой-нибудь дикой истории.

— Например?

— Например, он мог пойти в пивную и затеять там ссору. Однажды он до беспамятства избил двух охранников, которые пытались его успокоить. Он был маленький и щупленький, но имел потрясающую подготовку по рукопашному бою, которую иногда демонстрировал по самому неподходящему поводу. Один раз мне пришлось вызволять его из полиции под подписку.

— По вашему рассказу можно подумать, что он сумасшедший. Ведь так он рисковал привлечь к себе внимание. Как-то это не очень профессионально!

— И все-таки он был профессионалом. В Швеции он не совершал преступлений, и его ни разу не задерживали и не арестовывали. Мы снабдили его шведским паспортом и шведской фамилией. Полиция оплачивала ему квартиру в